33

臧克家研究资料（上）

ZANGKEJIA YANJIUZILIAO

冯光廉 刘增人 编

中国社会科学院
文学研究所 总纂

中国文学史资料全编

现代卷

知识产权出版社

内容提要

臧克家，我国现代著名诗人。本书分传略·年表，创作自述，研究论著选编，著作、研究资料目录等四个部分，全面收集了关于臧克家的研究资料。

责任编辑：马　岳　　　　责任校对：韩秀天

装帧设计：段维东　　　　责任出版：卢运霞

图书在版编目（CIP）数据

臧克家研究资料 / 冯光廉，刘增人编. —北京：知识产权出版社，2009.10

（中国文学史资料全编·现代卷）

ISBN 978-7-80247-791-9

Ⅰ．① 臧…　Ⅱ．① 冯…　② 刘…　Ⅲ．① 臧克家（1905～2004）—人物研究　② 臧克家（1905～2004）—文学研究　Ⅳ．① K825.6　② I206.7

中国版本图书馆 CIP 数据核字（2009）第 178241 号

中国文学史资料全编·现代卷

臧克家研究资料（上）

冯光廉　刘增人　编

出版发行：知识产权出版社

社　　址：北京市海淀区马甸南村 1 号	邮　　编：100088
网　　址：http://www.ipph.cn	邮　　箱：bjb@cnipr.com
发行电话：010-82000860 转 8101/8102	传　　真：010-82005070/82000893
责编电话：010-82000860 转 8171	责编邮箱：mayue@cnipr.com
印　　刷：北京市凯鑫印刷有限公司	经　　销：新华书店及相关销售网点
开　　本：720mm×960mm　1/16	印　　张：50
版　　次：2010 年 2 月第一版	印　　次：2010 年 2 月第一次印刷
字　　数：775 千字	定　　价：102.00 元（上、下）

ISBN 978-7-80247-791-9 / K·037（2639）

汇纂工作小组
名单
（按姓氏笔画排列）

王润贵　刘跃进　刘福春　严　平

张大明　杨　义　欧　剑　段红梅

编 辑 说 明

中国社会科学院文学研究所向来重视文学史料的系统整理与深入研究，建所50多年来，组织编纂了很多资料丛书，包括《古本戏曲丛刊》、《古本小说丛刊》、《中国现代文学史资料汇编》、《近代文学史料汇编》、《当代文学史料汇编》以及《文艺理论译丛》、《现代文艺理论译丛》、《古典文艺理论译丛》等。其中，介绍国外文艺理论的3套丛书，已经汇编为《文学研究所学术汇刊》9种30册，交由知识产权出版社出版。该书出版后，国内一些重要媒体刊发评介文章，给予充分肯定。为满足学术研究的需要，2007年初，中国社会科学院文学研究所与知识产权出版社商定继续合作，编辑出版《中国文学史资料全编》，将以往出版的史料著作汇为一编，统一装帧，集中出版。

这里推出的《中国文学史资料全编·现代卷》就是其中的一种。本卷主要以《中国现代文学史资料汇编》为基础而又有所扩展。《中国现代文学史资料汇编》的编纂工作启动于1979年，稍后列入国家第六个五年计划社科重点项目。该编分为《中国现代文学运动、论争、社团资料丛书》、《中国现代作家作品研究资料丛书》、《中国现代文学书刊资料丛书》即甲乙丙3种，总主编陈荒煤，副主编许觉民、马良春，编委有丁景唐、马良春、王景山、王瑶、方铭、许觉民、刘增杰、孙中田、孙玉石、沈承宽、芮和师、张大明、张晓翠、杨占陞、陈荒煤、唐弢、贾植芳、徐迺翔、常君实、鄂基瑞、薛绥之、魏绍昌，具体组织主要由徐迺翔、张大明负责。此项目计划出书约200种。至 20世纪末，前后20多年间，这套书由数家出版社陆陆续续出版了80余种，还有数十种虽然已经编就，由于种种原因，迄今尚未出版。"现代卷"包括上述已经出版的图书和若干种当时已经编好而尚未出版的图书。

这项工作得到了中国社会科学院文学研究所和知识产权出版社的高度重视，为此成立了汇纂工作小组。杨义、刘跃进、严平、张大明、刘福春等具体负责学术协调工作，于2007年11月，向著作权人发出《征求〈中国文学史资料全编·现代卷〉版权的一封信》，很快得到了绝大多数编者的授权，使这项工作得以如期顺利开展。为此，我们向原书的编者表示由衷的谢意。为尽快将这套书推向社会，满足学界和社会的急需，除原版少量排印错误外，此次重印一律不作任何修改，保留原书原貌，待全部出齐，视市场情况出版修订本。为此，我们也诚挚地希望广大读者能给予充分谅解。

《中国文学史资料全编·现代卷》出版后，我们将尽快启动"古代卷"、"近代卷"和"当代卷"的编纂工作，希望能继续得到专家学者的大力支持和热心参与。

现代卷汇纂工作组

目　录

臧克家研究资料（上）

传略·年表

创作自述

研究论著选编

臧克家研究资料（下）

著作目录、研究资料目录

传略·年表

臧克家传略

冯光廉　刘增人

臧克家，号孝荃，山东省诸城县臧家庄人，1905年10月8日生。曾用名臧承志，字士先；借用名臧瑗望，笔名少全、何嘉。

臧克家出生于一个有浓厚文化教养的地主家庭里。祖父和父亲都喜爱诗歌，也能写诗。他入私塾后读了许多古文、诗词，自幼热爱故乡的山水风物，对贫富悬殊的不合理现实和农民悲苦的生活状况有着很深的了解和感受。

1919年秋，考入诸城县立第一高小，受到反帝反封建的爱国思潮的影响。1923年赴济南考入山东省立第一师范。在这里比较广泛地接触了新思想和新文艺作品，尤其喜爱郭沫若的新诗；并开始试写新诗。当时山东正在军阀张宗昌控制之下，社会黑暗，空气窒息，臧克家不满现状，于1926年秋与同学秘约奔赴武汉。

1927年初，考入中央军事政治学校学习，不久该校改编为中央独立师，开赴前线讨伐夏斗寅、杨森叛军，臧克家随军参战，任副班长。8月平叛胜利，中央独立师被骗驻九江，被国民党右派张发奎部缴械。臧克家在同学帮助下，化装潜离九江，经上海回故乡，卧病连月。

1928年夏初，为了躲避国民党诸城县党部的追捕，化名逃亡东北。1928年秋，从东北回上海，留居三月后于次年回山东。

1929年9月，借用族叔臧瑗望的中国大学预科文凭考入青岛大学补习班，半年后因病退学。养病期间，日夕与族叔谈诗写诗，进一步培养了对诗歌的兴趣。1930年暑假，考入青岛大学（后改名国立山东大学），先入英文系，后转中文系。大学四年间，主要从闻一多学写新诗，受诗集《死水》影响很大。在艺术表现方面，追求诗的意境和用词的精当，注重诗的含蓄、精练、朴实，从中可以看出古典诗歌和民歌的影响。1933年7月，在闻一多、王统照等的赞助下，第一本诗集《烙印》自印出版，茅盾、老舍等纷纷著文评介，诗集很快由开明书店出版。1934年，第二本诗集《罪恶的黑手》由生活书店印行。这两本诗作集中反映了北方农村的动乱和黑暗，抒写了旧中国农民的痛苦与坚忍，寄寓着诗人的苦闷情绪和对未来的希望。

1934年7月，山东大学毕业。8月，应邀到山东临清中学（初到时称山东省立第十一中学）任语文教师。在执教期间，十分注意培养学生对新诗的兴趣，时常和学生一起谈诗、写诗、改诗，从孩子们心中笔下吸取了不少营养。这期间所写的作品，除长诗《自己的写照》（1936年上海文学出版社）外，大都收入《运河》（诗集，1936年文化生活出版社）、《乱莠集》（散文集，1939年，良友复兴图书印刷公司）。1935年夏到青岛度假，与王统照、老舍、洪深等创办散文小品周刊《避暑录话》。

1937年"七七"事变后，临清中学"放长假"，臧克家转道聊城、济南，回到诸城故家。年底，随莱阳乡村师范流亡到临沂，旋去徐州、西安。曾拟去延安，未果。1938年初，加入李宗仁在徐州第五战区举办的青年军团，担任文艺宣传工作。曾去台儿庄战地采访，写成通讯报告集《津浦北线血战记》（1938年，生活书店）。

从1938至1942年，一直随军转战于河南、安徽、湖北等地。1938年和于黑丁组织文化工作团，分任正副团长，从事抗敌救亡的宣传和文艺活动，并写了不少鼓舞抗战的诗歌，辑成《从军行》（1938年，生活书店）。后来又和姚雪垠等组织"文艺人从军部队"，在河南、安徽、湖北山区农村从事战地采访和文艺创作活动，写下了许多反映抗战生活的诗歌和散文，后分别辑为《泥淖集》（诗集，1939年，生活书店）、《随枣行》（通讯报告集，1939年，前线出版社）、《淮上吟》（长诗，1940年，上海杂志公司）、《呜咽的云烟》（诗集，1940年，创作出版社）。

"皖南事变"以后，国统区白色恐怖严重，臧克家在三十一集团军驻地河南叶县寺庄主持的"三一出版社"无法开展工作，他们主办的

《大地文丛》仅出一期便遭查禁，于是和碧野、田涛、郑曼等从河南经湖北入四川，1942年8月到达重庆。到重庆后，立即参加"中华全国文艺界抗敌协会"活动，后当选为"文协"候补理事。在重庆期间，得友人帮助任"赈济委员会""专员"，挂名领薪，安心写作；一年后该会被撤消，生活无着，靠写作维持生计，颇为艰辛。这期间，多次参加"文协"的集会，出席鲁迅先生纪念大会，在党发动的宣言上签名，参加悼念被国民党特务杀害的民主战士的活动。

1945年8月，毛泽东赴重庆谈判，臧克家曾出席毛泽东、周恩来召开的座谈会，会后，怀着激动敬仰之情写诗《毛泽东，你是一颗大星》，在重庆《新华日报》发表。

本年起，基于对国民党反动统治的愤恨和对人民痛苦的关注，开始写政治讽刺诗，稍后结集为《宝贝儿》（1946年，万叶书店）。抗战后期臧克家先后出版的诗作还有《向祖国》（诗集，1942年，桂林三户图书社）、《泥土的歌》（诗集，1943年，今日文艺社）、《古树的花朵》（长诗，1942年，成都东方书社）、《国旗飘在雅雀尖》（诗集，1943年，成都中西书店）、《感情的野马》（长诗，1943年，重庆当今出版社）、《十年诗选》（诗集，1944年，现代出版社）、《生命的秋天》（诗集，1945年，重庆建国书店）、《民主的海洋》（诗集，1945年，世界编译所）；散文集有《我的诗生活》（1943年，重庆读书生活社）。

1946年8月，从重庆经南京到上海。得闻一多被刺噩耗，无比悲痛，著文悼念。到上海后，经友人介绍为《侨声报》编辑副刊《星河》、《学诗》，一面约请郭沫若、茅盾等著名作家写稿，一面注意发现、培养年青的诗歌作者。四个半月后，《侨声报》停刊，臧克家失业。不久，得友人帮助，主编《文讯》月刊。其文艺专号（尤其是"朱自清先生追念特辑"）颇为文艺界注意。1947年7月，协助曹辛之、林宏等组织星群出版公司，创办《诗创造》月刊，热心扶植、提倡诗歌创作和评论。是年10月，臧克家编选作序的《创造诗丛》开始出版，向读者介绍了十二位新诗人的诗集。上海时期，臧克家仍然保持讽刺诗集《宝贝儿》切中时弊、尖锐通俗的特色，所写的讽刺诗大多收入《生命的零度》（1947年，新群出版社）、《冬天》（1948年，耕耘出版社），反映了国统区邪恶横行，民生凋敝的严酷现实，发生了较大影响。这一时期还写了不少小说散文，分别辑成《挂红》（小说集，1947年，读书出版社）、《拥抱》（小说集，1947年，寰星图书杂志社）、《磨不掉的影象》（散文集，1947年，益智出版社）。

1948年底，国民党反动派垮台前夕，白色恐怖极为浓重，许多文化人纷纷撤离上海。臧克家被迫潜往香港。在港期间，经常为《文汇报》、《大公报》的港版写稿。

1949年3月，党组织租专轮送在港文化人北上去北平，臧克家与冯乃超、阳翰笙等同行。到北平后，先在华北大学三部文学创作研究室任研究员。10月，"出版总署"成立后，主编《新华月报》"文艺栏"，一年后任人民出版社《新华月报》编辑室"编审"。1956年调到中国作家协会书记处任书记。1957年《诗刊》创刊，任主编兼编委，直到1964年休刊。

解放后，当选为二、三届全国人大代表；全国政协第五届、六届、七届委员，六届、七届常委；一、三、四届文协、文联委员；二、三届作协理事；并被聘为中国作协顾问。

建国以来，几次受到毛泽东、朱德、陈毅等接见，谈诗。热情扶植工农兵诗歌作者和诗坛新人，多次为之写序，评论荐引。1956年编选了《中国新诗选》（中国青年出版社）。还与周振甫合作编写了《毛主席诗词讲解》（1957年，中国青年出版社）。他写的文艺论文和诗歌经验谈辑为《在文艺学习的道路上》（1955年，上海新文艺出版社）、《学诗断想》（1962年，北京出版社）；杂文、政论等辑入《杂花集》（1956年，北京出版社）。

臧克家解放后以很大精力从事诗歌创作，歌颂党、歌颂领袖、歌颂社会主义新生活。这些诗作大都辑入《臧克家诗选》（1954年，作家出版社，后人民文学出版社出增订本）、《一颗新星》（1958年，作家出版社）、《春风集》（1959年，作家出版社）、《李大钊》（长诗，1959年，作家出版社）、《欢呼集》（1959年，人民文学出版社）、《凯旋》（1962年，作家出版社）。

1966年，"文化大革命"开始，被批判抄家。1969年到湖北咸宁向阳湖畔文化部"五七"干校劳动；后根据这段生活写成诗集《忆向阳》（1978年，北京出版社）。1972年回北京。1976年《诗刊》复刊，任顾问兼编委。近几年出版的诗集有《今昔吟》（1979年，山东人民出版社）、《友声集》（三人旧体诗合集，第三辑为臧克家所作，1980年，云南人民出版社）、《臧克家长诗选》（1982年，山东人民出版社）、《臧克家集外诗集》（冯光廉，刘增人编，1984年，陕西人民出版社）、《落照红》（1984年，花城出版社）。另有《臧克家旧体诗稿》一卷，由武汉出版社出版。

1978年前后，大力写作散文。他用深情的笔触回忆毛泽东、周恩来、朱德、陈毅等老一代革命家，回忆郭沫若、闻一多、老舍、王统照、何其芳等文艺界前辈和诗友，或者谈诗论文，议今话旧，撰序作跋，品题人物，精品迭出。这些散文大都收入《怀人集》（1980年，上海文艺出版社）和《青柯小朵集》（1984年，花城出版社）。同时，又陆续写下回顾、总结自己文学生涯的七篇回忆录，先在《新文学史料》发表，后辑成《诗与生活》（1981年，四川人民出版社）。又写了三十篇诗歌创作经验谈，在《诗刊》等报刊发表后辑成《甘苦寸心知》（1982年，四川人民出版社）。1986年4月，荟集了二十年代到八十年代的抒情散文代表作，印成《臧克家抒情散文选》（1988年，湖南文艺出版社）。此外，还编辑出版了《臧克家散文小说集》（1982年，长江文艺出版社），《克家论诗》（吴嘉编，1985年，文化艺术出版社），《臧克家文集》（一至三卷，1985年，山东文艺出版社），《乡土情深》（1985年，山东大学出版社）。

> 1981年4月初稿，济南—泰安
>
> 1988年10月修订，青岛大学

臧克家生平及文学活动年表

冯光廉 刘增人

1905 年   **1 岁**

10 月 8 日，臧克家出生于山东省诸城县臧家庄一个堂号为"凝翠轩"的封建地主家庭里。

曾祖父，臧俞臣，前清举人，曾任山东聊城县教谕。在臧克家十五六岁时去世。曾祖母，王氏，在臧克家十三四岁时去世。臧克家因为早年丧母，很为曾祖母所痴爱。

祖父，臧著仪，前清举人，作过"大理院录事"，1929 年病逝。为人严肃哑默，令人生畏，但喜欢诗歌，尤喜白居易，时诵《长恨歌》、《琵琶行》等。在他的影响下，臧克家在七八岁时就能背诵《木兰辞》等许多著名古典诗歌。祖母王氏；王氏之兄王众佣，前清举人。当臧克家在诸城县城读高级小学时，众佣正在县城内为"砚香堂"设塾教读，不时与臧克家谈天论文，甚至探讨宇宙始终之类的问题。

父，臧统基，法政学校毕业，曾参加辛亥革命。喜欢诗歌，自号"红榴花馆主人"，与族弟臧武平（自号"双清居士"）结诗社唱和。34 岁时因肺病去世。母，刘氏，山东诸城县莎沟人，1913 年去世。从母，丘氏，山东诸城县丘家十里铺人，1962 年去世。

妹，臧宜家，从母生，比臧克家小 8 岁，家庭妇女。

臧克家，号孝荃；曾化名臧承志，字士先（流亡东北时所用）；又化名臧瑗望（1929 年投考青岛大学补习班及大学读书时所用）；曾用少全（见《语丝》周刊第 45 期）、何嘉（见重庆《新华日报》1945 年 9 月 9 日）

等笔名。

1914 年 9 岁

本年，始入私塾，开蒙先生是本村同族的穷秀才臧子文。二三年间，背熟了六十多篇古文。长点的象《滕王阁序》、《吊古战场文》、《李陵答苏武书》；短些的象《陋室铭》、《读孟尝君传》、《记承天寺夜游》……

1917 年 12 岁

本年，始入本村"臧氏私立养正国民初级小学校"（一年后将"养正"改为"有志"）。因为读过私塾，一入校即为二年级生。在该校从孙梦星先生读国文，学唱歌，接受了一些新知识。

1919 年 14 岁

夏末秋初，考入诸城县城内的"第一高等小学"。第一年借住在本家"谦益堂"内，第二年起移住校内。

是年，"五四"运动爆发，北京大学的学生到诸城宣传。在汹涌澎湃的反帝爱国运动的推动下，第一高小的学生组织了"反日会"，街头演说，声泪俱下，查封日货，惩戒奸商，给臧克家留下了深刻的印象。

高小期间，曾观赏秦始皇的"瑯玡碑"和苏东坡的"超然台"。

幼年的臧克家热爱故乡农村的山水田园，对阶级压迫和阶级剥削的黑暗现实深为不满，在同"老哥哥"、"六机匠"等劳动人民的接触中，认识了人间的穷愁、疾苦和贫富的悬殊。同时，也感受到劳动人民的纯朴、勤劳和善良。这一切成为他此后创作的生活基础和重要主题。

1923 年 18 岁

夏，毕业于诸城"第一高等小学"（当时高小学制三年，臧克家因丧父及生病休学一年）。

夏末，赴济南考入山东省立第一师范，与李广田、邓广铭、李长之等同学。该校校长王祝晨，办学认真，思想开明，主张"新旧共蓄，兼容并包"，因此校内既有不少尊孔讲经的遗老，也有杨晦这样的新文学家。该校多请名人讲演，臧克家先后听过泰戈尔、周作人、王乐平、沈尹默、朱谦之、王星拱、张凤举诸人的报告，杜威亦曾来校讲学。校内思想活跃，共产党与国民党均建有组织。王尽美虽已毕业，仍不断回校开展活动。校内文艺空气浓厚，设有"书报介绍社"，邓广铭负责，从京、沪等地大批订购社会科学书刊和新文学读物。在一师期间，臧克家阅读了大量的新文艺作品和刊物，培养了对新文学的浓厚兴趣，特别崇拜郭沫若。同时开始练习写作。"有一次，老师出了题目：《游大明湖》，我写了滔滔二三千言，抒发了在黑暗社会里的悲凉之感，其中有这么两句：'纵然使我有万斛愁肠，也容不下这许多凄凉'。老师在卷末批道：'清秀如冰心女士，悱恻似郁达夫'。……我也写起白话诗来了。崇拜郭沫若，也学他的调调，但缺乏他的思想、经验和气魄，产量不少，毛边纸大本子，填得满满的，但浮浮泛泛，都不成器，今天连一个句子也记不得了。可是，谈新诗创作，这却是一个开头"（《新潮澎湃正青年》）。

1924 年　　　　　　　　　　　　　　　　　　　　**19 岁**

初夏，印度诗人泰戈尔到济南演讲，王统照任翻译。泰戈尔的奕奕神采和诗人风度引起了臧克家的景仰和羡慕，半个多世纪后还记忆犹新。

1925 年　　　　　　　　　　　　　　　　　　　　**20 岁**

本年，山东督军张宗昌严令大中小学"读经"，起用清末状元王寿朋任山东省教育厅长，一时教育界乌烟瘴气。臧克家愤而写成通信向《语丝》揭露之，在第45期刊出，周作人加以标题：《别十与天罡》。这是臧克家首次在全国性刊物上发表作品。

嗣后，又为林兰女士主编的《徐文长的故事集》写寄小故事三篇，均被录用。

1925年前后，正是北洋军阀张宗昌统治山东时期，政治腐败，白色恐怖浓重，张宗昌警备司令部曾向第一师范当局指名要刘照巽、孙兆彭、马守愚等进步学生，还声言要派兵搜查学校，一时空气万分紧张。臧克家满腹苦闷，时与同学孙兆彭、曹星海等夜游大明湖，饮酒狂吼，抱头痛哭。

1926 年 21 岁

夏，前期师范毕业，入后期师范一年级。

9 月，因不满黑暗现状，秘约族叔臧功郊、同学曹星海经青岛乘轮船去武汉。

他后来回忆说，"当时我下定去武汉的决心，有几点因素促成。在济南的黑暗环境里感到压抑，透不过气，读了郭沫若的《革命与文学》，其中有这样几句话打动了我：'彻底的个人自由，在现在的制度之下，是追求不到的。'另外，还有为个人找出路的一点虚荣心。'黄埔军校'当时的号召力很大，不少青年就奔去投考。"（《新潮澎湃正青年》）

1927 年 22 岁

年初，报考"中央军事政治学校"，第一次落选，第二次被录取。这所设在武昌两湖书院的军校，实际上是黄埔军校第四期的继续。校长是蒋介石，党代表是汪精卫，教育长是张治中。教官有恽代英、李达、李季、施存统（复亮）、周佛海等。在校中听到邓演达、苏兆征、恽代英、郭沫若等人的讲演，受到北伐时期高涨的革命形势的教育和鼓舞，也受到严格的军事生活的训练。

春，武汉革命形势高涨，共产党的组织迅速发展。臧克家初次接触党组织的活动。

4 月，蒋介石集团发动政变，国共合作破裂，武汉成为左派革命力量的中心。郭沫若不时到军校演说，鼓吹革命，抨击国民党新军阀的叛卖行为，给臧克家以很大鼓舞。

5 月，夏斗寅叛变。中央军事政治学校学员奉命与学兵团合编为中央独立师，在师长杨树松指挥下到纸坊、汀泗桥、咸宁、蒲圻、嘉鱼、通海口一带讨伐夏斗寅和杨森，臧克家任副班长，在战斗中初识英勇善战的叶挺（时任72团团长），印象深刻。

7 月，武汉亦被右派控制。中央独立师平叛归来，不能立足，又被汪精卫骗驻到九江，船刚到九江码头，即被张发奎缴械、监视。幸得曹星海、臧功郊、刘增等相助，才筹得一点路费，与共产党员刘鸣銮化装潜离九江，经上海回山东。

8月，回到诸城，卧病。为躲避国民党县党部迫害，臧克家到山村亲戚家避难。

1928 年   23 岁

4月，与王慧兰结婚。1938年3月离婚。王于1962年病逝。

6月下旬，旧历端阳刚过，卧病在家的臧克家突遭国民党县党部围捕，幸得父亲的奶妈报警，才得越墙脱逃，跑到沈阳，在儿时的朋友大机匠家暂得安身。不久，辗转流亡到依兰（三姓），先依附族伯艰难度日；后化名臧承志，字士先，在依兰地方法院谋得"录事"职位，月薪七元，同时在当地小学中兼课。

9月，中秋刚过，得家信及路费百元，即从东北急赴上海，会见在那里等候他的王慧兰，居留数月后，于翌年春同归泰安（时为山东临时省会）。日军撤离济南后，回济。

1929 年   24 岁

7月，长子乐源生于济南。

9月，借用族叔臧瑗望（一石）的中国大学预科毕业文凭，考入国立青岛大学补习班。

年底，因神经衰弱及祖父病故休学，卧病。

12月1日，诗《默静在晚林中》刊载于青岛《民国日报》副刊《恒河》。

1930 年   25 岁

自春至夏，卧病半年。

暑假，以数学零分、国文98分的成绩正式考入国立青岛大学（两年后改为国立山东大学），先入英文系，后得中文系主任闻一多赏识，转入中文系。

自本年到1934年，臧克家一直在背山面海、风景秀丽的青岛大学读书，热心从闻一多学诗，对闻作《死水》极为钦佩，与陈梦家同为闻一多诗门之下的"二家"。在闻一多精心指教下，刻苦学诗，特重诗境的探求和格律的安排。此间，又从王统照、赵太侔、沈从文、游国恩、萧涤非等学诗，文学修养提高很快。他后来回忆说："这时期，我接触到的是新月派的诗和诗人，自然也受到了影响。我本来就喜欢古典诗歌和民歌，喜欢格律化的作品，像闻先生所要求的'绘画的美、音乐的美、建筑的美'的诗篇，所以一接触到闻先生和徐志摩先生的诗，就似曾相识，一见如故了。但是，这主要在表现艺术方面，我的思想，我的经历是完全不同的。"（《悲愤满怀苦吟诗》）

10月，次子乐安生。

1931 年   26 岁

2月，在青岛《民国日报》文艺副刊"青岛"发表新诗《祖父死去的周年》，后附长篇散文。

11月19日新月派诗人徐志摩去世，臧克家写诗《吊志摩先生》，刊载于次月26日青岛《民国日报》副刊第47期。

本年，继续在青岛大学读书。因神经衰弱及心情孤独苦闷，经常失眠，时常住莱芜路3号赵姓亲戚家，与赵家的小工友同榻而眠。斗室无窗，自称"无窗室"。后在《申报·自由谈》上发表的诗《无窗室》和散文《无窗室随笔》一组，即由此得名。

冬，写诗《不久有那么一天》，对革命未来怀有信念。

1932 年   27 岁

2月，新诗《难民》写于诸城，对旧中国农民的苦难深致同情。还写了新诗《变》，自言"我曾有一个值得骄傲的青春，然而只是那么一闪，接着来的是无头的恶梦。这样，我流着酸泪写了《变》"。（《"烙印"再版后志》）

3月，新诗《老哥哥》、《忧患》、《战场夜》等在南京《文艺月刊》发表。

本月，还写了《像粒砂》等诗，表现了他在大革命失败后的孤单、苦闷情绪。

4月，写新诗《老马》、《贩鱼郎》等。《老马》以简练的诗句，描写了旧中国农民忍辱负重的苦难生活，成为诗人早期诗作的代表。

6月，写新诗《失眠》等。

7月，暑假中试译了朗斐罗的一篇长诗，连原文一并抄了附在信里寄给闻一多。闻回信说："你这么用功连原文都抄了来，很使我感动，可是，如果你早告诉我，我一定劝你不要译了。"此后臧克家就完全放弃了诗的翻译而专事创作和研究。

8月，写新诗《当炉女》，歌颂坚毅地承担着生活的重压的中国劳动妇女。

本年，陆续写下了《烙印》、《天火》、《老头儿》、《洋车夫》等名篇，成为臧诗创作的第一个高潮。

1933 年   **28 岁**

1月1日，写新诗《神女》。

3月1日，在《新时代月刊》、南京《文艺月刊》、《创化季刊》等期刊上陆续发表《五月的乡村》、《秋雨》、《炭鬼》、《万国公墓》、《故乡》等诗作。

4月，写新诗《生活》，其中

> 这可不是混着好玩，这是生活，
> 一万支暗箭埋伏在你周边，
> 伺候你一千回小心里一回的不检点，……

体现了臧克家对生活的基本观点。

7月，在诗坛前辈闻一多、王统照赞助下，第一本诗集《烙印》自印出版，闻一多作序，收入《生活》、《烙印》、《失眠》、《变》、《老马》、《老哥哥》、《炭鬼》、《神女》、《当炉女》、《歇午工》等22首新诗，闻一多、王统照、王笑房（王慧兰的七哥）各出二十元作为《烙印》的印刷费，卞之琳、李广田在北平为设计封面，联系印刷，王莹校对，王统照出面作发行人。诗集出版后，茅盾、老舍等纷纷著文热情评价，韩侍桁称臧为"一九三三年文坛上的新人"。诗集出版一两年内，《文学》、《益世报》、《众志月刊》、《文艺月刊》、《申报·自由谈》、《中和报》、《晨报》、《现代》等报刊，均刊载评介文字，一时影响甚大，甚至有称为"臧克家体"或《烙印》体"者。朱自清1936年在《新诗的进步》中曾指出：中国新文学"初期新诗人大约对于劳苦人的真实生活知道的太少，只凭着信仰的理论或主义发挥，所以不免是概念的，空架子，没力量。近年来乡村运动兴起，乡村的生活实相渐渐被人注意，这才有了有血有肉的以农村为题材的诗。臧克家先生可为代表。"次年三月，《烙印》由开明书店再版（加入《到都市去》等四首诗和《再版后志》一篇）。

9月5日至6日，写《罪恶的黑手》，凡3段156行，揭露帝国主义的伪善和罪恶，为建筑工人的生活写照，与《老马》一起，被视为臧克家早期诗歌的代表作。

1934 年 29 岁

1月14日，写新诗《自白》，集中表现了臧克家对现实对人生的基本态度。

3月24日，在诸城相州写新诗《民谣》，借"是日曷丧，予及汝偕亡"的民谣，宣泄对国民党反动统治的憎恨心情。

3月，王统照因发表长篇小说《山雨》而遭到反动当局威胁，被迫"自费出国旅行"。臧克家与吴伯箫赶到码头为之送行，并合影留念。

6月22日，为诗集《罪恶的黑手》写《序》，认为本集同《烙印》比较看来，有"在外形上想脱开过分的拘谨渐渐向博大雄健处走"的倾向，"内容方面，竭力想抛开个人的坚忍主义而向着实际着眼，但结果还是没有摆脱得净"。同时表示："我已经下了最大的决心，最近的将来就要下工夫写长一点的叙事诗，好象叙事诗在我国还很少见，应该有人向这方面努力。"

7月1日，《论新诗》在《文学》第3卷第2号发表。

7月，毕业于国立山东大学中文系。

8月，应张乾（臧克家在前期师范时的国文教师）邀到临清山东省立第十一中学（后改成山东省立临清中学）任语文教师，直到1937年抗日战争爆发。此间，臧克家在课堂上下，与学生谈诗论文，大力鼓吹新文艺，既热心发现、培养学生的文艺兴趣，又注意从现实生活和学生的习作中吸取滋养，写成大量诗文，主要发表在《文学》等刊物上，后多编入诗集《运河》和散文集《乱莠集》中。

10月，第二本诗集《罪恶的黑手》由上海生活书店初版印行，编为"创作文库（十四）"，受到文艺界和广大读者的欢迎，出版后一个月即得到书店的再版通知，连印数次。诗集收入《罪恶的黑手》、《壮士心》、《自白》、《答客问》、《民谣》等长短诗16篇。

11月，发表散文《教书乐》，反映诗人在临清中学的生活与感受。

11月30日，将生活书店初版诗集《罪恶的黑手》寄赠鲁迅先生。鲁迅日记1934年12月1日记有"臧克家寄赠《罪恶的黑手》一本"。该书现作为鲁迅藏书存北京鲁迅博物馆，书内扉页墨笔字迹为"鲁迅先生教正　著者十一，卅"。

12月，发表散文《拾花女》、《大寺》等，为临清的人民和社会风习写照。

1935年　　　　　　　　　　　　　　　　　　　　30岁

3月1日，在《文学》月刊发表诗作《运河》。

3月20日，在《太白》半月刊发表《新诗答问》，就"新诗的前途"、"新诗怎样的作法"、"怎么才算做出伟大的诗篇"等问题发表自己的主张。

4月20日，在《太白》半月刊发表散文《嫁女会》，风趣地描写学校生活。

7月，回青岛度暑假，与王统照、老舍、洪深、赵少侯、吴伯箫、孟超、王亚平、杜宇、刘西蒙、王余杞、李同愈等创办周刊《避暑录话》，发表短小隽永的诗歌、散文、杂文、戏剧，间有译品和评论。该刊共出十期，臧克家发表了《要活》、《说大蒜》等诗歌散文。

11月20日，诗《旱海》、《吊八百死者》在《人间世》发表，对农民的灾难深致同情。

12月16日，《六机匠》在《文学季刊》发表，深情怀念童年结识的劳动人民朋友。

1936年　　　　　　　　　　　　　　　　　　　　31岁

4月，临清中学学生林风骙投考海军落榜，为安慰他，臧克家写了诗《破题儿的失望——为一个可爱的孩子作》，5月1日发表在《文学》月刊。

6月，应王统照函介，参加"中国文艺家协会"。

6月，为《青年界》月刊写散文《"避暑录话"的一伙》。

7月1日，发表诗《依旧是春天》，曲折地表达了对国土和主权日益沦丧的忧愤。

7月，记述自己在大革命前后生活和思想历程的千行叙事长诗《自己的写照》由上海文学出版社出版，生活书店经售。茅盾在1937年2月1日《文学》第八卷第二号上发表《叙事诗的前途》，分析了长诗艺术上的得失。

7月，在青岛结识萧军。萧告以鲁迅先生通信处，后寄呈《自己的写照》一册。鲁迅日记1936年8月22日记有"臧克家寄赠诗集一本"。该集现亦作为鲁迅藏书存北京鲁迅博物馆，书内扉页钢笔字迹为"鲁迅先生批评"。

8月1日，臧克家作级任的临清中学二十二级二班学生即将毕业散去，臧克家依依不舍，为写新诗《心的连环》在《文学》发表。

8月21日，临清中学学生、青年诗人陈宪泗怀才夭折，臧克家深致哀悼，在《申报·文艺周刊》发表散文《悼》。

10月10日，发表散文《中秋忆关东》，回忆大革命失败后流亡东北的生活。

10月19日，鲁迅先生逝世于上海大陆新村寓所。臧克家应《作家》月刊主编孟十还函约撰写悼诗《喇叭的喉咙》，刊于《作家》第二卷第二期。

10月，诗集《运河》由上海文化生活出版社初版印行，收入《运河》、《我们是青年》、《依旧是春天》等短诗24首，皆作于临清。《运河》编为巴金主编"文学丛刊"第三集，该集后再版多次。

1937 年   **32 岁**

1月1日，发表诗《中原的胳膊》，将失去的东北大地比作祖国的一支胳膊，诗人"悲伤中原一身是血，生生地割去了这一条胳膊！"

2月1日，发表散文《花虫子》，反映临清棉农的生活。

4月30日，"在最苦痛中"写散文《蛙声——从军琐忆之一》，回忆投身武汉革命军的情景。

暑假，护送王慧兰去北平治病，赴清华大学访闻一多。

7月19日，与闻一多同车离北平南下，到德州告别闻下车回临清。

8月1日，《文学》第九卷第二号出版，刊出臧克家的诗《刑场》、《年关雪》及论文《新诗片语》。认为："诗的内容之与技巧，有如骨肉之不可分离，缺一便不能成为一件活生生的完美的艺术品。"

9月，国民党石友三部退到临清，临清中学"放长假"。臧克家目睹国土沦丧，民族危亡，满腔愤懑。与同事步行到聊城，转济南。

10月，回到诸城故家。住闲。

11月，吴伯箫率领莱阳乡村师范学校师生流亡到诸城，臧克家加入该校，任语文教师，同到临沂。

12月，偕王慧兰及其弟王甡珙（王斐）去徐州。曾拟去延安，由徐州赴西安八路军办事处联系，因徐州电召，未果，后加入第五战区司令长官李宗仁在徐州筹建的青年军团——收容训练从北方各省流亡来的青年学生，作为一支抗战的队伍。同时，送王甡珙过黄河，到山西参加游击队。

12月8日，写诗《从军行——送珙弟入游击队》，以壮语送别。

1938 年   33 岁

1月2日，去徐州车中写短诗《别长安》（1月20日在汉口《大公报·战线》发表时题为《从军去——别长安》）。诗中抒写了对革命圣地延安的景仰。

1月，第五战区青年军团在徐州成立，李宗仁自任团长，王深林是政训处宣传科长，臧克家与美术家王寄舟、王景鲁都在宣传科工作。

1月下旬，徐州会战开始，司令长官部迁移到河南潢川专员公署，臧克家与青年军团学员徒步冒风雪前往。

2月，徐州会战开始，写诗《保卫大徐州》。

3月，因和王慧兰（字深汀）关系破裂（那时她在青年军团女生中队作指导员），辞职离开潢川到武汉去。和青年们虽相处不久，但感情上牵连很重。临别的依依之情使他写下了诗作《别潢川》。

4月7日，为诗集《从军行》写《序》，时津浦北线正展开空前的血战。

4月，在武汉会见老友于黑丁，初识碧野、田涛、曾克等文友，在黄鹤楼头留影纪念。

4月，在武汉，到青年会听邓颖超讲演，访郭沫若、于立群，并会见老舍。

4月，得李宗仁、韦永成邀请，给予"第五战区司令长官部"秘书名义，转赴台儿庄前线采访。在台儿庄战地共采访二十多天，归来写成长篇通讯报道《津浦北线血战记》。

4月22日，告别李宗仁到武汉接洽《津浦北线血战记》出版事宜。

4月23日，在赴汉车中写诗《兵车向前方开》，描绘了抗敌将士慷慨雄壮的形象。

4月25日，在汉口生活书店见张仲实、邹韬奋，谈妥《津浦北线血战记》以最快件印出。9月再版。

5月，在武汉会见端木蕻良、萧红、吴伯箫、金山、冼星海、王莹等人。冼星海说：法国朋友要我选一首自己最喜爱的诗，配上一支曲子，我选用了你的《老马》寄去了。

5月底，与于黑丁、田涛、邹荻帆、田一文、鲁夫、伍禾、武智仁、李石锋、张克刚（柯岗）、胡小翔、郑桂文、梅丽莎、曾克等十四人共赴五战区，成立第五战区文化工作团，直属司令部，臧克家和于黑丁分任正副团长。工作任务是：出墙报，演小戏，唱救亡歌曲，写文艺作品，有时也朗诵诗。

5—6月，在五战区会见冯乃超、宋之的、方殷、陈晓南、孟超、碧野、谢冰莹、刘江陵、梁纯夫、程光锐、姚雪垠、孙陵、陈北鸥等。

6月，抗战诗集《从军行》由汉口生活书店初版印行，收入《我们要抗战》、《从军行》、《兵车向前方开》等14首，书前《献诗》曰：

> 诗人呀，
> 请放开你们的喉咙，
> 除了高唱战歌，
> 你们的诗句将哑然无声。

代表了诗人此时的感情和对新诗的主张。

7月，写报告《潢川的女兵》，先刊香港《立报》，7月25日，武昌《文艺》转载。

夏，第五战区文化工作委员会成立，委员七人，臧克家是其中之一。

8—10月，《豫南日报》发行"七七纪念特刊"，臧克家作《七七纪念歌》。

8月20日，臧克家与文化工作团到大别山乡间工作一月，9月20日回到商城。一月间，除演剧宣传外，还开展了个别谈话和家庭访问。此后即转去湖北麻城宋埠、黄安、经扶一带活动。

8月30日，在重庆《新华日报》发表通讯《诗歌朗诵运动展开在前方》，反映文化工作团抗战救亡宣传工作情况。

10月16日，在《文艺阵地》发表诗《我们这十四个》。诗前小序曰："八月二十七日于商城。时六安战事正急，耳边机枪成串，我军正演习也。"

本年秋冬，臧克家与文化工作团的十余人步行历经河南、湖北、安徽三省，从潢川、宋埠、旗亭、陈家店、襄樊，直到老河口，为抗战救亡宣传工作尽心尽力。

12月2日、23日，"文协"襄阳、宜昌分会先后在襄阳、均县成立，臧克家当选为两分会理事，任宜昌分会总务股股长。

1939 年　　　　　　　　　　　　　　　　　　　　34 岁

1月28日，在樊城写诗《均县——你这水光里的山城》。

2月，第五战区文化工作委员会由该区政治部接办，原在均县工作的臧克家等文艺工作者均另行分配工作。

3月，抗战诗集《泥淖集》由生活书店出版，收入《敌人陷在泥淖里》、《九一八在冷雨中》、《大别山》、《均县——你这水光里的山城》等12首。

4月，臧克家与姚雪垠等出发到前线从事文艺活动，臧克家赴随县、枣阳一带，工作月余，直到五月归来。

4月，在樊城完成114行的诗《大别山》，该诗从1938年8月于商城写起，此时改定，是抗战期间诗人较重要的诗作之一。

5月，散文集《乱莠集》由上海良友复兴图书公司初版印行。为"现代散文新集"第五种，1943年8月两版，收入《六机匠》、《嫁女会》、《花虫子》、《老哥哥》等22篇，多系1935至1936年在临清所作。

5月，随枣战役开始，臧克家与姚雪垠到广西部队八十四军，姚去一七四师，臧去一七三师。归来后臧克家在给《文艺阵地》编者信中说："弟同雪垠、孙陵两兄到随枣前线作战地文艺工作，到前线后即分三组，弟到八十四军一七三师。从军、师、团、营、连部直到第一线，距离只二百米，鸡犬歌吹之声相闻。弟系卅日夜去的，敌于次日黎明即大举进犯，一日之内发炮至三千余发之多，为沪战后最烈之炮火。弟于炮火中跑出，身边落多颗，幸而不死！回程至枣阳，敌人突冲至，几被包围，往新野、邓县……急行八日两夜，始脱险。敌人在后边仅距三十里。弟现已到河口，将来或再到安徽去看看敌人后方的各种情况。……"

5月，散文《随枣行》在重庆《群众》周刊和上海《大美晚报》"文化界"发表。

5月25日，在均县写诗欢送军校毕业的山东老同学回乡打游击。

7月29日，去安徽敌后的前夜，写诗向来访的日本反战的同志们致意。

8—10月，臧克家到安徽敌后采访三个月。

10月，长诗《淮上吟》完成，12月6、7、8日在重庆《大公报·战线》连载。11月7日臧克家在重庆《大公报》发表他写自河口的信，称："……一个月的敌人后方生活，颇使人兴奋，今天我又回到了河口，将所得的材料写成五百行长诗，还将写些速写报告的东西……"

10月，通讯报告集《随枣行》由前线出版社出版，收入《在第一线上》、《随枣行》、《十六岁的游击队员》、《郑州在轰炸中》等7篇，都是随枣战役中战地访问的结果。其中有一篇《十六岁的游击队员》，当时国语教科书上曾选作教材。

11月28日，在河口写诗欢迎作家访问团诸朋友，亲切地称他们为"我们的笔部队"。

1940年   35岁

5月，长诗集《淮上吟》由上海杂志公司出版，为郑伯奇主编的"每月文库"第二辑之二。收诗两首:《走向火线》、《淮上吟》。《走向火线》第一稿在随枣会战脱险时失落,这里印行的是1939年5月29日在均县默写的第二稿。

6月,臧克家著通讯报告集《随枣行》被国民党伪中央图书杂志审查委员会以"故不送审原稿"为由"暂停发行",见该委员会1941年7月印发的《取缔书刊一览》(据《中国现代出版史料》丙编)。

7月,诗集《呜咽的云烟》由桂林创作出版社出版,收入《呜咽的云烟》、《大别山》等5首较长的诗。

秋,因文化工作团、文化工作委员会先后解散,几年间共同工作的黑丁、曾克等纷纷他往,臧亦欲离开五战区。行前游武当山,重到均县,归来写散文《朝武当》。

冬,去鄢陵,途中在南阳路遇三十军军长池峰城,邀去三十军从事文艺工作。

1941年   36岁

1月1日,与碧野、田涛到湖北南漳县安家集三十军驻地,受到热烈的欢迎,被称做"三十军之友"。(池峰城的秘书处长丁行是中共地下党员,1948年被孙连仲逮捕,在南京"国防部小刑场"壮烈牺牲。1961年臧克家曾写诗《梦》悼之。)

五六月间,孙连仲令池峰城"逐客",臧克家等三人愤而离开三十军。

初夏,在鄢陵得知范筑先将军聊城殉国的素材,开始构思长诗《范筑先》。

初夏,在鄢陵得碧野从漯河来电,邀往三十一集团军工作,遂去临泉,与碧野、田涛、李蕤等共事。旋被汤恩伯急电召往叶县,充实"三一出版社"。该社驻叶县寺庄,由王德昭负责,臧任副社长。

自夏至冬,在寺庄大量写作,主要诗作有《范筑先》及《泥土的歌》中的部分篇章。

12月15日,《中国诗歌界致苏联诗人及苏联人民书》在《文艺生活》第一卷第四期及《诗创作》第六期等报刊发表,冯玉祥、郭沫若、田汉、冰心、老舍、臧克家等150人具名。宣称:"我们屈原、杜甫爱世爱国精神的继承者，对你们普希金、莱蒙托夫、尼古拉索夫、马耶可夫斯基战斗精神所薰陶的苏联人民，伸出热烈的友谊的手，让我们抗战的歌声互相穿过世界的屋脊，让我们手携手地打击人类中的丑类——那东方西方的野兽吧！"

1942 年　　　　　　　　　　　　　　　　　　　　　　　**37 岁**

2月8日，长诗《范筑先》在叶县寺庄竣稿，7—9月，在《诗创作》连载，后题以《古树的花朵》发行问世。

3月27日，写通讯《笔部队在随枣前线》纪念文协成立五周年。

4月，诗集《向祖国》由桂林三户图书社初版印行。收入《向祖国》、《从冬到春》、《为抗战而死，真光荣！》、《他打仗去了》等六篇。

4月，与碧野、田涛创办的《大地文丛》创刊号出版，由华中日报社印行。长诗《他打仗去了》即在该刊发表。共印2000册，寄重庆500册。因刊有林焕平译的《马列主义的文艺观》，汤恩伯从洛阳打来急电查封，并派人搜查图书室，传讯臧克家，因之，《大地文丛》仅出一期停刊，臧克家偕郑曼及碧野、田涛等先后离去。

5月25日晨，万鸟声中，在河南叶县寺庄写诗《春鸟》，对"皖南事变"后国民党反动派的黑暗统治发出了愤怒的抗议，并表达了对光明、自由和真理的渴望。

7月，离开河南，卖书借债以为路费，步行由豫入鄂，转道入蜀，经王昭君的故乡，访屈大夫的故里，溯长江，过三峡，观巫山，轻舟一叶，直趋重庆。

8月14日，经月余跋涉，终至重庆，借住张家花园65号"中华全国文艺界抗敌协会"。本月，与郑曼结婚。

到重庆后，即参加"文协"活动，与茅盾、叶以群、姚雪垠、刘盛亚编在同一读书小组，曾在生活书店及张友渔寓中开学习小组会，讨论文艺问题。

9月6日，在重庆《大公报·战线》发表诗《崎岖的道路》，记初到重庆的不平之感。

9月，诗文合集《诗家》由戏剧文学出版社出版，诗家丛刊编委会编，重庆五十年代出版社经售，为"诗家丛刊"第一集，收入臧克家的诗《从冬到春》。

9月28日，长篇回忆录《我的诗生活》在重庆竣稿，1942年10月至1943年1月在《学习生活》连载。

10月10日，为纪念第三十一个"双十节"在重庆《新蜀报·蜀道》发表杂文《双十精神》。

10月19日，中华全国文艺界抗敌协会假中苏文化俱乐部召开鲁迅逝世六周年纪念会，老舍主持，臧克家出席。纪念会被特务破坏，臧克家后来说这是到重庆后国民党反动派给他上的"第一课"。

10月31日，《泥土的歌》一组十五首并《小序》在《文艺阵地》发表，多系在河南叶县寺庄所作。

11月2日，在重庆《新华日报》发表诗作，赞颂苏联战士争为荣誉战士输血。

12月17日，自本日起，在成都陈白尘编辑的《华西晚报·文艺》连载组诗"生活小辑"，每诗冠以标题，曰：希望、爱情、情书、友谊、热情、笑、快乐、泪、梦、思想、回忆、世故、死、英雄、生活，共15篇。

12月，《古树的花朵》（原名《范筑先》）由成都东方书社出版。这篇五千行的长诗，塑造了抗日民族英雄的形象，发表出版后引起了文艺界的注意。

1943年   38岁

1月15日，为《新华日报》创刊五周年写祝辞《祝新华五周年》："在大时代里诞生，在斗争中生长，真理永存，新华日报万寿无疆。"

1月，回忆录《我的诗生活》由重庆读书生活社印行，书前有《卷首题词》。全书共七章，从童年起叙述到抗战中期的生活和创作，是了解诗人文学道路的重要资料，也是充溢着诗情的散文。

年初，得余心清（冯玉祥的政治助手）帮助，得任"赈济委员会""专员"，挂名领薪。

4月10日，"文协"五届年会改选理监事毕，臧克家当选为候补理事。

6月，诗集《泥土的歌》由桂林今日文艺社印行初版，1946年2月上海星群出版公司印沪初版。书前有《序句》及《当中隔一段战争》

（1945年9月21日作，沪版新加），全书分为"土气息"、"人型"、"大自然的风貌"三辑，共收诗52首，诗集出版后，文艺界评价不一。孔休等认为，"在他的《泥土的歌》里已经形成了他新的风格，这一风格的建立，使他走上了一条崭新的道路"（1944年3月《藏克家论》）。林默涵等则认为这诗集反映了"以知识分子自己的心境或从个人的感觉去赞颂农村"，"结果却是使农村神秘化了"，这"与其说是战斗的号召，倒不如说是牧师的说教"（1948年，《评藏克家的〈泥土的歌〉》）。

6月，移居重庆郊外歌乐山大天池6号"赈济委员会"留守处，与邻居的农民相处融洽，并以他们为"模特儿"，写了《山窝里的晚会》等作品。

7月1日，诗《第一朵悲惨的花——吊屈原》在《天下文章》第一卷第四期"诗人节特辑"发表。

7月25日，《新诗，它在开花结实——给关怀它的三种人》在重庆《大公报·战线》发表，为新诗的发展开路。

9月13日，《"古树的花朵"的写作》在《新蜀报·蜀道》发表，阐明这部长诗的写作背景和意图。

9月15日，长诗《感情的野马》在《时与潮文艺》连载，至11月15日止。

9月，"诗家丛刊"第二集《诗人》出版，诗家社编辑，群益出版社出版，其中"诗创作"栏内发表了藏克家的诗《跋涉劳吟——〈山野之歌〉的一部分》。

11月，诗集《国旗飘在雅雀尖》由成都中西书局出版，编入文协成都分会创作丛书，收入短诗《国旗飘在雅雀尖》、《呜咽的云烟》、《第一朵悲惨的花——吊屈原》、《中原的胳膊》、《红星》等31首。

11月，长诗《感情的野马》由重庆当今出版社出版，共24节。

本年，参加王亚平等组织的"春草诗社"，主要成员有戈茅、柳倩、藏云远、高兰、力扬等。

本年，曾在"难童教养院辅导队"工作，负责编辑小型刊物《难童教养》。

1944 年　　　　　　　　　　　　　　　　　　**39 岁**

2月，郑曼在儿童疗养院工作，因之不时得知一些难童的悲惨故事，后据以写成《两盏小灯笼》等诗。

3月，写诗《裁员》，向国民党反动政权贪官污吏发出抗议。

年初，"赈济委员会"撤消，只有拼命写作，笔耕度日，艰辛备尝。

4月16日，"文协"举行年会，议决次日为老舍先生创作二十周年及四十五岁祝贺。

4月17日，在重庆《新蜀报·蜀道》"老舍先生创作生活二十年纪念专叶"发表题辞《甘苦回味二十年》，深致贺忱。

6月，为了庆贺自己四十岁的生辰，把以往印行的诗作从严挑选，作为一份礼品自赠，并敬赠给社会，编选了《十年诗选》，选诗70首，由重庆现代出版社印行初版，编为"现代文艺丛书"。臧克家在编选本集中，曾得到吴组缃、李长之等热情帮助，斟酌切磋，颇多收益。

7—9月，《十年诗选》的序言分别在成都《华西日报》、昆明《扫荡报》、《时与潮文艺》等报刊上发表。

9月，投书闻一多，拟去西南联大；旋得闻手书题辞及长信，知闻投身民主斗争，深受鼓舞。

10月26日，重庆文艺界友人假天官府文化工作委员会举行茶会，祝贺臧克家四十岁（虚岁）生日，昆明《扫荡报》副刊1200期出纪念刊，祝贺他坚持诗歌创作15年。该刊刊载臧克家的《变》、《诗颂张自忠》（次号续完）及臧诗创作集目录。

12月，写诗《六机匠》，深情怀念童年时代的劳动人民朋友。

1945 年   40 岁

2月，我党发动重庆文化界人士发表对时局进言。21日，力扬来邀签名。臧克家签名之后，又陪力扬登歌乐山访谢冰心请签名。22日，重庆《新华日报》发表郭沫若领衔之《文化界时局进言》，三百多人具名。张道藩等国民党大小头目气恼不已。

5月4日下午一时，"文协"假曹家庵文化会堂举行"文协成立七周年暨第一届文艺节纪念会"，郭沫若、茅盾、老舍、胡风、巴金、曹禺、臧克家等一百余人出席。臧克家作《精神的囚犯》在本日重庆《新华日报》及《抗战文艺》"文协成立周年并庆祝第一届文艺节纪念特刊"发表。

5月，诗集《生命的秋天》由重庆建国书店初版印行，收入《生命的秋天》、《六机匠》、《两盏小灯笼》、《马耳山》等9首诗作。

5月，政治讽刺诗《宝贝儿》、《裁员》等在《诗文学》丛刊第二辑"为了面包与自由"发表。《宝贝儿》一诗收入讽刺诗集《宝贝儿》，诗集以本篇命名。

6月14日，《向黑暗的"黑心"刺去——谈政治讽刺诗》（《宝贝儿》代序）在重庆《新华日报》发表，强调政治讽刺诗的现实意义。

6月，诗集《民主的海洋》由世界编译所出渝一版，书前有焦菊隐作"青鸟文学创作丛书序"、臧克家《小序》，收入《擂鼓的诗人》、《霹雳颂》、《爱与死》、《和驮马一起上前线》等12首诗作。因排印错讹太多，未能发行。

8月28日，为国共两党和谈毛泽东飞抵重庆。9月初，臧克家出席毛泽东在张治中寓所举办的招待会，得见毛泽东、周恩来、张奚若、徐冰等。归来后倍受鼓舞，写诗《毛泽东，你是一颗大星》。应邀赴周恩来召开的座谈会，后据以写成回忆散文《会面无多忆念多》。

9月9日，诗《毛泽东，你是一颗大星》以"何嘉"笔名在重庆《新华日报》发表：

> 毛泽东，你是一颗大星，
> 不亮在天上，亮在人民的心中，
> 你把光明、温暖和希望
> 带给我们，不，最重要的是斗争！……
> 从你的声音里，
> 我们听出了一个新中国，
> 从你的目光里，
> 我们看到了一道大光明。

12月1日，昆明发生"一二·一"血案，重庆各界为遇难四烈士设祭，臧克家参加。

12月16日，诗《人民是什么》在重庆《大公报》发表，愤慨地揭露、指斥把人民当作"用到，把它高高举起，用不到了，把它卷起来"的"旗子"的独夫民贼。

本年，愤于国民党统治区政治黑暗，人民痛苦，大量写作政治讽刺诗，如《重庆人》笔锋指向"接收大员"，《枪筒子还在发烧》谴责国民党反动派策动内战。

1946 年   41 岁

1月8日至2月1日，《陪都文艺界致政治协商会议各会员书》在《新文学》、《文艺生活》等报刊发表，茅盾、胡风、冯雪峰、臧克家等一百余人具名。他们强烈要求"停止内战，结束一党专政"，"废止文化统制政策，确立民主的文化建设政策"，呼吁"写作、发表、出版、人身自由"和"废止党化教育"。

2月10日，"较场口事件"发生，郭沫若等被殴受伤。27日，重庆文化界百余人签名，发表告国人书，抗议国民党反动派的法西斯暴行，臧克家具名。

2月17日，"诗歌音乐工作者协会"成立，臧克家被推举为理事。

4月6日，杂文《官》在《人民世纪》发表，尖锐讽刺国民党官僚。解放后《中国青年报》曾重新发表。

4月18日，为飞机失事遇难的王若飞等写的悼诗《假若——悼王、秦、叶、黄诸先生》在重庆《新华日报》发表。

4月22日，文联社在重庆中苏文化协会会议室举行文艺座谈会，检讨抗战八年文艺工作，臧克家出席并发言。

春，得老舍信，言即赴美讲学。次日去重庆市里与老舍杯酒话别。

5月2日，晚八时"文协"假民生路韦家院坝16号召开第二届文艺节暨"文协"成立八周年同乐晚会，郭沫若、田汉、冯乃超、邵力子、臧克家等三百余人出席。

5月4日，上午八时，重庆文艺界在抗建堂举行纪念五四文艺节大会，臧克家出席并讲话，报告诗歌界的情况。

5月10日，讽刺诗集《宝贝儿》由万叶书店初版印行，为万叶文艺新辑之一。书前有《编者献辞》及代序《刺向黑暗的"黑心"》，收入《胜利风》、《人民是什么》、《重庆人》、《裁员》、《宝贝儿》、《破草棚》等17首。劳辛评论这是"从愤怒中爆发的诗篇"（《马凡陀的山歌和臧克家的宝贝儿》）。

5月20日，抗议国民党法西斯暴行的诗《捉》在《民主文艺》发表。

5月29日，参加重庆各界人士时事座谈会。座谈会发表告国人书，呼吁和平。

6月19日，陪都各界四千余人联名致电蒋介石、毛泽东，呼吁全面停战，实现和平。臧克家签名。

7月，郑曼的工作单位中央卫生实验院复员到南京，臧克家才得以"眷属"身份乘胜利号拖轮从重庆沿江而下。历尽艰辛，到达南京，惊悉闻一多先生被刺噩耗，悲愤不能自已，著文痛悼。

7月下旬，在南京滞留七天转赴上海。8月12日起，得陈流沙之助，接编上海《侨声报》副刊《文学》（周刊）及双周诗刊《星河》，住东宝兴路《侨声报》宿舍，与郭沫若、茅盾、田汉、叶圣陶、洪深、穆木天等相邻，不时过从并经常向他们约稿，使刊物阵容壮盛。同时又注意发表新诗人的作品，辛笛、陈敬容、丁力、劳辛、黎光跃、田地、康定、唐湜、唐祈等不时在《星河》上发表诗作和评论。

8月3日，写诗《歌乐山》，深情告别居住过、写作过的歌乐山。

9月1日起，离渝赴沪特意写下的日记《我在"胜利号"拖轮上》在《文潮月刊》第一卷第五期开始刊载，至第二卷第三期续完。

9月1日，《闻一多精神》在《中学生》"悼念陶、闻、李三先生"栏内发表，向中学生介绍民主战士闻一多。

10月15日，《他擦了擦眼睛》在《文艺春秋》发表，纪念鲁迅先生逝世十周年。

12月21日，写讽刺诗《发热的只有枪筒子》，25日在《文汇报·笔会》发表，诗曰：

> 这年头，哪儿去找繁荣？
> 繁荣全个儿集中在战地；
> 这年头，什么都冰冷，
> 发热的只有枪筒子！

1947 年   **42 岁**

1月，为《侨声报》编《星河》、《学诗》两副刊，历四个半月结束。

1月，塔斯社远东分社社长罗果夫发起组织普式庚纪念集编辑委员会，聘请郭沫若、郑振铎、田汉、叶圣陶、胡风、袁水拍、臧克家等为名誉编辑。

1月25日，讽刺诗《谢谢你们了国大代表！》（后改题为《谢谢了，"国大代表"们！》）在上海《文汇报·笔会》发表。

2月2日，讽刺诗《内战英雄赞》、《徐州大会战》在上海《文汇报·笔会》发表。

2月9日，因"前日一天风雪，昨夜八百童尸"而写的诗《生命的零度》在上海《文汇报·笔会》发表。

3月3日，有感于《大公报》"南汇通讯"载一农家青年因抽丁中签堆柴自焚而写的诗《自焚》在上海《文汇报·新文艺》发表。

4月5日，诗《表现——感台湾事件》（后改副题为"有感于'二·二八'台湾人民起义"）在《新诗歌》发表。

4月25日，《文艺春秋》社举行"五四文艺座谈会"，臧克家出席，并作发言。

4月，讽刺诗集《生命的零度》由新群出版社印行沪初版，编为"新群诗丛之三"。全书分为三辑，收入《谢谢了"国大代表"们》、《"警员"向老百姓说》、《发热的只有枪筒子》、《内战英雄颂》、《生命的零度》、《邻居——给墙上燕》、《六机匠》、《老李》等长短诗29首。

5月3日晚，"文协"假九江路清华同学会召开"文协九周年纪念大会"，臧克家出席。

5月4日上午"五四文艺节纪念大会"在黄金大戏院召开，到会千人，臧克家与郭沫若、杨晦、艾芜等讲话。

5月15日，应《文艺知识连丛》编者问，写创作经验谈《答编者问——一个文艺学徒的"自道"》，回答八题，共约万言。

6月，小说集《挂红》由读书出版社印行，收入《挂红》、《重庆热》、《小马灯》、《凤毛麟角》、《牢骚客》、《严正清》等10篇。

7月，协助曹辛之、林宏等合作组织"星群出版公司"，出版《诗创造》月刊，主编《创造诗丛》十二种。刊头"诗创造"用鲁迅墨迹制版，共出十二辑，分别题为《带路的人》、《丑角的世界》、《骷髅舞》、《饥饿的银河》、《箭在弦上》、《岁暮的祝福》、《黎明的企望》、《祝寿歌》、

《丰饶的平原》、《美丽的敦河呀》、《灯市》、《诗论专号：严肃的星辰们》。《诗创造》联系了戴望舒、袁水拍、任钧、臧云远、苏金伞、金克木、方敬、戈宝权、王辛笛、陈敬容、高寒等许多诗人。同时，"星群出版公司"还首创"诗人之家"，为全国各地诗歌作者、爱好者收集、邮寄各种诗集、诗刊。

夏，上海交通大学学生与伪市长吴国桢开展关于"爱国有罪"的辩论，臧克家写信支持学生斗争。

7月18日—8月，撰写诗和散文多篇，纪念闻一多遇难一周年。

9月26日，为"创造诗丛"所收12位诗人写的评论《论十二位诗人的诗》在上海《大公报·文艺》发表。

10月20日，臧克家编选"创造诗丛"由星群出版公司出版，共12种：杭约翰作《噩梦录》、吴越作《最后的星》、苏金伞作《地层下》、沈明作《沙漠》、青勃作《号角在哭泣》、索开作《歌手乌卜兰》、方平作《随风而去》、黎先耀作《夜路》、唐湜作《骚动的城》、康定作《掘火者》、李搏程作《婴儿的诞生》、田地作《告别》。

10月，据《诗创造》第四辑报导：曾由闻一多领导过的清华大学、北平大学的诗歌团体，近曾数度召开座谈会，集体讨论臧克家、马凡陀、艾青、田间诸人的近作。

10月，散文集《磨不掉的影象》在益智出版社出版，编为"一知文艺丛书"第一辑，收入《我的先生闻一多》、《李大娘》、《欧国钧》、《山窝里的晚会》、《"民主老头"》等八篇。

10月，骆宾基3月在沈阳被国民党反动派逮捕。"文协"总会及文艺界人士先后发出抗议，并积极营救，臧克家撰写文章，寄怀念之情。

10月，得白寿彝助，主编《文讯》月刊。该刊第七卷第五期（1947年11月15日出版），发表臧克家《缀在末页》，说明该刊每隔两期将出一文艺专号，撰稿人全系著名革命作家和进步作家。当时有人指出，臧克家在艰苦的环境中"尽全力把《文讯》办得严肃有分量，熔一些优秀作家于一炉，为多数读者所欢迎。"（刘岚山:《诗人臧克家》）

12月23日，写诗《冬天》，愤激地指控国民党统治区的黑暗。

12月，《生活和诗的历程——续〈我的诗生活〉》在《新中华》发表。这是研究臧克家抗战时期生活和创作的重要文章。

12月，小说集《拥抱》由寰星图书杂志社出版，编为"寰星文学丛书"第一集，收入《"妈妈"哭了》、《文艺工作者》、《荣报》等5篇。

本年，曾应邀到同济大学等三所大学学生集会讲演，同台讲演者有田汉、洪深、胡风等。臧克家所讲为闻一多的诗，并朗诵了《一句话》，听众千余人。

1948 年   43 岁

1月17日，《密勒氏评论报》发表介绍伦敦版《现代中国诗选》的文章，该"诗选"为罗勃·配恩编选，他称臧为"在过去简洁的形式里表达出现代的感情，得到成功的臧克家。"

2月，散文《时间的火——普希金的铜像在沪揭幕》在《文艺丛刊》第四集《雪花》发表。

5月，据《诗创造》报导：方宇晨近将中国新诗16家150余首译成英文在英印行，臧克家诗选入17首。

8月15日早，写诗《朱自清先生死了！》，8月20日在上海《新民报晚刊》发表。此后即多方筹稿将《文讯》月刊第九卷第三期文艺专号编为"朱自清先生追念特辑"，发表了很多著名作家的纪念文章。

10月，凭吊鲁迅先生墓，"五尺土丘，片石记名，伟大战士，荒地长眠。为之仰天长吁，满怀悲愤"（《京华练笔三十年》），心中酝酿纪念鲁迅的诗篇，后写成《有的人》。

11月，上海白色恐怖严重，郭沫若、茅盾等相继撤离，臧克家因为"写诗骂人"等罪名屡遭反动派忌恨，本月底，得陈白尘告警暂避田仲济寓。

12月，得陈白尘、辛笛之助离沪去港，通过盛舜找到叶以群，与党组织联系，到赠港币百元，维持生活。患重病，电召郑曼来港，又设法遣送二子转去青岛解放区。臧克家时住香港荔枝角九华经，门前有臭水沟，戏称之为"小桥流水人家"，摄影留念，今犹存。九华经多居文化人，臧与杨晦、楼适夷、方成、端木蕻良、黄永玉、巴波等为邻。此间无生计，唯以投稿《大公报》、《文汇报》谋生。

本年，诗集《冬天》由上海耕耘出版社出版，收入《冬天》、《做不完的好生意》等19首。

1949 年   **44 岁**

1月1日，杂文《新年释"新"》在香港《大公报》发表。诗人说："全国即将被革命的狂飙所扫荡，所解放，已经是可以断言的了。""几乎没有人不对南京摇摇欲堕的政权掉头而去。""今年的'新'，才是有着充实而活跃的内容，今年的'新'，才保证了人类幸福的前途，不再是一个苍白的愿望"。

1月27日，在香港《大公报·大公园》发表文章，论述朱自清的新诗观。

3月，党组织租专轮"宝通号"送在港文化人赴北平，臧克家与冯乃超、阳翰笙、史东山、张瑞芳、徐伯昕、严济慈等同行，途中欢快异常，曾在船上朗诵诗歌。至北平，住永安饭店，周恩来亲来看望，极感温暖。

5月8日，在《人民日报》发表组诗《看到的，听到的，想到的》，这是在解放区发表的第一篇文字。

5月，到华北大学三部文学创作研究室任研究员，该室由张光年负责，同事有戴望舒、黄碧野、苏金伞等。

5月，长女臧小平生。

7月2日至19日，出席第一次全国文代大会。24日，中华全国文学工作者协会组成，被选为委员。

9月，参加新华书店编辑部工作。

10月，"出版总署"成立，主编《新华月报》"文艺栏"。一年后任人民出版社《新华月报》编辑室"编审"，前后达七年。

11月1日，《有的人——纪念鲁迅有感》在北京《新民报》刊出。这首诗多次在大会上朗诵过，并被选入中学语文课本，影响颇大。

12月17日，文化部艺术局召集京津地区文艺报刊编辑工作座谈会，臧克家代表《新华月报》出席。

1950 年   **45 岁**

1月1日，诗《他们朝着一个方向》在《大众诗歌》发表。

3月8日下午，山东省各界人民代表会议在济南开幕。臧克家从北京专程赴济南参加会议，被选为主席团成员，并于3月13日全体会议上发言，发言稿刊于《青岛日报》。

7月2日，与力扬等25位诗人联合发表声明，抗议土耳其政府迫害人民诗人希克梅特。

8月1日，诗《胜利的箭头，射出去》在《大众诗歌》发表，抗议美帝国主义侵略台湾、朝鲜。

11月20日，诗《和平是不需要入境证的》在《人民日报》发表。

12月1日，论文《我们迫切的需要杂文》在《人民文学》发表。

1951年 46岁

6月，参加中国民主同盟。

10月10日，评论《庄严美丽的诗篇——读〈聂鲁达诗文集〉》在《人民日报》发表。

10月，《鲁迅先生与编辑出版工作》在《新华月报》发表。本文先在《新建设》第五卷第一期刊出，有些许错误，经作者改正，作为定稿重新发表。

本年起，肺病复发，病休。

1952年 47岁

2月16日，《可喜的收获——〈蟠江冰波〉、〈科尔沁草原的人们〉》在《新观察》发表。

2月26日，为"三反"运动而写的杂文《打"虎"随笔五题》:《"虎"比虎》、《"风"从虎》、《"不至于吧？"》、《金钱的硬度》、《面子问题》在《人民日报》发表。

1953年 48岁

5月2日，《关于白居易的〈观刈麦〉的解释》在《人民文学》发表。

7月1日，诗《高贵的头颅，昂仰着》在《新观察》发表。

9月，参加关于李季新作长诗《菊花石》的讨论，并发言。

9月22日，评论《读〈屈原集〉》在《人民日报》发表。

9月23日至10月6日，全国第二次文代大会在京召开，臧克家出席会议，当选为全国文联委员。

9月25日至10月4日，出席中国文学工作者第二次代表大会并被选为作协理事。

12月15日，评论《反抗的、自由的、创造的〈女神〉》在《文艺报》发表。

1954 年　　　　　　　　　　　　　　　　　　　49 岁

1月，诗人自选的《臧克家诗选》由作家出版社在北京出第一版，选入《难民》、《天火》、《罪恶的黑手》、《运河》、《兵车向前方开》、《三代》、《春鸟》、《生命的零度》、《有的人》等37首，后多次改版印行。

2月28日，出席文艺界"诗的形式问题"讨论会，并发言。

7月7日，在《人民文学》发表诗歌《我们终于得到了它》庆祝《中华人民共和国宪法草案》公布。

7月13日，中国作协举办聂鲁达诗歌座谈会，庆祝他五十寿辰。臧克家出席会议，并朗诵了祝寿诗歌。

7月27日，在《文艺学习》发表文章，评论撒尼族人民的叙事长诗《阿诗玛》。

10月7日，在《人民文学》发表诗作，庆祝中华人民共和国成立五周年。

1955 年　　　　　　　　　　　　　　　　　　　50 岁

2月8日至3月8日，《"五四"以来新诗发展的一个轮廓》在《文艺学习》发表，该文系为《中国新诗选》所写的序言。

2月10日，在《光明日报》发表文章，评论农民诗人——王老九的《诗选》。

5月8日，在《文艺学习》著文，评论李季的《生活之歌》。

10月8日，散文《毛主席向着黄河笑》在《人民文学》发表。该文多次被选进中学语文课本。

10月20日，在《北京文艺》发表诗作，为"全国社会主义建设积极分子大会"歌唱。

12月，评论集《在文艺学习的道路上》由新文艺出版社出第一版，共分四辑，收入评论文章22篇。后改版印行。

1956 年   **51 岁**

3 月 15 日至 30 日，中国作协与团中央召开全国青年文学创作会议，臧克家出席并同青年作者谈诗。

3 月 25 日，出席中国作家协会第二次理事会议（扩大）并作发言。

7 月 8 日、15 日，在《人民文学》、《文艺学习》、《北京日报》发表文章，评论闻一多的诗歌创作，纪念闻一多遇难十周年。

7 月 13 日、30 日，杂文《以耳代目之类》、《套子》在《人民日报》发表。

夏，同张天翼、艾芜、李季一道去青岛避暑。应山东大学师生邀请，到中山公园小聚，臧克家即席讲话。

8 月 8 日、9 月 2 日，《海滨杂诗》两组共 17 首在《人民日报》发表。

10 月 11 日至 11 月 12 日，在报刊上发表回忆、评论文字多篇，纪念鲁迅逝世 20 周年。

10 月，次女郑苏伊生。

11 月 23 日，《雪天读毛主席的咏雪词》在《中国青年报》发表。

11 月 21 日至 12 月 1 日，出席文学期刊编辑工作会议。

11 月，人民文学出版社出《臧克家诗选》北京第一版，分四辑，经作者增订，补选 57 首，较之 1954 年作家出版社更能反映诗人各时期诗作的风貌。

本年夏，周恩来召集作家协会、文化部的负责人和一些作家一道在紫光阁座谈，共约七八十人，臧克家出席。总理于会间得知臧克家不在作家协会工作，而在人民出版社工作，会后即关照调诗人到作协书记处任书记，直到 1979 年 11 月。

本年，受中国青年出版社委托编选的《中国新诗选》由该社出版，收 1919 年到 1949 年 26 位诗人的 92 首诗作。书前有臧克家撰写的《"五四"以来新诗发展的一个轮廓》作为代序，后附《关于编选工作的几点说明》。

1957 年   **52 岁**

1 月，毛泽东召见臧克家，谈诗歌等问题，长达两小时。2 月 25 日，写诗《在毛主席那里做客》在《诗刊》发表。

1月12日，毛泽东致书臧克家和《诗刊》编辑部各位同志，寄去改定的自作诗词十八首，允予《诗刊》发表，并谈了关于自己的诗词和对《诗刊》的希望。

1月25日，新中国第一个专门发表诗作、诗评的刊物《诗刊》创刊，臧克家任主编兼编委，直到一九六五年休刊。

2月8日，《工人生活的新歌手——读丹心同志的诗》在《文艺学习》发表。

2月16日，《毛主席的两首词〈长沙〉和〈游泳〉》在《中国青年》发表。

3月8日，《读毛主席四首词——〈黄鹤楼〉〈六盘山〉〈昆仑〉〈北戴河〉》在《文艺学习》发表。

3月25日，为《1956年诗选》撰写的序言在《诗刊》发表。

4月19日，《闻一多的〈发现〉和〈一句话〉》在《语文学习》发表。

10月16日，在《人民日报》发表组诗，纪念十月革命四十周年。

10月19日，在《人民日报》、《光明日报》著文，纪念鲁迅先生逝世二十一周年。

10月，《毛主席诗词讲解》由中国青年出版社出第一版，臧克家讲解，周振甫注释。本版收入臧克家的讲解文章5篇。

11月29日，王统照病逝于济南。闻噩耗后十分悲痛，挥泪写诗文悼念。

1958 年   53 岁

1月10日，《喜读毛主席的诗词〈蝶恋花〉》在《北京日报》发表。

2月25日，《文艺报》社召开"文风座谈会"，臧克家出席并发言。

3月8日，在《人民文学》发表文章，评论郭小川的两篇长诗《深深的山谷》和《白雪的赞歌》。

3月12日，自作《小传》在《读书月报》发表。

3月18日，在《人民日报》发表诗作，欢迎志愿军归国。

3月25日，为人民文学出版社《王统照诗选》撰写的序言在《诗刊》发表。

3月，论文杂文集《杂花集》由北京出版社出版，共收论文杂文

36篇，系建国后所作论文杂文的选集。

4月25日，为《1957年诗选》写的《序言》，在《诗刊》发表。

4月，诗集《一颗新星》由作家出版社出版，收诗37题，分为两辑，是建国后诗作的选集。

5月，毛泽东提出革命的现实主义和革命的浪漫主义相结合的创作方法，文艺界开展讨论，臧克家撰文在《文艺报》笔谈对"两结合"的认识。

5月28日，为天津人民出版社出版诗集《为孩子们写的诗》撰写序言，在《人民日报》发表。

9月22日，诗《如雷贯耳——读了陈毅外长严正警告杜勒斯的声明以后》在《人民日报》发表。

10月7日，《试译毛主席〈送瘟神〉》在《中国青年报》发表。

10月8日，《领袖和群众心连着心——读〈毛主席在群众中〉》在《人民文学》发表。

10月25日，《呼唤长诗》在《诗刊》发表，"希望产生出一部又一部纪念碑式的长诗"。

1959年　　　　　　　　　　　　　　　　　　54岁

1月25日，长诗《李大钊》竣稿，并《后记》于3月25日在《诗刊》发表。这是建国后诗人所写的唯一长诗。长诗作为"诗刊丛书"之一，于6月由作家出版社出版。

3月，诗集《春风集》由作家出版社出版，收入《春风吹》等44首短诗，分为两组。

4月11日，撰写文章评论柯岩的儿童诗。

4月，《诗刊》社邀请二三十位诗人和文艺界领导同志在南河沿文化俱乐部举行诗歌座谈会，臧克家主持并与陈毅等同志合影。

4月，当选为第二届全国人大代表，出席会议。

7月，因病住院，长达七八个月。

8月，诗人建国十年诗选《欢呼集》由人民文学出版社出第一版，书前有张光年《序》，全书共为两辑，收诗45首。

1960年   55岁

7月22日至8月13日，全国第三次文代会在京召开，臧克家因病未出席。会上，当选为全国文联委员。

本年，病休。

1961年   56岁

3月12日，短诗十六首《凯旋》在《人民文学》发表。2月24日作短序。

4月，中国乒乓球队获得团体及男女单打冠军，写诗祝贺。

4月，古巴事件发生，写诗声援。

5月28日，为毛主席回韶山后与少年儿童合影的题诗《毛主席戴上了红领巾》，在《人民日报》发表。

8月8日，《诗人之赋——重读〈阿房宫赋〉》在《人民日报》发表，后在中央人民广播电台"阅读与欣赏"节目内播放，并收入《阅读与欣赏》一书。

9月，开始在《人民日报》、《红旗》、《诗刊》等报刊发表总题为"学诗断想"的短文。

1962年   57岁

1月4日，《眼遇佳句分外明——读白羽、老舍同志的旧体诗》在《光明日报》发表。

3月11日，在《文艺报》发表《陈毅同志的诗词》。不日接陈毅同志的函，说"你的许多看法，甚惬我意。"

4月19日，二届三次人大部分代表在人民大会堂福建厅聚会谈诗，朱德、陈毅、郭沫若、周扬、冰心、冯至等五十多人出席，臧克家主持大会并致词。会后聚餐，合影留念。

5月10日，《读毛主席〈词六首〉》在《诗刊》发表。

7月，诗集《凯旋》由北京作家出版社出版，收入《凯旋》、《翠微山歌》等23题。

夏，到东北游历。归来后写组诗《松花江上》及散文《镜泊湖》等。

10月，文艺论文集《学诗断想》由北京出版社出版，收入《精练、大体整齐、押韵》等26篇。1979年8月改版印行。《文艺报》刊载的评论文章说："这些文章形式活泼，体裁多样，深入浅出，言简意赅，亲切的象谈家常，却又处处闪烁着睿智的光彩。"（1963年第5期）

1963年 58岁

夏，朱德约臧克家至中南海谈诗。朱德逝世后，据以写成散文《怀念逐日深》。

8月14日，为《蒲风诗选》撰写的《序言》，在《文学评论》发表。

8月25日，"诗刊社"组织"支持黑人斗争诗歌朗诵会"，臧克家主持并于开始时讲话。

10月22日，为人民文学出版社新版《烙印》写《〈烙印〉新记》，在《光明日报》发表。

1964年 59岁

1月，《时代风雷起新篇——读毛主席诗词十首》在《光明日报》、《诗刊》等报刊发表。

4月25日，"诗刊社"组织"支持古巴和拉丁美洲人民斗争"诗歌朗诵会，臧克家致开幕词。

12月，当选为第三届全国人大代表并出席会议。

1965年 60岁

5月12日，诗《越南，呵，英雄的越南》在《人民文学》5月号发表。

6月14日，《阿尔巴尼亚四诗人》在《文学评论》第3期发表。

1966年 61岁

本年，文化大革命开始，臧克家被"揪出"，居处大多被他人占据。书、稿、信件多被查封，以后多年没有文学活动。

1969年 64岁

冬，到湖北咸宁向阳湖畔文化部五七干校劳动，后据这一段生活写成组诗《忆向阳》。

1972 年   67 岁

10月，从湖北干校回到北京。

1976 年   71 岁

1月，《诗刊》复刊，臧克家担任顾问兼编委。

1月，《诗刊》复刊前夕，臧克家与李季、葛洛收集了流传的一些毛泽东同志诗作，与郭沫若一起鉴别真伪。经请示后在复刊的《诗刊》第一期发表了《重上井岗山》和《鸟儿问答》两首。

1月1日，为《诗刊》"一九七六年迎新诗会"写诗《毛主席巨手指道路》。

1月8日，周恩来病逝，臧克家挥泪写悼诗《泪》。

3月起，陆续在《人民文学》、《人民日报》、《北京日报》、《北京文艺》、《广东文艺》、《光明日报》等报刊发表组诗《忆向阳》。

4月起，在《光明日报》陆续发表新作总题为"学诗断想"的短文。

9月，毛泽东逝世，写诗《丰碑心头立——沉痛悼念伟大领袖和导师毛主席》。

1977 年   72 岁

2月15日下午，《诗刊》编辑部召开"诗风问题"座谈会，臧克家出席。

5月，毛主席纪念堂落成，写诗《瞻仰遗容》。

8月20日，怀念朱德的散文《怀念逐日深》在《人民文学》发表。

9月9日，为毛泽东逝世一周年写散文《伟大的教导，深沉的怀念》。

12月31日，为毛泽东给陈毅谈诗的一封信而写的《论诗遗典在》在《人民日报》发表。

1978 年   73 岁

2月18日，写诗《生·死》纪念周恩来八十诞辰。

3月12日，五届人大五届政协召开，写诗祝贺。

3月19日，为科学大会写诗。

2—3月，被邀出席政协第五届全国委员会第一次会议。

3月，旧体诗集《忆向阳》由北京人民出版社出版，收入《高歌忆向阳（序）》等45题，书后有张光年、冯至的诗跋。《忆向阳》出版后，文艺界有不同的反映，报刊发表的评论文章意见也有分歧。

6月12日凌晨，郭沫若病逝，次日凌晨写诗痛悼。

6月，出席中国文联第三届全委会第三次扩大会议，《在民歌、古典诗歌基础上发展新诗》一文于同月写成。

9月20日，散文《老舍永在》在《人民文学》发表。

11月1日，写给雪垠、碧野、徐迟的诗《有怀之什——怀汉皋三友》在《长江文艺》发表。

11月30日下午，"诗刊社"召开"天门安诗歌"座谈会，臧克家出席。

11月，人民文学出版社出《臧克家诗选》北京第二版，对1956年11月北京第一版作了较大幅度的增删，共分五辑，收入诗作108题。

1979年   74岁

1月14日至20日，"诗歌创作座谈会"在北京西苑旅舍召开，胡耀邦、王震、胡乔木、周扬等一百多人出席，臧克家出席并发言。

4月10日，《闻一多先生诗创作的艺术特色》在《诗刊》发表。

4月，诗集《今昔吟》由山东人民出版社出版，共分三辑：第一辑为抚今集，收入建国后所作诗39首；第二辑为宝贝儿，原书印人；第三集为追昔篇，收入《烙印》等54首，多系从建国前的诗集《烙印》等选出。

5月，为纪念"五四"运动六十周年，《诗刊》编辑部邀请部分在京老诗人、评论家座谈，臧克家出席并发言。

6月20日，怀念王统照的散文《剑三今何在》在《人民文学》发表。

8月，《学诗断想》由四川人民出版社出增订本，共收评论文章37篇。修订本是在1962年版本基础上多增少删而成的。

10月30日至11月16日，全国第四次文代大会在京召开。会上，臧克家被选为全国文联委员。中国作家协会召开第三次会员代表大会，臧克家当选为作协理事。

11月起，陆续发表总题为《甘苦寸心知》的文章30篇，主要介绍有代表性的诗篇的创作背景和动机。1982年2月四川人民出版社出版。

本年，香港《七十年代》杂志记者赵浩生来访，写成长篇访问记《臧克家高歌叙旧》，收入《从三十年代到新的长征》。

1980 年 　　　　　　　　　　　　　　　　　　　　　75 岁

3月28日，参加纪念"左联"成立50周年大会。

4月17日，被吸收为中国笔会中心第一批会员（共64人），参加中国笔会中心成立会。

8月，《怀人集》由上海文艺出版社出版，收入20篇，多系建国后所作回忆散文。

11月，与程光锐、刘征合出旧体诗集《友声集》，内收臧克家诗45首，云南人民出版社出版。

本年来访外宾有美籍华人金介甫教授、王惠民教授，澳大利亚伊丽丝，日本友人岸阳子及其丈夫安腾彦太郎等。

1981 年 　　　　　　　　　　　　　　　　　　　　　76 岁

3月27日，沈雁冰（茅盾）病逝。4月10日，向茅盾遗体告别。11日，参加茅盾追悼会。此间撰写诗文多篇悼念。

5月17日，参加全国中、青年诗人优秀新诗（1979—1980年）评奖委员会。25日，出席授奖大会。

10月，《诗与生活》由四川人民出版社出版，收1979年起原刊载于《新文学史料》的回忆录7篇；1982年4月，三联书店香港分店出版。

11月13日，出席《文艺报》编辑部召开的"散文创作座谈会"，并作《我对散文的一些看法和做法》的发言。

12月18日—22日，中国作家协会第三届理事会第二次会议在京召开，作协主席团聘请臧克家等九位老作家为中国作协顾问。

本年来访外宾有美籍华人周第纵教授及新加坡、南斯拉夫、日本、朝鲜等国的友人。

1982 年　　　　　　　　　　　　　　　　　　　　　**77 岁**

1月25日，出席诗刊社召开的庆祝《诗刊》创刊25周年茶话会并发言，后撰写《〈诗刊〉诞生三件事》回忆创刊情况。

3月15日，出席诗刊社为纪念《在延安文艺座谈会上的讲话》发表40周年而召开的诗歌座谈会，就当前的诗歌创作发表意见。

5月，《臧克家长诗选》由山东人民出版社出版，收《李大钊》、《自己的写照》、《淮上吟》、《走向火线》4篇。

6月2日，《文艺报》召开在京部分党的与非党的文艺工作者学习座谈会，座谈革命文艺家的职责，臧克家出席并发言，题为《党与非党的作家应该是亲密的战友》。

7月8日—8月1日，解放后第四次游青岛，重访闻一多、老舍、王统照故居，写诗多篇。

11月5—12日，出席中共中央宣传部召开的文学创作座谈会。

11月17日，中国作协和北京师范大学联合举行纪念李白诞生1220年大会，臧克家主持并作题为《李白的人品与诗品》的主发言，文刊《诗刊》1982年第10期。

12月，《臧克家散文小说集》（上、下）由长江文艺出版社出版，收散文小说共246篇。

本年来访外宾有日本久富木成大，瑞典文学院院士、斯德哥尔摩大学中文系主任马悦然等。

1983 年　　　　　　　　　　　　　　　　　　　　　**78 岁**

1月18日，参加诗刊社召开的在京老诗人谈心和朗诵会，即席朗诵七绝一首：《诗人老去诗情在》（后改题为《共一呼》）。

2月，中国作协书记处聘请公木、艾青、冯至、臧克家等十一人组成第一届（1979—1982年）全国新诗（诗集）奖评奖委员会。28日，评奖投票归来后作诗《从心里感到欢娱》。

3月24、25日，先后参加授奖大会，与获奖作者座谈会，并在座谈会上发言。

3月27日，参加全国首届茅盾学术讨论会开幕式，并任《茅盾全集》编辑委员会委员，4月29日，参加编辑工作会议。

5月17日，向中国儿童少年活动中心捐赠《臧克家散文小说集》、《臧克家长诗选》两书的稿费一万元。

6月4—22日，出席政协第六届全国委员会第一次会议，为主席团成员，并当选为常务委员。

6月21日，出席政协全国委员会举行的柳亚子先生逝世25周年纪念大会，并作题为《慷慨高歌的革命诗人》的发言（刊于《人民日报》）。

8月，中国写作学会在承德召开会员代表大会，臧克家当选为会长。

10月21—26日，应邀参加中共中央召开的党外人士座谈会。

1984 年 79 岁

2月，散文集《青柯小朵集》由花城出版社出版，收文77篇。

4月，诗集《落照红》由花城出版社出版，收诗64首。

4月，《臧克家集外诗集》（冯光廉、刘增人编）由陕西人民出版社出版，收1929—1949年的集外诗126题，作者写有前言，书后附《编后断想》、《论臧克家诗的艺术风格》二文及《臧克家生平文学活动年表简编》。

12月24日至次年1月5日，中国作家协会第四次会员代表大会在京举行，臧克家出席开幕式。大会审议通过了叶圣陶、谢冰心、臧克家等29名老作家为中国作协顾问。

1985 年 80 岁

2月12日，出席中国作协创作研究室召开的诗歌创作座谈会并发言，盼望具有"大气魄、大志向、大手笔"的新诗早日问世。

2月，《臧克家文集》第一卷由山东文艺出版社出版，收1929—1943年的诗作270首，卷首有小序，卷末有序言、后记等9篇。

4月，《臧克家文集》第二卷由山东文艺出版社出版，收1944—1984年1月的诗作270题，卷末辑有序言、题记等6篇。

5月20日，主持中国写作学会及《写作》编辑部在京召开的"振兴写作学科"座谈会并发言。

5月，《克家论诗》（吴嘉编）由文化艺术出版社出版，收文66篇（组）。书前有作者代序，书后有编者《编后》。

8月29日，参加首都文艺界、新闻界和侨务工作者纪念郁达夫遇难40周年座谈会。

8月30日，田间病逝，写诗多篇悼念。

10月，《乡土情深》由山东大学出版社出版，收诗、文等137首（篇）。

11月，《臧克家文集》第三卷由山东文艺出版社出版，收1935—1959年的长诗11首，1973—1983年的旧体诗65题，楹联7副，卷末收序言、前记等6篇。

本年，日本秋吉久纪夫等外宾来访。

1986 年   81 岁

1月，《炉火》获《散文》月刊第二届评奖一等奖。

1月25日、30日，参加中国作家协会第二届（1983—1984年）全国优秀新诗（诗集）评委会议，3月13日，出席授奖大会。

2月，《臧克家诗选》北京第三版（误为第二版）由人民文学出版社出版，收诗218题，分为5辑，有序2篇，为作者较为完备的选本。

4月22—24日，臧克家学术讨论会在济南召开，来自各地的150余位诗人、作家、教授及理论工作者参加，收到论文57篇，对臧克家半个多世纪来的创作道路及其作品进行了广泛深入的讨论。臧克家携眷参加并在开幕式上讲话。会后，游览济南、曲阜、泰安并参加山东大学校庆85周年活动。

6月14日，出席中华文学基金会成立大会并即席赋诗。

6月15日，主持中国写作学会及《写作》杂志社举办的《写作》杂志创刊五周年纪念会并讲话。

7月3日、4日，先后参加茅盾塑像揭幕仪式、纪念茅盾诞生90周年大会。

10月6日，出席在京召开的全国第三届闻一多研究学术讨论会开幕式，作题为《闻一多先生的革命精神》的发言，并参加清华大学举行的闻一多雕像揭幕典礼。

12月31日，参加全国青年文学创作会议开幕式。

1987 年   82 岁

1月19日，出席诗刊社举行的庆祝《诗刊》创刊30周年招待会，发言题为《诗花盛开三十年》。

1月22日，出席在京举行的中国当代作家书画展开幕式并剪彩。

5月10日，出席纪念《在延安文艺座谈会上的讲话》发表45周年学术讨论会开幕式。

5月19日、22日，先后参加中国作协召开的中国文联等十二单位联合召开的纪念《在延安文艺座谈会上的讲话》发表45周年座谈会。

6月，由三联书店香港分店、人民文学出版社联合编辑的《中国现代作家选集·臧克家》（刘增人、冯光廉编）香港版出版。

8月，张惠仁著《臧克家评传》由能源出版社出版。

9月8日，曹靖华病逝，著文悼念并向遗体告别。

9月30日，拜望叶圣陶并合影留念，归来后撰写《一声叶老觉温馨》。

12月10日，出席中国作协主席团会议。

本年，曾接待寒冰率领的菲律宾华侨"征航诗社"一行12人。

1988 年 　　　　　　　　　　　　　　　　83 岁

1月14日，出席中国作协、诗刊社、北京青年官联合举办的"诗歌一日"活动。

2月16日，叶圣陶病逝。19日，参加叶圣陶遗体告别仪式。

3月，刘增人、冯光廉著《臧克家作品欣赏》由广西教育出版社出版，为"中国现代作家作品欣赏丛书"之一。

4月，经中国作协首届文学期刊编辑奖评奖委员会评定，臧克家获中国作家协会文学期刊编辑荣誉奖。

4月，《臧克家抒情散文选》由湖南文艺出版社出版，代序一，收二十年代至八十年代的作品43篇。

7月，《臧克家旧体诗稿》由武汉出版社出版，收入旧体诗106题112首。

9月，为重庆出版社《中国抗日战争时期大后方文学书系·诗歌编》撰写长序，颇为社方推重。

本年，编定《臧克家古典诗文鉴赏集》交北京出版社出版，又委托刘增人编《臧克家序跋选》交青岛出版社出版。

创 作 自 述

我的诗生活

臧克家

——我写不出：叫人家咬碎牙齿去咀嚼的理论，我只能写出这样一篇故事，告诉我怎样学习写作，怎样学习生活。——

一　诗的根芽

如果说，遗传对于一个人的气质，性情，天才有着重大的关系的话不是妄诞；如果童年环境的气氛对于一个人的事业与爱好有着几乎是决定的关系是事实，那么，我将把我学诗的故事在这上面扎根了。

我的父亲是一个神经质的人。他，仁慈，多感，热烈，感情同他的身躯一样的纤弱。他在每个人眼里都是良善可亲，不论亲疏都对他好，就象他对每个人都好一样。他是一个公子，一个革命者，一个到处在女人身上乱抛热情的人。结果，女人把他的身体盗成了空洞，革命使他打一柄伞跳下城墙跌得吐血———一直在病榻上侧着身子（连转动的力量也没有了）躺了三年，任病魔的小手一扣一扣的扼死了他。他喜欢诗，他的气质，情感，天才和诗最接近。我常常用悲惨的耳朵听他在一年四季不透风丝的病房的炕上，用抖颤的几乎细得无声的感伤的调子，吟他同我一位叔叔唱和的诗句。也许是太兴奋了，也许是过去的影子使他暗伤，也许是太劳累了的缘故，诗还没读完，苍白的脸上便泛起红色，咳嗽一阵，接着一条一条血丝随着一口一口的白沫从口里拉了出来。

《霞光剑影》，这是他们唱和的集子，一个叫"红榴馆主人"，另一个则是"双清居士"。

祖父和父亲正相反，板着铁脸，终天不说一句话，说一句话象钉子打进木头里去一样。没有一个人不怕他，躲他。但，他也特别好诗，白香山，他最喜欢。有时，在鸦片烟灯底下，他忽然放开心头的铁闸，用湍流的热情，洪亮的高声朗诵起《长恨歌》来，接着又是《琵琶行》。他的声音使我莫名其妙的感动，不是他的声音，是他诗的热情燃烧了我的一颗小小的心。这时候，他简直变成了另一个人。他教着我同一位比我年长两岁的族叔一起读书，读诗。"自君之出矣，不复理残机……"的相思情，"居高声自远，非是借秋风"的吟蝉诗，在当时只学着哼一个调子，今日回味起来，却无限深情与感慨了。

他有时也用诗同我谈话。记得有一次为了一个乡村的姑娘我痛苦得几乎不能活下去！祖父知道了这回事，可是他却不说破它。当我走到他的屋子里去时，他拉开抽屉取出一片纸片子来递给了我，上面写着这样的诗句："春蚕棲绿叶，起眠总相宜，一任情丝吐，却忘自缚时！"他把这经验的结晶，苦痛之余的忏悔的诗句送给刚刚扑上情网的一个十四五岁的孩子。

我，就是父亲的一帧小型的肖像。我是他生命的枯枝上开出来的一朵花。他给了我一个诗的生命。那时节，我还不够了解诗，但环境里的诗的气氛却鼓荡了我蒙昧的心。

我的庶祖母是一个多才巧嘴的人，她没有能够好好受过教育，但她却那样富于文艺天才。她就等于我的保姆，照看我，陪我玩，常常说《聊斋》、《水浒》、《封神榜》、《西游记》给我听。在灯前月下，她高了兴或我高了兴，（也许是寂寞不过了）逼着她，便有很多富于诗意的故事从她巧妙的口里吐出来。往往是仙女同凡人恋爱的故事，而最后，是一个悲惨的结局。它，常引出我的眼泪和幻想，象在心上打一个血的印记一样，一生也不能磨灭。

还有几个农人，特别是六机匠，我必须提到他。虽然他不认识一个字，然而我得承认他是一个"天才"，他对我文艺兴趣（多半是诗的）的培植，撩拨，启发，是尽了最大的功劳的。说他是我的蒙师，也算不得夸大。虽然，认真的这么说出口来会成为笑话。

六机匠，是我家的佃户，也是我家的一房远房亲戚，光杆一条，屋子里一张织布机，一张锄。他的房子，就是我的家——灵魂的家。两间小土房里的那一团空气，吸引着每一个人，象一块磁石吸引着铁屑一样。形形色色的"闲人"，带着不同的情趣走进他的门来，爬上他的炕头。谈故事，说笑话，嬉谑诨调，逞才斗技，神色、声音、手势、叫情感联系在一起，说的人，绘形绘声，色舞眉飞，听的人也到了忘形的地步。这时候，屋子里烟云缥缈，空气活泼得象开了冻的春水。而六机匠，更是一个出众的故事圣手。他的记忆力强，描绘的手腕高，能把一个故事的情节，夸张的、形象的、诗意的、活枝鲜叶的送到你的眼前来，好象展开一幅图画。他的材料是掘不尽的宝藏，而且花样常常的翻新。赶一次"集"回来，他便会把从说大鼓的口里听来的故事（每次赶集他总不吝惜这几个铜板的花费）增叶添枝的更生动更好听的说给你，有时，一个英雄的金镖投到半空去，半个月不叫它落下来，叫听的人留一个想头，心总是念着它。他说故事往往用韵语和腔调唱出来，伴同着表演的神态和姿势。他是用热情用灵魂的口来说这故事以安慰自己和别人。故事，就是他的创作，诗的创作，听的人，被他领到一个诗的世界里去。

有时，他一面脚踏着"机"板，手抛着梭，口说着故事，眼睛在左右的跳动，仿佛听人朗诵一篇叙事诗一样，机声就是它最美丽的节奏。有多少个小庭院开着白葫芦花的黄昏，有多少秋日苦雨的灯下，有多少风雪扑窗的热炕头上，有多少春天的好日子（在醇酒一样的艳阳下随着他到绿色的郊原上去），听他的故事——他的心声，他的诗。在他的屋子里，我认识了许多灵魂，在他的屋子里我得到了盎洋的诗趣，在他的屋里我洗白了自己的心。

六机匠，他把诗的苗子插在了我心的田地上。

我的村子象平原大海里的一尊小孤岛，岸然的，倔强的，孤僻的站立着。从它怀抱里生长出来的人，也同它的个性一样。曾祖父祖父一行都戴过"大清皇帝"的"顶子"，有一颗还是"红"的，然而为了不愿在不合理的强权之下低头，为了与生俱来的"傲上"的性子和正义感所驱使，宁愿叫皇帝的朱砂笔把全家的功名一下子勾到底，七十岁的老头子们剪去了苍白的小辫在县城上插起了革命的大旗！

"你说'县知事'是什么人？'县知事'就是人民的公仆！"

这是曾祖父给我这个小孩子的庭训。他们的这不挠不屈的精神，和爱穷人，抗强权的肝胆，给我以很深的印象。后来，我在破书堆里发现了他们革命失败后的流亡日记，（戴着"假辫子"逃到深山里去，亲朋们望着他们象望着一颗炸弹！）使我感动之后，加剧了对反动政权的痛恨！

正义的旗子竖立在我的心头上。

我生在乡村里，我爱乡村象爱我的母亲。我爱门前的"马耳山"，（这个神秘的诗的影象，我不止一次的把它写进我的诗篇）我爱儿时垂钓过的"西河"，我爱随着季候变换着情调的惹人喜爱的原野，我爱大自然爱得要死，她给予我的太多，她在我的眼底心上，太美，太可亲，太富丽了。我的灵魂拥抱着她和她溶为一体了。

我爱乡村，因为我生在乡村，长在乡村；我爱泥土，因为我就是一个泥土的人。

我和穷孩子一道玩，我们和穷人之间，没有一条界线。他们穷得可怜，没有田地，没有房子，有的是一条"农奴"的身子。我曾在一本诗里形容他们严冬的可怜相："一条破单裤灌饱了风，象挑起了一个不亮的灯笼"；他们穷到什么地步？穷到："上吊找不到一条绳子"！

在泥里土里风里雨里，作为野孩子队伍里的一员，我十四岁以前几乎没有离开过乡村一步。

这对于我有什么影响呢？这影响可太大了！童年的一段乡村生活，使我认识了人间的穷愁，疾苦，和贫富的悬殊。同时，纯朴、严肃、刻苦、良善……我的脉管里流入了农民的血。

这一些，你可以在我的诗的内容、形式上，在整个的风格上找到佐证——那么鲜明耀眼的。看见过吗？我在多少枝笔下，成了"农民诗人"了。（我多么高兴接受这一顶冠冕！）

我的童年，正当皇帝的宝座动摇的时期，正当封建社会崩溃的时期，正当新与旧，革命与反动交替斗争的时期。我看到了旧的尾巴，也看到了光明的曙光。

我们的大家庭也同旧时代一样，我所能赶得上的只是荣华"高照"的残烧了，时日的逝水很快的便把它淹死。童年过去了，象一个梦。

梦醒了，回头再去找梦中人。十几位排着号数亲热的称道的，连着臂膀日夜拆不开群的，花一样的，鸟儿一样的小姑姑小叔叔们，有的牵着我的心嫁出了，作了孩子的母亲了，死了。小叔叔们，穷伙伴们，死亡，分离，每个人都有个可悲的命运。父亲死了，祖母死了，曾祖父母死了，而且，都是死得那么悲惨。我从童年的梦里醒来，正眼一看人生，呵，人生是这样变幻，惨痛，生活是这么折磨着人呵。

"这一些离题不是太远了一点吗？"

不，一点也不远！学习不就是技巧的磨炼，应该是钻进人生的深海里去！技巧不过是诗的外衣，而生活才是他的骨肉哩。

二　新诗的领路人

我第一次写新诗的时候，还不清楚什么是新诗。技巧、形式、主题连这些名词都很陌生，不必说它们的含义了。写，是为了好玩，为了受一位如果说是族叔不如说是朋友的"一石"（他的笔名）的怂恿和鼓舞。今天我可以这么说，我不遇见他，也许一辈子"遇"不见新诗。他是一个怪人，一个疯人，一个诗人。他写了十年的诗，然而十年的心血却是一张白纸！他在北平读书的时节，辛辛劳劳的把吃饭的钱硬省下来印书。自己宁肯叫肚皮挨饿，这样，他快乐，他安慰。抱着诗集抱着一颗求赏识的忐忑的心去请教胡适先生，胡先生顺手翻开诗本子，眼睛恰巧落到一首叫做《夜过女子师大》的小诗上。"想那些异性的同胞们，都已朦胧入睡了。"胡先生吟咏着这两个句子笑着问他："人家睡了，关你什么事？"听了这两句话，他便抱着诗本子，抱着一怀冰，回到了自己破烂的小公寓，颓然的倒在床上，床呻吟了一声，他也长嘘了一口气。后来，他又出了第二本，第三本。他寄鲁迅先生求教，得到的批评是："太质白，致将诗味掩没。"这个回信他一直保存着，我看过。他抱着铁的信心到处求知己，他又把集子连上信寄给梁实秋先生了，梁先生的回信中有这样的句子："先生之诗，既违中国诗人温柔敦厚之旨，复乏西洋诗人艺术刻画之功……。"这一些信都不能使他灰心，他还击了他们。他说他们有派别的成见，每个人都戴着有色的眼镜。他"封"自己为中国一等诗人，和徐志摩，闻一多，郭沫若……并肩而立毫无愧色。他还不满足于此，他更想冲破国界，爬上世界的诗坛。他说，他有一个独特的风格：用土语白描。在当时，有背于诗坛的风气，如果拿到现在来，也许被大家惊叹为新风格与民间气息呢。谁叫他早写了十五年？

没有当年的他，就没有今天的我。他对我没吝啬过鼓励、怂恿，甚至于改正、指导。如果，在介绍这位诗的培植人——腻友又是畏友的"一石"太吝惜了我的笔墨，读者会责备我的吧。

> "我从城里回来，
> 迎面碰着小弟弟，
> 从牛棚里出来，
> 面目枯黑。
> 走进内房，
> 看见父亲在那里喷云吐雾（注：吸鸦片。）
> 剥削我们一家人！……"

这篇诗传诵在大人的口里，孩子们的口里，是作为笑话流传着的，他成为众人眼中口中的"四癫"！孩子们都把他的诗背得烂熟，按着滑稽的腔调，做着鬼脸，唱它，好似小丑唱着令人捧腹的台词，有时把诗句拆成歇后语，做成笑料。

他走到街上，常有一队小孩子追着他，甚至于扯住他的衣角笑着喊："四癫，四癫，发疯，发疯，"（他的诗句）他也不恼，笑着脸子一回头，孩子们便跳着喊着逃跑了。

> "坐在一块小石头上——
> 僵，
> 来了鹿豕羊，
> 牵着走大荒。"

孩子列着架势，向着他"唱"，把"僵"字挑在舌尖上，顿，声音又短促，又响亮，又叫人好笑。唱完后，他们便鼓着小手，笑着嚷着满意的散开了。然而，一石很坦然，他的自信心倔强的站立着！

"我的小侄女
满脸春风，
你是需要花了吧？
你是需要爱了吧？"

这是他自己咏自己侄女的诗，而且他敢把它公开出来。

他的《碎鞋集》里有一首《出搭》，这是自己穷愁悲愤的一幅写照：

"出搭，出搭。（注：破鞋走路之声）
什么父母？
你倒霉了
父母也不认你这个儿子。
出搭，出搭。

出搭，出搭。
什么朋友？
没有钱，
就没有朋友。
出搭，出搭。

出搭，出搭。
盖一床油灰被
和老妻同寝，
老妻也不快活。
出搭，出搭。……"

他曾经带着这篇诗和满心的高兴去朗诵给一位朋友听，（这是他的习惯，不管听的人怎样皱着眉，硬着耳朵！）那位朋友恰巧不在家，太太在忙着给孩子弄尿布，孩子屙了，而且在哭。碰不到男主人，他便把这篇诗朗诵给女主人听了，女主人玩笑的说："这样诗，我也能做。"
"好，就请你做一首。"她即刻用心做成，用口朗诵出来了：

> "孩子哭，
> 老婆叫，
> 也有屎，
> 也有尿，
> 噗嗤，噗嗤。"

她大笑，他也大笑。

他在乡村里，非常寂寞——灵魂深处的寂寞。然而，他敢大胆
的歌唱，他敢在封建圈子里维持一个奇特的风格。我是他唯一的朋
友——诗的朋友。

> "我在乡村里寂寞极了，
> 见了人就谈性欲，
> 人家把我赶出来
> 撒上'拦门灰'。"（注：俗用以避邪挡鬼）

不管他怎样怪，怎样疯，他是形体我就是影子。他很诙谐。他有
着又大又黑的脸，满是灰臭的脚，乱草一样的头发，一双没法提上后
跟的破鞋子。笑还没飞上脸，两只大板牙先挣出唇来，常常有一支小
短竹旱烟管，咬在口里，嘴水顺着它流了下来。他不太多说话，一说
就充满了风趣。我们常跑到十里以外去访朋友，三言五语，趣味洋溢，
主人兴致勃然的忙着弄茶去了，回头来，客人已经不见了，空留一屋
子不尽的情趣和怅惘。

我们常跑到僻静无人的林边，崖下，去对坐半天，有时话多得使
双颊发烧，有时默默的半天无语，听风号，听虫叫，听大自然神秘的
语音。在春天，也远足到陌生的小村落，在夕阳的反照下，在恰好的
距离点上，看桃花树下手把篱笆张望的少女的身影，象望着一尊诗的
女神。一直望到人影叫黄昏抹去，才踏着小道摸着黑回头。心的小船

在诗潮中摇曳着。

这也是常常有的情形：他一个人踱到一家看林子的半间茅草屋里去，同一个青年寡妇对坐他一天，然后踏着沙沙的落叶一个人回来。

一个春天的清明节，燕子新客似的刚从远方来，秋千架旁飘飞着少女的衣影和笑声，花朵开在每个青春的枝"头"。灵感借了我的手，在这个佳节的诗境里写下了我的第一首新诗：

> "秋千架下，
> 拥积着玲珑的少女；
> 但是，多少已被春风吹去了。"

一石看了，比我还兴奋，他惊奇这诗的第一朵花竟这样美丽！对于最末一句，他说了一大串"好！"他鼓舞我，用口给我的自信心"打气"，打得那么饱！好似他可以写保票一样，只要写下去一定可以成功。

写，写什么？好，看到什么，感到什么就写什么吧。如是，我写了《燕子》，写了……。除了听一石朗诵他的诗以外，别人的作品很少看到，既然无所标榜，无所知，自己更觉得大胆，写呵，写呵，反正写下来有"知音"击节、朗诵、夸奖，这时候，真象从梦中借来了枝彩笔，笔正开花哩。

他的一间小草屋，便是我们"幽会"谈诗的"乐园"。一个小窗子，上面的白纸，碎成了黑条子，风象小嘴一样，呼呼的有时丝丝的叫出声响，窗外是厕所。屋子叫一张织布机霸占了一半去，棉花绒子扎上了灰色的翅子到处乱飞。窗下安一张小桌，桌上一方永久在口渴中的小砚台，那枝不戴帽子的秃头笔，一堆零乱的稿子——上坟和"如厕"两用的纸！桌子的一角上坐着一盏长条身子的灯，它永远没亮过，晚上，风从破窗子里吹过来，摇动着惨白的小灯，灯下往往是一个或两个人，间或说一两句话，多半是沉默着。秋夜，真怕引个"诗鬼"来！

这是诗的世界，我们两个人的世界。门，是"虽设而常关"的，用指节轻轻的敲一下，一石便会慢慢的说一声"来了"，然后走来把它打开，他知道这来客是谁。

另外一个谈诗的地方，便是同我父亲结诗缘的那位叔叔——双清居士，他对中国旧诗既博又熟，特别对于杜诗，有着湛深的工夫和独到的见识。他自己的诗力也很雄健。他的年龄和头脑都不比我们老多少，所以，我们不但谈得来，而且还能谈出点味儿来。他穷，穷得冬天炕上铺不上一床褥子，孩子和小小的"男爵"（其实也有"女将"）一样，分"封"在炕的角落里，各人守着自己的"采邑"。太太的喉咙是一口永不停息的风箱，特别到了冬天，咳得腰弓起来象一个虾米。在这样的情况下，他手把一卷杜诗，有时也许是新诗，把精神从眼前的地狱超升到诗的天国里去。

我们去，一定要带点茶叶。为了煮茶的一把草，往往惹得太太满脸愠色。他从炕上翻起身来，自己亲手去支砖壶，抱草，挑着它，对准壶底的中心。茶滚了，水珠冲开盖子向外流，煮茶的人，等茶的人，也全叫辣烟把眼泪催下来了。

他忙着擦去茶壶上的灰，把茶杯洗得象洁白的处女一样，把茶泡好，用手巾闷着它。过了一个时间，把茶倒到杯子里，先是半杯，再用开水把壶冲满，一时茶香扑鼻，诗的心情和空气布置得很好了。半杯茶入肚，话就慢慢的多了。话，句句不离诗。从杜甫谈到李白，从旧诗谈到新诗，从别人的诗谈到自己的诗。他很健谈，语言嘹亮又多风味。一时大家都忘了人间的愁苦，象置身在一个极乐的世界。我们狂吟他的："三杯入我肠，故态芒角露"和"背廓树色留残照，平楚秋痕入野烧"的句子。他也朗诵我们的新作，他也习作新诗，但写得不象，仿佛一个刚放了脚的女子，走起路来总是不自然。

我们谈兴正浓的时候，也许有一个人闯进了来："唔三位屎（诗）人……"正想知趣而去，茶，留了他一小回。

我们也各有自己的主张。一石强持新诗应该用土话白描。他，我们的双清居士以旧诗的眼光看新诗，要求：典雅、风调、沉实。我徘徊在他俩的中间，他两个人给我的影响都很大。

但是，现在回想起来，那时候，实在还被关在新诗的大门之外。

三　感情的野马

在济南中学时代的四年间，真是伟大的四年间！在潮流方面说，正是轰轰烈烈的"狂飙时代"，就个人方面说，青春之火正炽，革命与恋爱象两条鞭子，抽打着感情的野马狂烈的奔驰。那正当"五卅"前后，革命的火把到处燃烧着，而且在急速的传递着，每个青年都预备以鲜血与狂欢迎接光明的未来。心，被摇撼着似的日夜得不到平定。

黎明到来之前，黑暗特别浓重一阵。为了镇压人们的精神，抱着张宗昌"大令"的卫戍队在马路上来回的巡游，他们的威风飘在头前的大旗上，响在皮鞋底下，亮在大刀的冷光中。仿佛在向革命示威："不怕死的家伙们，来吧！"

张宗昌做了大学校长，各学校添了经书，国文先生差不多是才从古墓里拉起来的僵尸，同时，死过几千年的"幽灵"，重新写在牌位上，除了叫人向它们作揖叩头之外，还得叫你信仰它，把你的活身子借给它来"还魂"！

反动者的反动力，促革命者向前跑得更快，使不革命的也革起命来。

我们的学校——省立"一师"，因为校长是一位头脑新颖的老青年，所以这块土地最适宜于新生力量的滋生，繁衍。大部分同学都是好的，尤其是我们"后期一班"，象有谁在暗中命令着一样，步子向着"前路"，走得那么齐一！功课好，生气勃勃，声誉很响。班里一共有四十个人，在这四十个人中你找不到一个"白丁"，各人都有他自己的"色彩"。下了课以后，各人忙着去干自己更重要的"功课"——有些人跑进工厂去了，有些人到大门边给民众讲演去了，有些人开会去了。

张宗昌捕捉革命的网孔，是太大了一点，不，革命就无法捕捉，你的"严密"不过是迫使对手"更严密"，加速发展，如是而已。不见天日的思想却有着惊人的繁殖力，因为"秘密"就是最大的吸引力。

我，在夜里也被引到教室的黑海里去开会，因为我也参加了"革命"。喊喊嚓嚓在黑影里交谈着，议决着，心，还在警戒着。然而这在黑暗中的悄然的议决，明天就拿它到光天化日之下去发光炸响。老实说，我那时参加革命，出发于热情，诗的幻想，和憎恨黑暗（它窒息得人不能自由呼吸）向光明的心，多过理论的认识与理智的指引。不怕丢人，我可以坦白的说：黑夜里到教室去开会的次数，还不如同几个"知心"到那里面去抱头啜泣的次数多。那时候确有许多苦闷、烦恼，有名的、无名的、时代给与的、环境给与的、青春给与的、诗给与的。然而，多数的"同志"们却很健强，行动、思想，甚至走起路来的步子。他们也有的写诗填词，每首上面都有"长剑"、有"头颅"、有"起舞鸡"、有"祖逖鞭"，还有狂歌当哭，慷慨激昂，不可一世的那一股令人奋发的气势。他们的才华、抱负、生命的光辉，是惊人的，晶亮的，可敬的！

反动的黑暗的势力，教给我们怎样战斗；同时，有一座神秘的文化宝库，灯塔似的，太阳似的，给了我们光与热，指点与慰安。它，便是我们一部分同志负责的"书报贩卖部"。大家以进仙山采宝的心情走进那两间小屋子里去，案头上陈列的放光的瑰宝：三民主义，以及政治的、经济的、特别是文艺的书籍杂志，那么多，那么全，从上海来的，从北平来的，从一些神秘的地方来的。

那时候，不管你穿的是布袜子、老土鞋，自己洗衣服，然而，《创造》、《洪水》、《语丝》、《沉钟》……每人总有一份，我的更多，杂志之外，新书有好些，特别是诗集。

那时候，心里有一种说不出的感情，苦恼着我，使我有时激昂，有时沉沦，有时笑，有时又想大哭一场才好。这感情其实也是有名的：矛盾与诗的浪潮。

时常同两三个朋友（祝福他们在天上的灵魂！）登上"千佛山"顶，让秋风吹撒开我们的头发，高歌狂吟。象立在理想国里，向不醒的人间吹送我们诗的"预言"。

我们到"大明湖"去荡小船的时候更多。四毛钱一点钟，船夫是我们的傀儡，叫他撑到那里他就撑到那里。一般游人都往返在"四面荷花三面柳，一城山色半城湖"的"历下亭"或者"铁公祠"的那一条"公式"路线上，而我们却命令我们的船夫，把它撑向芦苇深处，到没有灯光，没有人影，没有市声的幽冷孤僻的地方去，把小船找一棵老树系住。一停就是半夜或是一整夜。秋风秋雨也赶不走我们，反而增加了我们的诗兴。只有披一领蓑衣的船夫蹲在船舱里小声抱怨。我们有酒，有诗，有高的嗓子，和压倒秋冷的热情。深夜里，只有天上的星是亮的，酒把人灌醉了，人，失掉了自己。突然一声狂吟，稳睡的野鸟，带着梦扑拉一声惊飞了。谁把头插到水里去了，借着漂在水皮上的头发把它抓上来，他呕了，呕的不是酒，是血！是积压在心头的淤塞物！

在大时代的前夜，在新旧的交点上，我们这样苦闷，兴奋，成长着自己，也毁灭着自己。

这时候，我写下了不少的诗篇，因为这时候最不缺乏的是热情，是多感，（有时候是"自造"的）是幻想，是革命，是爱情，是一个五光十色的梦。

我写得多，全凭我的大胆！我写得快，因为我事前既不作绸缪的苦思，事后又不下功夫删改。"灵感"是我的唯一法宝，它一动声色，我就在纸上"走笔"。我觉得写诗并不难，因为还不够知道它难的资本！

写了诗不能只让自己看，得到处去找"知音"，听的人仅仅不好掩上耳朵，然而口里却一声又一声的"好！"如是，一传十，十传百，声名在外了，谁见了第一句先问"近来新作多吗？"从此，同学们再也不叫我的名子，代以两个字"诗人"！

上课变成了例行公事，特别是上"国文"。谁愿意把自己的大好时间去坐在冷板凳上听一位死了没埋的老家伙口吃的念着"孟子，邹，邹……人也……"呢。特别是上"作文"，那简直是制造笑料，每个人在卷子上显自己滑稽的创作天才，我在上面写上一首新诗，叫连白话文都看了摇头的先生去咀味，就老早交卷下班读新诗去了。

另一位教国文的"杨老夫子"，古今中外他得算"吝啬第一人"，放着明亮的电灯不要，为了向学校多揩点煤油好自己做饭，叫校役去买一个铜子的咸菜，说明要包两包；太太千恳万求的得到允许做了一件竹布褂子，秋天到了，她冷，向他恳求一件夹衣，他的脸子立刻严肃起来："穿着竹布衣裳还说冷！？"有一次他从家里回到学校里来，带了一束行李，下了火车叫洋车，及至洋车夫讨了价钱时，他认真的放下行李："好，这样价钱，我来拉你！"

亲爱的读者，以为在读"笑林广记"或"今古奇观"吗？不，你在读一篇忠实的"报告"。

这位"杨老夫子"上了堂一有机会就骂白话文——尤其是白话诗！（如今，还到处活现着他的"幽灵"呵！）他管叫白话诗是"贫话溜子"，他说，这样的"诗"，他一天可以"诌"他一万首。他说："我不是在吹牛，当场来试验。"听他拉长了要人性命的腔调"诌""贫话溜子"白话诗了：

> "鹊华桥上望望，
> 大明湖上逛逛，
> 掉下去湿了衣裳，
> 拾起来晾晾。"

"好不好？"

"好？"一堂人拍手大笑。他很得意的再来这么一首：

> "下大雨，
> 刮大风，
> 草木为之大鞠躬，
> 头不敢抬，
> 眼不敢睁，
> 耽误了我进城办事情。"

又是一阵狂笑，声音比前一次更高。"再来一首！再来一首！"同学们以看猴子上树的心来赏鉴我们的"杨老夫子"。

这个时期新诗读得很多。穆木天，冯至，韦丛芜，我的眼光常在他们的诗行间游泳。然而一个撼动了我整个灵魂的却是郭沫若先生。他的创作，翻译，我饥渴似的吞咽下去，它象一股动力，一道热流，一阵春风。

> "北冰洋，
> 北冰洋，
> 多少冒险的灵魂，
> 死在了你的身上！"

> "她的手，我的手，

　　　接触呵，已经久；
　　　她的口，我的口
　　　几时呵，才能够？"

这是《瓶》里的句子，在心上，一直留到十九年后的今日。

　　　"……死后呵，
　　　死后只合我独葬荒丘。"

这些诗句，给了我当年的诗心以多么深切的沉郁忧伤之感呵。

有一个长的时间，我的生命的脉搏跳动在郭先生的字里行间。我崇拜他象崇拜一尊神。我从一本杂志上剪下他的一张照片来贴在自己的案头上，上面题着以下的字句：

"沫若先生，我祝你永远不死！"

这一时期，可以说是"摹仿时期"，彻底一点，应该说是皮毛的依样葫芦的"吞剥时期"。

读了别人的诗篇，仿佛那里边涵育着的感情原来我心上就存在着一样，立刻就兴奋起来，也想以同样的内容自制一首。读了木天先生《落花》诗中的："落花，落花，落花，"自己"创作"的时候，也就尽量用了反复的字句，也不管它在情节上，韵律上，必要不必要。摹仿，在刚踏上习作初步的阶梯时，是无可非议而且有时还是必不可免的甚至是必需的有益的。世界文学史上有多少独放异彩的"星斗"，在最初的时候，往往借了前人的光辉来照耀自己，好似月亮借了太阳的光辉一样。在形式上，表现手法上，甚至于整个风格上，就个人所最喜爱（有时是"偏爱"）、所崇拜的，去仿拟他；在材料上，有时同样的故事被复写着，仿造着，而两个东西，都能以自己的价值在史叶上放光；这样的例子用不到单个去举，因为那显得太罗嗦了。

应该是这样：摹仿，不能叫自己落在别人的套子里去，不能叫别人的荫影，淹没了自己。摹仿，我自己应该是主人，别人是供我采用的对象。好比小学生初学习字，先照着"格子"描红。第二步，再摹各家的"碑帖"，学王，学苏，学米，学赵，那全凭你的爱好，但结果你必须从各家之中写出一个"自己"来。

在诗，情形也不两样。

可悲的是，那时候跟在别人的后边跑，却把我自己失掉了。

反动的压力越来越重！搜查，按着名单要人，军队半夜里要来包围学校……这一些，由耸听的谣传变成事实了。我们，半夜三更，挖开地板，把所有带白话标点的书全部塞下去，用脚踩一踩，仿佛踩自己的心一样痛！信件，笔记，怆惶中付给一把火，心，火一样的燃烧！重要一点的人，这时候早已跳过墙头了。被捕了去的，并不是情节很重大的。

过了不久，城门上，大街上堂皇的大布告宣传着恐怖，某某工厂里的工人因犯某某嫌疑"处死刑"，在死者的罪状的描写中，我最小的一位同班的大名就列在当中，他是煽动者，介绍人。

压力把我仇恨的心磨锐了。恰巧，郭先生的一篇新的文艺理论——革命宣传，落到我的眼底来了。他给了我力量和希望。如是，投出"此信达时，孙已成万里外人矣"的一封豪语满纸的家书，我便同几个朋友象候鸟似的从寒冷中飞向了自由与温暖的江南。

四　生活就是一篇伟大的诗

在黑暗中掩藏已久的眼睛，突然照射在光亮的太阳之下了。身子是一只小船，荡动在大时代的怒潮里，心也是。时间被分割在操场上，教堂里，和整理内务上。情感激动得不给你时间沉思，一支汉阳枪握在手里代替了笔，这时节，我的生活就是一篇雄伟悲壮的诗！

我曾经一身戎装的立在"黄鹤楼"头望着汉阳兵工厂的烟囱作豪迈的诗思（"象一支时代的喇叭吹向天空"）；我曾经立在大江岸上成卫着森严的黑夜，隔江就是敌人，萤火闪耀着神秘恐怖的光，江潮象大时代的呼吸，又象我的心一样不平的吼鸣；我曾经以天地为庐舍，草茵作被褥，钢枪作枕头，露宿过多少夜；月亮的天灯照着我们急行军，去包围敌人；稻田，一方么明镜似的，偷描着山影和时代的先锋——我们的身影。四十天的"前敌"，飞过山，"淌"过水，在枪炮声里，在嘶喊声里，在呻吟声里，在风里雨里血泊里，一个伟大的目标在接近，一个铁的意志在执行。我看见过人民伸出他们持枪的手来接受他们的理想和要求，他们也曾用自己的力量吓倒了帝国主义者把租界收了回来；他们带着橡皮手套割电线，几万人的示威行列，他们穿着破烂的衣服背着枪镇守着租界里边的摩天大楼。这些影子，当我一打开回忆的心门时，便映到我的眼前来，带着伟力的生命的巨大的影像呵！我看见过，当我们的旗子把扯十几里路长的走在小径上的队伍引领到一个乡镇或者是一个城市的时候，那民众欢迎的队伍水一样的，火一样的，向我们流，向我们燃烧。歌声，呵，那歌声呵，那歌声唤起的表情呵，叫我怎么去形容？标语碰眼，标语上写着人民的心。大人们围绕着我们象围绕着自己的家人，孩子们同我们玩到半夜，最后才用留恋的口吻道别："明早咱们再玩，你们可不要走呵。"我们一早就开拔了，打起民众的赠品——"民众武力"的大旗，带着孩子们的希望和怅惘，拖着民众欢迎的歌声和热情……

我看见过北伐誓师，十几万壮士用有声的步子走过阅兵台，歌声，那么齐一有力，把天要震塌！一个铁的自信心，做了歌子和口号的内容。多少伟大的场面开拓了我的眼界和心地；多少"巨人"的呼喊，行动，使得我感到个人的渺小，理想的远景真灿烂，事业的担子真重！

时代的大手在我眼前展开了一幅伟大的革命的画卷，我，没有用诗句，却用子弹，作了战斗的一员。

苦难随着落潮打过来了。

大木船，一只连一只的，把我们送远了。江上吹来风，打来雨，我们迎着江上的暴风雨放开喉咙唱出了伟大的时代之歌。

人，下到了岸上，缴械的命令也下到了这众人的眼前。一座幽静肃穆的天主教堂，庭院里的柔草没到人膝，果木树的枝子象"主"的柔手一样，爱拂着人的头颅，十字架在我们的头顶上。这样一座教堂，应该让善男信女们应了礼拜日钟声的号召，慢慢地移动着虔敬的步子走进来。然而，一勾下弦月，却把我们这样一批青年驱进这神秘的"圣地"来了。

听过了一篇"演讲"以后，各人怀一心狐疑纷纷的找自己的切近的亲友或同志，谈论着去留……

穿过黢黑的小巷子到一个地方把枪去放下，然后空手走回来——带着空虚悲愤的感情，缴了枪，象缴了生命。回头空着手，空着心，和后来的人们擦肩而过时，彼此用长叹，用哭泣，用壮语，默默中燃烧着感情，交换着心。

变卖了所可能变卖的东西，收受了朋友所能够拿出来的几个钱，在一户老百姓家里脱下了戎装，我要去了。

深夜的大江在澎湃着，同来的伙伴和一位小的族叔，用壮语给我送行，（祝福他们在天的灵魂！）怒潮为我们的别离所感动，吼出了悲壮的响声。

离别了，生与死的离别！

一位和我有着差不多年龄的上海大学毕业的刘君（祝福他在天的灵魂！）作了我归途的侣伴。他穿一身白粗布短裤褂，故意叫一顶草帽吞去半个额；我穿着以贱价买来的一件故衣——蓝布大衫，一顶草帽是少不得的。两个人，几乎是罄了手头的所有，换得了两张船票——生命的保证。在船上，躲在角落里，为了怕射过来人眼的箭。船，到底把我们平安的送到沪上了。我们疑惧着自己衣服和心的颜色全都和眼前的这些异样，同样的猜忌着每一双眼睛，我们为了夜晚的停宿问题发愁。因为，我们没有钱，上海不是我们的世界，它对我们太陌生，太可怕了，我们把剩余的几个钱吃了几个包子打发过饿得吱吱叫的肚子，然后，他领着我到处去找朋友，不巧，暑假把他的同学都解散了。天，摸黑了，人，在绝望中彷徨，如果最后一家曾经相识的商店主人，不作我们生命的援手，黄浦江就是我们最后的归宿地了。

我们彷徨在大街上，我倔强的，幽默的，向着我的同伴吟诗了，这是强力的诗句，因为生活和意志是强有力的！

> "两个穷光蛋，
> 彳亍在上海的大马路上，
> 我们是如何的渺小；
> 然而我们是如何的伟大呵！"

我们的手终于拍开了他的那位商店的并不太熟的朋友的大门——生命的门，他把热情与慰安的手伸给了我们。心，一掉下来，两个人全病倒了。

当我回到我的故乡的时节，五色旗还飘在这胶东的一角。我象作了大恶的强盗一样，逃避着人眼，白黑的提着一颗心。同一石谈诗，写诗，成了这时候的最大安慰。然而，这些诗没有一篇留下来的，野草似的生了，又死了。记得逃躲到深山里一家穷亲戚家中，住在半间小茅舍里时曾有诗，山光水色，媚人的眼睛，青春的女子比山花更美，绿林里的"野鸟"在"自呼名"呢。叫动荡震碎了的心，朴野安静就是一剂有效的治疗药品。

不久，我回到了自己的家，而且，抱着一个理想到民间去了。直到今天我忘不了他们那一张张有着坚强自信力的表情的脸。（祝福他们在天的灵魂！）

爱情，蛛网一样捕捉住了我这个可怜虫，然而不久我就结婚了。（虽然现在分离开了，我祝福她生活得幸福！）

既然是个疮，那么，早晚是要出脓的。在婚后二十七天的傍午，我从几十支枪插成的死圈子里漏走了，存亡系在一发的时间上，可感谢的那个用惊惧的情态跑过来报警的老妪和那四尺的短墙呵。

这一只惊弓之鸟，一翅子飞过了深山，飞过了青岛，暂时栖息在山海关外的沈阳城中了。

流亡的日子开始了。大机匠（六机匠的大哥，我的佃户，穷困把他全家逼到了关东，他的孩子，是我儿时的伙伴。）家里添了一位新客。同我本村子里的几位穷乡亲睡在一口土炕上，白天他们出去卖菜，出去作工，各人去找生活去了，剩了我同大妈妈（大机匠的太太）守着家，守着一段难耐的时间。他们每个人都喜欢我，关心我，怀疑我出了什么事情。他们用话试探着安慰我，那些话真叫人害怕！我随他们出去卖菜，他们一定在我头上盖一顶竹笠，而且拉在额下，临出门，大妈妈又亲切的小声的嘱咐一回："不怕的，只管出去，以前'走黑道'的人，也在我这里住过的。"

偷向篱笆那边邻家的小女孩借一支铅笔，在一张破纸上写家信，信上其实除了"平安"外什么也没有，然而带着它往信筒里投的时候，心里那么的跳个不住！

这时节，有的是悲痛，我却没有眼泪也没有诗。

秋风把六机匠吹到我眼前来了。他从夹衣缝里拆出了祖父写在绵纸上的一封血书："铁案如山，无从解决，时局不变，恐终成亡命人矣！××幼女，监禁六年，指为祸首者可更无论矣！天涯埋头，务求稳秘，勿效小儿思家哭也。正可藉此时机锻炼身心，十年之内勿作家书。"

和信一道带来的还有一些惊心的消息和二十块银元。

第二天一早，我在晨风里踏上了遥远的征途，一个身子，几千里路。他们用酒，用眼泪，用暖语送我，把一天劳苦的代价——一元钱赠我，（"带着路上喝碗茶吧。"）我，第一次叫真情碰落了泪珠。

依兰（三姓），松花江上的一座小城，隔江就是"江省"了（土人称黑龙江为"江省"）。流方僧似的，带着一个假名字，一片谎话，到处"挂单"。在一位算是族伯的家里吃碗眼皮底下的饭，跑几里路，到江边一家切面铺里去睡觉，去听他打卦算命，去听里间里青春夫妇亲昵的淫笑，去听窗外野店里深更半夜的猥语，调笑，以及客子思乡的怅惘伴一声声长叹……

> "对外人说
> 自己这里有了家，
> 到了家
> 自己却变成了外人。"

读了这几个句子，我当日的怆凉情景可以抽绎出几分来了。

我找到了职业，从此不再愁吃住了，我的职位是审判厅的一名录事，我替自己取了个名字：臧承志，字士先。从此，我在罪人死人的名册上用心；从此，我在犯人的铐镣声中动魄；至今我还可以背得出成串的白俄罪犯的名字来。从此，我得义务的听那位书记官长——马春和，骂革命党，什么"杀人放火"，"裸体游行"……。我同他睡在一间房子里，临睡前，我得先警戒一下，因为担心自己的梦呓（虽然我并没有这样习惯)！从此，我得看别人向"上司"献媚的丑态；从此，我得看每一个人的脸！

八月十五飘雪花，我还是穿着夏天的衣服！把眼睛转向无边的旷野，使人起荒凉之感，登上高楼望一望江山，头顶上嘹唳的叫着，飞过了一群南归雁……

这时节，我有多量的感伤，少数的诗篇。

当我第二次返回故乡，没能够赶得上祖父的最后一口气。为了我的"自由"，他在接到我得子的一封家信时，写了一篇很长的"七古"寄他的感慨，在他死后，我也曾叫诗句替我说出我的悲痛！自从我出奔把苦痛撇给他以后，见到的是他最后的"死面"！

磨难刚离开，病魔又看上了我！神经象风前的游丝一样，一吹就断！哭笑，自己全作不了主，我变成了一个疯人。夜里不能睡，不敢睡，梦中会招惹些要命的魔鬼来！（这情形告诉了会吓死人。）我要医生陪我睡觉，我要门口里就有药店，我要最温和，诚朴，良善的人坐在我的身旁。我失掉了健康，我也失掉了人间的温情，已经很久了。

病，一直缠了我三年！

这一时期的生活，印子似的深深打在我的生命史上！这一个时期，是划时代的"伟大时期"，我幸而赶上了，参加了，而且，没有死！人生的意义在我心上更深了，更远了；我对于宇宙也有了个一定的看法。大时代，它把我安置在一个固定的斗争的位子上，一直到今天没有更换。

我并不责难自己这一个时期没有留下诗，生活本身才是一首瑰丽动人的诗呢。在这伟大的几年间，我储积了无数的生活的宝贵经验，（用生命换来的）——诗的最有价值的材料。单从技巧上去求诗，你将永远得不到诗！

我用生命去换诗，去写诗。

五　我找到了"自己的诗"

我把从死神和病魔手中挣脱出来的身子安放在桃园似的青岛了。这里有海，有山，有清静。我们的学校——青岛大学，把身子的一半托在青山上，坐在石头楼的窗前，远处近处的红瓦绿树云影一样的浮到人的眼前。海的波动的影子，海的健壮的呼吸，从一层层的绿色的树影中透过来，传过来。傍着校舍的一条条白线似的小径，可以引你到幽僻的山中，可以引你到"第一公园"——花鸟的世界，自然的家。

青岛是诗的。

生命的流水总是这样：有时恶浪排空，有时澄静如练；然而，静，只是暂时的休憩，它正蓄养精力作第二次的冲击呢。

我在青岛找到了"自己的诗"——这就是说，我多年的心血苦心终于铸造出一个结果："风格"。然而，请不要错想了：以为山海的精灵授予我了什么"灵感"或在梦中借给我了一支生花的"彩笔"；也不是深霄里海上一明一暗的神秘灯塔，对于我这个因无眠才跑来坐在一条长凳子上的人指点破了什么真理和人生之谜；不是的。战斗的生活，痛苦的磨难，叫我用一双最严肃的眼睛去看人生，而且，以敏感到与疯人只隔一纸的神经（我作了三年疯人）去感受生活，以强烈的火样的热情去拥抱生活，以正义的界线去界开黑暗与光明，真理与罪恶。总之，这时候，我的思想和人生观已经找到了自己固定的位置，我已经定了型。因而，我的诗才获得了自己的风格。诗，总是离不开现实生活的。同时，我还得为自己欣幸，在青岛，天赐与了我一些师友，这，对于我诗的创作有着重大的关系。

当我初步学诗的时候，只知道闻一多先生的名字，而今我却能够读他的诗集受他的教益了。

"人生永远追逐着幻光，但谁把幻光看作幻光，谁便沉入了无底的苦海！"（战斗失败后，一时悲观心情的冶铸）闻先生从这一节"杂感"里认识了我。

我抱着自己的创作和自己喜欢的一本诗集，抱着一颗"雄心"去作第一次的拜访。他把我的东西粗略的翻过了，没有说什么，他又把我拿去的别人的那本诗集看了一部分，而且，看了写在内封面上的我的题字。

"不，'成熟'应该改成'半成熟'……"闻先生笑着这么说了。

他的手是那么熟练，一个作品经他一掂，轻重便有了分两。在这一次谈话以后，回去，我把许多年来诗稿的大部分全交给了火。

从此，闻先生的办公室里，家里，常常有我的踪影。

这一个时期，《死水》同徐志摩先生的几本诗集装饰了我的案头，我的心——尤其是闻先生的这本《死水》，我差不多几年没离开过手，我几乎每一篇都能背诵，我从中得的东西太多了（单是说在技巧上）。同时，我也用它去教过学生，影响过朋友，我曾用他去攻破死抱住五七律的冬烘先生。抗战以后，我不止一次的在前线上向几万弟兄，向多数工作同志朗读过其中的《一句话》。闻先生的诗同他的为人一样的谨严。他的诗，在技巧的磨练上所下的功夫，所付出的心血，足以使一个初学者消解了浮浅的"自是"心，拉回乱放的野马，觉得新诗不是草率可以成功的，它比旧诗还难！

我向闻先生和他的诗学习。学习着怎样想象，怎样造句，怎样去安放一个字！在以前的时候，我不知道什么叫想象；知道了，也不会用它。抓住第一个跑到我心上的它的浮影，便宝贝似的不放松，把它用到自己的比喻，隐喻，形象上去了。不知道打开心门，让千千万万个想象飞进来，然后，苦心的，比较着好坏，象一个吝啬的穷女人和一个小气的小贩子把一个制钱作为这场买卖成败的那样认真的争较着，然后，用无情的手把所有的想象都赶出去，只留下最后的一个。因为，形容一个东西，只有一个想象最美，虽然，你有权利去用另外的千千万万，去用"蔚蓝"形容"天"，用"姊姊"去呼"月亮"……。

没有扎着翅膀的想象，永远把你的诗拖累在平庸的地上，而诗，却和"文"一样，最忌讳"平"的！

下字也难。下一个字象下一个棋子一样，一个字有一个字用处，决不能粗心的闭着眼睛随便安置。敲好了它的声音，配好了它的颜色，审好了它的意义，给它找一个只有它才适宜的位置把它安放下，安放好，安放牢，任谁看了只能赞叹却不能给它掉换。佛罗贝尔教莫泊桑的"一字说"，每一个有志于诗艺的青年朋友都应该当"教条"一样的看待它，遵守它！

这时候我的创作兴致很高，用心也很苦！每得一诗便跑到他家里的书屋中去找他，吸着纸烟，朋友一样的谈着，他指点我这篇诗的好处，缺点，哪个想象很聪明，哪些字下的太嫩。同时，他又立即到书架子上去（他的书架子作了他的四壁）抓过来一本西洋诗，打开，找出同我的想象字句差不多的想象字句来，比较着看，当然，人家的更好。有时，一个句子，一篇诗，得到了他的心，他古井似的心上（他久已把诗心交给一堆故纸了）立刻泛起澎湃的热流，眉飞色舞的读着它，同时，把一个几乎是过分的夸奖给了我。他，每次在那诗句上划了红圈，（多难得到的一个红圈啊）那个句子恰是我最得意的，我们的眼睛和心全叫诗连在一起了。

记得有一个暑假，我把《神女》这篇诗的底稿寄给他看，其实是在作一次试验，其中有一个句子我最喜欢。复信回来了，我心上的那个句子："记忆从头一齐亮起"，果然单独的得了那个红圈，为了报答知音，我高兴的狂跳起来。

徐志摩先生的诗写得精彩，才气，超脱，好似李白，我欢喜他的《再别康桥》，和《猛虎集》上的另一些诗篇；但是，总觉得他眼里的宇宙和人生和我距离得太远，他《云游》（他的一个集子）在天上，我的生命却扎根在泥土里。灵魂仿佛不在一个大地里，喜欢也只是喜欢他诗作的漂亮就完了。

梦家，也来到了我们的学校里，还有诗人孙大雨先生。从后者我没得到什么，梦家却帮助了我不少，有一两篇诗还经过他的润色呢（如《烙印》里的《万国公墓》）。和他谈诗的结果，我更知道了怎样去展开想象的翅。他是一个有宗教信仰的人，年轻，高才，缺乏的是实生活，是人生艰苦的磨炼。对于以"灵魂"活动作为诗的源泉与生命这一点，使我们在谈诗时常常意见背驰！因为，我和他对人生的看法恰恰相反。虽然如此，但是他耀眼的才华，美丽的诗句，也着实打动了我的心。他造句专求美丽，甚至不管在什么场合上。譬如在吊沪上殉国战士的一篇诗中（名字叫做洋泾浜吧？）有这样一句："桃花一行行"，我同闻先生都劝他把"桃花"改为"血花"，他并不依从，他认为写的虽然是"血花"然而把它写作"血花"却没有"桃花"漂亮。"桃花"当然比"血花"漂亮，可是，这篇诗的严肃和沉痛性也随着"血花"被取消了！这两个字关系多大——关系着他对于诗的整个的态度，这不仅是手法上的问题。

他的想象是活泼美丽的，有时美丽得出奇，几乎是不合理的了。他讲给我，把一片落叶比做一只三角的小船，又怎样在梦里（在梦里！）漂在天河里了。他讲给我，一个檐前的"铁马"怎样飞到天上去（天上！）变一颗星……他教给我了许多，他的想象几乎成了无根的幻想，而他理想的天国也不在地下，而在天上。

然而，毕竟从他技巧的宝山上，我没有空着手回来。

此外，王统照先生也给了我很大的鼓励和助力。有了新作常常跑到"观海二路十三号"他的寓所里去（而今已经做了敌人海军的营房了），用热情激动的调子背诵给他听，他给我好些有益的意见。他很为我能背诵那么长的语体诗而惊讶，他不知道我写它们的时候，一个字就是一滴心血！我们也常常谈到旧诗，这个时候，我读了不少的名家，我能背诵出许多许多名篇和名句来。他们的表现力和技巧有时是惊人的。同时，我也读了拜伦，雪莱，济慈，卜朗宁，莎氏比亚……的名著。它们掀动了我，也惊讶鼓舞了我。因为在《新月》上发表了两篇诗，（十年前的当时，稿费是四毛一行）如是，有些好事的人们作"诗谱"时便把我的名字列入"新月派"的行列中去；过了些时，我又常在《文学》上写诗，如是，又说我给"新月派"敲了丧钟。多好笑的一些梦话！

这个时期，我从民间语言的利用上，（我对乡村太亲切了！）从中今古外的名篇上，从当代名家的学习上，建立了一个自己的"风格"，而这个"风格"还是以生活作基石而建立起来的。从学习而来的不过是技巧而已。

依然受着病的折磨。神经衰弱得利害，夜，多可怕的夜！没有患过失眠症的人是不知道夜到底有多么长！有时，不失眠比失眠更可怕，因为避免这"可怕"，往往强挣着不敢睡去。设若怀着一肚子忧郁愁苦，一下子睡着了，半夜里会突然被魔手拉醒，一睁眼：四壁向你板着鬼脸狞笑，眼前一团黑，整个宇宙陷在沉寂中，死的沉寂，怕人的沉寂！这时候，心跳了，手心出汗了，周身打颤了，脑子清水似的，往事在水面上照出自己清楚的影子，神经马上支持不住，生与死在搏斗着，激烈地搏斗着！如果从回忆中，能拉来一点慰安，从人生的各方面（友情，爱情，诗，我生命的三个抓手，青岛时期只剩最后一个了）能寻到一星温暖，向着明天能寄出一个小的希望，生命便战胜了。然而，往往寻找不到这些，凭数手指头，凭求生本能最后的倔强把心跳镇压下去……

生活对我太惨酷了！

终天同一位同病相怜的同班好友，到海滨去，到公园里，到山里去。躺在一地落叶上解开上衣叫胸部晒上太阳，他扪一下腮颊问我："我这几天又 Hollw 了没有？"说着，又用右手握一握左手腕，试试细了多少。我就试摸着脉搏，拍一下胸膛，忽然大呼一声 Melancholy，然后，长吁一口气……

住在那样理想之宫的高楼上，我睡不着觉。忧闷，凄凉，孤独……迫着我到处找温暖。常是跑到一个小学校里去，和一位"大哥"挤在一页小铺板上。为了他的好脾气，同他谈谈话就是最大的安慰，就是最好的"安眠药"了。他屋子里的那一团和平空气，使我的心舒贴，平和，有如展开了的一团"纸蛋子"。有时，我去了，抱着深的伤感，寂寞和大的希望跑去了，一走到了院子里望见他"黑"的窗子，心就冷了半截！摸上楼去，门上了锁，而钥匙他却带走了，（经常是挂在门旁的水屋里的）来找温暖，自己却被锁在温暖的门外了！一个人孤零零的，怀着更伤感，更寂寞的，想哭哭不出的心情，在冷清清的空院子里，（星期或是星期六，人家都各自去寻找自己的快乐去了）听风的哀号，海涛的吼叫……

我终于从高楼上搬下来了，搬到一家很阔气的亲戚的家里。可是，我并没有住他的客厅，却下榻在他的半间小耳房里，同他的一个小工友去同床。这小耳房除了一张床板再也容不下什么，没有窗子，把门一关——苦闷的世界暂时被关在门外，门里就是我们两个人的世界了。我们用天真换天真，实朴对实朴，良心照良心，他是才来自乡村的一个孩子，我和他同榻睡得很甜，这，不但引起我亲戚们的惊怪，就是连外人也觉得可笑。心和心间的距离太远了！

我给这半间房取了个名字叫"无窗室"，当我移来的第一天晚上，我的祖姑母带着那位表姑和小小的表妹，兜着花生和糖块立在门限外边（我和富贵人中间永远隔一道门限！）向这位"新客"致"欢迎"并贺"新居"，后来常作这小屋嘉宾的有吴伯箫，孟超……这几个熟朋友。有好些诗是在"无窗室"里产生的，而"无窗室随笔"也就不断的在《自由谈》上出现了。

我健康的损坏，当然是由于一次又一次致命的打击，而写诗，也是原因之一。白天写，夜里写，睡觉之先，床头上预备好铅笔和纸片子，另外，一支小洋蜡，一盒火柴。为了某首诗中的一句欠妥，某句之中的一字未安，不论是在未成眠时，不论是在朦胧之中，只要一触及或者有新得时，不分冬夏，就立刻翻起身子来燃烛摸笔，不要让诗跑了！有时，把同室的同学们（都是好朋友）弄醒了，睁一下眼睛，半睡半醒的哼一声"诗人又在发神经了"便把身子转背了烛光睡去了。

我破命的写诗，追诗，我的生命就是诗。我真象东坡眼中的孟郊一样，成了天地间的一个"诗囚"了。推开了人生的庸俗，把一个理想投得很远，拒绝了世俗的快乐（其实就是无聊残忍的口腹耳目之欲），我宁愿吃苦，看破世事人情我才更觉得事业是唯一"不空"的东西，它是一支精神的火炬，虽在千百年后也可以发热发光。一切皆朽，惟真理与事业永存。诗，就是我以生命全力去倾注的唯一事业！

我好沉思，苦思，整个的心为着诗跳动。走着想，坐着想，醒着想，睡下想，吃着饭想，同别人谈着话也在想。为了八句诗，我曾整整想了一年。有时，思想枯涸了的一样，人也变成了呆子，人家同自己说话，唯唯诺诺，然而说了些什么，我真不知道。想，想，想，一直想得头晕，眼黑，呕吐（尤其在刚吃过饭的时候），于是，病倒了，吃救急水，用针"挑"——（直到今天，我身上没断过救命的针）睡过一觉，好了，然而人疲惫得好似生了一场大病。这样，躺在床上，心不由得又飞到诗上去了。

当我在病中时，我心中默默祝祷，念着下面的两句名言：

> "当一件艺术品尚未完成时，
> 上帝呵，请不要叫我死亡"！

这时候，我常投稿到《文学》、《文学季刊》和《现代》上，而后者，因为同编辑人对诗的见地相反弄翻了。之琳兄在北平自费印了他的《三秋草》，也怂恿我印一本诗。我便把新旧作品挑选了一下寄给了他（我们至今尚未得一面），取了一篇的名子——《烙印》作为集子的名字。这时候，闻先生已经到"清华"去了，经过了他们一番的精选，闻先生又代写了序言，就付印了。式样，印刷，一切全麻烦了之琳。

印了四百本，花了六十元——闻先生出了二十元，王统照先生出了二十元，另外，是一位朋友慷慨解囊。书印出来了，茅盾，老舍，韩侍桁……诸先生在《文学》《现代》上给了批评，其实是给与了鼓舞，而书很快的就卖完了。再版，有两家争着出，而起初，请求书店承印，得到的回答是："诗集暂不收"。因为《罪恶的黑手》一篇诗起了一些影响，于是，《罪恶的黑手》的集子不久也就继《烙印》之后加入了一部丛书出版了。

　　这一个时期，我写了《老哥哥》、《洋车夫》、《难民》、《渔翁》……——这黑暗角落里的零零星星。我正眼在瞪着人生，然而没抓住大处，要害处；只抓住了这一星点；虽是这样，然而，在象征诗风吹得乏力时，这也成了照耀实生活的一盏小灯，给了黑暗中的人们一点光亮，一股生活的力。谨严的生活反映为谨严的内容，谨严的内容配上了谨严的形式。我把热情没有摆在字面上，难怪有人批评我这一时期的诗是什么"塑雕"的了。

　　我的每一篇诗，都是经验的结晶，都是在不吐不痛快的情形下写出来的，都是叫苦痛迫着，严冬深宵不成眠，一个人咬着牙龈在冷落的院子里，在吼叫的寒风下，一句句，一字字的磨出来的，压榨出来的。没有湛深的人生经验的人是不会完全了解我的诗的，不肯向深处追求的人，他是不会知道我写诗的甘苦的。

　　"眼里飘来一道鞭影，
　　它抬起头望望前面"。(《老马》)

我这样写照人生：

　　"这可不是混着好玩，
　　这是生活，
　　一万支暗箭埋伏在你周边，
　　专瞅你一千回小心里一回的不检点"!(《生活》)

我这样描绘生活：

　　"…………………
　　你去和磨难战斗，
　　累得周身汗毛，

都擎着汗珠，

可是你得咬住牙龈，不敢轻忽；

同时又怕克服了它，

来一阵失却对手的空虚"！(《生活》)

由于这些句子所代表的生活体味和见解，无怪乎有人说我是英雄气概的"容忍主义"了。

总括起来，这创作的初期，我是没有更积极的去生活，去和大时代的呼吸一同呼吸，反映在诗上，成为拘谨严肃的作风，一条溪水冷涩的流着，长江大河的气势，这时节从我的诗里很少找得到。(《罪恶的黑手》一篇，可以作个例外吧！)

六　我向一群孩子学习

我置身于挂在运河沿上的"临清中学"（多亲切的一个名字呵！）的一座僻旷清幽的新校舍中了。这是诗的摇篮，爱的田野，理想的天国，我的生命在这里扎根，感情的蔓子爬到了孩子们的心上，我住的那间土屋上，古老的城头上，夕照下的流水上……。

校舍的前身是"大仓"，新起的房舍不多，地址更显得空旷，满地未除的破砖废土，使这座校舍的新生命带几分凄凉。它坐落在城里，西南关繁嚣的声浪波及不到这里，（长毛一把火把城里的繁华烧光，只留下十几口"万人塚"，花朵似的簪在这位"老人"的鬓边）残破的城墙，青色的田野，拥抱着它做清幽的梦。我爱这座诗意的新校舍，我爱这座劫难的古城。它正如一个十七岁的孩子——张泮庆在"我们的新校舍"这个题目下所描写的：

"虽然这是一片瓦砾场，我却喜欢它的幽旷；虽然这是一片荒野，我却喜欢它的清冷，我喜欢四周绵亘的垣墙给我扯来的半壁晴空。"

更叫我喜欢的是一大群天真，纯朴，一尘不染的天使似的孩子！我们家人父子一样的相处了三年，他们从我身上得到了热情和诗，我从他们那边得到的更多。他们的影子印在我的心头上，时间越久，磨得越光亮。"临中"，而今果真在敌人的炮火下变成一片瓦砾场了，而我的孩子们呢？——再也找不回来的昨夜的梦呵！

第一次教书，好似做新嫁娘一样，心下有几分怯。当我刚到"临中"的时候（学校还在西南关的考棚街上），就有许多学生跑到我屋子去谈长问短，好似上课之前，先对先生来一下"考验"似的。有一个十五六岁的孩子——陈宪泗，问得特别多，而且那么细密，从文学到诗，从诗到文坛掌故。他没有把我问"倒"，我反而给他加了些材料，如是，他满意的走开了。后来我才知道，这是一个"天才"，这是他们的"诗人"呢。他从读小学起就写诗，案头上的新书比我的几乎还要多。爱好能叫人亲近，不久，我就成了当年的闻先生，他就是当年的我，不同的就是更亲昵些罢了。他读了郭沫若，戴望舒，卞之琳……，他写得惊人的好（不要忘记他才是十五六岁的一个孩子）！我多少次深夜的倦眼为他的诗句发光，我的心多少次为他的诗句开花！他的一篇新诗完成了，热情驱使他在雨夜里跑到我的屋里去，我们朗诵着，微吟着，我替他推敲着每一个字。这时候，冷风打着纸窗，小灯摇晃着微光，两颗心同时在热情的燃烧中激动。冒着雨，他回去了，我一夜失眠，第二天一早见了面，他笑着对我说：一夜没有睡呢。

他纤弱。他的样子，灵魂，连上诗，都是。他常是忧郁多感的，爱情也损坏了他。他的想象力很高超，造句很巧妙，他在《秋阳》的一首诗中，写出了："眼皮上贴一千两黄金"的句子。他把心，把生命，交给了诗，他给自己的眼前放上了一个金色的希望。他发表他的诗篇在北平的刊物上，天津的《益世报》上，上海的《青年界》上。然而，当《文学》诗专号刊出他的诗来的时候，他的名字上，已经加上了"已故"两个小字了。王统照先生还在他的诗后边缀了一段悼惜的话。因为，我同一多先生和他，都谈到过这一位小小的诗人，他们正以惊喜的眼望着他成长（我更是），而他却抱着他的诗，他的忧郁，他的尚未结果的才华，他苦味的恋情，他十七个年头的青春死去了。死前的一刻，他还用他最后的一口气呼喊"臧老师"，要他的腻友（他同班的一位同学）把他的一张像片送给我。我，作为报答的是在《自由谈》上发表的一篇悼文（后来加入到散文集《乱蓬集》中了）。

黄土永远是无情的，它埋葬了多少天才的青春呵！

陈宪泗，我们彼此鼓励着，学习着，点燃着炽烈的诗情。而今，他空空撇给我一个记忆。

当我们迁入新校舍时，我住在一间小小的土房里，有书香，花香，清静又雅致。门前的绿草随意的长，春鸟也常来到我室外的一株枣子树上唱歌。真如一位我最喜欢的女孩子（她的诗写得多么好呵）在日记本子上所写的："一进门，没有人，雪白的被单，枕头一边躺着一卷诗，多诗意的一间小屋子呀。"

这个女孩子，她写出了"乌鸦给枯树开一身黑花"的诗句！在《老农曝日》的题目下，她一开头就这么写了，她写着：

> 庄家汉，
> 从三季忙碌的田野
> 把身子抽回来，
> 做一条支柱
> 去撑住墙垣。"

她还写了许多。她在病中发烧，她曾说："我的心在和表赛跑呢。"她年青，热情。只要她一高兴，宇宙整个在笑了；当她烦恼的时候，什么都在哭泣了。

她在报纸刊物上发表了几篇诗，"七七"事变前几天我在北平接到她的信，她信上这样描写她暑期的生活："晚照还在墙头上徘徊，叫小听差泡一杯清茶，手把一卷诗，坐在树底下向着残阳……"她说又有一篇新作，"可不可以试一下《文学》呢？"人小，野心却是大的。

她的家我到过，她父亲也成了诗友。"郭堤"的村外一片白沙，躺下去，它并不沾人的衣裳，平沙上盖一片梨树的荫，绿荫里有蝉声，有守望的一位乡村的小姑娘……

她把自己的诗，集成了一个本子，字，抄写得那么娟秀，好似要拿去出版似的。皮面上题着逸君——两个字，这是我送给她的一个名字。她要我在第一页空白上写些什么。

我这么写了：

> "请你珍重自己的诗句，

        象世人珍重他们的黄金，
        黄金
        只能买一朵笑的昙花；
        而一个诗句
        却能响彻千万人心！"

她珍惜着她的这个集子有如生命。

另外，有许多孩子写了许多不象孩子能写得出的诗篇和耀眼的句子：

赵光壁写了：

        "云，捉住了她，
        又把她释放。"（《月》）
        "两岸的垂柳，
        领着河流。"（《小河》）
        "一口坟贴在崖下，
        死后也找个依靠。"（《坟》）
        "一枝红叶插在案头，
        我从郊外拾来个秋天。"（《秋》）

孙树声写了：

        "脂粉也追不回青春！"（《老妓女》）
        "春鸟一开口，
        寒冷便躲藏；
        不，不是躲藏，是消灭，
        消灭在东风的身旁。"（《春鸟》）

张泮庆写了：

        "柳浪象黄兽

把守着村庄
……
剪手人的长衫
是一幅蓝天，
他的日子
有如薄云的悠闲。"（《四月的乡村》）

于寿增写了：

"记忆的长丝
拉活了亡人。"（《记忆》）

我的学生，差不多每个人都爱诗，学诗。连看门房的一个青年工友，也写诗，他订阅了三四份杂志（《文学》、《大众生活》、……），他常常送诗和散文给我看，写得好，有一句诗，简直是一颗明珠：

"生活的钝刀锯断了我的青春！"（《自述》）

诗的兴趣是由我撩拨起来的，我在年青的心的园地上撒下了诗的种子。我用时间，心血，灌溉，培植了他们，我打开了他们的想象之门。可是，诗的天才和热情却是他们自己的，那刻苦努力的精神使我感动。

我的每一篇诗，他们是最先的读者，哪首好，哪首坏，哪个句子好，哪个字下得欠火候，他们说得恰合我的心。他们是我的最忠实的读者，知音者，批评者。我把当代各家的诗全介绍给他们，他们读了都有个恰当的评价。他们常写出许多新鲜巧妙的奇句来，可是还不能通篇匀称。他们有些人摹仿我，甚至偷窃我，而我也是。他们有许多句子，被我改造过，精炼过，嵌到了自己的诗篇中了。有的整个搬过来，给它找一个合适的位置。我同这群孩子互相学习着，我是他们的老师，他们也是我的先生。孩子们的想象力丰富得惊人。

张泮庆曾有描写春天的一篇散文。他写着："天，象一个淡淡的蓝晕，静静的，懒懒的。太阳的光象一条条金辐似的把青天撑了起来，象一柄蓝伞。"任谁也得承认这"诗的散文"的美。我把它改造成下面的诗句，加入在《运河》中的一篇诗里去：

> "太阳的一万道金辐，
> 撑起了一柄天蓝伞，
> 懒又静的，
> 笼上了人间的春天。"（《依旧是春天》）

我们有一个小小的班级图书馆，一座小木橱装了十几份杂志，几百本新书。这是孩子们精神的仓库。书款，是由他们自己凑集的。教室就是我们的家庭，谁也喜欢那一团空气。在讲堂上，我以诗的几乎是疯狂的热情向学生们灌注，尤其是在讲诗的时候，他们的热情被点上了火，大家在火里燃烧，情感象一股热流。下班铃摇过了，我们还不下堂，朗诵的声音引来一群别班的学生，门口窗口都挤满了一颗颗头颅。最后，才把不尽的余音，没有冷却的热情叫急步带到了教室以外。

我的寝室，学生们去的最多，男的女的，你听，我的房子里总断不了笑声，语声。他们（她们）不一定是来问功课，有的是来谈诗的，有的是来找温暖的，学生到先生的房里，照例在门外先喊一声"报告"，可是，我的学生都用亲切柔和的一声"臧老师"代替了那死的公式。春天，一些女孩子争着给我送花：梨花，月季花，海棠和丁香。绿叶上带着珍珠，她们的春衫把细雨如油的春天带到我的房间来了。房间里有花的颜色，花的香气，也有了女孩子银铃的笑声。晚上，我把花枝对着小镜，在电灯的光亮中，看一朵朵鲜红的"镜花"。"明天早晨来拾花的残骸吧。"第二天一大早，她们果然来了，带着新的一束花，有的忙着去换水，有的忙着扫去桌面上的花瓣。

星期天这一天的时光对于孩子们，是有着千金价的，可是，有一些，他们不愿回家去，却来围绕着我。我们到野外去拾秋天的红叶，看一坡拾花女（棉花）秋风吹动着她们的五色衣裳，我们跑到"塔湾"去登上十三层的高塔，放开远望的眼，我们也在运河岸上，帮船家拉纤——口里也欸乃的哼着。我们游散到无名的小村落，招来一双双惊奇的眼睛，我们剥着花生，谈着诗，也许坐下来吃一杯茶。记得"中秋节"那天，他们（她们）都违背了父母的命令，放弃了家庭的团圆，留了下来，我们在深夜登上"万家塚"去看月亮，一直看了一夜，露水把人打湿了。

"当时只道是寻常！"我这样对他们说。是的，当你在快乐的时候，也不觉得怎样，回忆制造了美。

"临清时期"在我生命史上是"黄金时代"，在我诗创作的程途中也是很重要的一个阶段。这个时期，我兴致浓，生活安定，时间有。那一团空气正适宜于诗的产生。在这古城三年的时间中，我写了自传的千余行长诗——《自己的写照》，我写了《运河》，《古城的春天》，《大寺》，《黄风》，……。"会考"把学生弄晕了，我为他们写了《跳龙门》；为了一个叫做林风骧的最小的一个孩子考海军落榜，我写了《破题儿的失望》；为了送他们毕业，我写了《心的连环》：

> "教室是我们温暖的家，
> 　在里边种下了根深的记忆，
> 　说不定别后这一条长丝，
> 　给你牵来个风晨雨夕。"

这一些诗篇，都收在《运河》这本集子里了。

由于朋友们的鼓动，自己也这么觉得：应该冲破这狭小温暖的圈子把自己投到时代的急流中，再造一个新的生命。但是，我走不了，我只写下了下面的一篇诗：

> "刚想要推开这座古城，
> 　让身子扎翅，
> 　而心先酸楚了，
> 　我恋着这间土室，
> 　我恋着路上的每一块砖——
> 　叫我的脚踏凹了的，

我恋着这里的一些人，
我恋着古城楼
最先沾我衣角的黄昏。"
……

真是，"到处乱撒种炽热的感情"，而得到的却是"一颗颗苦的果子"。

为了伴一个病重的亲人到北平去治病，要和孩子们暂时分手了，是否会成了永远的分手呢？只有命运知道。别离的前夕，在我们的家——教室里团聚（谁敢说不是最后的团聚呢？）孩子们，我也是，都哭得不敢抬头。电灯也仿佛蒙络在泪丝中了。

合摄了一张影——影子心一样的永远的贴近着！

一百多个孩子到汽车站上去送别，一直在大风沙里站了将近两个钟头。最后，汽车才把眼光和泪丝拉断了。

命运的手把我送回了"临清"，这已经是"七七事变"以后十几天的事了。孩子们见了我先说他们的梦，梦着敌人的飞机轰炸北平，他们为我，难过得眼泪滴湿了枕头。每个人一份礼物：小小的烤铜框子里镶一幅北平风景片。不用礼物，他们已经够高兴的了。

又合摄了一张影，因为前一张大家都哭丧着脸子。他们叫我在两张影片上题些诗句，同时各人签名，把通讯处写在背面上。多宝贵的纪念品呵。

在前一张上我写着：

"只为了别离在眼前，
你看，一个个样子都不喜欢。"

在后一张上我写着：

"在一阵神秘的风前，
我们作了暂聚的浮萍。"

十月初，烽火延烧到山东边境上，"临清"已经到了转进的大军。学校宣布放假，女生限一个钟头迁出学校。

一个诗的梦，美的梦，要破了。

慌乱，叫嚣，我的室内室外人山人海，但是，不久，一个个都叫眼泪送走了。

几个女孩子来替我收拾书，整理衣箱，屋子里零乱得象人的心一样。每个人拿走了一样纪念品，而逸君却要去了我两件最心爱的东西：自费印的《烙印》，和闻先生亲手签名送我的一本《死水》。大家抱头痛哭，象遭了丧的一样。最后，逸君（我永远忆念着她，象但丁忆念着"毕娜司"一样）含着泪，拾起一支铅笔来在一张照片的反面写着："克师，永别了！"泪珠落到字的上面。一回，把头一抬，眼光向着天，象一道希望。立即把铅笔又向着照片了。这回，她写下的却是这样的字句：

"克师，真的永别了吗？！"

七　我在民族革命的战场上歌唱

一匹久经战场的马，把它拴在生活的木槽上，它的心是不死的。一个真理的歌手，没有不应着大时代的呼唤而贡献出自己来的。

逃出了北平，逃出了敌人的检查网，我愤怒，然而更兴奋——我们的祖国抖了抖身子，终于站立起来了。

离去了家乡，离去了家庭的温暖，从一个旧梦里醒过来，颠沛，流亡，我悲痛然而更欢腾——我们的祖国抖了抖身子，终于站立起来了。

诗的热情，兴奋，鼓荡在我的胸中。一道希望的亮光在我跟前闪动。

我立在了光荣的民族革命的战场——"台儿庄"上。我的马迎着炮声嘶号，我在炮弹缝里乱穿，争来夺去的这焦土的寨子我三次进去凭吊过，我看见敌人丢下了坦克车和许多东西败退了下去。

我从徐州到了潢川。潢川，南城北城，当中隔一条沙河，一道大木桥手臂似的牵着这两个兄弟。依在河北岸上有许多茶栅，坐在里边，远处近处的帆影向着你的眼睛飘送过来。

潢川是美丽的。五千青年男女的抗战集团——"青年军团"，使它的生命有色有声。这群从不同的天涯流汇过来的青年男女，称得起是"人的花朵"。其中有不少诗的爱好者，年青的诗人。庄重，这个小朋友，抗战前就在《文学》上写过诗，章文龙的《元霄》得到了我们的"文艺奖金"，而且发表到《自由中国》上，后来在一本《抗战文选》中也看到了他这篇东西。每逢星期这一天，学生们象出了笼子的鸟儿一样，翅子擦着翅子到处飞。我同几个小诗友跑到沙河滩上去，躺在做着梦一样的闪光的白沙上。我们谈着诗的诸多问题，也交换着彼此的作品——交换着心。在潢川我写过许多诗，在潢川，我同一道从苦难中过来的十年关系的她永远分了手（我祝福她，那么健强的一个好人！）。在潢川，我留下了深的欢欣和悲痛……二年以后我再经过这地方时，却不堪同记忆来一个对照了！我只有在《淮上吟》中写出我想念的的一颗诗心！他们，有的我在别的地方见过，身上背着枪，打游击；他们以鲜血写诗，以战斗的心情实感去代替空洞的想象了。

战斗的人，才能写出战斗的诗；从"新人"的诗句里才可以嗅到"新"的气息；新的生活才能产生新的风格。把自己圈在一个老不变样的生活圈内，乱嚷什么"新风格呀"，"战斗呵"，说好一点，这不过是"立意以为高，异众以干誉"，说坏一点，这是狂人的梦呓。因为"风格"并不单是指形式上的分行与否或有韵无韵；"新的气息"并不是凭空自己酿造出来的；所谓"战斗"并不是"血呀，肉呀，机关枪卜卜的响了"的代名词。不是的，问题没有这么简单。把问题看成了简单，实在是他自己太简单了呀！

"文化工作团"在潢川诞生了，应该叫做"文艺工作团"。我们一共十四个：黑丁，曾克，邹荻帆，田涛，田一文，李石锋，伍禾……这该说是最先出现在战地上的一支"文艺兵"吧？我们打一支小旗子从潢川开到商城的大别山中。去向不知道自己是那国人，那省人，甚至那县人的"山民"，说教，唱歌；半山上，遥远的望去红的白的云朵在飘动——这是我们演剧的舞台。用联保主任的命令，加上三次五次的催请，加上锣鼓的喊叫，从早上等到中午，才看见台子下边的河岸上站了一百多个人，一半是老百姓，另外一半是民团——奉命来"帮场"。

戏剧开了他们的眼，歌子唱哑了我们的喉咙。山里的风情，世外桃源一样的逗人的诗思，那迎着人笑的山花，那在寂寞中潺潺的流水，那竞赛一样的鸟声，那黄昏里负柴归来的樵人；夜间，那惊心的犬吠，那鬼怪一样的山形，大个的蚊子，那和人瞪眼的星星，那……。

"枫香树"，只要一想到它，就象想到一首最美丽的诗。

我们十四个，曾经在多少伟大的场合中朗诵过诗，也曾在溪水边，绿树下，烟雨濛濛之中，作诗歌朗诵问题的探讨。也曾在炮声隆隆中突围，腿走直了，一夜摸十八里路，也曾……回忆的幕布上，那么生动的绘画着生动悲壮而又绚烂的图画呀！

春天，迎着随枣五月大会战，我们三个人——雪垠，孙陵，带三位爱好文艺的小朋友到了大洪山中。敌机，欢送也欢迎着我们。我们徒步走，跃动的心使步子放得轻快得象飞。一面走着一面写着，一条铅笔，一个小日记本，一个膝盖。我的《走向火线》就是这么写成功的。雪垠的《春到前线》也是在风霜野店的小灯前写下来的。他有才情又有一张会讲故事的嘴，一停下来，他便给我们大讲他的女性《三典型》（《春暖花开的时候》的胚胎），或者用不善歌唱的歌喉唱"一根棒儿"——这是最能打动他心弦的一根棒儿，因为三"典型"之一的一个"月亮"曾经以这个歌子叫开了他的心门。我们不寂寞，那时候，热情，希望，还有力的支持着我们。

双沟，随阳店，净明铺，厉山………在回忆中，这每一个名字都带给我们以亲切，美丽，温暖，和诗的情感。

我们分手了，我到了钟天任（毅）师长的部队里去。钟师长是我抗战以来结识的许多军人当中最有头脑，最热情，最懂得"文化"的一个杰出的军人！他能打仗，能吃酒，能作诗，能招纳有为的青年，能叫自己的部队把书本子同枪杆看得一样重！

在月夜光亮的场院上，我们放谈，大笑——从心里发出的笑，酒把他结实的铁脸上镀上了红色。几个工作团体的一二百青年，都情愿来围绕着他——象围绕着自己的老大哥。他的每个兵除了枪以外还有一本书，丢了书，要同丢了枪一样的受处分。

他的部队有着"政治文化水准高，能打胜仗"的声誉。他对旧诗有着很深的根基，他写了许多，而且都好，他是战士，名士，又是诗人。他写了：

89

　　　　"虎帐春霄人半醉;"

　　他写了:

　　　　"故迟明月送归人;"

　　他写了:

　　　　"思从马上平天下,
　　　　爱上城头看月明。"

　　有几个昼夜,我们听他谈作战的故事,奇,险! 说的人兴奋得红了脸,听的人担心的心跳。他是从那么不平常的道路走过来的呵!

　　我活动在他的部队里,师部团部营部,借着松影的掩护,明月照着我从炮弹疏落的雨中爬上"森林寺"的第一条。我同"哨兵"并肩的站立着,山半腰就是敌人,一百米远的距离把另一个世界里的鸡声犬吠声音送了过来。

　　敌人一夜打了三千多炮,我们一夜转进了二十几里。回到师部的时候,钟师长没有时间陪我们玩了,他日夜对着地图,守着电话,他的眼皮已经红肿,他的嗓子已经嘶哑了。我们睡在他前面一间过道的左厢房里,这时雪垠也来了。夜深人静后,听见叽叽的私语,和搬运东西经过过道的低微的然而是惊心的声音,我们摸索着打好了小包裹,彼此用小声交谈着:

　　"他们走了吧? "

　　"钟师长一定还没有走,他不会丢下我们的!"

　　第二天拂晓,他到我们的房子里下"逐客令"了:"真想多留你们住些天,可是战事已经不允许了!"他送我们出了大门,留恋的紧紧的握了每一个人的手。这时候,炮弹已经打过了他的屋子,敌人的机枪已经在墙上穿洞了。

　　走过"万家店",敌人正以这寨子作目标轰击,四炮八炮,一排的来! 炮声,炮弹的飞片,使伏在地下的我以为自己已经死了。这时候,一点也不怕，心上亮晶晶的只有一个念头："我为了抗战死在这里！"然而，当一排炮弹轰过去了（勤务打伤了），摸摸身体的每一部分，理智告诉着并没有死，重新爬起来向前挣扎时，腿在发抖，心也在打颤了！

当我们到"厉山"不久，钟师长又从十几里以外派马来接我们了，象死别重逢一样，不用借酒，情感就成了沸水了。他兴致浓烈的说故事一样的对我们说着他自己前日的事：

"这一次转进，不是那一天风尘作了幛幕，得多少人死呀！你看漫坡的老百姓……敌人在飞机上会把这认做军队扫机枪哩。"

"说天意，我们不会相信，然而真够巧的了。"说着，他打开了他的一本日记，上面写着某年月日从某地转进，"尘雾蔽天，似有神助。"

深夜里，我们的马蹄在月光中闪耀。我们同他离别了——永远的离别了。第二年又是"五月会战"，他为民族壮烈的牺牲了。我纪念他的是眼泪，他留给我的是许多信件诗稿，和一个生动的影子。

到了"枣阳"，敌人突然从天上掉下来似的，公路被切断了，周围是枪炮声，大火，和乱跑的人马。我们撕下了胸前的符号，向北突围，敌人一直尾追在身后，洋店，苍苔，新野，邓县，翻过路绝行人的房山，八天两夜的工夫，赶死赶活的赶到"均县"。东西丢个净光，连诗稿也在内，后来发表的《走向火线》，是默写下来的第二手的稿子了。

我又同雪垠冒着盛暑向大别山的心脏——立煌，作几千里的远征。过蒙城，过阜阳，看到了一决千里的黄泛，也看到了灾民的苦楚，我写了《淮上吟》。

写大水包围了阜阳城：

> "坐在城头上探腿洗脚，
> 屋脊象鱼群掠船而过。"

写灾民：

> "黄泥不能团作面饼，
> 秋风不能剪做寒衣。"

不亲历其境，亲历其境不动过感情，动过感情不很深切，都不能写得"入木三分"；凭空想，那等于水皮上投一片油脂罢了。

冬天，我冒着冰刀似的寒冷，骑着大马在风雪吹打着的战地上奔驰，我到过查山，这几次被敌人拿去又夺回来的今战场；我在"鲁寨"同士兵们一道在战壕里过旧年，大炮是我们的火鞭。我驰马"平昌关"，敌人的大炮从"老鸦山"上把炮弹打落到我的身后身前。我曾在"信阳"前线深入刚反正过来的彭子文部，同他们一道住了两三天，谈了两三夜，凭这，我才敢写我的《向祖国》，因为我不但听到，而且见到，不但见到，他们的生活，处境，表情，曾经深深的打动了我。

从抗战到如今，我在前线上屹立了整整五个年头！今日来总结一笔帐：快乐少，苦痛多。在私人生活上，两次爱情的悲剧，使我根本推翻了爱情，（美丽的谎！）家信不容易透过烽火的网，偶而半年一年有封信千转万折的找到我，上面写着的话读了叫人断肠！（庶祖母死了，叔叔被汉奸枪杀，土地没收了，家人四散逃亡，秋天穿着夏天的衣裳。故乡大旱，千里无人烟，村庄里不剩一条狗，人，更不用提了；我们的房子露着天——别家的也是——院子里的草长得比窗台都高了……）十年的朋友，变成仇人或路人，使我相信人世只有"同志"没有友情。

家（我最留恋的！）完了，剩一个旧梦；爱情，（我付给它了多少赤心和诗的热情！）完了，剩一心悲痛；友情，（我生命的抓手）完了，剩一团虚空。我正寻找着另一个"家"——灵魂的"家"。我在拚命追自己的事业——诗。

五年的前线生活，从心境上分，可以截成两段。第一阶段：心里充满了热情，幻想，和光明。这心境反映到诗上，显得粗糙，燥厉，虚浮，和廉价的乐观，热情不应许你沉深，洗炼。《从军行》，《泥淖集》，《呜咽的云烟》中的诗大概可以这么说。《淮上吟》（包括《走向火线》）就比较精炼些了。后一阶段，热情凝固了，幻想破灭了，光明晃远了，代替了这些的是新的苦闷和郁抑。心，从波动中沉垂了下来。这个时期，回味体会了五年的战地经验，面对着眼前的世界，有时间给它们以较深沉的刻画。光明的，歌诵它；黑暗的，讽刺它；爱与憎，是与非，真理与罪恶，界线是分明的。在这一个时期，我写了几本诗（均即出）：《黎明鸟》（该诗集未出版——本资料集编者），《泥土的歌》，

《第一朵悲惨的花》（该诗集未出版——本资料集编者），《向祖国》和《古树的花朵》（一名《范筑先》）。最后的一本是我用心血塑成的一个新民族英雄的形象，它是抗战以来第一篇试验的五千行英雄史诗，也是我平生最卖力气的一本东西。它的意义有两点：第一，这个故事是有着伟大的历史的意义；第二，我的风格已经和从前有些不同了，这篇诗就是一个转折点。一个风格的形成很难，改变也不容易，写成了的调子，象唱熟了的调门一样，一开口它就来了。我常常为这苦痛。一个诗人不但不应当抄袭或摹仿别人，也不应抄袭或摹仿他自己。然而这就很不易。一个境界在心头，用惯了的想象，字句，朋友似的来碰你的手；使你推拒不开，所以，自觉与不自觉的，往往自己抄袭或摹仿了自己。这是很糟糕的事。然而，一个风格的变——渐变或突变，不是以形式，相反的，是从生活上，意识上，新的意识，使你换一副新的眼睛，新的心情，用它们去观察，去感觉，觉得宇宙、人生，一切都同以前不同了。诗的内容变了，而适应他的形式也一定随着内容走。内容形式变了，就是风格变了。一个风格的衍变的过程，也就是苦痛的过程。这话，不是过来人是不会了解透彻的。

以上，是我过去诗生活的一副缩影。未来，我追着它，我也追着我的诗。

三十一年九月二十八日灯下于渝

（原载1943年1月，读书生活社初版《我的诗生活》）

93

生活和诗的历程
——续《我的诗生活》
臧克家

　　决定要辞开"长官部"了。三年来，"秘书"其名"清客"其实的生活，不止厌烦，而且是苦痛难耐了。这对于另一些人也许是不坏的差事，但对我却是一个大委屈，越是清闲而又不能把清闲利用在逢迎，交游的场合上，也就越觉得这清闲的疚心和磨人。起初的时候，战地的奔驰，同志们的伴随，最要紧还是迎接战争的那一颗又热又嫩生的心把一切都遮掩过去，并且把一切都点化得有声有色了。

　　现在，一切都远了。要你做，暗示给你做的，不愿意做，不能做；不替人家做事，又不把人家所喜欢的那一套送过去，吃这样一碗饭是不会长肉的。情势也不同了，负责文化文艺工作的朋友们，自动或被动地离开了，这样队那样团的热情，勇敢，可爱的青年男女们，纷纷的解体了，流动新鲜的战地山河，定型成一个官场，而身上的那一套草绿军装，已经成了一套枷锁了。

　　正是十月老秋，我从"老河口"到"均县"去，去朝一朝武当山，向汉水边上的这座小城告别，它在战争紧急的时候，容留过我，容留过千军万马，和从前方涌来的黎民百姓。当时，星夜奔驰，扑向它，象扑向早晨的大太阳。这个小城是多么寒伦可怜呵，一座"净乐宫"就占去了它三分之一的地盘，把剩余的全给了穷困。春天，路边上卧倒着死尸，一粒盐粒子象一颗珍珠，田地象石女，而山峰的青光并不可餐呵。一想到这座小城，我就会发愁，一看到它，却又那么亲热得要落泪了。它简直是一个诗的影像，上面涂抹着我的感情。

十月老秋，武当山更精神了，它的名字给我的比它的本体更多。"烟花巷"，当年怕蚂蚁一般的工匠装满腰包后动了归去之思，便有这个地上的乐国把他们留住；今天，已经不见了那楼台和鬓影，耕地上只剩下一堆瓦砾。"磨针"，井上的那一条神针，"紫霄宫"里那气派恢宏，"老鸦岭"上的那成群的神鸦，立在"金刚顶"上可以和天呼应……我的心志自由，我的情感生动，我向着长空，向着汉水，向着无垠的空旷，欢呼、扩展、融解……

临去，不能没有眷恋，不，我的眷恋是很深的。北向开门的那间小草房，四周包围着一片青菜，房门前，树木成林，夏夜有凉荫，冬天有呼啸，大粪坑蒸发出一种亲切的气味，而邻居的闲话，辘轳的清音，使我的灵感永远不睡眠。警报放过，我的门前坐满了男女老幼，最紧急的时候，急步踏上菜畦间的小径向三丈以外的城墙根跑去……，我不但恋恋于这"老河口"的小草房，台儿庄、潢川、宋埠、旗亭、樊城……这些城市的影子，象映在月色底下的清水一样。我的回忆照亮了一条小巷，一家野店，一个黄昏，一个霜晨；我的回忆导流了一溪清流，潺潺有声，开出了一树梨花，带着水珠；我的回忆叫醒了一些人物，于是，我又看到了他们的神采，听到了他们的声音了。

这多美呵，这多惨呵。

"南阳"旅馆里，深秋孤灯照着我失眠，正在为回忆所苦的时候，有人拍我的门，是谁错敲了门？在这时候，打开门，闯进来的是最亲切的一位故人——池峰城将军和他那位漂亮年青的副官。坐在床缘上，谈起话来，单听他那沙沙的受过伤的嗓音就够亲切的了。他顺手抓起桌子上的残余点心一面吃着，一面谈着，"台儿庄"的那个场面，搬到眼前来了。

他约我到他的"三十军"去，并且立刻要动手搬东西，汽车就在门外等着。我答应去，热情和友情一下子把我抓住了，但那天夜里还是让他们先走了。

我同两位朋友，碧野和田涛，终于到了军部所在地——"安家集"，"南漳"县属的一个小小的市集，受到了热烈的欢迎。他们送给我"三十军之友"的一个荣誉，我很高兴的接受下来。这表示了我同这个有"铁军"徽号的队伍历史的情谊——从"台儿庄"一直到"随""枣"前线。我记起了许多往事，战地的烽烟，秋郊的野火，服务团男女同志们悲壮的演做，以及官兵们那壮烈杀敌的勇敢与决绝……。

"三十军"是很年青的，很有诗意的。说它年青，因为它有朝气，有创造性。池军长，是一位胸怀似海的英雄，他的心潮日夜在向前涌腾。他有一双眼睛选拔有为的干部，他有一套见解容纳前进的工作团员。他有一个天才的脑子，把住室也筑造、布置得特别有点"艺术"味。他手下的士兵，发明了棕子腰带，竹子"水笔"，他手下士兵的脸子没有一个不透露出红色，打仗的时候，他是一员猛将，在闲暇的时候，他沙沙的嗓子会说出诗一般的境界，诗一般的句子来……

他的太太，一个高中毕业生，有一个美丽的相貌，有一个进步的思想，有一本一本新颖的图书和杂志。他的一个秘书长，跟了他十五年，年轻、刻苦，正义，能写不坏的文章，他是这个军队里的的"圣人"池军长老是呼他"丁当当子"，这么就有一股亲热气。

七师长，谨慎、诚朴、进取不足，守成有余，他升上来才不久，所以把精力全放在训练士兵和绝对服从上。张师长，滑稽、聪慧，一个骑马的名手，秃顶上剩了不多的几根毛，每天梳它，梳得那么珍重而又怜惜，大家叫他"凤毛麟角"，他是天津卫人，他口里说出来的话可以笑死人。最值得尊敬和怀念的要算黄师长了。短小精悍，能文能武，他是师范毕业生，为了救国才奋身投军的，为了身材小，从军还留下了一个故事。抗战前他就是调整师师长，直到今天，他依然故我。他练兵很严，对自己也很严。穿得极朴素，他的孩子不准别人叫少爷，一律直呼乳名"肖樵"，穿着老布鞋，和穷人家的孩子杂在一起绝对分辨不出来。太太是妇女队里的队长，带着一大队军官太太骑着马到前线去劳军，做妇女所能做的一切事情。他爱老百姓，因为他就是中原的一个老百姓。每到一个地方，马上和老百姓打成一片，他去拜候他们，慰问他们。在大会上，他问道："打胜仗是谁的功劳？"他又回答："全是老百姓的功劳！"他的话一句一句兑现，他叫士兵替老百姓修桥铺路，帮忙收获，办妇女、儿童识字班，逢年过节给邻居送礼。这不是做作，也不是沽名钓誉。这是一个作风，一个人的志愿。

他叫他的干部读书，每周把笔记交来，堆满一条长案，高高的象小山。他亲自批阅。他好诗，他虚心领教，学习，他写了很多，有旧的也有新的：

> "男儿生世间，壮志薄云天
> 笑斩李登头，放歌大板山。"

这是河北战役的写实。

在行军歇脚的时候，他和他的干部们做诗，制谜，联句，来快活精神。

> "细小一娇娘，昼夜锦屋藏，
> 最怕点绛唇，一吻便身亡。"

请想一想，千军万马在山谷的溪水边，在大平原的草地上作片刻的休息，他，黄师长，念出自己的谜语叫大家猜，多好的场面和情绪呵，请猜猜这个谜语吧。

他的秘书们，也都好旧诗，而且写得很好。我还记得他："青阳逼除岁无声"的句子。

> "何必纵横惊四座，惯从霹雳听天真。"

这是他赠"三十军之友"的。

我也还记得另外一位秘书的诗句：

> "炮声隐隐似轻雷，马蹄乱翻白云飞。"

下面是他的得子诗：

> "此儿来历（？）太骄横，水上成胎马上生。"

这些诗，应该向诗以外去求它的意义与情调，这些人，应该向生活去印证他们的壮志与气概……

我们曾经用我们的墨笔，记述他们用血造成的故事；我们曾经用我们的歌辞和诗句歌颂过他们，鼓舞过他们，娱乐过他们；我们曾经和他们一道历险，一道随着战争前进或后退，我们曾经以我们的心打进他们的心里去。

有了共鸣。有排长送来真正战斗的新诗，有无线电员送来的文章和诗作，有……

军部扎在"安家集"；其实离"安家集"还有半里路，这个山间的小集，寒伧得可怜又可爱，我们作为一种享受，在逢场的日子里去和山村的老百姓亲热的摩一摩身子，买回来一手巾红枣或是荸荠；黄昏时间，三两友人，跑到那家小酒馆里要两杯白干，也是常有的事。

"安家集"身后，响着一条小河，河岸上有一间草棚，草棚上插着"荣誉军人服务所"的小白旗，有一个小姑娘出出入入为过往的伤兵服务。她天真，勇敢，是一个孩子，又是一个"母亲"。她真爱笑，真会笑；她常常在月夜的沙滩上唱歌，她常常在荡漾着云影的清流里捣洗衣裳……

在作战的时候，生活成了一首悲壮的诗；在平常的日子里，而诗的情调又变为美丽幽静的了。

三十年的春末，离开了"三十军"，为了怕妨碍这些患难朋友才离开的，离开，就是把眼前的人净化成影子存放在心上。

象温习一个旧梦似的，我沿着一条石道向豫东的一个小县城行进，那儿有一家野店，那儿有一条流水，那儿有一棵大柳树供行人歇脚，那个镇店上的烧饼夹牛肉最香……，对我都熟悉而又亲切；我呼吸着田野的气味，我自由，快乐了。大道上扑起的黄土，风尘仆仆的旅人，绝早，照着星光走十几里路，杨柳岸上才露出朦胧的曙色，呵，那么新鲜，那么爽朗，象活动在一首诗里……

休歇在一个"家"里，几年动乱之后的一个休歇呵。看众雀跳跃在屋檐上，看孩子天真的笑脸；听亲戚的情话，听五更里老媪的纺车声。

家，它有一种力量，使一个人的意志与坚强一点点软化以至于完全解体。

一个偶然的机会，一位山东青年来看我，他抱着诗的热情和自己的诗篇。他告诉了我一个故事，由于他的激情和兴奋，把故事的悲壮达到了最高点。述说的人是把他的亲历当故事来讲，而听着的我，深深的被打动了。他每天带一包上品香烟来，我也不吝惜我上品的清茶，他说着，声色俱烈，我淌着泪把他诗样的情绪和语句紧紧的用笔捉住。

这是范筑先将军聊城殉国的一幕伟大悲剧。

小城是寂寞的，寂寞叫人思动。一天傍晚，我正在大门外徘徊，看见一个人骑一匹大马来了，下了马，向每一个门牌瞩望，他手里拿着一件东西，看见有人，便很正经的叫道："这街上有一位'克家兄'吗。"

我跑了过去，看到了发电人的名字，我几乎笑破肚皮。

这是一位朋友给我的电报，约我到"漯河"一个部队里去作文化工作，那里已经有许多"五战区"的同伴在等着我了。以前有过信来，我考虑了许多，老实说，到了这个时候，一切已经不比抗战初期，我真有点怕了。

但是终于我还是去了。由"漯河"而"临泉"。我们的阵容是很盛的：碧野、田涛、李蕤、杜宇、兆麟、齐人……，力量足够办一张好报纸，出一个象样的杂志，而我们的志愿和工作之间拉开了一个很大的距离，说是敌后，而看不到敌人；说是军队，见不到队伍，我们仍然是参议秘书，跟着上纪念周，听训话，领薪水，谈谈玩玩而已。唯一的收获，就是有机会再莅临那个走私大本营——界首，我在《淮上吟》里提到过它，不过，这时的规模更大了，连近郊也都盖起了新屋，里边堆满了从敌人那边涌到的货，和从战区里流落来的沦为妓女的女人。

平地上旋起了谣言的风暴，我们被卷在这风暴的中心。几个朋友到郊外散散步，到小城里逛一逛，或是聚在土房子里吃茶聊天，都会被人误会而想入非非，就在这样的情势底下，一个急电拍过来，我一个人怀着吉凶莫卜的忐忑心情，"应召"到了中原的"叶县"。被笑脸相欢，被殷勤招待，这真有点出乎意料。当天晚上，有四五个男女青年朋友围在一起听我谈着诗，谈着一些凶险的遭遇，空气融洽而松动，"寺庄"，这个沙河臂抱中的小土镇，它一下子便抓住了我的心。宁静，朴素，我飘零的心找到了家。

我帮助一位一言订交的朋友——王德昭，负责一个出版社（年轻、豪爽、有点英气逼人，同榻一夜，他把爱情的秘密都吐露给我），我们有一个编辑所，有一个印刷所，有一张大型报纸。朋友们慢慢的集中到这儿：有史学家，有哲学家，有经济学家，有小说家，有诗的爱好者和学徒，我们也算得是一时"人才济济"了。

住在老百姓的老土屋里，办公的时间并不限制人，我们时常结队到沙河上去闲眺，河那边绿树水色扶映着青冉冉的瓦房象一个神仙世界，鸥鸟朋友似的，走在沙滩上，偶尔向我们望一望，但，并不飞去。黄昏，有几个朋友扛着长枪出去了，摸黑回来，枪筒子上挂着几只羽毛丰美的鸟儿。

我住的屋子，大门临着大街，大街上黄土陷人，有农人牵着老牛走在上面，有妇女抱着衣裳走在上面，秋收季节，有运军麦的大车，成列的走在上面，窗纸上刚发白，咕辘咕辘的车声响在我朦胧的心上。破寨门里边有一个池塘，有白鹅在水面上游，有牛在嗯嗯的饮水，有村妇少女在岸上洗衣裳。破寨子外边，有一个可怜的"早市"，我们也常常同四乡里赶来的老百姓挤在一起，一块钱带回来八个红皮鸡蛋，五毛钱包回来一手帕花生和几个青萝白。……

大路向东方插去，两边有绿树围护着，大路向南方展开，路右手是光堂堂的几个大场院，柿子树围了一圈，在夕阳正红的时分，我们在场院上唱歌，滚着"碌柱"（石滚子），西天上的大太阳也象一个红"碌柱"在一只无形的大手下向下滚动。晚风吹来，我们同田野的麦子，同坡上的青草，同样享受着它的恩惠。

大路向南方展开，路左手是一道小沟，两岸上长着青草，也排列着白杨，我常是一个人，绝早来草地上散步，迎着太阳把郁闷的胸膛拍一拍，静静的站在树底下，听白杨萧萧，辘轳响过来一串清脆，走到菜园里去，同主人道声好，攀谈上几句，丢下一点钱，他便带着露水去摘下嫩生生的一身白刺的黄瓜。使你抱不过来。……

送旧迎新，逢年过节，或是偶然凑过来一个机会，我的两间土屋里便有了一个小小的晚会。如果是在冬天，有炉火，有花生萝白，有红枣，有歌唱，有笑语，有诗朗诵，有一个个好心情，有一团团红得象炉火的友情和诗意。

我们工作着：编印各种小丛书，出一张四开报纸，创办了一个文艺性的月刊；乡村、土屋、绿树、池塘，使我的诗意浓烈起来。这才是我的天地，在这样的一个天地里我的诗才能毫不勉强的产生。在东窗底下的一张桌上，早晨照着阳光，晚上，照着灯光，我的情感油然而生，我的诗句沛然而降。我把"范筑先"的故事写成了《古树的花朵》；（两样风格不合谐的合拢在一起，它的结构表示着组织力的低弱）我把黄师长的故事写成了《国旗飘在雅雀尖》（我爱这个诗的旋律，后来把它做了一个诗集的题名）；四五年官场生活的感受我藉了《第一朵悲惨的花》（吊屈原）得到了痛快的发泄；《死水》、《白杨》、《送军麦》、《静》……这《泥土的歌》里的一些诗篇大部分是嗅着泥土气息而勃发的灵感在一刹那捉到的。

"寺庄"，我恋恋着你。那田野；那土寨上的黄昏；那沙河，那沙河影里的神仙世界；那一口小坟，坟前土埋了半截小石碑，上面写着："长沮桀溺耦耕处"；那"卧羊山"，那山头的古迹和遗传下来的神话；那早市；那农夫农妇；那花生萝白；那流散了的朋友象流星……

七月，大太阳把整个中原烧得昏昏沉沉；七月，我们几个男女朋友背起大太阳和痛苦离开了中原，离开了一待五年的前方。我们已经是走在另一批朋友的后面了，我们的刊物——《大地文丛》出了一期便夭折了，谣言又追上来把我们吹得东倒西歪了。"心与愿违"已经很久了，这时候离开已经嫌晚了。

五年来同军人相处，证明了相处的痛苦和不可能。军人，他只知道命令——一纸便条可以叫军队一夜跑三百里，几个字可以叫生的死，死的生！他们都喜欢逢迎而又好恶无常，他们见得太多，听得太多，杀人与被杀，极端困迫与享受，使得他们的本性走了样子。一个文人呢，爱自由，多理想，不愿受拘束，更不肯违背自己去俯就别人。抗战初期，一股朝气笼罩着一切，大家还可以相处一时（"呵，我的枪杆，你的笔杆！"），及至时过境迁，热情冷却，彼此不能相容象水火一样了。

南阳，邓县，老河口，石花街……，象要我最后来一次温习，它们匆匆的向我打一个招呼，仿佛是说："患难朋友，不要忘了我们呵！"是的，我忘不了，永远忘不了，"保康"那座小县城，大堂上打板子护城河边上都可以听到；忘不了四面青山禁闭着的"兴山"，使人连呼吸也感觉吃力！

我们五六个男女朋友徒步翻山涉水，多热的天呵，多险的路呵，多重的腿呵。大汗象瓢浇，手巾把脸皮都揩破了。

一切困苦抵不过重新获得的"自由"给我们的享受！

绝早，趁太阳还睡着，我们便起身了，有勤劳的农夫荷锄走向田野，啊多蒙昧，多神秘，这清爽又寂静的早晨呵！一个小草棚里的一杯竹叶茶，一个小野店里的一碗粗饭，一个三家村里的一页门板，给我们以多大的恩惠和感谢呵。

披开草莽夺一条山路走在上面，"子规，子规"，子规鸟在唤着自己的名字；黄的白的大花子高挑着象一个个喇叭口，摇弄出一种姿态给行人以喜欣；夜晚，大月亮照亮了山间的溪水，使白沙更白，我们一丝不挂的在溪水里戏弄着流波和月色，清风吹过来一声怪鸟，一声犬吠，一声隐约的孩子的哭啼……这一切都溶解在一种神圣而旷渺的伟大的和谐里。

"香溪"（多动人的一个名字！）截断了陆路，一条小木船载我们溯大江而上。残照照着我们去拜访屈原和王嫱的"秭归"，一座"楚大夫故里"的石碑立在南门外，时间不允许人去向父老们口里听取神话一样的传闻和遗说。船傍岸停泊着，人，躺在白沙上睡去，一觉醒来，天已微明，残月和晓星象褪了色的爱情，而军号和雄鸡却爽朗而清劲。揉一揉眼睛，取一条毛巾，走到大江边上去。过"泄滩"，小木船树叶似的在滩里旋了几下，一个女朋友哭了，过了滩，我们再生了一次，回想到那凶险心跳了起来。傍晚到"巴东"，风雨雷霆和我们竞争，一只只水上画舫刚接下我们，整个人间便抖颤在暴风雨里了。

过三峡。三峡，它的先声把人的壮胆夺去。巫山十二峰是一个庄严伟大的存在，把人的灵魂提到高空，匆匆只许一瞥，然后这一瞥所给予的震撼与威灵将永远不死。遥望"白帝城"，颓垣荒草一片残破，夜宿"夔州"，灯影明灭中哪里是杜工部苦吟的旧居呢？

当载我们的轮船接近了重庆的时候，遥望着那楼台的影子，我落下了眼泪。呵，你这抗战的司令台，"夔门"锁着的天府重镇，人心指向的一个圣地！在前方委屈了五年，我来投向你的怀抱，苦痛并不是没有。但这苦痛对于我至少是一个新鲜样子。

我们落了地。我们走在大街上，呵，繁华的大街呀！摩天高楼睥睨我们，穿西装的绅士，穿纺绸大衫"委蛇委蛇"的贵人富贾向我们投不屑的眼皮，汽车载着波浪头发的红嘴女人威风地掠过，把一股臭屁留给我们享受。我们有什么刺眼的地方？是因为我们穿了黄绿不辨的军装吗？它上面染着一点战争烟云和泥土气息。我受辱，我失望，我恍然大悟，我变得如此的愤慨！腰包里只剩一百元的票子，身子又在发烧，然而，一股力量鼓动着我，挺起腿来和汽车竞赛，徒步二十里，从"朝天门"码头走到"歇台子"。

"张家花园"六十五号的"文艺之家"里（"文协"），我有了一间房子。时间、精神、自由、情趣，又完全归还了我，新的刺激，激起了我的创作兴头。在西窗底下的一张小长方桌上，有时执笔凝思，忽而疾书如恐不及。把几年的储积搬弄出来，我有时间，有心情去深思揣摩。过去大口吞下去的，而今再用小口来细嚼。我悔惜前方的那些粗烂作品（《从军行》，《泥淖集》）、然而我更追惜那朝气勃发的蛮生和横趣！在作品上失败了，在生活上却收获了。在这间斗室里，傍晚，推开西窗，古寺残照，静穆而庄严，水气山光扑过来暮色苍茫。夜里，常常失眠，听小贩的叫卖声热切而熟稔，一两个人的脚步踏过去，语声也随着渐渐渺茫。在这样时候，心象虚静的深潭，有极敏锐的感觉和一个宽宏的容量。吃罢夜饭，同梅林、雪垠一道出了大门，在一个小烟摊上丢下几毛钱，拿起来两支香烟，踏上一条山径去登高望远。天际归舟，风帆上挂起暮色，舟子和黄昏竞赛，欸乃、欸乃、山色，古城，荒村，在欸乃声里渐渐模糊起来，隔岸的灯光亮了，渔火在江面上闪光……。

在这短暂的一年间，我静静地回忆着，静静地写作着。我写了《感情的野马》（"安家集"河岸上那个女孩子笑得那么可爱，那么动人。），虽然它有它美丽动人的地方，但是，移到今天，这本诗便不会产生了。《泥土的歌》的下半部分，也是在这张长方桌子上写成的，可是我的心却不在这里，它挟着我的童真、热情和怅惘回到了那遥远的故乡，穷苦的故乡，排列着"马耳山"、"常山"的故乡，流着"西河"的故乡，春秋四季风火万变的故乡，生长我的青春而又把它埋葬了的故乡。一闭眼，影像栩栩来到心上，一落笔，精神在纸上化成诗句。没有比这些诗再真、再朴素，没有比写这些诗的时候，再快乐再痛苦的了。我没有想到怎么去安排一个形式，一切都是任其自然，我自己，我的材料，我的诗句，已经分辨不清，它们浑然成了一体了。写了十多年诗，没有比这个时间更象一个诗人，也没有比这个时期更不想到自己在写诗了。

我也还写了别的作品。撮要生活，以一日八九千字的高速度，三四天的工夫写成了《我的诗生活》，（为了《学习生活》杂志赶写的，后来单本印行。）但并不觉得它太粗糙，它是从生活中顺手采摘的精华。

票面的数目字越来越大，生活指数越来越高，令人失望的事越来越多，人们的苦痛、沉闷、怨愤也就越来越浓烈。无论前方后方，情形是一模一样。收起了乐观情绪，回头看战地生活里留下的诗篇，觉得它嫩生得可爱。

第二年的夏天，我搬到"歌乐山大天池六号"去。还没有清楚它我便爱上了它了。星光在天上，漫草在脚下，一个伕子走在山径的前头，萤火虫亮着小灯笼。空气香喷喷的，青山镇守着静夜，走着，走着，这条小路要把人诱引到那儿去？心里滋长出薄薄的恐惧而野趣却更盛旺。下一条小石板路，从绿竹的影子里露出一片瓦屋的朦胧，小狗听见脚步汪汪了几声，伕子把行李卸下肩头："我们到了。"

"我们到了。"象一个飘泊的灵魂深夜回到了家，是的，多舒心，多宁贴的一个回到了家的感受呵。

第二天一大早，东山上的太阳给我照出了四面青山包围着的一个大院子，阡头上有松，有千竿竹，有鸟儿在树顶上唱歌，有鸡子在地上啄食。田野里一片生机，稻子迎着风摇头，野花向人笑："你猜我叫什么名字？"小路上有农夫扛着锄头，山林里有笑声："你猜我在那儿？"一个小孩子骑在老牛背上，把个影子给池水偷去了。

这是一个穷苦的山村，然而它却无比富丽；只有在乡村里，和大自然，和一身泥土的农人共同呼吸，我才能舒开心生活，我才是我自己。

亲热的读者，请原谅我的噜苏，我要再次的在这里提一提我的好邻居：李老先生——"民主老头"，热情、天真、健谈，六十多了还不留须子，我们的交情，比那间土屋的墙壁都深厚。我的穷苦与欢乐惟有"宣维山"、"大天池"，和那黄昏里的小径，寒夜的灯火能说得清楚；他的侄儿——李光汉（《荣报》里的主人翁）一个可怜、可笑，常欲为善而往往得到反结果的丑角；"四老太婆"——一个老天真，丈夫死了，大儿子葬身在"大天池"里，两个姑娘出嫁了，最小的一个十五岁，麻子，在"儿童教育院"里呆了一年，她便给她找了个丈夫，变卖田产家具过日子，然而她并不发愁，一天打扮得头干面净，跑到"歌乐山"上去吃小馆。她对人热肠子，对生活却不关心。眼睛象做梦，说话用鼻音，不要看她四十几岁了，还在偷偷摸摸和"干儿子"恋爱呢。惟一个小儿子——岁，好心眼，一个可爱的孩子，鼻涕老挂得半寸长，交了学费不读书，在家里"打珠子"、赌博、顿着脚骂妈妈"格老子！"，我们向他呼叫："电灯泡泡"，他娇憨的摸一摸脑壳，"瘌痢头"上已经长全毛了。

李老太爷，红眼睛，烂衣服，象生在石缝的一棵酸枣树，连胡子也扎不大出来。生活磨练了六十年，他用勤苦去抵御和防卫。一早扛着锄头下田，黄昏时候才回来，手里拿一条树枝，路上顺手捡来的，一进院子便一面收拾着地上的东西，一面咕噜着听不大清楚的什么……老太婆呢，一半在田里，一半在家里，精干而勤慎；大儿子，三儿子在重庆混粮行，不常来家，偶尔来一趟，新袍新色的象做客。李二哥是这个家庭的一根柱子，忠厚，健壮，有一手好活路，不大好讲话，口有点结舌。大嫂，大个子，斜着一只眼，娘家很好而却贪小利；二嫂，麻面，忠厚；三嫂——新姑娘，嫁过来不到一年，丈夫死了，三个月后，她带着自己十八岁的青春重新嫁人走了，留了个一场悲剧做个纪念；大小姐李顺碧，做饭，洗衣裳，带着忧闷的神情靠在门框上纳鞋底，象一枝花开得正好，而命运都象她身上的补钉衣服。妹妹李顺英虽然只差一岁，然而却还是一个孩子，很少按步就班走路，跑着，笑着，大地在她脚下咚咚的响。光着脚板上山打柴（小腿上创疤一个连一个），披着自制的棕榈披肩，伴着她的那条牛在深山茂草里淋雨。白茫茫的烟云和水气笼罩了一切，她常常把二嫂的"黑娃"，大嫂的"桂妹"举到我的窗前："说，臧先生顶好！"我应声说一句什么，她又抱着孩子且跑且笑的跑开了。还有几个朋友似的工友我也忘不了他们：梁银盛，眉目清秀，穿上他的那件黑面羊皮大衣，潇洒的风度不亚于一个大学生；胡子清，满口巧话，有才情也有好兴致，他口里说出来的故事和趣语，会使一个小说家和诗人敬佩。对于工作，他是一条懒虫，在深夜的小灯底下，在严冬的冒烟的柴火堆旁，他说起来可以永不败兴，把第一个月的工钱买一条绸子西服裤，把第二个月的，再添上一条吊带，他的志愿是穿得漂漂亮亮坐办公室……还有胡孔金，一个从乡下来的病弱孩子，有一次买菜打破了十个鸡蛋，事隔半年，他因病辞工的时候，还流着眼泪把几十块钱退回来，说："我打破了那十个鸡蛋"……

我写了这些，而和我所想写的比起来，不过是大海里的一堆浪花。我重说一遍，这些影子在我心上更亮一分，我的心也便更多一点温暖。

吃着自己的鸡子生的蛋（象一份亲戚的礼物），吃着自己菜园里嫩生生的菜（我们付出了汗水和劳动），春天它给我们菠菜，四季豆，夏天给我们鲜胡豆，包心白，秋天给我们红苕、青豆、高粱米，冬天给我们红萝白、白萝白。那么脆、那么甜……

咀嚼着生活，吸着它的汁子。我属于一切，一切属于我。连我们的"白儿"（狗）也有情有义。

在极端宁静的心上，映来过往生活的影像。这些影像近在眼前，又远在天边。回忆的触角（回忆造成诗人！）所触及的情景，便扩大，发亮起来，终于我的人也淹没在这无限深情的大海里。在这种心境下，产生了《六机匠》、《老李》，和《生命的秋天》里的一些诗篇。这本诗集和《十年诗选》，都是为了纪念自己的"四十"生辰而贡献出的寒伧礼品。

"胜利"突然自天而降，一阵子狂欢过后剩下来的是长期的悲惨和绝望。居住在山村里，地虽远而"心是近的"，宁静地感觉养得那么敏锐，而愤慨不平又是那么多！我被"刺"了起来，我写了大量的"讽刺诗"——它是一股热，一股力；它是一个迸发的心的雷霆！我生产了一个《宝贝儿》。（讽刺诗集）

"抗战"过去了，内战趁热接上去，故乡（我以孩子投向母亲怀抱的心急急要投向它。）成了新战场，而一部分家人流浪出来了。小叔叔千方百计投来一个信，里边装着的并不是温情而是过分的误解和讽嘲："在太平盛世也过着舒服日子忘记了我们这受难的一群"，接着是"唉！这原也是人情之常……"，隔不久，又寄了一张照片来，上面题着：

"把想象中的模样，加上八年看。"

是的呵，人间的一切，都得"加上八年看"了！

小叔叔奇怪我没有在胜利之后，同许多权要一样，飞回青岛去；唉，唉，他那里会明白我这些年来生活的遭受，就是在胜利之后，我仍然留在这山村里听恼人的杜鹃鸟颤抖着喉咙叫："不如归去，不如归去……"

三十五年的盛夏，"拖轮"总算没把我沉入江流，使我从风险的回忆里得到一点奇趣……

七月二十三号我到了大上海，从此我便迷失在大上海了。模糊了东西南北，再没有一座青山，一棵缀满鸟巢的老树给太阳做个出没的标志了，喧嚣嘈杂里，良心的声音听不到了；投出一个脚步去，要试探着放下来，连人脸上的笑都是可怕的！高楼接着高楼，象"罪恶"的征象，不，它就是罪恶的本身！白天是"人"的世界，这些"人"，坐上小轿车，坐上三轮车，坐上……，去做庄严伟大的工作，而黑夜一来，他们全变成鬼，这才是他们真正的世界！而街头上的难民（逃"兵"灾来的），象苏州河的浮沫一样堆积在街头，叫哑了嗓子，流尽了眼泪，只剩下了一身骨架，一家人紧紧的偎依着，身旁放着一个空筒子，"可怜"在这儿兑换不到"同情"，在斗争的前线上，弱者只有死亡，一夜几百几千的死亡，而这死亡是无声的。任你死得再多些，大上海仍然不减它的繁荣与伟大。

大上海是一个大海，生之斗争日夜在相互冲击着，无风也会兴起三尺浪。

我象一棵小树从乡间的阡崖上被移植到这大上海的柏油马路一旁，我失却了根土和滋养。我恋念着歌乐山，我写了《歌乐山》，这恋念好苦呵：

> "歌乐山，歌乐山，
> 我放弃了歌乐山，
> 我永远占有了歌乐山。"

我有我的回忆，我有我的农村，但是，我是活在这样一个大上海的呀！我从大上海感受而又放射。尤其重要的，我是活在一九四七年的中国，是这样的一个中国呀！它是破碎、暴厉、焦燥、动乱与寻求；压抑、磨练、激怒、鼓动着我。我用粗大的喉咙吼出了愤怒和希望。我出版了《生命的零度》。这些诗篇使我失去了一些读者，而重新得到了另一些。如果失却的是旧的而得到的是新的，我该怎么喜欢，因为这是一个证明，证明在前进的路子上，有无数的青年人和我作伴。

卅六年七月十七日于沪滨

（原载1947年12月16日《新中华》复刊第5卷第24期）

答编者问

——一个文艺学徒的"自道"（创作经验谈）

臧克家

编者向臧先生提出的问题是：

一、有人说你"改行"，到底是为了什么改写起小说来的？

二、诗和小说在写作上，是否有难易之分？有些什么不同的特点？

三、在你所写的诗里，你最满意哪一篇？为什么？

四、在你所写的小说里，你最满意哪一篇？为什么？

五、请你把你那篇最满意的诗的创作过程详细地（象讲故事一样）讲给我们听。

六、请你把你那篇最满意的小说的创作过程详细地（象讲故事一样）讲给我们听。

七、满意的作品是常常在怎样的情况下产生的？

八、你认为一个初学写作者习作的时候最应该注意些什么？

兹承臧先生于百忙中赶写了万字长的答文，对上述各题作了很详尽的阐述，感激之余，特将原文全部刊出，以饷读者。

——编者

《文艺知识》编辑先生：

承蒙你不耻下问，把这么一堆对我未必能胜任的问题开示了来，这有点叫我感到惶恐。说一说经验本来也没有什么，可是，个人的一点点学习甘苦，会对于青年朋友有多大好处呢？况且，自己依然在前进的道路上摸索着。我没有这种自信，因而也就失了回答的勇气。"三人行，必有我师焉"，我们应当彼此互相学习，对于携手同行的青年朋友，我就红着脸作刍荛之献吧：

一、有人说你"改行"，到底是为了什么改写起小说来的？

年来我为什么"忽然"热中于小说，而且把大部分精力放在小说的学习上？有许多朋友觉得仿佛有点儿奇怪。有的人说，这年头靠"诗"吃饭只有饿死，于是不得不"改行"；有的人以为，一个人中年已过，便和诗相去日远了。这看法也许有一点点，但决不是主要的原因。第一，完全为了稿费而决定写什么，我心上没有这样一个算盘；第二，我自信，我的热情和志趣足以支持我的人，我的诗，以至于老死。

十多年来的文艺学习，大半时间用在"诗"上，这是事实；但远在战前，我也曾习作过散文，杂文，并且印了两三个集子。就小说说吧，十年以前也曾学写过；在《文学》上发表过一篇叫做《猴子拴》的处女作以后，始终没有放下尝试之心。二年前在重庆，对于小说又砰然心动，写了一篇《悲哀的人物》发表在《时与潮文艺》上。无疑的，这些试验是完全失败了。自己不免有些难受，有些动摇起来。常常颇为伤心的追求这个失败的原因，我把它归咎于自己的组织力不够。心里有些生动的人物，不知道怎么叫他（她）们出场，活动在一个故事里，又明明知道，故事就是人物的舞台。有人物而没有故事，那么这个人物也就只好作成"人物志"或"速写"的材料；有故事而没有人物，那就等于一个躯壳里没有灵魂，就是一个说书匠，也会把"武松"说得活蹦乱跳，一个故事里缺少了人物，或者人物不能够如见其面，如闻其声，如入其心的那么生动，凸出，绘形绘声的话，就算说给一个小孩子听，也不会使他好奇的小心感到满足的吧？何况把它呈现在高明的读者的眼前呢。小说里的人物，不就等于作者心里的人物，后者只是前者的一些"影子"，还需去加深些什么进去，使它更真实，更明亮。而故事也不是现成的摆在那儿，叫你毫不费力的拿过来就得。

这必须一颗匠心，必须经过一些象母亲产生一个孩子那么的苦痛。这是十分艰难的一件工程。

我最后的一次试验是在重庆歌乐山上的时候。住在山里，有的是时间和闲散的心境，我读了一些名著小说，它把我心里的一些人物，一些故事，诱动了起来。对于这些人物和故事，诗，显然不合适，或无能为力，我就开始又拾起"小说"来了。

二、诗和小说在写作上，是否有难易之分？有些什么不同的特点？

诗和小说，各有难易，各有领域。有些材料适于彼而不适于此。就拿一个故事来讲吧，有的只能写成小说，有的两者咸宜，而写出来则情味各异。这决定于材料的本身所含的"诗意"的成分是否浓烈。我始终觉得，诗是抒情的最好的利器。就是对于叙事诗也不例外。这只要比一比《长恨歌》、《长恨歌传》；《费宫人刺虎》，《费宫人传》，就可以见出虽在写着同一故事，同一人物，而前者那一点"一唱三叹"的味儿，是后者所没有的。

诗重抒情，需要抓住焦点，集中表现，使言简意赅，含蕴有力；故而在语言的运用上，须大费心血，一句不许空说，一字不准浪费，不多不少，不轻不重，恰好的形式和语言把恰好的感情和思想表现出来——表现得那么浃然无间。

而小说呢，则须致力于故事的结构，人物的刻画，环境的设置，气氛的氤氲等等。诗，凭热情冲击的时候居多，热情冷却的时候，诗就死了。而小说比较需要平静的长久的锻炼。

当然，这两者的源头全出发于生活。一个用热情去歌唱，一个用观察去发掘。

三、在你所写的诗里，你最满意那一篇？为什么？

你问我最爱自己的那一篇诗，这是很难回答的。在十五年学诗的习作中，比较稍微象点样子的，放宽一点说，也不会比十篇再多吧？在这寥寥的篇叶里去选择，我个人偏爱《六机匠》这个数百行的叙事诗。我爱这个诗，因为我爱这个诗里的那个人物，那个环境，我熟习这些，它们在我心上始终很鲜亮，很亲切，时间虽然已远隔二三十年，然而一闭眼，"六机匠"和我同他共同呼吸过的那个环境，那团气氛，就站移我的眼前来，就袭入我的心里去了。我写它的时候，我整个感情全灌注了进去，我同我的人物、我的环境融化在一起了。

四、在你所写的小说里，你最满意那一篇？为什么？

年来习作的短篇也不过十几个，我比较对《挂红》喜欢一些。我个人偏爱乡村，爱得有点固执，有点痴迷，这也难怪，我从小就是一个乡下孩子。《挂红》写的是乡村人物，这些人物都是穷困，可怜，善良而又有点可以原谅的自私。我同她（他）们朝夕相处了三年之久，彼此成了生活上的一个部分。我清楚她（他）们的动作，心理，个性，和一串一串悲惨的故事。我爱她（他）们，所以在我的笔下流露了同情和热情。我没有夸张什么，我只写出了真实，以及我个人对于这真实的反应。我觉得，我写的很朴素，很平凡，也很悲哀。因为，这个故事，这个故事里面的人物全是朴素的，平凡的，悲哀的。应该有的，我都给它了，应该写到的，我都尽力的写到了。这便是我爱它的理由。

五、请你把你那篇最满意的诗的创作过程详细地
（象讲故事一样）讲给我们听。

三十二年的夏天，我从重庆搬到歌乐山大天池六号去住家。生活很安静，心境也很安静。一个农家的大院子，四面包周着青山和田野，我又过着朴素的农村生活了。触景生情，故乡田野的风光，常在我心头闪亮，故乡里的一些人物也常常来到我的眼前，而最生动，最亲切，最鲜亮的一个要算"六机匠"了。想象一触到他，整个的记忆便亮了起来，他的生活历史便一幕一幕的揭过去，每一幕里都有我，都有乡村生活和另一群影象陪衬着，陪衬得那么和谐，统一。因为他这个人，才使我珍贵的保留了过去的影子，也可以说，一切记忆都要由他去点

亮。他象一个记忆的高峰，缺少了他，过去的一切将会变得平板乏味！往事的片段都向他辐辏过来而成为浑然连贯的一个整体——那么动人的一个整体呵！

看见了"六机匠"的壮年，也看见了自己的童年。那时候，他已经同他的哥哥们——大机匠，三机匠，四机匠，五机匠分居了，他分到一个七十多岁的一头白发的老娘，和四面土墙围着的那个可怜的院子里的顶着西"山"的两间土房。一间住着牛，一间住着这母子两个和一张织布机。这机房，就是我们孩子的乐园，他那么喜欢我们，他那么善良，聪明，而正派固执。他说"瞎话"给我们听，我的小心整个浸润到那些故事和神话里去，替主人公的命运流泪和欢喜。我，屏住气，担着心听他说，达达的机杼声把生活的痛苦和韵律全部织进故事里去了。他常常停住机子叹一口气，为什么呢？那时候我可不懂得。

一个土门子对着南山，因为没有门，南山就在院子里，——纸窗一卷，青光象一位熟朋友一样的便一直进到屋子里去了。门口有一点点菜园，分成五个畦子，有葱，有烟，有方瓜，五个畦子只有"六机匠"的一份最茂盛。春天，我们在风吹的洋槐花香里，在新耕的泥土香里，把一个一个各式各样的风筝放到天空里去。呵，看看谁的更高，呵，看呀，一个个镀着希望的脸子，呵，听着，一声声胜利的欢呼。那时候，青春是我们的，不，我们就是青春的本身呵。

他门前西墙根下，有一棵桃树，它的花子一开，人间最美的春色便全到他这个小院子里来了。我没有见过比它更好看的桃花，也没有看见过比这更动人的春光了！永远的，永远的。

槐树打伞了，他"圈"（土毛厕坑）角落里那株"水红"红了，热烘烘的南风把人吹醉了，把小麦吹"掉头"了。在这农忙时节，我跟他到"西河"里去，经过贫苦的"焦家庄子"，杏树梢头"麦黄杏"熟了，底下坐着一个小姑娘，在纳鞋底，庄村里静得只有鸡叫犬吠的声音了。

"西河"里的水，清湛湛，我在水里洗澡，他在忙着割麦子，晌午，栗子行里铺下簑衣，一觉醒来，满耳蝉声。满脸薄汗，满嘴流涎，洁白的砂子上留下一个人身子。在工作歇下来的时候，他吸上一袋烟，我不让他自己享受这时光，我扒着他的嘴要把"瞎话"扒出来。

黄昏，走到归途上，他在前边，一个泥土的身子"抗"一张锄头，锄头上吊一个牛眼罐，打着那阴晴两用的破簑衣，我跟在他后面，夕阳跟在我后面，经过一个瓜棚，又一个瓜棚，遥望贴着夕阳的那岭顶上的树头，我们快到了。

秋收过后，人们从田里忙到"场"里，从早晨忙到黄昏。他西墙外边那个光坦坦的大场院上，拥集着人，通到田野里去的那一条一条的小路上铺着发香的秋秸叶子，毛驴呱呱的，小车吱呦呦的，尖鞭啪啪的响着，一片活动，一片声音，一片生之欢欣。忙着打场，忙着扬场，尘土飞扬，笑声飞扬，一直忙到深更半夜，脸上闪着笑也闪着灯光……

他也有了自己的收获——小囤里有了粮食，靠着西墙长出了一个小草垛。

几年的工夫把他的生活另变了一个样子。老母亲带着一生的困苦入了土，他的织布机不再在他的脚底下达达的响了，再也看不到冬天的太阳下，他鼻尖上挂一滴青鼻涕，腔沟里夹一把黄棕刷子在大街上刷机——把白线刷成一条白色的河流了。

他这"光棍"一条丢了织布机（其实是织布机把他丢了）又卖起酒来了。他的人，也从"六机匠"变成了众人口里的"酒房掌柜的"。从此，你可以听到不时有人手里拿一个小黑磁壶爬在墙头上大呼"掌柜的"，从此你可以看到他背着一个大圆瓷酒坛子到城里去背酒，回来的时候有人迎上去，闻闻扑鼻的酒香和他开上个玩笑："在河里羼了多少水？"你也可以看到他脸红脖子粗的顿脚赌血咒："羼一滴水的叫他断子绝孙！"

"酒房"里真热闹呵，有从鼻子里说话而自己却说"没有醉，没有醉"的醉汉，演种种笑剧给人看，演得那么认真，那么可笑，而他们自己却全不觉得。不要忘记，"酒房"也就是"光棍子"房呵，日日夜夜断不了人，人们，到这儿来寻开心，来打诨，来放情的肆谑，来凑足也来享受这一团空气。孩子们也来开"聪明孔"，来接受刺激，来学习一些新鲜的东西。秋天，雨，滴滴嗒嗒从茅檐上滴下来，葫芦架倒了，下面留一些残叶叫西风吹出秋声来，这葫芦架在夏天夜里，在星光底下，在这个小院子里，曾经开满一朵朵的白花，这一朵朵的白花，曾经给我们"照"来了一个个的"古绿哥"，那蚊子的雷鸣和阵势，那蝙蝠的翅膀和墙角的蛛网，那夏夜，那听故事，打瞌睡，一直留住人不放的夏夜，叫秋风秋雨吹走了。在这样秋雨连绵的秋天，这样愁人又闷人的凄凉的秋天，"酒房"的门是关闭着的。屋子里另是一个天地，有烟气，有人气，在炕上地下两棚子"牌局"，牌叶子摊在狗皮上，四个人端着六十四张牌，八只，不，十六只，三十二只眼睛盯在牌上，连心也盯在上面。看"外包"的人头晃来又晃去，他们在替别人出主意，担心事呢。我，这时候，已经十五六了，然而也还是一个孩子，孩子们在地上赌钱却没有多少钱，可以说干干的在磨指头。听，门响了一下，开了，一个人走进来，抖一抖簑衣，抖落了一地雨点子。就这样日以继夜，早晚熬到天亮，才悲欢不同的各人带着一双发涩的眼，一鼻孔黑烟子离开这间小屋子，灯里的油同人的精神一样熬尽了。我，也恋赌如命，哀哀怜怜的向人借一百钱，偷偷摸摸的去摸可怜的"老哥哥"的柜子角落里那个小布包子。钱输了，天也亮了，背着严厉的祖父，向好发脾气的妹妹告饶，（她那样苦苦的劝过我！）然后，把门一关，大被一蒙头，便什么也不知道了。

冬天的炕头，他的最温暖，冬天的长夜，他这里最有味，有灯光，有故事，也有他吸着烟，用迷惘的眼光对着小灯，蓦然发出来的一声叹息。

他也想成个家，别人也拿这开他的玩笑。一个秋天，他到南海崖去了，他去了，谣言却来了；他回来的时候依然是一个人，他的那点点小积蓄却不再回来了。悲痛在他心上，而笑话却挂在别人嘴上了。

故乡对他失了恋情，他带着一个希望闯了"关东"。每当我看到他门上的锁，后墙上裂得很宽的缝子，我的快乐便被锁死了，我的心也裂开了一个大口子！我再也不能在夏天的场院上听他说古道今了，他把我的童年，我的天真和好梦一起给带走了，留下的是怅惘，是悲哀，是回忆：新年过后他墙上贴了那么多的"小模画"，上面画着"沈万三"打鱼，打上来的却是一万两黄金；上面画着"二月二，龙抬头，万岁爷爷使金牛"；上面画着天仙想凡人的故事。他的门上贴着"吉人有天相，勤俭黄金本"的对联，他不是常常这么对我说吗？画上的仙女，走下来去和一个公子恋爱。但是，我心里想不开："四壁的黄金为什么不走下来呢？象你这样一个好人，勤俭，刻苦，善良——象你的名字

'王善'所表示的，为什么上天不曾照顾一下，使你不得不为了生活撇下家乡远走天涯呢？"

当时，我这么回忆着，回忆给我痛苦，疑闷，和空虚。

"关东"也并没留他好久，他原样去了又原样回来，没带回金银财宝去打动乡里，象有些人那样的，他带回来的是原封的乡音和土气。回到家，他却没有家了，他住在"家后"三机匠的一间东房里，他没有儿子，他也没有钱，他寄居在三哥家里。劳动着，吃自己的还不能老的一条身子。这时候，我已经常年在外，偶然回家一趟，总是找他玩玩。他——我童年生活的一个证人，他，我从那身上得到的太多，太多了。又过了九年，他雇给"十爷爷"做了把头，见面的时候少，想念的时候多了。就是有时见了面，他也没有闲工夫说那么多，他的心情怕也有点老了吧。抗战十年以来，我一想起故乡，第一个想到"六机匠"。前天，我还向一位新自青岛来的族弟打听他的消息呢。四机匠死了，他确切地说；五机匠死了，他确切地说；六机匠也死了，他仿佛的说。

亲爱的读者，你们不会责备我说："我们要知道你怎么写这个叙事诗，你却把这样一串一串的故事告诉了我们，而且，你已经不只告诉过一次了。"是的，你们可以看得出，感觉得到，我是怎么热爱我这篇叙事诗里的主人公呵。你们可以看得出，感觉得到，我是怎么热爱写在这个诗里的那些田野风光，生活的影象呵。你们不爱这些吗？不觉得它浓烈得有点醉人吗！对了，我诗里所有的，我几乎又用散文重写了一遍。这可看到，我是怎样不能不写出这些真实的东西来。这真实，和诗里的真实你不觉得隔阂吧！至少，我个人觉得是"不"的，我用顶真、顶热的感情回忆了过去，把它们——环境，人物，连上我自己，一齐放到了这个诗篇里去。在写它的时候，我没有"做诗"的感觉，一点也没有"搜枯肠"的苦痛和不自然的感觉。我只觉得过去三十九年的生活，汪洋似的向心头涌来，我被冲击得有些吃不住。我抓紧最精彩的场面，片段，酿成那样一团气氛，叫我的主人公——"六机匠"，活动在里边，一步一步的向前发展去。这是一篇封建乡村的生活画片，这是一个封建农民命运的写照，这是我的生活小史。

我写它的时候，我的人已经不是在歌乐山了，我回到了我的故乡——山东诸城西南乡的"臧家庄子"去，我回到了我的童年去，我又看到了门前青青的"马耳山"和"常山"，我又看到了那些人，那些熟习的面孔，我又听了呱呱的驴叫，尖鞭的脆响，鸡子的午啼，村犬的乱吠；我又嗅到了旱烟叶的香味，葫芦花的香味，六机匠亲手做的葱花油饼的香味了。

我沉在回忆的汪洋大海里。然而，我又朦胧的意识着这回忆。这就有了深深的怅惘，和薄薄的感伤。我不是在写诗，我是在写自己过去的生活，我是在写和我一起生活了三十多年的一个真实生动的人物。我的心纯极了，纯得象一个孩子，纯得象六机匠罐子里的酒，纯得象一个失掉了珍宝而追忆过去的贫穷的人。我并没有苦心的打算把它写成怎样怎样去打动人，我只就最打动——不，比打动还厉害的冲击——我心灵的一些东西写了下来，我没有去找好句子，我走笔到哪里，哪里便有句子碰上来。这些诗句也就是那真实生动的风光，人物，凝结而成的。

这篇诗写的是"六机匠"，但不光是"六机匠"，是乡村的生活，又不光是乡村的生活，是我自己，又不光是我自己。它是"六机匠"，是农村生活，是我，而更是这一些融化在一起的一团。容我借用一句不调谐的生硬的名词，"主观热情紧紧拥抱了客观现实而产生下来了这样一个人物，一篇诗。"

我自己明白，从"六机匠"身上找不到新生的农民的影子，你不要忘记他是生活在旧泥土里的，直到现在，在广大中国的土地上不知道有多少个"六机匠"，在受难，在挣扎呢。

我自己明白，这个诗里笼罩着一层怅惘的云幕，这是从回忆的事情上蒸发出来的。

或许我没说清楚怎样写《六机匠》，然而，我觉得我已经说得太多了。

六、请你把你那篇最满意的小说的创作过程详细地（象讲故事一样）讲给我们听。

一切小说的产生，逃不出以下两种情形：第一是先有了一个观念，然后去找人物，编故事；另一种恰恰相反，人物故事粗具轮廓，再加以组织与刻划，使人物凸出，故事生动。一般的看法，往往以为有观

117

念的写法不易成功，不过，也不尽然。这要看作者的生活经验和写作的本领如何而定。如果他心里储积得极丰富，用到什么便可以随手拿出什么来，也会同先有人物和故事的情形得到同样结果。话虽如此说，我个人总觉得这样写法是危险，至少是困难的，尤其是对于一个初次从事学习的人。就是先有了人物和故事，也要看作者于他的材料把握的程度怎样，这所谓把握，不单是指着技巧上的，更重要的是精神上的。一个人物一个故事，打动作者的越深，他感情上的反应（爱和憎）越浓，写出来的时候，感染性也就越大。

就个人很浅的一点习作经验说，人物生动的，故事熟习的，对于这些人物和故事有着浓烈的感情的，写起来觉得痛快，觉得真切，觉得容易，也觉得比较满意。因为，在这样情形底下，象一个小学生的"描红"一样，有一个"底子"清楚鲜明的在眼前，写起来没有思路枯涩，或是"我在写一篇小说"的感觉。一下笔，许多人物便活跃在心上，还有丰富的生活形象，色彩，和围绕着你的人物的那一团空气，也亲切的荡漾了起来。你自己也就兴致勃勃的周旋于你的故事和人物之间，说不定这故事里有你，这人物就和你息息相关呢。

《挂红》就是在这种情形底下产生出来的。

这个悲哀的故事，这些可怜、卑微的人物，发生，活动在歌乐山大天池六号那个大院子里，我就在这里——就在这故事的环境里生活了三年，和故事里的那些人物，亲亲热热，家人一样的过了那么久的岁月。甚至在为他们取名字的时候，我也给"真实"留下了一点影子，你可以拿一篇小说里的名字去对照真的人物，总可以按着一点线索把她（他）们找到。这本来无关大体，但这么做我感到亲切。

这个大院子里我的邻居们——李老太爷（不要误会，他并不是什么"太爷"，而是一个老农）李老太婆，他们的大儿子——李大哥（凭太太的一点家当和在城里混粮行，有时穿着入时的衣服回家里来）二儿子——李二哥，三儿子——李三哥，两个小儿子——李顺儒，李顺有。李大嫂，长个子，有点精，她有一个小女孩，叫桂妹；李二嫂有一个小儿子——黑娃；李三嫂，年轻，活跃，天真；再就是两位十六七岁姑娘——一双姊妹花：李顺碧，李顺英。另外，还有他们不远的一位本家——四家老婆，老天真，也热情，就是有点糊涂，好做梦。

她有三个姑娘，两个已经出阁，剩下了一个十五岁的"麻子"，她惟一的指望是她的小儿子——李顺策（乳名——"岁"），但她把他娇养得太不成话，不好好上学，赌博，"老子，老子!"的骂妈妈。

恕我开列了这样一个干燥的名单。但它对于我却是无限丰富的。直到今天，我想她（他）们想得要命，她（他）们也有同样的心。她（他）们的影子，不时的象一片阳光贴在我寒冷的心上，不时的象一颗又一颗的明星，照耀在我的黑夜里。我念念不忘她（他）们，就是在我的笔下也是一样。一年来，我至少有四篇小说，两三篇散文和一两篇诗，再三再四反复的写到她（他）们。虽然，在每一篇里我都调换着主角。《小虫》里有她（他）们，有李三哥的死尸，但我把自己做了主人;《小兄弟》里的三个孩子，不就是李顺儒，李顺有，和李顺策（"岁"）吗？在《梦幻者》中你可以看到"四老太婆"的为人;《挂红》就是"李三哥"死后，这位十八岁的李三嫂同这个家庭的纠纷和遭遇。

在《挂红》里，你可以看见听见她们姑嫂或是姨妹，笑着、闹着，到池塘里去打水，水也笑着，水里的晚霞在动荡。这声音常从我的窗子底响过，我有时跟在她们身后，也曾和她们一前一后的挑一对小桶儿爬不上那个小石头坡惹得她们笑了之后，替我挑了上来。

她们快乐的时候——快乐的劳动着，快乐的休息着，打闹着——我快乐的看到她们脸上的喜欣和从心里发出的笑声;她们被穷命按倒的时候，我含着眼泪看她们哭、闹，为了一点小小的利益把"面孔"撕破。然而，朴实、卑微的心，终于归结到"善良"上去。我看到李老太婆发现了她的鸡子被"新姑娘"（李三嫂）捉走的时候，怒气激得她一跳一尺高。当她抱着钞票和一匹布在黄昏里归来的时候，一进院子就问"那个的衣服还不收呢"，继而在地上踏了一脚，踏响了一个小铜"光光"，接着又说了"娃儿的东西大人也不知道捡起来"，她便一弯腰铠朗一下子捡起来了。这是多深刻，多现成的心理表现呵。

她们那么要好，又那么容易翻脸。这是知识分子做不到的。她（他）们是农民，是穷人呵。"新姑娘"那么年轻，遭到了那么大的打击，但她能在这重重的一击下爬起来，以全力支持着自己和环境"孤军奋斗"，而且，向一个新的希望去突击。就在她和"媒婆子"去看了"新人"回来之后，当四老太婆问她"几时……"的时候，她还把脸一红，严厉的说:"四老太婆,莫乱说!"

今天好了,将分离的婆媳象母女,她打扮她,象打扮一个要出嫁的女儿,明天翻了,彼此诟骂着,讲说着,又是明枪又是暗箭。这一切纠纷与悲惨都绕一个中心——穷困。她们都厉害,但都善良;她们都不放松自己的利益——甚至一点点,但终究不至于昧了良心,"坑"害别人。就是这样。

我爱她们的双方,我更可怜她们,同情她们。在写她们的时候,我的笔尖醮着浓厚的情感。故事,当然经过一番新的调整,新的安排,有一些新的加添——大半是一些小节。这样,使零星的生活片断连贯成一个活的整体。这个故事,这些人物,是真实的,但这并不足责,它们经过了我情感的锻炼和剪裁,它们已经成了我的和读者们的了,这就是艺术和现实的关系——这关系多么简易,而又多么繁难呵。一个艺术家就在这里面产生出来。

七、满意的作品是常常在怎样的情况下产生的?

比较满意的作品,都是在情感最真挚,不加半点勉强或做假,不写出便感到一种压迫,一个负荷的情境之下产生的。不满意的,则正反是。

八、你认为一个初学写作者习作的时候最应注意些什么?

我觉得,一个初学写作的朋友,应该保持一份热情和正义,而且,常常用这些接触生活,衡量一切。同情多数人,自己并非在多数人之外。写诗,写小说,不是为了想成诗人或小说家,不以超然的地位生活。没有迫切需要的时候,不勉强提笔。观察、体验、蓄积材料——人物、故事、印象以及由印象触生的感觉和感情的酝酿、剪裁、组织,叫它变成你自己的,到了成熟的时候自然的产生下来。

编者按:《挂红》小说集,读书出版社印行。《六机匠》在其诗集——《生命的零度》中,新群出版社出版。

(原载1947年5月15日《文艺知识连丛》第1集之二)

京华练笔三十年

臧克家

1949年3月，我来到刚刚解放的北京，赶上"十一"中华人民共和国成立。"日居月诸"，开国大典的礼炮声还在耳边震响，时间一跳，就跨过了三十年！于今，每条战线，每个人，争着以自己的优异成绩，攒成一个个花环，献给伟大社会主义祖国诞生三十周年。

三十年，"你有什么贡献？想想看，说说看。"已经年近七十五岁，在文艺道路上走了将近五十个年头的我，这样自问。

说没有，也有一点，说有，未免太菲薄了！孔子说："贤不贤，亦各言其子也。"把这句话伸引到个人创作上来：不管好与不好，应该把三十年来自己笔下的产儿回味、品评一番。

今年上半年，我出版了增订的一本《诗选》，按年代、时期分为五辑。写作时间，从1932到1978年。不少友人读了它之后给我来信说："我更喜欢头三辑里面的诗。"这话里有褒有贬。初闻之，有点"逆耳"，深思后，却极"会心"。朋友们为什么说更爱读我解放之前的诗呢？我想是有多种原因的。从1933年到1949年的十六年间，我一共出版了大大小小三十八本书，其中三分之二以上是诗创作。这些诗篇，特别是初期的作品，由于生活底子较厚实，表现艺术上也有个人的特点，总算多少反映了一些当时的现实情况而尚不流于一般，因而发生过一点影响，在读者心中留下了印象。这些读者，与时俱进，将今比昔，所以作出那样的判断，这是公允的，虽也可能有这样的一种成分在内：震于我初期那些崭露头角的诗篇所引起的影响，先入的印象根深蒂固。

全国解放到现在已经三十个年头，就时间而论比解放前的写作历程整整长一倍，而在产量方面，却差将近二分之一。质量方面，与过去比，也只能说："亦弗如也"。

追问为什么出现前长后短，先腴后瘠的情况呢？原因简单：硗确的田地上，是一定歉收的。京华三十年，时间不可谓不长矣，而我始终把自己圈在都会的圈圈里，跨出的次数，屈指可数。1950年，到济南参加了第一届山东省人代会。四次暑假去过青岛。1962年夏天，到东北三省去遛了一圈。就近处说，东郊到过高碑店，西郊在"玉渊潭"公社"看"过"花"。如此而已，如此而已。当1976年北京受到地震的震动时，各地友人十分关注，纷纷来函"促驾"，而我呢，曾寄诗答盛意，劈头一句是："八处相邀未动身。"相当剧烈的地震，也没有把我震离北京，作家真成了"坐家"了。生活是创作的源泉，真理说一万遍，也觉得新鲜。我所以比解放前诗写得少，水平也没有新的突破，不能说没有点别的因由（过去为了不至饿肚皮破命地写），但主要是因为缺乏新的生活，更不用说"深入"了。

解放之前，由于我对农村生活比较熟悉，也十分热爱，对受苦受难的农民，既深切了解，又为他们不幸的遭遇大鸣不平，写了大量表现这种生活题材的诗，写得有挚情，有深度，赢得了"农民诗人"的称号。从1949年春来到北京之后，我过去熟悉而又感到十分亲切的农村和农民，对我反而成为陌生的了。我几乎没有机会到农村去（1969年到1972年在江南干校是例外），土改、四清这样一些地覆天翻的伟大运动，我没参加，对农村、农民从外表到内心深处的变化我不了然。写，写什么？如何写？农村这个伟大的"主题"，要写好它，首先要求有一个能完全掌握它的那个"主体"！勉强不能出好诗！不熟悉，不热爱，胸中情感不动，诗兴不来，好诗决不会产生。

我在玉渊潭公社参观访问时，也和农民交谈过，回来写了一首题名《给傅广恒老汉》的短诗，收进了我的《诗选》的1956年版。记得是邵燕祥同志看了之后，笑嘻嘻地对我说："形象不丰满。"诗中有一句："凭一条腿也要走社会主义。""不丰满"，说得好！明说我写的对象是个残废，暗说我对新的农民形象不了解。对你要写的人物，几乎完全陌生，怎能把他写得"丰满"呢？天才与成就不是从半空中掉下来的。我浮在上面，如同浮萍。对社会主义新生活接触极少，运动来了，被迫或自愿地表示一番，多半是率尔成章，墨未干而已见报，不能说全无真情，但急就之下，难出精美之章。三十年来，经过时间的罡风一吹，整个作品收获，稗子多而成实者少。家有敝帚，自视千金，此非美德。但如有可取，也不应以出诸己手便把虚伪代替谦逊。

为了总结一下经验，我也想谈谈三十年来自己的几部分诗创作。

《有的人》，这篇为纪念鲁迅而写的短诗，是我到北京后的首产。三十年风云流逝，而这首小诗的生命力却依然旺盛。它在丙辰清明被抄在天安门广场革命同志的板报上，因为它，两位女青年被打成反革命（为此我写了《〈有的人〉的遭遇》一文）；它在大会上多次被朗诵过，它被选入中学语文课本，且，许多报刊要我谈谈怎样写这篇诗的。

《有的人》是一篇抒情诗，有感而发，好似不需要生活作底子。这种看法是不对的。我在旧社会生活了几十年，看到的，感到的，实在是太多太深了。看到贪官污吏，到处为自己立"功德碑"，民膏已尽，"宦囊已饱"，加官进爵而去，也授意乡绅为之立一座碑，作个"走后之思"，以期"留芳百世"。官越大，碑越多。年轻的时候，看了这种情况，习已为常，不清楚这一块块石头所表现出来的社会意义。上了几岁年纪，参透了人生三昧，才彻底了解到它的罪恶，而心中愤愤。这是一个方面。另外呢，有一种人，为人民披肝沥胆，奔走呼号，甘作牺牲而不计个人，象鲁迅。这种革命人物，我见到的很多，很多。鲁迅先生，我没机会见到他，但景仰其为人，读他的书，也曾把自己的两本诗奉赠给他。1949年在上海，也曾不顾特务盯梢到万国公墓去瞻仰、凭吊他的坟墓，五尺土丘，片石记名，伟大战士，荒地长眠。为之仰天长吁，满腔悲愤！

有了长期生活中积累的思想情感，看到了社会主义时代人民群众纪念鲁迅的热烈场面，人非木石，能不大动于衷？因此，我用对比的手法，写了决然对立的两种人，抒发了我的爱与憎。

1946年，因飞机失事，叶挺等六位同志殉难，我写了一首悼诗，发表在同年四月十八号的《新华日报》上。多年来，把它忘得没半个影子了。不久以前，一位读者把它抄给了我。这篇旧作，可以把它视作《有的人》的雏形。现在我把它抄在下边，好在不长：

《假若》

—— 悼王、秦、叶、黄诸先生

假若死了的不是你们，
是另外几个人，
他们活着也不多，
死了也没有什么。

假若死了的不是你们，
是另外几个人，
他们活着，要别人死，
他们死了，别人倒可以好好地活。

假若死了的时候，
中国已经象个样子；
假若死的最后一刻，
心里没有一点遗憾；
假若死在敌人的手下，
假若，我的假若不被事实推翻！

　　另外还有三组诗，为读者、朋友们和我自己所喜爱，有了它们，
我的诗田园里才有了一点颜色，这三组诗，在另外一些有关文章里，
我已不只一次谈到它们。现在，我再概略地说一说。一组是《凯旋》。
1959年，我患重病住院七八个月，对于医院生活有了比较深刻的体会。
对于病人之间、病人与医生之间的关系，有了新的看法。大家互相关
怀，不知道名字，已经成为朋友了。对于一位病友攻下高烧的一度，
高兴得好似对敌作战攻下了一个制高点。医生关怀他的病人，病人体
贴辛苦的医生，许多事迹，使我非常感动。出院后，我还挂记着我的
病友，医生成为朋友，有两位，二十几年来一直不断地往还。《凯旋》，
就是我对这种社会主义新型关系的歌颂，就是我真挚的心声。我写它，
因为我不能不写它！发表之后，朋友们说："这是个很少触及的题材。

你写得短小精炼。"

　　青岛，是一个世界驰名的美丽胜地。离我的故乡很近。解放前，我在这里读了四年大学，跟闻一多先生学诗。毕业后，又经常投身她的怀抱。我头两本诗集《烙印》、《罪恶的黑手》里边的诗，大半产生在这里。那时，正当武汉大革命失败之后，蒋介石对内镇压，对外忍让，辱国丧权，人人都愤。我对井冈山的星星之火，觉得它十分渺茫；对蒋政权则彻底否定，对日本帝国主义的侵略，对美、日军舰横锁大海，耀武扬威，怒火中烧，无可如何！因为脱离了革命，脱离了群众，自觉悲愤而无力，孤单又凄楚。痛苦、失眠、呕心苦吟。在高楼上不愿存身，跑到一户亲戚家里去和一个小工友在一间"无窗室"里同榻而眠。心灵的孤寂、凄惨，可想而知。《无窗室随笔》，就是这样产生的。一声解放，青岛，这美丽的海滨避暑胜地，回到了人民手里，她对我伸出了欢迎的手臂，敞开了纯洁的心胸，故人重逢，海阔天空。我仰天长啸，推胸吐一口气。《海滨杂诗》就是我这种心情的录音。同样的青岛，她在我的眼中、心上，换上了新的颜色，大海也发出了新的激动人心的悦耳之声。两个天地，两种心情，对比之下，如此鲜明！

　　最后，我想对写干校生活的《忆向阳》这组诗说上几句。

　　我在北京生活了几十年，没经受过锻炼，思想空虚，身体萎弱，每周打针四次，上二楼得坐电梯，气息奄奄，朝不保夕。1969年冬，毛主席号召下去，我下定决心，破釜沉舟，以期挽救自己的身心。一家四口开了个会议，决定把大女儿送到东北兵团去，我与爱人带着小女儿去湖北咸宁干校。她开山（烧石灰），我劈地（搞农业）。我从小生长在乡村，喜爱乡村生活和大自然风光。和贫农社员住在一处，受到教育，感情深厚。过去在机关，高高在上，对一般工作同志，大都不认识，到了干校，抹去了级别和职别的界线，彼此成为"知人知面更知心"的亲密战友。我1972年辞别战友调回北京，彼此挥泪告别，依依恋恋。回到北京以后，不时回忆往事，心潮起伏。久蓄在心的深厚情感一旦如清泉喷射，在短短的时间内，写出了五十多篇诗，题名《忆向阳》。这些诗，语语真实，字字心血。写来好似毫不费力，无半点矫揉造作之感。我用了旧体诗的形式，但语意全是新的，可以说是旧体的新诗。

在北京三十年中，有二十七个年头呆在都会里，守着个家，如同"守株"，生活枯竭，灵感不来，虽然有诗，但好的不多。"老来意兴忽颠倒，多写散文少写诗。"这两句诗，是近些年来我的心情和创作实况的概括。三十年来，我写的散文，大约有三四十万字。其中，一部分是抒情的，怀人的。这些作品，都是从过去多年生活经经和深切感受而来的。象《毛主席向着黄河笑》这篇散文，如果没有亲眼看到抗战期间蒋介石炸开花园口黄河大堤造成的大惨剧，写来就不可能使人感动。我看到的是它的余波，那景象已够触目惊心！我在《淮上吟》长诗中有两个写实的句子："坐在城头上探腿洗脚，屋脊象鱼群掠船而过。"黄水吐出的土地上，残余的生命，无衣无食，无家可归，孤寡三二，架木为巢。在这篇散文里，我也用浪漫主义的手法，凭想象描绘了一个黄河的美好远景，但着重点，是前半的写实。没有生活实感，不但写不出诗，同样也写不出散文。

另一组，怀人的回忆录，情况也是如此。凭个人一点浅薄经验，我坚决认为，写好怀人的回忆录，要有三个条件。首先是与被怀念的人交谊深厚，年代久长。其次是感情浓烈，印象深刻，虽系新交，如同旧故。再就是凭表现艺术，也就是概括能力。要剪除繁琐，突出表现人物的个性特点，精神面貌，不作抽象的述说，要凭细节的真实。这样的回忆录，不只写出了被回忆人物的人格与性格，而且还鲜明地表现出作者对他的深情与公允的评价，如曹丕的《与吴质书》那样。我把纪念九位老一辈无产阶级革命家、文艺界舍我而去的师友的回忆文章，编为一集，题名《怀人集》，意取《诗经》中"嗟我怀人"一句。其中有三篇，我写它们的时候，感慨既往，泪下如倾。一篇是怀念王统照先生的《剑三今何在？》。另一篇是《老舍永在》。我与这两位既是良师又是益友的长者，相交五十年，共同的经历，交融的情感，他们对我的奖掖与提挈，使我触及动心的那一点时，不禁为之悲痛泪流。

陈毅同志，我1957年负责《诗刊》工作之后，才熟悉了的。他坦爽热情，胸怀广阔，真诚待人。况又多次一道谈诗，虽然结识时间不长，然而他肝胆照人的形象，浓重的诗人气质，光明磊落的性格，真是千顷茫茫，一清见底。他使人亲，使人敬，使人引为朋友而无高攀之感。《陈毅同志与诗》一文中，我写了他直抒己见，庄严而幽默的风格。我也从细节上表现了他为人的特点。有一次在南河沿文化俱乐部召开少数文艺领导同志和诗人参加的小型诗歌座谈会，有的同志还未来，而陈毅同志却提前到了。一到，就抱歉似的说："因为说不要起草发言稿，昨夜睡了个好觉，所以来早了。"你看，这何等真诚而平易呵！我主持会，和他坐在一张沙发上，我看许多领导同志都坐在另一边，有点不安，乘他讲得眉飞色舞之时，慢慢地想抽身而去，他突然一手把我拉住，瞪了我一眼。这一眼，使我大受感动。写纪念他的那篇文章时，我也落了泪。

再说朱德同志。我与朱德同志并不熟，高山仰止而已。他约我去谈过诗，另外在人民大会堂一道座谈过诗。虽然来往极少，缺乏感性认识，但对他老人家，我是久仰、久仰了。1927年武汉大革命时代，我是武汉中央军事政治学校的一名学员，就为他的大名所震动，他与毛泽东同志一道为中国人民打天下的英雄事迹，是人人皆知的了。他老人家逝世之后，我情感波动，心中多感。想到他一生的勋业，想到他受"四人帮"迫害的令人发指的不平遭遇，想到他高尚纯朴的品德，我写了一篇悼念的文章，题为《怀念逐日深》。我写了我在他的会客室里等待他出来时候的两种情景。一是写了他的那位秘书的老八路风格，另外写了屋子里的陈设，朴素无华：沙发靠手上的凉席颜色旧了，但很洁净。看来这些描写好似等闲之笔，但，我是着意用这些小节映衬朱德同志伟大高尚的性格与人格的。

我写的散文当中，另一部分，是评论性质的，也有杂文，其中关于诗的分量较重。

我读书少，学识浅，思想性、理论性弱。可是我喜欢涉猎，爱读学术理论文章，而且范围超出文艺。我喜欢言之有物，见解独出，文字生动，引人入胜的作品。我讨厌那些见解平庸，东抄西凑，文字冗长，人云亦云之作。"四人帮"当道"衡文"之时，报刊上许多"大作"，我可以目下百行，见一知十，看头如尾。读了令人发"愤"而又气闷。我学习写点评论性质的文章，给自己立了两个标准。一个是独立思考，另一个是不落套子。五七年"反右"前后，我写了《套子》、《以耳代目之类》这样两篇短论，尖锐表示了个人意见，锋利地讥讽了那些毫无独立见解而庞然皇然的大块文章，和那样一些自己设"套"而令人

127

"入套"的害人甚深的不正之风。这两篇文章，在文化大革命中，被批判为"特大毒草"，批得头破血流，遍体鳞伤。而今我又重新把它们编入了增订本的重版《学诗断想》里去了，心中念念有诗："四人成帮归何处？《耳目》、《套子》今又来。"

《学诗断想》里的文章，十之九是谈诗的，有的长篇达一、二万言，这是例外，一般都是三五百字，千八百字。字数少，内容涉及的不一定小。我将读古诗，读新诗的一些想法和看法，直抒胸臆地说出来。不敢说见解独到，但可说个人的"一得"。这"一得"，在我说来，也至不易！发现、思考、熔炼，把可以大大发挥的意见、材料，压缩在几百字、一千多字左右的容量中。这需要力量。我自觉力有不逮，但勉力为之。我希望自己的一得之见，不至贻误读者，如能发生一点正面影响，或引起讨论，更是我所渴求的。在文字风格上，我努力使它短小简净，使读者不看名字就知道它的作者。文字本身就有点诗味。

在上面，我回味、总结了三十年来个人写作的一点肤浅经验。意在证明生活是创作的土壤。生活深一点，感受真一点，写出来的东西就好一点，不论作诗，写抒情散文，或评论性质的文章，都不例外。今天，我写诗少了，写反映现实的散文少了，原因可从反面得到。这二年来，我写的回忆录多起来了，这表示，现实生活缺乏，只能向个人特有的生活宝库中寻找材料了。可悲亦可喜。

1979年8月12日

（原载1980年1月《花城》文艺丛刊第3集）

《烙印》再版后志

臧克家

这本书出世后的影响，是我意想所不及的。许多先进的作家和朋友给了我最夸大的鼓励，我欢喜，我也害怕。别人的彩是可以轻口喝的，可是自己最知道自己。我没有伟大的天才，别的缺陷也还多，虽然人生的苦水已喝得够多。因此，我的诗将来会结一个多大的果，怕只有天知道。

我曾有一个值得骄傲的青春，然而只是那么一闪，接着来的是无头的恶梦。这样，我流着酸泪写了《变》。后来革命思潮荡我到了武汉，在那儿打过前敌，把生命放在死上，终于在一个秋天我流亡到了塞外，从此脱离了革命战线，卑污的活着，失败后的悲哀使我写了《象粒沙》。这一个时期，是活在痛苦的矛盾中，不死的思想迫我写了《天火》、《不久有那么一天》，虽然现在看起来，这两篇东西已经有点不切合更伟大的现实。

老早心里为写诗定了个方针。第一要尽力揭破现实社会黑暗的一方面（于今看来，当然觉得这还不够），再就是写人生永久性的真理，《烙印》里的二十六篇诗，确也没出这个范围。写《洋车夫》、《贩鱼郎》、《老哥哥》……这些可怜的黑暗角落里的人群，我都是先流过泪的。我对这些同胞，不惜我最大的同情，好似我的心和他们的连结在一起。

我写诗和我为人一样，是认真的。我不大乱写。常为了一个字的推敲一个人踱尽一个黄昏；为了诗的冲动，心终天的跳着，什么也没法做，饭都不能吃。有时半夜里诗思来了，便偷偷地燃起蜡来在破纸上走笔，这其中的趣味只有自己享受，然而这趣味也着实毁了我。我现在身子病着，心也病着，"心与身为敌"，我便是这样了。

人在年青的时候，什么都是生力的吸引，一近中年，仿佛一切全成了空。昔日认为生命把手的友谊，爱情，也都有点不稳。这时支持着我的惟一的力量便是诗！诗可以表现我的思想，可以寄托我的倔强与傲慢——对现在卑污社会的倔强与傲慢。它能使我活的带点声响，能使我有与全世界恶势力为敌的勇气，它把我脸前安上个明天。我是忠实于它的，我能为它而死。

我讨厌神秘派的诗，也讨厌剥去外套露出骷髅的诗。我有一个野心，我想给新诗一个有力的生命。过去我是这么做的，虽然那只是初步。我愿做关西大汉敲着铁板唱大江东去！我过去的东西在思想上没有一条统一的路，有许多地方观察和表现都不够准确。形式方面也太觉偏促。最近的笔似乎放开了些，思想也上了正路。我真希望自己将来再进一步能写一点更伟大的东西，（老舍先生说我的诗是"石山旁的劲竹，希望它变株大松"，这的确是知心的话！）像一颗彗星，拖着光芒到处警告着世界：大的转变这就要来到。

初版是自费印行的。再版加了四篇诗，《到都市去》是旧作，三篇新作中我自己喜欢《号声》和《逃荒》，这些诗虽说不上变风格，可是于中加上了些什么，聪明的读者们，不用我点也一定会看出来的。

在这本小书的完成上，夏丏尊先生费过心，友人王莹就近代为校定，不胜感谢。

克家志　1933年11月，于青岛

（原载1934年3月开明书店《烙印》）

《烙印》新序

臧克家

　　今天，翻阅将近三十年前的一些作品，好似重温一场飘渺的旧梦。对着眼前的光明，回忆那些"连呼吸都觉得沉重"的苦难岁月，真是风雨如晦，雷电交加！这些诗行，象一条条记忆的长丝，许多已经暗淡了的影象，又纷纷地在眼底亮了起来，一种悲愤的情感立刻充满了我的心胸。

　　《烙印》和《罪恶的黑手》是我最早的两本习作，里面的诗，写在一九三二年到三四年间。"九一八"事变以后，国难深重，人心愤慨，乡村破产，民不聊生。国民党反动政府对敌人步步退让，丧权辱国，对红色区域则实行"围剿"，大叫"先安内而后攘外"，甘心与全国人民为敌。这个时期，我正在青岛大学里读书，患着严重的神经衰弱症，精神上感到极大的苦痛！我参加过一九二七年武汉大革命，思想上受到极深刻的影响。这时候，"不死的思想"，使我对蒋介石的反动统治，以"时日曷丧"的心情深恶痛绝，对帝国主义的侵略逼人，感到极大的愤慨；对于革命，存在着一个希望。从《民谣》、《忧患》、《罪恶的黑手》、《天火》、《不久有那么一天》等等诗篇中可以看出这种情况。但是，因为个人脱离了斗争的前线，在大革命失败以后，觉得革命成功的希望是渺茫的。"一只黑手掐杀了世界"，自己却感到孤独无力，不能起而与之斗争，只是在一间"无窗室"里"呼吸着自在"。心里也知道阶级斗争的重要，写了《号声》这样的诗。那个时期，思想陷于痛苦之中，情感上也有着失望消沉的一面。在这种情况下，写下了《象粒沙》、《失眠》、《万国公墓》一类的诗。

　　在我初学写诗的那个时代，民族矛盾和阶级矛盾都是很深刻、很尖锐的，由于生活圈子的狭窄和思想上的限制，我写下的诗，和人民与时代所要求的比较起来，差得很远。我写了我熟悉的生活和受苦受难的劳动人民，我也写了自己痛切真实的许多感受。在写它们的时候，都是饱和着浓重的情感，经过长时期的孕育，呕心沥血般的锤炼。对于当时在诗坛上散布颓废气息的"新月派"、"现代派"诗，我看不惯，对于那些思想内容虽然很好而表现力低弱或口号化太重的诗篇，我也感到不足。我尽可能地使自己的作品精炼含蓄而不流于一般化。古典诗歌和闻一多先生的《死水》对我起了很大的启发和教育作用。我从初中时代就喜欢读新诗，也学着写一些，几年功夫，积成了一大本。里边有不少热情的急就章和口号化的东西，后来看了觉得脸红，便一把火烧掉了。《烙印》、《罪恶的黑手》里的诗就成为我正式学习的开始。这些诗，当年写它们的时候是痛苦的，因为那个时代就是痛苦的。年轻一点的人读了这样一些作品，会觉得陌生甚至感到惊异的吧？但是呵，象我这样年纪的人们就是从那样的一个时代一步一步地走过来的。在一九三二年作的一篇诗里，我写道：

　　　　不久有那么一天
　　　　宇宙扪一下脸，来一个奇怪的变！

　　在当年，这等于一个梦。这个梦，却真的变成了现实！解放后的"天空"，"耀着一团白光"，"偶然记起前日的人生"，真是"象一个超度了的灵魂，追忆几度轮回以前的秽形"。那黑暗的、令人窒息的、可诅咒的反动旧社会已经一去不复返了，这些读了令人心里难受的诗篇却还留着。换上新的调子，唱欢乐的社会主义的新歌吧。

一九六三年四月十三日于北京

（原载1963年9月人民文学出版社版《烙印》）

甘苦寸心知

—— 谈自己的诗《老哥哥》

臧克家

生活底子愈厚，写出来的诗味道越浓，打个比喻，陈年老酒，更能醉人。

写人物，道理也相同。你与你所写的对象，历史越久，交情越深，在你笔下产生的形象，自然带着深厚的感情，它栩栩如生，打动读者的心。

我生在农村，长在农村，我爱农民，我爱农村，爱得深沉，爱得心疼。可是，如果你问：你最最亲哪一个、爱哪一个呢？

我赤心诚意地回答，我最最亲爱的、关系最深、至今已经死别，但依然牵着我的心的有两个农民：一个是"老哥哥"，另一个是"六机匠"。

我想谈谈老哥哥这个人，和《老哥哥》这篇诗。

老哥哥活了七十多岁，在我家劳动了五十多年。他二十几岁到我家作长工，论年纪比我曾祖父还略长，曾祖父以哥哥呼之。我祖父、父亲都是从他眼底下长起来的，都叫他老哥哥。我也是这样。他姓李，没有名字，他是我家四辈的老哥哥，好似这就是他的名字似的，老哥哥叫起来多亲切、多好听呵。从我记事开始，老哥哥已经老了，另外有壮年"把头"干地里的活，他只是五天赶一趟"吕标集"，买点吃用的物品，收租子的时候，他用一块木板把装入斗里的粮食抹平，用有点抖颤的声音高高地喊着："五斗呵，六斗呵。"他那时虽然无力干重活了，但我却听说他壮年的时候，是一条铁汉子，干起活来象条牛。

秋收季节，四斗布袋在他的肩头打挺。老哥哥为人非常和善，孩子们都喜欢他。清明节，他提着"食盒"、香纸，带着我去给我母亲和大姑上坟，路上，他对我这个孩子絮聒我们封建地主文化家庭的荣华历史，为它的衰落不胜惋惜，这里边也含着他个人的今昔之感吧。

听说他的家就在焦家庄子，紧靠我们的臧家庄。可是，他从来没回过家，我也不知道他家里有什么人。他会说故事，虽然嘴并不巧，但故事对孩子的吸引力是强大的。我祖父小时候，央求他讲故事的时候总是说："老哥哥，这时你对我好，长大了，我赚钱养你的老。"我父亲和我小的时候，也说着同样的话。可是，到了祖父当家作主的时候，他成了老哥哥的"四老爷"，老哥哥呢，却变成他口中的"老李"了。我父亲成了"大相公"，我被称为"少相公"了。

我祖父为人十分严苛，终天板着一张铁脸，不多说话，对老哥哥无情无义。在他眼目中，老哥哥成了一个吃闲饭、多余的废料了。老哥哥每次赶集回来，我看到他站在地下，向躺在鸦片烟灯旁边的祖父报帐的狼狈样子，心中难过，但不敢言。为了一个铜板对不起帐来，或是为了买的鱼不新鲜，就得受无言的申斥，他已经神经麻木了，站在那里象一块木头。难受的是旁观的我。

他的工作就是赶赶集，喂喂驴，扫扫院子，七十多岁了，精力已经用尽，象一棵甘蔗，甜水给人家吮咂尽了，而今只剩一点残渣了。他有空就躺在小耳屋里的炕上，冬天老人怕冷，喜欢个热炕头，他常对我念叨一个作长工的心愿："不图吃，不图穿，图个热炕头烙腚眼。"老哥哥精神不济，身子一沾炕就打起呼噜来了。这个热炕头就是他晚年的安乐窝。可是，灾难就出在这个热炕头上。祖父持家时，我家经济已困难，冬天烧草是个大问题，老哥哥烧炕的几把草就牵连到祖父的经济核算。有一天，老哥哥烧炕不小心，把我小叔叔的一只鞋子烧掉了，祖父大动肝火，把老哥哥赶走了。老哥哥什么话也没说，也没哀求，也没争取留下。他顺从地，无可奈何地，收拾他的衣物，一生的家当，只是一个小包包，工资结算，十二吊钱。他，辞别了他为之劳动了一生的别人的家，辞别了给了他温暖也给他闯了祸的热炕头，辞别了我这个小孩子，在夕阳西下的时候，一步一步地、艰难地移动着老迈的双腿，走上往焦家庄子去的小土径上。我牵着衣角送他，流着眼泪送他，心里想，从来没听说老哥哥有家，也没见过老哥哥的家人来探望过他，今天，他一个日暮残年的孤老去投奔谁呢？而后，才知道，他有个侄子，为人忠厚，老哥哥去的，就是他侄子的穷家呀。今后的情况，那就不问可知了。

老哥哥对我可真好呀。时常和蔼地带着笑容抚摸我的头，讲梁山伯祝英台的故事给我听，我觉得天下的老人没有比老哥哥更善良的了。我小时好赌博，摸纸牌，大人夸我手快眼疾，可是十场九场都是输。手下分文没有，恨不得老鼠洞里去挖出个铜钱。我想起来了，老哥哥小耳屋的破箱子角上，有一吊多钱，装在一个小布口袋里，老哥哥从来没用过，钱对老哥哥好似毫无用场似的。我心里想，偷偷拿他几个铜板，赢了再给老哥哥"还原"。心里想，老哥哥积攒几个钱多不容易呀！可是，虽然心里矛盾，我还是一再地昧着良心偷老哥哥钱去赌。而老哥哥呢，根本不知道，好似根本不记得他还有这一袋钱似的，这方便之门虽然大开，但天真的一颗小心，却内疚不已，替老哥哥诃责自己。

一九二九年，我在国立青岛大学补习班读书，祖父逝世，我回家了。埋葬了祖父之后，我当家作主了，把老哥哥请到我家，和我睡在一个炕头上。这时，他已老态龙钟，疲惫不堪了。我原想和他谈谈往事，使他得到一点温暖，我对他，觉得比祖父还亲。我对他的这种真挚深厚的感情，也包涵代替我的祖父向他深致歉意的含意。而他呢，过去的一切，全不放在心上，好似没有那么一回事似的。对于我对他的这种热情招待，反而觉得有点不安。他耳背，说句话象打雷，身子一沾炕便打起鼾来，夜间咳嗽，睡不宁帖。我本想留他多住几天，与其说使他老人家得到一点享受，还不如说使我自己得到一点安慰。第二天一大早，他便起身告辞，我一再恳切挽留他，他纯朴而又真诚地说："夜里咳嗽吐痰，叫你睡不好，我要回家。少相公待人真好啊，多大了，还和小时候一样。"听了他的话，看看他的样子，我没法再留他了。临走，我把六块现大洋塞在他的手里说："这点钱，你带着用吧。"我不说明，他会明白我的一点心意，这就是：劳苦了一辈子，不能光着身子入土，买副薄棺材板吧。他满脸激情，但只是"真是，真是"嘟噜了两声，这"真是"二字，代表这个敦厚老人的千言万语呀。我送他出了村，站在高处，看他一个人一步一步地下了坡，远了，远了，从此永别了，我的老哥哥！五年以后，我在临清中学教书，有一年暑假我回了家乡，听说老哥哥已经下世了。我一个人跑到焦家庄子去，找到了他的侄儿——一个朴实厚道的农民，让他带我到老哥哥的坟墓上去。在荒凉的阡头上，一抔黄土，坟前连棵小树也没有，也没有一只鸟儿来这儿唱歌。老哥哥在人间活了七十多个年头，受了七十多个年头的罪，活着的时候，孤零零一个人，死了，孤零零一口坟。这是老哥哥的命运，也是封建社会、半封建半殖民地社会农民命运的一个缩影呀。我回忆往事，在坟前徘徊又徘徊。我没有流泪，心里却充满了悲愤的情感。

上面描绘的是老哥哥的真人真事。老哥哥虽然不在人间了，却永远活在我的心上。四二年我到重庆以后，带着浓情，写了怀念老哥哥和六机匠的两篇回忆录，题目就叫《老哥哥》、《六机匠》。这两篇文章收在我的散文集《磨不掉的影象》里去了。每次想到老哥哥，写到老哥哥，我总是心潮起伏，悲痛难言！去年我写《皓首忆稗年》这篇回忆录的时候，写到当年的情况，老哥哥的形象就站在我眼前，那忠厚的样子，那纯朴的内心，那忍辱负重的老牛一般的俯首的神态，真是使我亲，又使我抑止不住地难过！描写他的那节文字并不算太长，但是呀，我三次痛哭失声，一个人跑到卫生间去扭开水龙头洗面，眼泪和水一道流个不停……老哥哥呀，我的眼泪，我的呼唤，都是徒然的了。

再谈《老哥哥》这篇诗。

本事已经交代清楚了，对于《老哥哥》这篇作品内容用不到多说什么了。我只想谈谈，我如何构思、如何表现老哥哥这个人和我对他的感情的。

老哥哥、六机匠，这两个对我影响很大、感情很深、在我记忆中始终是形象丰满而生动的人物，在用诗表现他们的时候，我用了两种截然不同的手法。

对六机匠，我采取了铺开写的表现手法。写他的劳动态度，天才和智慧；写他为人的诚朴，高尚的品质；写他忍饥受冻无处安身，潦倒一生，悲痛而亡的惨酷命运。也写了剥削压迫的社会背景和农村大自然的风光，以及我对他的深情厚意。我把自己的全部生命力都撮在笔尖上，象工笔画一样，为六机匠绘影图形，须眉毕露，直到内心深处。写了他，也就是揭露了半封建社会的罪恶，也就是写了童年的我。

写老哥哥，用的是另一付笔墨，另一种手法。我没有展开抒写老哥哥可怜可悯的一生，我只取了风烛残年被驱逐出门的这一场景，把许多悲惨的情况放在幕后，叫读者去感受，去品味。写这个场景，不止因为它太悲惨，而且因为它是老哥哥一生命运的顶点。故事人物是真的，但又不全真。真的老哥哥在辞退的时候，是默默无言，连一点不平之气也没有的。小孩子，自然是我，但我把年纪减小，小得还不懂人情世故。使老哥哥临去的悲愤心情和小孩子的天真留恋来一个对照。《老哥哥》，是一出悲剧诗，不写过程，只写高潮。

这首诗，我取了一问一答的形式。小孩子，不懂事，看着老哥哥收拾东西要走了，惊怪地发问。这表现了小孩子的天真和良善，老哥哥的回答，意义全是双关的，它是变相地对老哥哥一生的映照和抒写，而小孩子却不理解其中意。到了老哥哥快要走的时候，小孩子发急了，要去告诉自己的爸爸，老哥哥下面这句答话，是令人为之心碎的：

　　小孩子，不要跑，你爸爸最先知道。

整个诗的形式是这样的，孩子问，老哥哥回答。后边紧跟一个括号，里边是正义在发言。这首诗的结尾，括号内的正义发言说：

　　叫他走了吧，他已经老得没用了！

这句发言，是对半封建半殖民地社会严厉的批判，愤怒的控诉，字字血泪。这一句，可以写成一部千言万语的吃人的封建社会罪恶史，可以写成农民悲惨命运的长篇特写和报道，但我觉得，只这一句也就够了。

1980年4月18日

（原载1980年9月10日《诗刊》第9期）

甘苦寸心知

——谈自己的诗《老马》

臧克家

若干年来，接到青年读者许许多多信件，要求回答类如：怎样写诗、诗与生活的关系、怎样表现才好，这样一大堆问题。另外，还提出：你怎样写诗的？某一首诗如何产生的？等等，等等。

各刊物的编辑同志们，也要求写点"创作经验"之类的文章，有的还打印出几十个题目，请选择，发挥己见。

要求的多，回答几乎等于零。

自己一向对什么"概论"、"作法"之类的书，不大喜欢看，个人学习写点诗、文，也不是从这类"入门"书中得到诀窍的。

上了年纪，不时地回味生平写作的一点甘苦，因而想到，自己虽然没能力也无兴趣写"诗歌概论"或"作法"那样的书，但零星地写点自己诗创作中甘苦的回味与感受，对初学的青年同志或许有可以借镜之处。于是，就拟了"甘苦寸心知"这样一个总题目，兴致来时，就"之一"、"之二"的写下去，完全是谈自己的诗的。

现在，就从《老马》开始。

《老马》曾经选作中学教材，知道它的比较普遍。选诗的、谈诗的同志，都认为它是我的重点作品。记得一九三八年，在武汉见到冼星海同志，他对我说："法国朋友要我选一首自己最喜爱的诗，配上曲子寄给他。我选了你的《老马》"。直到现在，还不时有编辑和读者要求我写点文章，谈一谈怎样写《老马》的。

这八行短诗，写在一九三二年四月，从表面上看，写的是一匹负重受压、苦痛无比、在鞭子的抽打之下，不得不向前挣扎的老马。但几乎所有的读者和选本的注释家，都说我写的是受苦受难的旧社会的农民。

这么说是对的，合情合理的。一首诗，应该除了表象之外，给读者以启发，使读者展开自己的想象力，即使各自不同。写一首诗，作者有自己的想法和主意，但是一经发表出来，就成为公众的东西了，读者当然会有各自的体会。因为种种条件的关系（这与生活经验、艺术表现、欣赏能力、个人偏好……有关），对一首诗，可以有各种不同的看法，甚至与作者的主观意图也完全相反。

《老马》这首诗，写它的时候，我并没有存心用它去象征农民的命运。我亲眼看到了这样一匹命运悲惨，令我深抱同情的老马，不写出来，心里有一种压力。一九三二年，武汉大革命失败了，我回到山东，在国立青岛大学读书。对蒋介石反动政权，全盘否定，而对于革命的前途，觉得十分渺茫。生活是苦痛的，心情是沉郁而悲愤的。这时的思想、情感与受压迫、受痛苦的农民有一脉相通之处。对于"背上的压力往肉里扣"的老马亦然。因此，我写了老马，另外也写了许多受压迫的农民形象，实际上也就是写了我自己。借咏物抒情的古诗，多如恒河之沙，有的明明是写物，最后点出主意，是写人，如白居易的凌霄花诗。有的从外表看是咏物的，其实也是借咏物发挥诗人的感慨，象杜甫的《瘦马行》和《病马》。老专家肖涤非同志在注释杜诗第一首时说："是一篇写实而并抒情的作品，一则杜甫极爱马，二则这匹被遗弃的官马和他这时处境有着共同之点，故借马以寄托自己的身世之感。"关于第二篇《病马》，注曰："这也是一篇有寄托的咏物诗，其中有着作者自身的影子。"另外宋代李纲有一首名作：《病牛》，也是借一条耕田受压的病牛，来表现自己抗金壮志不得伸，反被流放的沉痛之感。

我觉得，可以用杜甫的《病马》、《瘦马行》和李纲的《病牛》写作情况与寄托，来理解我的《老马》，时代各异，而感寓正同。写的既然是病马、病牛、老马，首先要经过对它们的仔细观察，寻出特征，为它们的形象所打动，赋予真实诚挚的热情。作者先为所写的对象所感动，然后写出来的诗才能动人。如果仅仅拿它们作为象征性的图解，先有主题，然后拿它们来作标本，是决然写不好，也不会为人所喜爱的。写老马就是写老马本身，读者如何理解，那是读者的事，见仁见智，也不会相同。你说《老马》写的是农民，他说《老马》有作者自己的影子，第三者说，写的就是一匹可怜的老马，我觉得都可以。诗贵含蓄，其中味听凭读者去品评。

一九七九年十二月八日

（原载《山东文学》1980年第1期）

甘苦寸心知

——谈自己的诗《当炉女》

臧克家

三十年代我写的一些诗，悲惨的农民形象，"黑暗角落里的零零星星"，占的比重比较大。当然，此外，我也写了工人，写了反帝、反封建、反独裁、热爱祖国、争取民主与自由的不少诗篇。

"黑暗角落里的零零星星"，包括《神女》、《贩鱼郎》、《洋车夫》、《渔翁》……等等。其中也有一个《当炉女》。

写一个题材，首先要熟悉它，这还不够，又须被它所打动，引起真挚的感情，日夜萦系于心，不写出来感到一种压力，一吐为快。

青岛，是一个有点洋化的都市，绿树红楼，青天碧海，她是帝国主义侵略者和达官贵人的天堂，是穷苦贫民的人间地狱。我在"国立青岛大学"读书的期间，时常独步海滨，仰天舒气。夏天，是青岛繁荣季节，洋服绸衫，到处闪影。为了活命，一家贫民，以卖水为生，男主人拉风箱，女主人做零活，过着仅仅免于饥饿的生活。我每次经过他的板棚门口，总看见有人拿着热水瓶来灌开水，门外摆一块小木板，上面扣着几个粗瓷杯子，下苦力的穷人，走的热了，来到这里咕咕地喝上一杯，丢下一个铜板，擦擦嘴，抹抹汗，满意地走了。看着大热天里，拉风箱的男人，样子十分疲惫，脸色枯黄，喉咙里嗯嗯的，象害着肺痨，使我心里觉得有些气闷。没过多久，我再经过这家门口，样子和气氛完全不同了。男主人不见了，女的拉起风箱来，头发上扎着白绒绳。大孩子捧个水瓢，帮着作活，力不能胜，一颠一蹶。小的孩子，在地上哭着打滚，也没人理他。

我明白发生了什么事情。我为这一家苟活生活的破产，深深感到悲伤，赋予极大的同情。她的遭遇，只是千千万万同样遭遇中的一桩而已，这些，我看得实在太多太多了。

这炎天独当炉的中年妇女，我觉得她太可怜了。同时，她果敢的眼神，她并不为悲哀所压倒的气魄，又使我肃然兴起一种钦佩之感。我决心写首诗表现我心里的这种按捺不住的情感。

怎么写？

是不是要具体地去描绘她这一家的生活情况，如何从乡村流落到这大都市来求一线生路？是不是要写男主人贫病交加的情况和他们酸辛的心境与遭遇？是不是要写他们的生活环境，点明是在青岛，来一个贫富悬殊的对照？……

我反反复复考虑了好久。觉得那么写，虽然更具体，更详尽一些，但是，写了这一点，又得写上那一点，联结起来，成为百衲衣。诗忌平铺，力避一般化。它主要是借人物、事件表达诗人的思想和情感。最后，我写成了这个样子，十二句，题名《当炉女》。

头一节，我概括地写了男主人的劳动与病态，一家四口，勉强度日，而女主人对眼前这种生活已经谢天谢地，感到相当满足了。多少穷苦人民，在旧社会里，受剥削，受压迫，辗转在死亡线上，莫怪我们的女主人，守着苟安一时的日子，就有点感激不尽了。这反映出新、旧军阀统治之下的劳动人民的命运。

第二节，着力地写女主人突然变成了一家生活的支柱。接受丈夫的遗产——一架风箱，也继承了丈夫的辛苦劳动——日夜亲手拉起风箱来。生活是狼狈不堪的。

她辛苦，她难过，她感到生活担子的沉重分量；但她的表现是如何呢？请看结句：

果敢地咬住牙根："什么都由我承当！"

这是何等气魄！这种耐劳负重的精神又何等动人啊！

中国妇女，几千年来，抗着"四权"的枷锁，走着艰苦的道路，受着难以忍受的磨难。可是，她们没有被压倒，她们有抵御困苦的精神，有勇敢担当重任的力量。一脉相承，社会主义时代的女同志，成为"半边天"。

在这首诗里，我没有去写旧社会制度的反动与残酷，没有号召人们起来反抗。我也没有写我个人对这可怜的一家人的同情，但是，我觉得，我已经把这些包括在字里行间了。我用了深厚的同情之感写了这首诗，我只想用"她"与"他"的形象本身使读者去感受，去思考。我个人以为，这么写，比较有力，而这力，是内在的，不是外加的。

1980年1月21日

（原载1980年4月《星星》第4期）

143

甘苦寸心知

——谈自己的诗《洋车夫》、《贩鱼郎》

臧克家

　　在我初期的作品里，除了农民的形象之外，我也写了很多黑暗角落里的零零星星。我写了拉洋车的，卖鱼的，矿工，小婢女等等。这二者其实是一样的，他（她）们都是从农民分化出来的，有着同样悲惨的生活和命运。我以这些受苦受难的小人物作题材，不是由于偶然所见即兴而作，而是熟悉他（她）们，同情他（她）们的，他们不只是我写作的对象；而且两方面心灵有相通之处。在一九三二年那样一个黑暗窒息的时代，我虽然是一名大学生，在蒋介石反动政权统治之下，心胸有一种沉重的受压感觉，生活方面和这些受苦的大众虽然差别很大，但在情感方面，能够共鸣。我写他（她）们抒发我的不平之气，表现我对封建剥削、新军阀反动统治的控诉。

　　下面谈一谈《洋车夫》和《贩鱼郎》这两首小诗的写作情况。

　　我对拉洋车的"苦力"是司空见惯的，一个人坐在车上，一个人拉着飞跑，跑慢了还挨骂。我在青岛曾亲眼看到美国水兵灌饱了中国的美酒，醉熏熏地用皮鞭抽打中国的洋车夫。

　　我几乎一出大学的大门，就看到排队成行的洋车，看人来了，争着抢座。天暗了，夜深了，还在街头守着一盏凄凉的小灯。风雨来了，照样呆在那儿。我看了这些情景很难过，真想走到他跟前和他交谈几句，知道一点他的情况。回到石头楼上，电灯熄了，我眼前的那盏小油灯还在黑暗中发亮，那个象只水淋鸡的洋车夫的形象清晰地立在我的眼前。我思索，我悲愤，我失眠。经过痛苦的酝酿，精心的推敲，产生了《洋车夫》这八行诗。诗虽短，感情是长的。我不想直接长篇大论地借着这个洋车夫去作个人的控诉，也不把他家庭生活，受苦的景况作铺张的描写，我想经济地把这些思想情感包括在短短的句子里，叫读者去感受，去深思。

写雨，说从他鼻尖上大起来了，我觉得这样写形象化一点，比什么大雨倾盆、大雨淋漓的一般形容具体而典型。三、四两个句子是写实，是从实际观察中得来，但也有点象征意义。

第二节的四句，故设疑问，结句是极沉痛的，耐人寻味的。说个笑话，其实是真的，当年有位好心的人，在评介这首诗时，反问他的作者，难道我们的诗人不知道吗？他家里的老婆、孩子在等他拉车的钱买米下锅呵？这真叫人哭笑不得。如果我那么傻，连这一点也不懂得还写什么诗！如果照他的说法去直乎笼统的"达意"，我早就把那篇诗碎尸万段了。那还成什么诗？那样写四句散文就行了：这个洋车夫多可怜呀，下大雨还在等座，挣不到钱，家中老小吃什么？！

没有真情实感就没有好诗。直说白道，不留余味，把情感一泄无余，也不能成为好诗。

上距我写《贩鱼郎》已经四十八个年头了，主人翁的悲惨表情至今依然活现在我的眼中。我被这个贫困的卑微人物的遭遇所打动，当时深深替他难过，深抱同情。

写他的时候，我也是下过苦心的。我不铺开去写，只想借一个突出的场景反映他们的悲苦命运。这场景是真实的，写来也是有选择的。写了卖鱼的人，写了鱼，写了买鱼的人，也写了时间。把背景放在黄昏，是映衬他的寂寞感伤与失望，归家无可奈何的心境，令人去猜想其中味。

在诗中，我用了三个比喻。用"他的脸是一句苦话"形容他深沉的无言的悲痛之情。用空筐"象一双失望的眼"形容他失望之情，不直接说他本人失望。最后一句，用了《洋车夫》结尾一样的手法。如果说："一家人在挨着饿等他赚钱回去"，那就索然无味了。

1980年1月2日

（原载1980年4月《江城》文艺丛刊第4期）

《罪恶的黑手》序

臧克家

　　这本诗一个月前就交给了书店，本来这时就可以印好的，后来因为里面的两篇诗在内容上有点不合适，只好删去一篇，另一篇换一条尾巴，而被删的一篇那雄健的音节自己很爱，在序言中曾经特别提出过作为比《烙印》进步的证例，于今既然这样，序言不得不重写了。

　　回想《烙印》出世后的反响，使我印这第二本诗时感到了很大的不安！如果有人要问这本诗比第一本进步了多少，那真是不容易爽口回答的，对这，自己的心也仿佛做不了尺度似的。反正又不能这样解释：《烙印》是几年中作品选汰的结果，而这是最近时间成绩的总合。因为读者只知道看货色（那是应该的），不能以时间的关系来原谅或是非难一个作品的。不过从这本诗里可以看出我的一个倾向来：在外形上想脱开过分的拘谨渐渐向博大雄健处走，这可以拿《罪恶的黑手》做例子，虽然这篇诗的技巧上缺陷还很多。还有《答客问》的音节自己也感到欢喜。内容方面，竭力想抛开个人的坚忍主义而向着实际着眼，但结果还是没有摆脱得净。

　　我是乡下人，生性爱农村，所以写来也还算地道，不过在这里面的一些诗中我只画出了一个恐怖破碎的乡村的面孔，没能够指出一条出路来，许多限制使我只能这样。另外有一些小诗算是反映了时代的苦闷，然而是那样薄弱！

　　我希望这个集子结束了我的短诗。老是这样写下去，自己不满意不必提，是会辜负多数希望着我的人们的。

　　我已经下了最大的决心，最近的将来就要下功夫写长一点的叙事诗，好象叙事诗在我国还很少见，应该有人向这方面努力，老舍兄告诉我他已在开始著了。

　　这本诗的名字原想用《壮士心》的，后从广田之琳的意见改成了今名，是觉得这样好些。还有《都市的春天》也是听从了他俩才加进去的，他们诚恳的关心着我的东西，使我非常的感激和高兴。

二十三年六月二十二日离青前

（原载1934年10月生活书店初版《罪恶的黑手》）

今 之 视 昔

臧克家

乌黑的云头，就像崩裂下来似的。天，可怕的阴暗了。狂风呜呜的，以它的万钧之力向一切扑击，于是，窗户、屋瓦、树木、沙石，都动起来，叫嚣起来。人，也以严肃的心接受了这大自然的怒吼，小孩子受惊的狂奔着，狂奔着，哇的一声哭了。几个沉雷，暴雨排山倒海的倾泄了下来。

这些天来社会的动乱，惟有窗外这暴风雨可以比拟。人人的心胸沉重而又激昂，生活已经把我们推到了第一线上，麻木、苟安、忍耐所酿造的那沉闷空气已经破灭了，接着来的是罢工、罢课、罢教和抢米的风潮。就当我伏在桌子上写这篇短文的时间，仿佛还听到学生大队的呼喊，一切为了活不下去而爆发出来的斗争的巨响。

摆在我们眼前的是这样一个轰轰烈烈的时代，就象眼前的暴风雨一样的一个时代。

在极端沉重激动的心情之下，我重读了十三年前的自己的这本小诗，对于要把它重印出来的朋友的好意，我是感谢的，同时另有一种不安的感觉使我痛苦。这点不安，固然是由于这本小诗在当前这个大时代的脸前黯然失色，哑然失声，更主要的是，从它里边窥不出当年的那个时代的影子。那个时代也是一个大时代。

"九一八"事变过后，日本以军事、政治、经济的力量，钳子似的同时凶猛的伸了过来。于是，我国的多少地区特殊化了，乡村急剧的破产了，人心，一点火就可以燃烧起来，各地学生集体赴京请愿、卧轨，当时大家共同的一个要求，就是对日作战。

在这样一个焦灼动荡的时代里，我的严重的神经衰弱症把我关在一间"无窗室"里，怀着一颗"壮士心"，憧憬着一个渺茫的未来，怀念着那个平静的过去。

我的步调没能够和那个时代配合在一起，这是就我的人和我的诗说的。当然，这本小诗在当时并不是没有一点影响，《罪恶的黑手》，《村夜》，也还有它们的时代意义。《民谣》一首，是"时日曷丧"的抽象表现，这当然是不够，但是"具体"了就见不了天。假若以现在的我再活到十三年前去，也许不只表现得这么薄弱；看看眼前的情况，许多和当年有点仿佛，而且更加严重，当年是争取对外战争，今日是争取对内和平。

《罪恶的黑手》时代已经远了，这本小书也变成了无足轻重，旧的死去，让新的接上来，不要叫十三年后重读今天的作品，就如同今天重读这本小诗一样，那就好了。

克家跋于三十六年五月二十一日

南京学生大游行发生惨剧后一日晨于沪

（原载1948年3月星群出版社《罪恶的黑手》）

甘苦寸心知

—— 谈自己的诗《罪恶的黑手》

臧克家

"你什么时候开始写诗的？谈谈你最初发表的诗。"

一九二三年，我考入济南"山东省立第一师范"，那正是五四运动发生伟大影响的时候。我们的学校，新文化思潮汹涌澎湃。学生们自己成立了"书报介绍社"，推销全国革命、进步书刊；大量新文艺书籍、刊物，堆满我们的案头。我开始读郭沫若、冰心、冯至、汪静之、穆木天……诸家的诗，自己也学着涂鸦。那时，我最崇拜郭沫若同志，把他和他一个小儿子的合影，从刊物上剪下来，题上"沫若先生，我祝你永远不死"十一个大字，悬诸壁上，作为对自己的鼓励。在奉系大军阀张宗昌统治之下，精神受到压抑，郁闷填膺，悲愤难言。学写新诗，为了表现一点新的思想，宣泄内心的情感。写新诗，学郭沫若的调子，以为新诗可以放荡自由，无拘无束，写景抒情，一挥而就。写呀，写呀，厚厚一个大草纸本子，写得满满的。一九三〇年，进了"国立青岛大学"，跟闻一多先生学诗，接触了徐志摩和其他"新月派"的作者的作品，带着羞惭的心情，把旧日的那一本诗稿付之一炬，今天连半句也记不起了。一九三二年，在各大刊物正式发表诗创作之前，最早写成的一篇《燕子》，觉得似乎还可以，但也忘得无踪无影了。第二篇没有发表过的习作，觉得尚有一星半点味道。这是一首自由体的小诗，只三句：

> "秋千架下，
> 拥集着玲珑的少女，
> 但是，多少已被春风吹去了。"

"你喜欢自己的哪一首诗？"

学诗五十六年来，长长短短写下的诗，论行数，岂仅三万；谈篇数，何止一千。自己觉得，能经得住时间考验，能为别人所记忆、自己认为尚可一谈的，至多也不过二十首左右。从中挑选一首，那，就挑《罪恶的黑手》吧。

这首诗，一九三四年，写在青岛。那时我是一个大学生，正值创作旺盛时期。一九二七年武汉大革命失败之后，我带着在轰轰烈烈的武汉大革命中受到的思想熏陶，脱离了革命，脱离了群众，进入了大海之滨的这所大学。逛"汇泉"，参观德国帝国主义占据青岛时留下的一座又一座乌龟壳似的炮垒，使人想到一九一八年世界大战爆发，从这里发出的炮声，震得百里外我们乡村的窗纸阵阵作响，想到日本帝国主义取代德国，强据了胶州湾，全国震动，成为诱发五四运动的因素之一；亲眼看到，每到夏季，日本的军舰，在大海上，飘扬着"红日"的旗帜，美国的军舰，"星条旗"在半空高傲的飘举；这些军舰，铁链子似的锁着我们祖国的咽喉。水兵们，趾高气扬，以征服者的姿态，昂首挺胸，皮靴通通地踏得我们的大地抖颤，如入无人之境。这些美国水兵，喝得醉醺醺的，用皮鞭抽打中国的洋车夫，实在欺人太甚！我写了一篇散文——《文明的皮鞭》，登在《东方杂志》上，表示一个中国人的义愤和抗议。日本在青岛办的中学的学生，经常在路上欺负中国学生。未当亡国奴，先尝这滋味。看到帝国主义侵略者，一个接一个对我们这个"东亚病夫"压迫、欺凌、侮辱，而蒋介石反动政权，却一味忍让，"九一八"、"一·二八"丧权辱国，割地求和，"先安内而后攘外"，媚主子而压人民。这种种，我看在眼中，怨愤在心头。这时候，在思想上，我完全否定了蒋政权，写了《民谣》一诗，把蒋介石比作"时日曷丧，予及汝偕亡"的夏

151

桀；对井冈山的"星星之火"，觉得十分渺茫，仅仅看作是遥遥地、遥遥地，可望而不可即的一点希望之光而已。因此，我窒息，我苦闷，我失眠，我痛苦。在石头楼上不能安息，跑到一亲戚家中去和一个从乡下来的小工友在一间"无窗室"里同榻而眠。在当时《申报》"自由谈"上发表了一些杂文，题为《无窗室随笔》。就在一九三四这样的年月里，就在我悲愤满腔、苦痛难申的心情之下，见到了美国帝国主义者，花费巨资，在这个"冒险家的乐园"，工人和一切中国穷苦人民的活地狱，世界驰名的胜地——青岛，兴建一座崇高、华贵，凌空而起的天主教堂。我亲眼看着这宏大工程的进行，看到成千上万的破衣褴褛、忍饿耐寒的中国工人，从破败的乡村流落到都市找一条出路，廉价地出卖劳动力，破死命为帝国主义者建筑这样一座规模宏伟的大教堂！军舰封锁，大炮轰击，犹为未足，还要用天主的名义，在精神上降伏伟大中国人民的心！我看了这情况，心中百感交集，把我对帝国主义者的侵略、蒋介石反动统治造成的国家破败、乡村破产，化为诗句，带着浓情，带着激愤，我写成这篇诗——《罪恶的黑手》！这首诗在当时有很大影响的《文学》月刊上一登出来，立即引起反响，报刊上发表了评论文章。以它为名的诗集《罪恶的黑手》，出版不到一个月我就接到了再版的通知。当时，我发了不少作品，全系短章，诗坛上也多系行数不多的创作，这篇《罪恶的黑手》，当时被说成是"长诗"。

《罪恶的黑手》，气势比较壮阔，长而不空。在表现手法上，与其他要求精炼、含蕴的个人诗创作不同，另成一格。这种风格，首先是由于内容决定的。比较复杂丰富的内容和个人的思想情感，冲破了谨严的表现形式向博大走去。末尾一节，我写了今天工人盖了这座大教堂，将来可以作为他们的"卧室或食堂"，写了工人有一天会"用有力的手撕毁万年的积卷，来一个伟大彻底地反叛！"这是我的一个希望。这希望不是一条幻想的"光明尾巴"，但它在我心中又极为遥远，极为渺茫。

1979年11月23日

（原载《诗刊》1980年第1期）

《自己的写照》自序

臧克家

这一年来新诗不幸的走了霉运。重要的杂志都不肯割一席地给它，似乎新诗只合填空白和缀报屁股。本来自有新文学以来，新诗的成绩比其他部门有些逊色也是真的。不过，要明白这是表示了新诗正需要着更大的努力，新诗的革命比其他部门难而建设起来更是不易！人人都好意的提携它，培植它，创作者用斩荆披棘的精神努力开辟它的前途，还不敢说将来能否开出一朵动人的花，那堪一些人反用"下井投石"的心挤它，摧残它呢！

在这一年中我用冒火的双眼看过了不少的怪论，不消说耳朵中也常响着关于新诗的带刺的话。一切我容忍着，我知道空口的驳辩是不会说服一个人的。

为了新诗缺乏更大的供献，如是，便有人"因噎废食"，索性否认了新诗的前途而劝人开倒车。十年的努力一笔勾销，重新回头去摹仿初期词味浓重的调子，这成什么话！写诗的一般人们各人圈在一个小天地里抱紧住自己的小调，自唱不足，更结党成派的招摇，呐喊，做出一些与时代背驰的不想叫人看懂的东西来以自炫奇，什么神秘派，四行诗，不一而足！因为这一些歌咏幽情，叹逝伤别的东西，所以新诗才失没了雄伟斑烂的光辉，才被人瞧不起而打进了冷宫里去！这还不够，又从而徵引外国人的话以自壮，好似新诗只应写得短短的，因为这样才够得上蕴藉。又有意贬自由诗似的，说自由诗在西洋诗中，也仅仅挣扎了一个地位。这全是形式主义者想掩饰空虚的内容而弄的一套把戏，他们决不想从内容上去给新诗造一条光明之路！

对于这一些怪论我容忍着！

年来许多青年从不同的天涯投信给我，问我关于新诗的意见，我不能说，因为我没法指出真实的例证来，话说了没有力量。譬如我说新诗应该走向博大雄健的路，设若他再反问怎样才算博大雄健？你将如何申明呢？

对于这一些询问我沉默着。

我口里虽然不发议论，然而心里却种下了试试运用大材料以实践宿愿的希望了。

自己的经历的确可称得起是一首悲壮的诗。每次记忆一亮，心立刻会跳动起来，有如读了一篇动人的作品。一个破落户出身的孩子，眼看风雨蚀烂了门前的旗杆，眼看自己的老的为了革命失败带着假发流亡，眼看一列亲人叫病魔用最毒狠最惨酷的手一个个掇走！又亲身试过北伐前黑暗势力的高压，为了寻求光明，冒着死，换个假名字背着家庭英雄似的出走。在强度的革命光度中把双眼磨亮，把心也变了另一个样，披上二尺半，去四十天的战场上作一员战士！得胜归来，人间变了样，而自己也成了危险人物，逃亡，缴械，直至遭逮捕去作万里的流亡，而至今还留着一双不服气的眼睛看大时代中急变的一切！

我取了这一个故事。

一个伟大的艺术家都具有一付不惜自己的鲜血涂成一件伟大艺术品的精神。有如：情愿牺牲了自己的骨肉而铸造干将莫邪的人那样的痴诚。在大学里念西洋文学史，见到一个诗人的伟大作品，都是从早就有了企图的，这对我是一个刺激。然而想想个人的一切，未免又自馁了。不过，燕雀似的心，老是羡慕着鸿鹄的翅膀。

在这风雨飘摇的大时代中，一切都在动摇，一切都在呼喊着新的生命，这个伟大的事实太大了，压得我心痛，看得我眼中冒火，一想到我的诗句，唉，太惭愧了！就是呼喊个一句半句，好似六月夜间的一只蚊子，那声音太可怜了！同时读到人家放情歌咏自己的长短句，心里笑了；然而含着泪，泪是吊诗坛的零落的，是吊诗人在枯墓里作太鬼气的沉吟的！

读到人家"非小说家不能写故事"的高论，心老是有点不服，是吗，诗竟是这样没用？不服气的手提起来写《自己的写照》。

写这篇诗的经过让我来说说：揭开我的诗草，翻到前年十二月的时候，上面有个题目叫《群鬼》，下面缀着四个句子。这便是这篇长诗的前身了。那时我想写几个可以作为典型的鬼，来反映现实的各方面，第一个是我死在南方的朋友，他代表为革命而牺牲的青年，再则依次写义勇军，写为思想而因在监牢的志士，写水灾，写旱灾，……"秋夜的枕头上长不住安眠……"，结果写了四句就放下了，因为觉得自己的力量太拿不动这个题目。

去年暑假去青岛，记得有一个昏暗的晚上，我同剑三叔同到老舍兄家中去玩，三个人挨坐在一张沙发上纵谈着一切。后来话落到自己创作的身上了，那时剑叔，正在写他的《秋实》，老舍兄问他打算写多少字，回答是二十万，接着老舍兄也把他年来的创作大计从心里搬到口上来了。他说他老早就有志写一部二百万字的长篇，从庚子之乱写起。他谈论的时候非常高兴，他说这文章得快写，现下还有一个有关系的老年人可以告诉给他一些重要的材料，譬如北平的老话，及街道的旧名等。他一霎又叹气，经济几时才允许五年的余暇呢？这一晚，不觉谈到深夜，我们冒着漫天的海雾回来，身上全打湿了。

"你看，谁不有个大的企图呢？"躺在床上问自己。一股劲涌上心来，脸都发烧了。

暑假以后回到学校来，足以叫人悲歌慷慨的事情如急流涌来，这一切，一个稍有血气的人是无法闭上眼睛说它是个梦的。看见一些人被这大潮流摔了下来，因而把头缩到脖子里去唤酒喊女子，另一些人却用生命去实践个人的信仰，去推动时代的轮子。我呢？一时拿不起枪杆来，然而我可以拿起笔杆来。

于是，《群鬼》一变而为《自己的写照》了。

写的虽然是自己，不过实际上不过用自己作了一条经线而纵横的织上了三个时代。在里边，个人的活动是和着时代的拍子的。我不敢说这篇诗是一面大镜子，可是至少可以作为一个管子而去窥天大的三个不同的时代。你说这算故事诗，好；说它是篇史诗，也有点仿佛；虽然我并没有有意去把它向这方面写。

这篇诗我本打算写一千余行的，后来因为事实不许把笔放开，只好把许多具体的事实抽象的说了，结果只写足了一千行。

新诗的前途要光大，除非做到以下的两个条件：第一内容充实，第二须用坚实明快的句子表达出来。这篇诗我是照这个标准做的，至于是否达到如人意的程度，我不敢说，这得凭读者的眼光去衡量，因为作品一问世就成了公众的东西，说好说坏全看人家的胃口了。

写这篇诗共费了一月另四天的工夫。不是每天都写的，脑子日夜的运用在布局、剪裁、铸句造字上面。一旦酝酿成熟，这才用笔把它写在本子上。半夜里忽然想起一个字下得不妥，便赶快起来亮灯改正，这才能安心就寝。起先写得很慢，因为时间不是自己的，随着铃声上下班，一堆一叠的卷子，压得人耳鸣心窄，那有工夫让你作分外的事情呢。

写成头两段寄《文学》，经傅东华先生急索全稿，于是乎便把卷子央友人代改，废寝忘餐的赶，一写一个半夜，诗成了，人也瘦了。

剑叔屡次来信叫我多加修改，以求此大作的完善，这叫我非常感动，目下草率的半生的东西太多了，而自己计划一年始就的一篇大点的诗，违背了亲友关切的嘱咐，违背了自己的心，终于带着许多缺陷叫它与世人相见了。最后应该谢谢傅东华先生给予的鼓舞。

二五年一月三日灯下于临清

（原载1936年7月生活书店版《自己的写照》）

《运河》自序

臧克家

刚把千行长诗《自己的写照》交出去，接着又编就了这本短诗，一年中有了双生，自己感到了一种喜悦，不过，一回想起产它们时候所受的折磨来，又不免动了"孩子肥了母体却瘦了"的悸心！

写成一篇好诗真不是件易事，到今天我才懂透了这个意思。所谓好诗并不专是在掂拨字句上功候的纯熟，而是要求一条生活经验做成作品的钢骨。当然，我并不小视技巧，一个诗人没有"语不惊人死不休"的精神是难以攀上艺术之最高峰的。不过，一件天衣披在一架骷髅上，除了病态的人谁能破口称赞它呢？我们放眼看一看世界上称得起伟大的作品，那一件不是用了就是自己第二手再也写不出来的字句结晶出撼人灵魂的硕果，而技巧和内容间又找不出一点不和谐的空隙来。

对于伟大，我望见它晃动在眼前，我破死命追，然而当中的距离永远是那么远。竭尽了全力，掘完了经验的宝库，仅仅写了千余行的一篇诗。

"从一粒砂中可以看出个世界"，如果把这个名句引到诗上来的话，一篇短诗的力量也可以想见了。这集《运河》收的多半是短诗，然而砂粒几乎平半了黄金。年来所写的短诗，差不多都留在这里边了，泥砂自然难免混了清流。用作集名的《运河》是自己顶喜欢的一篇了，在各处见到了些赞许它的文字，可喜个人的爱好还不是偏见。这集中的诗，运用的大部是些零星的材料，这还不打紧，可惜的是没能够使它完全形象化，这是源于对经验已呼应不灵，就不能不完全乞求于想象了，这是有危险性的。比如写旱灾，我用了这样的字句：

> "大地是旱海，
> 风尘是长帆，
> 村庄是死的港口，
> 生命的船只搁浅在里边。"

说来不免落个自己夸口，这样的句子，无论在想象方面在音节方面似乎都找不出什么瑕疵来，然而我却还不满意它，因为从这四个抽象的句子中间看不出灾旱的凶相来。

在这里不妨顺便谈一点关于技巧的问题。有一些诗人故意把自己的诗句造得只有自己才能看出点味来，当人家请他在每句之下加一个注脚时，他好似一个古玩家不齿一个乡下人那样半嗔半笑的回答一句：我的诗原不为你们写的。其实把一句诗写得叫人懂，懂了还觉得好，这难，把诗句雕得只有自己懂这很容易。这道理还不出一句老话："深入浅出"最为上乘也最为不易。

> "脸前挂上了昏黄的风圈，
> 沙石的冕旒荡得人发眩。"

读者认为怎样我不知道，不过在写定它时的确我曾捻断数根精神的髭！我们比照一下，看一看下面的二句，其浅深和韵味有着怎样一个区别，明眼人自然可以不用我絮叨了。

> "城下的古槐空透了心，
> 用一枝绿手，招醒了城下的土人。"
>
> （《古城的春天》）

现代写诗的人要想从自己手中出来的东西放一点大的光彩，只有一条路：用你整个的生命作为抵押！这话有人要是认为有点可笑时，我就请他回答我一句问话："文艺的洪流是来自那儿？"

在这样时代里，一个诗人只要肯勇敢的去碰现实，如果幸而死不了的话，提起笔来一定可以流注下串串的平常人万年想不出来的诗句来，这些诗句的音节一定是紧合着时代的节拍的，也用不到谁来指教。你运用的字句一定都是崭新的几乎是神奇的（在未下笔前你自己也不知道要这么写！）然而又是人人能懂的。把这话写在这里，作为一个勉励，对自己以及同好的朋友们。

克家二十五. 四. 十四日

（原载1936年10月文化生活出版社初版《运河》）

甘苦寸心知

——谈自己的诗《运河》

臧克家

《运河》，是我一九三五年写的一首比较长的诗。如果我从个人一生大量诗创作中严格精选二十首的话，我会把《运河》列入其中的。这首诗，当年发表之后，就立即引起了注意。

一九三四年大学毕业之后，我到山东临清中学去教书，运河就在它的身旁。这条用伟大人工力量开辟成功的人间的天河，从严寒的北国向柔和的南天流去，它是历史上大大有名的一条河，关于它的故事也富有吸引人的魅力。隋炀帝下扬州，锦帆似彩云，纤女如繁花，骄奢淫佚，招来了杀身之祸。"于今腐草无萤火，终古垂杨有暮鸦，地下若逢陈后主，岂宜重问后庭花。"李商隐的含而不露的讽刺诗句，吟之动心，令人深省。

乾隆下江南，也是历史上动听的故事，他就是从运河乘船南下的，传说船到临清，落起大雨来，这位清朝有名的皇帝，下船避雨，留下了"沙丘古渡"歇马亭的遗迹。不论是隋代还是清朝，帝王们在京城享乐还嫌不足，忽然游兴大作，想去扬州，去人间的天堂苏杭一带，去看二月烟花，去占尽江南春色。他们一次游兴，使得天摇地动，万民啼苦！民脂民膏，一消而竭。

我儿时就常听"长毛作反"的故事，为了"讨伐"这些被迫无路起而造反的捻军，清王朝兴师动众，也曾从这条运河上运送军队南下。捻军在临清曾和清兵打了一次大仗，杀死清兵不少，临清至今有个"万人塚"，塚子上草色青青。另外，清代名诗人、《四溟诗话》的作者谢榛的故乡就是临清，至今有块小石碑，上书"谢茂秦故里"。

这些古迹，我一一亲眼验证了。我，许多次带着一大群青年学生，到运河岸上游玩，看到运河的流水，一片浑黄，滚滚南去。拉纤的奴隶们，被一条大粗绳子牵连在一起，身子倾斜得与地面平行，双脚用力蹬着后边的大地，一声声"欸乃"，一串串热汗，用尽了生命的全力，而载重的大船，却不愿意动弹！

帝王游乐，多么畅心舒意，而奴隶的苦辛，又有谁人知道呢？有时，我们看到这情况，也跑上去，想助一臂之力，书生只能看着心中不平，力量却太小了啊。快近黄昏了，纤夫，一步一步，船，一点一点，慢慢地，慢慢地向前移动，而我们呢，在黄昏临近的时分，站在大堤的一列残堞上，仰天长吁，感慨无限，踏上归途，每人手中拿一片红叶，算是从野外"拾来个秋天"。

回到学校，我心里再也安定不下来。我看了这许多，我想了那许多。酝酿构思了多日，心好似被一些东西梗塞着似的。忽然一朝，灵感——这位不速之客，蓦然而至，我诗思潮涌，笔下如流，毫不费力，若有神助，一气呵成了这篇一百多行的长诗——《运河》。

在这篇诗中，我用了历史传说故事，我写了现实生活情景，用一条思想的线索把二者贯串起来，成为一个生动的整体。

我用浪漫的抒情笔调，愤愤不平地描绘了历代帝王只图个人享乐与权位，不顾天下人民死活的野心与霸道，我高吟，我讽嘲，帝王们的沉缅淫乐：

> 南国的荔枝带着绿叶，
> 一阵轻风吹到了宫掖，
> 得宠的御女满口香甜，
> 谁说天涯不就在眼前！
> 江干的玉女流入了宫廷，
> 四壁红墙已非人境，
> 竭尽了海内所有的珍奇，
> 装成一个花枝的身子。

我高吟，我抗议：帝王的穷兵黩武：

　　你也载过"将军"们去从事野心的战争，
　　枪刀耀得河水发明，
　　回头来，连船虽然减少了长度，
　　然而船面上却添了凯旋的歌声！

为了作鲜明的对照，我写了奴隶们的悲惨遭遇

　　我常见一条绳索
　　串起岸上的一个人群，
　　一齐向后蹬开岸崖，
　　口里挤出了声声欸乃，
　　一声欸乃落一千滴汗，
　　船身似乎不愿意动弹，
　　一个肉肩抵一支篙，象在决负胜，
　　船载多重，生活的分量多重！

　　写历史故事，我展开想象力，尽量概括地去描绘，这是虚写。写纤夫的现实悲痛生活，这是我亲眼看到，有动于中的事实，这是实写。虚写而不是随意走笔，它与实写互相联系，彼此映衬。在创作方法上讲，这算不算革命现实主义与革命浪漫主义相结合呢？我也不知道。反正我不是先有"二革"的观念在心，反之，我是遵照思想情感自然发展而形成的。这样的表现方法，首先决定于现实（过去的，现在的）更重要的是个人对这种种现实的看法和态度。
　　从《运河》的字句外表看，思想性并不明显，我并没有直说反对什么，赞成什么。但这首诗的思想性是明确的，好处就在它含蕴，令读者自己去感受，去寻思。
　　我是用下面这样四句开头的：

　　我立脚在这古城的一列残堞上，

打量着绀黄的你这一段腰身，
夕阳这时候来得正好，
用一万只柔手揽住了波心。

我自己觉得笼罩全诗的这四句开头，是有味的。
末尾，我用了十个句子收场：

运河，你这个一身风霜的老人，
盛衰在你眼底象一阵风，
你知道天阴，知道天晴，
统治者的淫威，
奴隶们的辛苦，你更是分明，
在这黄昏侵临的时候，
立在这一列残堞上
容我问你一句，
我问你：
明天早晨是哪向的风？

残堞，黄昏，是写实的，同时也是象征性的。

我觉得结尾这一问，是有劲的。记得一九三五年，有人在文章中评论这末句，说它有"千钧之力"，虽然未免过誉，但我却有着知音之感。

为什么这一问有力？就是因为它含蓄，把心中的无限感憾，把对未来的深切希望，都压缩在这九个字和一个问号上了。

如果直说白道，痛骂一顿帝王罪恶，然后正面说破：旧世界已经快没落了，光明的社会就会出现在我们的前头。这样直截了当，就索然无味了。

不谈内容，单是这种表现的艺术手法，对当前从事诗歌创作的青年同志们，似乎还有点值得借鉴之处。

1980年2月3日灯下

（原载《诗刊》1980年第5期）

甘苦寸心知

—— 谈自己的诗《依旧是春天》

臧克家

我的短诗集《运河》里边，有一篇十行两节短诗，题名《依旧是春天》。末尾写明"一九三六年四月二十日于临清"。

这篇我自己颇为喜欢的小诗，多少年来，不为评论家所注意，许多选本中，也没有选过它。读者不理解它，随手放过，大半把它看成是一篇比较优美的风景诗。

这使我有点惊异，也有点难过。

我把写它的所在地也标了出来，这不是无意义的，那时我在临清中学执教，临清和河北毗连，在当时的政治情况之下，是特别敏感的一个地方。另外，我把写作的年月日全写清楚，这也是大有含意在其中的。在《歌德谈话录》中，歌德对爱克曼说："你在每首诗后应该写上写作日期，这样就等于同时写了你的进度日记。这并不是小事……。"我注明写作日期还有点超出"进度日记"另外的更重大的意思，那就是使读者从这个日期上，回忆一下当我写这篇诗时的国内外形势、政治情况、人民的处境以及我个人的思想情感等等，这样才能够完全了解我为什么写这样一篇诗，在如何的时代背景之下写了它的。弄清楚了它内涵的真实意义，再看看是用一种什么表现手法来表达的。

象我们这样年过七十的人，亲身经历的轰轰烈烈、关系到国家存亡个人危安的许多大事件，今天已成为历史陈迹了。我们翻开现代史看一看吧，我们屈起指头来数一数吧：

"九一八"、"一·二八"以后，德王叛变，内蒙变色，"何梅协定"，冀东六县汉奸殷汝耕成立了伪组织。华北危急，人心悲愤，蒋政权丧权辱国，救亡激情象怒火在燃烧。"一二九"学生运动，掀起了救亡高潮，而反动当局却出之以高压手段，四万万人的心胸成为即将爆发的火山口。

上边我了了几笔，绘了一张当年粗略的政治形势图。了解了这张大事记的绘图，就清楚了《依旧是春天》这首诗的鲜明背景。

从外表上看，这篇诗好似在描绘大自然的春天，把春光写得很明媚，很柔和，很平静。其实呢，我写的是政治，抒发的是悲痛情怀。大自然是无情的，它不管人间的沧桑，国家的兴亡。杜甫的《春望》，一开头不也是感慨悲凉地吟道"国破山河在，城春草木深"吗。同样是春天，景色依然，而人呢，却因为处境的不同，心情怆凉而悲愤。西晋南渡之后，一些头面人物聚会宴饮于新亭，周顗抚今追昔地叹道："风景无殊，举目有河山之异"，这两句话，惹得同伙相对啜泣。

是呵，大自然它不管人间的悲欢。春天一到，柳条垂金，绿水兴波，燕子呢喃，蓝天如海。我眼里看着这样的大好春光，但感到的不是欢欣而是悲愤。在这篇诗中，我用春光的柔媚去映衬政治上的动荡，因而增加了它的意义和份量。

这首诗在《运河》集子里，原来没有副标题，怕人误会，后来加上了"感时"二字。没想到这两个字也没发生什么作用。前年华北十九院校搞文艺研究的同志们在北京开会，我们聚会过一次，有几位同志来访，我谈到这篇诗，解释了情况，他们恍然大悟，回去告诉了诸位同志，这才弄清楚了、懂得了这篇诗。

读一篇作品，不了解时代背景，没有个人的亲身体会，即使细心钻研，也不容易完全理解其中意。

《依旧是春天》，单是这个题目就有沉痛的含义。"什么也没有过的一样。"这开头一行我用了句号，就表明它有独立的意义。如果是散文的话，那就应该写成：大自然它不管你什么日本帝国主义者的侵略铁蹄已经踏进了华北，民族危急，国将沦亡，它不管什么"何梅协定"，冀东伪组织，它也不管你什么救亡呼声，人心似火，"人间几回伤往事，青山依旧枕寒流"。这篇诗最沉痛之处，在结尾一句："碧草依旧绿到塞边。"这里边满含悲愤，也满含两泡眼泪。请问：春天来了，碧草无情，依旧绿到塞边，而我们伟大祖国的政权呢？却已经到不了塞边了！

这篇诗之所以不为多数读者所了解，时代背景固然大有关系，表现方法也是原因之一。

我自认这是一首讽刺诗，表现得很委婉也很沉痛。

讽刺诗，按它本来的意义，应该是用诗句微言相讥议。可是实际上运用起来，从古至今却采取两种表现手法。一种是揭露控诉，慷慨淋漓；另一种是微婉深沉，意在言外，乍看上去似乎平淡，再三吟诵，其味无穷。现在，我们把古代为众所知的一些名作引来为例以说明情况。

在诗歌之祖《诗经》里，《伐檀》一篇是有名的。下面这样一些句子，直接对剥削者予以有力的指控。

> "不稼不穑，
> 胡取禾三百廛兮。
> 不狩不猎，
> 胡瞻尔庭有悬貆兮。
> 彼君子兮，
> 不素餐兮。"

在《诗经》里，也存在另一种委婉表现手法的讽刺诗，象《蜉蝣》里这样一些句子：

> "蜉蝣之羽，
> 衣裳楚楚。
>
> 蜉蝣之翼，
> 采采衣服。
>
> 蜉蝣掘阅，
> 麻衣如雪。"

就是微讽小国危亡，君臣只知修饰衣服的状态。

唐宋诗词中，例证更是不胜枚举。振笔直陈，以泄义愤，家喻户晓的也甚多，只能择优引证以为例：

　　杜甫的："边庭流血成海水，
　　　　　　　武皇开边意未已。"
　　高适的："战士军前半死生，
　　　　　　　美人帐下犹歌舞。"
　　李颀的："年年战骨埋荒外，
　　　　　　　空见葡萄入汉家。"
　　陈陶的："可怜无定河边骨，
　　　　　　　犹是深闺梦里人。"
　　李商隐的："可怜夜半虚前席，
　　　　　　　　不问苍生问鬼神。"

象白居易的"讽谕"诗，那更不用说了。
同样是讽讥，但表现微婉、含蕴有致的名篇也是很多的，象：
李商隐讽刺隋炀帝的《隋宫》里，有这样的句子：

　　"于今腐草无萤火，
　　　终古垂杨有暮鸦。"

　　"春风举国裁宫锦，
　　　半作障泥半作帆。"

如果明白隋炀帝骄奢淫佚，南下江都的故事，就会深深体会到这些诗句的微而讽的味道。
作者另一首题名《瑶池》的末二句的发问，也是意在言外，令人寻思的：

　　"八骏日行三万里。
　　　穆王何事不重来？"

我们读《红楼梦》，读到宝玉出家之后，袭人嫁了蒋玉函，内心矛盾，寻种种理由为自己不死开脱。作者引诗人邓汉威《息夫人庙》诗以讽之，末二句云：

> "自古艰难唯一死，
> 伤心岂止息夫人。"

意思宛转，讽讥得深沉有致。

南宋的两位爱国诗人林升、林景熙写了两篇著名的讽刺诗，表现手法不同，而各尽其妙。先看林升的：

> "山外青山楼外楼，
> 西湖歌舞几时休？
> 暖风熏得游人醉，
> 直把杭州作汴州！"

此诗，亢直有力，读之令人击节昂奋，大呼痛快！

再读林景熙的一首：《山窗新糊，有故朝封事稿，阅之有感》——

> "偶伴孤云宿岭东，
> 四山欲雪地炉红。
> 何人一纸防秋疏，
> 却与山窗障北风。"

想想看，抗战大臣为了防备北敌入侵给皇帝上的奏章，不被采纳，成为废纸，糊了山窗障北风。只是这个标题，已经令人感慨，再读这篇诗，更使人心中隐隐作痛，欲哭无泪，掩卷三思，为之歔欷不已。

这两篇诗，大动人心，引起共鸣，有异曲同工之妙。

读林景熙的诗，自然使我想到辛稼轩的那首《鹧鸪天》词。它的末二句是：

"都将万字平戎策，
　换得东家种树书。"

与林诗结尾二句，意义正同，沉痛之情也相似。

写讽刺诗，不论用那种表现方法，作者本人必须具有强烈的义愤，不吐不快，才能使作品动人。当然，艺术表现也关系非轻。如果直陈而浮泛，隐约而晦涩，也不能收到预期的效果。

上面引证一些古代诗词，意在证明讽刺诗的那种不同表现方法，现在我再归结到《依旧是春天》这首诗上来。

一九三五年左右，我在写有讽刺意味的诗或诗句的时候，也是运用了两种不同的表现方法。在《自己的写照》这首长诗里，我用指斥的句子，发泄我胸中的不平之气，例如讽刺旧军阀张宗昌时，我用了这样一些句子：

"一个军官抱一支大令，
　象巫觋顶起个大的精灵，
　一队大兵簇拥在身后，
　冷的刀光直想个热的人头！

"带着杀气的号声叫过了，
　一面大旗牵着一列兵，
　蹬蹬的马蹄震聋了大地的耳朵，
　全城里抖满了将军的威风！

"无头捐税的毛细管，
　抽净了老百姓的血，
　养肥了大马，开拓了枪林，
　涨大了将军的一个野心！

"地狱里人民的苦惨，他全不看见，
　不惜十万金买一个心欢；

人民一齐唱起了'时日曷丧'的歌，他全不听见，
他要一手握住生命的关键！"

再看看刺蒋介石的直抒胸臆的一些诗句：

"当年的口号倒成了促死的咒，
期票过时把它当作废纸，
眼看革命先烈的骨架，
做了另一些人登云的天梯。"

"把半个天下，
几千万人民，
做一个甜饼
惹出了敌人更大的馋心！
隔着长城伸过来大手，
可怜中原这一块肥肉！

天空撤去了防卫的篱笆，
任人的飞机排成蜻蜓，
港口大陆挡不住敌人立脚，
小的是自己的志气，大的是人家的威风！

"今天，民众白红着眼，赤手空拳，
看'三一八'、'五卅'、'九一八'、
　'一二八'惊心的事变，
看领土扎上了翅膀，
看民族的面颊给人批得火红，
容忍，容忍，一千个容忍，
刀尖也测不透暮气的浅深！"

上边引出的这些长诗的片段，可以看出我心中的义愤和直抒的豪

情。在写《自己的写照》这首长诗之后的三个月零一天的时候，我写了《依旧是春天》这首短诗。时代背景，个人的愤慨之情，完全一样，但我用了另一种表现手法。这不单是怕重复，也作了寄沉痛于微婉，使作品幽深耐人寻思这样打算的。我自己认为，《自己的写照》里的诗句，虽然出自真情，激昂慷慨，读了令人气壮；可是有的失之太直，太露，缺乏使人沉思的蕴蓄情味。而《依旧是春天》呢，就不同了。在我个人，虽然我也喜欢"容忍，容忍，一千个容忍，刀尖也测不透暮气的浅深"这样的警句，但我更爱"什么没有过的一样"和"碧草仍旧绿到塞边"这样一些句子。

古人说"山雨欲来风满楼"。《依旧是春天》这十行诗所表现的却是爆发前火山的沉默。

一九八〇年五月二十二日

（原载《人民文学》1980年10月号）

《津浦北线血战记》序言

臧克家

　　我写这本小书，没有一点别的念头，除了想把个人在前方眼看耳闻的一些惊心动魄的血的事实向大家来个忠实的报告。有几段是谈战局经过的实况，有几段是战场惨况的素描，此外，一些零星有关抗战的材料我也很珍重审慎的把它穿插起来作为枝叶呈献给亲爱的读者，叫置身后方的同胞们读罢它，掩起书本来，默想一下敌人的凶狠，劫后的残灰，无家可归的灾民的惨状以及前线上士兵们英武敢死的精神，而悲愤交集，热血澎湃，来一个深切的自省，如果叫不起这样的反应，那便是我失败了。

　　一个胜利的消息传到后方，大家都鼓舞欢腾，不知争取这个胜利，得多少血，多少肉！单凭想像是不行的，想像填起事实的模型永没有个恰巧，战地给人一个新东西看，而且会使一切人心地放宽，精神健强，希望年青体壮的朋友们到那里去。

　　本来打算到临沂去访张军长探询临沂血战的经过，终以道途阻隔不能如愿，心下很怅怅，因为临沂的血战是初次胜利的火花，台儿庄的血战的火把，它将继续着燃烧，——燃烧遍所有的失地。

　　这本小书的完成，可以说是全凭大家的助力。感谢李司令长官，白崇禧将军，不但予以多方便利并于军事倥偬中为长篇题句，使它分外生色。黄师长于七十里外专人送来题句，绘图，照像，这热情使我感激。此外，三十一师战地服务团的诸同志，以及林处长，李副官，于秘书，张参议，阎站长，扫荡报社张先生均曾给我许多助力，初次结识的青年朋友王文彬借给我一个独院，使我闭门谢客，于六七日内把这个小册子赶就，均在此敬致我的谢意。

四月十七日小屋烛光下

（原载1938年5月生活书店汉口版《津浦北线血战记》）

《从军行》题词

臧克家

诗人呵，
请放开你们的喉咙，
除了高唱战歌，
你们的诗句将哑然无声。

（原载1938年6月生活书店汉口版《从军行》）

《从军行》自序

臧克家

　　在炮火连天的时候，在距离血肉纷飞的火线不远的这地方，在极度慷慨与悲壮的情绪下，编就了这一本薄薄的诗集。当我重读它一遍时，真有点不安与抱愧，把这样薄弱的东西呈献给这大时代中的读者。

　　时代太伟大了。神圣的民族抗战，不但将使中国死里得生，而且会使它另变一个新的模样。现在，每个中国人，都在血泊里拼命的挣扎，都在受着炮火的洗礼，都在苦难中磨炼着自己，都在为祖国作英勇的斗争。

　　中国正在扮演这一幕伟大的历史剧。

　　前线上战士壮烈的牺牲；沦陷了的土地上同胞们被惨杀的血迹；流亡道路中的难民的眼泪；遍地民众为保卫家乡而作的血战；青年男女为国忘身的伟大精神……刺着我的眼睛，刺着我的心。使我兴奋，使我止不住悲壮的热泪。

　　同时，汉奸的无耻，颓废者的荒唐与堕落，又使我多么愤恨！

　　面对着这一堆事实，自己的诗句几乎变成无声的了。就是有一点点，然而是那么微弱，被压倒在时代的呼声中了。

　　我这样愿望着：把自己的身子永远放在前方，叫眼睛，叫这颗心，被一些真切的血肉的现实，牵动着。这样，或者可以使得诗句逐着行动向前跨进一步。

　　这本诗的编排，全是按照时间的先后。起首的一篇，是在"八一三"抗战以前写成的。

> 二十七年四月七日灯下,
> 时津浦北线正展开空前的血战。

（原载1938年6月生活书店汉口版《从军行》）

《淮上吟》前记

臧克家

去年四五月间，随、枣战事正剧烈的时候，我在火线上，生命从枪弹的缝里漏了下来。后来又被敌人包围了，整整跑了十天两夜，才达到了安全境地。

去年七月底到敌人后方——安徽去，三个月的时间跑了三千里路。

把这长征所得的长诗——《走向火线》,《淮上吟》合在一起，成了这一本诗集。

二九年三月十一日臧克家志于老河口

（原载1940年5月上海杂志公司版《淮上吟》）

《古树的花朵》序

臧克家

范筑先，是一个新的英雄。他以惊人的老龄和毅力推开过去，用战斗为国家民族和自己另辟一个崭新的生命。他认清了光明，真理及其反面的意义，他以他的血作油，去点亮理想的明灯。他是一颗老人星；他是一棵古树，在大时代的气流里开出了鲜红的花朵。

他把战斗的精神与红血留给了人间，象一道不败的彩虹。

抗战以来，以轰轰烈烈的死，表现了中华民族的气节与人格的英雄——人的花朵，先后开放了许多，而范筑先，是这些人花丛中灿烂的一朵。他的业绩的光辉照耀着人的眼，人的心。鲁北的民众纪念着他的名字，中国人，甚至外国人，也都以崇敬的眼光仰望他，象仰望着一个巨人。

是的，他是一个巨人，他有着一只擎天的手。

当敌人的马蹄以敏捷的步子冲入了山东边线的时候，"韩主席"用更快的速度把几十万大军带到了黄河南岸去，西北的半壁天地成了一个被弃的孩子。千百万的人民顿然陷入了叹息，惶恐，彷徨之中，替自己寻找着归宿。这时间，一只指路的手，对于他们，比生命本身更有意义，更重要。

范筑先，他就是在这茫茫夜里，耸立起来的一座灯塔，向人眼放射出光亮。他以六十岁的高龄，他以一条给内战几乎磨碎了的身子和心，他以一个专员的资格，被良心、责任、理想、推到大众的脸前来了。一出场，就带着生死不移的决心，和朝气蓬勃的战斗气势。他向青年知识分子号召，他向农工号召，他向妇女儿童号召，他向一切有良心、有血性、有为民族战斗的决心的人们号召。他提出了"良心抗战"、"责任抗战"、"守土抗战"的三个口号。口号，不是虚伪的宣传，不是欺骗，是一支号筒，一块磁铁。如是，如响应声的，农民向他走来了，工人向他走来了，学生向他走来了，妇女，政工，文化人员，向他走来了。有的从近处，有的从千山万水以外，大家追随着他，象影子追随着形体。

一开始，仅仅不过他一个人，有的仅只是一张口，两只手；然而一年以后呢，他建立了十几万军队，把政治工作打进士兵的脑子里去作他们的灵魂；他建立了农会、工会、妇女会，一切抗日力量的组织。他尽量的向大众中间去开发力量，他知道这是克敌制胜的唯一源泉。他，慈悲、和蔼，他有颗良善的心；但这些美德并不是洋溢着淹没了他。另外，他还有一副铁的脸子，铁的手腕，铁的心。他是人民的慈母，同时，也是他们的严父，他是一个领袖，一个优秀的组织者。他们拥戴他，由于爱，由于敬，由于他和群众同甘苦、共生死的那副崇高坚忍的精神，而最重要的，还是因为他是一个引路人，一个伟大的战斗指导者。他用铁的纪律去范围、维系他的部下，但，有时代替它的往往是骨肉的真情和他那一把斑白的胡须。这样，即使象喝惯了人血的"架机子"，也伏贴在"老头子"的手下另变了一个新人。

他抓紧了时代，抓住了人心，他领导着他们一刻也不停息的在战斗中磨炼，流血。他把一盏希望的灯，挂在人人可以看得见的距离以内，他同他们，用战斗，用血，用生命去接近它。

他的儿女，抗战前的少爷小姐，他把他们投到一个"熔炉"里锻炼过，改造过，成了一个新的型。儿子范树珉带着"挺进军"挺向济南，牺牲了，他才不过是二十几岁的一个孩子。当这不幸的消息报告过来的时候，这"老头子"并没有流一滴泪："牺牲没关系，只是这一回太不够本！"他却对着安慰他的人们这么说了。同他儿子一起倒下去的还有他的女婿、范树琨的未婚夫、"挺进队"的参谋长——何芳，一个杰出的战士，此外还有二十几位青年。队长他们死在今天，然而战斗却还有个明天，范树琨，以一个女儿身，接替了他哥哥职位，用枪去讨血债。

范筑先，用血，用苦心，用超出人情的坚忍培植出来的胜利的花朵，全国的同胞们，国际友人们，正以惊奇希望的眼来赏鉴它的时候，一阵暴雨却把它打碎了。

他倒了下来。而敌人的枪炮却没有打倒他的心，只制造了一幕悲壮的剧，以他，六十多岁的一个老头子做了英雄的主角。

新的英雄，应该是一个典型的人，把人的水准提高，使大家去够及它。范筑先就是这样一个高度水准的人。

我为什么要以五千行的长诗来讴歌范筑先呢？

"黑线条里的光明区"，鲁北抗日堡垒——聊城，是旧日东昌府，也就是从古出英雄的燕赵之地。我的曾祖父曾经在这个县分做过"教谕"，我小的时候，曾祖母的口把它的一个神秘的影子送给了我。抗战前，我在张自忠将军的故乡——临清，教过三年书，临清和聊城是连着手臂的弟兄。"七七"事变三个月后，敌人要到来的消息，把临清的官府、学校都吓散了，那狼狈，那慌张，那零乱的情形，今天想起来还活栩在眼前。而一般学生，走投无路，顿足啼哭，象被捣毁了窠巢的鸟儿，一般老百姓，情况也是一样。我们十几位同事，集体流亡到聊城，那时候，就风传着"范老头子"要留下来打游击，这消息，定心丸一样的给人们精神以镇定。被弃的人民眼前有了一个希望。后来，我们辗转的到了济南。不久，"韩主席"做着"黄河为界"的幻梦，一声巨响，把价值五千万的泺口大铁桥粉尸万段。起初，敌人一到德州，就大贴标语"拥护韩主席"，后来，我在济南也常看到"敌机"到上空游玩，老百姓们都毫不在乎的站一街筒子，叫着，仰着头看，因为它不投炸弹，不过偶尔投下一些"神秘的纸包"而已。这是十二月间的事。在以先，"韩主席"就几次严令范筑先率领部下，带着壮丁和枪支，速渡黄河；但，终于被他拒绝了，他在黄河岸上，向天下的耳目发出了"誓死不渡黄河"的通电，最后，他以死践了他的诺言。

去年，在一张报纸上看到了纪念范筑先的许多文章，同时也看到了电影广告："范筑先"，我的心一动，因为同他一道牺牲的许多人里还有我的一位朋友——张郁光。后来，意外的碰到了几位新朋友，谈到范筑先，谈得那么亲切、感动，象述说一位古代悲剧里的英雄的故事，说的人终于淌下了眼泪，而听的我也酸鼻了。这些朋友之中就有一位是跟范筑先一起战斗过的支队司令。他以兴奋的口说着，我请他用笔把这些悲壮的故事移到纸上去。再后几个月，在安徽的一个小县城里会到了范筑先的老友、战友、前任临清专员韩多峰先生，他又给我加添了许多活生生的材料。冬天，在阜阳一个训练班里，一个"临清中学"的老同学找上了我来。不是他背起往事，道过姓名，时间把他改变得使我几乎认不得了。他说，他曾经做过"挺进队"的队员，并且，绘声绘影的把一切经过细米拨糠的数聒给我。一个人名，一个地名，甚而一个日子，都记得那么牢，好似在心上生了根的一样。分手以后，他又几次用几张信纸上的蝇头小字，补缀他仿佛永远不断头的战斗的故事。

我无厌足的搜括着材料，心，日夜在鲁北。回忆着，揣摩着，想象的翅子回翔在事实上，感情澎湃得人日夜心跳。

三个月以前，范树琨因为材料的事，从陕西投给我一个信，昔日的女战士，今天变成农林学院的学生了。

从搜集材料到完成，差不多费了一年的功夫。写一个人物很难，写象范筑先这样一个人物更难！"英雄"这两个字并没有先入为主的得到我的心。我只想把范筑先写成这样一个人物：时代把他从陷身已久的古井筒里打捞出来，用不屈的决心去打击敌人，建立自己的理想。他有一副新的观念，他接近群众，领导群众，而目的在拯救他们，因为，他认清了时代，也认清了民众的力量。他有欢喜，也有眼泪，有决心，也有矛盾，不存心把他写成一个英雄，只想把他写成一个和群众连结着的有血有肉的人。

事实并不能成为艺术上的真实，我写的是史诗，然而却不是历史或战史。所以，我得从材料的身干上剪去一些繁枝浮叶，另外，把一些足以使它生色发光的东西点缀上去，例如地震，大水……——这一些眼前的实景。

我的范筑先是我用自己的心血塑成的一个艺术上人的人型。

写长诗特别需要气魄和组织力。为了紧张的场面叫起来的不羁的情感，为了使气势不受窒息，字句就不能太局促于谨严的韵律和韵脚下了，因此，在格调上，这个诗篇也就有些不同。同时，意识和材料也在压迫着我试探改变自己的风格，使它更恢廓些。这篇东西也许可以作为起点的第一个步子。

三十一年九月七日于渝。

（原载1947年3月东方书社再版《古树的花朵》）

《古树的花朵》的写作

臧克家

　　并不是先有了存心创作"英雄史诗"这个念头，然后才去找人物故事的，虽然这个题目恰恰迎合了这个时代。范筑先，我相当清楚他的为人，他的悲壮的战斗的故事，他的身世和一切。同时我在他抗日的根据地曾经住过几年，一直到七七事变后三个月才走开，看了许多事情，装了一肚子的感慨。对那地方的亲切和对范筑先本人的热爱，组成了一股力，压迫着我，苦痛的，负债似的，非用诗给他一个"雕塑"不可！我开始搜集材料。有人用笔写给我，有人用口说给我，这些人不是范老先生的部下，就是他的儿子——范树珉的战友，不论从笔下，从口里，述说的时候都非常叫人感动，我甚至几次淌下了眼泪，因为述说的人就是这幕悲剧里的人物。

　　当材料零零星星散布在许多抄本子上的时候，我对自己又表示怀疑了。"你的组织力够吗？你的修养、才力，经验，对于这样一个故事能拿得起来吗？"我这么问我自己。不错，以前曾写过《自己的写照》，但情形是不同的，那是以亲身经历作根干的，虽然是叙事，但容易溶入抒情的成份，写别人的故事，尤其是"英雄史诗"，客观的限制性就要大些。决心下了之后就不能动摇，动摇或放弃比产生它更痛苦。我慢慢的在想，在咀嚼溶化那些材料，这样一直有半年多。诗不同于小说，一个小说家他可以用工细的笔细琢细磨的描绘出一个形象或典型，而诗却只能用精彩的几笔，对于故事的进行和矛盾的发展上，小说比诗也更容易处理些，因为在诗，有它自己特具的许多不便利的条件。

把不用的材料放弃了，把留下的材料分为多少个小节，作了先后的排列，然后动手去写它。那时我正在河南叶县负责一个出版社，工作再忙些，我也一定要每天完成一节，一节一二百行不等，当然例外也不是没有。写作时间大概是上午八点到十点，用的是毛笔，这是我的习惯。大体上进行得还算顺利，有时苦涩些，有时畅快些。我在这本书的序言上说过，我并没有把它当个英雄来写，而是当一个人来写的。所以从他身上心上也可以找到动摇，矛盾，苦痛，现实才把他安放到一个"位置"上去，这"位置"，他自己甚至事前也没有意识到。他教育群众，领导群众，而群众同样也教育了他，领导了他。他为现实所决定，但他也把握了现实。

有些场面也许不是太必要的，为了偏爱，也舍弃不了他们。譬如第一节"大水"这个偶然现象和整个故事的联系上并不太要紧，这我也意识到，然而到底，留下了它，因为"水灾"在范筑先抗日的堡垒上泛滥着，多少影响了人民的生活、心理，甚至于战争。关于地震，也是由实感出发的象征，我当时很强烈的爱它，所以就用了它。在写作进行中，我当然要顾到事实，然而它却不能限制我去完成著作上的真实。这样，如其说实际的材料支持了我，还不如说，我的多方面经验支持了我。我设身处地的想，我借了范筑先，范树珉，范树琨，还有别的人物的口，说出我的心里的话，抒发了我的感情。

这本诗，在结构上还不能完整和谨严，在人物的刻画上也不够深刻，但有些场面是很生动的。跟着生动的场面，我的心和我的句子也生动新鲜活泼了起来，在另一些比较僵冷的地方，你可以找到印在上面的我旧日的格调。这虽然不是一本太好的诗，但在某些意义上，它是不无价值的。史诗，对我自己是一个尝试，对于一般的诗友们，我把它当一砖头抛出去。

（原载1943年9月13日《新蜀报·蜀道》第1003期）

《泥土的歌》序句

臧克家

我用一支淡墨笔，
速写农村，
一笔自然的风景，
一笔农民生活的缩影：
有愁苦，有悲愤，
有希望，也有新生，
我给了它一个活栩栩的生命
连带着我湛深的感情。

（原载1946年2月星群出版公司上海版《泥土的歌》）

当中隔一段战争

臧克家

《泥土的歌》是从我深心里发出来的一种最真挚的声音，我挚爱、偏爱着中国的乡村，爱得心痴、心痛，爱得要死，就象拜仑爱他的祖国的大地一样。我知道，我最适合于唱这样一支歌，竟或许也只能唱这样一支歌。

但是，喜悦我而为我所喜悦的大自然的风光，不是随着时代与心情在改变它的颜色吗？

但是，一合眼即幢幢于眼前如一张动人的画片，栩栩然欲活起来的那些我所挚爱的如同家人的农民，不也正在挣扎、奋斗、翻身，而且已经脱壳新生了？

几时，不再让我为他们的悲惨命运发愁、悲伤、愤怒，不再唱这样令人不快的歌？

几时，让我替他们——中国的农民，出自真情如同他们唱悲哀的歌一样唱一支快乐的、解放的歌？

他们的这一天，将要到了，而且已经到了；我自己的这一天应该快到了，快到了，但是我的心为什么却这样烦扰不安呢？

这本诗集，曾在桂林出版，不久因为该地失守，书籍的命运也就可想而知了。今再重印于上海，当中已经隔一段战争了。

克家志于重庆歌乐山大天池

一九四五年九月二十一日

（原载1946年2月，星群出版公司上海版《泥土的歌》）

关于《泥土的歌》的自白

臧克家

　　《泥土的歌》，从题名上就可以看出来它是怎样性质的一本东西。里面的诗，都是短短的，而总共也只那么薄薄的一小本。但是，由它引起的反响却超过了抗战以来我别的集子。有些文艺团体讨论过它，有些诗选家（包括国内外）格外重视它，有些读者特别偏爱它，有些批评家严厉的批判它。就是我个人，在《十年诗选》的序言里，也曾把它和《烙印》列为"一双宠爱"。远在零星发表之初，已经有人在说着一个风格的转变了。

　　这本小诗所以惹起注意，是与它所表现的内容有着密切的关系的。我是一个乡下人，性格上粘结着浓厚的农民性，而这本诗，又全是写乡村的。它的吸人处在这里，而问题也在这里。

　　"我用一支淡墨笔速写乡村，一笔自然的风景，一笔农民生活的缩影，"一笔一笔，都是蘸着我的浓烈的感情的。

　　就是这点真情实感使农村的生活片断，"活动影片"似的栩动于眼前，而唤起读者对于悲惨的农村生活的——特别是北方——一股悲痛，寂寞而又多少带点惘然的感觉。这点效果是由于艺术的真所引起的，而这点艺术的真又是由于对生活的真所产生的。

　　当时《新华日报》副刊上有篇批评它的文章，说它虽不能与现实紧密结合，但由于"情感的真挚而不矫饰，所以颇令人敬爱。"

　　另外一些人指责它有些地方过于强调，以至于失了真实，例证是：

　　　　"我不爱刺眼霓虹灯，
　　　　偏爱那柳梢上的月明。"
　　　　"开春了，满村大粪香……"
　　　　"连他们身上的疮疤我也喜欢……"

　　对于许许多多的文字和口头上的批评，我不曾回答过，解释过一句，我觉得那是多余的。虽是如此，然而对于组缃兄关于这本小诗的一封信，却使我不能不惊心，反省，因为他一下子击中了我的要害，这简直是致命的一击啊！

　　在我今天摹写他的大意时，心下还有点余颤呢。他说："你无论写农民的生活或一片风景，都是顶真不过的，笔尖上的情感几乎要滴下来了；尤其是在相当寂寞的心境下写过去，这更带上了一片朦胧的忧郁和近乎感伤的情调，因而，这也就更感人。有一些小诗，情景融会，已臻化境；但是，目前的现实是如此，而我们又必须确定自己的立场，想到这里，我又为你写作的前途担心，而我们将向哪里走呢……？"
（大意如此）

　　这封信所以重要，不但是扼要而中肯的解说了这本诗，而更进一步的提出了生活写作的立场问题，而这个问题不但关系于未来，也就关系着这本诗的本身。

　　自剖需要诚恳比需要勇气更多。自我批判，是一个人在前进的途程所作的有益的一次回顾。

　　让我回溯一下写它的时间和空间，还有，我当时的生活和心境。这一些，可以作为评价的标准，稍一移动，情形就不相同了。

　　三十年的冬天，我从"豫鄂皖边区"到了河南叶县参加"三一出版社"工作。住在一个名叫"寺庄"的乡村里，它有一道残破的围墙，一条贯串全村的黄土大道，上面走着虽在冬天也赤着脚的农民，走着牛羊，走着鸡犬。在寨门外，隔天有一个小小的市集，农夫农妇们从各处凑集了来，捎一袋粮食，提半篮鸡蛋，来换一点他（她）们所需要的东西——也许是食盐，也许是布匹。每次逢集，我都是去和他们挤一挤，买几个萝卜，一口袋花生回来，心里觉得热辣辣，发出一种亲切温暖的感觉。这种感觉是一个飘泊者突然回到了故乡所常有的。

寨门外的大道两边，排列的洋槐树，偶有一辆军用汽车呜呜的疾驰过去，扬起来一阵尘雾，也扬起来一群拾草的孩子们的轰笑和欢呼。前面是光堂堂的场垣，柿子树的枝子低垂着，几个大石滚子，安静而洁白的躺在那儿，等着好事的人来站上去，滚着它走。夕阳西下的时候，一条一条小道上走着归来的农民，他们一直在坡下劳苦了一天，现在，在夕阳红光的笼罩中走回家来。场垣对过是一片菜园，绿生生的，丢下几毛钱，可以带走七八条满身粉尖的黄瓜。我常是一个人，在清早的时候来这儿散步，听鸟叫，听辘辘声，听百尺的白杨树叶，在一阵微风前，不胜欢欣的萧萧抖动。解开上衣，对太阳拍拍胸膛，吐一口郁闷的气，回来的时节，鞋子也许被露水打湿了，但是内心却十分舒畅，因为被压抑与迫害的心灵得到了自由与解放。

村子里有池塘，水，发酵似的蒸发起一层暗绿的小泡，男子在里边饮牛，妇女在里边洗衣服，孩子们在里边游泳，鹅在里边划船……秋收时节，大道上响不断的车声，牛马亲切而疲倦的叫声；早上，窗子上还见不到白色，我常被呼唤的声音惊醒，误把月色当作了天光，而轰轰的车声仿佛是在梦中，越听越朦胧了。不几天，场垣上塞得满满的，一个希望被填饱了，而军粮，税捐，正在伺候着它……

这个时间，战争还没有接近"寺庄"，它还是相当平静的，而农民生活的贫苦，以及风俗习惯，都同我的故乡差不多，于是，对于他们，对于这样的一个农村，我心里油然发生了一种感情，这感情，仿佛早在心里，一被触动，它便爆发了。

我被压迫着要表现这种感情决定写一本"泥土的歌"。一天写一首，也许写两首，因为都是在强烈的要求下下笔的，所以勉强性是不多的。这样的写作，在当时是有一种快感的，对于农民和自身所受的痛苦、压迫，可以借着诗篇而得到一种疏导。在叶县只写了不多的一部分，那一个大草本子一直跟我跋涉遍千山万水而到了重庆。住在"文协"里，没有工作，需要写稿子生活，乍换一个新环境，创作兴趣也很强烈，于是，没有唱完的"泥土的歌"，又开始继续下去。置身在大都会里，失掉了生命根土一样的痛苦，因而对农村更加怀念起来。推开窗子，让嘉陵江上的青山把绿意透过来，手里搦着一管笔，精神上排除了一切芜杂，使整个的心纯粹的贞洁和过去连接起来。这时候，身子虽然是在都市里，而灵魂却回到了北方的农村。故乡四时的景色，农民悲惨的生活影子，那么鲜亮，那么亲切，那么生动的在我眼前活现，立刻我的感情被这悲惨感染了，心发痛起来。这时候我似乎最合适被称做"诗人"，因为，这时候我的情感顶真。把春夏秋冬最凸出，最生动，最有代表意义的生活，再配上和它十分和谐的自然景色，更增加了它悲惨的气氛。一首诗写成了，自己的心许久许久，被一种悲伤的感情纠缠住而不能平静。在表现方面，我并没有用力去琢磨，那种真切的感觉它不需要这样做。

这便是《泥土的歌》这本短诗写作的情形，我相信，我说得很坦白。明白了这种写作过程，然后才觉得出组细对它的那几句话的分两。这本诗里确有一点忧郁的感伤的成分，这是因为我在都市的寂寞中对过往作的一串追忆，但更重要的是，这种寂寞和凄凉是农民悲惨生活所给予的。想一想几千年来，千千万万农民的生活的情景吧。活了一生，辛苦寂寞了一生，死后，一口小土坟，凄凉的，寂寞的在几株萧萧作响的白杨树下躺着。认识了这情形，对于"黄昏，从坟墓里爬起来，拉住个人，谈谈心，"这样的描写，才可以感到沉痛。这是一个例子，别的许多诗，也有生活做它的注脚的。我觉得，我给了封建农村和农民实际的悲惨生活一点真实的描绘，象一片一片的活动的影片，映过眼睛，在心上留下一分悲痛。也就是这种悲惨生活，才使他们要求翻身，而终于翻了身。

然而，从另一方面看，这也正是这本小诗的致命伤。批评过它的人就抓住了这一点。是的，我甘心接受这批判。三十一年，那时候，解放的区域虽然还没有现在这么大，然而新的土地上却有新型的农民生长起来了。而且，田间，艾青，以及别的许多诗人，已经用新的诗篇来歌颂新的农村，为新的生活而战斗了。一个诗人的眼睛不是为了向后看而生长的。《泥土的歌》给人的是旧式农村的悲惨和死寂，而实际上，三十一年却是暴风雨的时代。同时，那种忧伤的情感，和昂扬的斗争的真实，相去又多么远啊。

退一步说，就是在有了新型的农村和农民，而仍然去写它过去情形，作一种历史的追溯，也并不是没有价值，历史剧，历史小说，也一样富于现实的意义，何况封建性以及由它带来的生活上贫富不平，至今尚在用斗争，用血去消灭它。这样看来，问题不在写旧式农村，而在个人对它的态度上。热爱农村，同情农民，我这颗心是赤裸裸的；但是，我眼睛里的农村景色和情调，真正"地之子"的农民不一定有同感，因为，我虽然也不富裕，然而到底有饭吃，有一颗闲心。我爱农民，连他们身上的疮疤也感到亲切，但是，他们自己却不一定爱它；我把农村写得太平静了，我把农民写得太忠厚了，我在赞美着将要爆发的一座火山，用了"你看，它多么美丽而安静啊。"我没有写出农村的阶级对立，农民的反抗行为和意志，虽也有些近乎这样的东西，那都是观念化而不十分真挚的。漏去了这一些，实际上就失掉了封建农村本质的意义，也失掉了农民的真正面目。农民的忠厚，纯朴，善良……也只是性格要素的一部分，在某种意义上讲，也许并不值得我那样去赞美他们，这一部分性格由于封建社会的培养而成。造成了牛马的命运，而使压迫者的地主的宝座永无动摇的顾虑。可是，他们并不只具有这种种，而还有相反的一些东西，那就是憎恨，反抗，战斗，历史上的农民暴动，今天的农民翻身运动，足以证明他们并不是天生的羔羊。他们这些特点，优越的地方，他们同地主阶级斗争的行为和意向，在这本诗里没有影子，有，也仅仅是模模糊糊的一点而已。

我曾经在《十年诗选》序里写过这样的话："你爱农民，但要小心落在他们的后边啊！"不是吗？今天的农民的翻身运动，轰轰烈烈气势惊人，他们是如此勇敢，如此勇进！如果单只强调他们性格的弱点！——忠厚，良善……，这种惊天动地的行为就变为不可想象的了。

当然，在今天的心情下，我绝对不会写出这样一本诗集来，时间把一切都变了，我的思想和情感也已经不同。如果将来再继续唱"泥土的歌"，那调子一定是明朗而且欢乐的吧。

三十七年十二月二十日

（原载1949年2月15日《文艺生活》月刊海外版第10、11期合刊）

甘苦寸心知

——谈自己的诗《三代》

臧克家

"孩子在土里洗澡，

爸爸在土里流汗，

爷爷在土里葬埋。"

这是《泥土的歌》里的一首小诗，写在四十年代初。直到现在，有些诗选还作为我的重点作品，把它选了进去。

解放前，大家加给我一个光荣称号："农民诗人。"我生于农村，长于农村，对贫苦无告的农民群众，寄予真挚深厚的同情，和他们息息相通，长年相处，为他们的困苦而流泪，为他们的不幸扼腕。

上面这首题名《三代》的作品，行数甚少而内涵不浅。少年时代，我和许多贫农的儿子一道"土浴"，在我的"回忆录"中就不止一次亲切地提到群祥、三祥这些我儿时伴侣的名字。青年时代，我跟随"六机匠"清晨下坡，戴月荷锄归。我看着七十多岁的"老哥哥"结束了他酸辛悲惨的一生，葬埋在荒凉旷野的一个小角上。但是呵，我写的《三代》，不仅是写了我亲眼看到并为之深感悲痛而大抱不平的三代农民的生活与形象，而且是通过这具体的接触，感受，概括地为在蒋介石反动统治之下的全体农民悲惨生活的写照。

这三个诗句，是不是把农民的一生写得太悲惨了呢？他们一代一代的这样下去，希望何在呢？

有一位要好的诗人朋友对我说："你这首诗写得真好，分量多重呵！我感到压的慌，我给你把句子调一调行不行？"

我吃惊。我静听。他念道：

"爷爷在土里葬埋，
爸爸在土里流汗，
孩子在土里洗澡。"

念完，他哈哈大笑。

我没有笑，我在深思。

这样一调整，是否就能给人以新的感觉？是否就给农民命运与前途加了"亮色"，好似鲁迅给瑜儿的坟上安排的那"一圈红白的花"？

我的感情和我的理智，使我不能接受这个"调整"。

一九四二年，我的《泥土的歌》出版以后，有位搞理论工作的同志，写了一篇评论文章。文章中说："作为一个写农村的诗人来说，他不能不是从今天中国农民革命的革命实践中，去直接认识这革命的实质和意义，而通过这种认识与感受去歌唱出农民的真实的思想感情。……"至今有的新文学史在论到我那时期的诗创作时，还引用他的这些话。

从理论上，从时代要求上说，他的论点是完全对的。可是，这就牵连到一个问题：诗人个人感受的真实性与他实际生活上的限制性问题。

回想一下一九四二年的革命形势。解放了的土地上，产生了新的人，新型的农民。在共产党领导、号召、影响之下的蒋管区农民，要求翻身，争取自由解放的行动与希望，确实是普遍的。问题在于，我生活在蒋介石反动统治之下的穷乡僻壤，我所看到的、接触到的农村和农民，和几十年前我在故乡所看到、所感受到的农民生活和他们的形象，几乎毫无二致。他们的这种苦难生活，由于封建社会的停滞性，甚至可以推上去百年千年。我知道，我也同意那位同志的评论观点，做为一个写农民的诗人，应当到革命地区，到革命的、为自由解放而奋斗的农民中去，与他们同呼吸，共命运，写出他们的希望与斗争，这是时代对一个诗人的要求。

　　然而，我置身的农村，却是一个旧的天地。农民也还是受苦受压，悲惨无告的生活着。我将怎么办呢？是写我陌生的然而是时代要求的东西呢？还是写我熟悉的，亲身感受到的东西呢？

　　我的《泥土的歌》中，有这么一首短诗：

　　　　"上帝，
　　　　给了享受的人
　　　　一张口；
　　　　给了奴才
　　　　一个软的膝头；
　　　　给了拿破仑
　　　　一柄剑；
　　　　同时，
　　　　也给了奴隶们
　　　　一双反抗的手。"

　　　　　　　　　　　　——《反抗的手》——1942 年

　　这里说的"奴隶们"，我主要是指农民。

　　虽然写了"反抗"，这种"反抗"是口号式的，没有真实情感和内容。这么写，并不难，这么写又有多大意义呢？

　　我的《三代》，个人觉得，对长期封建社会的农民，对蒋管区我生活在那里的农村和农民，是真实的，它带着我的湛深的情感。这种深情，当然是既悲且愤的。

　　虽然，我在诗里没有给农民以希望，没有指出光明的前途，鼓舞他们奋起战斗，但我觉得，聪明的读者，读了这三行诗，会思考一些问题的，会体会到一些我没有明白说出的思想与感情的。

　　火山是沉默的，熔岩在压抑中。但人们会想到：有一天，它要突然爆发！四十年代初期，导火线在埋藏着，在伸引着，在燃烧着。……

　　诗人，应该写他看到的、经历过的、为之感动的东西，否则产生的作品就没有真实性。没有真实性的诗，是不会感动人的，也不会起到启发人、令人深思的作用的。

诗人应该紧跟革命的步伐，听时代的呼唤，写千万人感觉到却说不出来的思想感情。客观要求是一回事，主观条件又是一回事。

对广阔热烈生活的情景未能展视，写眼前看到的、熟习而又亲切的题材与人物，不得已而求其次，也是有意义的。这个"次"可能产生出"不次"的作品来。

最后，再对我诗友的"调整"说它几句。我以"葬埋"作结束，不论在这二字的意义和声音上，都是悲怆的，合乎我全诗的情调的。把这个落脚改为"洗澡"，末字换成仄韵，似乎有力一点，但也未能引人遐思，使眼前突现光明一线。

一九八○年一月二十五日

（原载《文艺研究》1980年第2期）

《国旗飘在雅雀尖》小序

臧克家

这是几年来短诗的一个结集。每一首的题目和底下的日子，告诉了写作的地点和时间——从前线到后方，从抗战前直到目下。

《中原的胳膊》,《喇叭的喉咙》两篇，发表在战前的《文学》和《作家》上，但均未收入集子，战后无意中得到了它们，如旧友重逢，别有一番滋味。

《国旗飘在雅雀尖》,《呜咽的云烟》，在我不知不觉中，曾被桂林的一位朋友，代搜出书，以后者为名，初版完了，那本书的命运也跟着完了。我自己很喜欢这两篇东西，尤其是第一篇的旋律，所以就用了它的名字做了这本诗的名字。

克家　卅二年六月九日于渝文协西窗下

（原载 1943 年 11 月中西书局版《国旗飘在雅雀尖》）

《感情的野马》小序

臧克家

　　这是一个爱情的故事。要问我为什么用三千多行的诗来写一个这样的故事吗？我有我的理由和愿望。主要的，我想写几种人对爱情的看法。有的人拿女人去充饥解渴；有的人永远不懂得恋爱，他急于寻找的是一个太太；而这本诗里的男主角，一个诗人，他却把爱情神秘化，美化，诗化了。也可以说，他用了自己诗的热情和幻想创造了一个影子，而他，又颠倒膜拜在她的脸前，俨然把她宠成一尊神。当然故事并不这么简单，有战争的恐怖，有山水的明丽，有眼泪，也有欢笑；设若把她——文曼魂，从这一团气氛里抽出来，那，抱吟也许觉得她不那么可爱了。

　　《感情的野马》本来是一篇小诗的名字，去年冬天，在一家旅馆里，我用燃烧着热情的话头把这故事告诉了徐迟，而且，把这篇小诗也背给他听了，他认为很美，便怂恿我把它改写成长篇叙事诗。经过了一度的考虑，酝酿，我便倾倒了个人对爱情的经验和体会，破了几个月的工夫写成了这一本东西。本书装帧为曹辛之兄设计，他把这本诗装饰得很美丽。

克家。七月于渝

（原载1943年11月当今出版社《感情的野马》）

《十年诗选》序

臧克家

当金风肃杀，万物成实的秋天到来的时候，我在人间恰恰活满了四十年。好比乘特别快车作一次长途旅行，坐在车厢里，隔一片玻璃，看山水，田野，村落，奔驰过去，匆匆的，过眼云烟，想把捉，几乎是徒然，到了车停下来，看着站口的木牌上标着"四十"二个大字，这才若有所失，象刘晨阮肇在仙山上，只觉得眼前吹过了几阵冷热的风，而人间已是千百年了。

四十岁，是生命的秋天。四十岁，才知道用灵魂的眼睛重新去看——看宇宙，看人生，看自己的过去和未来。

因此，我也想看一下自己的诗。

自从以痴心，热情，梦幻，拙劣，涂诗的老鸦，已将近二十年了。如果涂在各样本子上的那些所谓"诗"的东西，全部存留下来，会堆成一座小小的山吧，这成绩，既惊人，又笑人。就从诗的第一产——《烙印》出世的二十三年，截止到去年《国旗飘在雅雀尖》的出版，也已经整整的十个年头了。十年间，我总共印了十三本诗，现在，为了迎接四十的生辰，把它们从严挑选一下，作为一份礼品自赠，并敬赠给社会，不能算没意义吧。

选诗，太长的有困难，所以《自己的写照》，《淮上吟》，《向祖国》，《古树的花朵》，《感情的野马》，只好踢开。从八本短诗里，我挑过来，挑过去，用了沙里拣金的心情和耐性一遍又一遍的挑选。把根本看不上眼的丢在一旁（诗篇呵，你不能抱怨我，我以铁面对着你们，跳不过诗的龙门，只好怨自己的拙劣了。），把有希望入选的题额上粘一张张小条，上面标着："选"，"拟选"，"？"，三等。然后，再反复咀嚼，斟酌，象一个严明的审判官判定一件重要的案子，我怕自己的诗篇，有的侥幸，有的冤枉。反复，犹疑，翻案，经过了剧烈的斗争，在优胜者的头顶上，我点状元似的画一个红圈。这样，我还怕偏爱，私见，隐伏在眼里，我还怕有些篇什以历史的因缘与情感攀我，诱我，媚我，贿我。我又用蓝铅笔在另一些诗篇上打了记号。

　　我请教了第一位朋友。他写批评也写诗。他以偶然的机会来看我，在山上停留了一天，我也决不放弃这个偶然的机会。十年前，他读过我的《烙印》，而且，写过批评。我看他躺在躺椅上，唧一支烟，手边的桌上摆一杯茶。他的心注在诗页上，他的眼盯在诗页上，望着他的样子，我也有点轻微的心跳；半寸长的烟灰落在身上，他不觉得，茶冷了，他也不知道。他用笔在同一纸条上写下了不同的意见。他给落选的贴上签子，他把我的"选"字下写一个"删"或"可删"，在另外几篇上标一个"必"字。他用口，用一两个字，表示了他的意见，大部分和我的相同，在不相同中，他有一些见解是可宝贵的，我遵从了他。

　　我又挟着全部诗集去请教第二位朋友。他对我的人，我的诗，了解得相当深。他写小说，却喜欢读诗，谈诗，他是"诗人之友"。又同他冒着微雨跑到公园路约了另一位朋友，一起上了"江山一览轩"。一张小方桌，三杯清茶，桌上摆开了八本集子。对着江，对着山，对着诗。他们细细的读完了它（其实早已读过了的），珍重的表示了自己的意见，向糖果摊上的女主人借来支秃笔画上了符号。意见小有出入，我保留了最后决定权。本想再多请几位诗友参加意见，可是，每个人对诗的看法及口味，未必就一致，怕弄成"筑室道谋"的情形，结果，我把它带回山上，三思再酌的决定下来，在目录上数了一下，不多也不少，恰好七十首。十几年的心血，凝结成这七十篇东西，选它们的时候，虽然是慎重又慎重；谁敢说，它们不是一摊闪着金光的砂粒，谁敢说，它们不是一堆秕糠呢？我没法管，也管不了这么多，既已尽其在我，就把它们扬到时间的风里，让它们沉者自沉，浮者自浮去吧。

　　重读一遍自己的诗，象重温一下十几年来的生活，情感随着往事一起一落，一条悠长崎岖的道路，今天，我用心的脚步又在上面疾驰了一遍，感慨当然不只一端，而且这感慨，还是颇为沉重的呢。人，当他回头向过去无底的深渊探望时，总得先准备好一点勇气。何况，检选十年来的诗作，不管用的是什么尺度，总带点衡量，结束，也就是"盖棺论定"过去，为未来的诗生命作一个远瞩呢。

诗是离不开生活的，想了解（不是误解或曲解）一个人的诗，必先挖掘他的生活。我曾把自己的生活撮要的，结晶在一本叫做《我的诗生活》的小书里。它是我生命的一条龙脉。我常常想给自己写一部自传，也就是用无情的刀割解一个滋生成长在不同时代气流里的悲剧型的生命。但是，我徒然这么想，想了许久。这不是我不为，是我不能。因为从我生命的萌芽到目前的秋实，时代，也从它的青春度到了秋天。这个题目对我太大。所以，听凭生动的片段场面要我表现，要我心动，心痛，但我徒呼负负。经历得太多，又太不平常，这经历在未成熟于心境时，往往会成为拖累人的负荷。我出生在一个封建的富胄家庭，我看到了一点荣华的残烧，同时，我更多看到的是封建家庭总崩溃的大悲剧。这里边又包括了一个矛盾：这家庭的主人翁们是书生，是农民出身，以官宦始，以叛逆终（民元革命，他们都是造反的书生）。这幼年环境给予我决定的影响：带几分悲观性，爱自由。从我父亲那里接受了热情和脆弱，我母亲遗传给我的是温和与善良。我生于穷乡，长于穷乡，十六岁以前几乎足迹没踏到过自己村子周围的三十里以外。我圈在这个小圈子里，接触的全是顶着农奴命运的忠实纯朴的农民。看他们生长在泥土里，工作在泥土里，埋葬在泥土里。我爱他们，我为他们流泪，更为他们不平！我并不完全是他们圈子外边的一个人，有一部分命运同他们相同，有一部分又有相当距离，可以说，我是一半圈里，一半圈外。这是很老实的话。同时，大自然的景色也陶冶了我的心灵。啊，三月的燕尾翦着春风，阡崖上的柳条绿了，农人叱着黄牛，翻起的新土喷放出沁人心脾的香味，我常是以光脚板吻着这土地。夏天，绿树抱合了乡村，这儿那儿到处撒一席凉荫，给人一个人间天上的月夜；高粱，谷子，把大地绿成海洋，农夫没入海底，身上一丝也不挂，只听见人唱，却看不到人在那里；工作一天，汗流够了，皮晒破了，傍晚，一河清水给他们一个痛快；柳树底下的襄衣上睡一晌午觉，蝉叫在树上，牛解放在青草地上，看，一个村妇远远的走拢来了，不是送饭就是送汤；工作在远处的农人，早晨扛一张锄出去，傍晚，才带着夕阳走回头。当他伸手去打开他可怜的柴门的时候，月芽已经在窥他的茅檐了。秋天，农人最忙也最快乐，因为他们的汗珠子全变成谷粒了。早晨的月亮照着他们下坡，一直到深夜还在场园上忙。金色粒子闪着夕阳，风把谷香，把笑声，播散满整个村庄。秋天，家家锁着门，留一个孩子或一条狗看家。大野里活动着人影，车影，响动着人声，牲口声。晚上，一点闪烁的灯光照着人们忙手忙脚。粮食入了囤，田野象一颗大的空虚的心。上边有什么呢？有"秫秸团"巨人似的支撑在风里雨里；有西风摇着白草；有蟋蟀奏着凄凉；有几株白杨傍一口小土坟，风来了，萧萧的独唱一曲悲歌。北风，呜呜呜，摇撼着树头，砂土把天搅昏了。一场大雪，厚被似的盖上了整个的田野，"马耳山"只剩了一只耳朵，老鸦象人一样作号寒啼饥的叫喊了。农人们，忙碌了一年，将收获送给了主人，把自己关在小小的一间土屋子里，炕头是冷的，锅底是冷的，从破墙缝里灌过来的风是冷的。身上不见一点棉绒，上下牙巴骨剧烈的交战着，一条"灯笼裤子"包裹着的是变了颜色的一块酱紫肉。这是农村的冬天。

我就在这样乡村里，从农民的饥饿大队中，从大自然的景色中，长成的一个泥土的人。

读者先生们以为用这许多笔墨来画一幅乡村是浪费吗，但我却嫌它太短，太不够，因为它在我的胸窝里真是太多，太多，它充盈了我的心，它沁透了我的整个灵魂。我如果握着萧洛霍夫，托尔斯泰，左拉或巴尔扎克诸大师们手里的那支如椽的大笔，我将写出怎样的《人间悲剧》，怎样的《罗贡·马加尔》，怎样的《巍巍的马耳山》，怎样的悲惨土地上千千万万悲惨的人物呵。

乡村的风景，使我永远爱"柳梢上的月明"，乡村的生活，使我顽强，朴实，几乎是固执。我爱农民，连他们身上的疮疤我也爱。我的爱，是真挚的，是以全心灵去爱，好似拜仑爱他的祖国一样，连着它的瑕疵也爱在一起。了解这点，才可以了解我的《村夜》，《场园上的夏夜》，《答客问》，《温柔的逆旅》，以及《泥土的歌》的全部诗篇。许多人介绍了《泥土的歌》，但未必就完全溶会了它；许多人批评了《泥土的歌》，但未必就十分中肯。了解诗同了解人一样困难。心和心的距离是多么近，又是多么远呵。惯于都市生活的朋友，他认为霓虹灯比柳梢上的月明进步又好看，这在他，也许是真实的（也许略强调了一点智性），但这和我的感觉，我的真实，却差得无可较量了。雪垠兄在《论现代田园诗》一文中，有许多意见很好，说得我又爱又怕，但有些地方却未惬我的心。譬如他说到我的寂寞，只把这寂寞看做我个人的，这不对，我的寂寞感觉，苍凉感觉，是生根于寂寞的农村，苍凉的农村，也可以说，它是破碎封建农村的农民传染了我。《遥望》写的不是我的寂寞，是我"老哥哥"的；白杨树下枯墓里死人的寂寞，是整个农民命运的寂寞。它是多数人的，不是我独有的。

象一个人只有一颗心，一次爱一样，我把整颗心，全个爱，交给了乡村，农民；所以，我不能再爱城市了。爱情不是也不能勉强的。诗，镀不得假。

我所爱的当然是封建性的乡村，我所爱的，也还是悲剧型的农民，这，我决不讳言，我还愿意勇于承认它。因为，直到现在，多数的农村虽然在激荡，多数农民的生活和命运虽然在动转，但大部也还在新旧交替蜕变的过程中。我还没能够接触到新生的农村，新型的农民。我不敢用观念，用口号，用智性去空洞的歌颂，因为在认识上我看到了它的影子，但在情感上我还没抱紧它！在《泥土的歌》里，比较优秀的诗篇，不是那些歌颂的，而是那些写实的。在理智方面，我赞成"康拜因机"，我歌颂明晃晃的电灯，但在情感上，我却真心爱"带月荷锄归"，真心爱"柳梢上的月明"。感情如何追上观念去抱紧它，这是一般诗人的问题，对带浓重的顽强的农民性的我，这问题更显得严重。

暴露封建乡村的罪恶，写出封建农民的悲惨命运，这使命也很有重大的历史意义。比起歌颂新的来，我比较更合适暴露旧的。这无可勉强。鲁迅先生说过，《死魂灵》的第一部已经足够了。第二部的稿子就是幸而逃出火灾，怕也未必博得人们的欢心吧。

但是，我并不是甘心把自己永远留在落后的乡村里，我在一个本子上写下了以下警惕自己的句子：

"你爱农民，也要叫农民爱你；更要当心他们把你扔在后边！"

我生活过来的这四十个年头，正是中国，以及全世界在激变的一个大时代。从满清到武昌起义，从北伐到"七七"事变，从忍垢含辱到全面抗战。在世界舞台上表演了两次大战，诞生了一个新的奇迹——苏联。个人，也曾作为一朵浪花在每个潮流里激荡过。北伐前夕，在浓黑高压的北方参加了秘密活动，看着许多朋友被砍掉头；曾穿着二尺半士兵军装站在一九二七年的武汉，还打过四十天前敌；曾背着个假名字在松花江上的秋风里流转；曾遭遇两次婚变，几乎在爱海里灭顶；曾大病三年，哭笑自己作不得主，至今心理病态，生理病态，使我的感觉，心情，几乎不能用常情去测量；抗战使我兴奋，凭一股单纯的热情在前方出死入生了五年……

经历了这么多，生活得这么复杂。但我的诗远不及我生命的充实。从我的诗篇里能窥到一点时代的影子吗？它曾印下过来生活的一点脚迹吗？从中能听到急烈斗争的叫喊吗？能扣出挣扎惨痛的呻吟吗？

也许能看到一点，但嫌太模糊；也许能听到一点，但嫌太微弱。

每一次斗争，我所参加过的，总有许多人倒下去，许多人转回头，许多人挺身直前。而我自己呢？却惶惑的睁着惊奇的眼睛。我没有倒下去，没有后退，我用了坚稳的小步向前走。二十年来都是这样在走着，痛苦的，矛盾的在走着。而时代却以百码竞赛的快步去接触最后的那条线。我害怕落后，也不甘落后，仍然坚苦的向前走着，向前走着。

这一些，不用我解释，贤明的读者一定会从我的诗篇里看得清楚的。我以多数篇幅赋同情予黑暗角落里卑微的生命——《老哥哥》,《洋车夫》,《神女》,《当炉女》；我曾写下了《烙印》,《生活》,《希望》和《老马》表现我的人生观和生活态度；在失望之余，我留下了《象粒砂》,《失眠》；至于写乡村的诗篇，那就更是充盈着的了。我自己知道，只表现了这一些是多么贫乏，但如果溢出了这个范围，那，读者怕会又嫌它是不真实的了。

这个诗选，我是依傍了三条标准线的。第一，那些曾经起过一些影响的，如《罪恶的黑手》,《运河》,以及《烙印》集子里的一些短诗。第二，虽然从技巧的观点上着眼，也许不够完整，但这些诗却是有意义的，如《生活》,《希望》。最后一个标准是：意义不一定大，但艺术水准却够，且足以代表我某一时期的心情，如《失眠》,《像粒砂》等。

一个奇怪的现象发生了。这现象，使朋友们惊奇，也使我自己惊奇。这便是，在这个选集里，战前的诗，尤其是第一本——《烙印》，占得份量最重，几乎是以压倒的形势，雄踞《十年诗选》中。而战后的东西按比例讲，少，少得可怜。《泥淖集》只举了一篇，《从军行》也只有三篇入选，《国旗飘在雅雀尖》成分比较多，《泥土的歌》是例外，看起来，它同《烙印》是我的一双宠爱。

这说破了一个真理：一个诗人把他全灵魂注入的诗，才能成为好诗。当然，他所注入的也就是他所亲切的，热爱的，能同他起共鸣的。一个作品一经用生命铸造成功，它是不能以早期晚期来判优劣的。优劣表现在它自身，而它的生命，又是诗人某一时期最真挚，最充沛，最丰盈，几乎是不能再次的最高表现。真实才可以持久，一个作品真实的生命，可以常年光辉，经久不老。由于这个理由，读者可以瞭然《烙印》何以至今还蒙我垂青。

关于《泥土的歌》，不必再噜嗦了。

抗战后，我在前方跑了五年，写下了大量的抗战诗，可是，十之八九都被丢弃了。但是，这是为了什么呢？到底为了什么呢？

抗战的号角一响，我疯狂了，一肚子淤积得到了倾倒，一腔子热情，无遮拦的流泄，看到什么写什么，听到什么写什么，匆匆的，在战壕旁边写；匆匆的，以膝盖做案头写；匆匆的，一颗心浮在半空里写。大炮呀，飞机呀，火呀，杀呀，血呀，泪呀，写了三四年，写了三四本。今天，再回头一看，笑了。烽火固然使我恢复了青春，但同时也伴来了稚气。黑暗一下子就可以总崩溃吗？光明一呼就可以普照天下吗？呵，当时自己怎么会那样看，那样想呢？眼前的现实又把一块石头压在我心头上，心，沉下去了。一双眼睛看过去，看过去写下的诗篇，我羞于承认它们是我生产的。这并不是因为抗战没能够写出好诗来，而是没深入抗战，没把自己变成一个真正的战斗员，才没能够写出好诗来。我歌颂士兵，而自己却不能真正彻底了解士兵，因为他们卧在战壕里，而我只是在战壕边缘上站了一忽儿；我歌颂斗争，却不是从同样斗争的心情出发；这样，我的歌颂就悬在了半空。这歌颂，你不能说它没有热情，但它是虚浮的，刹那的；这歌颂，你不能说它没有思想内容，但它是观念的，口号的。而且，写它们的时候，也来不及作内心和技巧上的压缩，精炼，切磨。而不幸的是，一个真正的好诗，却正需要深沉的情感化合了思想，观念，锻以艺术熔炉。

乘这个机会，让我表白一下自己诗的道路，该不是多余的事。

自从我从事新诗的习作以来，诗坛风尚至少已有过两三次的大转向了。在这诗流激变中，我始终保持住自己。我觉得，一个人不可能完全跟着另一个走。因为一个作品就是一个人格，这是没法摹拟的。如果把作品仅仅看做形式上的东西，那又当另作别论了。我初学诗时，受到了闻一多先生许多教益，受到了"新月派"一点影响，于是，就有好事的人这样喊过我一阵子，过了不久，看我的诗到底是我自己的，也就没趣的停止了。当"现代派"的风横扫千里的时候，当"散文化"滔滔天下的时候，我依然循着自己的道路走，不被淹没。我决不标榜，决不把"真我"丢在一旁去趋别人。固然不能低估了形式的价值，但诗，无论如何你得承认它是从内向外的。什么样的生活，产生什么样的感情，思想；什么样的感情，思想，要求一个什么样的形式去装它。我的生活态度比较谨严，朴实，热情，所以，我的诗也是同样。我讲求凝炼。我把一个材料向心的深处沉埋，象今天变成煤块的树木，千万年前向大地的深处沉埋一样。我注重推敲。但这决不玩弄什么技巧的把戏，好比照像，我在苦心寻找思想和情感饱和交凝的焦点。我要求谨严，含蓄。（亲爱的读者，千万不要误解了这两个字！）因为，我尊重读者，不把他们当傻子。谨严，就是应有尽有，不多也不少。含蓄就是力的内在。诗不是散文，应该让读者享受一点属于他们的权利。

因为我把火样的热情包在字句里，我没有将一滴稀薄的感情吹成肥皂泡，把它嘘到半空里去，大喊大叫的向人们号召：快来呀，快来呀，快来鉴赏我热情的升华呀！于是，就有些只能从表皮上认识热情的先生们，说我的诗是什么"客观"的，什么"雕塑式"的，并且还拿我和美国诗人比照了一番。因为，我不肯把情味一泄无余，十年前一位先生在《大公报》上评《烙印》中的《洋车夫》一诗的末句："夜深了，还等什么呢？"，他说："诗人连这也不明白，让我告诉你吧，他在等一家人的饭钱呀！"这位先生真比我聪明多了。这，叫我说什么呢？

诗的有韵无韵，在诗坛上成了大问题。我走的那一条路，读者们是清清楚楚的。我觉得诗之所以为诗，总有它自己的一个法则。现代的路已摸索得有点门路了，我让自己试验这样，也让别人试验那样。可是，无论是什么式样，必须把诗写成诗！削去半截脚趾头去穿韵脚鞋，我绝对反对，但象新近一位写过多年诗的朋友来信中所说的："现在有许许多多诗，不能算诗，只能算是诗料"的过于散漫的分行写的一些东西，我也期期以为不可。

最近，同刚来自敌后的一位诗友谈到诗的散文化问题，他一向是写有点西洋化的自由体的；可是，他最近没有写，已经写成一半的一篇长诗也要重新再造它，他在考虑一个问题：诗的有韵无韵。许多人摹仿"玛雅可夫斯基"写散文化的诗，但"玛雅可夫斯基"本人的诗却是有韵的。敌后正以"新秧歌"深入民间，但"新秧歌"是有韵的。现在，跑了一大段路以后，有些人忽然停住，再一次考虑诗的有韵无韵了。

韵，应该是感情的站口，节奏回归的强力的记号，韵，不是也不能叫它是坠脚石。

我沿着自己的道路，从《烙印》直走到现在。这中间，在形式上显然有变化，有演进，但这变化，这演进，是沿着一条轨道进行的，而这条轨道是铺在生活的基地上的。

现在，许多写诗的朋友们，各人在试探一条路，只有双眼真朦胧或假朦胧的人，才说新诗没有路。路，不一定是一条。在律诗登峰造极的唐代，古诗，乐府，绝句，不也奋首并驰于诗坛吗？乐府的长短句同律诗的对仗谨严，相去也不近呵。当然，这几种形式的差别，没有新诗的差别那么大，譬如，七言都是四拍子，五言都是三拍子。新诗，尤其是散文化的诗，是无法用上音乐的节拍了。

我探步在自己的道路上，象别的朋友们探步在他们的道路上。我相信，只要大家肯认真的，切实的，自发自信的向前走，条条路都可以通到诗国的堂奥。

回头一看，自己走过来的路子是多么窄小，但是，只要向前走，生活的道路是长的，宽的，诗的道路也是。

卅三年六月卅日克家记于歌乐山中

（原载1944年12月现代出版社《十年诗选》）

205

《民主的海洋》小序

臧克家

　　把年来发表的一部分诗，集成了这个小小的集子，数量很少，质量也不够重。这里面，除了《和驮马一起上前线》一篇，全是抒情诗。在时代的动荡中，人们的心也起伏不平，对着眼前的现实，不能视若无睹，你就不能不有动于中。这些抒情诗，虽然同是抒发个人真实的感情的，但意义却不同。有一些是属于个人的，别人不一定有同感，所以也就不一定能起共鸣，例如《当记忆在它头上飞翔》、《废园》、《失眠》、《心是近的》等等。在我自己方面说，它们是产生于亲切的感觉，但这样的感觉，别人也许不会有，因为生活、经验，各人有各人的式样。我立在江边的一个小土丘上，在夕阳西下的时候，望着江上的帆船，带着暮色从天际飞来，又急急地向下流驶去。我一直看了一年，心里想着它们的意义，这不象人生从时间的大浪里寻求着归宿吗？我想了一年，想出了下面的句子：

> 立在岸上，看江潮
> 从天边送下船帆，
> 又急急地驶下去，
> 他们必须找到自己的归宿，
> 抢在黑夜的头前。

　　不加解释，别人不一定能体味到它的涵义。当我对一位朋友说《废园》是象征中国的，无怪乎大叫一声"唉！？"了。

另外有几篇，虽是属于我个人的，同时也属于大众的。类如《朋友和信》。这些诗，感情从我心中出发，立即通到每个人的心里去，引起同样的感情。特别是第一篇，发表在敌骑踏入黔边，重庆为之动荡的时候，这诗里所感觉的，所说出的，是我的也是大家的。人活在世界上，一点也不孤单，心是寻找着心。当个人的心同多数人的心结在一起的时候，那，他这个人也就成为群众里边的一个，他的感情的色调，也就不会是特殊的了。如果能够这样，那他所抒发的情感也就是大众的情感，他的抒情诗也就成为大众的心声了！

可是，这勉强不得。没有那份真实感觉，硬去做作，那是虚伪的，也就是丑的。诗人，必须忠实于生活，忠实于自己。但是个人的生活又必须插进群众生活的海洋里去，这样，生活才宽广，才深宏。

我是忠实于自己的情感的，而又希望着这情感不仅是我个人自己的。这对自己是一个期许。

臧克家　一九四五年三月五日灯下于歌乐山中

（选自1985年4月山东文艺出版社版《臧克家文集》第2卷）

刺向黑暗的"黑心"

（《宝贝儿》代序）

臧克家

这一年来，讽刺诗多起来了，这不是由于诗人们的忽然高兴，而是碰眼触心的"事实"太多，把诗人"刺"起来了。

诗人们并不是不想歌颂光明，而是，看不到一点光明——光明象流水就下一样，都积汇到另一些地方去了。

诗人们并不是专瞅黑暗，而是，所听到，看到，接触到的，全是漆黑一团，既成为一团，也就很难个别列举，因为，只有用"一团"两个字才可以概括。

诗人们跳起来了。瞪著大眼睛，心也砰砰的乱跳。把他们的笔尖向著一个又一个黑暗的"黑心"刺去。通的一声击中了。

黑暗的原形暴露在千万人的面前了，诗人们对它憎恨的情感，也藉了有力的诗句传染了大众。大众原先看不清楚的，现在是清清楚楚的了；大众原就是恨的，现在是更恨了。

恨，铸成力，力，向著黑暗的墙壁推去，推，推，推，推倒它！

我想，在今天，不会再有诗人怕"政治"沾污了他的诗句罢。我觉得，在今天，不但要求诗要带政治讽刺性，还要进一步要求政治讽刺诗。因为，在光明与黑暗交界的当口，光明越见光明，而黑暗也就越显得黑暗。这不就是说，在今天，环境已为政治讽刺诗布置好了再好不过的产床了吗？——黄金呵，烂布呵，拉夫呵，贪污呵，枪杀学生呵，太多了，太多了，太多了。这些"丑"得令人不堪入目的事件，可以造成诗人最"美"的诗句；这些"臭"得令人掩鼻的事件，可以造成诗人最"香"的诗句；不要愁这些事件已成过去；现在的，比从前更新鲜，更惊人，因为产生这一些的有一个健在的"母亲!"只要你耳不聋，或不装聋；只要你眼不瞎，或不装瞎；只要你心不死，或不装死，总不愁这些已死的，现存的，新生的，死而复活的事件，不来碰你，刺你，鼓动你起来。

讽刺不是要聪明，也不是说漂亮话。看的真，感得切，恨得透，坚决，尖锐，厉害，这样情形下产生的诗，才有力。力，从诗人传给诗，从诗传给群众。

诗人如果单纯是诗人，他一定不会写出这样的诗罢？诗人关心政治，不够；诗人就是政治上斗争的一员的话，那情形就不同了。

政治讽刺诗为什么会成为空洞的观念和口号呢？因为：写政治讽刺诗的人，还不能政治化，换个说法，还没有把真情交给政治事件，立在一旁的人，不但看不清事件的中心，他的感情也溶化不了这事件的。

诗不产于观念，而产于情感。

政治事件不是诗，通过这事件表现出来的诗人的情感，思想，才是诗。当这事件变成诗以后，它已经不是它的原形，简直可以说是：诗人心中的政治事件了。这样，你可以不必怕观念化，口号化的危险，这一些，当诗人以丰盛的热情赋给它们时，它们便成了生命力充沛的生命体了。这样，你可以不必怕政治事件过眼即逝的"暂时性"，因为，当诗人以生命给予它们时，它们便永远不死的了。别德内依笔下的托罗斯基，杜甫笔下的石壕吏，是永远使人憎恨的。

当眼前没有光明可以歌颂时，把火一样的诗句投向包围了我们的黑暗叫它燃烧去罢！

（原载1946年5月上海万叶书店《宝贝儿》）

《生命的零度》序

臧克家

我把三年来的二十九首短诗和长诗，辑成了这个集子。当然，从三十四年到今天，我不只写了这些，其余的，都已包括到抒情的《生命的秋天》，和讽刺的《宝贝儿》里去了。

在这个集子里，我并没有按着时间的先后为序，虽然每一篇底下都清楚的记着写作的年月。按写作先后排次序，有一个好处，可以使自己和读者瞭然于由于环境，心情，思想的变迁，而影响到诗篇的内容，形式，以及创作路线的曲直。我相信我自己是在变着的。把这个集子里的东西前后一对照，也可以看出这个变的踪迹来。雕琢了十五年，才悟得了朴素的美，从自己的圈套里挣脱出来，很快乐的觉得诗的田园是这么广阔！"生活得，斗争得，如同一个老百姓，最真挚的憎爱用最平易的字表现出来——表现得深，表现得有力，表现得美！"

当然，这只是给自己竖立了一个标竿，我并没有够上它。但，我在努力的，自觉的去够！

把这个集子分做三辑，是按着性质大略的分开的：

第一辑   讽刺。

第二辑   穷苦然而高尚的影像；加上一些抒情的东西。

第三辑   是叙事诗。老哥哥和六机匠，是站在我心头上的最亲切，最清楚，时间越久越鲜亮，只要一想到就温暖，就悲伤的两个顶顶巨大的影子。我祝福老哥哥的孙子已经翻了身，我祝福六机匠已经换上另一副生活了。

克家，三十六年元月十六日雨中炉边于沪

（原载1947年10月新群出版社再版《生命的零度》）

甘苦寸心知
——谈自己的诗《邻居》

臧克家

　　《邻居——给墙上燕》，是一九四六年春写的一首诗。那时，抗战已经胜利了，有势、有钱、有办法的人，都已纷纷"复员"离开了这座多雾多难的山城重庆。而我呢，作为一个贫困的职业作家，既无门路，又无去路，仍然困留在"歌乐山大天池"一家贫农的小土院子里。环境的艰难，情绪的沉郁，内心的悲愤，可以想知。白天，我一个人守着空空洞洞的三间小土房，僻静而孤寞，听着满山啼血的杜鹃，一声声"不如归去"，归去，我将归何处呢？故乡，隔绝了八年，音信杳然，无由问死生；广阔的人间，我却问津无处。朋友们，有的已经走了；没走的，因为我僻处山居，也极少故人来。

　　而有两个常客，天天来我的土屋，呢喃声声，使我感到亲昵，得到慰安，成为我精神上的朋友，它们一天不来，我便倍感寂寞。

　　我对有益无害的小动物，一向是爱惜的。每每见到蚁群相斗，尸骸狼藉，我心里觉得难过，便用细草拨开它们，把食物的屑末撒在黑压压的蚁阵上面，企图给它们排难解纷；看到小小工蜂，满带花粉，受不住毒阳的烈焰，晕倒在地上，我便用一根小树枝把它引渡到花间的阴凉湿地上去；有的蝴蝶，误失扑进室内，我便打开窗户，用扇子把它轻轻扇走……可是，对于燕子，情况却有点儿不同，我爱它们，不只由于怜惜，更多的是由于同情。它们虽然是小小飞禽，我可把它们人格化了。记得青年时代开始学习新诗，处女作就是写的燕子，内容已经完全记不起了，把燕子作为客观事物来描写，这一点是无误的。现在，我又写燕子，由于环境、心境的两样，一样的题目，意义却迥乎不同了。这，从《邻居》这个题目上也就可以体会出来。我同情它们，也就是慰藉自己。扩大开来，也就是关怀一切善良而渺小，希望能够自由歌唱，享受生活的平安与幸福的人民大众。

我与燕子，虽有人禽之分，但我已把它们看作"邻居"，心中就自然有着"同是天涯沦落人"之感了。

上面已经说过，我所以这么写，完全是与当时的环境、个人心情密切相关。否则，就绝对写不出这样的诗来。

诗里所表现的情况是真实的，感情也完全是真挚的。连那个"竹窝"，也带着重庆的地方特殊性。

如果这首诗，从头到尾，全写燕子，读者也会从中体会到我的心意的。可是末尾两句，终于我还是点出了主意所在。中国古代不少诗人写了咏物诗，大体都是借物抒怀、咏志。写法大致有两种，一是不点明作者的本意，叫人去想；一是最后一二句，说明所以写这诗的意义所在，可谓之结穴，也可以说画龙点睛。

我写诗，本来是很注意含蓄的，但在这首《邻居》的末二句，我却作了这样的处理。这好似由不得我作含蓄与否的推敲，激情驱使我非如此不可，好似潺潺流水，顺势倾注于深潭。

我至今觉得，这么结尾，局面开豁，意义显然，诗的感情得到饱酣淋漓的抒发，但不显得直率。

一九八〇年一月二十八日早

（原载1980年5月12日《文艺报》第5期）

甘苦寸心知

——谈自己的诗《生命的零度》

臧克家

听到抗战胜利的消息，万众狂欢，我却有点茫然了。眼看富贵之家，有办法的人们，纷纷飞上九霄，踏上轮船，坐上汽车，各奔前程；而我呢，滞留山村，听满山杜鹃一声声"不如归去"。归去，我将归何处？第二年夏天，我才以我作小学教师的爱人的"眷属"身份，乘"拖轮"（大木船）过三峡，顺大江东去，万幸没有葬身鱼腹，到了上海，我却成了一条"枯鱼"。

四顾茫然，举目无亲。投奔到张自忠将军的弟弟张亮忱先生家作了一个不速之客。亮忱为人诚朴，对我热情招待。我刚安下身子，便致函在重庆认识的一位青年朋友——陈流沙，因我路过南京时，在路上遇到一个朋友，他曾告诉我流沙在他作编辑的《侨声报》上刊登了寻问我近况的消息。投出稿件的第二天，流沙来了，由于他的热情帮助，我进了他所在的报社，总算挤进大上海，作了它的一个市民。我主编一个副刊，月薪二十五万元，看来数目惊人，实际上不过每月25元，养活四口之家，贫困可想而知了。偏偏祸不单行，肺病又给我增加了穷愁，除了为填饱肚皮而拼命斗争之外，又要咬紧牙关和病魔作战。

个人的艰难，还是小事，放眼去看社会情况，那更是令人义愤填膺。

大上海，是达官贵人、富商大贾的天堂。南京的"首要"每到礼拜六，便"国家事，管它娘"，乘专车，驰来上海，吃大餐，开舞会，寻欢作乐。

大上海、你广阔，繁华、富有、光亮。但是呵，这不是你的全貌。这是你的"半面装"。请看另一个上海。

白色恐怖浓重得象乌云，人心惴惴不安；物价一日三涨，一般市民日夜为柴米油盐绞断心肠。国民党政府发动内战，农村凋敝，如同秋后落尽叶子的枯树，十室九空，妻离子散，哀号之声震天，而天千唤不应。为了活命，这些穷人，抱着一线希望，万苦千辛奔到大上海来，他们身子在冷风中发抖，看着貂皮大衣在大公司的橱窗里发散着温暖；他们用一根破棍子勉强支持着饥火如焚的身体，眼看小轿车从身旁掠过……

大上海是狭隘的，凋零的，贫困的，黑暗的。

黄浦江呜呜咽咽，翻腾着愤怒之声。

摩天高楼象一个倔强的问号。

我的血在沸腾，为了我感到的，看到的一切鸣不平！我写了《"警员"向老百姓说》和《谢谢了，"国大代表们"》，我把愤愤之情化作了讽刺诗句。

一九四七年隆冬的一个早晨，我在报纸的本市新闻上，看到了这样几行报道：

"经过一整天的大风雪，昨夜慈善机构在各处检收了八百具童尸。"

这个消息寥寥几句，但对我却是一个天大的刺激！

我再也安定不下来了，我周身的血液好似黄浦江的怒潮。我提起了笔，觉得我的手有千钧之力！我要控诉，为了这八百童尸，为了那些苦难的儿童！

我一面写，一面想到我曾经看到过的一个流落街头的"小乞丐"，追在一位高贵的太太身后"可怜可怜吧……"的哀求，她一脸怒气，回头斥骂了一声，便放快了脚步。我又想到，在我寓居的东宝兴路这条巷子里，经常有一个六七岁的小女孩用一根竹竿牵着一个双目失明的老人，到处乞求一点点食物，可是好久已经见不到她们的影子了。还有一件一想起来就使我揪心的小事：一个小小的乞儿，他饿得面黄饥瘦，要饭篮子空空的，他手里却拿着一块宝贝——不知道从哪儿捡来的一片绿色的玻璃，他天真地，好玩地，把这片玻璃放在眼前，觉得大上海在大放异彩，五颜六色，多神奇，多壮观！我不知道这个孩子在想些什么，他在用一片天真纯朴的童心摄大上海的容貌和灵魂……

我写着，我想着。我是在为正义呼喊，我是在为苦难的人们鸣不平！

这八百个人类的幼苗，天真可爱而又可怜的孩子，他们生在这个世界上，没尝到人生的一点点甜头，便带着疑问，带着酸辛与苦难，匆匆地离开了他所不理解的这个冰冷的世界。八百个儿童，他们来自不同的地区，有各自不同的遭遇，他们不是同年同月生，但是呵，他们却好象约好了的一样，同年同夜死！

他们也是父母所生，他们也是亲人的心肝宝贝；可是他们来到大上海，却成了多余的"人的垃圾"。他们死了，慈善家们既可以从中渔利，又可借以沽名，他们生前为人所抛弃，死后却为人所利用。

为了他们的死，我写成了为人所知的这篇诗——《生命的零度》，副标题是《前日一天风雪，昨夜八百童尸》。

我用诗句，在直抒胸臆，我用诗句在控诉。但是向谁控诉？控诉谁？

在金钱作主的旧社会，人的良心是生了锈的。

谁是杀人的凶犯？应该控诉谁？应该向谁控诉：想想看。

冬天过去，就是春天。我在同时间里写的一首《冬天》里，末尾有这么一句："这该是最后的一个冬天。"

一声霹雳，上海解放了。上海回到了人民的手中。新华社报道这个东亚第一大都市解放之后的动人景象时，作为对照，还提到了我这首诗和它的副标题，说：黑暗的旧时代已经一去不复返了。

（原载1980年9月7日《文汇报·笔会》"我和上海"）

《拥抱》序句

臧克家

这本书的名字，是由错中得来。朋友出丛书，要我也加入一本，并且先给一个书名，当时想了一下，顺口说了：《拥抱》吧。朋友就把它预告了，而且印了宣传品，连锌板也制好了。等到《挂红》出版，打开目录一看，糟了，我想用它做书名的那篇《她俩拥抱在一起了》已经赫然在目，实在不胜遗憾与狼狈。改名字已经不成，好，就将错就错吧。

做错了事，往往给它找一个藉口或解释。《拥抱》这个名字实在不坏，"拥抱生活"已经是每个从事文艺工作者的信条，而且成了一个时兴的口号。用"热"与"力"向生活与艺术拢近，扣紧，而终至融为一体……

当然，这本小书是谈不到这些的。这是个人的一个想头。读者想从这个名字上找到它另外的含意，或想入非非，那就有点对不起了。

1947年7月27日挥汗草草

（原载1947年12月环星图书杂志社版《拥抱》）

关于短诗《有的人》

臧克家

　　我为了纪念鲁迅先生写的一篇短诗《有的人》，被选在初中语文课本里。几年来，许多中学语文教师写信给我，还有的亲自来访，要我谈谈这篇诗的写作经过和主题意义。对里面的个别字句，共同地提出疑问要我解答，例如"情愿作'野草'，等着地下的火烧"一句里的"野草"代表什么，"地下的火烧"又是什么意义？

　　这篇短诗是一九四九年十一月一日写的，离开鲁迅先生逝世十三周年纪念日以后不到半个月。鲁迅先生在世的时候，我没有机会见到他，但是作为一个人民的革命战士和作家的鲁迅先生，我是熟悉的，十分尊敬和热爱的，在解放前白色恐怖笼罩下的上海，我曾经随着文艺界的同志们到他的墓地去吊祭过。一九四九年我来到北京以后，在他逝世十三周年纪念日那一天，到阜成门里去瞻仰过他的"故居"。这"鲁迅故居"在一条很偏僻的小巷子里，在纪念日这天，瞻仰的人们，先去后来，接踵摩肩，这条小巷子喧腾不息。这些来瞻仰"鲁迅故居"的人，有文艺工作者，有学生，有工人，也有一般的市民。如果你在附近雇车，拉三轮的同志也会先开口问你："到'鲁迅故居'去的吧？"

　　看了鲁迅先生生前曾在这里生活过、工作过许多年的"故居"，见了各种阶级、各种职业的前来瞻仰他的"故居"的人们，我心里自然地产生了一连串的感想。在国民党反动派统治的地区里，纪念鲁迅先生成为一场政治斗争，哪一次纪念大会没有特务捣过乱？在上海解放之前，到鲁迅墓地上去吊祭也要受到注意和阻挠。反动派这种卑怯的行为，丝毫不能抑止人民大众对这位文化巨人的景仰，只能引起我们对反动派的无限愤恨。人民的眼睛是雪亮的，人民的爱憎是分明的，对于为革命作过杰出贡献的人，人民是永远永远不会忘记他的。

鲁迅先生在逝世前不久写的一篇题目叫做《死》的文章里叮嘱过：在他死后，叫我们"不要做任何关于纪念的事情"，叫我们"忘记"他，"管自己生活……"。想想看，鲁迅先生为人民革命事业艰苦卓绝地战斗了一生，并没有半点个人主义的念头。生前和敌人战斗，临死想到的不是个人的身后名而是告诫人民要警惕敌人，努力奋斗。

鲁迅先生就是这样一位有敌无我、有我无敌的伟大战士。对于这样的战士，人民能忘记他吗？

由于纪念鲁迅先生产生的以上的这样一些思想和情感，渐渐地形成了《有的人》这篇诗的主题。

对于这样一位巨人作全面的歌颂，那是很难下笔的。我只是概括地从他生前为人民事业奋斗牺牲而不想到个人，在他死后，人民热烈纪念他这两点上来表现他的伟大。

如果照上面这个意思单刀直入地写来，三几句话也就完了，那样一定会叫人觉得单调。为了加强、突出主题的意义，丰富这篇短诗的内容，通篇用了对比的表现方法，题目不写做纪念鲁迅而叫做《有的人》。

过去黑暗社会里的反动统治者，站在高处，作威作福，自以为不可一世，剥削人民，压迫人民，看不起人民；鲁迅先生呢，为革命事业奋不顾身，老老实实地为人民服务，鞠躬尽瘁，死而后已。

在旧社会里，我们看惯了这样的事情：大至官僚，小到乡绅，残害压迫人民，坏事作绝，却妄想"流芳百世"，到处竖起"泽被乡梓""德高望重"一类的"功德"碑。而鲁迅先生却宁愿为革命牺牲一切，绝不去想个人声誉的问题。

至于旧时代里的那些封建军阀、地主恶霸，扼住人民的脖子，使得人民求生不得的情况，我们是十分熟悉的。鲁迅先生为了人民革命事业，在共产党的影响和领导下，战斗了一生。他的生命的意义，就是为了人民未来的社会主义幸福生活而奋斗。

这对比是很鲜明的，在天渊悬殊的情况下，更可以看出鲁迅先生的伟大。

中国人民在共产党领导之下，解放了。那些骑在人民头上的反动头子和那些压迫残害人民的坏蛋，全被打倒了。而鲁迅先生呢，人民永远纪念着他！

（原载1958年3月北京出版社《杂花集》）

《有的人》的遭遇

臧克家

一九四九年十一月，为了纪念鲁迅先生，我写了一首短诗:《有的人》。中学语文课本曾选它作教材，它在读者中发生了影响，被人们记忆着，背诵着其中的一些句子。十几年来，我很少想到它，更想不到在"四人帮"横行的时候，它遭到的横祸，两位女共青团员因为它的关系，被打成了"反革命"。欲知原由，请看下面的一封来书:

　　臧克家同志，首先向您致以新春问候。

　　看了下面的事，您将明白为什么会收到这样一封陌生人的信。

　　我们是××××厂的两名年轻女工，从前，读过您解释的毛主席诗词，长大后，又读过您的一些诗。印象最深刻的，就是为纪念鲁迅而写的《有的人》了。这首诗，以明确的爱憎，形象的对比，歌颂了为人民鞠躬尽瘁的人，嘲弄了对人民作威作福的人。我们常常念着她，把她抄在自己的本子上，勉励着自己。作为一个诗人，知道读者这样珍爱自己的心血，该是多么欣慰呀! 然而，诗人，这封信，可不是向您唱赞歌的，诗人呵，您无论如何想象不到，这样一首革命诗歌，曾带给我们什么样的"恶运"!

　　去年，一月八日，敬爱的周总理去世了。我们悲痛万分，泪水流不断，……也就是在这个时候，以革命接班人对党的忠诚的心，我们同广大群众一起，产生了一层层的疑云，对"四人帮"的倒行逆施，我们切齿痛恨! 骗子们干扰毛主席革命路线，我们怎么办? 野心家反对敬爱的周总理，我们怎么办？我们是共青团员，要勇敢战斗，和他们干！清明节前，我们和战友一起，来到天安门，献上花圈，写上誓言。四月六号，我们两个团支部又出了题为《缅怀革命先烈，继承革命遗志，沿着毛主席开辟的航向，乘风破浪奋勇前进》的黑板报。在这期黑板报中，我们自己写了诗和文章，歌颂敬爱的周总理，歌颂了天安门前悼念总理的感人场面："念上一千遍悼词，吐不尽我们话语深长；献上一万个花圈，表不尽我们满腹悲伤。列队致敬，看我们的队伍多么壮大；举臂宣誓，听我们的誓言多么响亮！""燕京古城春色，都在英碑收尽，花山诗海无数，皆是人民心声。"我们抄了六首烈士诗抄，抚今追昔，激励人们斗志。我们也转载了您的长诗《有的人》，把她献给敬爱的周总理吧！这是我们的心愿，周总理正是那已经死了但还活着的人，正是那活着为了多数人更好活着的人！让这首诗为我们敬爱的周总理大声的歌唱吧，让它无情地鞭挞那些可怜的小丑吧！这期黑板报问世后，大家奔走相告，争先观看，并在这首长诗旁默默地思念，看到这些，我们感到自己作了一点应该作的事，觉得在去见总理的那一天，可以稍微心安……，但在一九七六年，等待这期黑板报的，是什么样的命运呢？六月，"四人帮"的黑爪牙，向我们这里派来了"工作组"，对我们机关花圈、挽联、大字报、黑板报，开始了"追查"。我们这些二十几岁的青年，被抓的抓，关的关，批的批，斗的斗。黑板报被加上一连串的罪名："反动"，"反革命"，在连篇累牍的批判中，每次必定要把您的杰作批一番，并说此诗在清明登出是反动的，就是七五年，七、八、九"谣言四起"时登出也是反动的。活着的人，指谁？指"坚决执行毛主席革命路线的中央领导，反对他们就是反革命！用《有的人》这首诗，赤裸裸的攻击中央首长，太猖狂了！"转抄了这首诗，是我们一条主要罪状。诗人，当我们站在全机关一千多人的面前，以"罪人"身份听取批判的时候，我们就想，将来一定要找到臧克家同志，问问他为什么要写这首诗，害人不浅！哈哈！

一个月的经历，饱尝了"资产阶级专政"的味道，在悲痛的九月之后，终于迎来了光辉的十月。我们得到了解放！黑板报也得到了解放！一月八日，我们把它再版问世。今天，我们给您写信，让您在新春之际，能听到这样一件有趣的故事，能知道您的大作的命运和喜爱它的读者的经历。让我们再读读您的诗句吧：

> 把名字刻入石头的，
> 名字比尸首烂得更早；
> 只要春风吹到的地方，
> 到处是青青的野草。
> 他活着别人就不能活的人，
> 他的下场可以看到；
> 他活着为了多数人更好地活着的人，
> 群众把他抬举得很高很高！

敬爱的周总理永远活在我们心中！
"四人帮"将永远永远被钉在历史的耻辱柱上！
希望我们的诗人为祖国美好的未来献出新的诗篇！

两名女共青团员

读了上面这封突然而来的信，使我震惊，使我悲愤不已！心里久久不能平静，象静静的湖面上，吹来一阵暴风。对"四人帮"横行霸道，早已道路侧目，怒火中烧！他（她）们陷害好人，造下的罪孽，真是擢发难数。在"查谣"妖风大吹之时，人人自危，惴惴不安。但，这么具体，这么真切的事实描绘，对我说来还是少见的，何况与《有的人》密切关连！读罢了信，对这两位不知姓名的女共青团员，既深深同情又大为钦佩！她们对周总理的热烈感情，对"四人帮"的切齿痛恨，她们一往无前、英勇战斗的精神，能不令人肃然起敬？

这封信，我放下又拾起，读一遍，又一遍，我觉得，我不是在念一封来信，是在听声声正义的控诉，我不是在看一行行文字，而是在望着一条条愤怒的火焰！

我日夜不得平静。我把它和最珍重的函件放在一起。我想，能见见这两位小战士多好呵，心里有这样强烈的愿望。但又转想，她们不落名字，表现了她们的深沉。越是这样，印象越深，永铭于心，久久不忘。但是，又一转念，见到她们，可能知道更多的一些事情，可以使梗塞的感情得到舒畅，压不住这个想法，于是，我按照信封皮上写的信箱号码，投去了一封信，收信人是：黑板报编辑同志。我想，姑妄试之，也许是石投大海。

一天下午，有人敲门。门开处，两个女青年站在我面前。

"信收到了，人来了。"

这两位小战士，一个瘦一点，一个胖一点，年纪都在二十三四岁。

她们从恶梦里醒来重忆梦境似的，述说起来，仍然怒气不消！她们说着，从口袋里掏出一张打印的文件，嘲笑地把它递给我，说：请看我们的"判决书"。这就是信上说的"四人帮"那个黑爪牙给她们定下的"反革命罪状"。她们看着我凝神在看这张"罪状"，哈哈大笑起来……看罢之后，我到内室里拿出一本小书，把它送到她们的面前。我说，你们来得真巧，昨天刚到手。她们急于并头抢着看它，一看到目录，就喊了起来："呵，《有的人》又选到语文课本上了！"

她们兴奋地站立起来，我也立起身子。大家心潮澎湃，情感交流，不约而同地叫了起来："四人帮"和他（她）们的爪牙完蛋了！人民胜利了！我们解放了！

一九七七年

（原载《上海文艺》1978年4月号，有删节）

《臧克家诗选》后记

（作家出版社1954年版）

臧克家

这个集子里所选的三十几篇作品，除了"六机匠"，其余的都是短诗。开头一篇"难民"，写作时期是一九三二年，最后一篇"高贵的头颅，昂仰着"，是一九五三年的创作，前后相隔二十年挂零。这二十年，是伟大的二十年！而我所能够拿出来的却只有这三十几篇短诗。

一九三三年前后，"现代派"的颓废诗风疲弱了，我的第一本诗"烙印"刚巧出版，由于现实性的内容，"这可不是混着好玩，这是生活"的正视人生的态度，加上比较朴素的表现形式，在一般读者中间发生了一些影响。以后，我一直在沿着这条道路走。

从这个集子里所选的作品看来，在主题和题材方面占比重最大的是写农民和乡村的。是的，这可以作为我的诗，甚至我的人的一个特点。以前，人们加给我以"农民诗人"的头衔，不是没有理由的。我从小生长在乡村、生长在农民群众中间，我酷爱乡村，我热爱农民。在"村夜"、"答客问"中，多少表现了一九三四年前后北方农村的贫困和动乱；从"难民"、"老哥哥"、"六机匠"、"三代"等诗篇里可以看出农民的生活和遭遇。我深深地同情他们，为他们的不幸而悲愤，我情愿和他们共有一个命运。对于"黑暗角落里的零零星星"——"洋车夫"、"当炉女"、"神女"……也是如此。

写工人的作品只有"罪恶的黑手"和"歇午工"。前者因为它表现了工人伟大的创造力量，以揭穿帝国主义藉宗教麻醉中国人民为主题，发表以后，引起了读者的注意。但是这类的题材在我的作品中是比较少的。

这本集子里的作品，整个说来，暴露黑暗的多，正面歌颂的少；同情人民疾苦的多，鼓动人民斗争的少。从这里可以看出生活限制对于一个从事写作的人关系是多么重大！"天火"、"不久有那么一天"，虽然是带点革命浪漫主义气味的作品，但这气味毕竟是很薄弱的。

我很喜爱中国的古典诗歌（包括旧诗和民歌），它们以极经济的字句，表现出很多的东西，朴素、铿锵，使人百读不厌。我在写诗的时候，有意地学习这种表现手法。我力求谨严，苦心地推敲、追求，希望把每一个字安放在最恰切的地力，螺丝钉似的把它扭得紧紧的。在形式方面，受了闻一多先生"死水"的一些影响，人民的口语在我的习作中也起了作用。

大太阳已经高高升起来了，这本集子里的作品不过是大太阳底下的一点焰火。它在今天出版的意义，在于记录一个人是怎样生活过来、创作过来的，今后应该怎样去生活、怎样去创作。

1953年9月，北京

（原载作家出版社1954年1月北京第1版《臧克家诗选》）

《臧克家诗选》序

（人民文学出版社1956年版）

臧克家

这是我的"诗选"的一个增订本，比起一九五四年出版的第一个版本来，它的内容是扩大了。

这本"诗选"里的作品，是从十几本诗集里挑选出来的，除了《自己的写照》和《六机匠》以外，全是短诗。这些作品最早的写在一九三二年，最后截止在一九五五年底。我把它分做四辑。第一辑是抗战以前的作品。第二辑是抗战期间的作品。第三辑是抗战胜利后到全国解放前的作品。第四辑是解放以后的作品。这样划分，脉络比较清楚，自己在创作道路上是怎样向前走的，也容易看得出来。

我的第一本诗《烙印》出版在一九三三年，接着《罪恶的黑手》、《自己的写照》等也出版了。那时候，"现代派"的颓废诗风吹得疲弱了，由于我的作品，取材比较现实，对生活态度比较严肃，在表现形式力面也比较朴素，在一般读者中间发生了一些影响。

在创作初期所写的那些作品里，主题和题材大略可以包括到四个方面里去："九一八"事变后，爱国主义情感的抒发，这里边包括了对国民党反动政权的痛恨，和团结抗战的号召。《中原的胳膊》、《依旧是春天》、《民谣》、《忧患》等诗篇就是这种思想情感的表现。

我也写了多少带点革命浪漫主义气味的《天火》、《不久有那么一天》，表示了对革命的向往。

以工人劳动生活为主题，我创作了《歇午工》和《罪恶的黑手》，后者表现了工人伟大的创造力量，揭穿了帝国主义借宗教麻醉中国人民的阴谋。

《自己的写照》是我的第一篇长诗，它反映了一九二七年大革命及其前后的一些情况。从中可以窥见第一次国内革命战争时代、它以前和它以后各个时代精神的一点影子。

在初期的作品中，给人印象较深的是农民的形象和乡村的景色，这是我的诗的一个特点。我从小生长在乡村，生长在农民群众中间，我酷爱乡村，我热爱农民。在《村夜》、《答客问》中，多少表现了一九三四年前后北方农村的贫困和动乱；从《难民》、《老哥哥》等诗篇里可以看出农民的生活和遭遇。我深深地同情他们，为他们的不幸而悲愤，我情愿和他们共有一个命运。对于"黑暗角落里的零零星星"——《洋车夫》、《当炉女》、《神女》……也是如此。

当然，从当时革命斗争的整个局势着眼，这些诗的战斗性和思想性都是不足的，从这里可以看出思想和生活对于一个写诗的人的限制。

我很喜爱中国的古典诗歌（包括旧诗和民歌），它们以极经济的字句，表现出很多的东西，朴素、铿锵，使人百读不厌。我在初学写诗的时候，就有意地学习这种表现手法。我力求谨严，苦心地推敲、追求，希望把每一个字安放在最恰切的地力，螺丝钉似地把它扭得紧紧的。在形式力面，受了闻一多先生《死水》的一些影响，人民的口语在我的习作中也起了作用。

抗战爆发以后，我怀着欢腾兴奋的心情参加了这神圣的民族解放战争。在战地上奔跑了几年，以澎湃的热情写下了许多歌颂抗战的诗篇。就生活的面来说，是比抗战以前宽广了，可是由于自身存在着小资产阶级的思想情感，加以环境的限制，对于伟大现实生活的深入、认识，都是不足的，在这样情况下写出来的作品，和斗争的现实比较起来，就显得很微弱。中国人民的雄伟力量和对敌斗争的英勇气概，以及他们的痛苦和希望，从我的诗里没得到充分有力的表现。

在抗战期间，我也写了不少以农民生活为题材的诗，但鼓舞他们去从事斗争的较少，描写他们悲惨命运的较多，实际上和战前写农民的诗比较起来，没有前进多少。

抗战时期的作品，在表现方面，比较放开了一些，同时也粗糙了一些，多数作品不及抗战前作品的精炼、谨严。

从抗战末期起，我开始写讽刺诗，把国民党反动统治的丑态和罪恶暴露在广大人民的眼前。抗战胜利后，国民党反动政权，压迫人民，发动内战，实行法西斯的统治。针对当时的情况，通过一些政治上的大事件，我及时地发表了一些讽刺诗。当国民党刚刚在开伪"国民代表大会"时，我发表了《谢谢了，"国大代表"们！》；当"警员"到处逮捕人的时候，我发表了《"警员"向老百姓说》。这些讽刺诗，有着比较强烈的政治性，在当时发挥了它的一定的武器作用，给予国民党反动派以打击。

除了政治讽刺诗，这个时期也写了一些表现广大人民在国民党反动统治之下悲惨生活的诗篇。

解放以后，由于没有深入现实生活，写的诗不太多，但也写了一些，第四辑里的作品便是从中选取的。

回顾过去，是为了发展未来，崭新、壮丽的现实，在呼唤自己时代的歌手，今后，我要努力地为祖国社会主义建设事业而歌唱。

作者　　1956年4月11日于北京

（原载1956年11月，人民文学出版社，北京第1版《臧克家诗选》）

《臧克家诗选》序

（人民文学出版社1978年版）

臧克家

从一九三三年第一本诗集问世到现在，四十五年已经过去了。如果从开始学着涂鸦算起，还得推上去十个年头。这中间，我亲身经历了新旧军阀野蛮黑暗的重压与频繁惨酷的内战；轰轰烈烈的武汉大革命及其失败；蒋介石长期的反动统治；光耀史册、气壮河岳的抗日战争；终于在毛主席、共产党领导之下，艰苦奋斗，流血牺牲，推倒了压在人民头上的三座大山，建立了中华人民共和国，进入了伟大的社会主义时代。

这几十年的岁月，真是雷轰电击，石破天惊！朝霞万道，不足以喻共产党的光辉；大海翻腾，不足以喻斗争的浪潮；血流成河，不足以喻牺牲的壮烈；万紫千红，赏心夺目，不足以喻社会主义革命和社会主义建设的宏伟灿烂图景。

今天，当我执笔为这本"诗选"写序言的时候，真是心潮起落，感慨万端！我以七十三岁的年龄，可以作这些峥嵘岁月的见证人。一幕又一幕的时代风云从我心的荧光屏上卷过。我，心情激动；也觉得惭愧！作为一个诗歌创作者，呕心沥血，长年苦吟，诗集出版了一大堆，试问，从中能窥见一点大时代雄伟壮烈的影子吗？从中能听到一点呼号震奋的声音吗？

我只能如此回答：有一点点的影子，但那影子不够明朗；如果说有一点点声音，但那声音未免微弱。

不是亲身参加革命长征的行列，无法绘出《长征画集》那样动人的画史。

不是作为一个为共产主义理想而冲锋陷阵、振臂高呼的战士，是难以在作品中留下振响诗页、鼓舞人心的宏声的。

这是革命斗争与创作实践关系的铁的规律。这是不能抗违的，不允许作假的。

我出生在胶东半岛的一个县份里。这里，土地大量集中，封建势力浓重。富贵之家，优游卒岁，阡陌连云，仓库如山；穷苦农民，勤劳终年，冬不见棉，糠菜度日。我从小生活在这样的环境里，和乡村的穷孩子风里雨里、泥里水里的混在一起。农民生活的种种惨状，摧伤了我幼小的心灵，使我对童年的伴侣，对这些朴实勤劳、聪明能干的农民，大抱不平，深表同情。

这段生活经历，感受极深刻，终生不能忘记，成为我后来写作的基础。当我用痛苦的诗篇去描绘、反映这些命运悲惨的农民的时候，确乎是含着同情的热泪，蘸着浓厚的感情的。也表露了对封建社会、新旧军阀统治的愤懑控诉之情。但是，我过多的写了他们受压迫、受剥削的悲惨一方面，并没有指出一条明路，鼓舞他们挺身而起，参加战斗，去争取解放，虽然有些诗篇也有一条暗示性的"光明尾巴"。"星星之火"，在当时我的心中是闪亮的，但绝没想到它会"燎原"。思想性显得弱，这就减却了作品的时代意义。

我从青少年时代，就接触了古典诗歌，对民歌也很喜爱。入了大学，读中文系，跟闻一多先生学诗，对古典诗歌的兴趣也就越来越浓厚了。虽然我写的是新诗，在艺术表现方法上，我向古典诗歌和一多先生的《死水》学习，（显然，一多先生的作品受到古典诗歌不少的影响），刻苦努力地学习那种精炼、含蓄、真实、朴素的表现风格。

一九三七年芦沟桥一声抗战炮响，给受压迫、受侵略、忍辱含垢的中华民族，轰出了一个崭新的生面。它象一阵狂飙，把郁闷窒息的空气一扫而空。我揩干了悲愤的山河泪，热情奔腾地参加到抗战的行列中去。诗句，象地下水找到了一个喷口。引吭高歌："诗人呵，放开喇叭的喉咙，除了高唱战歌，你们的诗句将哑然无声！"

眼界放宽了，生活圈子扩大了，由于客观、主观条件的限制，对轰轰烈烈的斗争生活并没有深厚的体验。写的倒不少，可看的并不甚多。从形式方面看，比较宽畅了一点，但多少也失去了过去的谨严。

一九四二年秋，到了国民党反动统治的中心——雾重庆。白色恐怖如同白色的浓雾，令人透不过气。民不聊生，万众切齿。作为一个职业作家，过着"年年难过年年过，处处无家处处家"的艰苦生活。在这期间，读到毛主席的一些著作，一九四五年九月间，第一次见到伟大领袖毛主席，心潮澎湃，心扉大开。光明与黑暗对比，是如此鲜明。怀着对国民党反动派的愤怒情绪，在抗战胜利前后，写下了为数不少的讽刺诗篇。

一九四九年春，我奔到了刚刚解放的北京（那时还叫"北平"）。从地域上讲，从一个旧世界踏进了一个新世界；从时间上讲，从一个旧时代跨入了一个新时代。一切都光华耀眼，新鲜动人。兴奋激动，有如从黑暗地狱中走出来，置身在光天化日之下一样。由于将近三十年的时间，浮在上面，没有深入火热的斗争生活，到创作的唯一源泉中去改造思想，体验生活，虽然经历了多次革命运动，受到教育、锻炼，有所前进；但面对蒸蒸日上、一日千里的革命和建设的伟大形势，总感觉步子蹒跚。这些年来，也写了不少的诗，触于目，动于心，很想对瑰伟的现实有所表现，用笔头参加斗争，但它并没有起到应该起到的作用。

一九四九年，为了纪念鲁迅先生逝世，写了《有的人》。一九五九年，因重病住院，时间相当长，对于医生和病人、病人与病人之间，亲切照顾，相互关怀的新型关系，有了较为深切的体会，写了《凯旋》这组表现这种题材的诗。青岛是我旧游之地，解放前，德、日、美帝国主义把它作为俎上肉，你争我夺，用军舰的铁索，锁住了它的咽喉，接踵而来的是国民党的反动统治。我在这个美丽受污的小岛上生活了达五年之久，在悲愤窒息中，写下了《烙印》《罪恶的黑手》里边那样一些令人读了痛苦而又愤懑的诗篇。解放后，我四次重游故地，满怀自豪的情感，写了《海滨杂诗》，表现了我同大海一样自由舒畅的呼吸。

一九六九年冬，响应毛主席的伟大号召，我同战友们一道到江南"向阳湖"畔的干校，学习、劳动，锻炼了三年。时间虽然不算太长，但感受极深，受到的教益极大。每当想起那些风风雨雨的岁月，想起那些紧张战斗的日日夜夜，想起与战友们亲密相处，同甘共苦的朝朝暮暮，我的心呀，便波浪起伏，如同涨潮一般。相去的日子越长久，对那种生活的忆恋越深厚，每一念及，如饮醇醪。在按捺不住激动的心怀时，我以真挚的深情，新旧诗体并用，写了几十篇《忆向阳》组诗。

过去，有一种流传的说法，写诗是青年人的事。人一过中年，就成为散文型的人了，便应该"收拾铅华归少作"，因为性灵丧失，"江淹才尽"了。这当然是十分荒谬的。

这个"选集"，是我过去作品的结集，但它不是我写作的结束。活到老，学到老，写到老。精神常青，诗句也常青。战斗生活不尽，"才"永远是不会尽的。我想用自己几年前的两个旧句，来给这个选集的序言作结：

"年景虽云暮，霞光犹灿然。"

1978年4月11日北京

（选自人民文学出版社1978年11月北京第2版《臧克家诗选》）

五十五年一卷诗
——《诗选》增订本小序

臧克家

　　我的《诗选》再版本一九七八年问世，至今已有七年多了。这几年间，我先后又出版了《今昔吟》、《落照红》、《臧克家集外诗集》三本诗集。这几本诗集里的作品，有的是新作，有的是旧作。最早的发表于一九二九年，有些则是近二三年来写的。按它们达到的艺术水平，加入到《诗选》里去是无愧色的。在这里，我特别要强调一下《臧克家集外诗集》。从名字上可以看出来，其中的诗作是没有收入过集子的。这不是因为它们较"次"，所以落选了，是因为我无处寻找它们。我在这本《臧克家集外诗集》的扉页上题上了这样四个句子：

　　　　茫茫数十载，人与诗同样飘零。
　　　　夜去天大明，花开时节喜重逢。

说实话，我写它们的时候是感慨殊深的！这集子里的一百二三十首诗，大多是写在抗日战争与解放战争期间，山河烽烟弥漫，而人呢，天南地北，萍踪无定。这些诗，有的发表在昆明报纸的副刊上，有的见于成都《华西晚报》的文艺园地，也有少数是一九四八年为时势所迫，潜往香港后留下的声音。由于人事的变迁，心境的变化，对于这些几十年前发表的诗篇，久而久之，也就渐渐淡忘了。应该感谢冯光廉、刘增人同志，使它们起死回生了，功莫大焉！他们二位，因为负责搞我的《资料专集》，南北奔走，到处搜罗，旷日经年，心血耗尽，使这本《臧克家集外诗集》作为副产品有机会与读者见面。重读这些旧作，如旧友重逢，心潮澎湃。解放前的痛苦经历，艰险奋斗的生活，复杂不可言喻的感情，一齐来我目前，触我心怀。

这次增订《诗选》，从《臧克家集外诗集》中选入的较多，这也并不是由于它们被弃置而我特别地爱怜它们；是它们自己入了我要求的水平线。我又从几十本诗集中，挑选出来一些过去漏选了的较好的诗作；另外，也从一九七八年版《诗选》中，汰去了少数的篇章。去取的标准是：艺术上有相当水平；思想内容方面，确乎表现了、代表了我近五十多年来各个时期情况的作品，作为我一生诗创作的总结。

我生平写了《古树的花朵》、《李大钊》等长诗，出版了六部集子，限于篇幅，我只选了《自己的写照》、《诗颂张自忠》二首。

编选这本《诗选》，我是慎重的。在挑选《臧克家集外诗集》篇目的时候，请友人冯光廉、刘增人、吴家瑾同志参加了意见。他们熟读了这些作品，从事这份工作的态度是严肃认真的，令我感谢又感动。我知道，这不光是为了对它的作者负责，更重要的是为了对众多的读者负责。他们的意见，大致上是相同的；但也有少数不同的。我个人又仔细地检阅了这些诗作，最后作出了决定。因为，自己是最知道自己的。对于某些诗篇由于感情上的或艺术上的关系，也难免有个人的偏爱。

《诗选》按时间顺序分为五辑；第一辑，自一九二九年至一九三七年"七七"前夕；第二辑，抗战八年；第三辑，自一九四五年九月抗战胜利至全国解放；第四辑，自一九四九年十月中华人民共和国成立至一九六三年；第五辑，自一九七五年九月至一九八四年。还须说明一点，前两版《诗选》，有些诗作了删改，这次选用时基本上恢复了原样。

最后，向人民文学出版社的领导和本书的责任编辑莫文征同志以及其他有关同志，致以衷心的感谢！

臧克家　1985年1月5日于北京

（选自1986年2月人民文学出版社北京第3版《臧克家诗选》）

《杂花集》后记

臧克家

单从目录上也可以看出来，这是内容较杂的一个集子，所以就取名《杂花集》。

其中有评论、分析性质的文章，有散文随笔，有杂文，最后是特写。

这些文章，最早的写在一九五〇年，最近的包括一九五七年十二月份的作品。按时间说，也不是一时之作。

这些长长短短、形形色色的文章，大都是为了一个政治任务或纪念节日赶写成的。《鲁迅对诗歌的贡献》是为鲁迅逝世二十周年写的，评论《闻一多的诗》，是为了纪念他遇难十周年。

其他的杂文、随笔之类，也多半是在政治运动中，有所激发写出来的。读者可以从中读到"三反"时期和最近反右派斗争的杂文。这些杂文，写得好坏是另一个问题，它们在当时确实发生过一点作用。

最后的部分——人物特写，对象全是模范人物，也是为了任务的关系，和他（她）们对坐两三小时，至多四小时，便凭印象，凭笔记，凑合一起赶出来的。因为对他（她）们的生活和生活环境，了解得太少，虽然他（她）们本身的劳动事迹令人兴奋鼓舞，可是凭这种方法想写出优秀的作品来是比较困难的。但我并不后悔写了这些东西。一则，在开全国青年社会主义建设积极分子大会和全国先进生产者代表会议的期间，访问这样一些人物，发表这样一些文章，是有它积极的意义和作用的。再则，时过境迁之后，对照这些人物的发展情况，个人也觉得很有意思。例如，我曾经访问过的长江大桥的老工程师顾懋勋，在长江大桥通车前夕，报纸上刊载了他的访问记，我看到之后，就特别感到亲切、高兴。

这七八年来，像这个集子里所包括的文章，写了总不下三十万字，一部分已经收集在前年出版的《在文艺学习的道路上》，其余的也都散乱无处，没有把它们放在心上，这次由于北京出版社的催促，我才把它们收拢在一起，剔下一些去，编成了这个集子。

臧克家　1957年12月10日于北京

（原载北京出版社1958年3月版《杂花集》）

《一颗新星》后记

臧克家

  收在这个集子里的三十几首诗，是最近四五年来写的，大多是抒情的短章。

  这些诗，多半是对于一些具有重大意义的政治事件的个人抒情。在第一辑里，歌颂祖国的主题是重点；第二辑里的作品，几乎全是为苏联而歌唱。

  此外，也还有讽刺诗，风景片断，关于儿童题材的作品，以及悼念亡友的诗。

  结束了旧的，希望新的作品不断地产生出来。

臧克家　1958年1月21日

（原载作家出版社1958年4月第1版《一颗新星》）

《春风集》后记

臧克家

　　这个集子里的四十四首诗，是今年的产品，经过淘汰留下来的。记得今春在作家协会创作跃进大会上，我说今年要完成短诗二十五篇（此外还有长诗一首和评论若干篇），从数量上说，是超额完成了计划，至于质量呢，是不高的。这里边的一些政治性较强的诗，多半是在热情冲击之下的急就篇，今天脱稿，明早见报。

　　我把这些诗分成了两组，第一组是歌颂祖国社会主义建设新气象和先进人物的。第二组是政治性较强的作品。

　　读者同志们，会从这些诗里看出一点来，那便是我学习运用民歌形式写了一些风味不同的东西，好坏不说，对我说来，这是一个新的尝试。

臧克家　1958年12月26日灯下

（选自作家出版社1959年3月北京第1版《春风集》）

《李大钊》后记

臧克家

当我决心要写《李大钊》这篇长诗的时候，我感到很光荣，同时也觉得这份工作是很艰巨的！

对于李大钊同志的崇高革命精神我是十分崇敬的。记得一九二七年四月间，在武汉的报纸上看到他和他的战友们一道被害的消息和照片，我的心是如何的激动！

搜集材料，进行访问，参观，花去两个月的时间。时间隔得太久，不可能对于这样一位革命领袖人物的一生，具体生动地作全面了解。访问了七八个和大钊同志有工作关系的人，得到了一些宝贵的东西。特别是大钊同志的女儿李星华同志，给我的帮助最大。她给我看她写的回忆录和纪念文章。这些作品，写得很生动，很亲切，读了令人感动，以至泪下。她和我谈过多次话，给了我许多启发。她同贾芝同志陪我一道去参观"北大红楼"的纪念馆，看了石驸马后闸的故居，到陶然亭寻访过当年秘密开会的地方。可以这样说，没有星华同志的文章和谈话，我就没法写这篇长诗。刘清扬同志和我们作过两次长谈，贡献了许多有价值的资料，例如到莫斯科去，"觉悟社"的一些情况，以及大钊同志回国初期在天津的活动。

追随李大钊同志工作了许久的于树德同志，热情地供给了不少材料。对以上几位同志，以及给我的长诗初稿提供修改意见并给予鼓舞的许多同志，我表示衷心的感谢！

长诗里所写的，全是从材料上和访问中取得的。这是传记性的一篇诗，不能随意虚构。这当然是一个限制。可是，大钊同志战斗的一生，多少场面可歌可泣；写的是事实，但也不能有闻必录。我选择了这十几个场面，想凭它们表现出大钊同志的几个重要阶段的思想情况，战斗姿态，从中看出他的伟大人格来。这里边就有了概括。除了战斗场面外，我也写了他的家庭生活，乡下生活，山中生活。我想从整个生活图景中，映衬出一个伟大而又平凡，严肃而又活泼，政治原则性很强但很容易使人亲近的形象来。当然这只是我个人的一个希望。

在不妨害基本事实的基础上，我也运用了一些想象，给活枝添叶。也借着一些历史事件，抒发了个人的感情。有些事件本来不是同时发生的，为了集中表现，也就一起写了。一次回乡斗了两个地主就是如此。

由于具体材料掌握得不足，有的段落写的时候比较枯涩，人物形象不够突出；不少场面，故事本身是动人的，写来就十分畅快。

在形式方面，不拘一格，希望的是多样的统一。但想作的和所作的，中间一定有不小的距离。用诗的形式给这样一个革命领袖人物作传，这还是一个大胆的尝试。发表它，是为了听取同志们的意见。给大钊同志写诗传，我的力量是太差了。

借着出版的机会，在字句上，我又作了一次修改。

臧克家　一九五九年四月

（选自1959年6月作家出版社版《李大钊》）

《凯旋》序句

臧克家

生活的道路美丽又宽广，
我的胸怀呵是这么舒畅，
心头象有只宛转的春莺，
按捺不住要歌唱的欲望。

迎春花虽然开得很小，
她却有自己的一份色香，
噼噼啪啪象一支火鞭，
迎来了灿烂的大好春光。

1961年11月10日北京

（选自1962年7月作家出版社版《凯旋》）

《学诗断想》后记

臧克家

这个集子里的文章，除少数外，都是一年来的产品，而且十之八九是谈诗的。我的理论基础很差，可是对诗歌问题也常常思考。对古典文艺修养不深，但从小就爱读旧诗和古文。因此，对一些诗歌问题和古文，兴之所至，写下了个人的一些体会，既无系统，又非长篇大论，只是抒情的杂感而已。

我喜欢读这样的理论文章：见解独到，精而不泛，虽系一得之见，但的确经过深思熟虑；文字生动活泼，精美动人，具有特别风格。

虽然自己做不到，但愿学习着去这么做。

臧克家　1962年5月26日，北京

（选自1962年10月北京出版社版《学诗断想》）

几 句 说 明

臧克家

　　十五年前，我出版了《学诗断想》，经过多年来"四人帮"的法西斯文化专制，这本东西也就消声无迹了。这几年来，不少读者从各地给我来信，询问这本书的消息，有的还寄了钱来，要我代买一本。这些情况使我知道，读者还记得这本小书，说明对他们还有点参考意义，因而使我对它注意起来。恰好，四川人民出版社的同志们，一再催促我把它重编再印。我便重新校阅了一遍，加以去取，并略事修订。另外从《在文艺学习的道路上》、《杂花集》两个集子中挑选出有关的文章和近几年来新发表的作品，一并加入进来，成为这个新编本。这里边的文章，十之八九是谈诗的，其中有个人对新旧体诗的欣赏与意见；有对诗人们作品的评介；也有个人写诗的一点甘苦之谈，另外还有少数与诗无关的文章，象《鲁迅先生与编辑出版工作》等等，因为这是属于学习心得的，对读者还有点参考价值。文章有长达近二万言的，也有短短几百字的。其中许多旧作，经受过磨难。有一些曾被"四人帮"视为"毒草"，在党中央领导下，贯彻执行毛主席百花齐放的方针，这本新编的《学诗断想》，才能重见天日，沐浴春风。想到这种种，心情激动，感慨万端！

臧克家　一九七八年十月十四日于北京

（原载四川人民出版社1979年8月第1版《学诗断想》，有删改。）

《在文艺学习的道路上》

新版前记

臧克家

　　这本书的名字虽然还是叫《在文艺学习的道路上》，但同旧版本对照一下，就可以看出，它的面目已经大大不同了。从中剔除了一些作品，另外，把原在北京出版社出版的《杂花集》里的几篇文章加入进来，使它成为完全是谈诗的一本书。这一年多来所写的一些评论性的文章（十之八九是关于诗的），另编一集，题为《学诗断想》，交北京出版社出版。

　　这个集子里的文章，随感性的多，成系统的少，而且写作时间，前后距离也较大，今日再版，因时间精力有限，只就个别地方作了必要的修改。

臧克家　1962年5月27日北京

（选自上海文艺出版社1962年9月版《在文艺学习的道路上》）

高歌忆向阳（《忆向阳》序）

臧克家

响应毛主席的号召，我于一九六九年十一月三十日到了湖北咸宁干校。

这个日子，我永生不能忘。它是我生命史上的一座分界碑。这以前，我把自己局限于一个小天地里，从家庭到办公室，便是我的全部活动场所。身体衰弱，精神空虚。上二楼，得开电梯，凭打针吃药过日子。为了思想改造，为了挽救身心的危机，我下定决心，换个新环境，去尝试、锻炼。

当一脚踏在大江南岸向阳湖畔的土地上，一个完全不同的新天地展开在我的面前。眼界顿时宽大了，心境也开阔了。乍到，住在贫农社员家里，他们甘愿自己挤一点，把好房子让给我们。我们推谢，他们一再诚挚地解说："不是听毛主席话，请也请不到你们到向阳湖来呵。"从朴素的话里，听到了赤诚的心。同志们床连床的顶着头睡，肩并肩的一同劳动，心连心的彼此关怀。一切等级、职位的观念，统统没有了，大家共有一个光荣称号："五七战士"。小的个人生活圈子，打破了，把小我统一在大的集体之中。在都会里，睡软床，夜夜失眠，而今，身子一沾硬板便鼾声大作。胃口也开了，淡饭也觉得特别香甜。心，象干枯的土地得到了及时的雨水一样滋润。

我和五千多个战友，一同劳动，学习，锻炼，试身手，战湖荒。咸宁的向阳湖，成了我们的用武之地。"向阳湖"，多么富有诗意的一个名字呵。"五七战士"，多么光荣的一个称号呵。

如是，新鲜的，艰苦的，意义重大、影响深远的战斗生活开始了。

向阳湖，是一个年代久远的荒湖，面积宽广，茅草丛生。野鸟在上面安家，獐子在里边落户。泥浆混浊，青天也印不上个清亮的影子。四面，一片荒野，找不到一株树。

荒湖呵，多少岁月，你在浑浑噩噩的梦中。而今，你梦想不到，我们"五连"的百多位"五七战士"在十里以外安下了营盘，就要用手里的铁锹敲醒你，使你翻个身，换个貌，使你和我们自己一样，在劳动中焕发青春，开拓一个生命的新纪元。

我们不能老喝池塘里的水，自己动手凿出了圆筒的井，湛清的水源源涌出，用之不竭。

我们不能常住在社员家里，我们亲手脱坯，建成了一排挨一排的红瓦平房。

我们不能让乱草永远霸占土地，我们斩荆披棘，植树种菜，韭菜、黄瓜、冬瓜、丝瓜、西红柿……畦畦毗连，四季常青。

一个连队一百多个战士，工作要有个分工，除大多数下地的以外，我们成立了：牛班，菜班，炊事班，饲养班。

我们的营地离场地足足有十里路。早晨披着朝霞去，晚上带着晚霞回。风雨无阻，昏晨定时。"双抢"大忙之际，凌晨四时，哨子一响，人和电灯一齐睁开了眼睛。人影幢幢，脚步咚咚，摩肩不识面，但闻报数声。用脚步踏出的小径，长蛇似的，蜿蜒曲折。凭一只马灯带路，后脚紧跟前脚，"恨晨光之曦微"，大军一步步迎来了黎明。红旗迎着旭日，走上十里大堤。长锹在肩上发光，歌声在大野回荡，堤下漫长清澄的一道向阳水，留下了高昂嘹亮的歌声，留下了战士队列的雄健身影。

早晨，美丽鲜艳的早晨。早晨，劳动出工的早晨。早晨，新生命开始的早晨。

春天，忙着育秧，一夜起来几次，观察种子的冷暖燥湿，看它突嘴、抽芽，一寸两寸……关心它象慈母关心幼儿一般。四月底，忙着插秧，一块块秧田，象一方方明镜。人，一排排，躬着腰，冒着微雨，把一把把秧苗插得横如线、竖成行。微风吹来，柔苗袅娜弄姿。人的汗，滴在水里。人的影子，印在塘里。多动人的一幅社会主义劳动画图呵。"不插五月秧"，与季节争先，把万顷湖田，巧夺天工地变成了茸茸碧绿的锦绣。

最欢乐、最热闹的是金色的秋天，秋天，收获的季节。熟透了的稻子，黄澄澄铺一地黄金，头微微低垂着。我们更忙了。忙着收割劳动的成果。泥水吞了半截大腿，移运一步也大难。把一把把稻子合成一堆堆。凭人的双肩，凭旱地行船，纷纷把稻子运到场上去，堆成一个个绿的岗峰。抢时间，大会战，支援的队伍来自四面八方的连队，满坡人影乱动，车如流水马如龙，一场歼灭战猛烈地进行，不到一天，金色飘香的稻子躺了一地，大野顿然空荡荡，白茫茫。中午，太阳似火球，战友们赤膊光脚，身挨身的在凉棚底下午休，有的侧身躲在我们称之为"太和殿"的大棚子的草檐下，阴影不到一尺，仅能荫蔽半个身子。

粗碗扒饭，又香又甜。托身光地，合眼成眠。

观天象，望风云。龙口夺粮，与天争时间。夏日虽长，嫌它太短，抖擞精神，我们夜战。一盏大吊灯，就是我们的太阳。光亮的场院就是我们的战场。紧张一夜，稻子的岗峰平了。金粒堆成山。黑夜尽了，我们精神未尽，迎着旭日，放声高歌。

"农村是一个广阔的天地，在那里是可以大有作为的。"

我们实践着毛主席这个伟大的教导。

"谁知盘中餐，粒粒皆辛苦"，我们品味着这古人的诗句。

我们把成堆的稻子装成一麻袋、一麻袋，用自己的肩头把它们送上汽车。汽车呜呜，歌声洋洋，我们欢乐而又满意地看载粮汽车向着仓库疾驶而去……

冬天，对我们说来，也不是悠闲季节。冒着寒冷去深翻荒地。一锹下去，一尺多深，使老草的根子翻身入地。几锹下去，汗出来，把棉袄甩在一旁。老牛和人同劳动，平地，耙地，一身泥花，汗水闪闪发光，战友似的，人体谅牛的辛苦，狠狠扬鞭喝叱它，但闻鞭梢响，不见着牛身。

冬天，凌晨，霜花结在油菜苗子上，我们用僵了的十指，一棵棵拔去弱的，留下壮的。

冬天，开渠引水，风冷水凉。谁说不艰苦？我们心中有思想武器。我们手中有铁锹。我们是"五七战士"，我们有战斗的集体。

毛主席教导：人是要有一点精神的。在劳动中产生了这种精神。

反过来，用这种精神，去劳动，去学习，去改造自然，也改造自己。

冬天，我和另一位战友在场地值夜班，草棚角上挂一盏提灯，大雪压得棚顶响，八面来风，提灯悠悠晃晃。手里拿着一个银哨，到外边去巡逻，在雪地上踏出脚印，一回头就给雪盖平了。身上冷，心里却热乎乎的。

就这样，我们从早到黑，往返几十里。一天天，一年年。私心杂念，被汗水冲去了。过去漠不相关的同志，今天成了亲密的战友。知面知心，息息相关。不但人与人的关系变了，人与自然的关系也变了。我们用一双双手，把荒湖变成了良田。阴晴、寒暖，自然景物，也通过劳动发生了密切的联系。早晚仰望长空，预测天气，如果是天晴，就得忙着晒谷，准备几百担塘水浇菜地；如果阴雨，就要围好谷堆，查看水渠……。每天收工归来，看大红太阳满面红光，滚滚下山，好似劳动了一天，和我们结伴收工，相约明天早晨一齐早起。

南方的冬天，也落起北方的大雪。日暮风骤，收工回营，风雪扑人，飘飘欲举。回到草房，生上炭火，战友们围着火盆烘烤衣服，身子乍停，汗水冰冷，潮衣近火，蒸起白雾。同志们笑声朗朗，炉火爆炸作响。热气腾腾，一团欢乐。齐说，今冬大雪，来年准有个好收成。

我和另一位战友，在一段长时间里轮流值夜班，一个从黄昏到夜半，一个从夜半到黎明。夜深人静，朗月在天，山野无垠，蛙声四起。夏天，咸宁奇热，贪凉的菜班二三战友，坐在阡头上，微微摇着大蒲扇，微风送来断续如丝的语声，谈的是明天天气的阴晴；有时，中宵电影散场，战友们从几里路外回营，起先听到远处的犬吠，渐渐近了，说笑声，脚步声，声声入耳。交班时，我们二人舍不得立即分手，坐在月光下，小声交谈。冬天，我俩到一堆煤灰堆里去捡小硬块，捡到块大点的，一声欢呼——"乌金"！捡好久，捡得半小筐，以备"自生炉火夜值班"。

就这样，我们"五连"的百多位战友，男的，女的，日夜奋战，艰苦磨炼……

但，这是一个方面。还有另一个方面，那就是读书学习；接受贫下中农的再教育；对叛徒、卖国贼林彪的大批判。这两个方面，是战斗武器两面的锋刃。

每天早晨七点到八点，是学习的时间。分组坐在光亮的场面上，旭日初升，霜痕在地，空气新鲜，鸟声时闻。这是一天最好的时光，大家凝神字里行间，有时讨论心得，语声朗朗。晚间、工余之暇、阴雨天气，都把精力用在学习马列、毛主席著作上面。过去，在北京，我们也经常学，但是觉得在劳动中学习，意义不同。过去在字面上懂了的东西，今天，在实践上有了新的体会。毛主席谆谆告诫我们，要理论与实践结合，今天，我们理解了这指示的深刻意义。

我们起初住在贫农家里，日夕相处，他们的一举一动，一言一语，就是对我们的身教。他们对毛主席崇敬、热爱、感激之情，深如大海，长似大江。对毛泽东思想的感受，如春雨沁土。我们经常请贫农同志在大会上诉苦，话语不尽懂，可是，那悲痛的声调，那愤怒的面色，那滚滚的泪珠，把旧社会的罪恶控诉得痛快淋漓，引起我们的共鸣，使我们深深地受到教育。回头吃"忆苦饭"，糠饼入口，嚼着旧日的苦，想到今日的甜。黄连罐子，蜜糖坛子，两种社会，两种滋味。

在贫农同志们的心中，我们是毛主席派来的，格外亲切。有病时，把自己不舍得吃的一点好菜送到床前；冬天摸黑归来，留着烫脚的热水。暖在身上，暖在心上。好似家人一样，孩子们围拢在灯前，问这问那，多么可亲可爱，多么动人的情景呵。回到北京以后，还不时通信，江北南天，感情一线牵连……

我们在田野里，在向阳湖畔，也决不放松对林贼的大批判。斗大字的标语把他的恶行高标在山村的墙上，工地的草棚上。在工休的二十分钟里，也不放过对他的愤怒批判。在竹林里，在大树底下，冒着炎热，挥着汗水，大家齐声吼，怒火喷，把林贼在阴暗处干下的罪行，一桩桩，揭露在光天化日之下。他的比山重、比海深的罪孽，无所逃于天地之间。

我们也批判自己身上的一些错误东西，词锋尖锐，为之面红心跳。彼此攻错，相互帮助。每个同志，不是孤单的个人，而是战斗集体中的一员。

我们身在偏僻的向阳湖畔，但并不与世界隔离。无线电波，把我们与国内国际的火热斗争紧紧联系。每逢佳节到来，我们脱去泥迹汗渍的劳动服，换上新衣，红色的墙报象春天的花朵。我们高歌，我们围在收音机前静听来自首都北京的声音。我们也好似参加在天安门前游行队伍当中，手持花束，载歌载舞，怀着无比兴奋的心情接受毛主席的检阅……

乍从北京的高楼，下到向阳湖田野的时候，环境完全不同了，但思想并不是一下子就变了过来。劳动的时候，怕累又怕脏。有泥水的地方，总想绕过去。身在咸宁，心想北京。一年以后，经过风风雨雨，走了万里路，出了几斗汗，感受渐深，思想情感起了变化。粪尿缺乏，为了灌园种地，视若琼浆，溅得满身，也不觉得它臭了。柔手磨起的老茧，也不认为它难看了。女同志们，雄姿英发，工作劲头不亚于男同志，使我钦佩，使我感动。

在干校三年，我只觉得自己是劳动大军中的一名战士，根本没想到写作，也不去想什么时候回北京。时间虽不太长，却深深体味到毛主席关于长期地无条件地全心全意地到火热斗争中去的教导了。一九七二年"十一"刚过，组织上让我回北京。听到这消息，心里很难过。临上路，同志们拥来送别，依依恋恋。几步一回头，泣不成声。不只我是这样，每个离开干校的同志都是如此。这眼泪，不是表示情感的脆弱，而是反映思想的健康。泪有种种，它代表的思想感情也有种种。

人，回到了北京，而心，还在咸宁。回京不几天，我写了下面这首诗寄给了干校"五连"战友：

分手了，留恋再留恋。
怎舍得呵，并肩战斗了三年。
走几步，回望眼，泪涟涟。
好似有件宝贵东西
遗失了的一般。
是什么？是什么？想想看，
呵，是我那颗赤热的心
遗留在绿树红瓦的那边。

回到了北京——
回到了自己的家园，

日日夜夜，我的心胸呵，

填塞得这么饱满，

是什么？是什么？想想看，

呵，我整个胸怀里

装满了江南的千山万水，

装满了对亲密战友们深情的怀念！

诗虽不佳，但它表达了我那时的真情实感。

我回来之后，每逢回京探亲的、或是调回来的战友们来看我，一见面，握手，拥抱，欢呼，一股热气从心里直往外冒。用无限深情的语调，谈论、回忆干校的战斗生活，真是心潮澎湃，情景动人。

以后，我时常回忆咸宁，作梦也梦到在微雨中插秧。有一夜，窗外雨声潇潇，我从梦中醒来，突然立起身子，好似听到了早出工的哨声。

就这样，酝酿、蓄积了二年的情愫，终于在一九七四年十二月二十五日写下了《忆向阳》组诗的第一首《夜闻雨声忆江南》。

"回忆造成诗"，不记得是那位外国诗人说过这样一句话。从生活到创作的整个过程而论，它是有道理的。有了战斗生活的蕴蓄，有了对这种生活的深厚、真挚的热情，到一定时间，具备了一定的条件，你无意去寻诗，诗却末碰你，诗情象满溢的塘水，你无法遏制它的倾泄。留恋干校的战斗岁月，回忆干校的战斗生活，这本身就包涵着思想的进度、感情的变化、对社会主义的认识。写战斗生活本身就是歌颂革命，不一定从字面上去寻找革命的词句。

生活似海，诗思如潮，一发而不可遏止。从《夜闻雨声忆江南》到一九七五年四月八日写的《连队图书馆》，在四个多月的时间里，连续写出了五十多首。从写作日期上，可以查看，最多的时候，一天写五首。提起笔来，情感在心里流，字句在笔下蹦。一气呵成，一挥而就。但，最后完成却不易。推敲、修改，涂抹得一塌糊涂，连自己也几乎认不出它的原形。有的诗，七易稿，而后成篇。行行字迹是黑的，灌注的心血是红的。

写作的时间多半在夜间。诗思一来，怕它跑了，赶紧披起上衣，扭亮台灯，把身子半靠在床架上就写起来，我有两个句子，描绘这种情况：

> "诗情不似潮有信，
> 夜半灯花几度红。"

有时，病了，发低烧。被诗思缠绕，不能入睡，怕亲人察觉，把灯罩了一半，便放胆的写了起来。有诗可证：

> "羸躯病热攻，
> 榻上动诗情。
> 为恐亲人觉，
> 深宵半笼灯。"

有的读者可能会发问：为什么用旧体诗形式来写？

表现形式，我经过再三的考虑。几十年来，我不断翻读古典诗歌，对它有着浓厚的兴趣，但从未尝试过。这次表现干校战斗生活，我原也想用新诗的形式。但发生了一个问题，有不少题材用新诗写起来，会显得平淡、一般，象《连队图书馆》、《工休小演唱》……，我也曾写成新诗，都不满意，改用旧体诗形式，写出来觉得还有点味道。新诗、旧体诗，内容所要求的完全一样，但各有各的特点，艺术功能与效果不同。

我在用旧体诗形式（古诗、绝句、歌行体、律诗）创作这些诗篇的时候，一空依傍，心中不去想古人。我只想用最恰切、最准确、最美丽的字句去表现彼时彼地的情与景。我不想别的什么。说个笑话，有位朋友看了我的《早出工》在信上说：你受王维"空山不见人，但闻人语响"的影响。我看过信之后，不禁哑然失笑。我是从真实生活经验出发的写实，他竟把"摩肩不识面，但闻报数声"的匆促紧张、赶赴战场一样的劳动场面和辋川隐士的孤寞寂静的情境对比。我回他信说：如果勉强寻找的话，《唐诗三百首》里的《塞下曲》："独立扬新令，千营共一呼""差可拟"。

诗，不论新、旧体，首先应该从生活出发。我们生活在伟大的社会主义祖国，就应该以满腔热情歌颂社会主义革命和建设事业。没有实际战斗生活经历，徒有热情，就会空。有了生活底子缺乏艺术表现能力，也不能写出表现伟大时代的诗篇。《忆向阳》组诗里有些句子，为朋友、读者所欣赏，举个例子：

"菜花引蝶入厨房。"

不少同志来信，说它是"神来之笔"。其实，我完全是写实。我和一位女同志，从菜地掐回来两大筐油菜花，蝴蝶一只又一只，逐着菜花香到了厨房。

另外不同的一个例子：

和我在干校一道值夜班的那位亲密战友，我的知音，看了我的《月夜营地乘凉》之后，肯定了它，说：其中"明月中天照，人影地下清"两个句子，略觉甜熟，似可删去。我回他信说：你想想，夏夜中宵，我接你的班，依依不去，两人坐在阡头上，暑气渐消，风有凉意，一个大月亮悬在中天，两个清亮的影子在地上。我爱此景，我爱此情。当我写这两个句子时，根本没去想谁用过它，熟还是生。我只是想如实的把当时的情景反映出来。

用旧体诗的形式写战斗生活是有它的困难的。它没有新诗那种较大的自由。如果思想不新，用旧体表现，不会受到欢迎。如果思想新，死守旧形式的成规，用典多，语言古，也会造成对广大读者欣赏的限制。今天用旧形式表现社会主义新生活，必须思想新，感情新，意境新，言语新。要遵守旧诗的基本规律，但也要突破它，从实际生活出发，不应削足适履，受形式的桎梏。我个人认为今天用旧体诗形式写新的生活，应当写成旧体的新诗。不该把"死型"视为不可侵犯的铁律。

毛主席的诗词给我们树立了伟大的范例。

陈毅同志的诗词，豪放清丽，有所突破，有所创新。

我学习旧体诗，也是想学习毛主席、陈总的这种创新精神，但因为斗争生活经验缺乏，艺术表现能力差，刚刚迈出第一步，还有点摇摇晃晃。但我确实觉得这条路子是完全正确的。

当我这组诗完成的时候，干校的战友们都已回到北京，我们经常见面，有时，我的会客室里挤得满满的，回忆向阳湖畔的那些岁月，一种浓烈真纯的向往之情，便油然而生。我便手之舞之地用满含热情的声调把这些诗朗诵给战友们听，一时哑然无声，大家的心沉醉在美丽畅酣的回忆中。

摸黑收工归来，小径泥滑，彼此手挽着手；黑暗的长途上手电筒的亮光一闪一闪；六月天，遇到大雨，精神抖擞，歌声把雨声压倒；双腿浸在塘水中，拔秧竞赛，每人几行；暑热天，口干舌焦，一小壶水，彼此推让不下，弄得晃荡作声；晚间灯下，环坐学习，神凝专注，情态肃静；田边小休，歌声朗朗，天高地迥，绿水悠悠；……这许许多多动人情景，回忆起来，味道甜蜜又深长。

当我朗诵这些诗篇的时候，我不是一个七十多岁的老人，而是一个充满活力、热情澎湃的青年。有着共同生活经验的战友们，听我朗诵这些诗篇，心情激动，双目炯炯。他（她）们争着提议，那个场景还应该写进去呀，那个字应该再改一改才对味呵……，他（她）们是我热情忠实的读者，也是这组诗集体创作的成员。听取他（她）们的意见，得到他（她）们的批准，我是多么感激，多么兴奋，多么欣慰呵。

这组诗，未定稿之前，我请一位同志给油印了六十份，准备送给诗友们提提意见，刚发出二十本，警告就来了，不但不敢再发，把已发出的也要了回来。一九七五年是什么年头？是"四人帮"横行霸道、实行文化专制之秋呵。我感谢诗友的帮助与鼓励，特别是光年和冯至同志，不但读后赠诗，而且仔细认真地代我评定甲乙、推敲字句，这组诗的字里行间有他们的心血与友情。他们是我的诗友，也是我的战友。这些诗在各报刊陆续发表之后，收到读者许多来信、来稿，对它表示欣赏与喜爱。对这些热情关怀鼓励我的同志，我衷心感谢！

当我把这五十多首诗集结的时候，曾经写了十六句卷头语，现在，我把它倒转到这里，结束我这篇序言：

干校三年，千锤百炼。

思想变了。精神旺了。身体壮了。

战斗生涯，已成追忆。不时蓦然而来，如东风催花，春潮陡起。温煦而亲切，激扬而壮丽！胸中顿然波浪翻腾，吟口难禁。半年未足，得五十余首，题名《忆向阳》云。

1977年10月15日

（选自1982年12月长江文艺出版社版《臧克家散文小说集》）

《怀人集》前言

臧克家

　　我把这些年来所写的缅怀伟大领袖毛主席、敬爱的周总理、朱总、陈总的文章，和回忆郭沫若、闻一多、老舍、王统照、何其芳同志的文章，编辑成为这本回忆录。

　　我所怀念的这些同志，都是我所崇敬，我所热爱的，而且和我都有过或长或短的接触。时间有的长达数十年，短的只有几次会见的机会。但不管认识时间的长短，接触机会的多少，都给我以极大的教育、鼓舞和振奋的力量，都使我感受到情谊的温暖，亲切。印象越久越深，情感长而弥笃。每一念及，形象如立目前，声音如在耳中，这颗心，立即沉入了往事的汪洋中，欣然，怅然，凄然，有时竟至泫然。

　　追忆往事，旧时代的烟云滚滚。对景怀人，新社会的风貌闪闪。大事小节，纷纷来到心上，言谈笑容，栩栩现于眼前。

　　写回忆文章，首先要真实。一般的不写。要忠实于回忆的人物，就个人所见、所闻、所感而写，不夸张，不压低，恰如其分。写回忆，不能有闻必录，如同流水账，要有选择，有重点。关键所在，一言一语，一个眼色也必须着力，因为这样可以表现人物的情态，性格，思想，富有典型意义。

　　写回忆文章，必须富于感情。思往昔，念亲人，表敬意，抒缅怀。人如在，心如倾。写时为之大感动，然后才能大动人。如果仅仅冷冷静静，条陈旧事，虽多何足贵？虽细不足珍。

　　写回忆文章，视接触的多少，感受的深浅，而定其长短。希望作到情文并茂，而大小由之。

以上是个人觉得回忆文章应该具备的条件与写法，我试学之，试为之，但未能之。

我回忆了我崇敬的，亲爱的革命前辈，文艺先导，同时把学习他们的文章附在后面，仅足以见他们的功业与成就于万一，聊表我的一点浅薄心得而已。

一九七八年十月三日

（选自1980年8月上海文艺出版社版《怀人集》）

《今昔吟》序

臧克家

　　山东人民出版社的同志,热情地要我编一本诗集,这用意我是清楚的,我已经上了年纪,又是山东人。对这个要求,我只有感激,不能推辞。

　　中学时代,我在济南读书;在海滨的青岛大学,我度过了四年的时光。我有许多诗篇,是在青岛写的。也有许多作品,写了故乡农民在旧社会里遭受的苦难。济南,这个泉城的山光水色,也不时在我的心中闪耀。

　　编一本诗集,献给故乡的读者,是我所高兴做的。

　　但是同时,我也有一点踌躇。献给读者、乡人、朋友的物品,应该是优美的,有特色的,既使人感到亲切,而又能鼓舞人心的。

　　我手下的作品,够不上这些条件,所以我踌躇了。

　　想来想去,我编了这本"三合一"——《今昔吟》。

　　为什么叫这样一个名字? 这得来几句"释题"。

　　第一辑里的作品,叫做"今"。就是说,这些诗篇是解放以后的作品,没选入或没来得及选入我的增订本《诗选》,我就把它们汇集在这儿了。其中一部分没结集过,一部分是从《春风集》、《一颗新星》、《凯旋》、《欢呼集》等四个集子中选出来的。

　　什么叫"昔"? 就是指解放以前十几年的旧作。其中又一分为二:

　　第二辑:《宝贝儿》,是我一九四六年出版的一部讽刺诗集。其中的大部分已经选入了我的《诗选》,但我愿意以它的全貌和大家见面。当然这还不是我写的讽刺诗的全部,另外几篇较长的已经选入

《诗选》里去了。这一类作品，说是讽刺诗，实际上是对国民党反动派罪恶的指控和暴露。在当时那种法西斯专政的严酷情况之下，写这样的诗，并且能够发表出来及时地起一点作用，这是很艰险的。它是在斗争中产生，在斗争中出世的。这本《宝贝儿》，是钱君匋同志主持的"万叶书店"出版的，只印了一千册，即使在当时，读到它的人也不多，何况是今天？这是我所以一字不动、重新让它与读者见面的原因。当时的一些情况，今日已经不容易被理解了，关键地方我加了两个小注：——明说，那是困难的。在三十多年之后，从这些诗篇中，约略地看到国民党腐朽、反动的一个侧影，听到群众的一点呼声，我个人感觉是欣慰的。

这些讽刺诗，虽然揭露、批判了当时政治、社会的黑暗与反动，但它不是属于旧的批判现实主义，因为那时革命与反革命，光明与黑暗，在我的思想上已经明确起来，歌颂光明与暴露黑暗已经成为相反相成的两个方面了。这从序言中也可以看得出来，不需要多说了。

第三辑里的诗，是从《烙印》、《罪恶的黑手》、《运河》、《从军行》、《泥淖集》、《泥土的歌》、《十年诗选》、《生命的零度》、《冬天》、《民主的海洋》等十一本诗集里第二次挑选出来的。所谓"第二次"，就是说，我编辑我的增订本《诗选》时，已经选过了。我在这一辑里，补选了解放前十几个年头的诗作，而且还有个别的诗篇从来没入过集子。象《问》这首诗，是偶尔从买来的一本一九三四年第一卷第二期的《文学评论》旧杂志中发现的。它的初稿，写作时间是一九二六年秋，改写是在一九三四年。这一辑里的诗，我补选它们的时候，比较从宽。它表现的内容，包括了北洋军阀时代，蒋介石反动统治时代，以及抗日战争时期，内涵是繁富的，情况是复杂的。在这十多年的历史当中，阶级斗争，民族斗争，轰轰烈烈，如火如荼！在帝国主义侵略之下，在旧军阀、新军阀统治之下，人民——特别是占人口百分之八十以上的农民，他们那悲惨的遭遇，困苦的生活，痛苦的呻吟，生死的挣扎，真是令人触目惊心，悲愤不已！他们终于在毛主席、共产党领导之下，从斗争中，从血泊中站了起来，成为新中国的主人。我写这些诗，对他们抒发了个人真挚的情感，因为我从小生长在穷苦的乡村，对农民的生活比较了解，并赋予深厚的同情。我为他们鸣不平，为他们呼号，写了他们的痛苦的生活，写了他们遭受压迫、剥削的穷困形象，但却少了一点，很重要的一点，就是没有给他们指出光明的前景，鼓励他们去挺身战斗，因此，这些诗也就为之减却了分量。今天，我所以放宽了标准，多选了一些，目的是为了让今天的读者多了解一点过去的情况，使旧社会的黑暗与今日的光明作鲜明的对照。使广大群众，特别是在红旗下出生、长大的青年同志，知道旧军阀、蒋介石统治之下的我们的国家是个什么样子，人民的生活是个什么样子。知道今天的社会主义幸福生活，得来是多么不易！我们应该怎样去爱护它，发挥它，去为它的四个现代化而贡献自己的全部力量！

当然，标准放宽了，质量也就随之降低了。

第三辑里的诗，选得比较多了一些，我还另有一个用意。过去出版的这许多诗集，除了《烙印》、《罪恶的黑手》有重版的机会之外，都无法与读者再见了，多选一点，为了想多保留一点。譬如，各地方为评介、选用我的作品而草拟的我的小传中，列有《呜咽的云烟》，这本诗集是出版过的，短短十几首诗，一个小小的本子，我个人不但已经无存，连它的内容也完全忘记了。幸而《十年诗选》中还保存《呜咽的云烟》这一首诗，就选入了第三辑，其他的也就烟消云散，无影无踪了。还有，一九四五年，在重庆出版了题名《民主的海洋》这样一本诗，是焦菊隐同志主编的《文艺丛刊》中的一种。它出版之后，未曾发行，全部作废了。因为，不但纸张薄脆如秋叶，而且错简零乱，许多字没印出来。我保留了一本，后页不接前页，上行黑字，下行空白，自己看一遍也得费大力。这次我从中选入了几篇诗作，《播鼓的诗人——寄闻一多先生》，就是其中之一。另外也还想选一二篇，诗形残损，无法辨认，也就算了。

当我编选这个集子的时候，心情如波浪翻腾，这情况是可想而知的。心里想，在漫漫的长夜中，如果说这些诗篇起过一点作用的话，也不过是一点星火而已。在社会主义时代，虽然也写了不少，但对轰轰烈烈的伟大时代的要求来说，贡献得实在太菲薄了。因此，交出这本集子的时候，是带着欣慰与惭愧交织的感情的。

1978 年 10 月 31 日北京

（选自 1982 年 12 月长江文艺出版社版《臧克家散文小说集》）

前言五百字（《友声集》序）

臧克家

这是一本用古典诗词形式表达新思想、新情感的三人合集。光锐、刘征同志与我相交数十年，情谊深厚，都以新诗问世，而热爱古典诗歌，并尝试习作，诗作之优劣固不在于形式之新旧也。新诗写作者学写一点旧体诗词，惯用旧诗词工具之同志，也可以试写点新体诗，这对于互相借鉴，彼此交流，不无裨益。

光锐、刘征同志，写作勤奋，每有新章，彼此先睹，斟酌字句，吟诵以为常。每得佳作或佳句，兴致冲冲，如同己出，情感交流，其乐也无穷。

刘征同志，对旧体诗词创作热情最高，或以抒情，或以纪游，佳兴勃勃，诗词繁富如雨后春花。光锐写作态度认真，要求严格，热情充沛，溢乎字句之间，二人作品，风格近似。

我从稚年即酷爱古典诗歌，字不认识已能背诵若干名篇。数十年来，虽致力于新诗创作，但对古典诗歌热爱之忱与年俱增。近三几年来，间或试作，视光锐、刘征同志，则瞠乎其后矣。对于入集之作品，他二人挑选认真；而我，则不避芜杂，有诗必录，年已七十有五，盖有意存焉。

集中诗词，有不少系赠友人之作。我们三人，又系志同道合老友，故题名《友声集》，盖取"求其友声"之意也。

集中某些诗词，曾就正于前辈茅盾先生，得到鼓励与指正；茅公佳作，我们也常吟诵学习。他替我们这本合集亲笔题字，我们很高兴，也很感谢。

臧克家　一九八〇年三月三十日　北京

（选自1980年11月云南人民出版社版《友声集》）

写在卷头

（《臧克家长诗选》序）

臧克家

从一九三六年到一九五九年，这二十三年中我写了六本长诗，剔除了抗战时期写的《向祖国》、《感情的野马》、《古树的花朵》，将《自己的写照》、《淮上吟》（包括《走向火线》），以及解放以后写的《李大钊》汇集在一起，题名《臧克家长诗选》。

这几部长诗，有的写革命先烈慷慨就义，英勇牺牲的壮烈事迹和人民大众为了祖国，群起奋斗的高昂情绪和爱国主义精神；有的写我亲身经历的抗战期间的种种现象，有的使人奋发，有的令人悲愤。《自己的写照》我想以个人作线索，去贯串起三个大时代。

李大钊同志是老一辈无产阶级革命家。他为革命、为祖国献身的伟大精神打动了我，我访问了好多位了解情况的前辈和他的亲友，对他所处的时代背景我也比较清楚。凭着对人民英烈的崇敬和他感人行动激起的热情，我企图用诗句为他塑像。可是力不从心，写得并不理想，如果说起了一些影响的话，那不是因为我的诗，多半是由于我的诗所写的人。

我对于诗，有个人看法，也有所偏爱。我觉得用诗写人叙事，不是它的所长。诗，不论长短，以抒情为主，写长诗难免拖沓、枝蔓，不易写得热情贯注，而又精美动人。我喜欢短的抒情诗。对于自己的作品，也觉得短的较胜于长的。我知道，我的组织能力欠缺。这三本长诗，我对《自己的写照》比较喜欢，这不但因为它是写我的生活经历，真实感情，更重要的是，它反映了我童年时代、青年时代的社会状况和人民的疾苦与斗争。我用浓烈的感情描写了武汉大革命轰轰烈烈、震撼人心的场面，也写了它失败以后的一些历史情况和我个人思想情感的起伏。我不是在写历史，我是以诗情为大时代摄影。直到现在，提起当年，想到当年，我的心潮还是翻腾不已。

这三本长诗，我没有以写作先后排列，看了内容，它的意义不用说读者也会明白。字句全照第一版原样，后来删改的，一律恢复它的本来面貌。《自己的写照》选入我的"诗选"时，删去了一些段落，特别是开头的地方，而今完全复原。

感谢山东人民出版社的同志们、特别是责任编辑牛明通同志为出我这本"长诗选"所付出的劳动和热忱。

臧克家　一九八〇年十月十一日北京

（选自1982年5月山东人民出版社版《臧克家长诗选》）

《甘苦寸心知》题记

臧克家

近二年来，有些文艺杂志约我写点创作经验一类的文章；青年刊物也相邀谈一谈个人写诗的甘苦，以启发、帮助爱好文艺的青年；《语文学习》、《语文教学》的编者，不只一处，一再要求我谈谈怎样写《有的人》这篇诗的；许许多多读者经常投信来问我的某篇诗的意义和表现手法，并要求回答写它时候的时代背景、个人思想感情情况如何。

起先，我踌躇，觉得说来话长，后来被逼得紧了，开始动笔写了一两篇，没想到，文章一发表，起了影响，索稿者更多，也就一发而不可收拾了，一年来，一气写了三十篇。

起初我所以不想写这类文章，是觉得一首诗发表出去，听凭读者去欣赏，评价，它的作者何必多插嘴？象一个女儿嫁了出去，美丑随人说了。后来，看了刊物的编辑同志和广大读者的意愿与要求，使我进一步考虑了这个问题。

一篇作品的成败、优劣，最公平的评判员是广大读者群众。为了使读者更好地理解作品的内容与艺术表现手法，贡献材料，创造条件，还是有意义和有必要的。

于是，从今年开头，我写了《甘苦寸心知》。

一篇作品的产生，与时代环境、个人生活、思想感情、表现艺术，是分不开的。

我诞生在前清光绪末季，看过以往的三种国旗，一身经历了四个时代。我第一本诗集《烙印》里有的诗篇的感受，还是来自清朝末年贫苦破败的农村。不久，"民国"的空牌子挂了起来，接着是军阀混战，武汉大革命，蒋介石二十多年来的统治，然后天安门城头上竖起五星红旗。

时代潮流，如长江大河，过三峡，撞龙门，滚滚东流，汇注于大海。

在社会动荡、曲折、前进的途程中，民族的苦难，国家的颠险，人民的悲痛，挣扎，斗争，牺牲，终于在共产党的领导之下，得到了最后胜利，我们几千年来的伟大祖国在烈火中新生。

谈起这些伟大而悲壮的往事，我所目睹而亲经的，已经成为历史陈迹了。说给中年、青年同志们，好似说"古"一般了。但这些时代的波澜，仍在我心中翻滚，在我耳边作响。

我从二十年代起，就想用诗的形式来表现、纪录我的生活经历，我的难以抑制的情感。一九三三年出版了第一本诗《烙印》，四十多年来，我没放下笔，总结起来，一共出版了二十七本诗集。其中的诗篇，仅只是时代潮流里点点泡沫而已，但它是我的心声。在诗歌创作上，我努力创造个人的风格。取法于古人和前辈，而又有别于古人和前辈。

《甘苦寸心知》这个集子里所谈的三十首诗，并不是完全以个人爱好与否作去取标准的，当然我所谈的，比较好一点的诗篇数量多一些。我是想从这三十篇小文里，使读者认清了我是在怎样的情况下写它们和如何写它们。有些作品，艺术价值并不高。但它牵连着我的感情，我的心。象《两盏小红灯笼》、《一片绿色的玻璃》等等。我写了它们的"本事"，抒发了我对她（他）的感情，读者可能因而更进一步地去欣赏它们。另外，我的有些诗，比较注意含蓄凝炼，一眼看上去，不一定完全理解，我写了长的文章谈写作的背景和个人的心境，我想对读者是会有些帮助的，如《依旧是春天》。

还有，有的评论家谈我初期诗创作中的某些诗篇时，说我对生活的苦难，有一种"坚忍"精神，我就这个问题，以四篇诗为例，说明产生这种"坚忍"的环境与历史根源。

在这三十篇文章里，我无意自定甲乙，诗的优劣，文章的好坏，由读者去评定。如果这本小书能够对读者了解我的诗作有所帮助，对从事创作的青年同志能起一点借鉴作用，我就心满意足了。

一九八〇年十月二十九日

（原载 1980 年 11 月 23 日《解放日报》）

《诗与生活》话短长

臧克家

一个人到了晚年，往往好回忆过去，这也不全是因为来日无多，反刍既往以求感情上的慰藉，至少在我，情况不是如此。

人生迟暮，好似夕阳下山，霞光万道明天壁，何必惆怅近黄昏？

我所以写这本回忆录——《诗与生活》，是由于几个原因。近几年来，不少报刊，出题要这类文章，有些从事评论、研究我的作品的同志们，向我了解有关生活与写作的情况，还有更重要的一点，是限于年龄与健康关系，下到波澜壮阔的生活里去，虽然雄心犹在，但事实上已经不可能了。我从事文艺写作，已经五十多年，一天不动笔，心里就有点缺欠似的。无米作不成饭，没有生活怎能从事创作呢？

精神上，我是向前看的；生活的土壤，我只好向后挖掘了。

于是，一年多时间里，产生了这七篇追忆过去的文章。既然写的是过去的事情，为什么不名正言顺地题作《回忆录》而把它叫做《诗与生活》呢？

我有我的想法。

我写这样一本书的意图，不是单单描绘个人七十多年生活经历，目的在于：我是怎样把我生活过来的时代、环境、所见、所闻、所感的一些东西写成文艺作品——诗歌、散文、小说的。

我出生在光绪三十一年，亲身经历了辛亥革命，北洋军阀混战，武汉大革命，蒋介石的长期反动统治，八年的民族抗日战争，四年解放战争，直到一九四九年十月一日，站在天安门前，目送五星红旗凌空升起。

　　时代风云，在我眼前电掣风驰；人民的生活与斗争，象大海的波涛，在我胸中涌腾，新旧对比，有如朗朗晴空与如磐黑夜。

　　一个生活在社会主义时代的人，即使到了桑榆之年，也不会日夜思念往事，可是，当我在写这样一些文章的时候，却必须打开记忆的电门，让生活细流，涓涓地响动起来，叫一件件，一条条往事亮出自己的影子，而无遁形，无遗响，想用一支墨笔给时光老人写生，不但使他神情毕肖，而且使他须眉俱现。

　　当然，这是困难的。但对作者来说是有兴趣的，对读者呢，也是有意义的。

　　在写这些东西的时候，有如在记忆的海洋里浮沉。有快乐，有痛苦，有满足，有歉仄。在下笔之前，先想呀想，把六七十年前的人物、姓名、语言、风貌，把当时的环境、形势、人民生活、自然风光全都显现在眼前，有动于心中。这时候，我不是作为一个作家伏在台灯之下写传记，而是重新生活于过去了。往事一纵即逝，情绪象一条热线打断了就不容易接上去。一篇文章不到两万字，而花费的时间和心血的代价却是高昂的。为了一点细微的情节，穷思苦追，日夜不放，头为之昏昏，饮食为之乏味，深夜睡梦中记忆忽然与台灯同时亮起，摸到一支铅笔，在一片纸上把它草草记录下来，心安神怡，如获至宝。一篇文章完成了，一个又一个小条上，画满了蝇头小字。为了查对一件事实，致函老友以求正。此中苦乐，只自知也。

　　我写过去的生活，为了给写作做背景，无关大体的细节，一概剪去。我不是在为个人写传记，我是在为创作写生活呵。

　　从这本《诗与生活》里，可以窥见我从童年到老年走过的脚迹，也可以看出我从《烙印》开始的创作道路。这两者是密切联系而不可分割的。五十多年的写作经验，使我得出一条真理：生活底子越厚，感受越深，产生的作品也就越好。对生活不能深入，浮光掠影，或淡然视之而未深深被打动，在这种情况之下写出来的东西，就浅薄、粗糙。凡是反映了时代精神，贴近群众的感情，富于战斗性和引人向上的创作，就受到欢迎；反之，背离了这些条件的东西，就会发生不良的影响。

　　一个作家艺术表现能力的强弱，固然离不开刻苦学习，多方借鉴，但主要的是对生活的关系。生活越深，表现力就越强。艺术离不开技巧，但技巧不能成为艺术。

　　我常想自己的情况。我从小生活在乡村，我爱乡村。终年和农民在一起，我爱农民，同情他们的不幸遭遇。这种爱，是深刻的，痛切的，因此表现农民悲惨生活，描绘农村自然风景的作品就引起注意，得到共鸣。一九二七年亲自参加了轰轰烈烈的武汉大革命，它在我的思想上打上了红的印烙，但当这场大革命失败以后，我脱离了战斗行列，对蒋介石反动政权虽然表示反抗，但对革命前途却觉得十分渺茫，因而在情绪上就有了消沉的一面，写了《万国公墓》、《失眠》、《象粒砂》这样几篇带有忧郁悲伤情调的诗。这个例子，既说明了生活与创作的关系，也表现出思想性对于创作的重要。同样一种生活，因为思想立场不同就有种种看法，创作的时候，也就取舍不同，得到的结果可以想见了。

　　在为这本回忆录写序言的时候，我把这七篇文章重读一遍，心里感触是很深的。自己生活过来的几个大时代，是狂风暴雨的时代，无数革命战士，亿万英雄人民，冲锋陷阵，昂首前进，而我总是落在后边，脚步迟迟。在写作方面，数量甚多而可取者少。象一滩砂粒，在时代的浪涛中一淘，能有几多片金屑呢？

　　我所以写这样一本书，是希望读者，特别是爱好文艺的青年同志们，从中吸取我的经验——生活上的，写作上的。这些经验，有失败的，也有可取的。

1981年1月5日

（选自1981年10月四川人民出版社版《诗与生活》）

269

《臧克家散文小说集》序

臧克家

　　一般读者，甚至熟悉的朋友，都知道我是写诗的，以为我最早发表的作品一定是诗，其实不然。我在大刊物上第一次发表的是一封信，也就是散文作品。

　　一九二三年，我考入山东省立第一师范，五四运动的新思潮汹涌澎湃，我们学校的革命思想，新文艺活动，都很活跃。那时候山东督军是狗肉将军张宗昌，他勒令读经，武力镇压，双管齐下，倒行逆施。为了揭露他的罪行，我以通信形式向《语丝》投了篇小稿，不久，岂明（周作人）连复信一起登出来了，加了个标题《毙十与天罚》。另外，林兰女士主编《徐文长的故事》集，我投了三篇稿子，全被采用了，得到了三本小书。看到自己的名字登在大刊物上，印在书上，心里多高兴啊。

　　一九三〇年我进了国立青岛大学（二年后改为国立山东大学），三二年，开始大量发表新诗，但也写些散文。为了抗议美国水兵喝了酒，鞭打我们拉洋车的同胞，我在《东方杂志》上发表了《文明的皮鞭》。武汉大革命失败以后，我对蒋介石的反动统治感到窒息，在学校的高大石头楼上夜夜失眠，跑到一家富有的亲戚家，和她的一个新从乡下来的小工友挤在一间没有窗子的斗室里，同榻而眠，"一只黑手掐煞了世界，我在这里边呼吸着自在。"我用《无窗室随笔》为题写了一些杂文，登在《申报·自由谈》上。三十年代，我主要写诗，但也写了不少散文、杂文，在《太白》、《中流》……等刊物上发表。一九三九年结集为《乱莠集》出版了。

抗战以后，我到前方去作抗战文化工作，写了一些报道文章，出版了一本薄薄的小书，题名《随枣行》，而今只记得其中一篇的名字：《十六岁的游击队员》。一九四二年八月，我从前方到了浓雾迷漫的山城重庆，写了一些篇幅较长的散文，有的是回忆往事，怀念故人的。其中印象甚深的是《老哥哥》，现在有的散文选中选了它，另一篇是《六机匠》。人物印象深刻，写来笔锋带着浓情。去年，我为了谈自己的诗，写了上三十篇文章，合成一集，题为《甘苦寸心知》，我又写了《老哥哥》和《六机匠》，深情所在，不计重复与否也。此外，长的、短的，个人不但不能计数，能记住题目的也不多了。有一篇短小的速写，题目是《山窝里的晚会》，别人并不注意，而我自己却珍爱它。我写的是儿童节的故事，有钱的子女，在小学念书，儿童节到了，他们欢欢乐乐的参加种种活动，而我住的院中的贫农的孩子们，终天劳动，打赤脚，满身泥土，他们是在"保国民小学"挂个名字，却没空天天去读书。对比之下，我心中不乐。花了点钱（那时我也很穷）买了几个面包，一包花生，把桌子搬到院子里，我请孩子们和他们的母亲、姑姑们，七八个人在星月之下，开了个小小晚会。这个晚会，给我留下了极深的印象，人物的情感、心理，那欢乐和谐的场景，永远牵动着我的心，想到它，就感到十分亲切。

另有一篇杂文——《官》，是我用锋锐的刀锋，给国民党老爷们雕刻的一副典型丑像。我深爱它，虽然它很短小。一九六二年《中国青年报》曾加上按语重新发表了，叫青年们看看，国民党内尽是些什么样的人物。四六到四八年在上海，四九年初在香港，我也写了不少散文、杂文，但任其自生自灭，印象淡然了。这些文章内容，不外暴露丑恶，寄感抒愤；人物速写，同情弱小；也有描绘风景，抒发情思的。

解放前，我写的散文中，《我的诗生活》是比较出色的，本子虽小，容量却不小。写得颇为生动，笔下饱含着诗的情感。它的影响也较大，印了好几版，三几年前，香港也重印过。

一九三四年，我在《文学》月刊上发表一篇《论新诗》，第一次公开表示自己对新诗的看法和意见。此后，陆陆续续写了不少带评论性的文艺随感；给自己的几本诗集和《十年诗选》写了序言，记得也写过《谈灵感》一类的东西。

从一九四五（？）年起，我开始学写起小说来了。（远在一九三四年，我就在《文学》上发表了小说《猴子拴》，但那不过是听来的一个故事罢了）到上海之后，有一阵子，有点小说热，一连写了好多篇，大半登在郑振铎、李健吾同志主编的《文艺复兴》上。得到他二位的鼓励，特别是振铎同志特别偏爱它，夸奖得使我红脸。我是有点自知之明的，写抒情散文，还有点特色，写小说，不行。自己感觉组织能力差，写诗写惯了，笔力展不开。当然，这与对环境、对人物的观察力、概括力大有关系。这些小说，合成两本集子：《挂红》和《拥抱》。其中有两篇，印象较深，由于故事系亲经，写它们的时候有感情。《挂红》里的主人公，是我同院的李二嫂，一个青年妇女，刚嫁过来，丈夫死了，她到坟上去哭了一场，便改嫁去了。另一篇《小马灯》，写我和我的爱人送朋友宁汉戈和丁玉同志去延安的情景。这一对青年伉俪，共产党员和我爱人同在"卫生实验院"工作，住得很近，经常到我们家里来谈心。有时晚上来，提一盏小马灯，穿过竹林的斜径来我的土室里谈到深夜。他俩把来访说成"加热力"。他们临走时，把这盏小马灯作为赠别纪念送给了我们。这里边有无限深情，也富有现实意义。在那暗夜如磐的社会里，一点光明，是多么可贵；心灵交通，是多么令人感到温暖与慰藉啊。

除了这两篇还留下印象之外，另外有两篇只记得题目，一篇是写一个青年，听说蒋政权用脑电波控制人们的思想，因而日夜恐惧成病。《严正清》是在上海写的，主人公是一个工作态度严正，而得到的却是失意与排挤。

我写这些小说，大半是有点人物影子，为了反映现实，叫笔下的人物表现一个主题思想。这样，人物的性格不突出，主要由于对生活观察体会得不深。

解放以后这三十年来，我的散文产量是相当大的。这又可以分成三个方面。我写了许多怀念逝去的同志和老朋友文章，出版了《怀人集》。大半是多年相交，人物熟悉，写的时候，感情浓烈。象纪念老舍先生的《老舍永在》，回忆王统照先生的《剑三今何在？》，悼念陈毅同志的《陈毅同志与诗》，我都是一边写一边拭泪而成的。其他象追忆朱德同志、闻一多、郭沫若先生，悼念其他同志的几篇，都是着力刻画人物的性格，使情态活现，着笔不多，却给人以较深的印象，我还注意细节的描绘，以突出人物的品德和精神面貌。

为了谈自己诗创作的情况，我又写了《老哥哥》、《六机匠》。这两位是和我关系最深，命运悲惨的贫雇农。特别是《老哥哥》这一篇，写它的时候，我三次痛哭失声，跑到卫生间去，扭开水龙头洗面，我的泪水与自来水共流。读它的同志们，也多为之流泪，悲愤揪心。茅盾先生逝世后，我写万余言长文，题名《往事忆来多》。

除了怀人的回忆散文之外，我还写了描绘风景的《镜泊湖》；革命现实与悲惨往事对照的《毛主席向着黄河笑》，这篇散文，曾选入中学语文课本，影响颇大。它是对蒋介石反动政权的控诉书，它是社会主义光辉图景的一支颂歌。

此外，评论、欣赏、文艺随感一类的文章，我写的也数量可观。其中象《鲁迅与编辑出版工作》、《中国新诗发展的一个轮廓》都比较长，花了功夫不小，阅读与欣赏的短文，我写了《前赤壁赋》、《诗人之赋》(《阿房宫赋》)……若干篇。我喜爱古典诗词歌赋，读了几十年。至于谈论新诗的文字，就更多了，我把它结集为《学诗断想》。

近一二年来，为了帮助读者更好地理解自己的诗创作，我写了一本《甘苦寸心知》——谈自己的诗；总结个人生活与创作经验，写了一本《诗与生活》——回忆录。

去年，我在各报刊上发表了不少杂文，每篇三千三百字，但它有点分量（两）。象在《人民日报》上发表的《说与作》、《后生可畏》；在《光明日报》上发表的《葬仪》、《纳谏与止谤》；在《北京晚报》上发表的《看球记》等，都得到朋友们和读者的鼓励。

写散文、回忆录，我注意几个要点：悼念友人的文章，一定要了解的深，感情掌握，概括性要强，评价要公允。

我写的所有散文，都是抒情性较强，特别注意文采，使它具有其个人性格与艺术特点。

我从小就爱读古文，到老年，爱得越深。我写散文，在艺术表现方面受到古文的影响较大，象写诗一样，我喜欢精炼一点，抒情味重一点，文采多一点。

我对过去写的这些东西，除了极少数篇章，以后也就忘记了。一篇文章写了之后，底稿不留，有的发出，有的用完就把它撕掉。这次出版这本《散文小说集》，完全由于湖北省出版局的一位负责同志，老友张金三的一再敦促，他花了二年时间，东奔西走，全力以赴地去搜求材料，杂凑而成了这个集子。沙泥俱下，乱莠丛生。敝帚我不自珍，他为我珍之。编选时，我主张从严，他主张放宽。作为朋友，他的用心我完全明白，由衷感谢他的好意，确乎又有点不安的感觉。

1981年5月26日北京

（选自1982年12月长江文艺出版社版《臧克家散文小说集》）

昨日黄花到眼前

——写在《集外诗集》前

臧克家

摆在我眼前的这一百二十多首诗，有的被弃置已经半个多世纪了，乍拿到手，似乎有点陌生，重读一遍，便产生一种故人重逢的亲切之感。

这些作品，最早的发表于一九二九年，最晚的写于一九四九年初。多数读来记忆犹新，少数却有点儿模模糊糊的感觉了。解放前，我出过将近二十本诗集，这些诗，都没有机会收入。这并不是因为它们太次被淘汰了，其实其中的不少诗篇并不比收入集子的诗差。

我个人对自己的作品，不是很珍惜的，发表以后，没有及时地篇篇搜集在一起，有一些是任其飘零，久而久之，也就淡忘了。

发表这些诗篇的年代，是痛苦的，动乱的。发表的报刊，又是天南海北，都是由于负责编辑的友人索去的，譬如，陈白尘同志编《华西晚报》副刊；高天、吕剑同志搞《扫荡报》工作，有求，我必应，报纸到手，由于抗战时期行踪不定，也就散失了。

我十分感谢冯光廉、刘增人两位同志，他们热情地、勤恳地南北奔走，到各大图书馆去寻找线索，按目索诗，即使一九四八年冬，我被迫去香港的短短三个月中发表的一些诗，也找了来，用心可谓苦矣，用力可谓勤矣。他们把我所有未收入集子的诗全部弄到手，然后加以校勘、排列，编成这本《集外诗集》，他们二位对我个人作品这种偏爱精神，令我不但感谢而且大为感动了。没有他们，这一百多首诗，就烟消云散，无影无踪了。

　　我仔细地读了这些诗。一篇一篇的，一句一句的。我的心随着诗句回到二三十年代，抗日战争时期去了。感情是激动的。其中有悲愤，也有追求；有痛苦，也有快乐；有希望，也有失望。写"黑暗角落里的零零星星"的诗，我自己特别喜欢。鼓舞抗战的，揭露、控诉国民党的作品，是有激情的。在艺术表现方面，都比较朴素自然，雕琢痕迹较少。有一些失之粗浅，这是因为要及时起一点作用急就而成的。

　　这些"集外诗"，已成为昨日黄花，它们产生在祖国痛苦的大地上，开放在苦痛的黑暗的旧时代，谈不到什么特殊的色香，但，它们开过，在当时人的眼里留下过点点印痕。在大时代的潮流中，也可以算作朵朵浪花吧。

一九八二年九月十五日北京

（选自1984年4月陕西人民出版社版《臧克家集外诗集》）

《青柯小朵集》小序

臧克家

这二三年来，我写诗少了，写散文多了，这个集子，就是一个小结。里面的文章，短的多，长的少，内容也是多方面的。有的记活着的朋友，有的吊已逝的故人。他们大半是文坛上的老将，与我多年交往，情谊深厚，所以写来热情满腔。有的细抽回忆的丝，有苦味也有甜味；有的因永诀而回顾生平，老泪泉涌，悲痛不已！不论写生者还是悼死者，不但想从中见出友情，还企图表现他们的人格与性格。有时，我多用细节描绘，绘形也绘声，这样既形象鲜明，更可以即小见大。

我对文艺问题有个人的看法，而这种看法与多年来的创作实践和理论学习是密切关连的。它与自己的爱好、修养有历史渊源，因而我坚持它，不轻易动摇。当然，这种个人看法不一定对，但我觉得，它对，就要坚持，人言不恤。不论对优秀古典文艺传统的看法，对评价人物与作品的标准，对新诗内容和形式的意见，我都毫不含糊地形诸口头与笔头。这个集子里不少作品就是属于这个方面的。我读书少，理论水平低，愿意就正于有专门研究的同志们。

近年来，我不时写点文艺欣赏之类的随笔，我喜欢读读古诗古文，写来兴致很浓。

应邀回答关于个人创作经验的文章，写了好儿篇，也集合在一起，算是一个小辑。

另一个方面是序言之类。一年之中，有三十儿位文艺界的朋友（老中青都有）要我替他们的文集或诗集写点意见，作为序言。这要看多少稿子呀，上了年纪，实在精力有所不及，多数婉言谢绝了；为了受作品的吸引与友情关系，我勉力从事，这样文章在这个集子中占了不少的比例数。为蒲风同志诗集写的序言，作于六十年代，初都发表过，忘记收入集子，这次补入，缀于后。

自"桧"以上的作品，已未必佳，自"桧"以下的一些零星杂文，可观的恐怕更少了。

一九八三年元月八日北京

（选自1984年2月花城出版社版《青柯小朵集》）

题《落照红》

克 家

近几年来，由于年龄和健康情况的限制，不能到火热的生活中去，在写作方面，散文产量大，诗创作，比较少了。但还是写了一些，这本《落照红》就是结集。从这本诗集的名字上，可以看出我晚年的余热和辉光。

我有两个旧体诗句，足以表现我的心情："年景虽云暮，霞光犹灿然。"

自己觉得，虽已到暮年，而精神状态与时代和人民是紧密联系在一起的。身老而心青，所以还有激情，还能写诗。

在我已经出版的诗集的次序上，《落照红》排列在第二十九位，如果把散文、小说、评论等全部算在一起的话，它是第四十九本。

我想，它决不会是我创作的殿军，如果天假以年的话。

一九八三年六月十四日北京

（选自1984年4月花城出版社版《落照红》）

前 言 千 字

（《中国现代作家选集·臧克家》序）

臧克家

　　自从一九三三年出版第一部诗集《烙印》，到现在为止，我一共写了近三十本诗。这本选集，就是从那些诗集中挑拔而成的。友人冯光廉、刘增人同志知我，他们代我选辑的这些诗篇，甚得我心。成语说"沙里淘金"，但我这些汰余的东西，到底是什么，这全凭高明读者去鉴定了。

　　我年近八十，经历了几个大时代的风云，亲身感受，以诗抒情。大家都知道，我青少年时期的生命，在泥土里扎根。我熟习旧社会的农村，我热爱苦难中的农民，大自然风光虽然带着悲惨的颜色，但它牵动我的心，令我喜爱。

　　因为感受深切，情感真挚而浓烈，写农民生活，描绘乡村风光，成为我诗创作的基调，《烙印》、《泥土的歌》可以作证。

　　人的生活，思想，感情，是随着环境变动而变化的。我参加过北伐战争和抗日民族解放战争，爱国主义、追求进步、向往革命，也是我诗歌创作的主题。新中国成立之前与之后，心情不同而调子也迥异了。

　　古人说：知音难。这是不错的。知音为什么难？我觉得难在二字："时"与"人"。不了解一个作家所处的时代环境，摸不清他思想感情的脉络，对他的作品，是不易吃透其中之味的。很难说，对人陌生而对他的作品熟习。就我个人来说，童年时代，幼小心灵里就萌生了爱祖国、爱人民、反对侵略、反对封建的思想，六七十年来，迈着艰难的步子，企望与时俱进，用微弱而真挚的调子歌唱，声音虽然微弱，但我的思想情感与人民是相通的。

我有一个苦恼：今天的读者——特别是青年，不易理解我的昨日之歌。时代相去太远了！不了解时代，怎样了解人？不了解人，怎样了解他的作品？

我所说的人，是指作品的主人，要彻底了解他的作品，必须了解他的特殊风格，他的艺术造诣及其来龙去脉。这是一个难题。我，从童年起，由于文化家庭的影响，就读了几十篇古文和古诗，也从农民朋友那里受到文艺薰陶，十分喜爱民歌。读大学时期，又受到闻一多先生《死水》的影响，因此，我写新诗也要求精炼、含蓄、有余味可寻。这种特点，在我初期作品中表现得更为清楚。

我常常想，自己的一些诗作，不容易一下子被理解、接受，也许在死后，慢慢地一点一点的被发现。我有篇题名《依旧是春天》的诗，写于三十年代中叶，我是满含悲愤，有感而发的；而一般读者，甚至研究者，却把它看成一篇风景诗了。这，使我很难过。

昨天，刚刚收到新出版的一本书：《甘苦寸心知》，这是我给自己的三十篇诗作所作的解释文章。说了时代背景，说了为什么要写这篇诗，也说了当时的环境、思想和感受，还进一步地阐明了艺术表现方法。这对读者读这些诗，也许有一点助益吧！

我从一九二五年在《语丝》上开始发表散文，五十多年来，我出版了好几个集子，特别近几年来，我写的散文比写的诗还要多。我对散文，要求笔锋常带感情，有文彩。这本选集，以诗为主，也选了几篇散文，这样比较符合实际情况。

一九八三年七月九日于北京

（选自1987年6月三联书店香港分店人民文学出版社版
《中国现代作家选集·臧克家》）

五十年间学论文

——代序

臧克家

　　我从二十年代末三十年代初，开始发表新诗，主要精力注于创作。但，几十年来，我也写了几十万字的文艺随笔，第一篇写于一九三四年，题名《新诗答问》，发表在《太白》月刊上。

　　我读书少，理论修养基础太差，没写出有系统、有深度、有水平的评论性的文章来。可是，由于对生活的认识，对文艺的看法，加上长期从事创作的一些经验，我也不断地发表一些文艺随笔表示个人的见解。这些文章，长篇大论的较少，零碎短章为多，名之曰"论"，受之有愧，只能算是文艺性质的杂感而已。这些东西，确乎是有感而发，写出来，发表它，是希望及时发生一点作用，肯定、赞扬我认为正确的东西；批评、辩正一些我认为不正确的东西。这"正"与"不正"，我心里是有一条标准线的。

　　这个集子里所选的文章，大致分三个部分。

　　一是：对新诗的个人看法和意见。

　　这看法，这意见，五十年来只有随时代的前进向前发展，没有因时势推移而有所变更。这看法与意见，概括地说来就是：新诗必须表现现实，表现人民的生活；必须与时代精神结合，富于现实意义和战斗作用。表现形式，大体是：向古典诗歌和民歌学习，做到精炼、大体整齐、押大体相同的韵，使新诗富于民族风格。

　　二是：评介一些诗人的诗创作。

我每读到好的作品，眼为之炯炯发光，心为之怦怦乱跳，"爱才"之心，古今同然。当然，所谓"好"，是学习运用马列主义毛泽东思想文艺观点作尺度去衡量的。我只看作品，不看人。对作品，我认为好的，就大声叫扬；不足之处，我也决不放过。对于我认为不好的作品，我也想以理服人，有时望好心切，责备较严。

三是：对古典诗词歌赋的欣赏。

我从七八岁起，就能背诵不少古典诗歌，而今年近八十，几乎无日不翻读这类东西，心与古人灵犀一点通，引为至乐！我的父亲、祖父都能诗。父亲与族叔结诗社，和邻村诗友们赛诗，这也给我的心灵以影响。说实在话，我对古典诗歌，没有系统研究，知识也很少，我只欣赏而不下功夫钻研，大有"读书不求甚解"的陶渊明之风。

虽然如此，但凭六十年创作经验作底子，以此去欣赏、印证古人的作品，自信略能尝试、品评其中味。我读古代名家之作，即使我最喜爱的作家如杜甫、李白、苏东坡，也决不盲目称颂，他们的作品，也不是篇篇金玉、字字珠玑。使我心折的甚多，觉得平平的也不少。兴之所至，就我所喜爱的古文古诗，写了若干欣赏文章，就其内容与艺术表现，表示个人的一点心得与体会，发表出来，以期共赏。

我读古，我欣赏古典诗文，虽乏深厚基础，因为读时细心，字字句句，一定要吃透其中味，所以偶有一得之见，而决不肯人云亦云。

我申述上边所说的这三个方面的文章，文艺观点是统一的，以一贯之的。而这种文艺观点，与我的人生观有不可分割的关系。我生平经历了四个情况不同的大时代，我忧愤，我痛苦。我扬弃，我追求。我向往，我前进。人生观与艺术观的形成都是曲折的、渐进的，不是一蹴而就的。它已经形成，就不可动摇了。当然，我的文艺观与我个人的文艺修养与表现手法的特点也大有关系。

在动笔写这些随笔的时候，我总是警惕自己：莫发空议论，不摆大架子；希望把它写得亲切纯朴一点，生动活泼一点。使它有点文采，独具个人的风格。这只是一个努力的目标，并不是说我已经达到了这个目标。

吴家瑾同志，多年一道工作，近些年来，过从较密，谈诗论文，

283

心心相印。她了解我的人，也了解我的文艺观点和所写的诗文。她不辞辛劳，在繁忙工作的空间，为我编选了这个集子，所选目录，甚惬我意，知己之感，郁乎胸中。

1983年11月10日

（选自1985年5月文化艺术出版社版《克家论诗》）

总结不是终结

——《文集》小序

臧克家

　　春日播种，秋天收获，这是自然的。可是同样是收获，却有丰歉之别。

　　我从中学时代，就酷爱文学并从事写作，屈指算来，已经有六十个年头的历史了。出版的诗歌、散文、小说集多至数十本，单从数量上说，也可以算得上丰收了，今天结成总集，检阅一下，便觉得谷粒恨少而稗子苦多。

　　我生八十年，经历了四个大时代，道路是漫长而又艰险的。我在迈着探索的步子，有时迅疾，有时蹒跚，但心中总有个大的方向，不管怎样，是走过来了，穿过了清末的封建王朝，北洋军阀混战的时代，蒋介石的长期反动统治，进入了社会主义新中国。

　　我这些诗篇，就是我印在祖国大地上的脚印。它真实地纪录下了我不同时代不同的思想和情感。这些思想和情感与时代环境、政治情势、人民的生活，是相联系着的，而后者给予前者以至大至深的影响。三十年代初期，我参加过的武汉大革命失败之后，我的心是悲愤而沉郁的，对现实不满但又觉得革命前途遥远。这时期，我紧紧抓住了诗，它成为我心头火山的一个爆破口，成为我的生命。写出来的作品，是沉实的，有个人特点和风格的，是比较有分量的。当然，这时期的诗作，令人振奋的亮色较少，使人读了苦痛的较多。抗战期间，情况又有所不同。生活起了大的变化，心胸也为之开朗了。作品情调明朗而爽快些了，但不少是浮光掠影的，精粹而具有时代特色的不太多。抗战末期直到解放前夕，我又陷入了大苦闷、大窒息、大悲愤之中，因而产生了大量政治抒情诗。它是我的心声，也是万众的心声的回音，有肯定，有否定，而且否定是为了肯定。

一九四九年春天直到现在，我一生五分之二的岁月是在北京度过的。因为身体多病，加以已近暮年，没有能够深入生活，虽然精神上和时代没有隔离，对新事物的敏感性也还不弱，创作兴致也蓬蓬勃勃，写作也算勤奋，三十五年来，我也写了一些比较为读者所熟知的长诗、短诗和散文；可是写出的诗篇，不论就时代意义或是现实意义上讲，已经比不上三十年代初、抗战末期那种势头了。生活是文艺的土壤。土壤越厚，作品越深，也就越富于时代意义。

我出生在农村，生长在农村，热爱大自然风光，对穷苦的农民有深厚的情感，为他们的受难而悲愤，为他们的命运而控诉不平，这成为以后写作的主要源泉和力量。武汉大革命，奠定了我终生追求进步的思想，也使我坚决地认定，文艺一定要与时代结合，与人民群众密切联系，而且为它服务。

我对文艺发生兴趣，是由于文化家庭从小对我的影响与培育，富于天才的农民对我的诱导与启发。我十岁左右就熟读了古文、古典诗歌几十篇，我祖父能诗，我父亲与族叔武平结诗社与邻村诗人赛诗，打开了我幼小的诗的心扉。另外，我也十分喜爱民歌。中学时代受到革命思潮和新文艺思潮的激荡，开始学习写作。在新诗领域刚刚迈步的时候，受到族叔一石的鼓励和指导。

我个人诗风的形成，是在三十年代进入大学以后，我接触了闻一多先生的《死水》，便为之倾倒，受到深刻的影响，这决非偶然的。闻先生的作品，谨严精炼，蕴藉隽永，得力于古典诗歌。这一点与我从童年开始就赞赏古典诗歌，而且这种意兴与年俱增是契合的。一九三二年，我开始发表了不少诗篇，受到闻一多、王统照先生的教导和培植，得到文坛前辈茅盾、老舍先生的鼓励和读者的赏识。

行年八十，回顾一下半个多世纪以来走过来的道路，是有意义的。总结一下文艺创作，也是必要的。回顾是为了前瞻，总结决不是终结。人的寿命是有限的，而文艺生命是无穷的。一息尚存，我决不放下手里的这支笔。

这六卷文集得以问世，首先应该感谢山东人民出版社的宋协周、王克迅、许平同志和山东文艺出版社的诸位负责同志的盛意，以及各位同志的辛勤劳动。在编辑过程中，得到冯光廉、刘增人、张惠仁、李学鳌诸位友人的协助，具体工作全是我的家人做的，我心里充满了感激欣慰之情。最后，我附带说上几句话。在编辑这部文集的时候，我汰去了相当数量的我认为水平较低的作品，另外，也剔除了一些当年有意义而今看来已成为昨日黄花的诗文。

在我八十岁的生辰，看到自己多半生呕心沥血所获得的成果，心里是高兴的，同时又有点惭愧的感觉。

克家　一九八五年一月于北京

（选自1985年2月山东文艺出版社版《臧克家文集》第1卷）

序(《乡土情深》)

臧克家

今年,我八十岁,我的母校——山东大学出版社的同志要我编一本书作为纪念。没有新的东西奉献,孩子们(乐源、植英、苏伊)替我把几十年来在山东写的和写山东的一些诗篇和文章拼凑在一起,题名《乡土情深》。这虽然是炒冷饭,却完全是家乡风味。一触及这些篇目,浩瀚的往事便涌上心头;众多人物形象活现在眼前;被时间冷灰沉埋的热情,忽地在胸中炽燃了起来。

我想起了:枯寂而又饶有情味的童年乡村生活情景;想念起,随时光流逝而逝去的我心上的亲人和朋友,其中有"老哥哥"、"六机匠"和风里雨里、泥里土里追逐在一起的我的穷苦小伙伴们。我想起了:青年时代在济南第一师范读书的往事。在这里,我接触了新文化潮流,思想上受到启发,爱上了新文学,自己也开始学习写作。泉城三年半时间,对我说来,是珍贵的,令人怀念的。大明湖的夏景,千佛山的秋容,在我心上留下了倩影。

青岛,呵,青岛!四年半的大学学生生活,使我开了眼界,受到教育;长夜苦吟,我的悲愤化成了诗句。我的老师闻一多、王统照先生,指导我,奖掖我,使我健步走上了文坛。他们对我呵,有两颗金子的心!还有,还有老舍、洪深、吴伯箫、王亚平……这《避暑录话》的一群,以文会友,情相感,心相印,诚挚纯真!青岛是美丽的,可是当年,崂山的挺秀,大海的潮音,入目不成色,入耳却惊心!那是怎样的一个时代呵,苦难深又深!青岛解放后,四次我重到,不同的山光水色令人亲，我的人，也另换了一双眼，另换了一颗心。我写下了大量诗篇，欢欣代替了苦吟。

出了大学校门，我到临清一个中学去为人师，天天和一大群天真的孩子在一起，可爱又可亲，他们在我枯燥的心田上，洒上了一阵一阵春霖。三年半的生活，感情象连环，把我们一环一环扣紧，一个个胸怀里跳动着一颗颗纯真的心！

抗战号角一响，我去了战地，战火纷纷。脚步穿过五六个省份。经行的路程何止千里万里？身子远的时候，心呀，却觉得更近。在苦难中，在艰险中，在战斗中，在天的这一边，在地的那一角，象粤鸟巢南枝，我忘记不了自己的故乡，她养育我的深恩。在异乡，餐餐大葱大蒜，品尝家乡的香味；在异地，我说话永远带着浓重的乡音。我已经活了八十个年头，对着故乡象个孩子向着母亲。今天，我把一首首诗歌，一篇篇散文，献给山东——真不成敬意，请收下我的这颗真挚的心！

我和山东大学也真有缘份。祖孙三辈在这里受教育，又在这里教育人。从一九二九年到眼前，间隔了五十六个冬春。我提笔为山东大学将为我出版的这个集子写几句缀语，为什么老眼不禁泪涔涔？呵，她对我一往情深，我对她也一往情深。

臧克家　1985年3月10日于北京

（选自1985年10月山东大学出版社版《乡土情深》）

多写散文少写诗

（《臧克家抒情散文选》代序）

臧克家

"老来意兴忽颠倒，多写散文少写诗。"

这是我七年前写的一首绝句的末二句，这是我的"君子道其实"，已为我的创作所证明了。近七八年来，我的大部分精力倾倒于散文的写作上，出版了缅怀故人的《怀人集》；纪录个人几十年创作甘苦的《甘苦寸心知》和《诗与生活》；另外还有本《青柯小朵集》。此外，近作尚未结集的还多。而诗作呢，却较少，前年出版了小小一本《落照红》，对照之下，我是厚于散文而薄于诗了。开头引用的那两个诗句，只说明了事实情况，但并未道出个所以然来。这需要把这首绝句的头二句照样引出来："灵感守株不可期，城圈自锢眼儿迷"。事情是清清楚楚的了，所以少写诗，是因为年老多病，不能接触新鲜生活，灵感光顾我的时候也就少了。而我个人呢，不论气质，情愫，志趣，却都是属于诗的，只是少了一点诗的要素——激情，因此，我大力抓住了散文，以抒发我的诗的情趣。

诗与散文，有同有异。有散文的诗，也有诗的散文。我写的一些诗文，诗中散文化的情况较少，而散文中的诗情却颇多。

一般人知道我是写诗的，其实，六十年来，我创作的产品，诗与散文平分秋色。一九二五年中学时代第一次在全国性大刊物《语丝》上发表的一篇"小作"，就是散文。三十年代，在《东方杂志》、《太白》、《申报·自由谈》等报刊上发表的散文作品，数量颇可观，其中包括《老哥哥》、《六机匠》，曾结集为《乱莠集》。抗战以后，在前方驰骋了近五个年头，虽然少写散文多写诗，到底还写了不少，出版了一本战地随笔《随枣行》。从四十年代初到一九四八年末，在重庆、上海时期，诗文并举，有的即事抒情，写了《山窝里的晚会》；有的向回忆库藏中挖掘材料，写了怀念闻一多先生的《海》。居京三十七年中，特别是近年来，散文不但产量多，质量方面，被朋友和读者评为文胜于诗。

评论家和选家不但对我的近作垂青，即使我三十多年以前写的一些作品，象《野店》、《蛙声》……，也评选了出来，成为我继续努力前进的一种鼓舞力量。

我对散文，一向有个人的看法和写法。我觉得写出一篇有特色的散文来，不是一件容易的事情。不肯苦心经营，把散文视作随意走笔的想法是不对的，至少是对散文的一种误解。凭个人几十年来从事写作的一点体会，认为写好散文，必需具备几个条件，生活厚，印象深。我的散文作品中，缅怀亲友的占比重相当大。写得比较能动人的，是交深情深的人物。有的相交几十年，不但对他的人格性格深刻了解，甚至笑容与愠色，一闭眼即活现在眼前，使我内心为之大动，热情为之奔腾。有时出现这种情况：一文未成，三次痛哭，快步跑到卫生间去，扭开水龙头以冷水浇面。要写出叫人感动的文字来，自己一定先感动过。

就是写景的文章，也必须首先有情。山水宜人亲，没有这个"亲"字，山，是冷冰冰的石头，水，是"氢二氧一"。我写《毛主席向着黄河笑》，是由于我亲眼看到过黄河决口，大水围困阜阳城，"坐在城头上探腿洗脚，屋脊象鱼群掠船而过"的景象而为之惊心动魄；我写《镜泊湖》，也决非范山模水，里边蕴含有二十年代末我流亡生活的心灵返照。

写人物，要注意细节，即小事，见精神。要切实注意发挥概括力，突出应该突出的，决然芟除乱苗之莠。写事件，要简要而有力，使文字闪耀着动人的光彩。前年，我写了一篇《炉火》，抒发了我不要暖气，十几年来保留炉火的心情。我爱炉火，主要因为它有个性，它有光。这可以做为我对散文写作所向往的一种境界。失掉个性，就没了个人特点：没有光，艺术就黯然而失色了。

　　我十岁以前，就能背诵古文六十多篇。多少年来，经常书不离手，这对于我写作的艺术表现方面，起了不可言喻的影响。中国的散文传统与诗歌传统一样源远流长，而且同步前进。不知为什么，忽然我想起了李商隐这两个名句："沧海月明珠有泪，蓝田日暖玉生烟。"我希望，我们的诗句如同沧海明珠；我希望，我们的散文好似蓝田生烟的美玉。

1986年7月16日

（选自1988年4月湖南文艺出版社版《臧克家抒情散文选》）

研究论著选编

新诗的进步

朱自清

在《新文学大系诗集》《导言》末尾，我说：

> 若要强立名目，这十年来的诗坛就不妨分为三派，自由诗派，
> 格律诗派，象征诗派。

有一位老师不赞成这个分法，他实在不赞成象征派的诗，说是不好懂。有一位朋友，赞成这个分法，但我的按而不断，他却不以为然。他说这三派一派比一派强，是在进步着的，《导言》里该指出来。他的话不错，新诗是在进步着的。许多人看着作新诗读新诗的人不如十几年前多，而书店老板也不欢迎新诗集，因而就悲观起来，说新诗不行了，前面没有出路了。路是有的，但得慢慢儿开辟；只靠一二十年工夫便想开辟出到诗国的康庄新道，未免太急性儿。

这几年来我们已看出一点路向。"大系诗集""编选感想"里我说，要看看启蒙期诗人"怎样从旧镣铐里解放出来，怎样学习新语言，怎样找寻新世界"。但是，白话的传统太贫乏、旧诗的传统太顽固，自由诗派的语言大抵熟套多而创作少（闻一多先生在什么地方说新诗的比喻太平凡，正是此意），境界也只是男女和愁叹，差不多千篇一律；咏男女自然和旧诗不同，可是大家都泛泛着笔，也就成了套子。当然有例外，郭沫若先生歌咏大自然，是最特出的。格律诗派的爱情诗，不是纪实的而是理想的爱情诗，至少在中国诗里是新的；他们的奇丽的

譬喻——即使不全是新创的——也增富了我们的语言。徐志摩、闻一多两位先生是代表。从这里再进一步，便到了象征诗派。象征诗派要表现的是些微妙的情境，比喻是他们的生命，但是"远取譬"而不是"近取譬"。所谓远近不指比喻的材料而指比喻的方法；他们能在普通人以为不同的事物中间看出同来。他们发见事物间的新关系，并且用最经济的方法将这关系组织成诗；所谓"最经济的"就是将一些联络的字句省掉，让读者运用自己的想象力搭起桥来。没有看惯的只觉得一盘散沙，但实在不是沙，是有机体。要看出有机体，得有相当的修养与训练，看懂了才能说作得好坏——坏的自然有。

另一方面，从新诗运动开始，就有社会主义倾向的诗。旧诗里原有叙述民间疾苦的诗，并有人象白居易，主张只有这种诗才是诗。可是新诗人的立场不同，不是从上层往下看，是与劳苦的人站在一层而代他们说话——虽然只是理论上如此。这一面也有进步。初期新诗人大约对于劳苦的人实生活知道的太少，只凭着信仰的理论或主义发挥，所以不免是概念的，空架子，没力量。近年来乡村运动兴起，乡村的生活实相渐渐被人注意，这才有了有血有肉的以农村为题材的诗。臧克家先生可为代表，概念诗惟恐其空，所以话不厌详，而越详越觉罗嗦。象臧先生的诗，就经济得多。他知道节省文字，运用比喻，以暗示代替说明。

现在似乎有些人不承认这类诗是诗，以为必得表现微妙的情境的才是的。另一些人却以为象征诗派的诗只是玩意儿，于人生毫无益处。这种争论原是多少年解不开的旧连环。就事实上看，表现劳苦生活的诗与非表现劳苦生活的诗历来就并存着，将来也不见得会让一类诗独霸。那末，何不将诗的定义放宽些，将两类兼容并包，放弃了正统意念，省了些无效果的争执呢？从前唐诗派与宋诗派之争辩，是从另一角度着眼。唐诗派说唐以后无诗，宋诗派却说宋诗是新诗。唐诗派的意念也太狭窄；扩大些就不成问题了。

二十五年

（选自1947年12月作家书屋版《新诗杂话》）

臧克家论

孔 休

第 壹

"艺术家是人类灵魂的工程师"这句名言曾被许多人一遍又一遍地引用着，而艺术工作者们也都喜欢着这一称号。

改造人类的灵魂，这是件艰巨的"工程"，作为"工程师"的艺术家，当然是值得骄傲的，不只是他个人的骄傲，而也是人类的骄傲。但"要散布阳光到别人心里去，先得自己有。"（罗曼·罗兰语）要改造人类的灵魂，必先从改造自己的灵魂做起。古希腊的斯特拉波说："做一个诗人必先是个好人"；因为做了艺术家而从人类中游离出来的，决不能改造自己的灵魂，更不能改造人类的灵魂。

诗是一种 Intimate "不隔"的艺术，它更要求着诗的创作者——诗人——去改造自己和改造人类。为了改造自己和去改造人类，故我们特别苛求着诗人的作品的内容底正确与充实。诗人不仅是靠着他熟练的技巧去表现他所要表现的，他更需要具有科学的世界观，来观察世界上的一切事物。但科学的世界观并不能直接产生诗，诗也并非仅仅在于说明作者底世界观。"艺术并不是直接创造于哲学指导下的东西。"（本庄可宗语）诗人"并非因理智而创造，而是因内心需要而创造。"（罗曼·罗兰语）正确的世界观只能告诉你怎样去生活，怎样去理解生活，在这千变万化动荡不定的现实社会里，它给你指点应走的方向；

换言之，正确的世界观只能指导你去真实地生活，在真实的生活里，才能生出真实的感情。诗是感情的结晶体，真有这真实的感情，诗人才能创作出他的"改造自己"和"改造人类"的诗篇来。

第　贰

十多年前，空前的灾难来到了中国的土地上；而中国的人民却被窒息得只能用"××"来暗示自己的敌人。这时在中国的新诗坛上，先后出现了两位风格态度完全不同的诗人：一个是曾写着"独自彷徨在悠长，悠长，又寂寥的雨巷"的"雨巷诗人"戴望舒——，他"为自己制最合自己的脚的鞋子"，这只"鞋子"他在法国找到了他的形式，便是"即不是隐蔽自己，也不是表现自己"的"象征诗"。对于戴望舒的诗，不妨用杜衡的话来介绍：

> "在苦难和不幸底中间，望舒始终没有抛下的就是写诗这件事情。这差不多是他灵魂的苏息、净化。从乌烟瘴气的现实社会中逃避过来，低低地念着：
> 我是比天风更轻，更轻，更轻，是你永远追随不到的。
> ——林下小语
> 这样的句子，想像自己是世俗的网，网罗不到的，而藉此以忘记。"

他既没有改造了人类，也没有改造了他自己。正如他自己所说：

> 我是青春和衰老的集合体，
> 我有健康的身体和病的心，

由于他心的患"病"，在感到"做人的苦恼，特别是在这个时候做中国人的苦恼"时，他对一切都发生了动摇，幻灭和绝望。这一种"心病"，在当时并不单单戴望舒一个人患着，有一部分年轻人也同样的患着这种病。

另一位诗人便是"心中打着印烙"的臧克家，（这一"印烙"也曾打进了许多年轻人的心）他用着沉重的调子唱着一件件"生命的不幸"。对于"人生"当时他确也曾感到过矛盾，幻灭，甚至：

　　　真想它来个痛快的爆炸，
　　　在死灰里找点静谧。

　　　　　　　　　　　　——都市的夜

但是戴望舒的诗，我们读了，开头是感到悒郁，读第二遍时，感到的也是悒郁，读第三遍时，我们还是感到悒郁；而读臧克家的诗，第一遍使人感到悒郁，或甚至使人哭泣，读第二遍时便感到愤怒，到你再读一遍时，也许会伸出你的拳头来。

　　戴望舒想逃避现实，带着一颗空洞的"寂寞的心"，把身子投到"诗"里去；而臧克家是：

　　　痛苦在我心上打个烙印，
　　　刻刻警醒我这是在生活。

　　　　　　　　　　　　——烙印

他的写诗是为了"生活"，他是在他的生活里去产生诗的和发掘着诗的，诗在他是作为一种斗争的武器。诗人对现实世界里的一切事物，感到了深切的爱和恨，凭藉着他底武器——诗，将这些美丽的丑恶的，他所爱的或恨的事物和感觉表现出来，使他自己以外的人们也跟他一样的去认识和看到世界上的真实。或者人们已经见到或觉到了的事物，他还想使他们见得更多些，更广些，更远些，更深些，感觉得更强烈些。

　　托尔斯泰把内容、形式和态度，作为艺术作品的三个条件。他所说的态度，便是指艺术家用怎样的态度来生活，用怎样的态度来和这世界里的一切相处的。在这时代里，我们的诗人对世界上的苦难者只是同情是不够的，还得用整个的心去爱他们；他必须和人民心心相印，一块儿生活，一块儿感觉；而且要将他们"提高"。在这一点上，臧克家由于生活不够广和深，因此在他的诗里，便多少有着模糊和不够或把握得不紧的地方。但时代在不断的变着，不断的向前发展着，臧克家也在他的生活里不断的学习着在改造他自己的灵魂，同时也在不断的为改造"人类的灵魂"而工作着。

第　叁

臧克家的第一部诗集《烙印》出版时，闻一多便在该书的序文中说过这样一句话：

"克家的诗没有一首不具有一种极顶真的生活意义"。这虽只是对《烙印》这一集子所说，但我们把它用在臧克家自《烙印》以后的许多诗作上，也觉得非常妥贴，这他自己也说过："诗的花是开在生活的土上的。"

他是生长在风浪里的诗人，这只要看过他《自己的写照》的读者便知道。他曾有过"值得骄傲的青春"，他曾在革命的前线"把生命放在死上"，自从"枪杆拨斜了革命的方向"，他曾作"万里的逃亡"，"脱离了革命的战线卑污的活着。"《烙印》里的许多诗，便是在这样一种心情下写成的。

> 象砂粒，风挟你飞扬，
> 你自己也不知道要去的方向，
> 不要记住你还有力量，
> 更不要提起你心里的那个方向。
>
> 从太阳冒红，你就跟了风，
> 直到黄昏抛下黑影，
> 这时，天上不缀一颗星，
> 你可以抱紧草根静一静。
>
> ——象粒砂
>
> 浑沌的活着什么也不觉，

既然是谜，就不该把底点破。

——烙印

与此同时，他又写着。

眼前飘来一道鞭影，
他抬起头来望望前面。

——老马

"不死的思想"迫着他又写下了《不久有那么一天》：

宇宙扪一下脸，来一个奇怪的变！
天空耀着一片白光，
黑暗吓得没处躲藏，
人，长上了翅膀，带着梦飞，
赛过白鸽翻着清风，
到处响着浑圆的和平。

又写下了《天火》：

人们有一点守不住安静，
你把他砍头再加个罪名，
这意义谁都看清，
你是从死灰里逼出火星。

不过，到了那时你得去死，
宇宙已经不是你的，
那时火花在平原上灼，
你当惊叹："奇怪的天火！"

对这未来的"变"和"天火"虽有着烈焰样的热情在期待着，但这种热情并不能保持得长久，因为这热情的出发点，只是建立在"幻想"
上，一旦这"幻想"为现实所破灭，他依然会感到一切都是虚空的。

一面在教自己去忍受，在想望着"变"和"天火"的来到，而自
己却被"许多限制"着不能积极的参加到这为达到这"变"和"天火"
的斗争的洪流里去。他抚摩着心里的"印烙"在这矛盾里苦痛着。

诗人不只是歌唱他自己的苦痛与想望，他更应为那些世界上的苦
难者去歌唱他们的苦痛与想往。臧克家除了写他自己，更多的写了那
些受苦的人们。在《烙印》里：他写着无家可归的难民，在黑巷里乱
跑的老头儿，被爸爸赶走的老哥哥，在"鬼都望着害怕的黑井筒"里
活着的炭鬼，从来不唱"她自己的歌"的神女，"到处飘泊到处是家"
的渔翁，他写了贩鱼郎，当炉女，工人，人力车夫……

> 没有日头和月亮，
> 昼夜连成了一条线，
> 活着专为了和炭块对命，
> 是几时结下了不解的仇怨？
>
> ——炭鬼

> 暗中潮起一阵腥气，
> 银元讥笑在他的手里，
> 双手拾起了空筐，当他想到：
> 家里挨着饿的希望。
>
> ——贩鱼郎

象这些诗篇，作者如果没有在《后记》里写出这些"可怜的黑暗
角落里的人群，我都是先流过泪的，我对这些同胞，不惜我最大的同
情，好似我的心和他们连结在一起"，我们也能体验到他在写这些诗的
时候，他的心是怎样的在震悚着呵！

读这些诗，我们也会跟作者一样地为这些可怜的人们流泪的。但
他并没有一直叫我们流泪下去，他说：

别看现在他们比猪还蠢，
有那一天，心上迸出个突然的勇敢，
捣碎这黑暗的囚牢，
头顶落下一个光天。

——炭鬼

诚然作者对这"暗夜里的长翼底下，伏着一个光亮的晨曦"是有点模糊的，但在这"连呼吸都觉得沉重"的时候，他"还有勇气往下看"，

我拭干眼泪瞅着你们变。

——变

这种生活态度虽还不够积极，但这一"拭干眼泪瞅着你们变"的"勇气"在当时的诗坛上，确是非常可贵的。

从《烙印》到《罪恶的黑手》，臧克家是有了很明显的进步。在技巧上讲，《烙印》里的那种过份拘谨的章句，音节，在《罪恶的黑手》里已不多见了。内容方面，虽诚如作者所说："竭力想抛开个人的坚忍主义而向着实际着眼，但结果还没有摆脱得净"，他自己固可以这样苛刻的对待自己，但我们却只能要求我们底诗人脚踏实地，一步步的向前走。我们对《罪恶的黑手》应该可以感到满意了。在这一百余行的长诗中，他深深的刻划了而且讽刺了用"罪恶的黑手捏成"的"伟大慈祥"的耶稣，"用灵巧的嘴，用灵巧的手势，讲着教义象讲着真理"的牧师，和那些"心的颜色全然异样"，用"心做了一脸肃穆"的善男信女；带着无限亲切，他又写了那班"从天边拉在一起"的"太阳的烤炙，风雨的浸淋"里拼命为和自己"无干"的工程劳作着的劳动者。而且他写出了世界的预言——奴隶翻身的日子：

……天下的事谁敢保定准？
今日的叛逆也许是昨日的忠心，
谁料定大海上那刹起风暴？

万年的古井说不定也会涌起波涛！

等这群罪人饿瞎了眼睛，

认不出上帝也认不清"真理"，

狂烈的叫嚣如同沸水，

象地狱里奔出来一群魔鬼，

用蛮横的手撕碎了万年的积卷，

来一个无理性的反叛！

那时，这教堂会变成他们的食堂或是卧室，

他们创造了它终于为了自己，

那时这儿也有歌声，

不是神秘，不是耶稣的赞颂，

那是一种狂暴的嘻嚷，

太阳落到了罪人的头上。

我想无论谁读了这样的诗篇，他的血都会象海洋里的狂涛一样地沸腾起来的。

有的将诗人比着时代的海燕。他最先歌唱了暴风雨的将至；又有人将"诗人"和"先知"的名词连结在一起。诗人将那些可怜的忧苦的人们，将那些悲惨的景象，从他自己的心底里用最大的同情和愤怒刻画出来，而且得用他底慧眼，在这人们和景象里去发见埋藏在里面的无比的力量，这力量是一堆地下火，有一天这堆火会破土而出的。诗人不只是预感到这火种的必然的爆发，而还得做个火种的传递者。臧克家在这一点，虽还有一段路程，但他正在向着这一方向走。

"天无声，他人言之"，这是诗人底事业。

第　　肆

在臧克家结束《罪恶的黑手》这一集子时，他"下了最大决心"，打算写"长一点的叙事诗"。《自己的写照》大概便是这一"决心"的产物。

"看见一些人被大潮流摔了下来，因而把头缩到腔子里去唤酒喊女子，另一些人却用生命去实践个人的信仰，去推动时代的轮子，我呢？一时拿不起枪杆来，然而我可以拿起笔杆来《自己的写照》。

这是首将近一千行的长诗，在当时的中国新诗，正交着"不幸的霉运"，诗坛上正充满着"歌咏幽情，叹逝伤别的东西"，《自己的写照》的出现，可说是给当时中国的新诗一个新的生命，把将要走入没落去的新诗重新引到正确的道路上来。

在这长诗中，他"用自己作了一条经线而纵横的织上了三个时代"。虽有些场面写得不够生动，故事发展的过程尚欠明晰，人物的刻画未见具体，尤其在最后的几段似乎写得颇为偏促；但最后那简短有力的诗句，大声的呼喊着他自己的"再起来"，也呼喊着他底读者们。故事的悲壮动人，结构的紧凑，音调的雄健，处处都可看出作者是用了他最大的精力去完成的。

在写《自己的写照》之前，臧克家还写了《月》、《闲》、《秋》、《冰花》……等短诗，收在《运河》这一集子里。写这些诗时，作者的生活在"狭小温暖的圈子"中，他想冲破这圈子，"把自己投到时代的急流中"去，但是他的心却在"先酸楚了"，他没有更大的勇气去斩断这时生活的恋情，因此反映在他的这些诗里的内容，并没有比《烙印》及《罪恶的黑手》等诗集里的那些作品更坚定些，只是在写作的技巧上表现得更为纯熟。（但我不喜欢象《我们是青年》这一种相近歌词的调子）。

第　伍

罗曼·罗兰说："艺术的结果不是梦，而是生命"，臧克家的诗是有生命的，但由于他这几年生活的平淡（"老不变样"），虽不愿而又安于这种生活下去的态度，会把他有生命的诗拖到梦里去的，幸而他不久便遇到了一个大变革的时代。

抗战的烽火在北方的原野上燃着了，而且很快的蔓延到全国各地，它使千万人的生活变了样。我们的祖国是"抖了抖身子"站起来了，而臧克家也从"一个旧梦中醒来"，带着"悲痛，然而更欢腾，愤怒，然而更兴奋"的心情，冲出了被炮火摧毁的旧圈子。

在这神圣的民族抗战中，我们的诗人感到了：

> 除了高唱战歌，
> 你们的诗句将哑然无声。

于是，他带着他底彩笔，投身到战斗的最前线去。五年的战地生活，使他写了诗集《从军行》、《泥淖集》、《呜咽的云烟》、《向祖国》、《国旗飘在雅雀尖》，报告长诗《淮上吟》、《走向火线》，和五千行英雄史诗《古树的花朵》。最近又出版了《感情的野马》和诗集《泥土的歌》。

战争给了他一个丰收。

诗人开始了新的生活，但这新的生活未完全从旧的生活里改变过来。在他的意识里或多或少地还夹杂一些旧的渣滓，同时革命的潮流在一度高涨到站后，便在某些地段里走着下坡路了。因此他在前线的五年半，"快乐少"而"痛苦多"。因两次爱情的悲剧，使他"根本推翻了爱情"，家人的死亡离散，给他"剩了一团虚空"。对战争的热情，是似少着某些成份。近于建立在"幻想"上。当现实的发展与诗人的想望出入了时，于是又感到了"新的苦闷和郁抑。心，从波动中沉睡了下来"。

但这几年战争的磨炼，使他"相信人世间只有'同志'，没有友情"。这在臧克家是最大的进步，在对人的看法上，更深了一层。

对于诗，他是以"生命去倾注的唯一事业"，在他对友谊、爱情感到"不稳"的时候，他将诗来作为支持他唯一的力量。这似乎他在为了诗而生活着，由于此，他之对于这次战争，好象只是用他底诗来参加的，也似乎只是为了写诗而来到战场上的。关于这一点，虽一时找不出可以用来引证的他底诗篇，但我们从他底那些描绘战地情形的诗里，再找不到从前那种亲切、真挚、深沉的情感来，尽管他在写着那些悲痛的惨象，或是最最壮烈的战役。

"新的生活，才能产生新的风格"这一点臧克家知道得比我们多得多，他自己底风格，他比别人更为清楚，他说："一个风格的形成很难，改变也不容易，写成了的调子，象唱熟了的调门一样，一开口他就来了。我常常为这痛苦着。一个诗人不但不应当抄袭或摹仿别人，也不应该抄袭或摹仿他自己。"

每一个诗人都应具有他独特的风格；但每一个诗人底风格都植根在他底生活里，生活的方式和生活的意义变了，则诗人的风格也需随之而向新的方向发展。一种风格的形成，是要求着诗人的作品底内容与形式的统一。臧克家诗底内容已由生活的改变而改变了，而他所表现的形式——技巧，虽竭力想在运用新的手法，使之适于内容，但仍没有完全脱去旧有的那些词藻、格律、情调……。因此，原有的风格已经破坏，而新的风格尚在渐变中。

像《从军行》里，《兵车向前方开》，这一首诗，在内容和形式上并无不调和之处：

> 耕破黑夜，
> 又驰去白日，
> 赴敌几千里外，
> 挟一天风砂，
> 兵车向前方开。

> 兵车向前方开，
> 炮口在笑，
> 壮士在高歌，
> 风萧萧，
> 旗影在风里飘。

在音节上也是够雄健的，但我们读着它，总觉得诗里缺少了一样东西——心，好像这兵车并不一定在向着抗日的战场上开去；它只是充满了股"壮气"；这"壮气"可以用在一切的战争上，这点我想决不是诗人所愿意的吧！

臧克家对这一时期的诗，在《我的诗生活》里这样批评着："心里先充满了热情、幻想和光明，这心境反映在诗上，显得粗糙、燥厉、虚浮和廉价的乐观，热情不再许你深沉，洗炼。《从军行》、《泥淖集》、

《呜咽的云烟》中的诗大概可以这样说。《淮上吟》(包括《走向火线》)就比较精炼些了。"《淮上吟》和《走向火线》在诗人以较大的篇幅来写报告诗这一点可贵的尝试上,我们是不可忽视的;但诗人自己的看法——"比较精炼些",这在我觉得并未胜过《从军行》等诗,尤其那种剧促的音节,平板的旋律读起来颇使人感到不快,且觉得噜嗦。象:

> 五里一草棚,
> 十里一茅店,
> 四方行脚人,
> 共一席清荫,
> 对面不相识,
> 彼此却相亲。
> 一碗茶,几句话,
> 一转眼,一个人一个天涯。
>
> ——淮上吟

词藻是陈旧的,诗句的构造也是陈旧的,形式上颇近于旧诗里的五律了。

> 需要宣传,
> 需要训练,
> 粉碎迷信,
> 用理论的铁鞭。
> 需要组织,
> 需要领导,
> 把这个力量
> 拉上抗战的光明大道。
>
> ——走向火线

这一段颇近于口号和标语了,或者说诗是一种用韵文写的传单。象这样的例子,在这两篇长诗中随处都见到,晦隐的地方尤多。我们期待着诗人的新的作品的创造。

第　陆

"意识和材料在压迫着他去试探改变自己的风格，使它更恢廓些"，作为这一起点的第一个步子便是五千行英雄史诗《古树的花朵》。

《古树的花朵》又名《范筑先》。作者在自序里说："范筑先是一个新的英雄。他以惊人的老龄和毅力推开过去，用战斗为国家民族和自己另辟一个崭新的生命。"诗人想用他底诗笔将范筑先写成这样一个人物，"时代把他从陷身已久的古井筒里打捞出来，用不屈的决心去打击敌人，建立自己的理想。他有一副新的观念，他接近群众，领导群众，而目的在拯救他们，因为他认清了时代，也认清了民众的力量。他有欢喜，也有眼泪，有决心，也有矛盾，不存心把他写成一个英雄，只想把他写成一个和群众连结着的有血有肉的人。"

而范筑先在抗日阵营里确是一个新的英雄，要写他正如作者所说："新的英雄应该是一个典型的人，把人的水准提高，使大家去够及他。"这一点作者是尽可能的做到了，他给范筑先以更真实的生命，他用"自己的心血"塑造了一个"艺术上人的人型。"

但是在最后一章里，却把范筑先写成了一个没有夫妻父女感情的"铁一样硬"的旧英雄了；悲剧的造成，作者也没有明确的指出，范筑先为什么一定要与聊城"一齐倒下"。照诗里看，聊城在整个战略上并无一定要坚守到人城俱亡的地步，故范筑先之指挥着他的那些军事的、政治的、文化的干部们跟他一同与聊城化为焦土，这似乎只是为了他要完成他的英雄的死。这是一出本可以不必排演的悲剧，在抗日力量中，更是一件本可避免而没有去避免的重大损失，这一损失是需要领导的人去负责的！我们不希望这种不必要的损失在抗日战争里再发生。《古树的花朵》的作者在这一点上应该着重的指出，而且给它以批判，切不可叫同情和惋惜的眼泪模糊了诗人的眼睛。

臧克家把《古树的花朵》作为他的风格的一个转捩点。他这次在风格的改变上，的确有了很大的进展，象词藻的新鲜，口语底被更多的采用，旋律的活泼等等；但在结构上还欠完整，故事的组织稍嫌松懈；题材的处理不完全妥帖，穿插和铺张略嫌累赘（象单调沉闷的开会场面全诗里竟有五六个之多），情调上也有欠统一的地方。这些缺点，在由这一风格而变到另一个风格的过程中，是难免不会发生的。"一个风格的衍变的过程，也就是苦痛的过程。"

似乎现在真是个"长诗的时代"，千行以上的长诗处处皆见，但有人说这是"诗的通货膨胀"，我没有什么意见，只觉得今天的长诗，满意的实在太少。臧克家的《古树的花朵》，在我认为在今日中国的长诗中，是较能够使人满意的一篇。

第　柒

接着《古树的花朵》的出版，臧克家又写了另一内容，情调上截然不同的长诗《感情的野马》。

这是一个爱情的故事，他有他的"理想和想望"，他想写几种人对爱情的看法。"有的人拿女人去充饿解渴；有的人永远不懂得恋爱，他急于寻找的是一位太太。"至于这本诗里的主角呢，"一个诗人，他把爱情神秘化，美化，诗化了。也可以说，他用了自己诗的热情和幻想创造了一个影子，而他又颠倒膜拜在她的脸前，俨然把她宠成一尊神。"这故事里有"战争的恐怖，有山水的明丽，有眼泪，也有欢笑"。"作者曾经过了一度的考虑酝酿……倾倒了个人对爱的经验和体会，破了几个月功夫写成了这一本东西。"（以上都引自该书《小序》）

《感情的野马》里的主角——抱吟，是"带着笔部队上前线"的诗人，他以英雄的姿态出现在读者的面前，他是：

> 万军长的参议，
> 参赞文化，参赞政治，
> 参赞爱情和一切隐私。

自从认识了"荣誉军人招待所"的女所长文曼魂，抱吟便爱上了她，将她"俨然宠成了一尊神"，他对爱情的看法是：

> 爱就爱个死，
> 眼泪，苦痛，失眠，发疯，
> 要爱，就押上整个生命。

他"把心血，把名利，把肉体，把灵魂，作了孤注"。输给了爱情，赢了苦痛"以后，他便：

> 天地，爆炸吧，
> 人生，爆炸吧，
> 脑子，爆炸吧！

从这些看来，抱吟似乎是个"恋爱至上主义"，其实，他只是个恋爱的游戏者，他曾和斐茵"双起双飞"，但当他感到"味腻"了时（其实是等他将她糟踏够了时），便将她看作"一杯白水"，"不论渴不渴你都得喝它"的一杯白水。

抱吟的参军抗战，也只是用了他的诗：

> 将士们红血开出的鲜花，
> 他用诗句来赞美它。

抱吟对这次战争的认识是够模糊的，不然怎么会在战争最激烈的时候，将爱情提得那么高呢？甚至他为了要和在前方的爱人相见：

> 他只祝战争再急烈些，再急烈些，
> 叫大炮轰碎万军长最后一点迟疑的地盘。

臧克家是用着他同情而体贴的笔来写着抱吟的，但抱吟在这次战争中如果不改变自己，那他是会被无情的时代所丢弃。今天值得我们歌颂表扬（同情也一样）的是真正献身给战争的人。在《感情的野马》里这种真正献身给战争的人并不少，有的作者给了他姓名，有的作者却没有给他姓名。文曼魂便是最显著的一个，她年轻，她是那样单纯：

> 我只怪，别人为什么
> 要有愁苦，有悲哀？
> 我觉得快乐顶好，
> 在梦里，我也是笑……

在台儿庄作战时，虽然"她还不过是一个初中学生"，但她在战争的风暴里飞快的前进着，她知道了"一个门开向我们"。战争的锻炼，使她成为伤兵们的母亲了。

> 我们走着，一前一后
> 当中嵌着几座伤兵的担架。
> 我们不能丢下他们不管，
> 那不能！他们受了伤，流了血，为的是什么？
> 她们倒下，呻吟，哀叫，惨痛，
> 生命漏脱了死的网孔；
> 今后还得凭挣扎同死斗争！
> 我们是生死弟兄，我们在生死线上同行，
> 黑夜是大家的黑夜，
> 天明是大家的天明。

这一种可贵的责任感，在抱吟身上是找不到的。

> 她记不起自己，却时时
> 走近担架去问兄弟们的饥渴，痛苦和寒温，
> 仿佛他们是一群受难的孩子
> 而她，才是他们亲生的母亲。

在和士兵的关系上，文曼魂和抱吟相距得多么远啊！难怪她要离开抱吟去"追一件比爱情更有价值的东西"了。我们在文曼魂身上才看到

在这次战争中成长和前进的生气勃勃的新人底面貌来。这新人——是个女性。

在恋爱的看法上，臧克家大概想将万军长来和抱吟互相对照的。万军长固然有"我从来不认识爱情，只知道女人可以充饥解渴"的见解，但他懂得：

> 一个三十几岁的人，
> 也应该不再让心放野马，
> 放出去，也应该及时收回来，
> 人生，并不等于恋爱……

他还说：

> 一个人，不能只记住自己，
> 忘记了别人！

在工作上，万军长有比抱吟更多使人"仰望"的地方，他"不睡觉，不说话，他没有白天和黑夜，他只有太阳和白腊，到战事紧张到顶点，电话铃一叫，他心一跳，呱呱，鲜血一口一口，象喷泉向外直冒"。这一种为战争而忘掉自己的精神，恰可以拿来与抱吟对照。

在战争的锻炼里，帮助着文曼魂前进的，有一个叫"大哥"的：

> 送书的人有个好头脑，
> 他是她们的同工，她们的"大哥"
> 她们的一盏灯。

可惜这个"大哥"，作者没有把他的人介绍给我们，使我们颇为陌生。这想必是作者要我们自己到身边左右去找寻的。

在技巧上，我觉得《感情的野马》较《古树的花朵》较为纯熟。想是作者对于前者的题材较后者更熟悉的缘故。

第　捌

臧克家是在乡村里长大的，他的脉管里流着"纯朴、严肃、刻苦、良善"的农民底血。在很小的时候便"认识了人间的穷愁，疾苦和贫富的悬殊"。因为这破碎的乡村是生养他的"母亲"，他对它有着深挚的爱，也有着最真挚的热情，这热情使他写了许多混和着浓烈的泥土气的诗篇。最近出版了《泥土的歌》，使他戴上了"泥土诗人"的冠冕了。

正如他在"序句"里所说，这是"用一支淡墨笔"写出来的。全书分"土气息"、"人型"和"大自然的风貌"三辑。都是用同一的格调写成，那种不带一点矫饰的简短，朴实的诗句，几乎完全改变了他从前的作风。也可以说在他的《泥土的歌》里已经形成了他新的风格，这一风格的建立，使他走上了一条崭新的道路。这朵诗的花，虽没有"伟大"（过去作者在拼命追求着的），但它却有比"伟大"更永久真实的生命。

臧克家是不习惯于都市生活的，在都市里他是条"枯鱼"，乡村是他的海。"都市的高楼会使他失眠"，他愿意"在麦秸香里，在豆秸香里"，甚至"在马粪香里"，"一席光地"，他"睡得又稳又甜"。他不爱那"刺眼的霓虹灯"，他爱"乡村里柳梢上挂着的月明"。他最厌烦"镀了假的油滑脸子"，他喜欢"农民钢铁的脸，钢铁的话，钢铁的灵魂，钢铁的双肩"。然而他所看到的乡村是：

　　屋子里，
　　找不到隔宿的粮，
　　锅，
　　空着胃，
　　乱窜的老鼠，
　　饿得发慌，
　　主人不在家，
　　门上打把锁，

门外的西风
赛虎狼。

——穷

孩子
在土里洗澡，
爸爸
在土里流汗，
爷爷
在土里埋葬。

——三代

他用着那支"淡墨笔"速写乡村，"一笔自然的风景，一笔农民生活的缩影"，他"带着湛深的感情"给这些农民们抒写着他们的愁苦，他们的悲愤，他们的希望，他们的新生。

上帝
给了享受的人
一张口，
给了奴婢
一个软的膝头，
给了拿破仑
一口剑，
同时，
也给了奴隶们
一双反抗的手。

——反抗的手

由于作者对乡村、农民有了过份的热爱，对于他们身上所存着的落后性便忽略了。因此诗人所抒写的感情并未超过单纯的"爱"这一范围。虽然，他这样写着：

几时，

用脑子

也象用手，

苦难没落，

幸福便抬头。

————手和脑

但在要求"提高"这一点上，还隔着一段距离。这原因在我并不象有
些人的看法，说诗人连他们（农民）身上的疮疤都喜欢。（偏爱）这一
句诗，"似乎溢出了真实的范围，而更多地表现了落后的思想感情"。
我觉得这"疮疤"二字不应该直觉的去看它。我们如果来追究这"疮
疤"的来历，则每一个疮疤里都包藏着一个斗争的故事。至于作者在
《泥土的歌》里表现了"落后的思想和情感"，那我倒还没有发现，只
觉得作者没有将农民生活里的落后性揭发出来加以批判。

有人说《泥土的歌》底作者，渐渐的在求冲淡了。在我的看法，
这是作者在他的生活里发掘到了比从前更深的更真实的东西，而拣了
那最浅的语言来表现它，这便是古人所说的"深入浅出"。用诗人自己
的话来说："宁愿把大多的东西包涵在较少的字句里让读者去咀味，去
用想象打捞，去从短鞘中拔出锋锐的匕首，决不可叫字句比意思更多。
在读者面前摊开一把乱草，撒一堆杂几点金星的白沙"。从他所表现的
这些素朴平淡的内容里，正蕴藏着发挥不尽的深邃意义，他比那些充
满着血与火的诗篇也许能更深的感动着人心。这种朴素的风格，我看
是最适合于他底气质的。他写那些博大雄健的长诗，在中国的诗坛上
固得到了不少收获；但像《泥土的歌》这种朴实的短诗，却更能表现
他的真挚，坚忍，而又刚强的性格。

第　　玖

臧克家是"用生命去换诗"的。他知道："所谓好诗并不专在掂拨
字句上功候的熟练，而是要求一条生活的经验做成作品的钢骨。"他重

视作品内容的充实，同时他也极力追求新形式的完美，他不轻易放过一个字，"常为了一个字的推敲，一个人踱尽一个黄昏"，为了八句诗，"曾整整想了一年"。他对作品的布局，剪裁，尤其是铸句造字上的谨严，从他的作品里随手都可以找到例子。这种"语不惊人死不休"的写作态度，是值得今日每一个诗歌工作者去学习的。

从新诗的革命到现在，写诗的确也不在少数，但大都因生活的改变，在热情冷却了时，便放弃了诗的生命。能够在新诗的路上继续坚持十年以上，到今天依然还在努力迈进，将诗作为自己的毕生事业的诗人，却只剩了有数的几个了。臧克家便是这有数里的一个，而且在诗的园地里是最勤劳持久的一个。在他所走过的这一段诗的路上，多次地被人赞美和鼓励，也多次地被人冷淡过。但他却始终忠实于他的生活，忠实于他的诗，严肃的，认真的，刻苦的，一直到今天。他说："我对诗是一种苦恋，抛开了又不忍，恋着它又觉得非常痛苦。"

一篇诗的诞生过程，克家先生是经历体验得最多而且最深的，在他的《一个作品的诞生》里开头便这样写着："诗人产生一篇诗，就如同母亲产生一个孩子。从恋爱一直到它结果，这段长长的过程中，有欢乐也有苦痛，当一个'宁馨儿'向人作无邪的天使的微笑时，一条回忆的丝会把你的眼泪都牵出来的吧！"

"天才，是悠久的忍耐"（毕凤语）。写诗虽然是一种"苦恋"，但臧克家的诗的生命并没有衰老（诗的女神是不会爱衰老的），只要能更健康的去生活，更积极地去改造自己的灵魂，则一定会结出天才的，更硕大的，更永久的，更坚实的，更美的果实来。

我们以无限的热忱和希望，期待着，期待着！

虽说一粒砂粒可以看到一个世界，但要真正认识世界，还得在真实的世界里去观察，去发掘，去探求它的历史，然后才能知道世界的发展趋向。我们看臧克家，如果只是读了他一两篇作品是无从认识的。如作者所说："没有湛深的人生经验的人不会完全了解我的诗的，不肯向深处追求的人，他是不会知道我写诗的甘苦的"；单从他的诗上去了解，也还是不够。我们得先了解他底生活，了解他底发展过程，了解他所处的社会……这样才能认识他底人，认识他生命的寄托——诗。西哲云："没有曾哭过长夜的人，不足以语人生。"在这里也是可以应

317

用的。

　　最后录一段果戈里的话在这里：

　　　　我们被召到世界上来，完全不是为佳节和酒宴。我们是被召
　　到这里来斗争的。因此，我们一瞬也不应当忘记我们是走进了战
　　场。在那里，而且不能够单选择危险较少的地带，应该象一个好
　　的战士，把我们的一切，都投到那战争最剧烈的地方去。

它震撼着我们的心，叫我们时时警惕。

　　　　　　　　　　　　　　　　　　　　　　　　一九四四年二月

　　（原载1944年3月15日《时与潮文艺》第3卷第1期）

诗人臧克家

（作家访问记）

刘岚山

　　臧克家先生现在住在一间日本式的小房子里，有两个男孩子，都在上中学，夫人郑小姐是贤淑而温静的，现在本市做事，早出晚归，对他的帮助极大；他本人现在为文通书局编《文讯》月刊，自编辑到校对以及一切有关事体，甚至当夫人出去办公时间，上街买小菜回家烧锅等琐事，也都由他一人独力支撑，工作是相当繁重的，收入却不多，如果没有他夫人收入，他们真要无法维持下去了。但这位秉有着山东老百姓所特有的质朴良善与坚强的人，却并不像一般吃不起苦受不起穷的文化人那样叫嚷不已，反之，他还是安之若素的，虽然，这种贫困对他的健康是极不利，对他的创作也有很大的影响，而这种困苦对于他也是太不公平的；但是他却尽全力把《文讯》办得严肃有分量，熔一些优秀作家于一炉，为多数读者所欢迎。作家就是一个开垦者，开垦的工作虽然苦，所得的果子却是甜的。

　　他同千万个知识分子一样，是出身于一个破落的家庭里，由于其父亲是北伐前一个失败的革命者兼旧诗人，而其最相知的族叔一石先生又是一个五四时代的狂人（他是有着近于《狂人日记》中的狂人性格的）。因此，他从小就接近诗，爱上了诗，经过了大革命之后，他由流亡者而变成了大学生，认识了闻一多先生，他的诗才开始具有了自己的风格，震响了中国诗坛，拥有了众多的读者，一二十年来一直如此，这不但否定了一般人所说的："诗是青年人搞的，一到中年便写不成了"的话，而且还证明了他的生命力的强旺与献身于文学事业意志的刚毅精神。

由于他是这样一个来历的人，他的性格便形成他的诗的风格。古谚说："山河易改，本性难移。"一个知识分子，尤其是业已过了不惑之年的人，在生活环境无法变更的现状下，要想来一个彻头彻尾的变革，那是不太容易的，当然，这不是说，"本性"是绝对不能"改"的，而是说需要渐变的。关于这些，他对我说："从《烙印》到《古树的花朵》这一段时期，是中国历史上重大的变革时期，反映在我的诗里的却是如此不够，正如最近有人对我的《泥土的歌》所批评的某些地方一样，我是希望自己的诗能更实事求是一点的。我近年来写了一些小说，就是基于这样的原因：解脱那谨严的形式主义的束缚。"说到这里，我翻开了他的《我的诗生活》，他指给我看了以下的几段，那是他在三十多岁时就如此说过的：

"建立了一个自己的'风格'，而这个'风格'还是以生活作基石而建立起来的。从学习而来的不过是技巧而已。"——页四三

"一个真理的歌手，没有不应着大时代的呼唤而贡献出自己来的。"——页六四

"战斗的人，才能写出战斗的诗；……新的生活才能产生新的风格。"——页六五

"一个风格的形成很难，改变也不容易，写成了的调子，像唱熟了的调门一样，一开口它就来了。我常常为这痛苦。"——页七三

这是实在的，因此他笑了一笑说："正直的批评，在今日是十分必要的，一个作者首先得有接受批判的勇气，就是敌意的攻击，也应该加以反省的。当然像某些不分皂白的乱骂是不好的，那种态度就要不得，批评是共求进步与人为善的伟大事业。"

谈起他的创作来，我问他到今天为止，一共写了好多本书，他自己似乎也记不大清楚了。最后还是郑小姐帮他提出来几本，才算作了一个完全的统计。总计自第一个集子《烙印》开始出版以来，他一共写了两本散文：《乱蓬集》，《我的诗生活》，一本人物论，《磨不掉的影象》；十二个短诗集（为《烙印》、《运河》、《罪恶的黑手》、《从军行》、《泥淖集》、《泥土的歌》、《国旗飘在雅雀尖》、《宝贝儿》、《生命的零度》、

《生命的秋天》、《十年诗选》以及即将出版的《冬天》）；五本长诗（《古树的花朵》、《自己的写照》、《淮上吟》、《感情的野马》、《向祖国》）和两本短篇小说集（《挂红》、《拥抱》）。在中国有这么多作品的诗人是很少的，又如此的严肃而且坚持努力不懈的，则就更其稀少了。然而，他却不因此而骄傲，像某些成名作家那样，对于后进青年不屑一顾，他是有信必复的，而且对于爱好文艺的青年，总是指导帮助不遗余力，就好像这是自己的天大责任一样。

他是一个"乡下"人，对于都市生活不甚习惯，来到上海已近二年至今东西不辨，路途也不熟。他很少出门，也很少参加什么热闹的场合，一个月难得坐一趟电车，他那个大院子倒成了他一个好的散步场所了。他近年来对诗的看法已经有了不少的改变，他觉得现在的诗，应该朴素有力，适宜于朗诵，而富于人民精神。对于空喊"艺术性，永久性"以掩护自我中心的落后意识与情感的诗作品，则猛烈抨击。这由他零星所发表的一些诗作就可以知道。

当我们进行谈话的时候，我忽然想起来一个问题，那就是他没有笔名，因为我们平常都以为一个作家好像总有一个或几个笔名的。他觉得这个问题很有趣，于是回答说：

"我也用过笔名，也可说是假名，那是在北伐之后为军阀逼迫而过逃亡生活在松江上的依兰（三姓）时，曾用过'臧承志'字'士先'的名字。以后就一直'坐不改名，行不改姓'了。因为我觉得姓名不过是符号，但它却是代表了我，我发表的文字，我就该对我的文字负责。"

这一种认真负责的态度，的确是能够表现了他的为人处世作诗的，虽然，姓名不过是一个人的符号，但由此也可以想见他是如此的纯朴与率真了。

当我走出他家的时候，夜已经很深了，在黑暗的夜空上，星星的光特别明亮，仰头看来，令人目眩；我忽然想起去年他所写的一篇散文《星星主义》，回忆起阅读时的感受与刚才的一夕谈，我真好像是曾置身在星星的身边一样，有着一身的愉快与温馨。

（原载1948年6月14日上海《新民报晚刊·夜光杯》）

农民诗人臧克家

（苏）Л·Е·契尔卡斯基　著

理然　译

　　臧克家1905年出生于山东的一个农村，十八岁前没有离开过家乡。他非常熟悉农村生活，多年他的诗写的都是农村。所以也难怪人称他为农民诗人。"我很知道那里的一切，什么都知道，像一个小孩子知道母亲一样。"诗人在《我的诗生活》里写道："看他们长在泥土里，工作在泥土里，埋葬在泥土里。我爱他们，为他们流泪，更为他们不平。"

　　……

　　1934年，臧克家毕业于山东大学，他的第一本诗集《烙印》也是在这时问世。这本诗集受到了茅盾、闻一多、老舍等人的赞赏："在目今青年诗人中，《烙印》的作者也许是最优秀中间的一个了。"闻一多在《烙印》序里引用了《生活》一诗中的一句（"这可不是混着好玩，这是生活"），然后说："这不啻给他的全集下了一道案语，因为克家的诗正是这样，不是'混着好玩'，而是'生活'。"许芥星说得好："他是这么认真地对待生活和诗，以致感受到沉重的压力和折磨人的痛苦。"

　　　　痛苦在我心上打个印烙，
　　　　刻刻警醒我这是在生活。

　　　　我不住地抚摩这印烙，
　　　　忽然红光上灼起了毒火，

　　　火花里迸出一串歌声，
　　　件件唱着生命的不幸。

　　诗人最早的作品反映了他少年的失意和惶惑的心情。不久，震撼全国的大事便给他的诗注进了抗争的内容。

　　《烙印》的成功使诗人大受鼓舞。他相继又出版了几个诗集：《罪恶的黑手》（1934）、《运河》（1936）、《自己的写照》（1936）。臧克家说："写的虽是自己，不过实际上不过用自己作了一条经线而纵横的织上了三个时代。"《自己的写照》反映了大革命时代及其前后的情况。作者用纯现实主义的手法，用抒情独白的形式，描写了军阀混战，描写了农民苦难深重的命运。

　　不过，臧克家抗战之前的作品并不只是写"失掉了平静"的乡村。他的诗里还有愤怒和抗议，这种感情到抗战期间越发地强烈了。

　　抗战一爆发，臧克家就加入了文化工作队奔赴河南潢川前线。他在各个战场上辗转了五年，除写诗外，还从事文化教育工作。

　　《从军行》（1938）和《泥淖集》（1939）是最早描写抗战的两本诗集，其中不少篇不像文艺作品而像政治口号。但我们这话并不是批评，因为这些诗是在"炮火连天的时候，在距血肉纷飞的火线不远的地方"，在行军途中，根据具体的时间、人物、地点，根据令人触目惊心的材料写成的。臧克家在《从军行》的自序中写道："前线上战士壮烈的牺牲；沦陷了的土地上同胞们被惨杀的血迹；流亡道路中的难民的眼泪；遍地民众为保卫家乡而作的血战，……刺着我的眼睛，刺着我的心。"

　　《从军行》、《从军去》、《伟大的交响》、《换上了戎装》、《抗战到底》、《保卫大徐州》、《血的春天》、《兵车向前方开》……这是诗集《从军行》中的一些篇目。《泥淖集》里也多是战斗的呼号，如《敌人陷在泥淖里》、《送战士》、《为斗争我们分手》、《轰炸后》、《大刀的故事》等等。

　　《从军行》和《泥淖集》的篇幅都不多，前者有14首，后者12首，但这些鼓动性小册子当时却起了不小的作用。这两本诗集尽管有不少多余的话，尽管缺乏形象的描写而多是响亮的口号，但是从中依然可以看到地道的诗人的风格，因为他大概认为战争就应该像他这样写，即以响亮的词句去写隆隆的炮声。当然，这两本诗集里也不全是口号，还有一些抒情的章句，如"他们的心像鲜亮的小旗向祖国摇摆"，"为祖国你许下了这条身子"，"我要去从军，到铜山，因为那里最接近敌人"，在《血的春天》里还有这样的句子："铁鸟是春天的燕子，""我们要用炮火夺回温暖的春天"。

后来，臧克家作过自我批评，过低估价了他这两本抗战初期的诗集："我歌颂士兵，而自己却不能真正彻底了解士兵，因为他们卧在战壕里，而我只是在战壕边缘上站了一忽儿。"

其后几年里，臧克家又写下了几本诗集和长诗。在抗战期间的诗人中，他是"产量最多的一个"。这时期出版的有长诗《淮上吟》(1940)、《古树的花朵》(1942)、《向祖国》(1942)、《感情的野马》(1943)，诗集《泥土的歌》、《国旗飘在鸦雀尖》(1942)、《十年诗选》(1944)等。

上面这些作品的文字价值有高有低，其中一些篇大概只有一些文学史家才去留意，但也有不少经过了时间考验而流传至今的激情奔放的佳作。臧克家后期的这些作品字句简洁，感情深远，题材也不仅限于作战和行军，所写的生活面也扩大了。在继续写农村题材的长诗《淮上吟》里，诗人表现了洪水泛滥时群众的绝望情绪和痛苦心情。在五千行的长篇叙事诗《古树的花朵》里，臧克家在广阔的历史战争的背景上歌颂了"以轰轰烈烈的死，表现了中华民族的气节和人格的英雄"，塑造了一些"能领导群众的新的英雄典型"。长诗《感情的野马》写的是一个爱情故事，这在当年的诗歌里是一个不寻常的现象。

特别引起读者和批评界重视的是《泥土的歌》。如果说读者对它相当欢迎的话，那么批评界，甚至连作者自己，对它则是持批评态度的。臧克家1948年就作过自我批评，还早于那些批评家，尽管大家知道，《泥土的歌》是他最喜欢的得意之作。

刘绶松说："《泥土的歌》没有真实地反映农村的生活。它没有描绘现实农村里的熊熊燃烧的阶级斗争火焰，没有表现蕴藏在农民身上的深厚的战斗力量。读者在它里面看不见旧中国农村社会的真实风貌。作者为读者展开的仅仅是一幅恬静而平和的农村画图。"

复旦大学《中国现代文学史》的作者对《泥土的歌》是全盘否定的："……没有表现农村残酷的地主剥削与激烈的阶级斗争，相反却着意描写农村自然风貌，把苦难的农村绘成一幅恬静和平的田园风景画。……是对破落农村的歪曲，这是诗人的主观想象。"

王瑶的批评并不那么严厉，他说："集中写的多是宁静的古老农村的面貌，写到斗争的方面比较少，因为他对成长中的农民底新性格还不太熟悉。"他又说："但爱和恨的分界是很分明的；他歌颂抗战，歌颂农民和士兵，诅咒侵略者和都市的寄生虫。"

臧克家确实做过自我批评。实际上他也是常写旧农村，而很少写觉醒的农村。诗人在中国的土地上看到的恶多于善，他同恶的斗争也是顽强不屈的。早在《烙印》中他已确定了自己的道路：

> 我嚼着苦汁营生，
> 像一条吃巴豆的虫，
> 把个心提在半空，
> 连呼吸都觉得沉重。

《泥土的歌》是符合这一社会的和道德的使命的。诗人的自我批评也像何其芳一样，是对时代的迁就。五十年代的批评（如刘绶松和复旦《现代文学史》的作者）带有批判的性质，像在臧克家这个问题上由于他已作了自我批评，对他的批评也就不那么激烈。

臧克家喜欢《泥土的歌》，他不能不喜欢它，因为就其从容不迫的语气（在写过那些满怀激愤、节奏急促的诗篇之后），就其从头至尾表现出的那种中国式的诚挚、善良和形象性来说，都可以说这是一本独具一格的诗集。罗伯特·培恩称臧克家为现代中国诗坛上有幸"未受外国影响的奇人"，指的大概就是《泥土的歌》和五年后写的《冬天》。

《泥土的歌》曾于1946和1947年两次再版。其中几乎二分之一（52首中的24首）收入了诗人的《十年诗选》，后者也曾再版过两次。要说明的是，《十年诗选》共录诗70首，选自六本诗集，而《泥土的歌》入选的竟占三分之一强。还有，《泥土的歌》里的作品也收在《臧克家诗选》（1954）里。

对于作者否定过的这些诗，选的不是太多了吗？

《泥土的歌》里有一组令人想起唐代山水诗的景物速写（《沉默》、《生的画图》、《静》），这些诗的主旨是表现生命的顽强，它能在铁与火之下战胜强敌，表现祖国河山的壮丽，值得为它的复兴和繁荣去慷慨赴死。

要是读过《珍珠》、《泪珠、汗珠、珍珠》、《反抗的手》、《手的巨人》等诗，能够认为批评臧克家忘记"阶级斗争"是公正的吗？

《鞭子》一诗就完全可以作为最爱吹毛求疵的政治课教师口中的阶级斗争的插图：

> 毛驴子的铁鞋
> 已经磨光，
> 背上压着的布袋，
> 一步比一步有分两！
> 主人打着赤脚，
> 不放松的紧赶，
> 仿佛他的"主人"
> 在身后，
> 手里持着同样的皮鞭。

过了五年雨急风骤的生活之后，臧克家到了重庆，离开了战场，开始写城市生活。他亲眼看到国民党当局把国家推下了可怕的深渊，在收入《宝贝儿》（1946）、《生命的零度》（1947）的讽刺作品里揭露了他们的行为。臧克家还有几首力作，暴露了用弥天大谎、甜言蜜语和小恩小惠来掩盖自己的无耻行径的强者的虚假、伪善和残忍的本性，如《你们》、《"警员"向老百姓说》、《生命的零度》。这些诗篇也像袁水拍的讽刺作品一样，是中国四十年代中国讽刺诗中的精华。

《生命的零度》里引人注目的是一首写普希金的诗、几首关于诗人、诗歌和战争的诗及两首继续描写臧克家作品中常见的人民生活题材的长诗。诗人在序里说到他的长诗的主人公："我祝福老哥哥的孙子已经翻了身，我祝福六机匠已经换上另一副生活了。"

在战争后期的一本诗集《冬天》里，臧克家也唱起了"泥土的歌"。他回忆起被暗杀的闻一多，说："当身子倒下去的顷刻，你，向永恒站立了起来。当喉咙不能够再呐喊的时候，你的声音也就更加响亮。"描写一个穷人的葬礼时，诗人突然发现一件怪事："活着的时候，好似没有活着；死了，挺在夜里，好一个吓人的存在！"只有非常熟悉生活和人的诗人才能写出这样的诗。这里与O·曼德尔施坦发生了不期然的呼应：

> 我不要白粉蝶样满天翻飞，
> 而把这借来的骨灰归还大地，
> 我愿这有灵之躯
> 化作一条街、一片国土，
> 这意识到自己的长度，
> 烧成焦炭、顶天立地的身体。

诗集《冬天》是以集中的一首诗的篇名而命名的，这首诗写在1946年12月（应为1947年——本资料集编者）。长诗《生命的零度》写在同年2月，也成了诗集的书名。这两首诗是互相联系的，写的都是冬天的悲惨景象，都是一个现实的、富有诗意的季节。《冬天》里有这样一句："这该是最后的一个严冬。"

距1949年10月1日还有两年……

抗战正酣的时候，臧克家在《无名的小星》里承认：

> 我真是一个笨伯，
> 怕人喊作"灵魂的工程师"。

作为战争时期最知名的作家之一，他着意在塑造人们的灵魂，努力做一个为人民所需要、所理解的人。他也像他许多同志一样，在诗里采用了民歌的节奏、旋律和形象，喜欢以口语入诗，有时还爱用和谐响亮的脚韵。他的诗通俗易懂，但这是艰苦努力的结果。他说："我力求谨严，苦心地推敲、追求，希望把每一个字安放在最恰切的地方，螺丝钉似的把它扭得紧紧的。"

（译自苏联科学出版社1980年出版之
《中国战争年代诗歌（1937—1949）》）

臧 克 家

（法国）林曼叔等

　　和艾青差不多同时崛起而后来一齐成为中国新诗坛的中坚的有以诗集《烙印》而成名的诗人臧克家。臧克家，山东诸城县人，在青岛大学读书时是闻一多的学生，他之成为诗人颇得闻一多的影响和教导。他的诗风和艾青不同，如果说艾青的诗有奔放的特点，那末臧克家的诗是比较拘谨的。他不像艾青的诗风受西洋诗的影响较深，而较多吸取了中国古典诗歌的传统表现技巧。正如他自己所说："我很爱中国古典诗歌（包括旧诗和民歌），它们以极经济的字句，表现出很多东西，朴素、铿锵，使人百读不厌。我在初学写诗的时候，就有意地学习这种表现手法。我力求谨严，苦心地推敲、追求，希望每一个字安放在最恰当的地方，螺丝钉似地把它扭得紧的。"❶的确，在同时期的新诗人中间，像臧克家那样有意识地向中国古典诗歌吸取营养是不多的。那时候，正是诗歌创作中过份欧化，标语口号化的浮薄习气相当流行的时候，臧克家以其中国化的、端庄朴素的诗风，立刻给人以深刻的印象。从他的诗作可以看出：臧克家是很想把诗写好的诗人，他的诗不是依赖他的天才横溢，而是苦心锤炼的结果，颇有令人得之不易的感觉。

　　到了五六十年代，由于艾青被指为右派分子而失去了创作的权利，使臧克家成为大陆诗坛执牛耳的人物，一直担任着唯一权威性的中国

---

❶ 臧克家《〈臧克家诗选〉序》人民文学出版社，1956年。

作家协会主办的《诗刊》主编。但人们并没有把他当权贵看待，一样把他作为一个好诗人敬佩。在这个时期，臧克家又先后著有诗集《春风集》、《凯旋》、《一颗新星》和《欢呼集》（选集）和长诗《李大钊》等。这些诗作可看出诗人保持着以往的风格，同时还有意识地追求一种平易、明朗的诗风，诗句也力求口语化。像组诗《海滨杂诗》和《凯旋》中的一些短章都写得明丽蕴藉，而不露斧凿的痕迹，短短几句，展开了一个意境悠远的画面：

> 小女儿站在楼下，
> 爸爸站在楼上，
> 眼睛对着眼睛，
> 只是脉脉地相望。
>
> 教好了的话到时候不响，
> 妈妈越催她越不开腔，
> 一个红苹果从窗口坠落，
> 欢笑声逐着它滚在草地上……

——《探望》

用朴实的诗句描绘日常生活的情趣可以说是诗人新的艺术追求。

政治抒情诗是臧克家主要的创作，像许多诗人一样，当他的诗歌创作作为一种政治任务去完成的时候，诗也就不存在了。不过，臧克家也有写得较好的政治抒情诗，这只有当诗人由于人间的不幸激起诗人的高度良知的时候，只有当那世间的邪恶与罪行激起诗人愤慨的时候，就常常会迸发出撕人肝肺的诗句。例如《照片上的婴孩》，写一个两岁多的希腊幼女和母亲坐牢，可看出一种同情和愤怒激发了诗人写下了这样的诗句：

> 阴森的牢房代替了托儿所，
> 镣铐声伴奏着妈妈的儿歌，
> 她还是一个无知的童婴，

竟然成了小小的囚犯一个！

阳光洒在照片上的时候，
我便想到她在铁窗里的情景，
听到儿童在呼唤我小女儿的声音，
她仿佛向我睁起希望的眼睛。

可是，她什么也不知道，
她只会迷迷地向着人笑，
她笑得多么天真，这笑呵像一条鞭子，
抽打着世界上的正义和良心！

　　1959年，臧克家发表了长诗《李大钊》。叙事诗也是臧克家创作的重要方面，早年的《罪恶的黑手》、《自己的写照》、《古树的花朵》等，都颇见诗人的功力。《李大钊》是他后期唯一的一部长篇叙事诗，可谓是呕尽心血之作。徐迟说："作品写的深沉，我们的诗人落笔严谨，很有分量。但是就在这有所抑制的，平易的抒咏中间，显出了这件作品的精心结构和光辉的文彩。只有从一针又一针的针脚里，才能看得出这幅刺绣的匠心"。❶艺术上的成就诚然是值得肯定的。我们想，李大钊是人们所熟悉的近代历史人物，既要以诗歌这样的文学形式来写他，就必须能通过诗的表现给读者带来更感人更真实更有力的真理和力量，如果通过诗所表现出来的东西和一般文字所给予读者的东西差不多，那么真是太过枉费心机了。臧克家在这部长篇叙事诗化费了多少心血，但总觉得长诗的效果或者说所给予读者的东西不多，以至未能抵偿那创作的苦心。

　　（选自巴黎第七大学东亚出版中心《中国当代文学史稿（1949—1965大陆部分）》第十二章第二节）

---

❶　徐迟：《初读长诗〈李大钊〉》，《新港》1959年6月号。

臧克家简论

刘增人　冯光廉

　　臧克家是中国现代著名诗人之一。从一九二九年十二月在青岛《民国日报·恒河》上发表《默静在晚林中》到现在，他以巨大的热情歌唱了几十个春秋，出版了近三十本诗集。他为发展中国新诗勤苦耕耘的精神，他所结出的艺术的果实，他所积累的创作的经验，从一个侧面展现了中国新文学的光辉业绩和优良传统。

多方面地吸取创作的乳汁

　　丰厚的土壤里才能开出绚丽的花朵，结出丰硕的果实。臧克家的诗歌创作是多方面地吸取了文艺的乳汁而发展、成熟起来的。

　　臧克家成长在一个充满诗的气氛的环境里。他的祖父和父亲都喜爱诗歌，也都能写诗。祖父高声吟诵《长恨歌》的澎湃热情，父亲和族叔结成诗社与邻村诗人赛诗的热闹场面，激荡着他年轻的心。入私塾以后，熟读并背诵了大量的古文和诗词，形成了他的古典诗歌的良好素养，直到今天，那些名篇佳句仍能一套一套不假思索地信口朗吟。他的庶祖母是一个嘴巧多才的人，诸如《聊斋》、《水浒》、《封神榜》、《西游记》、《牛郎织女》一类的迷人故事，通过她的口深深地印在诗人的脑海里。直到抗战时期，他还怀着无限的深情，创作了《牛郎和织女》、《卖狗头罐子的》等民间故事诗。他家的佃户六机匠是"出众的故事圣手"，常常伴随着布梭的跳动，象朗诵叙事诗一样，讲述着各种动听的故事，把诗的根苗栽进诗人的心田里。酷爱新诗到如醉如痴程度的族叔"一石"，对中国诗歌有独到见解的叔叔"双清居士"，也给诗人以很大影响。用臧克家自己的话说，这便是他最早的"新诗的领路人"。

诗人的故乡山东诸城，是土地极为集中的地方，富者田连阡陌，粮堆如山，陈年的谷仓中长养着白毛的狐狸；穷者无立锥之地，辛劳一年，自己落得"三条肠子空着两条半"，"穷得上吊找不到一条绳子"。后来作者说："童年的一段乡村生活，使我认识了人间的穷愁，疾苦，和贫富的悬殊。同时，纯朴，严肃，刻苦，良善……我的脉管里流入了农民的血。"❶对北方农村生活的深切感受，对剥削者压迫者的强烈憎恶，对贫苦农民的真挚同情，奠定了他后来成为"农民诗人"、"泥土诗人"的坚实基础。

"五卅"运动的怒潮，大革命时代的狂飙，给青春年少的臧克家以巨大的震动和吸引。从一九二三年到一九二六年他在山东省立第一师范求学的几年间，比较广泛地接触了新思潮、新文艺，启迪了他追求光明理想的愿望，加深了他对军阀黑暗统治的不满。为了追寻光明的结穴处，诗人于一九二六年秋与两位同学秘约离开济南，奔赴武汉，不久考入中央军事政治学校，并被编入中央独立师去讨伐夏斗寅叛军。这段严肃、紧张的军队生活，使他受到很大的锻炼。大革命时代赤潮的激荡，工农民众政治热情的感染，开拓了他的眼界和胸怀，在他心里埋下了革命的种子，也为后来的创作提供了新的题材和内容。这从《自己的写照》、《武汉，我重新见到你》等诗作中看得非常清楚。

"四一二"以后，白色恐怖遍于国中。一九二七年八月，臧克家带着深重的内心创痛从南方潜回故乡。次年夏初，为逃避国民党县党部的追捕，逃亡东北。几个月颠沛流离、忍辱负重的生活，使他更深味到人间的浓黑的悲凉，促进了他与被压迫者的思想感情的贯通。

"五四"以来的新文艺和外国进步文艺，哺育了诗人的创作的根苗。在济南读师范和在青岛读大学期间，臧克家相当广泛地接触了鲁迅、郭沫若、冰心、田汉、冯至、穆木天、汪静之等作家的作品。这些新

---

❶ 臧克家：《我的诗生活》，一九四三年九月重庆学习生社版。

文学作品，从思想上启发了作者关心现实、同情人民、向往光明、追求进步的民主主义和人道主义的觉悟，也培养了他对文学的爱好。特别是郭沫若的《女神》那种对于反抗、自由、创造的激昂热情的呼唤，《瓶》那种清丽幽婉的风韵和低回忧伤的情思，深深地激荡起诗人心海中的波澜。他模仿郭沫若诗歌而写的厚厚的诗稿，虽然后来出于对自己的严格要求而付之一炬，但《女神》式的狂飙突进的气势，渴求光明和真理的热望，在《霹雳颂》等篇中依然看得分明。在臧克家诗歌创作的道路上，新月诗派的影响是更为显著的。一九三〇年，他正式考入国立青岛大学。四年间，在闻一多悉心指导下学写新诗。他把《死水》背得烂熟，仔细地从中吸取思想艺术的养料。他钦佩闻一多严肃认真的创作态度，热爱祖国嫉视黑暗和丑恶的思想感情，也神往于格律诗的"音乐的美，绘画的美，建筑的美"，反复地琢磨、掂量着每一句诗和每一个字的分量，品评着诗的想象、比喻、象征的韵味。从《冰花》、《战场夜》、《死水中的枯树》等诗里，可以清楚地看出《死水》的印迹，——从遣词造句到章节安排，从色彩、韵味到全诗的风貌。

外国进步文艺，特别是诗歌，对于臧克家诗创作的影响，也是不可忽视的。其中既有从闻一多、郭沫若、王统照、冯至等诗坛前辈的作品中间接的收益，也有直接从外国诗歌里得到的启示。作者在《我的诗生活》一书中说：在青岛上大学期间，"我也读了拜伦，雪莱，济慈，卜朗宁，莎士比亚……的名著。它们掀动了我，也惊讶鼓舞了我。"一九八一年六月三日诗人给笔者的信里又指出："我的《万国公墓》一诗，多少受了托玛司·葛雷的《墓畔哀歌》的影响。另外，在形式方面，（一）间接受到影响——从《死水》中。如四行一节的诗，添一句（第三行）加（　）号。（二）这形式来自英国，记得闻先生讲过罗塞蒂的一首诗（仿佛是：《Sister Hellen》）就是用的这种形式。又如《云雀歌》（雪莱），闻先生讲时，也给我印象很深，特别形容云雀越飞越高，声音越响，而诗的文字也越长……。另外，莎士比亚的'十四行'……在想象及表现方面也受到启发。"很显然，那种认为臧克家是土生土长的"农民诗人"，只唱纯粹本色的"泥土的歌"，"没有受过西方诗影响"的论断，是缺乏事实根据，因而不能令人信服的。

从多方面吸取来的生活、思想和艺术的乳汁，多样而丰腴。它哺育着诗人，使之丰厚和坚实。因而，他的诗在三十年代诗坛上一出现，便引起了广泛的注意；并且在此后的漫长岁月中，燃烧着艺术的激情，使他成为现代诗坛上著作丰富、体式多样、风格独特的著名老诗人。

坚实严谨精炼的抒情诗

一九三三年，还是大学三年级学生的臧克家，编辑了他的第一本诗集《烙印》，在闻一多、王统照等资助下自印行世，旋即由开明书店公开出版。诗集问世后，立即得到茅盾、老舍、韩侍桁等的热情肯定和赞扬，国内几家有影响的报刊也先后发表近十篇评介文字，诗人因之被誉为"一九三三年文坛上的新人"。一九三四、一九三六年，臧克家又相继出版了两本短诗集《罪恶的黑手》和《运河》。这三本短诗集，集中代表了臧克家抒情诗的成就和特色，奠定了他在中国现代诗歌史上的重要地位。

执著于现实，取材于现实，是臧克家早期抒情诗的最显著的特点。诗人满怀悲愤的感情，勾画出了北中国农村、市镇动乱、破败、凄凉的现实，哭诉了下层群众悲苦不幸的遭遇，把勤劳质朴、忍辱负重的劳动者的悲剧型形象竖立于文坛。《老马》、《老哥哥》、《罪恶的黑手》是这方面的代表作。

此外，臧克家早期的抒情诗，还描写了有家难归、无处栖身的难民（《难民》）；强作欢颜、内心凄苦的妓女（《神女》）；靠卖鱼糊口、满腹失望的贩鱼郎（《贩鱼郎》）；在"鬼都望着害怕的黑井筒"里干活、"把死后的抚恤和妻子的生活连在一起看"的矿工（《炭鬼》）；把身子卖给主人、过着以泪洗面生活的丫头（《小婢女》）……这些在苦海中打滚的"不幸的一群"，是旧中国劳动群众悲惨命运的典型代表。臧克家诗歌的现实主义，便深深地植根于他们生活的底层。

值得注意的是，臧克家的诗还注意发掘潜藏在劳动者身上的勇毅不屈的品格。《当炉女》的女主人公在失去丈夫之后，虽然儿女累身，孤苦无依，却毅然接过丈夫留下的唯一家产——风箱，"敢果地咬住牙根；'什么都由我承当！'"这种顽强的生活意志，这种不悲观、不绝望、不屈服的坚韧性格，正反映了我国劳动妇女不屈不移的品质和精神力量，从一个侧面展示了我们伟大民族的灵魂美，品格美。这类形象的塑造，使臧克家诗歌的现实主义更加深沉有力，光彩照人。

臧克家早期抒情诗中，还有主要以"我"为抒情主人公，直接抒写诗人内心世界的波澜来映射时代、社会风云的另一类型。大革命失败之后笼罩全国的政治低气压，浪迹千里埋名隐姓的逃亡生涯，都在他心上刻下了难以磨灭的创痛，使之更为清醒地感受到社会的黑暗和生活的冷酷。青岛大学那种远离工农革命斗争、日日与天风海涛为伍的生活环境，也更便于痛定思痛，以哲理思辩的形式倾吐自己对人生的感叹和愤懑。从《象粒砂》中孤独无依，无法在风暴中主宰自己命运的忧伤苦恼，到《万国公墓》中只有化身鬼魂埋尸丛冢才能了却人间恩仇的颇近于虚无的情怀，都深刻地留下了对时代的不测风云的感喟。远离了革命，看不清未来的远景，心上浸透着苦痛，他甚至把自己比成"一条吃巴豆的虫"，岁岁年年"嚼着苦汁营生"，"把个心提在半空，连呼吸都觉得沉重"（《烙印》），黑暗和死寂统治着左右上下，只有"血淋淋的我那颗心，在黑影的浓处发亮"（《失眠》）。这些诗，诚如诗人后来所指出的，反映了情感上"失望消沉的一面"❶，字里行间洋溢着一种压抑、窒息的气息，几乎使人艰于呼吸视听；但作为时代的产物，作为一个追求进步向往真理的青年在历史突然逆转的年代里消沉的思想和激愤的情绪的真实记录，自有它的认识作用和历史价值。同时，诗人又毕竟是虔诚地接受过大革命的洗礼，从幼年起脉管里就注入过以坚韧质朴著称于世的北方农民的血液的。当历经忧患之后，希望和理想之光是暗淡了一些，但并未熄灭，对未来的信念不觉有些空泛，却不曾消失。因此，他的生活观，一直呈露着非常鲜明的个性色彩："这可不是混着好玩，这是生活，一万支暗箭埋伏在你周边，伺候你一千回小心里一回的不检点"，"这样，你活着带一点崛强，尽多苦涩，苦涩中有你独到的真味"（《生活》）。正是这种严肃、执著的生活态度，使正值青春年代的诗人不屑于吟咏爱情的欢乐和苦恼，更蔑弃雪月风花的无聊和灯红酒绿的鄙俗，而一心在诗行中琢磨、掂量着生活的意义和人生的哲理。终于，他清醒而正直地发出了自己的宣

---

❶ 臧克家：《烙印·新序》，一九六三年九月人民文学出版社《烙印》。

335

告："我是平凡，心永远在泥土里开花，再不去做那些荒唐的梦，……我将提起喉咙高歌正义，不做画眉愿做只天鸡"（《自白》）。

活跃在这一类诗篇中的抒情主人公，有时软弱而孤独，有时坚执而倔强，但无论那一个侧面，都是积极干预生活、企图变革现实的人生态度和艺术倾向的反映。他的软弱，是向黑暗搏击时深感敌众我寡的焦燥和悲愤，却丝毫也不意味着退缩和逃避；他的坚执，因为植根于对理想未来的信念，又不断从北方农民的气质中汲取力量，所以虽然显得渺茫，却不是自欺欺人的空喊。他无论怎样深切地感受到和诉说着孤单和愤懑，却从来不曾象徐志摩那样化身为连自己也不知道方向的天风，在远离人间的白云之乡里徜徉，也不象戴望舒那样躲进飘渺的梦境，任谁也无法追寻。他即使苦恼，也是地上的、人间的、积极入世的苦恼。这一类诗篇，从不同的侧面，比较细腻深入地展示了诗人情绪的波动和震颤，反映着性格的生动性丰富性，也就反映着生活的生动性和丰富性，是他对现实主义诗歌的贡献之一。臧克家刚一立身诗坛就得到前辈们的交口称誉，这是一个重要的原因。建国以后，我们的评论界比较充分地肯定了他描绘"黑暗角落里零零星星"的诗篇，无疑是正确的；但相对地忽略了这些颇能反映诗人艺术个性，同时又带有鲜明时代印记的诗篇，就不无可议之处了。

臧克家的早期诗歌具有严谨、质朴、含蓄凝练的风格。

诗人总是精心地选取生活的某一个侧面，某一个镜头，善于从看似平淡无奇的材料里，出奇制胜地开掘出新的诗意，组成新的意境，从而达到艺术上新颖、独创的目的。从"五四"时期开始，写人力车夫的作品很多，但臧克家的《洋车夫》却别开生面，不落俗套。它选取风啸雨急、漆黑一片的深夜，作为人物所在的场景；从风雨之大，孤灯之小，一人之单，来烘托气氛；从车夫不计狂风骤雨的吹打，不顾深夜的阴森可怖，点出他心之所求是何等急切。"夜深了，还等什么呢？"这句含蓄的诘问，引人深思遐想，令人心酸肠断。短短八句诗，写尽了车夫生活的悲苦，内心的哀愁。

作者嫌弃那些形象苍白、感情浅露的诗。他注重以准确鲜明的意象，代替主观情绪的直接倾泻，努力从现实生活中捕捉具体可感的画面，让丰富的思想意蕴，饱满的感情容量，深藏于艺术形象的内部。

诗人既不点明形象和思想的联系，也不直接阐发这联系的意义。这被删掉、被隐去的联系和意义，便留给读者用自己的想象去补充，去开拓。因而这些具有丰美的意象的诗，显得含蓄丰富，耐人寻味。如《老马》只是描绘一幅重载鞭扑之下的老马拉车图，却概括出旧中国农民的悲惨命运和坚忍性格。同时，由此也可以联想到诗人自己的处境和情怀，还可以由此联想到我们民族充满屈辱的历史遭遇。这种用象征、暗示等手法创造意象的艺术手法，强化了诗歌凝练、深邃的特点，增加了艺术的魅力。

臧克家不仅在布局谋篇上高度重视意象的鲜明和丰富，比喻暗示的新颖和精巧，结构的严谨和缜密，而且在遣词造句上仔细琢磨着每一个字的分量、色彩和韵味，尤其重视动词的选用和配置，力求做到字字妥贴，无可挪移，象螺丝钉一样紧拧在诗行中。诗人这种炼字炼句的刻意追求，取得了很大的成功。"铺一面大地，盖一身太阳"，"阳光下，铁色的皮肤上，开一大片白花"（《歇午工》）；"日头坠在鸟巢里，黄昏还没溶尽归鸦的翅膀"（《难民》）；"一直醉成一朵泥块，黑花便在梦里开满"（《炭鬼》）：这些诗真是字斟句酌，意新语工，使表情传意达到了贴切、生动的地步。

闻一多说："拿孟郊来比克家，再适当不过了。"❶这不仅指臧克家诗中多写穷愁和悲苦，也不仅指两位诗人的生活态度都是"沉着而有锋棱"，更重要的是指他们认真严肃的创作态度的相似。臧克家是拿诗当做生命的唯一"抓手"的苦吟诗人。他往往"白天写，夜里写，睡觉之先，床头上预备好铅笔和纸片子，另外，一支小洋蜡，一盒火柴。为了某首诗中的一句欠妥，某句之中的一个字未安，不论是在未成眠时，不论是在朦胧之中，只要一触及或者有新得时，不分冬夏，就立刻翻起身子来燃烛摸笔，不要让诗跑了！"❷他早期的抒情诗，大多是这样经过长时期的孕育，呕心沥血般的锤炼，用生命凝成的，所以比较地经得住时间的筛选，长久地保持着艺术生命力。

臧克家的早期诗歌出现于三十年代前期的诗坛上，引人注目，意义

---

❶ 闻一多：《烙印·序》一九三三年七月自印版《烙印》。
❷ 臧克家：《我的诗生活》，一九四三年九月重庆学习生活社版。

深远。他说:"对于当时在诗坛上散布颓废气息的'新月派'、'现代派'诗,我看不惯,对于那些思想内容虽然很好而表现力低弱或口号化太重的诗篇,我也感到不足。我尽可能地使自己的作品精炼含蓄而不流于一般化。"❶事实确乎如此,那时,"新月派"的代表诗人徐志摩,在大革命前后风云变幻的日子里,唱起了"我不知道风是向那一个方向吹","别拧我,疼"等消极颓唐、情调低下的歌。"现代派"的代表诗人戴望舒的作品,也大都散发着浓重的悲观苦闷的气息。他吟咏着"从黑茫茫的雾,到黑茫茫的雾","我是个疲倦的人儿,我等待着安息","我希望长睡沉沉,长在那梦里温存"。"现代派"提倡诗的"自由的表现",固然给新诗带来了新的生机,但其末流却导致了新诗的过于放纵。而且有些诗写得过于晦涩朦胧,十分难懂。左翼诗歌强调内容的现实性和革命性,但不少诗作有标语口号的毛病,缺少坚实的内容和诗的韵味。正是在这样的背景上,臧克家的诗出现了,以坚实的内容和精炼严谨的风格,为新诗带来了新的生机。这些诗歌对弥漫当时诗坛的远离现实、苍白空虚的诗风,是一个有力的冲击,对现实主义诗派,是一个切实的支持——争取了读者,壮大了声威。对于臧克家早期诗歌的突出成就和历史意义,当时的评论界给予了很高的评价。茅盾在论及《烙印》时说:"全部二十二首诗没有一首诗描写女人的'酥胸玉腿',甚至没有一首诗歌颂恋爱。甚至也没有所谓'玄妙的哲理'以及什么'珠圆玉润'的词藻","只是用了素朴的字句写出了平凡的老百姓的生活"。❷朱自清在评述"五四"以来的新诗时说:"初期诗人大约对于劳苦的人实生活知道的太少,只凭着信仰的理论或主义发挥,所以不免是概念的,空架子,没力量",而到了臧克家,中国"才有了有血有肉的以农村为题材的诗"。❸

热烈明朗的抗战诗

"七七"事变后,民族解放斗争的烽火点燃了臧克家蕴蓄已久的爱

---

❶ 臧克家:《烙印·新序》,一九六三年九月人民文学出版社版《烙印》。

❷ 茅盾:《一个青年诗人的"烙印"》,一九三三年十一月一日《文学》第一卷第五号。

❸ 朱自清:《新诗的进步》,一九三六年一月一日《文学》第八卷第一号。

国热情。他辗转到了抗战前线。从一九三八年初到一九四二年夏，他身着戎装，随军转战在河南、湖北、安徽等地，在连天的烽火硝烟中从事抗战宣传，谱写爱国战歌，把诗，也把自己的生命，交给了神圣的民族自卫战争。此间，他先后出版了《从军行》（一九三八年）、《泥淖集》（一九三九年）、《淮上吟》（一九四〇年）、《呜咽的云烟》（一九四〇年）、《向祖国》（一九四二年）、《古树的花朵》（一九四二年）、《国旗飘在雅雀尖》（一九四三年）等抗战诗集，为中国新诗园地增添了新的气息和色彩。

"诗人呵，请你放开你们的喉咙，除了高唱战歌，你们的诗句将哑然无声。"臧克家在他抗战开始后写的第一首诗《我们要抗战》中，为诗人们也是为自己规定了战斗的使命。后来他又把这四句诗放在《从军行》的扉页上作为诗集题辞。事实证明，震响在他的抗战诗歌中的，始终是这一高亢激越的主旋律，他确实是用自己勤奋的创作活动实践了这一爱国誓辞的。

臧克家的抗战诗洋溢着兴奋热烈的情绪，贯注着明朗乐观的信念。他从抗战初期举国奋起团结御侮的时代热流中吸取了战斗的力量。在写于台儿庄大捷后的《兵车向前方开》里，他热情讴歌了昼夜兼程、威武雄壮的兵车队列，字里行间充满着抗战必胜的信心。这同战前那种忧郁、愁苦的情绪相比，显然是一种新的发展和变化。

从一九三八到一九四二这五年的战地生活，扩大了诗人的生活视野，丰富了他的生活体验。他看到了"前线上战士壮烈的牺牲；沦陷了的土地上同胞们被惨杀的血迹；流亡道路中的难民的眼泪；遍地民众为保卫家乡而作的血战；青年男女为国忘身的伟大精神"，也看到了"汉奸的无耻，颓废者的荒唐与堕落"❶。这些生活内容在臧克家的诗中浓淡不同地留下了艺术的剪影。在《我们要抗战》中，他以鲜明的爱憎，鞭挞了日寇的侵略罪行，歌颂了人民不愿做亡国奴的坚强决心。在《武汉，我重新见到你》里，他指斥那些沉醉于红灯绿酒，醉生梦死的败类和庸人，号召人民继承大革命的传统，抖擞精神，"给祖国再造一个新生"。在《大别山》里，他描绘出了山里的人民拿起土枪柴刀

---

❶　臧克家：《从军行·自序》，一九三八年六月汉口生活书店版《从军行》。

奋起保卫自己家乡的壮丽图景……。这些抗战诗，基调高亢，爱憎分明，气势豪壮，色调热烈，不愧是为我们一时被羞蒙垢的民族振奋精神，砥砺正气的鼓角！

臧克家是响应"文协"关于"文章下乡，文章入伍"的号召比较认真和彻底的作家之一。抗战的前五年，他基本上是在国民党军队里度过的，因而，他有不少的诗着重反映这方面的生活内容。日本侵略者的烧杀淫掠，亡国灭种的严重民族危机，全国人民民族义愤的高涨，群众抗日怒潮的掀起，深深地刺激和鼓励着国民党军队中一些具有爱国心的将士。他们为了维护民族的尊严，保卫祖国大好河山，使父老兄弟免遭蹂躏，愤然与民族敌人搏斗，把鲜血和生命抛洒在疆场上。这种爱国热忱与牺牲精神，无论自觉与否，都符合了民族的利益，人民的愿望，应和了共产党的主张和政策，他们是民族统一战线中不应缺少的一支力量，理应予以历史的肯定。臧克家的《古树的花朵》和《诗颂张自忠》，便是对以范筑先、张自忠为代表的抗日爱国将士的热情礼赞。这些诗歌，由于种种原因，视野还不够开阔，在所涉及的范围内，其分寸感也还不无可议之处，但其基本倾向是好的，对于认识中国抗日战争的全民族性质，对于批判民族投降主义，对于激发爱国热情和捍卫民族尊严，都是有一定意义的。

臧克家的抗战诗是在极为紧张、艰苦的战斗生活中诞生的。正由于这样，这些诗大都未能从容构思，精心推敲，往往带有急就章的特点，艺术上显得较为粗疏，时过境迁之后，容易失去"耐读"的魅力。不过，诗中的火热的激情，乐观的情绪，明朗的格调，以及语言的简短畅达，节奏的急骤有力，都显示了诗人思想和艺术上新的特点。这些诗所绘下的时代的踪影，所留下的诗人探索的足迹，在抗战诗苑中是应占有比较重要的地位的。

清新隽永质朴的新田园诗

从一九四一年夏天起，臧克家在战火还没有临近的河南叶县寺庄居留数月。在这里，他所见到的农民和农村，同诗人的故乡极其相似，于是，抒写所熟悉的农村，所熟悉的农民的愿望萌发了。他开始"用一支淡墨笔，速写乡村，一笔自然的风景，一笔农民生活的缩影。"❶这便是《泥土的歌》。但这部诗集只完成了上半部分，诗人所在的国民党军队当局的压迫便严重起来了。为了抗议这压迫，臧克家于一九四二年七月愤然离去，与几个青年朋友结伴跋涉，由豫入鄂，转道入蜀。同年八月，抵达重庆，先住"文协"，后移居市郊歌乐山。这里的环境比较幽静，生活比较安定，日日与万竿青竹作伴，与几户淳朴的农民为邻，于是，他又拿起了那支"淡墨笔"，续写《泥土的歌》。一九四三年春，诗集竣稿，同年六月，由桂林今日文艺社出版。这本诗集收短诗五十二首，分"土气息"、"人型"、"大自然的风貌"三个诗组。

《泥土的歌》以真挚的同情，描写了旧时代农民的悲惨生活命运。他们世世代代把汗水洒在家乡的泥土里，物质生活极端匮乏，精神上也充满麻木和悲凄。穷困和寂寞，主宰着他们的命运，连死后也是那样形单影只。在《三代》里，诗人用三个整齐并列的句子，勾勒出三个互相关联的形象：孩子在土里洗澡；爸爸在土里流汗；爷爷在土里葬埋。组成了旧中国世世代代普遍农民的生活史、命运史，写得是何等概括，而又何等生动呵！

诗人还怀着期待之情，发出了解放农民的呼声。他指出，沉默了数千年的农民，不能再沉默下去；今天，他们应该掌握自己"命运的钥匙"，用"一双反抗的手"，去改变世世代代留传下来的"生活的图式"。旧的时代已经过去，新的时代即将到来，诗人宣告："廿世纪却是你们的——在炼狱中，苦炼了几千年的，中国的'多数'的农民呵！"（《生活的图式》）这里分明地寄托了诗人对农民翻身解放的期待。他认定，新一代的农民应该成为新的生活图式的创造者，新时代的主人公。这类诗有的虽然诗情不够浓郁，形象不够丰满，有的失之直白浅露，但却显示了诗人思想认识水平的提高，而且大多带有哲理意味，亦能给人以有益的启示。

《泥土的歌》并不纯粹是旧时代农民的悲歌，它还为抗战中的农民剪影。农民为了支援神圣的民族自卫战争，不畏辛劳，长途跋涉，赶着牛车送军麦（《送军麦》）；他们告别了家里的亲人，出外当兵打鬼子，

---

❶ 臧克家：《泥土的歌·序句》，一九四三年六月桂林今日文艺社版《泥土的歌》。

连家信都难得写一封(《家书》)。但是，战争教育了人民。他们经过血与火的洗礼，将会锻炼得坚强起来，一代新人将不断成长："春风再度吹来的时节，新的土地上，站立着新的人。"(《新人》)很显然，《泥土的歌》不是远离了时代、远离了斗争的发散着陈旧气息的牧歌，而是吹动着时代的风、交织着现实和理想的新田园诗。

《春鸟》是《泥土的歌》里最值得重视的一首。"春鸟"是明媚温煦的春天的象征，也是光明、自由的象征。她放声歌唱，唤醒了沉睡的冰冷的大地，把生机勃勃的春之景象带到了人间。诗人也很想如同春鸟那样放声歌唱。但是，"皖南事变"以后日益酷烈浓重的白色恐怖，使诗人"喉头上锁着链子"，"嗓子在痛苦地发痒"。这首诗是呼唤光明、向往自由的歌，也是诅咒黑暗、反抗压迫的歌。丰美的想象，奇丽的象征，生动的形象(视觉形象和听觉形象)，精美的语言，真挚的抒情，和谐的内在律，使诗含有沁人心脾的艺术魅力。《春鸟》是诗人臧克家诗创作中的佳作，也是中国新诗中的珍品。

诚然，从总体上说，《泥土的歌》没能正面描写那奔腾着地火的农村，那正在农民群众中间滋生和成长起来的觉醒的精神，战斗的意气和要求翻身解放的坚定意志；悲剧型的农民形象，仍然是诗人抒写的主体。但是，这种描写也别有一种意义在。因为，新的时代是从旧的时代里蜕变出来的，不了解旧时代的黑暗，也难以真正感受到新时代的光明。觉醒的新人是挣脱了旧的枷锁和生活图式的禁锢而成长起来的，不熟知旧时代农民的悲苦，也难于真正体会出新时代农民奋起抗争的原因和意义。《泥土的歌》生动地写出了新时代到来之前这一历史时期农村生活的风貌，写出了旧时代一代普通农民的悲苦，从而显示出解放农民的必要性和迫切性。旧的时代应该结束，旧的生活图式应该改变，旧的安分驯从的生活态度应该摈弃，《泥土的歌》正是从这里获得了历史的和现实的价值，从而生发出对于人民解放事业的助力。而且，就当时国统区绝大部分农民来说，抗日的烽火并未能立即烧毁捆绑在他们身上的绳索，农民依然承受着残酷的经济剥削和沉重的政治压迫，依然呻吟、挣扎在饥饿和死亡的威迫之中。他们的真正觉醒和抗挣，还要经过一个艰难的历程。臧克家是长期生活在国统区的作家，他所熟悉的，有深切感受的，还是旧时代的农村，旧式的悲剧型的农民。他从自己最熟悉的实际生活领域出发，写自己体验最深的农村和农民，表现了忠于生活、尊重历史的严谨的现实主义态度。

诗人说，《泥土的歌》"同《烙印》是我的一双宠爱"。❶它继承了《烙印》的传统和风格，又发展了《烙印》的传统和风格。《泥土的歌》在描写农民悲惨生活的同时，还注意叙写他们生活中的某些欢快和内心中的些微喜悦，注意勾画农村大自然清新宁静的动人风貌。因而，这本诗集在格调上较《烙印》显得明快、清新一些，《烙印》中那些过于忧郁、低沉、孤寂的气氛，明显地减少了。在艺术上，《泥土的歌》脱尽了《烙印》里有些诗过于拘谨、雕琢的痕迹，显得活脱自然，灵巧隽永。许多诗篇淡墨素描，看似漫不经心，随意点染，实际是精心构思，意匠经营，达到了不呆滞，不做作，自然和谐的艺术境界。冲淡的水墨画里，深蕴着饱满真挚的感情。象《三代》、《黄金》、《笑的昙花》、《死水》、《坟》等篇什，形象生动，形式简短，节奏自然，内在律和谐。《泥土的歌》显示出作者艺术风格的成熟。在抗战诗歌（也包括作者自己的抗战诗歌）趋于散文化，缺乏应有的提炼和修饰，因而招致不满和批评的时候，《泥土的歌》独具风姿，保持着艺术上的严谨含蓄，精炼隽永，是十分可贵的。

激愤犀利的政治讽刺诗

"政治的严冬，便是诗歌的春天。"抗战胜利前后，国民党统治区漆黑一团的现实，极大地激怒了关心人民命运和国家前途的诗人们。臧克家在重庆、上海的几年间，从"人民在流落，在呻吟，在饥饿，在死亡"的惨象中，从人民响亮的"叫苦声，怨恨声，愤怒声"中，痛切地感到："这正是狂歌当哭的时代。这正是用诗舒愤，进攻的时代。"诗人的义不容辞的责任是："一齐向那些千夫所指的东西们掷出诗的匕首去，让他们早日倒下去吧！""一齐向那些大家所希望的，来一个催生大合唱吧！"❷从这种明确的认识出发，作者愤怒地唱出了诅咒黑暗

343

---

❶ 臧克家：《十年诗选·序》，一九四四年十二月重庆现代出版社《十年诗选》。

❷ 臧克家：《歌唱起来》，一九四七年三月十四日《时与文》创刊号。

现实，鞭笞反动统治的歌。

臧克家抗战末期和解放战争时期所写的政治讽刺诗，大都收在《宝贝儿》（一九四六年）、《生命的零度》（一九四七年）、《冬天》（一九四七年）里。这些讽刺诗的基调是愤激和冷峭。对社会种种黑暗丑恶现象，他所发出的既不是轻盈的喟叹，俏皮的讥讽，也不是低悒的哀怨，不满的牢骚，而是强烈的仇恨，严峻的抗议，尖锐的指控。这声音蕴含着时代的愤懑，包容着正义的轻蔑，宣泄着人民的心声，因而具有匕首似的犀利，烈火般的炽热。他义正辞严地谴责国民党政府发动反人民的内战："大破坏，还嫌破坏得不够彻底？大离散，还嫌离散得不够悲惨？枪筒子还在发烧，你急忙又去开火！"（《枪筒子还在发烧》）他无情地戳穿国民党政府"还政于民"的骗局："他们活着，牺牲是义务，痛苦是权利，剥削他们，还说为了他们"（《破草棚》）。他痛斥"接收大员"的掳掠吸吮，抗议国民党"警员"、"特务"的横行无忌，嘲讽"国大代表"的无耻卑劣，……国统区政治腐败、经济崩溃、社会动乱的现实，在诗人的创作里留下了鲜明的面影。这些政治讽刺诗如此直接地抨击国民党政府的倒行逆施，显示出作者政治倾向性的增强和现实主义的深化，也是作者向人民革命事业进一步靠拢的表现。

真实是讽刺艺术的本质和生命，只有深刻地揭示否定性事物的内在本质，才能唤起人们对它的强烈不满和仇恨，从而生发出奋起抗争、战而胜之的力量。臧克家懂得政治讽刺诗的特点，所以他总是竭力以明快犀利的笔触，撕去黑暗势力的外在形式的伪装，进而暴露其内在的丑恶内容。抗战胜利后，国民党政府打着"增加行政效率"、"节省国库开支"的幌子高喊"裁员"，实际真相如何呢？诗人写道："裁员，这名词多庄严！它给长官一个好借口，裁去异己；给狡猾者一个好机会，叫他带着满包遣散费，换一个机关去'等因奉此'；裁员对于多数老实人，才是一把刀，裁断了他们的生活，裁去了父母子女一家老小！"真是一针见血，一语破的。这种剖析，尖锐深刻，引人深思，发人深醒。

事实是最无情面的东西，它能将空言打得粉碎。臧克家的政治讽刺诗长于选取最富于揭露性和说服力的事实，来戳穿谎言，剥去伪装。"政治犯在狱里，自由在枷锁里，难民在街头上，"《胜利风》不过列举了三件事实，勾勒了三种景象，就将国民党政府标榜"民主"、"胜利"的骗局揭露无遗；读者也会从所举出的事实里，做出明确的结论。

美与丑是相比较而存在，相斗争而发展的。诗人对反动的丑恶的势力的仇恨和憎恶是强烈而又深切的，对美好的革命的事物的热爱和追求则是热烈而又执著的。臧克家的政治讽刺诗在诅咒反动丑恶事物的时候，往往抑制不住内心的激情，时而表示出对美好事物、对人民的肯定和赞扬。他一面指斥反动势力的卑劣行径，一面庄严地提议："把流亡在美国的那几万万两黄金，铸胜利九鼎，鼎面上，反反复复刻上三个字："老百姓，老百姓，老百姓，……因为，他们才真是劳苦功高，却不自居英雄。"（《胜利风》）他无比坚定地相信，人民将从破烂的草棚里走出来，用自己的力量，"把国家扶起来"（《破草棚》）。在诅咒破碎、颓败、凋零的寒冬时，无限深情地预示："这该是最后的一个严冬。"（《冬天》）注意在排击黑暗时展露胜利的曙光，在描写人民痛苦时显示人民的力量，不但力求使诗行包容比较巨大深厚的历史内容，而且注意显示历史进程的必然方向，把正视现实的黑暗的歌咏理想的光明统一在一起，这标志着臧克家思想和艺术的成长与进步，同时也赋予他的政治讽刺诗以一定的鼓舞力量。

不断地探求和开拓

臧克家是一个勤于探索的作家。半个多世纪以来，为了发展新文学事业，他呕心沥血，在文学的许多领域里进行了积极的创作尝试。既然是尝试，就不会着着取胜，事事成功；但这种孜孜探求的进取精神，却是可贵的。

诗人生在旧社会，他亲身体验到旧中国浓重的黑暗，目睹着人民的深重的苦难，所以他解放前的大部分作品，是以暴露黑暗和描写人民痛苦为主要内容的。悲愤的诅咒，深沉的哀痛，构成了他创作的基调。一九四八年底，诗人离上海赴香港，不久来到人民当家作主的北平。新的时代，新的生活，新的人物，使作者为之激动和奋发。他果敢地放下了自己所熟悉的所惯用的一套，开始探索用新的声音、新的体式，来讴歌社会主义的新生活，新事物。激情的欢乐，喜悦的赞颂，

345

构成了他解放后创作的主旋律。是的，作者解放后写的诗是很不平衡
的，有素享盛名的佳作，也有不禁历史筛选的次品；但即使如此，这
些诗仍从一个侧面留下了时代的足迹，具有思想的艺术的价值。臧克
家勇于转换创作内容和创作基调以适应时代需要的政治热情，理应得
到一定的嘉许。

　　臧克家的诗歌创作是从抒情短诗开始的。他早期的诗追求严谨、
精炼和含蓄，在这方面确乎获得了巨大的成功。诗人为此感到过兴奋
和欣慰，但同时也产生了并不满足的情绪。他觉得有些诗过于拘谨，
个人的坚忍主义也伤害了诗歌的内容。于是，他开始向博大雄健处努
力，竭力想抛开个人的坚忍主义而向着实际着眼。这种追求后来取得
了一定的效果。一九四七年六月，他在《生命的零度·序》中说："雕
琢了十五年，才悟得了朴素的美，从自己的圈套里挣脱出来，很快乐
的觉得诗的田园是这么广阔！'生活得，斗争得，如同一个老百姓，最
真挚的憎爱用最平易的字表现出来——表现得深，表现得有力，表现
得美。'"❶这段话体现出作者苦心探求、不断进取的精神，也显露出诗
人美学思想的进步。

　　抒情诗是臧克家创作的主要体式，也集中代表着他创作的实绩。
但当丰富的生活内容，深广的时代现实向他提出新的要求的时候，他
便毫不犹豫地开始了长篇叙事诗的创作尝试，先后出版了《自己的写
照》（一九三六年）、《淮上吟》（包括《走向火线》）（一九四〇年）、《向
祖国》（一九四二年）、《古树的花朵》（一九四二年）、《感情的野马》
（一九四三年）、《李大钊》（一九五九年）等六本叙事长诗。这些叙事
长诗从新诗发展的历程看，有着不可忽视的意义。一九三七年，茅盾
在《叙事诗的前途》一文中说："从抒情到叙事，从短到长，虽然表面
上的好象只是新诗的领域的开拓，可是在底层的新文化运动的意义上，
这简直可以说是新诗的再解放和再革命。"臧克家三、四十年代所创作
的几部长诗，正是在"新诗的再解放和再革命"的征途中所取得的可
喜成果。长诗《自己的写照》以"我"的生活和感受为线索，在相当
广阔的背景上，描绘了从清末到军阀统治到大革命的兴起和中落这三

---

❶　臧克家:《生命的零度·序》，一九四七年四月上海新群出版社版《生命的零度》。

个时期的生活图画。"时代"和"我"紧相交融。时代的忧愁，时代的窒息，时代的怒吼和哀诉，"我"的痛苦的呼号，战斗的呐喊，内心的悲苦和期待，谱成了激越悲壮的交响乐。《自己的写照》构思精巧，气魄宏大，感情深挚，不愧是中国现代诗歌史上的瑰宝。《淮上吟》《走向火线》这两篇报告长诗，将诗和报告文学熔于一炉，通过抒情主人公的见闻和感受，迅速地将日寇的暴行，不抵抗主义者的罪恶，奸商的无耻，军民的英勇抗战，报导出来。铁铸的事实，火样的热情，揭露了敌人，教育了人民。这两篇诗开我国报告长诗的先河，体现了诗人的艺术创新精神。

臧克家在中国现代文学史上的地位，首要的是由他的诗歌创作奠定的。不过，他的创作并不仅仅拘囿于诗歌这一个领域里。他写过小说，一九四七年曾出版过《挂红》《拥抱》两本短篇小说集。他还写过许多诗论，影响较大的有《学诗断想》（一九六二年）、《甘苦寸心知》（一九八二年）等，其中凝聚着诗人多年积累的创作经验和体会，具有真知灼见。臧克家的诗论，以对现实主义传统的坚持，对向古典诗歌和民歌学习的强调，和对精炼、严谨、质朴的重视最为突出，曾经产生过相当的影响。不过，就文学创作而言，除了诗歌，散文应该是最重要的了。他在这方面付出的心血多，追求最力，成就也最显著。早在一九三八、一九三九年间，他就出版了通讯报告集《津浦北线血战记》、散文集《乱莠集》《随枣行》，之后又出版了《我的诗生活》（一九四三年）、《磨不掉的影象》（一九四七年）。近年来，他对散文的写作就更重视，也更精心了。正如他自己所说的："老来意兴忽颠倒，多写散文少写诗。"（《友声集·诗一首》）一九八〇、一九八一两年，他出版了散文集《怀人集》及《诗与生活》，还有一些散文散见于报刊上。也许可以这样说，解放后，他的散文创作的成就，是在他的诗歌创作之上的。臧克家的散文，无论是叙事的，记人的，写景的，议论的，都贯注着真挚而又深切的感情。悼念毛泽东、周恩来、朱德、陈毅等老一代无产阶级革命家，追忆闻一多、王统照、茅盾、老舍、何其芳等文坛师友，怀念老哥哥、六机匠等农民前辈，字里行间始终流动着感情的热流。散文所记叙、抒写的崇高人格、伟大情怀及人情美，无不感人肺腑。臧克家散文的特色，除了感情的深挚，要算是文辞的优美了。他的有代表性的散文，独具匠心，注意以精巧的构思，严谨的结构，显示"建筑的美"，以词藻的灵活搭配，色彩的浓淡交错，显示"绘画的美"，以音律的跌宕回环，声调的顿挫抑扬，显示"音乐的美"。当年闻一多对格律诗的创作要求，臧克家好象有意想在散文创作中有所尝试似的。就散文语言的丰富、含蓄、精美、富于韵味而言，在当代作家中，臧克家也是值得注意的一位。诗人的素质和修养，帮助他赢得了散文创作的成功。

"年景虽云暮，霞光犹灿然。"（《友声集·为葛一虹同志书条幅题句》）一九四四年，诗人四十岁时，他称那是自己"生命的秋天"；到一九八五年，臧克家就是八十岁了，这可否称作是诗人的"生命的冬天"呢？然而，具有顽强生命力的花卉，不是在严寒之中依然盛开不衰吗？诗人可称得上是年迈而神不衰，体弱而志弥坚了。以他那样病弱的身体，每天仍奋勉不已，或则凌晨攻读，或则挑灯写作，生命的分分秒秒，都在为人民的文学艺术事业发光。

我们祝愿老作家臧克家心笔俱健，为振兴中华不断贡献出新的精美的精神食粮。

（选自《聊城师范学院学报》1985年第3期）

臧克家诗歌研究综述

姜振昌

　　臧克家是中国现代著名诗人，从1933年自印出版第一本诗集《烙印》以来，几十年歌声不辍，先后有近30本诗集问世。有人曾指出："他的诗歌，大体上可分为四个时期，好象一个交响乐的四个乐章。第一，激情的快板；第二，深沉的慢乐章：第三，谐谑调：第四，欢乐颂。"❶不管这样概括是否完全合理，但将其明确划分为四个时期，却大体上可以说明诗人创作的阶段性和变化性。对臧克家诗歌的研究，也首先是围绕这四个阶段进行的。

　　第一个时期，包括《烙印》（1933年），《罪恶的黑手》（1934年），《运河》（1936年）和抗战爆发后他辗转抗战前线写下的《从军行》（1938年），《泥淖集》（1939年），《淮上吟》（1940年），《呜咽的云烟》（1940年），《向祖国》（1942年），《古树的花朵》（1942年），《国旗飘在鸦雀尖》（1943年）等诗集。《烙印》一问世，立即得到了评论界的重视，曾一连出现过近10篇有影响的评介文章。闻一多指出："克家的诗，没有一首不具有一种顶真的生活的意义。没有克家的经验，便不知道生活的严重。"❷茅盾指出："全部22首诗没有一首诗是描写女人的'酥胸玉腿'，甚至没有一首诗歌颂恋爱。甚至也没有所谓'玄妙的哲理'以及什么'珠圆玉润'的词藻！《烙印》的22首诗只是用了素朴

---

❶　徐迟《三十年——臧克家的诗歌》，（《文汇报》1962年8月25日。）
❷　《烙印·序》。

的字句写出了平凡的老百姓的生活。""在自由主义者的诗人群中，（如果这'群'字不算夸大），我以为《烙印》的作者是最值得注意的一个。因为他不肯粉饰现实，也不肯逃避现实。"同时，茅盾以《变》为例指出："不'逃避现实'是好的；然而只是冷静地'瞅着变'，只是勇敢地'忍受'，我们尚嫌不够，时代所要求于诗人者，是'在生活意义上更重大的'积极的态度和明确的认识"，"他的诗缺乏一种'力'，一种热情。"❶后来的评论者对《烙印》思想意义的认识，尽管不断丰富，时有深化，但基本点上并未与闻一多和茅盾的形成对立，甚至也很少有超出他们的概括的。张惠仁指出这些诗作的四大艺术特色是："以丰富生动的形象表现诗人的思想感情，力避概念化和空喊口号"；"含蓄而不晦涩，内蕴而不肯'一泄无余'"；"着意继承我国古典诗歌炼字造句上的传统经验，运用于新诗的写作，从而形成精炼、朴素的民族化诗风"；"探索新诗的格律形式美，尝试着部分地实践闻一多'音乐的美（音节），绘画的美（词藻）并且还要有建筑的美（节的匀称和句的匀齐）'的主张，因而形成了相对谨严的格律形式，有别于任意跑野马的分行散文似的诗作"。❷评论者几乎共认：在当时远离现实、苍白空虚的颓废诗风遭到读者厌弃的时候，《烙印》以坚实的内容和精炼谨严的风格，为新诗带来了新的生机。不久出版的《罪恶的黑手》，同样受到好评，有人认为它"比起《烙印》来有明显的进步"，表现在"表现形式上较洒脱，音节雄健；在内容上更趋向实际"和"深刻"。❸这种认识是较有代表性的。许多评论者还指出，从《烙印》到《罪恶的黑手》，确立了臧克家在新诗坛的地位。

对于臧克家的抗战诗，在总体上，评论者大都予以肯定，认为它尽管由于战时的紧张而未能从容构思，精心推敲，却以明朗乐观的情绪和高亢的基调，为祖国和人民的命运而战，实践了作者的爱国誓辞。但对长诗《古树的花朵》，却存在较大的意见分歧。一种意见认为，"《古树的花朵》在抗战的意义上说，它的存在，是有很大价值的。一方面它象

---

❶ 《一个青年诗人的"烙印"》、《文学》第1卷第5期，1933年11月）。
❷ 《臧克家初期诗作的艺术特色》，（《诗探索》第11期，1984年11月）。
❸ 封敏《试评臧克家早期的诗》，（《诗探索》1981年第1期）。

一面镜子表现了抗战，反映了抗战，从这里我们可以得到很宝贵的教训，唯有发动民众参加抗战才能求得胜利，唯有团结抗战才能确保胜利。再一方面，因为史实的动人，范筑先这英雄老头子的壮烈牺牲，以及他儿女的英勇行为，更鼓励着多少人心，这一精神力量，真不啻为抗战阵营凭添了千万生力军呢！"❶另一种意见则认为，该诗创作时，正当皖南事变发生后不久，蒋介石反共高潮之中，在长诗中"对于蒋介石政府的认识不符时代实际，真正的抗日力量也未得到表现。这些极大地影响了作品的历史真实性。"❷另外，还有人嫌它"写得较散漫，既有写得太实的不足，也有感情浮泛的弊病"❸。也有人着重从人物的刻画不"有血有肉"，材料的剪裁欠妥、细节的描写不能紧扣主题、炼字的"反而弄乖了总体"等方面否定了《古树的花朵》的艺术成就❹。

第二个时期，主要是指作者在离开战火的地带（从河南叶县寺庄到重庆，生活环境较为安定和幽静）所创作的《泥土的歌》（1943年）。诗人自己曾多次流露了对它的喜爱，把它和《烙印》称为自己的"一双宠爱"，是"全灵魂注入的诗"❺。但评论者却褒贬不一。它问世不到一年，有人就断言："这朵诗的花，虽没有'伟大'（过去作者在拚命追求着的），但它却有比'伟大'更永久真实的生命。"❻这"慢乐章"里奏出的"是深沉而动人的音乐"❼。后来，美国学者别因谈到《泥土的歌》时称作者是"当代中国诗坛上一个非凡的人"❽。苏联学者契尔卡斯基写道："这是一部十分个性化的集子：它平和，从容（在狂热的激动的诗篇之后）；它说真话，善良，形象；它自始至终都具有中国风格。"❾香港司马长风认为，该集中《手的巨人》一首"最能表现诗人

---

❶ 秋杨《读〈古树的花朵〉》，（《新蜀报》1943年9月24日"蜀道"第1009期）。

❷ 唐弢、严家炎著《中国现代文学史》（三）第53页。

❸ 骆寒超《论中国现代叙事诗》，（《文学评论》1985年第6期）。

❹ 柯瑛《评〈古树的花朵〉——新作家印象记之一》，（成都《华西晚报·文艺》第70期，1943年2月13日）。

❺ 《十年诗选·序》。

❻ 孔休《臧克家论》，（《时与潮文艺》第3卷第1期，1944年3月15日）。

❼ 徐迟《三十年——臧克家的诗歌》，（《文汇报》1962年8月25日）。

❽ 契尔卡斯基《战争年代的中国诗歌》，（苏联科学出版社1980年版）。

❾ 契尔卡斯基《战争年代的中国诗歌》，（苏联科学出版社1980年版）。

对农民的挚爱"，它"写农民的笨拙，却担负着民族的命运，面上虽有泥土，但也有风云，可使'贵人'震颤，是改变历史的可怖力量。极深长有味。粗枝大叶的读者，不容易玩索出它的意趣。"❶冯光廉、刘增人指出：《泥土的歌》生动地写出了新时代到来之前这一历史时期农村生活的风貌，写出了旧时代一代普通农民的悲苦，从而显示出解放农民的必要性和迫切性。……《泥土的歌》正是从这里获得了历史的和现实的价值，从而生发出对于人民解放事业的助力。"艺术上它既"继承了《烙印》的传统和风格"，又较《烙印》显得"明快、清新"，"活脱自然，灵巧隽永"，"显示出作者艺术风格的成熟"❷。默涵则对《泥土的歌》全然持否定态度，他认为，诗人在作品中用"美丽的幕布遮住了血淋淋的现实"，对"压死了不做声，冤死了不伸诉"的无抵抗主义性格也一并颂赞，对农村火热的斗争"几乎完全没有感觉到"。作品对农村"只有一些浮面的不真实的描绘，只有一些纸糊的景色，只有一些滥调的重唱"。究其原因在于：作者"实际上不懂得农村，不懂得农民"，"他的写农村和写农民，并不是因为他感受了在沉重压榨下的农民的苦难，也不是因为他深刻地认识了蕴藏在农民中间的深厚的战斗力量。他的歌唱乡村，只是因为他厌恶都市，厌恶都市的咄咄逼人的高楼巨厦，而想把自己的有点儿脆弱的心安置到幻想中的平和静穆的乡村里去，到那里去寻求一点自欺的慰安。"作者采取的"完全是一种非现实主义或唯心主义的创作态度，纯粹是形式主义的玩弄词句。"这里，默涵不仅否定《泥土的歌》，而且有由此而否定臧克家全部诗作的倾向❸。值得指出的是，臧克家由此而于1948年12月20日写下了《关于〈泥土的歌〉的自白》❹，表示"甘心接受这批判"。以后国内的各种文学史大都对《泥土的歌》采取无视态度。

第三个时期是指抗战末期和解放战争时期所写的政治讽刺诗，大都收在《宝贝儿》（1946年）、《生命的零度》（1947年）和《冬天》（1947年）

---

❶ 司马长风《中国新文学史》下卷第207页。

❷ 《臧克家简论》，（《聊城师院学报》1985年第3期）。

❸ 《评臧克家的〈泥土的歌〉》,（《大众文艺丛刊》第1辑《文艺的新方向》, 1948年3月1日）。

❹ 《文艺生活》海外版第10、11期合刊，1949年2月。

里。对于这些诗作，在已经发表的为数并不多的评论文章里，尽管有的曾嫌它（主要指《宝贝儿》）"选取题材"还不是"多方面"，"而且大都是较为抽象的，只是概念地叙述一种政治精神"❶，但大多数对其是肯定的。有的文章主要从政治意义上肯定了它的价值，认为它不仅暴露了国民党那些所谓抗日"功臣"的丑恶"嘴脸"，鞭挞了国统区的黑暗现实，"起到了炸弹和号角的作用，达到了教育人民鄙视无耻的敌人，唤起人们和那些垂死的然而却很凶顽的敌人作最后斗争的目的"，同时也是"研究解放战争时期白区社会政治面貌的珍贵资料"❷。也有的文章指出，"这些讽刺诗的基调是愤激和冷峭"，并且有"深刻地揭示否定性事物的内在本质"，"长于选取最富于揭露性和说服力的事实，来戳穿谎言，剥去伪装"以及善于进行"美与丑"、"爱和恨"两种事物、两种情绪的对比等艺术特色，标志着臧克家诗歌创作的"成长与进步"❸。有人则指出："他的讽刺诗，是应该用《重庆人》、《人民是什么》（均收入《宝贝儿》——引者）两首来做代表的"，"他的讽刺诗和袁水拍的不同，袁诗是正面撞击，他是轻描淡写的讽刺。"❹

第四个时期指全国解放后出版的《一颗新星》（1959年）、《李大钊》（1959年）、《忆向阳》（1978年）等十几部诗集。评论者几乎共认：臧克家是以极大的热情和喜悦迎来了祖国的解放的，对新的生活、新的人物、新的制度的歌颂成为他本时期诗歌创作的主调，几乎每个时代都可以听到他奏出的乐章。"诗歌的职责就是为时代发言，替时代发出声音。臧克家的作品是这样做了的。"❺应当指出的是，研究者对这些作品的重视程度是远不如对他的前期诗作的，而且所发的评论大都系局部的、浮面的，缺乏整体的评判和深层的开掘。其中也有两点值得引起注意：一是对短诗《有的人》的评价，由于它多次被选入中学课本，评论和赞扬几乎没有中止。李继曾认为它"语言朴实，感情真挚，

---

❶ 劳辛《〈马凡陀的山歌〉和臧克家的〈宝贝儿〉》，（《文艺复兴》第3卷第4期，1947年6月1日）。

❷ 王彤《试论臧克家和他的诗作》，（《跃进文学研究丛刊》1958年第2辑）。

❸ 《臧克家简论》，（《聊城师院学报》1985年第3期）。

❹ 李白凤《臧克家的〈宝贝儿〉》，（《文萃》第2年第15、16期合刊，1947年12月1日）。

❺ 徐迟《三十年——臧克家的诗歌》，（《文汇报》1962年8月25日）。

字里行间饱蕴着对人生的咏叹，它揭示了一个人生哲理，可以说是时代的回声，阶级的强音，人生之歌！""不仅在诗人自己的诗歌中是佼佼者，而且在当代新诗创作上也是攀上高峰的一个杰作。"❶多数文章由于面向中学语文教学，表现出一般的介绍和阐释的特点。二是围绕反映"五七"干校生活的诗集《忆向阳》，曾经发生过较为激烈的争论。首先提出异议的是姚雪垠。还在《忆向阳》的写作过程中，姚雪垠就于1975年1月25日寄书臧克家说："我已经读了你好多首反映'五七'干校生活的小诗，希望你继续写下去。我已经说过我的整个印象，既肯定了这些小诗，但又觉得深度不足。"希望作者能很好地反映这一代知识分子在改造过程中的"思想感受"，"不仅仅歌颂劳动生活的愉快"，以至"更有力地歌颂毛主席所指引的'五七'道路"❷。这里，姚雪垠有肯定，有否定，也有希望。1978年《忆向阳》公开出版后，文艺界曾于当年接连发表了三篇完全持肯定态度的评论文章❸，认为作者"善于从平凡的生活里，发现不平凡的东西，于艰苦的生活中，挖掘出隽永的诗意。"这时，姚雪垠的态度和认识发生了较大变化，于同年11月25日写下了《关于〈忆向阳〉诗集的意见——给臧克家同志的一封信》❹，全面否定了《忆向阳》。概括起来，姚文指出诗作的主要错误在于：一是弹出了"与时代不和谐的曲调"："你的诗，恕我直爽地说，是按照林彪、'四人帮'所定的宣传调子，歪曲了毛主席的号召，并且用歌颂愉快劳动和学习的词句去粉饰和掩盖当年那种'五七'干校的罪恶实质……这难道是符合时代精神和人民心愿的么？"二是化妆了作者自己的"感情"："你不仅没有唱出人民的心声，也没有唱出你自己的心声。诗中的感情不是真实的，至少说不完全是真实的。"三是对生活"只写出表面现象"，"不敢向深处着笔，不敢接触现实生活

❶ 《耿耿丹心，昭昭诗人——介绍臧克家和他的短诗〈有的人〉》，(《语文教学研究》1980年第3、4期合刊)。

❷ 《〈忆向阳〉诸诗初议——致臧克家同志》，(《社会科学战线》1980年第4期)。

❸ 指丁国成的《忆向阳》，(《文艺报》第4期，1978年10月15日)、张章的《真实的心声——读臧克家的诗集〈忆向阳〉》(《北京日报》1978年11月5日)、刘征的《说"传神"——〈忆向阳〉读后》(《诗刊》1978年11月号)。

❹ 《上海文学》1979年第1期。

的本质。"姚文发表后引起了较大反响，有人肯定，认为这种批评是"中肯的，尖锐的"，"说的是真心话，非常直率"，"在催动着畅所欲言、各抒己见的新鲜空气"❶；也有人否定，说姚文象"四人帮"的"棍声棒影"，并认为毛主席、周总理搞"五七"干校的"本意"没有错，"出版于党的十一大和五届人大之后的《忆向阳》同党的路线不是相违而是相符"❷。还有人认为"这本诗集是有真情实感的，在古典诗歌的继承与发展上，颇有些出神入化之笔，有的诗句（如'菜花引蝶入厨房'等）道前人所未道，相当清新，缺点是反映干校生活比较片面，深度不够，'牧歌'味浓了些。"❸

另外，随着时间的推移和研究工作的深入，近年来不少研究者对臧克家的全部诗作进行了综合性研究，这样的研究虽然早就有人在做，出现过象孔休的《臧克家论》（参见注⑪）、徐迟的《三十年——臧克家的诗歌》（参见注①）等文章，但大体说来还是一种个别现象（而且由于受作家创作时间的局限，其综合仍然系局部的），真正引起重视的还是近几年的事。但这种研究大都限于艺术范畴。吕家乡的《语象美——绘画美——流动美》❹，探讨了臧克家抒情诗的形象构成，认为"从形象化的角度来看，臧克家的抒情诗大体可分为三种类型：一、由情入理，把作者的人生感慨表现于零碎的语象；二、寓情于景，把诗情变成鲜明的画面；三、以情带景，画面随诗情流动。这几类所包括的具体作品虽然互有高低，但总起来说，一类比一类更丰满，不妨看作形象化水平的三个阶段。"金乐敏的《论臧克家的诗美》❺一文，从"形象"（形象直观，细节传神，思想知觉化）、"意境"（因情造境；形象折射诗情）、"语言"（抽象的借代，揭示本质真实的比喻，形象词名物化）三方面入手，解释了臧克家的诗美。李继曾的《臧克家诗歌创作的意境美》❻、任愫的《田野葵花，

---

❶ 王仲豪《有话直说——读〈关于《忆向阳》诗集的意见〉有感》，（《解放日报》1979年2月15日）。

❷ 正一《文艺民主与粗暴批评——给姚雪垠同志的一封信》，（《青海湖》1979年10月特大号）。

❸ 王昌定《压迫不是批评——姚雪垠先生两封信读后感》，（《北方文学》1979年10月号）。

❹ 《中国现代文学研究丛刊》1984年第4期。

❺ 《诗刊》1985年第11期。

❻ 《聊城师范学报》1985年第3期。

淳朴挺拔——论臧克家诗的艺术风格》❶、谷辅林、李新宇的《立足于现实生活的苦吟诗人——论臧克家诗歌创作的艺术个性》❷也都从不同的角度,对臧克家的诗歌艺术进行整体观照,把臧克家诗歌研究带进了一个新的境界。这里,有两个问题存在明显的意见分歧:一是不少研究者指出,臧克家抗战以后的作品显得良莠不齐,在一部分佳作旁边是更多的没有特色的平平之作。原因何在? 李庆立指出了两点:一是由于臧克家"缺乏那种'关西大汉'的气质","硬要博大雄健,就有点脱离了本身的气质";二是由于语言上"追求朴素平易时,对精炼含蓄有所忽视"❸。吕家乡则认为李庆立所说的第一个原因"不能成立",因为"臧克家的诗集中,不论是博大雄健或细小谨严者,都有高低不平的现象。从抗战以前的《罪恶的黑手》、《运河》,到抗战以后的《血的春天》、《冬天》,都是博大雄健的好诗,可见他未必缺乏'关西大汉'的气质。""第二个原因确实存在,但尚属次要。更主要的原因是作者在构思酝酿上常常下功夫不够,情思和外物之间缺乏足够的反复交流渗透,在情与景、意与象尚未契合无间时就匆忙动笔",这种情况抗战前、后都存在,不同的是,"抗战以前往往是虽疏于炼意却精于炼句","抗战以后则往往是既疏于炼意又疏于炼句。因而就更加平淡无味了。"❹另一个有争议的问题是对臧克家诗歌艺术的渊源应当如何追溯。卞之琳曾断言他"没有受过西方诗影响,艺术上却和《新月》派(特别是闻一多)有血缘关系"❺李庆立认为,"臧克家主要继承的还是我国文学艺术的优秀传统,他是在民族文化的丰沃土壤里成长起来的。因此,他的风格富有民族特色。"❻冯光廉、刘增人则认为,臧克家曾"多方面地吸收创作的乳汁",其中有家庭和社会的影响,也有古典诗歌的熏陶和"五四"以来新文艺的哺育,同时"外国进步文艺,特别是诗歌,对于臧克家诗创作的影响,也是不可忽视的。

---

❶ 《臧克家集外诗集·附录》,(陕西人民出版社 1984 年 4 月版)。

❷ 《中国现代文学散论》,(山东文艺出版社 1984 年 4 月版)。

❸ 《通向诗国的堂奥之路》,(《诗探索》1982 年第 3 期)。

❹ 《中国现代文学研究丛刊》1984 年第 4 期。

❺ 《新诗和西方诗》,(《诗探索》1981 年第 4 期)。

❻ 《谈臧克家的〈烙印〉和〈罪恶的黑手〉》,(《文苑纵横谈》(5),山东文艺出版社 1982 年 11 月版)。

其中既有从闻一多、郭沫若、王统照、冯至等诗坛前辈的作品中间接收益，也有直接从外国诗歌里得到的启示……。那种认为臧克家是土生土长的'农民诗人'，只唱纯粹本色的'泥土的歌'，'没有受过西方诗影响'的论断，是缺乏事实根据而不能令人信服的。"❶

（选自1987年第6期《语文导报》）

---

❶　《臧克家简论》，（《聊城师院学报》1985年第3期）。

中国新文学史稿（节录）

王 瑶

臧克家的诗集《烙印》出版于1934年，接着出了《罪恶的黑手》、《运河》和长诗《自己的写照》，这些诗得到了青年人的热烈的爱好。他是受过"新月派"诗的影响的，但只在对形式格律的认真方面，内容是远超出了"新月派"的范围的。他擅于客观描写，诗中没有爱情，没有闲情，有的只是生活的烙印。他说："痛苦在我心上打个印烙，刻刻惊醒我这是生活"（《烙印》）；又说"一万枝暗箭埋伏在你周边，伺候你一千回小心里一回的不检点。"他感到了生活的苦痛，但并不是自悲自叹，他的目光是正视现实的，诗中有的是"不幸的一群"的面貌和声音。矿工、神女、洋车夫、小工等的生活的描摹，使他底诗的题材广阔了。和别人不同地，他诗里没有概念的排列和忿然的詈骂，他的诗是"诗"，是认真做下的诗，对于格律和表现方法，他都是注重的。当时大家都要求建设新诗歌，较之一般的空洞的形式追求和过分注重内容的公式化诗篇来，他的诗即使不能算就是理想的新诗歌，也应该算是"新的开始"吧！闻一多先生说："克家的诗，没有一首不具有一种极顶真的生活的意义。"当然，这只是说作者对于生活的认真严肃的态度，并不就是说作者的生活体验已经很丰富了。但他肯针对现实，反映社会现象，这方向是对的，而且也发生了好的影响。他说："然而作为一个诗人而活在眼前的中国，纵不能用锐敏的眼指示着未来，也应当把眼前的惨状反映在你的诗里，不然，那真愧煞一个诗人了。"又说"我认为目下中国需要一种沉重音节和博大调子的新诗。"❶这也就是他自己努力的方向。《烙印》出版后，茅盾曾以《一个青年诗人的〈烙印〉》为题，发表评论说："在自由主义者的诗人群中，我以为《烙印》的作者是最值得注意的一个。因为他不肯粉饰现实，也不肯逃避现实……而且因为他只是用明快而劲爽的口语来写作，也不用拗口的'美丽的字眼'，他不凑韵脚。……也许不久会有那么一天，生活的煎熬，使他不再'像粒砂'，使他接受了前进的意识，使他立定了脚跟，那时候，在生活上真正有重大意义的诗会在他笔下开了花吧。我们是这样期待着！"❷这期待并没有落空，历史证明了诗人是一步步前进着的。在第二诗集《罪恶的黑手》序中他就说："如果有人问这本诗比第一本进步了多少，那真是不容易爽口回答的。……不过从这本诗里可以看出我的一个倾向来：在外形上想脱开过分的拘谨，渐渐向博大雄健处走……内容方面竭力想抛开个人的坚忍主义而向着实际着眼。"就其中所收的诗说，也的确可以看出他的进步来。如长诗《罪恶的黑手》，是反宗教的罪恶的，自然也是反帝的；但同时也写出了劳动人民的生活和感情，而且对"奴隶的反叛"寄予了诚挚的希望，读起来是非常感动人的，在《盘》一首诗中说：

> 总得抖一股劲朝前走，
> 像盘一座陡峭的山头，
> 爬过去就是平原，
> 心里无妨先存着个喜欢。

这就是作者对人生的乐观态度，他是不疲倦地充满信心向前走的。他的作风博大雄健，音节自然流畅，布局紧凑，结尾尤矫健有力。很多人都指出他善于用动字，如"一只黑手捏杀了世界"，"风挟着木屑直往鼻眼里钻"，他自己也说"句子要深刻，但要深刻到家，深刻到浅易的程度"，并举他自己的诗句为例："黑夜的沉睡如同快活的死，早

---

❶ 《文学》3卷1号，《论新诗》。
❷ 见《文学》1卷5号。

晨醒来个奴隶的身子。"说"看来极平易，然而实在极不平易。"❶他做诗是认真"苦吟"的，而这也正是他有一些成功的基础。朱自清先生认为中国从他"才有了有血有肉的以农村为题材的诗。"说"他知道节省文字，运用譬喻，以暗示代替说明。"❷这些都是他底诗的特点。

抗战开始以后，臧克家就参加了前线生活，一连五年。这时期他的作品很多，如他自己说的，"我在民族革命的战场上歌唱"。他说：

> 五年的前线生活，从心境上分，可以截成两段。第一阶段：心里充满了热情、幻想和光明。这心境反映到诗上，显得粗糙、躁厉、虚浮和廉价的乐观，热情不应许你沉深、洗炼。《从军行》、《泥淖集》、《呜咽的云烟》中的诗大概可以这么说。《淮上吟》（包括《走向火线》）就比较精炼些了。后一阶段，热情凝固了，幻想破灭了，光明晃远了，代替了这些的是新的苦闷和郁抑。心，从波动中沉垂了下来。这个时期，回味体会了五年的战地经验，面对着眼前的世界，有时间给它们以较深沉的刻画。光明的，歌诵它，黑暗的，讽刺它；爱与憎，是与非，真理与罪恶，界限是分明的。在这一个时期，我写了几本诗：《黎明鸟》、《泥土的歌》、《第一朵悲惨的花》、《向祖国》和《古树的花朵》。❸

他是以"生命去倾注的唯一事业"的态度来做诗的，后来他把从《烙印》到《国旗飘在雅雀尖（一九四二）的诗集选过一部《十年诗选》，除长诗《淮上吟》，《向祖国》，《古树的花朵》及《感情的野马》未包括入外，可以算是他的代表作。在战争中，诗人唱出了这样的声音：

> 为了祖国，
> 把生活浸在苦难中，

---

❶ 《文学》3卷1号，《论新诗》。
❷ 朱自清《新诗杂话》《新诗的进步》。
❸ 臧克家《我的诗生活》第7节。

为了抗战

甘愿把身子供作牺牲。❶

《从军行》和《泥淖集》中的诗，大半是歌颂士兵和抗敌斗争的；象许多抗战初期的诗，热情充溢，却嫌不够深刻，长诗《淮上吟》写内地的广博和黄泛区遭水灾的人民的苦痛；《古树的花朵》写民族英雄范筑先的抗战事迹，他自己说"它是抗战以来第一篇试验的五千行英雄史诗，也是我生平最卖力气的一本东西"❷。他用全力来写一个能领导群众的新的英雄典型，他说这诗是他风格的转捩点；就词藻新鲜和多采用口语等特点说，是和以前不同了的。长诗《感情的野马》写的是爱情的故事，主角正是"带着笔部队上前线"的诗人；女的是"荣誉军人招待所"的所长，他想写几种人对于爱情的不同看法，而这诗人正是"把爱情神秘化，美化"了的一人，另外还有别的人物。诗写得很纯熟，但知识分子的情感太浓了，那些眼泪和欢笑都是一种过于细腻的感情。《十年诗选》中《泥土的歌》入选的很多，他自己最喜欢这集子；他说"《泥土的歌》是从我深心里发出来的一种最真挚的声音，我昵爱、偏爱着中国的乡村，爱得心痴、心痛，爱得要死，就像拜伦爱他的祖国的大地一样。我知道，我最合适于唱这样一支歌，竟或许也只能唱这样一支歌。"❸他以最大的热爱来歌咏他所熟知的农民，他们的生活和感情。也有写农村的恬静景色的，其中也浸润着他自己的感情。他说这是"用一支淡墨笔"写出来的；集中分《土气息》、《人型》、《大自然的风貌》三辑。共五十二首诗。下面是《反抗的手》一诗：

上帝，

给了享受的人

一张口；

---

❶ 臧克家《十年诗选·别潢川》。

❷ 臧克家《我的诗生活》第 7 节。

❸ 臧克家：《泥土的歌·序》。

给了奴婢

一个软的膝头；

给了拿破仑

一柄剑；

同时，

也给了奴隶们

一双反抗的手。

集中写的多是宁静的古老农村的面貌，写到斗争方面的比较少，因为他对成长中的农民底新的性格还不太熟悉。后来（1948）他自己批评说：

> 三十一年，那时候，解放的区域虽然还没有现在这么大，然而新的土地上却有新型的农民生长起来了。而且，田间，艾青以及别的许多诗人，已经用新的诗篇来歌颂新的农村，为新的生活而战斗了。一个诗人的眼睛不是为向后看而生长的。《泥土的歌》给人的是旧式农村的悲惨和死寂，而实际上，三十一年却是暴风雨的时代。同时，那种忧伤的情感和昂扬的斗争的真实，相去又多么远啊。……我爱农民，连他们身上的疮疤也感到亲切，但是，他们自己却不一定爱它；我把农村写得太平静了，我把农民写得太忠厚了，我在赞美着将要爆发的一座火山，用了"你看，它多么美丽而安静啊。"我没有写出农村的阶级对立，农民的反抗行为和意志，虽也有些近乎这样的东西，那都是观念化而不十分真挚的。漏去了这一些，实际上就失掉了封建农村本质的意义，也就失掉了农民的真正面目。❶

这批评表示了诗人自己思想上的进步，他对自己有了更高的和更严格的要求。一九四四年他在四十自寿诗《生命的春天》中就说：

---

❶ 《文艺生活选集》之四《创作经验》：臧克家：《关于〈泥土的歌〉的自白》。

我将用心去吸取生命的花朵，再酿造，
然后吐出来去营养别个，
我将用"手"治疗自己的
忧郁病，感伤病，神经病，心病——
知识分子病，
我高兴我可以舒舒坦坦的活着，
活在光明的照耀里，呼吸着群众
呼吸的气氛，我情愿卸下诗人的冠冕，
做一个平平常常的"人"。❶

这里可以看出他的要求进步的决心。在上面这些作品里，虽然还没有去掉如他所说的"知识分子病"，但爱和恨的分界是很分明的；他歌颂抗战，歌颂农民和士兵，诅咒侵略者和都市的寄生虫；而且能用朴素真实的形式表现出来，使人感到诚挚和亲切。在诗的结构布局和字句的锤炼上，他也下过细致精到的工夫，就诗的表现手腕说，是很成功的作家。

臧克家这时期有诗集《宝贝儿》、《生命的零度》和《冬天》。《宝贝儿》和《生命的零度》中的第一辑都是政治讽刺诗；诗句直接朴素，讽刺中带着强烈的愤怒。在《枪筒子还在发烧》一诗中，他说：

大破坏，还嫌破坏得不够彻底？
大离散，还嫌离散得不够惨？
枪筒子还在发烧，
你们又接上了火！
和平，幸福，希望，
什么都完结，
人人不要它，它却来了——
内战！

---

❶ 见《青年文艺》新1卷第3期。

这是善良的人民的控诉，是当时全国人民的反内战的声音。作者在《宝贝儿》的《代序》中说："这一年来，讽刺诗多起来了，这不是由于诗人们的忽然高兴，而是碰眼触心的事实太多，把诗人"刺"起来了。诗人们并不是不想歌颂光明——光明像流水泻下一样，都积汇到另一些地方去了。"国统区是没有光明的，诗人们的热情只能化为愤怒。《宝贝儿》就是愤怒的诗篇。《裁员》一首是写国民党政府裁减机关职员的，诗人说：

> 裁员，
> 应该先从他们开刀。

对于那些一贯地勾通敌伪和美帝来践踏人民的家伙们，是应该当作"战犯"来受人民的审判的。他们

> 渎职，贪污，假公济私，
> 忘了公仆的身份，
> 无法无天，自大自尊，
> 踏在民众——主人的头上，
> 把自己升成伟人。
> 裁掉这些枯朽的老干，
> 裁掉他们，一点也不冤！
> 裁掉他们，他们不仅是"冗员"，
> 而且在作着，勇敢地作着
> 作着神圣的事业一样
> 在制造罪恶卑污的事件！
> 裁了，还太便宜了他们！

在题名《宝贝儿》的那首诗中，诗人愤怒地列举了国民党反动派屡次撕坏"四项诺言"、"政协决定"、"停战协定"等等的血腥事实：

> 今天，什么也不要看了，

今天，什么也不要听了。
快快的，快快的，把它请出来，把它请出来——
千万人呼唤了千万遍的
那个"事实"的宝贝儿。

作者不大用轻微的嘲讽的手法，诗中都是愤怒的和抗辩的声音，是真挚的政治感情。《生命的零度》中也收了十首讽刺诗，如这样的句子：

这年头，那儿去找繁荣？
繁荣全个儿集中在战地；
这年头，什么都冰冷，
发热的只有枪筒子！ ❶

他说"我有太多的悲愤要把胸腔爆炸开呵，我有太多的感情要冲涌而出呵！"这就是他一定要写诗的原因。在表现方面，改变了过去的特别注意雕琢的作风，而倾向于自然朴素了。他在《生命的零度·序》中说：

雕琢了十五年，才悟得了朴素的美，从自己的圈套里挣脱出来，很快乐地觉得诗的田园是这么广阔！"生活得，斗争得，如同一个老百姓，最真挚的憎爱用最平易的字表现出来——表现得深，表现得有力，表现得美！"

除讽刺诗外，在《生命的零度》和《冬天》中也收有一些抒情诗和几首叙事诗。

（选自1982年11月上海文艺出版社版
《中国新文学史稿》上、下册）

---

❶ 臧克家《生命的零度·发热的只有枪筒子》。

现代中国诗选（节录）

（香港）张曼仪　等

臧克家，山东诸城人，毕业于青岛大学中国文学系，是闻一多的学生，当过中学教员。第一本诗集《烙印》出版于1934年。抗日战争爆发后，他在前线耽了五年，诗作很多。抗战末期返重庆，1949年后留在大陆，仍继续作诗，编诗及拿民歌体裁做写诗的试验。

臧克家作诗的态度，一向是非常严肃的。在《新诗片语》第五段里他说："诗里容不得虚假，一点浮矫的情感、一个生硬的事实（没深切透视过的）羼杂其中，明眼人会立刻给你个致命的挑剔。"❶同文第七节里，他又说："现在，我们向诗人要求的诗句不是外形的漂亮而是内在的'力'！因为时代是在艰困中，我们需要大的力量！力，不是从半空中掉下来的，他是从生活中磨出来的，所以，一个诗人必得认真生活，然后才能使得诗句光芒四射，烁烁迫人。"在对形式格律认真方面，他曾经受新月派的影响，可是在题材方面则倾向于写实。他擅长客观的描写，象矿工，神女，洋车夫和小工等下层阶级人物，都是他素描的对象。他的诗里没有爱情，也没有闲情；他认为当前的中国"需要一种沉重音节和博大调子的诗，这是惟有认真地体验生活才能获得的"。

臧氏的《烙印》、《罪恶的黑手》、《自己的写照》、《运河》等诗集都出版于抗战前。《烙印》一面世，就受到注意。闻一多在该书的序文

---

❶ 《现代》9卷2期（1937年8月）。

里，推许《生活》一诗，说它具有"顶真的生活的意义"。茅盾也称许他说："他不肯粉饰现实，也不肯逃避现实……他只是用明快而劲爽的口语来写作，也不用拗口的美丽的字眼。"❶他的诗不凑韵脚，但用字精炼，晓得"运用譬喻，以暗示代替说明"❷，《老马》一诗，就是一个好例子。另外一些抒情和写景的短诗，如《月》、《春在天涯》、《依旧是春天》、《生命的叫喊》和《古城的春天》，却有着一股浓重而含蓄的韵味，处处显露着古典文学训练的痕迹。一般来说，这时期的诗拘谨严肃有余，而开放不足，这是他自己也承认的。❸

臧克家诗里所表现的意识，是纯粹的中国人的意识，他对周围事物的看法，也是中国知识分子的看法。在《罪恶的黑手》序中他说及这诗集的倾向；"在外形上想脱开过份的拘谨，渐渐向博大雄健处走……内容方面竭力想抛开个人的坚忍主义而向着实际着眼。"在《罪恶的黑手》（1933）一诗里，他对在华的洋教会势力表示了厌恶。这是由于他观察了当时社会上不平等的现象，便用现实的、人性的、中国人的角度去评是非。在长诗《自己的写照》里他用年轻知识分子的眼光去看1927左右的混乱的时局，把他对时代从认识到觉醒而关注的心声写进诗里。虽然它里面的造句有着散文化的倾向，但以一篇长诗来说，段落的结构仍可说是相当严整的，尤其末段把时空扩大到古代和国外，以加重全诗背景的时间和地域意义，而营造起高潮，这样的写法，备见作者的匠心和功力。全诗在作者的觉醒下结束，使所提出的问题更形迫切。

抗日战争开始后，臧克家在前线逗留了五年，回顾这段时间的创作生活，他说："五年的前线生活，从心境上分，可以截成两段。第一段：心里充满了热情，幻想和光明。这心境反映到诗上，显得粗糙，躁厉，虚浮和廉价的乐观……《从军行》、《泥淖集》、《呜咽的云烟》中的诗大概可以这么说。……后一阶段，热情凝固，幻想破灭了，光明晃远了，代替了这些的是新的苦闷和郁抑。……回味体会了五年的

---

❶ 茅盾《一个青年诗人的烙印》，《文学》第1卷5期，1933年11月。

❷ 朱自清《新诗的进步》，见《新诗杂话》。

❸ 臧克家《我的诗生活》第5节，重庆读书出版社1945年5月再版。

战地经验，面对着眼前的世界，有时间给它们以较深沉的刻划。……在这一个时期，我写了几本诗：《黎明鸟》、《泥土的歌》、《第一朵悲惨的花》、《向祖国》和《古树的花朵》。"❶他又把《烙印》起至1942年各诗集的诗，选辑成《十年诗选》，除几首长诗未列入外，可算是他的代表作。

这时期的诗，题材上有歌颂士兵和抗战的，有写水灾区人民的痛苦的。《泥土的歌》里他写的是宁静的古老农村的面貌。诗人自己说："我昵爱，偏爱着中国的乡村，爱得心痴、心痛，爱得要死，就象拜伦爱他的祖国的大地一样。"❷又说："我爱农民，连他身上的疮疤也感到亲切。"❸短诗《三代》就是写农民和土地之间的关系，含蓄而深挚。在较长的诗里，为了注重明白晓畅，句法结构和用词方面则有散文化的倾向。《血的春天》的最末行：

> 那时候的春风将多么畅快，
> 从中原地面吹向关东，
> 吹向塞外，
> 无半点遮拦。

就是用散文般流畅的诗句，写出对祖国的爱和信心，和对胜利的展望。

在写成于抗战末年的《宝贝儿》、《生命的零度》(1947)等诗集里，诗人一方面仍然继续捕捉他那些"穷苦然而高尚的形象"❹，用同情的笔描绘写实的图画，另一方面则写了很多针贬社会和黑暗政治的讽刺诗。不过他不象袁水拍般善于机智地挖苦贪官污吏。他的口吻是义正辞严的。《发热的只有枪筒子》是热讽，《生命的零度》则是正面的，愤怒的谴责。在后一首诗里，诗人运用自由诗的体裁，用贴切的动字如"抓不到一个希望的武器"；用匀齐的叠句，如"一条条赤裸裸的身

---

❶ 臧克家《我的诗生活》第7节。
❷ 臧克家：《泥土的歌·序》。
❸ 臧克家《关于〈泥土的歌〉的自白》，见《文艺生活选集》之四《创作经验》。
❹ 见《生命的零度·序》。

子，一颗颗赤裸裸的心"，反语如："大上海是广大的，温暖的，明亮的，富有的"；用鲜明的意象，如"你们的身子象一支一支的温度表，一点一点地下降，终于降到了生命的零度"，把愤怒的主题发挥得淋漓尽致。诗人在这本集子的序里说："雕琢了十五年，才悟得了朴素的美！……生活得，斗争得，如同一个老百姓，最真挚的憎爱用最平易的字表现出来——表现得深，表现得有力，表现得美！"这位"以生命去倾注的态度去做诗"的苦吟者，在表现技巧上达到了看来平易而其实极不平易的境界。

作为一个诗人，臧克家不属于任何诗派。他的诗是植根于中国的泥土里的。朱自清在《新诗的进步》一文说自臧克家以来，新诗才有了有血有肉的以农村为题材的诗。而诗人后期的作品更反映了整个时代的动荡。他的作品没有绚烂的色彩，但有结实的生命力，对苦难的民族流露出息息相关的同情，他的诗是具有积极的人生和社会意义的。

（原载1974年香港大学出版社《现代中国诗选》）

中国新文学史（节录）

（台湾）周 锦

臧克家，是一个纯粹的中国诗人，他的作品表现着中国传统的风格，也散发着中国泥土的芳香。他在诗歌上的成就是惊人的，如果能安于作个诗人，一定可以为中国新文学放出异彩。可惜，诗人却牵连上政治，终于被无情的政治所利用，乃至于被政治气氛窒息了。

他是闻一多提拔出来的得意学生，当然受格律派的影响很大。不过，格律的限制，使臧克家的诗更美更纯，但没有带给他束缚。他在民国二十三年出版了第一本诗集《烙印》，收了二十二首诗，闻一多在序言中说："克家在《生活》里说：'这可不是混着好玩，这是生活。'这不啻给他的全集下了一道案语，因为克家的诗正是这样——不是'混着好玩'，而是'生活'。……克家的诗没有一首不具有一种极顶真的生活意义。"又说："孟郊的态度沉着而有锋棱，却最合于一个伟大的理想条件。克家如果跟着孟郊的指示去走，准没有错儿。"这也可以看出他的作品特色，以及在当时所得到的重视和期许。

不久，又出了第二本诗集《罪恶的黑手》，共收了十六首诗。对于这个诗集，他在自序里说："如果有人问这本诗比第一本进步了多少，那真是不容易爽口回答的……不过，从这本诗里可以看出我的一个倾向来：在外形上想脱开过分的拘谨，渐渐向博大雄健处走；……内容方面，竭力想抛开个人的坚忍主义而向着实际着眼。"他的作品是这样地改变着，但真正的改变却表现在以后的诗集里，这里只是一种"倾向"而已。

民国二十五年又出版了《运河》集，共收了二十四首诗，他在自序里说明这些作品，是"勇敢的去碰现实"。在这个集子之前，还出过一本《自己的写照》，是一首自传式的长诗，可以和他后来（民国三十一年）所写成的一本《我的诗生活》比照着读，可以帮助我们了解"诗人"的生活。

现在录下一首他的小诗《老马》，看一看他的风格——

> 总得叫大车装个够，
> 它横竖不说一句话；
> 背上的压力往肉里扣，
> 它把头沉重地垂下。
>
> 这刻不知道下刻的命，
> 它有泪只往心里咽；
> 眼前飘来一道鞭影，
> 它抬起头望望前面。

臧克家，于抗战开始后，参加了军中生活，五年的时间，体验很深，作品很多。他在潢川青年军团看到了华北流亡学生的爱国热忱，在台儿庄大捷中看到了国军的英勇作战，在鄂北战区的一个偶然机会中，与孙陵、姚雪垠去到了第一次随枣会战的最前线，这些都直接丰富了他的诗。民国三十一年写成的《我的诗生活》中，他在第七节里回忆着说：

"五年的前线生活，从心境上分，可以截成两段。第一阶段：心里充满了热情，幻想和光明。这心境反映到诗上，显得粗糙，躁厉，虚浮，和廉价的乐观，热情不应许你沉深，洗炼。《从军行》、《泥淖集》、《呜咽的云烟》中的诗大概可以这么说。《淮上吟》（包括《走向火线》）就比较精炼些了。后一阶段：热情凝固了，幻想破灭了，光明晃远了，代替了这些的是新的苦闷和郁抑。心，从波动中沉垂了下来。这个时期，回味体会了五年的战地经验，面对着眼前的世界，有时间给它们以较深沉的刻画。光明的，歌颂它；黑暗的，讽刺它；爱与憎，是与非，真理与罪恶，界限是分明的。这一个时期，我写了几本诗，《黎明鸟》,《泥土的歌》,《第一朵悲惨的花》,《向祖国》和《古树的花朵》。"

其中所提到的诗集,《黎明鸟》和《第一朵悲惨的花》未出版，分别附在其他的集子里。同时，除了这里所说到的，后来还有《感情的野马》、《宝贝儿》、《生命的零度》等诗集。

《从军行》和《泥淖集》中的诗，多是抗战初期的作品，以诗人的热情，歌颂着国军战士英勇抗战的事迹。

《呜咽的云烟》，是第一次随枣会战前后的作品，其中《呜咽的云烟》，就是去到最前线时，孙陵经军邮辗转收到哈尔滨寄到的家信，诗人喻为呜咽的云烟，有感而作。

《淮上吟》是一首长诗，写出了黄泛区的土地广大，和水灾的痛苦。

《泥土的歌》写的是农村景色，是诗人热爱着的故乡。他自己最喜爱这一个集子。他在序中说："泥土的歌是从我深心里发出来的一种最真挚的声音，我昵爱、偏爱着中国的乡村，爱得心痴、心痛，爱得要死，就象拜伦爱他的祖国的大地一样。我知道，我最适合于唱这样一支歌，竟或许也只能唱这样一支歌。"他说这是"用一支淡墨笔"写出来的，有农民的生活和情感，也有农村的恬静景色。共集了五十二首诗，区分为"土气息"、"人型"、"大自然的风貌"三个单元。

《向祖国》，是一首农民抗日的叙事长诗。

《古树的花朵》是一首五千行长诗，描写鲁西北聊城抗日英雄范筑先的英勇事迹——领导群众，组织民团，协助国军，保卫乡民，直至壮烈殉国的史诗。在《我的诗生活》第七节中，他说："它是抗战以来第一篇试验的五千行英雄史诗，也是我生平最卖力气的一本东西。"

《感情的野马》，是一首融合了战争与爱情的长诗，带有自传的性质。写得细腻纯熟，作品中的主角，正是"带着笔部队上前线"的诗人自己。

《宝贝儿》集中多是政治性的讽刺诗，他在集子的代序中说："这一年来，讽刺诗多起来了，这不是由于诗人们的忽然高兴，而是碰眼触心的事实太多，把诗人'刺'起来了。"

《生命的零度》，有抒情诗，有叙事诗，也有悲愤诗，作风趋向于自然朴素。在序中他说："雕琢了十五年，才悟得了朴素的美；从自己的圈套里挣脱出来，很快乐地觉得诗的田园是这么广阔！"

现在录下一些他的作品来看看，先看《兵车向前方开》，抗战初期的诗篇。——

　　耕破黑夜，
　　又驰去白日，
　　赴敌千里外，
　　挟一天风沙，
　　兵车向前方开。

　　兵车向前方开，
　　炮口在笑，
　　壮士在高歌，
　　风萧萧，
　　鬓影在风里飘。

再看《宝贝儿》集里《裁员》中的一段，是抗战后期的作品。——

　　渎职，贪污，假公济私，
　　忘了公仆的身份，
　　无法无天，自大自尊，
　　踏在民众——主人的头上，
　　把自己升成伟人。
　　裁掉这些枯朽的老干，
　　裁掉他们，一点也不冤，
　　裁掉他们，他们不仅是"冗员"，
　　而且在作着，勇敢地作着
　　作着神圣的事业一样，
　　在制造罪恶卑污的事件！
　　裁了，还太便宜了他们！

这时候的诗人已经接受了政治的诱惑，已经不再是抗战初期《别潢川》中"为了祖国，把生活浸在苦难中；为了抗战，甘愿把身子供作牺牲"的热情充溢了。虽然国家在最艰困的抗战阶段中挣扎，诗人却视而不见，充耳不闻地随着别有用心的政治人物乱起哄。

到抗战胜利后，由于自己的母亲在家乡遭到共产党的清算，逃到青岛过难民生活，他愤怒却又不敢说出来，这时候的情绪是抑郁而不稳定的。现在录下《生命的零度》里一首题名《发热的只有枪筒子》的句子来看一看——

> 这年头，那儿去找繁荣？
> 繁荣全个儿集中在战地；
> 这年头，什么都冰冷，
> 发热的只有枪筒子！

（节选自1977年台北长歌出版社《中国新文学史》
第四章，第五章）

中国现代文学史（节录）

唐 弢 严家炎 主编

　　中国诗歌会之外，臧克家是这个时期出现的，在诗坛上具有较大影响的诗人。他出生于山东诸城县的农村里，从小熟悉农村，热爱农民，所以他的诗篇多为歌唱农村之作。一九三三年《烙印》出版，翌年又出版《罪恶的黑手》。这正是"现代派"颓废诗风遭到读者厌弃的时候，臧克家的描写农民形象和乡村景色的诗篇为诗坛吹来一阵清新的风，因此立刻引起文学界的注意和重视，并且为新诗反映农村生活开拓了崭新的天地。

　　臧克家的诗有其独特的风格。他不用柔曼的音调来诉说个人的哀乐，也很少用热烈的呼声来抒发对于旧世界的愤懑，而是以经过锤炼的诗句，抒写旧中国农民的苦难与不幸，勤劳与坚忍，让读者从咀嚼和回味中体会诗人深沉的感情。《难民》和《老哥哥》写出农民悲痛的遭遇，《村夜》和《答客问》描绘了三十年代前期北方农村的动乱，语多含蓄，笔有藏锋。诗人有时也以暗喻的手法，以启发人们的深思，例如收在《烙印》里的《老马》：

> 总得叫大车装个够，
> 它横竖不说一句话，
> 背上的压力往肉里扣，
> 它把头沉重地垂下！

这刻不知道下刻的命，
它有泪只往心里咽，
眼里飘来一道鞭影，
它抬起头望望前面。

这里歌咏的是一匹老马，轭下的生活却象征地概括了多少年来农民背上的苦难的重荷。全诗朴素凝炼，间行押韵，音响沉着而又不流于板滞。《歇午工》和《洋车夫》发表当初都曾传诵一时。《洋车夫》刻画入微，结尾处突然发问，使全部描写集中在一点上，读来使人从心底里感到痛楚。《歇午工》更是独具匠心之作，出语清新，造境浑朴，虽然把生活写得过于无忧无虑，全诗主旨却仍然是对劳动的赞美和歌颂。

臧克家热爱劳动人民，有时不免把他们的缺点也当作美德来歌颂，例如对农民的坚忍就有揄扬过分之处。不过诗人也有一些迸发着反抗火花的诗篇。臧克家曾亲自参加一九二六至一九二七年的大革命，革命失败后度过一段流亡生活，这使他能够在表面平静的土地上看出斗争的波澜。虽然《生活》一篇极受闻一多的称道，但诗人笔下的现实并不是永远灰暗的，他曾以富有浪漫主义气息的诗篇预告了革命的即将到来。《天火》、《不久有那么一天》、《罪恶的黑手》就正是这样的诗篇。在《天火》里，诗人对"要从死灰里逼出火星"的反动统治者提出警告："到了那时你得去死，宇宙已经不是你的"；在《不久有那么一天》里，他告诉人们："暗夜的长翼底下，伏着一个光亮的晨曦"，而不久就会有那么一天："宇宙扪一下脸，来一个奇怪的变！"

《罪恶的黑手》一诗揭穿了帝国主义掩盖在宗教外衣下的罪恶实质，也热情歌颂了工人群众的伟大变革力量。帝国主义者在都市的道旁修建教堂，想用宗教来麻醉群众。但是"神圣的教堂"只是那些"手上还留着血的腥臭"的屠伯们，或者是那些"在现世享福还不够，为来世的荣华到此苦修"的寄生虫们去的地方；而这，与眼前的这一群工人是无干的："他们在一条辛苦的铁鞭下，只忙着去赶契约上的时间"。大海会起风暴，古井会出波涛，工人们驯服的日子是不会长久的。那时他们会

　　　　用蛮横的手撕碎了万年的积卷，
　　　　来一个无理性的反叛！

"太阳"也会"落到了罪人的头上"。诗人的预言不是一个缥缈的空想，这是有现实生活作为基础的，所以它是那样理直气壮而富于感人力量。

　　《罪恶的黑手》结构绵密匀称，形象鲜明生动，在和谐的韵律里有着奔放自如的气势。作者说他是在"内容方面，竭力想抛开个人的坚忍主义而向着实际着眼"，"在外形上想脱开过分的拘谨向博大雄健处走"❶。除以上诸诗外，长诗《自己的写照》通过诗人自己的生活道路，在较为广阔的范围内反映了曲折前进的时代风貌，也是臧克家本时期的一篇优秀诗作。臧克家后来曾回顾说："一个诗人把他全灵魂注入的诗，才能成为好诗。"❷这句话有助于人们去理解诗人投入创作时的严肃的态度。

377

　　前一时期创作了《烙印》、《罪恶的黑手》等重要诗集的臧克家，抗战开始后带着充沛的热情写下大量诗歌。《从军行》、《泥淖集》、《呜咽的云烟》等集子，是较早的收获。作者当时正以文化工作者的身份，亲历着前方的战斗生活，他感受到时代的伟大精神，渴望自己的诗歌能随着战斗生活的深入，更好地表达出时代的声音。他在战时第一首诗《我们要抗战》中即曾写道："诗人呵，请放开你的喉咙，除了高唱战歌，你们的诗句将哑然无声"。他这时的诗歌，自然地反映着热烈兴奋的情绪，充满着战斗的希望和信心；又由于他在前方目睹了战士的牺牲，人民的痛苦，以至汉奸的无耻，所以诗作中又时而流露出悲痛和愤慨的心情。《伟大的交响》、《血的春天》等都是较感人的作品。前方的实际斗争生活，还给他的诗作带来另一个重要的内容，就是真切地表露着对于祖国命运的责任感和战斗抱负。在不少诗作中，他对自己，也对青年战友们，提出了热诚的勉励。他在《别潢川》中写道：

---

❶ 《〈罪恶的黑手〉序》。
❷ 《〈十年诗选〉序》。

"为了祖国，把生活浸在苦辛中，为了抗战，甘愿把身子供作牺牲。"
其他如《换上了戎装》、《为斗争我们分手》、《匕首颂》、《祖国叫我们
这样》等，都表现了这种战斗的意气。这些诗集，具有作者一贯的创
作特点，如比较注意诗歌的形象等，同时也如抗战初期不少诗歌那样，
由于形势发展的急促，字句上一时未能从容锤炼。作者以后曾严格地、
详细地谈到这些诗歌存在着深入生活和艺术琢磨两方面的不足❶，但应
该说，它们虽不象作者前期诗歌那样精细、凝炼，却也别有长处，大
体上比较奔放流畅，富于抒唱的意味，语言也较朴素。

《淮上吟》包括长诗两首，纪录下作者一个时期的实际斗争生活，
艺术上较为精炼。

作者自己比较重视的是稍后的诗集《泥土的歌》和长诗《古树的
花朵》等。《泥土的歌》分三部分：《土气息》、《人型》、《大自然的风
貌》，共五十二首，作者日后曾称它"是我从深心里发出来的一种最真
挚的声音"❷。还曾写道："我就在这样乡村里，从农民的饥饿大队中，
从大自然的景色中，长成的一个泥土的人"❸。这些诗歌不同于上述诗
集，而与前期《烙印》等集诗作相似，抒写的是农村的生活，农民的
命运。由于作者的笔触回到他最熟悉、热爱的题材中，诗句大多具有
生动的形象，感情也较真挚、沉凝。如《手的巨人》、《海》等，都倾
注了对农民深切的爱。但《泥土的歌》中又的确表现了比较古旧的感
情，作者在《序句》中虽然提到"有愁苦，有悲愤，有希望，也有新
生"，然而，诗歌中的希望、新生，大多还是比较模糊的期望，对农民
的歌颂，也较多停留在传统美德、甚或某些在新时代中应该变化了的
东西上，如近乎无抵抗的"牺牲"，沉默被动的命运等。正象作者在《海》
中写的："我爱那红的心，黑的脸，连他们身上的疮疤，我也喜欢。"
它们缺少在当时激烈斗争形势下产生的新的性格。作者本人后来曾几
次谈到这个局限，指出"那种忧伤的情感，和昂扬的斗争的真实，相
去又多么远啊……"❹。《古树的花朵》是作者花了很多精力创作的五

---

❶❷ 臧克家:《十年诗选·序》。

❸ 《泥土的歌·当中隔一段战争》。

❹ 《关于〈泥土的歌〉的自白》，见《文艺生活选集》之四《创作经验》智源书局1949年11月版。

千行长诗，如《序》所说，诗中的主人公范筑先是诗人"用自己的心血塑成的一个艺术上的人物"，这是在山东省坚决抗日的军人，长诗歌颂了他组织群众、团抗结日部队、坚持战斗、最后牺牲的史实。诗歌感情庄严深切，格式比较自由。但长诗创作，正当皖南事变发生不久，蒋介石反共高潮之中，这一重要的历史特点，未在长诗中得到必要的反映，对于蒋介石政府的认识不符时代实际，真正的抗日力量也未得到表现。这些极大地影响了作品的历史真实性。同时创作的还有《向祖国》集，收叙事长诗六首，其得失也同《古树的花朵》相似。

臧克家继《泥土的歌》之后写作了诗集《宝贝儿》、《生命的零度》和《冬天》。《宝贝儿》出版于一九四六年，收政治讽刺诗十七首。《生命的零度》出版于一九四七年，收短诗和长诗共二十九首，其中第一辑十首全是政治讽刺诗。同年出版的《冬天》，收抒情诗十九首，其中不少诗属于政治抒情诗。现实中扑鼻而来的奇臭掩盖了泥土的芳香，血和斗争"已经驱逐了田园诗"❶。诗人自觉地用诗歌参与了那时光明与黑暗的斗争，用火与剑似的诗句"向黑暗的'黑心'刺去"❷。诗人根据现实中发生的许多丑得不堪入目、臭得令人掩鼻的事件，写出了《胜利风》、《人民是什么》、《枪筒子还在发烧》、《裁员》、《宝贝儿》、《谢谢了'国大代表'们!》、《'警员'向老百姓说》、《发热的只有枪筒子》、《生命的零度》等许多讽刺诗篇，表达了对黑暗现实的强烈憎恨，愤怒地鞭挞了国民党统治集团祸国殃民的反动行径。在《胜利风》一诗中作者写道：

> 政治犯在狱里，
> 自由在枷锁里，
> 难民在街头上，
> 飘飘摇摇的大减价旗子，
> 飘飘摇摇的工商业，

❶ 臧克家：《叫醒——给南国的一个陌生的农家的女孩子》，《冬天》第54页。
❷ 臧克家：《向黑暗的"黑心"刺去》，《新华日报》1945年6月14日。

这一些，这一些点缀着胜利。❶

这是对抗战胜利后国统区社会面貌的真实写照，也是对国民党标榜"民主、自由、繁荣、富强"的尖锐讽刺。在诗人笔下，反动派下死劲喧嚷的"民主自由"，只不过是"挡不得雨，也遮不了风"的"破草棚"❷。统治者的"炫人眼目的那些什么告，什么书"，尽管"美丽得象一朵纸花"，但是"好话说三遍狗也不嫌气"、"画的饼儿充不了饥"，人们只相信"事实"才是真正的"宝贝儿"。自然，诗人十分明确，在反动统治下这样的"宝贝儿"不可能"请出来"，诗歌只是揭穿反动派用谎言编织的面纱，还它狰狞丑恶的面目。《枪筒子还在发烧》一诗写道：

掩起耳朵来，
不听你们大睁着眼睛说的瞎话，
癞猫屙了泡屎，
总是用土盖一下。
⋯⋯
大破坏，还嫌破坏得不够彻底？
大离散，还嫌离散得不够惨？
枪筒子还在发烧，
你们又接上了火！
和平，幸福，希望，
什么都完整，
人人不要它，它却来了——
内战！❸

在迅速反映现实方面，在政治性和艺术性相结合取得较好成果方

---

❶ 臧克家：《宝贝儿》第4—5页。
❷ 臧克家：《破草棚》，《宝贝儿》第51页。
❸ 《宝贝儿》第19—20页。

面，臧克家的政治讽刺诗和袁水拍的政治讽刺诗是相似的，但两者的诗歌创作风格则不一样。《马凡陀的山歌》往往寓讽刺于叙事之中，比较接近叙事诗；《宝贝儿》、《生命的零度》则充满浓郁的抒情色彩，诗人火一样的热情熔化在诗中，既是政治讽刺诗，也是政治抒情诗。如《裁员》、《发热的只有枪筒子》、《生命的零度》等许多诗篇都是诗人对黑暗现实强烈的憎恨和愤怒的控诉。

为了便于群众接受，臧克家在创作政治讽刺诗时改变了过去注重雕琢近于典雅的诗歌语言风格，力图把诗句写得朴素自然。他说："雕琢了十五年，才悟得了朴素的美，从自己的圈套里挣脱出来，很快乐的觉得诗的田园是这么广阔！" ❶《谢谢了'国大代表'们！》、《"警员"向老百姓说》等诗篇都是运用通俗的群众语言对国民党的假民主真独裁作了无情的揭露和辛辣的讽刺。

除了政治讽刺诗外，臧克家继续写抒情诗和叙事诗。诗集《冬天》和《生命的零度》中的第三辑主要是抒情诗，《生命的零度》中第三辑是叙事诗。这些诗都寄托了作者对黑暗的愤懑和对光明的向往。在《冬天》一诗中诗人描绘"整个中国的土地，土地上所有的人民，一齐冻结在冰冷之中了"，大地"破碎"、"颓败"、"凋零"，但诗人坚信："这该是最后的一个严冬" ❷。

（原载唐弢严家炎主编《中国现代文学史》第二、三册，
人民文学出版社1979年11月、1980年12月版）。

❶ 《生命的零度·序》。
❷ 《冬天》第8页。

《烙印》序

闻一多

　　克家催我给他的诗集作序，整催了一年。他是有理由的。便拿《生活》一诗讲，据许多朋友说，并不算克家的好诗，但我却始终极重视它，而克家自己也是这样的。我们这意见的符合，可以证实，由克家自己看来，我是最能懂他的诗了。我现在不妨明说，《生活》确乎不是这集中最精彩的作品，但却有令人不敢亵视的价值，而这价值也便是这全部诗集的价值。

　　克家在《生活》里说：

　　　　这可不是混着好玩，这是生活。

这不啻给他的全集下了一道案语，因为克家的诗正是这样——不是"混着好玩"，而是"生活"。其实只要你带着笑脸，存点好玩的意思来写诗，不愁没有人给你叫好。所以作一首寻常所谓好诗，不是最难的事。但是，作一首有意义的，在生活上有意义的诗，却大不同。克家的诗，没有一首不具有一种极顶真的生活的意义。没有克家的经验，便不知道生活的严重。

　　　　一万支暗箭埋伏在你周边，
　　　　伺侯你一千回小心里一回的不检点。

这真不是好玩的。然而他偏要。

> 嚼着苦汁营生，
> 像一条吃巴豆的虫。

他咬紧牙关和磨难奋斗，他还说，

> 同时你又怕克服了它，
> 来一阵失却对手的空虚。

这样生活的态度不够宝贵的吗？如果为保留这一点，而忽略了一首诗的外形的完美，谁又能说是不合算？克家的较坏的诗既具有这种不可亵视的实质，他的好诗，不用讲，更不是寻常的好诗所能比拟的了。

所谓有意义的诗，当前不是没有。但是，没有克家自身的"嚼着苦汁营生"的经验，和他对这种经验的了解，单是嚷嚷着替别人的痛苦不平，或怂恿别人自己去不平，那至少往往像是一种"热气"，一种浪漫的姿势，一种英雄气概的表演，若更往坏处推测，便不免有伤厚道了。所以，克家的最有意义的诗，虽是《难民》，《老哥哥》，《炭鬼》，《神女》，《贩鱼郎》，《老马》，《当炉女》，《洋车夫》，《歇午工》，以至《不久有那么一天》和《天火》等篇，但是若没有《烙印》和《生活》一类的作品作基础，前面那些诗的意义便单薄了，甚至虚伪了。人们对于一件事，往往有追问它的动机的习惯（他们也实在有这权利），对于诗，也是这样。当我们对于一首诗的动机（意识或潜意识的）发生疑问的时候，我很担心那首诗还有多少存在的可能性。读克家的诗，这种疑问永不会发生，为的是有《烙印》和《生活》一类的诗给我们担保了。我们再从历史中举一个例。如作《新乐府》的白居易，虽嚷嚷得很响，但究竟还是那位香山居士的闲情逸致的冗力（Suyplus energy）的一种舒泄，所以他的嚷嚷实际只等于猫儿哭耗子。孟郊并没有作过成套的《新乐府》，他如果哭，还是为他自己的穷愁而哭的次数多，然而他的态度，沉着而有锋棱，却最合于一个伟大的理想的条件。

383

除了时代背景所产生的必然的差别不算，我拿孟郊来比克家，再适当不过了。

谈到孟郊，我于是想起所谓好诗的问题。（这一层是我要对另一种人讲的！）孟郊的诗，自从苏轼以来，是不曾被人真诚的认为上品好诗的。站在苏轼的立场上看孟郊，当然不顺眼。所以苏轼诋毁孟郊的诗。我并不怪他。我只怪他为什么不索性野蛮一点，硬派孟郊所作的不是诗，他自己的才是。因为这样，问题倒简单了。既然他们是站在对立而且不两立的地位，那么，苏轼可以拿他的标准抹杀孟郊，我们何尝不可以拿孟郊的标准否认苏轼呢？即令苏轼和苏轼的传统有优先权占用"诗"字，好了，让苏轼去他的，带着他的诗去！我们不要诗了。我们只要生活，生活磨出来的力，像孟郊所给我们的，是"空螯"也好，是"蜇吻涩齿"或"如嚼木瓜，齿缺舌敝，不知味之所在"也好，我们还是要吃，因为那才可以磨练我们的力。

那怕是毒药，我们更该吃，只要它能增加我们的抵抗力。至于苏轼的丰姿，苏轼的天才，如果有人不明白那都是笑话，是罪孽，早晚他自然明白了。早晚诗也会

扣一下脸，来一个奇怪的变！

一千余年前孟郊已经给诗人们留下了预言。

克家如果跟着孟郊的指示走去，准没有错。纵然像孟郊似的，没有成群的人给叫好，那又有什么关系？反正诗人不靠市价做诗。克家千万不要忘记自己的责任。

闻一多谨识。民国二十二年七月

（选自1934年7月开明书店《烙印》）

一个青年诗人的《烙印》

茅 盾

　　诗集《烙印》，是青年诗人臧克家的第一次收获，小小的一册，共收诗二十二首。出版人是王剑三，代售处是各大书局，定价四角。王剑三就是王统照，他并不是什么书店的老板，《烙印》不得不由他个人出资刊印，很可以想起这部诗集曾经遭受了书店老板的白眼，在这年头儿，一位青年诗人的第一本诗集要找个书店承印出版，委实不容易呵！

　　而在《烙印》，这困难一定是加倍的。因为全部二十二首诗没有一首诗描写女人的"酥胸玉腿"，甚至没有一首诗歌颂恋爱。甚至也没有所谓"玄妙的哲理"以及什么"珠圆玉润"的词藻！《烙印》的二十二首诗只是用了素朴的字句写出了平凡的老百姓的生活。这样的一本诗集，当然是书店老板们所看不上眼的。

　　《烙印》有闻一多的一篇序。让我们先来看一看这位《死水》的作者对于《烙印》的意见。

　　在这序中，开首就引了《烙印》作者的一首题为《生活》的诗里的一句话，"这可不是混着好玩，这是生活"，以为这不啻给他（臧克家）的全集下了一道案语，"因为克家的诗正是这样——不是混着好玩，而是生活。"因为"作一首寻常所谓好诗，不是最难的事；但是做一首有意义的，在生活上有意义的诗，却大不同。克家的诗，没有一首不具有一种极顶真的生活的意义。没有克家的经验，便不知道生活的严重。"诚然！读了诗集《烙印》以后，我也深切地感到作者并没"存点好玩的意思来写诗"，作者的创作态度是够严肃的，而也因为这一点，我对于诗集《烙印》起了"不敢亵视"之感，我相信在目今青年诗人中，《烙印》的作者也许是最优秀中间的一个了；但是，我不能完全赞同闻一多对于"有意义的，在生活上有意义的诗"的评价，这评价是怎样的呢？《烙印》的序里有一段话不可不抄过来看一看：

"所谓有意义的诗，当前不是没有。但是，没有克家自身的'嚼着苦汁营生'的经验，和他对这种经验的了解，单是嚷嚷着替别人的痛苦不平，或怂恿别人自己去不平，那至少往往像是一种'热气'，一种浪漫的姿势，一种英雄气概的表演，若更往坏处推测，便不免有伤厚道了。所以克家的最有意义的诗，虽是《难民》，《老哥哥》，《炭鬼》，《神女》，《贩鱼郎》，《老马》，《当炉女》，《洋车夫》，《歇午工》，以至《不久有那么一天》和《天火》等篇，但是若没有《烙印》和《生活》一类的作品作基础，前面那些诗的意义便单薄了，甚至虚伪了。"

在这里，闻诗人的意思很明显，克家的有意义的，在生活上有意义的诗篇，是幸赖有《生活》，《烙印》一类诗篇内所表现的意识情感——生活观，作为基础的。好！我们现在就来研究研究《生活》和《烙印》等诗篇。

《生活》是一首较长的诗，都共三十七行。我们的青年诗人在这诗里"沉着而有锋棱地"唱着：

> 这可不是混着好玩，这是生活，
> 一万支暗箭埋伏在你周边，
> 伺候你一千回小心里一回的不检点。

诗人眼中的"生活"就是险恶可怕， "真不是好玩的，"然而诗人没有感伤，他不回顾，他知道"过去可喜的一件一件""记起来全是黑影一片，"然而他说：

> 唯有这是真实，为了生活的挣扎，
> 留在你身上的沉痛。
> 它会教你从棘针尖上去认识人生，

从一点声响上抖起你的心，
（那怕是春风吹着春花）
像一员武士在嘶马声里想起了战争。
那你再不会合上眼对自己说：
"人生是一个无据的梦。"

那么，"人生"是什么呢？"人生"的目的何在？诗人可就没有说出来。他只是坚决地说：

在人生的剧幕上，你既是被排定的一个角色，
就当拼命的来一个痛快。

并且我们这位青年诗人还是英雄地欢迎"磨难"，我们看他"沉着而有锋棱地"再说：

你既胆敢闯进这人间，
有多大本领，不愁没处施展，
当前的磨难就是你的对手，
运尽气力去和它苦斗，
累得你周身的汗毛都擎着汗珠，
但你须咬紧牙关不敢轻忽；
同时你又怕克服了它，
来一阵失却对手的空虚。

这样"活着带一点倔强"的诗人可不是寄托勇气于什么"希望"的。他说：

希望是乌云缝里的一缕太阳，
是病人眼中最后的灵光，
然而人终须把它来自慰，
谁肯推自己到绝境的可怜？

这还不够。在另一首题名为《希望》的诗里，我们的青年诗人吐供了他对于"希望"的见解：

> 自从宇宙带来了缺陷，
> 人类为了一种想念发狂，
> 精神上化出了一个影象，
> 那就是你——美丽的希望。
> ……
> 你老是发着美丽的大言，
> 从来不知道什么叫红脸。
> 人类追着你的背影乞怜，
> 你从不给他们一次圆满，
> ……
> 我们情愿痴心听从你，
> 脸前的丑恶不拿它当回事，
> 你是一条走不完的天桥，
> 从昨天度到今天，从今朝再度到明朝。

不是很显明么，诗人虽然想"从棘针尖上去认识人生"，虽然想"拼命的来一个痛快"，虽然抓住了"美丽的希望"，"脸前安个明天"，"现在苦死了也不抱怨"，可是"人生"的真义到底是什么，"拼命"的对象又是什么，而"美丽的希望"是怎样一个面目，我们的诗人没有告诉我们明白。尤其在《希望》一诗中，我们感到了诗人的无可奈何聊以自慰的情绪。我们再看《烙印》还有那么一首《变》：

> 痛苦在我心上打个"印烙"，
> 刻刻警醒我这是在生活。（《烙印》）
> 低头我在黑影中哭着找——
> 半截的心弦上挂满了心跳，
> 然而我还有勇气往下看，
> 我拭干眼泪瞅着你们变。（《变》）

我们了解这位诗人时时在严肃地注视"现实"，时时准备担负"现实"将要给予他的更多的痛苦，而不一皱眉毛；这样的"生活态度"，是可贵的，但是诗人对于"现实"的认识以及愿望，依然没有表白出来。不"逃避现实"，是好的；然而只是冷静地"瞅着变"，只是勇敢地"忍受"，我们尚嫌不够，时代所要求于诗人者，是"在生活上意义更重大的"积极的态度和明确的认识。

由此可知《生活》和《烙印》等篇虽则是克家的全部诗篇的"基础"，然而这"基础"实在妨碍了克家，使他的诗不能对于"生活"尽更大的贡献。

我们再举一首题为《像粒砂》的小诗来看一看：

> 像粒砂，风挟你飞扬，
> 你自己也不知道要去的地方，
> 不要记住你还有力量，
> 更不要提起你心里的那个方向。
>
> 从太阳冒红，你就跟了风，
> 直到黄昏抛下黑影，
> 这时，天上不缀一颗星，
> 你可以抱紧草根静一静。

这首诗是值得注意的。因为我们从这首诗里看出了诗人的悲哀——在对"生活"高唱"拚命的来一个痛快"时，诗人的内心是悲哀。而这悲哀也就是他的弱点："不要记住你还有力量，更不要提起你心里的那个方向"。而这样的悲哀也不是我们这位青年诗人所独有的。现时代的知识分子（多少还想朝光明走的知识分子）大部分有这样的悲哀。把这首诗和《生活》，《烙印》，《希望》，《变》等篇合看，我们对于克家就更能了解：他是一位不肯逃避现实的人，他有和"磨难"去苦斗的意志，但是他又不敢确信自己的力量和自己的方向，而他这"不敢确信"就因为他对于现实还没有确切的认识。这从他的几首"有意义"的诗，例如《天火》和《不久有那么一天》，也可以看出来。《天火》

和《不久有那么一天》都表示了对于"未来"的希望：

> 暗夜的长翼底下，
> 伏着一个光亮的晨曦。

但是这"光亮的晨曦"和不久会有的"那么一天"，在诗人的笔下只是空洞的"和平"。即在那"写实"的《炭鬼》中，也只说：

> 别看现在他们比猪还蠢，
> 有那一天，心上迸出个突然的勇敢，
> 捣碎这黑暗的囚牢，
> 头顶落下一个光天。

在这里，诗人的"观察"就有缺陷，因为"突然的勇敢"于今早普遍地迸发，初不待于"有那么一天"。又如《都市的夜》没有把都市的黑暗有力地揭发出来。只是"对着这样的繁华闭上了眼"是没有用的。《神女》是一首好诗，从第一章至第四章写的好像是一个"没有灵魂的人"，可是第五章一转，她还有她自己的灵魂，于是我们对于这样的"神女生涯"（如第四章所写）只有同情，更没有蔑视了，克家的诗才如何，在这一首诗就充分可以看见。我们再举那首《歇午工》来看一看：

> 放下工作，
> 什么都放下了，
> 他们要睡——
> 睡着了，
> 铺一面大地，
> 盖一身太阳，
> 头枕着一条疏淡的树荫，
> 这个手搭上了那个胸膛。
> 一根汗毛，

挑一颗轻盈的汗珠，
汗珠里亮着坦荡的舒服。
阳光下，铁色的皮肤上，
开一大片白花，
粗暴的鼾声扣着，
呼吸的匀和。
沉睡的铁翅盖上了他们的心，
连个轻梦也不许傍近，
等他们静静地，
睡过这困人的正晌，
爬起来，抖一下，
涌一身新的力量。

这首诗写劳动者静的姿态，可称"诗中有画"。把这一首和《当炉女》同看，我们便可以想像到作者虽然在《天火》等诗篇里写的有那样的思想，可是他在观察劳动者描写劳动者的时候，他是一个完全超然的"艺术家"；他拿着他的"诗的照相机"，在人生中拣取"风景线"，答的一下拍了下来时，他是超然的第三者的风度。因而他的诗就缺乏一种"力"，一种热情。例如那首《难民》，也许作者写时很用力，（我们可以相信他曾经用过力），然而读者不能感到激动。

在自由主义者的诗人群中，（如果这"群"字不算夸大），我以为《烙印》的作者是最值得注意的一个。因为他不肯粉饰现实，也不肯逃避现实，他说：

应当感谢我们的仇敌。
他可怜你的灵魂快锈成了泥，
用炮火叫醒你，
冲锋号鼓舞你。（《忧患》）

而且因为他只是用明快而劲爽的口语来写作，他不用拗口的"美丽的字眼"，他不凑韵脚（《神女》和《歇午工》等篇就给了我们保证）。

也许不久会有那么一天，生活的煎熬使他不再"像粒砂"，使他接受了前进的意识，使他立定了脚跟，那时候，在生活上真正有重大意义的诗会在他笔下开了花罢。我们是这样期待着！

（原载1933年11月1日《文学》第1卷第5号）

臧克家的《烙印》

老　舍

批评家须随着作品走，不许用自己的成见拦头一杠子。批评不是打杠子。我知道这个，可是我办不到这一步。我多少有些成见，这是一；我太性急，没有耐心法儿细读烂咽，这是二。有此二者，所以永远不说带批评味儿的话。得罪人还事小，不公平便连自己也对不起。闭口不言，倒也逍遥自在。

久闻克家的诗名，今天得读他的《烙印》，破例要说上三言五语。为何要破例？自有原因，恕不告诉。

《烙印》里有二十多首短诗，都是一个劲，都是像"一条巴豆虫嚼着苦汁营生"的劲。真希望他给点变化，可是他既愿一个劲，谁也没办法；况且何等的一个劲！不是捧事，我爱这个劲这个劲；不是酸溜溜的，最恨酸溜溜的调货；不吃饺子专喝醋，没劲！设若我能管住生命，我不愿它又臭又长，如潘金莲女士之裹脚条；我愿又臭又硬。克家是否臭？不晓得。他确是硬，硬得厉害。自然这个硬劲里藏着个人主义的一些石头子儿。"什么都由我承当"，是浪漫主义里那点豪气与刚硬。可是这并不是他个人的颂赞，不是众人皆软我独刚的表示。他的世界是个硬的，人也全是硬的，硬碰硬便是生活，而事实上大家也确是在那儿硬碰。碰的结果如何？克家没说。他不会作梦。他是大睁白眼的踱开大步朝前闯；不这么着可又怎样？细想起来，就是世界到了极和平极清醒的时候，生命还不是个长期的累赘？大概硬干的劲永远不应当失去，不过随着物质的条件而硬得不同程度便了。克家是对现在的世界与人生决定了态度，是要在这黑圈里干一气。别的，他没说，顶好也就别再追问。黄莺不是画眉；鸭子上树是抱上去的。

真的，他这些诗确是只这么一个劲。甚至于为唱这个而牺牲了些形式之美。他的句子有极好的，有极坏的，他顾不及把思想与感情联成一片能呼吸的活图画；在文字上他也是硬来。《渔翁》的图画不坏，《歇午工》便更好了，可是《难民》有多么笨，多么空虚。还是《希望》与《生活》好些，因为这两处根本是说他的态度，用不着什么修饰；里边也有些喻拟，不甚高明。至于句子，长短的不齐倒没什么关系；他的韵押得太勉强。这些挑剔是容易的，因而也就没多大价值；假如他不是自狂自大的人，他自会改了这些小毛病。

最可爱的地方是那点有什么说什么的直爽——虽然不都干脆。旧诗里几乎不易找到这个劲。设若多数旧诗是有味没字，克家是有字而欠点味。味儿不难找，多唱就是了。也许他是故意要有字没味，君不见"一轮明月哟"也是有味没字吗？

（原载1933年11月1日《文学》第1卷第5号）

中国社会科学院
文学研究所 总纂

冯光廉 刘增人 编

ZANGKEJIA YANJIUZILIAO

臧克家研究资料（下）

中国文学史
资料全编

现代卷

知识产权出版社

内容提要

臧克家，我国现代著名诗人。本书分传略·年表，创作自述，研究论著选编，著作、研究资料目录等四个部分，全面收集了关于臧克家的研究资料。

责任编辑：马　岳　　　　　　责任校对：韩秀天
装帧设计：段维东　　　　　　责任出版：卢运霞

图书在版编目（CIP）数据

臧克家研究资料 / 冯光廉，刘增人编. —北京：知识产权出版社，2009.10
（中国文学史资料全编·现代卷）
ISBN 978-7-80247-791-9
Ⅰ . ① 臧… 　Ⅱ . ① 冯… 　② 刘… 　Ⅲ . ① 臧克家（1905～2004）—
人物研究 　② 臧克家（1905～2004）—文学研究 　Ⅳ . ① K825.6 　② I206.7
中国版本图书馆 CIP 数据核字（2009）第 178241 号

中国文学史资料全编·现代卷

臧克家研究资料（下）

冯光廉　刘增人　编

出版发行：**知识产权出版社**

社　　址：北京市海淀区马甸南村 1 号		邮　　编：100088	
网　　址：http://www.ipph.cn		邮　　箱：bjb@cnipr.com	
发行电话：010-82000860 转 8101/8102		传　　真：010-82005070/82000893	
责编电话：010-82000860 转 8171		责编邮箱：mayue@cnipr.com	
印　　刷：北京市凯鑫印刷有限公司		经　　销：新华书店及相关销售网点	
开　　本：720mm×960mm 　1/16		印　　张：50	
版　　次：2010 年 2 月第一版		印　　次：2010 年 2 月第一次印刷	
字　　数：775 千字		定　　价：102.00 元（上、下）	

ISBN 978-7-80247-791-9 / K·037（2639）

文坛上的新人
——臧克家

侍 桁

一本小小题名《烙印》的诗集，是写着这个作家的名字。这本小书里包含着二十二首诗，使我们有充分的证据，承认那是作家生活的"烙印"，他自己也毫不隐讳的说：

> 痛苦在我心上打个烙印，
> 刻刻惊醒我这是在生活。

> （《烙印》）

无疑地，是因为在生活上感到痛苦，他才写了这些诗，因此从诗里反映出来的作者的生活是阴暗的生活，那不独使他自己怕，使看了的人也打冷战：

> 我嚼着苦汁营生，
> 像一条吃巴豆的虫，
> 把个心提在半空，
> 连呼吸都觉得沉重。

> （《烙印》）

活在这生活里的人他比作以"苦汁营生"的"吃巴豆的虫"，但旁观者看来，他好像是做茧自缚的蛹。可惜我不理解他的私生活，不能以他的生活的事件来做证，我只知道他还是一个青岛大学的学生，这只能使我们没有充分的根据当作一般例来想像。

一个青年的学生，还没有看清实际的世界，可是他那诗人的锐敏的神经，已经颇能使他对于周围的社会感到不安，于是他感到了生活的痛苦，就是他周围的那些单纯的孩子气的小别扭或恶作剧，他都忍受不了，他认定那是：

> 一万枝暗箭埋伏在你周边，
> 伺候你一千回小心里一回的不检点，
>
> （《生活》）

但我们不能承认这就是作者生活上的真实的苦痛，那一半是缘于一般青春时的自然的苦闷，一半也是缘于对于未来生活的悬虑，这些，无论他怎样认真地当作真实的痛苦而处理，也唱不了许多的歌；他焦急着要找一个敌人作对象，先使生命力兴盛起来，露出战士的容貌，出现在生活里。然而谁是他的敌人呢？——他捉握不到一个具体的东西！但是正好一次民族的大事件激动了他，而且供给他一个仇敌的对象，于是他唱道：

> 应当感谢我们的仇敌。
> 他可怜你的灵魂快锈成了泥，
> 用炮火叫醒你，
> 冲锋号鼓舞你，
> 把刺刀穿进你的胸，
> 叫你红血绞着心痛，你死了，
> 心里含着一个清醒。
>
> （《忧患》）

他的这假想敌人不是他一个人的，那是我们整个民族的敌人，人类的敌人。看写"忧患"的年月，那正是一九三二年三月，当上海一二八我们民族的大灾难不久之后的时候，他所说的"炮火"或"冲锋号"无疑是日本人发来的，但那对于作者的自身，只是一个巨大的刺激而已，可是这刺激却战胜了他私人生活的一切的苦痛，只是把它朦胧地写成了个人的仇敌，他更适意地抒发了自己的愤慨。不过这刺激没有持续多久，他的周围的人们和他同样地渐渐冷下来，他所想像的，那：

> 一只手用上力，
> 推你到忧患里，
> 好让你自己去求生，
> 你会心和心紧靠拢，组成力，
> 促生命再度的向荣。

（《忧患》）

事实明白地告诉我们，这伟大的历史的事件并没有警醒这受着几重压迫的近乎麻木的民族，没有使我们民族的心"紧靠拢""组成力"，更不能促那吃巴豆的虫的生命，再度地向荣。这时他的失望是必然的了，而这失望对于他都是有益的，使他的眼界更为阔展，以对于整个的民族的悬虑，压倒了他个人的痛苦，他在气愤失望之下，比这个民族为一匹"老马"，一匹麻木不仁忍受一切痛苦毫无抵抗的老马：

> 总得叫大车装个够，
> 他横竖不说一句话，
> 背上的压力往肉里扣，
> 它把头沉重的垂下！

（《老马》）

气愤和失望的程度是和那刺激的程度成了正比例，不久就冷却了，可是从此时代好象对他下了教训，他再不能自叹自怨了，把个人的生活更多地移转到社会里来，他渐渐忘却自己，成了一个社会的视察者，以诗人敏感的心，想像着旁人的生活的痛苦了。然而他会感到认识和

体验的不足，他充其量只能画出一个生活的轮廓，远不如他抒发自己
的情感那么自然，那么亲切，所以他仍然不肯放手他的老调子，像《万
国公墓》该是这时的诗。虽然那哀伤是染了一层更深的灰色，但已经
不见个人的痛苦的挣扎，他的悲诉是旁视者的悠闲了：

> 你们也曾活在世界上，
> 曾经是朋友或是仇敌，
> 现在泥封了各人的口，
> 有话也只好闷在心头。

（《万国公墓》）

从某种意义上讲，《万国公墓》是一篇极好的诗，同时也给他收束
了一个时期。

他虽然不满意那些他并不十分亲切的社会生活的描写，然而他也
只能那样写下去了，于是从《炭鬼》起以及《都市的夜》，《神女》，《洋
车夫》，《贩鱼郎》及《歇午工》等，可以说是占了他这全本小书的一
半的诗，这些诗无需引证，只从题目上看，你就可以明白它们彼此有
多大的差别。

但是就从这些他只能淡淡地写出一个生活的轮廓的诗歌中，我们
也可以看出时代的思潮在这个作者的心上给与的教训。他不可抵抗地
染上了时代的普遍的倾向，被压迫者的生活引起了他更深的注意；而
且他怀着一颗同情的心开始描绘着矿工，神女，洋车夫和小工等的生
活，那结果虽只是一个轮廓，而无疑地使作为一个诗人的他更充实起
来，他可以讴歌的世界也无限地阔大了。

算作如今文坛上一个独特的例，——他的这发展是自然的，至少
没有露出很大的勉强。像《炭鬼》和《歇午工》里所描写的那种工人
的生活，就在我们的新诗歌里，也还可以算是新的发展，他没有罗列
标语口号，也没有用激愤的骂詈代替了抒情的词句。如果我们要不满
意这些诗，那就因为他不能把这些生活写得怎样深刻，而只是淡淡的
一个轮廓，不过这不满意是一种苛求，完全没有理由的，作为新诗歌
的转变，他是供给了一架过渡的桥梁。

的确，在这些诗里有象原书的序者闻一多所说的"虚伪"的地方，但这不是作者思想的虚伪，不是因为同情心的不足而发生的虚伪，这是因为作者对于那些生活本身的体验不足，同时也是因为把那些生活移到诗歌里来要必然地感到一种制作的困难。我不愿意把我自己的意见和原书的序者的意见混同了，因为那实在是恰恰相反的，所以我必要把他的话引下来：

"所谓有意义的诗，当前不是没有。但是，没有克家自身的'嚼着苦汁营生'的经验，和他对于这种经验的了解，单是嚷嚷着替别人的痛苦不平，或怂恿别人自己去不平，那至少往往像是一种'热气'，一种浪漫的姿势，一种英雄气概的表演，若更往坏处推测，便不免有伤厚道了。所以，克家的最有意义的诗虽是《难民》，《老哥哥》，《炭鬼》，《神女》，《贩鱼郎》，《老马》，《当炉女》，《洋车夫》，《歇午工》，以及《不久有那么一天》和《天火》等篇，但是若没有《烙印》和《生活》一类的作品作基础，前面那些诗的意义便单薄了，甚至虚伪了。"

他虽然也说如《炭鬼》，《老马》和《歇午工》等诗是最有意义的，而不承认那是有独自存在的价值，没有《生活》和《烙印》等篇，那些诗的意义便单薄或虚伪了。这话是充分的表示出一个 Dilettante 对于文学的态度，意见完全是误谬的。

如果我们也把《生活》和《烙印》看为一类，把《炭鬼》和《歇午工》看为另外的一类的话，那后者更不比前者的意义单薄或虚伪，反之，说为更充实也未为不可的。

在他的全部诗里，都响着情感和调子的不调和，他的词调以及他的诗句的用法是显然地遗留着徐志摩的影响，而且这影响很深，自然露出了轻薄的调子，在如《老哥哥》和《炭鬼》一类的诗里是如此，在《生活》和《烙印》的诗里也是如此，如果说克家的诗里的意义单薄或甚至虚伪，那是因为那轻薄的调子减消了他的吟诵的力，并不在"自身的经验"和"替别人的痛苦不平"的不同的理由。而且，我上边已经说过，在如《生活》和《烙印》那些诗歌里，其情感的本身里是含着一种"意义单薄"或"虚伪"，而在《炭鬼》或《神女》里虽然表现得不足，至少那情感的本身是充实的。在后一类《歇午工》是一首绝妙的好诗，我们可以看出就在诗人"替别人的痛苦不平"的描绘中，他感到怎样新鲜的生命的力：

> 放下了工作，
> 什么都放下了，
> 他们要睡——
> 睡着了，
> 铺一面大地，
> 盖一身太阳，
> 头枕着一条疏淡的树荫，
> 这个的手搭上了那个的胸膛。
> 一根汗毛，
> 挑一颗轻盈的汗珠，
> 汗珠里亮着坦荡的舒服。
> 阳光下，铁色的皮肤上，
> 开一大片白花，
> 粗暴的鼾声扣着，
> 呼吸的匀和。
> 沉睡的铁翅盖上了他们的心，
> 连个清梦也不许傍近，
> 等他们静静地，
> 睡过这困人的正晌，
> 爬起来，抖一下，
> 涌一身新的力量。

（《歇午工》）

　　这是一幅生活的画，生活本身的充实，供给了他充实的诗的意象，这意象更补足了调子的轻薄。在如《生活》和《烙印》一类的诗里，无论如何是寻不到这种深刻的意义的！他不只是能作了这生活的轮廓，而他也充分地感到了这生活里含蓄着的生命的力。

　　称臧克家是一个诗人，大概并不是夸大的讲话，因为他的诗是一个诗人的诗。新文艺界有了不少的诗，但很少诗人；例如，李金发和新近逝世的朱湘，他们写过许多的诗，但我只能称他为作诗的人。我也承认诗是"言语的艺术"，然而我却不能承认那只在字句上下苦工的作诗的办法，我相信比诗的言语更重要的，是诗的意象，为了使那意象生动，言语的精美才有意义。我也不反对诗是要含蓄着较深的思想的艺术，但那思想的表现，是比其他的艺术需要更多的具象性，以文字的音韵或文词的秀丽在诗中来补充意象的薄弱，那纵能作得很好，也是空虚的诗。臧克家的诗的一个主要的特点就是意象的丰富。

你看，他怎样解释"希望"——这抽象的名词：

> 自从宇宙带来了缺陷，
> 人类为了一种想念发狂，
> 精神上化出了一个影像，
> 那就是你——美丽的希望。

不过就是这丰富的意象也难以弥补了他在《生活》或《烙印》里所表现的情感的虚伪，只是在《歇午工》那样生活本身已是一幅精美的图画的场合，这丰富的意象才得了适当的发展。

从这位诗人的二十二首的小诗里，我们是看见了诗人的生活或艺术已经经过了三个阶段，《生活》和《烙印》代表了最初的时期，《忧虑》或《老马》是成了一架过桥，《歇午工》是使诗人完全忘却了自己虚伪制作出来的不真实的痛苦，同时暗示了诗的发展的新的方向。

（原载1934年2月1日《现代》第4卷第4期）

关于《烙印》

穆木天

　　青年诗人臧克家的《烙印》，是最近值得注意的一部诗集。作者经验着"九·一八"以后中国农村破产的情形，感到了深刻的人生的苦痛。他以现实的平常的材料，咏诸诗歌。他更歌咏着自己心内的人生苦的经验。他的那些短诗，可说是时代象征之一面相。

　　虽然在"新月"诗人影响之下生活着，而臧克家，在诗的形态方面，却取用了小市民的自由律，这也是他的心理意识之可注意的一点。在这位青年的心里，是有着好些自由主义的要求罢。

　　但是他虽主观地要求自由主义，而旧的遗留却是时时地在束缚他。在他的身上，好象是，有两个力量，不住地在互相抵触着，在互相妨碍着，而使他不能如意地发展其任何一方面似的。我想，最后，总有一方会占胜利罢。这要看他今后是努力于倾向到那一方面。

　　在《烙印》这部小诗集里，始终反映着臧氏的理想主义与现实主义之不调和，诗人的个人表现要求与他的社会表现要求之不调和。这种不调和，是使他不能完成他的自由主义，不能达到他的自己解放的目标的。

　　从崩溃的农村，看到了经济恐慌的次殖民地的都市，在那颗弱小的心里，产生了这种矛盾，也决非偶然的事罢。

　　他在内心里玩味着自己的"人生哲学"。从他的诗作里看，他的内生活，是相当地深刻的。他的内生活的体验，使他造出他的坚忍主义的人生观，把自己禁锢起来，如果要从他的诗中寻找他的哲学的话，到处都是这种 Stoicisme。从农村到了都市，他看见现代都市中的一切麻烦。汽车，电车，夜里的电光，肉的陶醉，爵士音乐等等的东西，都市的一切罪恶，诈欺，诡骗，各种万变千奇的黑幕，使他感到人世的行路难。不能适应这新的环境，于是他感到了：

> 这可不是混着好玩，这是生活。
> 一万支暗箭埋伏在你周边，
> 伺候你一千回小心里一回的不检点。

（《生活》）

　　他诅咒都市夜里的"幽灵一般的人群"（《都市的夜》）。他不能用他的理智分析社会，把握现实。他不能够把自己的印象与以科学的整理，因而得到正确的认识。他观念地去希望，由希望达到幻灭。于是，他"记来全是黑影一片"，要"从棘针上去认识人生"。他怀疑，他感到虚无。他最后造出他的"嚼着苦汁营生"的哲学。这种 Stoicisme 支配了《烙印》中所有的诗作。

　　然而，这几年来，中国农村的破产，日甚一日，臧克家自然会注意到这一点。但是，因为缺乏社会认识之故，他未能现实主义地把农民生活咏诸诗歌。他歌咏"难民"，"炭鬼"，"神女"，"渔翁"，"洋车夫"，"当炉女"，"贩鱼郎"等等，可是他始终没有把握住那些人的生活与心理。他把每一个形象，当作象征，而唯美地，描写出来。把"难民"笼罩在废颓的冥暗的氛围气中，他没有正面地如实地把他们的生活拿给我们看。他只是用他的狭小的人道主义，朦朦胧胧地瞅着他们。他没有指示出难民同农村崩溃的关系。而在《老马》、《神女》、《当炉女》、《贩鱼郎》等作品中他主观地放入了他的坚忍主义的哲学。他没有客观地就着那些现实的形象分析他们的心理，而只是普遍地把自己的情感给他们各各装入。这是不合现实的。为着克服此点，这位青年诗人宜抛开自己的空洞的窄狭的哲学，破开小的自我的硬壳，作一番切实研究社会的苦工夫。因为，不能认识社会，所以把苦痛磨难看成美的形象，而说：

　　　　　同时你又怕克服了他，
　　　　　来一阵失却对手的空虚。

　　　　　　　　　　　　　　　　　（《生活》）

　　这是欣赏主义的态度。也就是由于这种态度，他把"炭鬼"描写
为一件美术品了：

　　　　　他们的脸是暗夜的天空，
　　　　　汗珠给它流上条银河，
　　　　　放射光亮的一双眼睛，
　　　　　像两个月亮在天空闪烁。

　　　　　　　　　　　　　　　　　（《炭鬼》）

　　但是，诗人的自由主义的要求，使他观念地想到"奇怪的天火"。
（《天火》）使他想到"暗夜的长翼底下，伏着一个光亮的晨曦"。（《不
久有那么一天》）。因为他看见了。
　　一个少女换不到一顿饭吃。
　　人肉和猪肉一样上了市。（《天火》）从奇迹他想到奇迹了。可是，
什么是奇迹呢？

　　　　　　　　　　（原载1934年3月14、15日《申报·自由谈》）

由《烙印》说到现实主义

柳 风

　　所谓"青年诗人"臧克家的诗集《烙印》出版，被一些有名文人照例的捧场以后，听说居然也为文坛上所注意了。最近，穆木天在《自由谈》上也来一篇关于《烙印》的半抑半扬的批评。

　　可是，穆木天的论点，似乎老是那么的陷于可笑的矛盾中。他一方面说臧克家"未能现实主义地把农民生活咏诸诗歌"，"始终没有把握住那些人的生活与心理"，因而劝作者"作一番切实研究社会的苦工夫"，但在结论，他却意味深长的说道："从奇迹他想到奇迹了。可是什么是奇迹？"显然地，穆木天在另一方面却在热烈的要求趋于现实主义的"斗争斗争第三斗争"的所谓"奇迹"。他要求臧克家把那些中国的农民，炭鬼，妓女们，统统骗上斗争的"奇迹"之路，这样，穆先生便没有那"可是什么是奇迹呢？"的怅惘了。

　　当然，用欣赏主义的态度来歌咏一个"炭鬼"，这位在象牙之塔的青年诗人是给穆先生纠正了。我想，如果把《炭鬼》改成这样的一节（加圈的是我拟改的字）：

　　　　他们的脸是暗夜的大地，
　　　　汗珠给它流上条血河，
　　　　放射光亮的一双眼睛，
　　　　像两个红灯在大地闪烁。

这样一来，穆先生一定认为"奇迹"而满意了吧？可是所谓现实主义便是这样的吗？

客观的描写，是现实主义的灵魂。真正的现实主义者，他一方面固要反对个人的主观的欣赏主义，但同时要反对集团的主观的煽动主义。现实主义者的穆先生能够有胆量摆开矛盾而走上这条应走的路吗？（三月廿九）

（原载1934年5月15日《新垒》文艺月刊第3卷第5期）

臧克家深刻到家

大　马

　　无论所谓新诗人们如何的善于自吹自捧，但他们的大作——新诗，不是令人头脑胀痛，便是令人昏昏欲睡。

　　由产生新诗的五四文化运动时到现在，已经整整的十五年了。新诗还没有一个正确的路线，只凭着几个所谓诗人也者，糊里糊涂的半通不通似通非通的在写作，许多要做新诗的人，也这样子糊里糊涂跟着来写作，如此，便出名了所谓诗人，便成功了所谓诗坛。

　　徐志摩从英国贩过来一种诗的形式，戴望舒又从法国搬过来一种所谓神秘派的形式。所谓革命诗人的口号标语诗，所谓天才诗人的"呀吧哟吗"诗，不但情味格调音韵没有，词句也多数堆砌弄到不通。所谓诗人，写作时自有其妙的；但读者除了诗人而外，一百人中恐怕要有一百人莫名其妙。

　　这不是我在冤枉了诗人的新诗，所谓新诗人臧克家先生，在《论新诗》一文中明白告诉我们："我每次阅读一篇新诗，往往读不完就放下了。"写作新诗的诗人尚如此，不是诗人的读者们如何，这可不必再说什么了。

　　臧诗人所说的，当然不是他自己的大作，那么，他自己的一定很有可观了。我不但如臧诗人之所说："因为它（新诗）的内容拒绝了我的眼，"形式更拒绝了我的眼，因此，臧诗人的新诗，除了在许多文艺杂志上略看过，但随看随忘，真有失之交臂之恨。

　　人家不好，我的是好，我不敢以"自己的儿子，痢头都是好的"

的道理，来看臧诗人的诗，聊且按图索骥，把臧诗人在《文学》三卷
一期论文中论文后，所引例发表的新诗来看，希图窥一斑而观全豹。

于是，我且看臧诗人自认为"深刻到家"随便举出来的句子。

"他的脸是一句苦话"

（《贩鱼郎》）

"黑夜的沉睡如同快活的死，
早晨醒来个奴隶的身子"

（《罪恶的黑手》）

他的脸是一句苦话，这是一句诗还是一句话，可以不必认为问题，
但以"苦话"两个字来说明他的蕴藏的愁苦在"他的脸上"表露，虽
不必说不通，殊可以说不妥。"黑夜的沉睡如同快活的死，"我和诗人，
没有死过。快活的死的滋味是怎样，实在没有领略过。但用常识来推
测快活的死，大概有几种：高兴地喝鸩酒而死，与情人欢会泄阳阴而
死，或者忽然发了大财笑死。……快活在死前是知道，但在似死后的
沉睡，怎样知道呢？这样子"比体"的诗句，实在无从恭维。至于"早
晨醒来个奴隶的身子"恕我浅学，不能在中国文法的习惯上找得解释，
恕我没有新诗人的灵感，接受他的诗意。

现在，我略选抄臧诗人《逃荒》诗中的句子，自己解不通尝不透
的句子和滋味的地方，加上了圈，让阅者自己去鉴赏吧！

"几根芦荻摇着大野，"
"心和心象打通了的河流，冲向天涯，挟着怒吼！"
"横暴的锋芒入骨的毒辣"
"大好的田园灾难当了家，"
"荒郊中剩半截的禾梗磨着秋响"

（原载1934年7月15日《新垒》文艺月刊第4卷第1期）

由现在中国的诗坛谈到《烙印》

齐东野

凭心说，我对旧诗没有发生过热烈的爱好，对新诗向来没有先存过半点厌恶的心情，但是，我的忍耐力可惜是太小了，小得以至于不能硬着头皮去读新诗，去鉴赏新诗，于是便不得不开始发生厌恶的念头了。排斥新诗，我知道，对诗人们是有点太不敬了，不过，这种胆敢冒犯虎威的罪过，无论如何是决不该加在我身上的。我之不读新诗，几乎成为一个信条，就是没有写个"新诗止步"的木牌，悬挂在书斋的门口。

去年我到一个朋友家里，无意中在他的书堆里发现了一本诗集，本来先有偏见在心的我，那时是绝对没有动手去翻看它的可能的，不过书皮上写着一首歪诗，滑稽的言词不禁引动了我的好奇心，于不知不觉中我竟揭开第一页了，这时真是危险啊！我的朋友暗暗地替著者担心，以为必定惹我一场议论和臭骂。谁知事情竟有那样的奇巧，几乎使我失去一个良友，我不但没开口，而且目不转睛地在按着看下去，那充实的内容，明显而深的字眼，新颖的词句，一字一字地刺入我心的深处，继续着一气读毕，我兴奋，我喜悦，全身感到一种紧张，又觉到一种松弛，意外地我在仇人中寻得一个可爱的朋友，在垃圾堆中捡起一颗珍珠，那时我把它紧紧地搂在胸前，迅速地就向回跑，也不管朋友允许我借阅与否。它不但打破我那"誓死抵制新诗"的信条，而且闯进我那狭小的书斋，永久做我的伴侣，因为失去它我便感到空处，也惟有这样才感到满足，纸上的字句，个个都是刺，刺你的眼，刺你的心，犹如把刺刀穿进你的胸：

> 叫你红血绞着心痛，你死了，
> 心里含着一个清醒。
> …… ……
> …… ……
> 你会心和心紧靠拢，组成力，
> 促生命再度的向荣。

（《忧患》）

　　这本诗集便是臧克家的处女作——《烙印》。它虽然不敢说一定使大家看了都满意，不过在现在贫乏的中国文坛上，尤其是那满眼荒凉的诗坛上，我觉得这部书总是值得大家去读一读，消磨点时光它并不是不配的，虽然说当我们饥饿的时候，会拿糠菜错当作珍肴去吞咽的。可是，就算把它看做糠菜粗食，她也是粗食中的美味，何况我们也不能因为没有鱼肉便不食糠菜，活活的等着饿死。

　　谈起新诗来，如果我们稍微去检阅一下近二十年来的诗坛，真是使我们有些不满，虽说进步的痕迹并不是没有的，然而进得太慢了，几乎象没有人在注意这件事。新诗第一期的代表者，自然是胡适之先生的《尝试集》，他虽然主张"推广材料的区域"，可是在内容取材上，仍然是不脱写情写景的范围，如胡适的《应该》，《一颗星儿》，周作人的《两个扫雪的人》，《小河》，傅斯年的《深秋永定门晚景》等类的作品便是。顶广的也不过象胡适的《人力车夫》，康白情的《女工之歌》，旁的也就没有再可广的材料区域了。在字句措辞上，仍然脱不掉旧诗词的气派是免不了的事情，好比一个乡下缠过足的姑娘，一旦乍放了脚，总是有些袅娜踟蹰的神气，这是必然的结果，我们不可拿今人的眼光衡量《新青年》的时代，过分苛责他们。

　　第二期的代表作品，应该举出的是徐志摩的《志摩的诗》，以及郭沫若的《女神》，在这里，显然地有两个不同的方向正开始着。徐志摩的诗大多是属于抒情的，内容玄妙空洞，只是表现他个人的二重性和思想的杂乱，内心的矛盾使他感到世界的丑恶和空虚，即使他模仿有名的《船夫曲》而作的《庐山石工歌》，也不过是带着趣味的闲情来描写苦工的生活。他的诗虽曾激起一丝微波，新月派的诗刊也出过几期，可是他的影响并未造成一个主要的潮流。他的诗仅给人以外形上的修饰，叫人去如何整齐形式，那种轻灵的调子也只合装填些风花雪月，这不过是以英国贩来的玩具加以下等的表演而已。终究因为抓不住现实，"云游"了一阵，最后总会失足落空的。此外向着另一个方向前进的郭沫若，在他的《女神》里，内容较前者总是"略胜一筹"，他讴颂二十世纪都会的动态的物质文明，极力表现那狂风暴雨般的反抗的精神。这种随着时代而产生的浪漫主义，仅仅是以新鲜的字眼，充满感情的词句来呐喊，猛一听自然令人兴奋，可是经不住人们仔细地去咀嚼的。又因为他们把文字当成宣传品的原故，所以后来蒋光赤的战鼓，便有点象咚咚的鼓声，令人只觉得浮浅空泛，喧噪刺耳，这真是标语口号的排列，不能算做新诗。

第三期的代表可真有点不好说，因为是现在的事，而且是目前正在开展着的事体。据我个人的私意，我愿欲举出戴望舒的诗集《望舒草》，再一个就是臧克家的《烙印》。戴望舒从法国学了点把戏，将人家不要的破铜烂铁，搬运到中国的诗坛上，这就是所谓"神秘派"的诗，他在现代杂志上大吹大擂，居然也发生了很小的反响。这种诗主要的目的在使人看不懂，用些"呢吗呀吧"来表现一种轻淡迷离的意象，叫人读后觉不出已读后与未读前的不同，所两样者便是弄得如堕五里雾中，愈读愈摸不清头绪，故论语社同人称为之"象征派"，说这是"诗的朦胧性"。现在现代已重新改头换面，另委老板择吉开张了，象征派的诗人也随着烟消云散，事实证明了他们是没有前途的。

但是，在这百花凋谢，万木枯朽的冬日，春天早已暗暗藏在他背后了，渐渐地花木总有欣欣向荣的一天。诗坛上也是这样，一个新的生命已经在那里发育，滋长，慢慢地繁荣起来了，《烙印》便是这个新力量的开端。

关于诗的内容与形式，臧克家在他的论诗中也曾提及，他说：

"我始终坚信一篇诗的好坏在内容上的重过在形式上的。……

"我们的时代是在暴风雨里，经济破产使得都市动摇，乡村崩溃，多少生命在惨痛的往死路上去，这些生命和我们是连在一起，他们是我们的同胞。处在这样的环境里，只能写诗已经是可耻了，而再闭上眼睛，囿于自己眼前苟安的小范围，大言不惭地唱恋歌，歌颂自然，诗做得上了天，我也是反对，那简直是罪恶！你有闲情歌颂女人，而大数的人在求死不得；你在歌咏自然，而自然在另一些人饿花的眼里已有些变样了。"

他又在《烙印》的再版后志里说：

"老早心里为写诗定了个方针，第一要尽力揭破现实社会黑暗的一方面……再就是写人生的永久性的真理，《烙印》里的二十六篇诗确也没有出这个范围。"

的确是这样，在这二十六篇诗里，属于第一类的有难民、都市的夜、老马、老头儿、贩渔郎、逃荒等十四篇。属于第二类的有忧患、希望、生活、烙印、失眠、万国公墓、号声等十一篇。其中我最爱难民、老头儿、贩鱼郎、逃荒、忧患、希望、失眠等篇。

在这两类中，我觉得感人最深，而能抓住现实的社会的，自然是前一类的材料较佳。一个永久不朽的真理，常常是由铁一般的事实中产生的，如果单写这真理，恐怕上言者不过成为一个格言式的警辟词句，下言者就难免流入象征派的玄秘，轻淡迷离，令人有些捉摸不着了。所以我希望还是描写事实，一面要揭破社会的黑暗，另一方面从这具体的事实中指示出伟大的真理，这样，二者合而为一，我想一定能产生出再伟大一点的诗歌。

在诗的形式上，他的主张是这样的：

"关于新诗，我不赞成要一定的形式，无论如何解释，形式一固定便成了一种限制。

"新诗需要音调，那是应该的。音是音节，调是调子，音节不是韵律。……"

"新诗的词藻是一个大问题。……新诗的句子我不赞成过艰深，弄到了晦涩的地步。句子是要深刻，但要深刻到家，深刻到浅易的程度，换句话说须把深的意思藏在浅的字面上。"

他这种主张我认为是相当的有理由的，无论那一部文学作品，第一个条件，就是叫普通一般人都看得懂，如果连大学生也看不懂，那本书便失了他出版问世的意义。臧先生的诗，确是在修辞上下过功夫的，例如在难民那首诗里，起头便说：

> "日头堕到鸟巢里，
> 黄昏还没溶尽旧鸦的翅膀，
> 陌生的道路，无归宿的薄暮，
> 把这群人度到这座古镇上。
> ……"

在修辞学上，"堕"，"溶尽"，"度"等字是属于动词上的"隐喻"。鸟巢是属于"类代"的范围。寻常我们总是说："日落西山"，但是他在这里并不那样说，却另换个说法，不但不直说西山，并且连西山前面的野树都不提及，只点明树上的"鸟巢"，这样愈显得格外生动、新颖，不落前人的旧套。第三句用"陌生"来形容"道路"，用"无归宿的"来形容"薄暮"，这完全是一种"情晕"的方法，因为题目是《难民》，"难民"无家可归，所以影响到"薄暮"也"无归宿"了，真是别致而有力。

又如《贩鱼郎》中的——

"他的脸是一句苦话。"

这和说"他苦着脸"，或说"他恼丧着脸，"意义差得很远，这不但形容他当时的状况，而且能将贩鱼郎的劳苦生涯很自然的露出，实含有无穷的意味。

在同首诗中又有这样的句子：

"家里挨着饿的希望。"

猛一看好象有些不懂，但仔细想去，都非常有力，这里"希望"是代表。家里挨着饿的"妻子"，因为他们希望贩鱼郎买米买菜回去，好喂饱那饿得呱呱叫的肚子，用"希望"二字，愈见其"希望"之切和大了。

他在后志里又说：

"我写诗和我为人一样，是认真的，我不大乱写，常为了一个字的推敲，一个人踱尽一个黄昏。"

这种认真的态度，在诗里是处处可以见到，令人读后，决不能觉得他是开玩笑，是在鬼混。

"这可不是混着好玩，这是生活。"（《生活》）

他的认真，正如这句诗中所表现的一样。

不过，有时人工的修饰，终有点不自然的痕迹，这点在《烙印》里尚未发见。

东拉西扯的说了一大篇，几乎要溢出本题范围之外，好了，就此结束吧。其余的诗，不能一一述及，总之，我敢担保，费二角大洋是决不会冤枉的。

三月廿三日草

（原载1935年5月15日《众志月刊》3卷3期）

关于《罪恶的黑手》

穆木天

《文学》新年号上发表了臧克家的《罪恶的黑手》。那是一首较长的诗。同《烙印》里边的诗作比较起来，那是一个很大的进步。

从这诗看来，臧克家好象在渐渐地要解脱自己的"小我"，而努力于由个人的描写转向到社会的描写。从大的社会中去找他的诗作的题材。

在《罪恶的黑手》里，臧克家描写了都市中的礼拜堂的建筑中所含有的一个矛盾。他的目的是在于暴露教会的罪恶。他注意到了那两个方面：来作礼拜的教徒的情形和修筑教堂的苦工的情形。在一个场所，在一个上帝的统治之下，竟有两个不同的世界。同是"上帝的儿子"，为什么有的人是这样，有的人是那样呢？于是，在最后，他想像出奴隶的叛逆，而预言到"那时这教堂会变成他们的食堂或是卧室"了。这里表露着自由主义者的要求，表露着反宗教的情绪。他能暴露出列强侵略中国使用宗教这个武器以麻醉中国民众之点，这的确是值得我们注意的。

宗教这种东西，真不知造了多少罪恶。想起欧洲中世纪教会的情形，只有给它的罪恶加上一个"不可言喻"的字样。数百年来的进步的人群的工作，终未能把它从欧洲社会中驱逐出去。而到了争夺殖民地的时节，侵略者却藉着宗教来给贱民们打麻醉针了。在中国这块土上，它是作了怎样数不尽的罪恶呀！想一想"团罪之乱"以前的情形罢！那会令人毛骨悚然的。"五四"以来，反宗教运动兴隆了几年，可是，现在这一个运动都"不景气"了似的。好象人人都从大处着眼，而很少人肯从小处入手似的。臧克家能捉住这一个宗教侵略的题材，纵令是表现得不够，也是值得推荐的。

这种比较大的题材使他采用了长诗的形式。它更使他相当地抛弃了自己的狭窄的哲学。这是比《烙印》中的诗进步的地方。以后，如果他更进一步地去认识社会的话，自然不会错误的。而且这种以平凡的现实生活中求伟大的材料的办法，我以为也是别的诗人们所要学习的。

其次，我们要看一看，在这首诗中，现实的姿态是不是正确地被反映了出来。这首诗是观念的集合。在现在的中国，观念的，抽象的诗，真是多得很。大部分的人都运用着公式。有的是在"无病呻吟"着"风花雪月"。有的是在那里"起承转合"地作论文。结果，新诗是千篇一律的。我们要知道，产出艺术的，是现实之正确的反映。艺术的创造，第一，是在于客观的现实之正确的形象化。在形象化之点上，《罪恶的黑手》这首诗是不是正确呢？虽然是很进步的，但是离正确还有相当的距离。臧克家，在有些地方，表露出自己还不深刻了解社会情形，而抽象地运用着自己想象。因为这种关系，他没能把材料充实地发展开来。对于工人生活的了解不深切，对于教会的了解更不深切。表面地看，他好象是在反对着宗教的信仰者。可是每个宗教的信徒不见得全是不义之人。教会中，还有好些复杂的现象。自然，那是臧克家无从知道的。对于教会的描写，我以为还应当复杂地顾到多方面。有好些善良的愚民，是受了迷信的支配，归依宗教！而且，应当以洋大人如何地利用教会之种种事件着眼，不应把罪状归到殖民地的木匠的儿子耶稣身上。耶稣不是用鞭子打过法利赛人么？反对宗教，自然不应是对人问题，而应是对事问题，而在教会支配之下的各种现象，各种方面，都应照顾周到。对于工人的苦痛，虽然比较周到，但仍然残存着诗人自身的浓厚的坚忍主义哲学。所以，各个工人的不同的心理意识没有好好地表露出来。臧氏的一个大缺点，就是把人物类型化，把事件一般化了。然而，在实际上，事件人物，虽有普遍性，而同时也有其个性的。这种类型化一般化的倾向是臧氏的致命伤。处理一个题材之时，作者须同时注意到它的普遍性和个性的。

　　虽然有好些地方，令人感到不足感到不够真，可是，在大体上说，这一篇《罪恶的黑手》是一篇比较成功的作品。这首诗，在各种的限制性之下，臧氏只能成功到那个程度吧！同《烙印》比起来，自然有天渊之别。这首长诗之出现，自有相当深刻的社会意义。我希望这一类的长诗，今后能多产生些。

　　　　　　　　　　（原载1934年3月18日、19日《申报·自由谈》

《罪恶的黑手》

吴 青

　　《罪恶的黑手》是青年诗人臧克家继《烙印》而后问世的一本诗集，作者在首序里说："……如果有人问这本诗比第一本进步了多少，那真是不容易爽口回答的，……不过从这本诗里可以看出我的一个倾向来：在外形上想脱开过分的拘谨渐渐向博大雄健处走……内容方面竭力想抛开个人的坚忍主义而向着实际着眼……"

　　当我接连的读了臧氏的《烙印》与本集之后，的确感到在本诗中，作者已渐做到"沉重音节和博大调子"的新诗了；同时在诗的内容方面，作者也在想解脱自己的小我（即个人的坚忍主义）而努力于探索大社会诗作的题材。在这两点上看，我们可以代诗人爽口的干脆的回答一声，《罪恶的黑手》比《烙印》有着明显的进步！

　　诗集中所收集的一共有十七首，是臧氏一九三三夏至一九三四夏一整年作品的总汇。以所取的题材来看，其中有写乡村的，都市的，也有写人生永久性的真理，也有是反映了时代的苦闷，在这里我不想每首逐次的都来加以探讨，只将其中我最爱的几首给予我的感动写一点出来吧！

　　首先要叙的，就是用来题名全诗的《罪恶的黑手》，那是一首反宗教意识的长诗，颇含有着深刻的社会意义。全诗分为三节：

　　第一节叙述了教堂的建造，《圣经》的真义，与教徒的心理。

　　　　交横的木架比蛛网还密，

像用骷髅架起的天梯，
一万只手，几千颗心灵，
从白到黑在上面搏动。

这神工多浩大，然后再来看：

奴隶们，什么都应该忍受，
饿死了也要低着头，
谁给你的左腮贴上耳光，
顶好连右腮也给送上，
忍辱原是至高的美德，
连心上也不许存一丝反抗！
人间的是非肉眼那能看清？
死过之后主自有公平的判定。

这算是《圣经》的真义吗？不过你也得知道这一群同为一个上帝统治之下的教徒的心理，又是那么新鲜，然而却是可怜的。

中间有的是刚放下了屠刀，
手上还沾着血的腥臭；
有的是因为失掉了爱情，
来到这儿求些安宁；
有的在现世享福还嫌不够，
为来世的荣华到此苦修；
有的是宇宙伤了他多情的心，
来对着耶稣慰藉心神；
有的用过来眼看破了人生，
来求心上刹那的真诚；
有的不是来为了求恕，
不过为追逐了一个少女。
虽是这些心的颜色全然异样，

然而他们统统跪下了，朝着上方。

总之，这一节明显的表现出一个极端矛盾的事实：慈悲耶稣的神圣教堂，也得流了成千工人的血汗来建造而成的。所谓《圣经》，原不过原始时代狡猾的领袖欺骗奴隶们的工具而已。而一般皈依的教徒呢，也都是为了自私的心理走进了教堂。

第二节完全叙述了工人们所受的痛苦，他们好象知道生来就只配作着奴隶，所以也从不梦想过舒适，而使怀恨和怨愁起在心头，他们只是：

> 在一条辛苦的铁鞭下，
> 只忙着去赶契约上的期间。

即使他们知道自己具有同一样的人性，然而又有什么办法呢？

> 他们一点也不明白为什么要盖这教堂，
> 却惊叹外洋人真是有钱，
> 同时也觉得说不出的感激，
> 有了这建筑他们才有了饭碗。

这分明的道出工人们是与宗教无干。他们只不过为了饭碗，为了赶契约上的期间。

> 冒着可怕的一低头的晕眩，
> 石灰的白雾迷了人形，
> 泥巴给人涂一身黑点，
> 铁锤下的火花象彗星向人扫射，
> 风挟着木屑往鼻眼里攒。
> 太阳的烤炙，风雨的浸淋，
> 铁色的身上生起片片的黑云，
> 机器的凶狞，铁石的压轧，

谁的体躯是金钢铸成？
一阵头晕，或一点不小心，
坠下半空成一摊肉泥，
这真算不了什么希奇，
生死文书上勾去个名字！

这些，这些任何人受不了的切身痛苦，上帝和耶稣又有什么办法吗？现阶段起恐慌的劳动者，是绝不会受他麻醉的！

上两段里作者用着沉重的笔调，点出一个上帝统治之下，竟然有两个不同的世界产生。为何有此等不公的事呢？于是最后一节里，作者叙述了他的理想——奴隶的叛逆。

等这群罪人饿瞎了眼睛，
认不出上帝也认不清真理，
……
用蛮横的手撕碎了万年的积卷，
来一个无理性的反叛！
那时，这教堂会变成他们的食堂或是卧室，
他们创造了它终于为了自己。

这一首诗写到这里才把紧张的空气松懈一下。

宗教的权威是无上的，每个国家都脱不了它的压制。翻开欧洲中世纪历史来看，为了宗教的争斗，不知作了多少的罪恶；然而目前中国对于这列强文化侵略工具的宗教的气焰，却似乎是被忽略了。臧氏能抓住这个现实的伟大的题材，来暴露教会的罪恶，那总算得上一首成功的作品罢！不过作者在描写工人的苦痛里，还遗留着一些个人的坚忍主义，这虽是一些小缺陷，然而却是值得注意的。

臧氏的善用动字，无论在那首诗里，都很容易指出，这首千言的长诗里，不消说是多得很，我想留在最后一总指出来。此刻就单摘出一些臧氏伶俐俏皮的句子来。

> 一根草，一株树，甚至树上的鸟，
> 只是生在圣地里也觉得骄傲。

> 有的用罪恶的黑手捏成耶稣慈悲的模样。

上面两段你看他写得多么挖苦！

> 然而他们什么都不抱怨，
> 只希望这工程的日期延长到无限。

这不是一句真正蕴藏在整群工人心头的一句默话吗？作者灵敏的眼真的已深透了人心了！

> 早晨的太阳先掠过这圣像，
> 从贵人的高楼再落到穷汉的屋上。

这里作者表出了现社会的阶级，同时又写出连早晨的太阳所赐予的，也显得不平。这在于作者却只是轻轻的淡淡的经济的用笔划了过去。

> 那是一种狂暴的嘻嚷，
> 太阳落到了罪人的头上。

在以前作者都是用太阳来威逼这群奴隶的；然而这次的太阳，却真正是暖和的温柔的晒到了罪人的头上。最后的两句，实足完全暴露了作者于此诗的最终理想。

年来中国农乡的破产，已达到难于挽救的程度；然而在臧氏前作的《烙印》里，我们却找不到一篇正式描绘农村惨况的题作，只是从侧面写些惨痛路上的生命来反映出农村崩溃的一角。这也许缺乏了社会的认识之故，他未能现实主义地把农民生活咏诸诗歌（这句话，好像有人用来评过臧氏的，这里恕我借用）。但是这次却收集了多篇，《答客问》即是其中的一个例外，是借用一个才从乡村里来的口吻，细细的轻松的道出一个兵，水，旱三重巨灾下的现实农村动荡的影子。这首的音节是那么自然流畅；没有一些做作和停滞，连作者自己也感到欢欣。

全诗是一首五十句的中篇，虽然作者没有分段；然而其中却包含着两层意思，所以就内容上，我们可以分划做两段，首段里臧氏把往年四时的乡村的情形，用十二句描绘个清楚，上下句的连缀，又是那样看了使人觉到舒适。下底就是一个绝好的例，写隆冬的村夜，是多够寂寞！

> 我知道你要问冬夜里那八遍鸡声，
> 一个老妪摇着纺车守一盏昏黄小灯。

可是他所要说的乡村，并不是这些，这些他全熟习。他说：

> 乡村的庄稼人
> 现在正紧紧腰带挨着春深，
> ……
> 他们仍然撒种子到大地里，
> 可是已不似往常撒种也撒下希望；
> 单就吆牛的声音，
> 你就可以听出一个无劲的心！
> ……
> 解疲劳的烟缕上也冒不出轻松，

连吆牛声里，烟缕上，可端详出乡村里阴霾的灰色氛围，

> 八十老妪口中的故事，
> 已不是古代英雄而是他们自己。

这两句已够使人奇突，然而却增强的显示了今日的农村的颓废破落的情形。

这首里我真找不到它的瑕疵，尤其是自然音节谐和与故事的连缀，胜过于作者历来其他的作品的。

每首臧克家诗的结尾，都表现得那么有力，全诗的中心意识也就在这最后几句全盘烘出，虽然读起来音节和调子都似有些松懈的样子，然而也许就是臧氏的诗的特有格和妙处。看！这里作者用怎样的句子来结尾。

> 头顶的天空一样是发青，
> 然而乡村却失掉了平静。

这两句与《罪恶的黑手》的结尾两句，占有同样的重要性。

《新年》、《元宵》、《吊》作者是在同一个时期完成的作品，所以它们的意思，也是一贯的。

《新年》里作者描出了往昔新年中的一个欢乐的影子。

> "古朴的山村，联文颠倒了上下，
> 那关什么，新年怎么办都是吉祥。
> "用草纸擦一下孩子的嘴，
> 再对神禀告：
> 小孩子无知的话权当是屁响。
> "刚从新装里辨出了人面，
> 老远送过来一声祝福，
> 深闺里的娇娃今天也把脸露给春风，
> 几世的仇敌也用了笑脸相迎。

这是实足表现出中国封建社会古老的遗风。"新年"看得这么神秘，又这么严重！然而这年头却百事反常：

> 老女人的祝辞上全没了信心，
> 小孩子的手头再不是那样大方，
> 大人们低着头哼一声就算是祝福，

接着是一声悠长的嗟叹！

《元霄》与《新年》一样用对衬法写出了新年的今昔，而《吊》单用感伤的笔调，追怀着往昔。

《村夜》在全集中算是最短的一篇，然而它是那么经济的写出了恐怖寒村之夜，同时又写尽了大人与孩子心理上的趋异。

诗人臧克家是竭力的歌颂着自由主义的，他憎恨独裁专制的帝皇，摧残了艺术，摧残了文化，于是作者写了一首《流亡的诗人》，那算是一首反希特拉的宣言，与《罪恶的黑手》《答客问》一样的是首杰出的诗，一样好在最后的几句里，他开头就揭穿了希特拉的妄作妄想：

> 他要用呼吸把宇宙吹动，
> 用心砌成了一条思想的胡同，
> 在人的胸中撒下了密网，
> 妄想着打尽异色的心，
> 他太自信了双手的力量，
> 拉住世界不让它前进。

然而在诗人眼里的希特拉又显得如何渺小？一面却展开诗人的宏量。

> 倒用不着他先举起鞭子，
> （这显得是多么小气）
> 诗人带一颗活的思想，
> 情愿跑到天边去流亡。

这还不够，他还要显出诗人的一颗心来。

> 你会笑这诗人像一只绵羊，
> 不，他有一副不屈的心肠；
> 你要笑这个心多么无力，

然而它挫了希特拉的汉子！

　　毕竟"正午的天上站不住太阳"这算代了证实，所以诗人信任到有那么一天：

　　　　那一天希特拉的脸映入了残照，
　　　　诗人唱着踏回了家乡。

　　最后的两句，尽量底展开了诗人的自由的理想主义。
　　作者对于写诗早定了一个方针，"第一要尽力揭破现实社会黑暗的一方面"。本诗集里有《小婢女》、《生命的叫喊》，可是作者始终没有把握住"这黑暗角落里的人群"的生活和心理，在《小婢女》里只有一段，算是比较合乎情理的：

　　　　点化快乐的一双天真的眼睛，
　　　　现在却专用来测人的眉头了。
　　　　轻云样飘忽的孩子的笑，
　　　　淋漓无常的孩子的眼泪，
　　　　都不能从她腮边，眼中，
　　　　放情的舒卷与点滴了，

　　其他的都被作者主观的放进了他的坚忍的理想主义，这也许作者未有细微的体验到这种生活的真相，没有把现实的形象来分析他们的心理，不是吗？一个不满"十个年头"的小婢女，我想也未必会"认识了命运的铁脸"，懂透了"生活的意义"，"卖身契上她的名字"。
　　《生命的叫喊》尤其写得朦胧，他没有正面地揭破了现实社会，把他们的生活拿给我们看。
　　《盘》在臧氏的诗里，是少用这种字来作为诗题的。《盘》在未看之前，不要误为这是一只盘，或是茶盘的盘，否则下去，就会摸不着头脑。这盘不是名词，而是作动词解的。在诗的末一节里可以证明：

总得抖一股劲朝前走，
像盘一座陡峭的山头，

全诗是以过去的历史，未来的希望，毫没虚伪的现实，说明了人生的意义。最后他用了鼓励的词句，告诉生活着的人们，应该有个乐观的人生，只要努力"爬过去就是平原，心里无妨先存着个喜欢"。

此外如《壮士心》、《无窗室》……都不是无意义的，每一篇都经过了作者的多番洗练，都有其相当的主要的意识存在着。

最后选录藏克家的善用动字的例子十句，作为阅者们的参考。

总得抖一股劲朝前走
风挟着木屑直往鼻眼里攒
一天的汗雨泄尽了力量
平地上一万幕灯火，闪着黄昏
灯光开出了一头白发
一只黑手捏煞了世界
问炎夏山涧沁出的清凉
一只风筝缢死在电杆上
形式内剥尽了甘甜的瓢
现在正紧紧腰带挨着春深

写到这里才算是告了一个结束，综观全篇的文字是那么的无组织无条理，当然够不上称书评，不过认为是一篇读书心得，也未始不可。

末了，我们希望藏氏能更去体验一些实生活的辣味，摆脱了个人的坚忍主义，去对现实社会下一番分析的工夫，这并不是苛求，实在于这复杂的现实社会里，不能再以主观的单纯理想所能了解它的了，同时更希望他能多量的产生些伟大的作品，如《罪恶的黑手》、《答客问》、《流亡的诗人》……也许比这更好的！

一九三五年秋于梅园

（原载1936年6月仿古书店版《现代诗歌论文选》）

427

叙事诗的前途

茅 盾

　　这一二年来，中国的新诗有一个新的倾向，从抒情到叙事，从短
到长。二三十行以至百行的诗篇，现在已经算是短的，一千行以上的
长诗，已经出版了好几部了。

　　这在一方面说来，当然是可喜的现象。尽管有些看不起新诗的人
们以为这是新诗人们的"好大喜功"，然而我们很明白，这是新诗人们
和现实密切拥抱之必然的结果；主观的生活的体验和客观的社会的要
求，都迫使新诗人们觉得抒情的短章不够适应时代的节奏，不能把新
诗从"书房"和"客厅"扩展到十字街头和田野了。而同时，近年来
新诗本身之病态，——一部分诗人因求形式之完美而竞尚雕琢，复以
形式至上主义来掩饰内容的空虚纤弱，乃至有所谓以人家看不懂为妙
的象征派——也是使得几乎钻进牛角尖去的新诗不能不生反动的。

　　因此，我觉得"从抒情到叙事"，"从短到长"，虽然表面上好象只
是新诗的领域的开拓，可是在底层的新的文化运动的意义上，这简直
可说是新诗的再解放和再革命。

　　就我所知，过去的一年半，长篇叙事诗的出版者，已有四五部。
我大略都读过。虽然在内容和形式上我觉得需要我们的新诗人苦心研
究的，还很多，但我读的时候很兴奋，读罢以后希望也很大。

　　我以为最可注意的，是田间的《中国·农村底故事》，臧克家的
《自己的写照》，和蒲风的《六月流火》。这三位诗人的三部长篇叙事诗，
各有各的作风。我的第一个印象如此：田间——蒲风——臧克家。我

觉得田间和臧克家的作风最不相同，可以表示现有的长篇叙事诗的两极，而蒲风则是两极以外的又一作风的代表。我并没有就此三者来品评它们的高低的意思，但是田间和臧克家这两极却久萦于我的脑膜，我想要说几句话。

让我先说《中国·农村底故事》罢。这长篇，严格说来，也许不能称为叙事诗，因为它没有一般叙事诗的特性，——一件故事，（作者本亦没有自题为叙事诗）但是这诗所要达到的目的却正是叙事诗所应有，我们不妨把它归入叙事诗这一类。田间先已发表过诗集《中国牧歌》。这是一共六辑五十多首诗，其中有不少佳作。飞进的热情，新鲜的感觉，奔放的想象，熔铸在他的独创的风格，这是可贵的；他的完全摆脱新诗已有的形式的大胆，想采取民谣的长处，而又不为民谣的形式所束缚，（民谣的造句虽然简直，可是字数却颇整齐），这又是很可喜的。然而田间的《中国牧歌》俏劲有余而深奥醇厚不够，有象木炭画那样浑朴的佳作，但也有只见勾勒未成间架的败笔。这是伏在他的可喜的特点后面的危险，（看《中国牧歌》胡风的序），从《中国牧歌》的短章而开拓为《农村底故事》这长篇时，可就加倍地凸现了，这是很可惜的。

《农村底故事》分三部。第一部《饥饿》，第二部《扬子江上》，第三部《去》。每部分段，少者七十余，多者九十许。段亦有长短，最短二行，最长十多行。全诗约计一千四五百行。每行的字数大都是三字至五字，有很多一行一字。全诗没有形式上的"故事"，然而并不是没有跳动着的生活的图画，特别在第一部《饥饿》。打一个比喻，读了这部长诗，我觉得好象看了一部剪去了全部的"动作"而只留下几个"特写"几个"画面"接连着演映起来的电影。换句话说，假使我们不是读而是用眼光扫过，——我们一目千行地（说句笑话，一目百行还是不够的，）作一鸟瞰时，那么这部长诗也还有些浩浩荡荡的气魄；但是不能近瞩，倘若就一页或一段来近瞩那你会叫苦的。这里姑举数行为例：

去！

扬子江的

水流；

去！
芦笛，
言语；

去！
火焰，
诉说；

去！
奴隶的，
叫号；

这样的"去！××，××；"接连有百余，而同样的手法，全书里别处还有的是，我以为不好；而且一字二字成行，多数是不必要的。自然，内容决定形式，目今的长篇叙事诗都是充满了斗争的热情，因而刚劲雄浑的风格是自然的结果，短句，叠句，章法的叠奏，都是可以达到这目的的手法，但是过犹不足，结果得到的只是"负"。同样的理由，我认为叙事诗并非一定要有形式上的故事，——有了太严整的故事形式将使那作品成为"韵文写的小说"（Novel in verse）因此我觉得《农村的故事》那种没有人物也没有对话和动作的办法是可以用的；然而生活的图画也应该确是图画，不能只有勾勒。

我们再看"另一极"的《自己的写照》。《烙印》的作者臧克家是一方面反对没有内容的技巧，另一方面又不赞同标语口号式的革命"六言告示"。他所取这条路，当然很正确。几年来他是朝这方向努力的，《自己的写照》是例证。

这部长诗共计千行，分八章，章又分段，段有短长，但以四句者为多。句字数大都相若，十字左右。这有故事，以"我"为中心，贯串了一九二七前后社会的政治的大变动。这是他亲身的经历。可是他要写的，是这时代，"我"不过是天造地设的一根线索，所以诗篇题名虽是《自己的写照》，但全部内容"我"的分析几乎找不到。

叠句，这里是没有的；也没有章法上的叠奏。作者用他谨严而苦心的手法从容展开他的"长江万里图"似的大时代的手卷，从作为"序曲"的幼年时代起，唱出"我"之经历，大时代的风云变幻，——如何在武汉入军校，如何西征，又如何东下而被缴械，如何回到北方的家乡，又如何从张宗昌的虎口脱险，变姓名亡命于东北，……除了最后一章"因为事实不许把事放开，只好把许多具体的事实抽象的说了"而外，作者那种谨慎地避免观念化与说教，而努力求形象化的苦功，到处可以见到，诚如他自己所说，这"至少可以作为一个管子而去窥天大的三个不同的时代。"（此句及上所引一句皆见《自序》）

我读了，我也喜欢，然而我总觉得缺少些什么。随手翻出一页或一段来读着，很好，铸词炼句，没有什么败笔，然而就全部来吟味时，总觉得缺少些什么。

这缺少的，我以为是壮阔的波澜和浩浩荡荡的气魄。

这是一幅"长江万里图"，这里有和风丽日，但也有惊波骇浪，更有震奋闪电黑潮。这一些，作者并没忽略，然而作者的情绪太冷静一点，写军校入伍与征西缺乏了激昂，写东下被缴械缺乏了悲壮，写回到北方以后的险阻缺乏了沉痛。而谨严地从容地展开这大手卷的手法也就使这长诗全部缺少了浩浩荡荡的气魄。

第一章是作为大时代的"序曲"的，所以庄严地缓缓而来，很好；可是进入了大时代以后，读者的要求是调门提高，拍子加快，作者在这里应该变换一付笔墨才好。

作者在布局剪裁方面很费过心血的，然而我还觉得有些材料他大概舍不得剪去，一并放着，以致抽不出手来把紧要场面抓住用全力对付而在全书中形成几个大章法。没有了大章法，全书就好象一片连山，没有几座点睛的主峰了。

在这上头，我以为《中国·农村的故事》之所以能保有一种浩荡的气势者，大半赖有那三部的大章法。

我又觉得田间太不注意的地方就是臧克家太注意的地方，因而这两部长诗在我看来竟是处处相反的了。铸词炼句等等技巧问题暂时搁开不谈，单就作家注意的范围来说，我嫌田间太把眼光望远了而臧克家又太管到近处，把两位的两个长篇来同时研究，是一件有意义的事；我们不妨说，长篇叙事诗的前途就在两者的调和。我从没写过诗，不过我想大胆上一个条陈：先布置好全篇的章法，一气呵成，然后再推敲字句，章法不轻动，而一段一行却不轻轻放过，——这样来试验一下如何？（一月二十日）

（原载1937年2月1日《文学》第8卷第2号）

第一首抒情叙事诗

（苏）几·E·契尔卡斯基　著

理然　译

　　臧克家的长诗《自己的写照》与蒲风和田间的叙事诗的区别，不仅在于形式不同，还在于它的作者对中国现实生活中的事件和事实的描写所持的态度根本不同。

　　臧克家一九〇五年出生在农村，十八岁前没有离开过家乡。他非常熟悉农村生活，多年的诗写的都是农村。因此他博得了"农民诗人"的称号。

　　"我很地道的知道那里的一切，什么都知道，像一个小孩子知道母亲一样。"他还在《我的诗生活》（应作《十年诗选·序》——本资料集编者）中写道："看他们生长在泥土里，工作在泥土里，埋葬在泥土里。我爱他们，我为他们流泪，更为他们不平！"臧克家感叹说："痛苦在我心上打个烙印。"

　　1934年出版的第一本诗集《烙印》受到了茅盾、闻一多、老舍的赞赏："在目今青年诗人中，《烙印》的作者也许是最优秀中间的一个了。"闻一多在《烙印》序言里引用了《生活》一诗中的几句："这可不是混着好玩，这是生活"，然后说："这不啻给他的全集下了一道案语，因为克家的诗正是这样——'不是混着好玩'，而是'生活'"。

　　《烙印》的成功使诗人大受鼓舞，他又相继写了《罪恶的黑手》（1934）、《运河》（1936）和《自己的写照》（1936）。

　　侍桁在《文坛上的新人》一文中指出了决定臧克家的公民立场的

主要因素：起初他把人类的仇敌朦胧地写成了个人的仇敌。尽管他的处女作受到了青年时代悲观情绪的影响，受到徐志摩的诗的吸引，但为时不久，全国规模的伟大事件就给他指出了正确的创作方向。侍桁写道，后来，他"把个人的生活更多地移转到社会里来，他渐渐忘却了自己，成了一个社会的观察者，以诗人敏感的心，想象着旁人的生活的痛苦了。"

臧克家战前作品的题材仅限于"失掉了平静"的乡村。当年的诗篇里有抗议和愤怒，也有痛苦和惶惑。在诗集《罪恶的黑手》里，作者以极大的同情描绘了"黑暗角落里的"人物形象。他在同名长诗里，还揭露了传教士的活动，暴露了他们规矩老实的假象下的伪善面目。他与战斗的无神论者蒋光慈堪称伯仲，但和"牧师的好儿子"陈梦家却无论如何也不能同日而语：

> 耶稣的圣像高高在千尺之上，
> 看来是这样的伟大慈祥！
> 他立在上帝与人世之间，
> 用无声的话传达主的教言：
> "奴隶们，什么都应该忍受，
> 饿死了也要低着头，
> 谁给你的左腮贴上耳光，
> 顶好连右腮也给送上，
> 忍辱原是至高的美德，
> 连心上也不许存一丝反抗！
> 人间的是非肉眼哪能看清？
> 死过之后主自有公平的判定。"
>
> 早晨的太阳先掠过这圣像，
> 从贵人的高楼再落到穷汉的屋上，
> 黄昏后，这四周阴森得叫人害怕，
> 神堂的影子像个魔鬼倒在地下。

1948年再版的《罪恶的黑手》收录的《今之视昔》一文里，臧克家回忆说："'九一八'事变过后，日本以军事、政治、经济的力量，钳子似的同时凶猛的伸了过来，于是，我国的多少地区特殊化了，乡村急剧的破产了，人心，一点火就可以燃烧起来，各地学生集体赴京请愿、卧轨，当时大家共同的一个要求，就是对日作战。"

一九三五年，臧克家着手写《自己的写照》时，中国正在发生重大的事件。八月一日，中共中央向全国人民发出了建立抗日民族统一战线的号召；一九三五年十月，中国工农红军完成二万五千里长征，到达了陕北。这就为抗战创造了精神上和物质上的先决条件。不久又提出了"国防文学"的口号，中国一切进步作家都加入了保卫祖国的战斗行列。臧克家感到了一种山雨欲来的气氛，这气氛在他的长诗里也得到了表现。

初看来，《自己的写照》记述的只是与作者本人有关的许多事实。一些研究者说："这是部优秀的自传体的长诗，从他自己——一个知识分子追求光明的历程，反映了三个动乱的时代"。还有一种意见认为："《自己的写照》主要是描述诗人自己所走过的道路，同时对当时革命斗争，现实中基本矛盾，也作了一些概括性反映。"这两种说法都不确切，因为它们夸大了诗中自传成分的作用和意义。让我们来听听作者自己的话吧："写的虽是自己，不过实际上不过用自己作了一条经线而纵横的织上了三个时代。"茅盾的看法与臧克家的解释完全一致："他要写的，是这时代，'我'不过是天造地设的一条线索。所以诗篇题名虽是《自己的写照》，但全部内容'我'的分析几乎找不到。"

由于诗人抛弃了艺术上的个人主义和唯美主义（正是臧克家帮助完成了新月派的瓦解），由于他转向了活生生的现实，我们便可以对《自己的写照》作广义的解释。

批评家王彤根据高尔基的著名文章《个性的毁灭》并引用其中论述个人主义和集体主义命运的部分，有趣地揭示了臧克家的抒情主人公的本质。

高尔基写道："在生活停滞的时代，当人民照常不断地使自己的经验化为结晶，个人却离开了人民，忽视人民的生活，于是就仿佛失去了自己生存的意义，变得荏弱无能，在平凡庸俗的泥淖中可耻地蹉跎岁月，而放弃了自己的伟大创造使命，不去把集体经验组织成思想、假说、学说等形式。然而，在活跃的时代，个人精神力量的迅速增长使人感到惊讶——这个现象只可能是由于:(以下是王彤的引文——作者）在社会的暴风雨时代，个人成为那些选择他为工具的成千上万人的意志的集中点，于是他在我们面前闪着美与力的神奇光彩，蒙上了他民族、阶级、党派的希望的灿烂光辉。"

尽管王彤夸大了臧克家的抒情主人公的社会意义，他对这主人公在诗中的地位和作用得出的结论大体上还是正确的:"臧克家在《自己的写照》里所创造的'我'这个形象（可以说是他自己）所选择的抗日的这个'集中点'，正是体现了人民的意志。诗人深刻而细致地刻画了一个小资产阶级青年知识分子在每次历史事件面前的内心活动和外部表现。"

《自己的写照》写的是大革命前后的情况，作者以纯现实主义的笔法描写了军阀混战和农民的命运。

我们来引上几小段，以说明该诗的风格。臧克家不像田间那样热衷于富有表达力的语言，他的这首分为八章的千行长诗是以刚健有力而又含蓄深沉的押韵和无韵诗句写成的。

> 我看得真多呢，我看见生活的圈子，
> 在每个穷人的颈上缩小，
> 我们站在船头听黑夜的海啸。
>
> 一条思想的线，
> 牵来了天下的青年男女。
>
> 脱下了铐镣，披上了自由，
> 天堂地狱一反手之间！
> 他们认识了自家也认识了宇宙壁垒，
> 武装身子也武装了心！
>
> 一条身子配偶了长枪，

同时心也许给了党，

如山的军令

要把灵魂磨出钢条，

眼皮上，嘴角上，

挂着炸弹一般的标语和口号。

（要知道，那时的标语不是张宣纸，炸弹的口号有爆发的实力）。

从构思的规模之大、情节的丰富（十年的事件都是按准确的时间顺序排列的）看，《自己的写照》应是叙事诗，但它与蒲风和田间的长诗的区别首先是对所描写的对象的态度不同。蒲风和田间的诗对生活场景的描绘是客观的，诗人与他所写的事件在空间和时间上是不相干的，他仿佛是从旁观者的身分去观察的。而在《自己的写照》里，抒情主人公则是作为事件的参与者出现的。但这还不是最重要的。主要的是我们读者实际上并不是目睹了事件本身，而是被事件引起的感受、激情、情绪以及抒情主人公的评价所激荡。当然，叙事诗也具有评价的性质，诗中始终有作者的思想感情在搏动，然而它们不是直接地，而是间接地，通过所写事件的参加者的思想感情表达出来的。《自己的写照》中的叙事很像是当代人的抒情独白，叙事同抒情融为一体，便构成了抒情叙事诗。

三十年代中期，中国确定了叙事诗和抒情叙事诗的体裁。抗战初期，这两种体裁曾一度被歌、战斗进行曲和抒情小诗挤掉了，但不久它们又成了诗歌的主要体裁（如艾青、田间、臧克家、柯仲平、阮章竞、张志民的诗）。

叙事诗热是一种自然的、合乎规律的现象，它是在掌握了具有历史意义和规模的新的事实和情况的基础上产生的。动员起了千百万人民的解放战争、城乡的阶级矛盾，也要求有逻辑上互相联系的、叙事上有一定长度的多方面的形象和场面。中国的诗人们曾经尝试去完成，而且也完成了生活给他们提出的这些复杂的创作任务。

译自苏联科学出版社1972年出版之

《中国新诗（二十——三十年代）》

437

《运河》序

王统照

　　克家的诗已出版的有两个集子，还有一篇长诗在印刷中，论理我早应分对他的诗说几句话了。自从他初学写诗以来我见过他的初稿太多了，指点着薄纸草字，或听他背诵，我同他作关于诗的谈话记不清有多少次。后来他的烙印印行以后，真象在今日的诗坛上掠过一道火光，收到了不少的批评。他每每同我说："请你说几句话给我一个更清楚的认识。"我说不忙，且待日后。其实这样的答复自问是不免有点搪塞，然而我那时不愿对克家的诗说什么，有我自信的道理，现在写出来，克家当能明瞭。

　　标榜是中国文人自古已然的传统的法宝，自有新文学运动以来，老实说，那一个文艺团体，那一派别能免这样有意或无意的过失？固然只是良玉精金即同是自己人也不必避嫌硬说他是瓦砾，不值一顾。批评中自有真理，有评者的学识、素养，更有他的公正的指导与分析，这期间容不得自私，容不得过分矜持。但在中国，我们听惯了互相捧持，互相攻讦（为真实的批判与指摘自不在此例）的种种不忠实的与暴戾的"心声"，所谓批评与创作在十几年的文艺界中是那么远的隔离，（近来渐见佳了）似乎曾不发生关系，多数读者在这等风气之下更无所适从。

　　克家与我是那么近的"乡人"，又有两层较近的戚谊，他自学写诗便找我商量，虽然在烙印第一版找不到书店出版时，我可担任一个发行人的名字，但我打定主意不说什么话。如果他原来不能写诗说亦何益，但他有他的意识，他的苦心锻炼的文字，能写出新样的作品，我竟不信我们的文坛都是目迷五色的。所以我不但不愿多说话，就是介绍的力量也不曾用过许多。

然而他的第一个诗集出版后得到了一些好评，茅盾君是头一个认识了他的歌咏的力量与朴素的技巧，以后谈的人渐渐多了，更不用我来说话。而克家见我总说："你怎么不给它一种切实的评判？——我要的是更明了我的人的公正话，并不是藉重他人抬高价值。"

现在他将这两年间的杂诗辑成《运河》一集，将由文化生活出版社印行，先寄了来给我看，他的信中有这样的话：

"运河诗稿恳叔写序……如认为不成器或下字太不妥的可删改之"（我曾给他改动过几个字）。

我抄在这里并非有意表示克家再三要我作序的殷勤，实在他的诗集序言，由我来写，在亲切明了上，我不但可以指出他的"诗"而且可以指出他的"人"，即使我不会批评，却总能写几行字帮助读者更进一步对于他的作品的了解。

我先应将他作诗的经过写出。

说起来话就冗长，克家也一样的是所谓现在成了"破落户"的"旧家"子弟，他父亲在民国初元时，从乡间跑出去到济南法政学堂里背有光纸的石印讲义。那时我也在那里，记得曾见过这黄瘦脸色、藏着忧郁气质的中年人。我太小，年龄上差得多，不甚留心，但那样的老实人却给予我一个特别的印象。后来他大约有三十四五岁，染了流行病默默地死在他的乡村的老屋内，克家才七八岁，成了他家的孤子。

辛苦地挨着日子过，克家到后来也踏上他父亲的脚印，在省城的师范学校里学着做未来的先生了。民国十四五年，革命怒潮掀起了使全国青年翻腾的巨浪，克家虽然身体荏弱却抑不住那一股对于民族解放的热情，于是他也在革命的大流中洗过浴。如许多的青年，他抛弃了他的老屋，他的寡母，妹妹，抛弃了快完了的学业，在兵马仓惶与水火交拼中打滚。……但到后来他得到的甚么呢？载了一身的苦病，一颗重伤与搅乱的心，曾经一次跑回故乡，虽然人家没把这归来者当作河边，林下的孤魂，可也有的以为这样年青人在那些地方是会把性

439

情变成蛇蝎！……以后的生活他只有飘流着过去，——飘流到辽远的地方，饥饿苦楚，思念，激动着他的青年的神经，却没曾磨碎了他的青年入世的热情。生活是他能够深一层认识人生的明镜；纵有飞落的尘埃遮不住照到真实人生时的反映。

经过又一个时期，他从飘流中再回来，生活较为安定，引起了他决心再读书的企图。于是得入大学，同时便与文艺也接了姻缘。在沉郁中，他想用文字去对付遗忘，搜抉希求，去射出烫热的飞箭，去抓得到人生的核心，于是他开始写诗了。每逢他拿了诗稿与我商量字句时，我暗暗地说："这新式的香菱又须半夜不得安眠！"这不是有意的嘲讽，他对于一首诗的寻思与锻炼，那种认真与有耐性的工夫，再写，再改，惭愧，我便办不到！一有闲时，走着，坐着，与人谈起来总是诗。克家的背诗成了凡与他相熟的人习知的事。几十行的白话韵文不用拿稿，常对我慢慢地背诵。他对于自己的艺术品真像母亲对于小孩子似的用心。他初作诗时，有时也不免趋向尖巧；我知道他不缺乏尖巧的本领，只是需要更深进，更远大，更朴厚。我对于他的初期诗的告言总是这几句话。克家应当记得清晨，霜夜，在火炉边同我谈时的兴趣？那时，闻一多君也给予他不少的提示。诗人绝不是纯靠学力所能造成，（自然我们不能说学养无助于诗人的思想与文字的驱使。）"天才"二字可以抛开不管，无论如何，一个人如没有诗人的气分想写诗终是"笨伯"，而许多人又往往认为诗顶容易写，摇笔即来。克家至少是具有诗人的气分，而且有两年以上的功夫，专心读诗，写诗，改诗，我们不是说每个诗人都须先有这样的经验，但那么认真的严肃的态度，——也是对一件事的根本态度吧？

《烙印》以前他写的很多，但后来全丢弃了，没有一首收入集内。初印《烙印》时其中的几十首是经过他自己与别人再三的选择方才付印的。

不单纯的青年的经验与思潮的冲击，给他奠定了明切认识人生的根基，在大时代的浮沉中，他抱了一颗苦跃的心安置在有韵律节奏的文字中间，——这就是说：他用诗来掏摸着自己的情感，抚摸着自己的伤痕，然而那情感，那伤痕，是他一个人所独有的么？

要彻底明白一个人的文字，最好能知道他的生活与他的思想，自然善读者从文字的表面也可以捉得到作者的生活与思想的轮廓。他只是真实地把他所受感的东西用相当的文字表露出来，不管是织上什么文绣，涂上什么色泽，如果他先不欺骗了自己，他便瞒不过一个善读者的眼睛。诗在文艺中更不容易把自己躲藏起来。一个善感，善于表现的诗人，他把别人仅能感受的写得出，因为他原有这份"具体的感情"，同时还有不可少的真挚，与从时间，空间中给予的人人能有的苦与乐，愉悦与烦忧，爱与憎。他不过在想像上，比喻上，用巧妙的文字和盘托出，或露半面，或留背影；能把"我们所得而就是我们所与"的东西迅疾地溶化过，又能放射出来，分给大家。这经过了自己的溶化后的放射，能使受之者沉静的想，兴奋的不易安眠，或是快乐与忧虑的狂歌，憔悴，一个心声是无量数心地回响；一条飞弦是普通的人生交响乐的和音。虽然诗歌中自有不同的流派，但如果达到这个境界，他的诗才伟大，丰富，不是几个人的赏鉴品。

克家所写诗内容如何，技巧如何，在这里还不想多说，也不需多说，广大的读者合起来才成一片淬利的批评的刀锋。我只是告诉出他的诗是怎样写的，不来述说他写的怎样。不过，笼统的一句话，他的诗总有诚挚的"具体的感情。"我希望克家能成了那一个心声，那一条飞弦，如我所说的，向更伟大更丰富处走。不要被目前的诗格限制住了自己；更不要以为自己的诗到某种境界便难有变化与进一步的创成。——这是我的多余的话，克家不至说我唠叨吧？

世代推移，人生不复常留滞在晓风残月的滋味，与夜莺的凄唱与云雀的回翔之中，这更新的时代一定得有更新的诗人。残羹冷炙去沿门托钵自然不必，即为慈善而歌咏，或为粉饰热闹而作吹鼓手，抹煞了自己为他人弹琴，高唱，又为何来？（诗歌亦讲所"为"么？你如这么问我，我只有微笑。）我在这篇序文的煞尾，写上这几句，克家读过以为如何？

一九三六年三月。

（原载1936年4月13日《国闻周报》13卷14期）

新史诗的雏型

——臧克家的《淮上吟》

堵述初

    关于臧克家诗的卓然的作风，最近我在一篇读《泥淖集》的短文中说到了；可喜，我有缘又读到他的第三部战时诗集《淮上吟》。在这本集子里，我发见了中国新史诗的雏型。

    如果文学艺术的最正确的含义，就是现实社会生活的反映和再现的话，那末，所谓史诗，便应当是某一时代的政治活动的反映和再现了。中国古代的史诗作家，我以为是屈原，因为他的作品，大都不满于当时的政治现状，特别是他的离骚。此后，即应推尊杜工部，如他的《北征》，《哀江南》，《石壕吏》，固然史的意味，十分明显，就是《江南逢李龟年》，《闻官军收河南河北》，也是强烈地反映一种政治情况。至于白香山的《长恨歌》，更是公认的典型的史诗了。又如兰陵《女儿行》，《圆明园曲》等，自然都可归入史诗之列。这不过略举几位而已，其实历代的史诗，当然不止此数，譬如王粲的"西京乱无象……"那三首古诗，不正是纷乱的汉末的社会的真实的写照吗？但是，史诗的作者却也不是很多的，因为他必须具有社会的敏感和政治的热情，所以自古以来，史诗作家，寥寥可数。中国的新诗运动，已二十年了，向史诗方面努力的人，却并不多见，据我所知，闻一多先生要算其中的一位。他的《七子之歌》，《荒村》诸篇，可为代表作。在这伟大的时代，应是伟大的新史诗的产生时期，我是这样热烈地期望着！当我读到艾青的《他死在第二次》时，已经感到喜悦，后来听到老舍将有万行长诗的创作，料想必然成功一首史诗的，及读了他的《剑北篇》，《西安》之后，果然没有使我失望；现在我在这本《淮上吟》中，却又高兴地发现中国新史诗的雏型了！

《淮上吟》是被题为报告长诗的，这意思就是说旅行的记事诗。作家富于国家社会的热情，又有政治的见解，再加他那浩浩荡荡的气魄，故写来十分动人。他在这集子里，触到的方面是很多的：他写风景，如：

> 襄江托起一叶扁舟，
> 我们戎装立在船头，
> 远山排就了
> 伟大的行列，
> 用庄严与沉默，
> 壮我们的行色。

又如：

> 一眼太阳，
> 遍地金光，
> 桃花一行，
> 菜花一行——
> 一针红线，
> 一针黄线，
> 刺绣出
> 一幅锦绣的河山。

他写战区的老百姓：

> 他们不是在挖战壕，
> 他们替敌人，
> 在掘着墓穴。

两个竹筐，
一条扁担，
生命的全力
纵上右肩，
妇女
也在为祖国流汗，
一筐倒下，
一筐又填满。

最凄酸的，莫如写难民：

几天没得粒米入肠，
气力把话音送不出喉咙，
走遍了天涯，
无处不烽火，
凭自己的可怜，
换人家的同情。
筐子里躺着三岁的婴儿，
惹人爱的一个天使，
他的妈妈却这样哀求：
"抱走他吧，
这累人的东西！"

他尽情地暴露社会上的黑暗与无耻，如写齐集人民的吸大烟，与
界首的走私。
写我们的忠勇将士，却说；

我们要自由，
我们要解放，
甘心把白骨，
叫青山埋葬。

象这样多方面的丰富的描写，真有使人"应接不暇"的神气；但是他却又不是杂乱的一团，而是要使读者深刻地认识这个伟大时代，而且按察到这伟大的时代的脉搏呵！

至于为什么要加上"雏型"两个字，那就无非勉励作者的更加努力，而且期望同代的诗人们也急起直追罢了！

廿九，九，廿八，于北碚。

（原载1941年2月16日《宇宙风》〔乙刊〕第39期）

《呜咽的云烟》

柳叶长青

　　诗人臧克家，最近出版了两本诗集。一为《泥淖集》，生活书店出版。一为《呜咽的云烟》，创作出版社出版。

　　这是一本小诗集，一共收集了五篇诗；《呜咽的云烟》，《祖国叫我们这样》，《过涡阳》，《国旗飘在雅雀尖》，《我们走完了一九三九年》。

　　如果说：诗人前期的作品是偏重于艺术上的雕凿和刻绘；那么抗战后的诗人底作品却是沉默地往通俗和质朴这一方面发展了。

　　抗战后参加前方工作的文艺工作者，克家诗人应当是很早的一个。三年以来，他从未离开过前方，因而他底诗作也就都是描写前方的。

　　这本诗集底第一篇，据说他是为了一个朋友写作的。那时他同那个朋友正要一同去火线上收集写作材料的一天，恰好那个朋友接到一封从东北寄来的家信，诗人感而作此，用一句旧话说；即"赋也。"所以一开头就是：

　　　象一只候鸟，
　　　驮一面冰天，
　　　驾起翅膀
　　　飞向温暖——
　　　你的书信，
　　　沉浮了两个季候，
　　　当战地桃花在风前败阵，

它才飞到了我们眼前。

在一切的诗里，这位诗人对于动词的运用，不但恰切响亮，而且有时竟成了新词的创造者。象在《大别山》（该诗收入《泥淖集》——编者）里，一开头就是：

　　一脚踏过大别山，
　　远近岗峦的锯齿，
　　把一面青天
　　锯裂得破烂不堪，
　　眼光投出去，
　　山头又给碰回来，
　　使人追念起
　　一眼横扫千里的平川。
　　日月从石头上出没，
　　天地把人心挤得放不宽。

象这种用岗峦的大锯去把青天锯烂的想象力，和眼光投出，山头碰回的动词的运用，和日月从石头上出没，天地把人心挤得放不宽，这样浅显——也就是通俗——而形象的句子，是非克家不成功的。

对于"投"，"碰"两字，诗人似乎有着特别的爱好，在《呜咽的云烟》里，也有过这样的句子道：

　　我向山海关那边，
　　投一个遥念。

又说：

　　一万句话，
　　来碰你的笔尖。

投碰二字，在这里又是用得这样新颖而恰切，大概这正是诗人的得意之处吧。

《祖国叫我们这样》，诗人注明了是为河南战教团作的。在这里，可以见到代表着新中国的吃苦耐劳，舍己为群的青年男女们坚苦奋斗的面影。

《过涡阳》写着那边的"老百姓挤在库房的窗子外，争着完粮……"而且那还是一个"行新政，用新人"的地方，因此也有那"十几岁的女镇长把着政柄"，而且"见人腮上涨一星红润。"

《国旗飘在雅雀尖》，是记述一个师长勇敢作战、预做国旗以备战死裹身之用的一个动人的故事。但那师长等都未死，又得到了"雅雀尖勇士"的号称。

在这本诗集里，《我们走完了一九三九年》要算最长的一首。一共一百二十行。这里记述诗人和孙陵雪垠这一年的工作的述事诗。

> 我们舞飞，
> 在时代的风前，
> 我们挥动时代的齿轮
> 旋转，
> 我们用五千里的长征
> 送走了一九三九
> 身子漏下了密的火网，
> 一扭头，又跑到敌人的后方。

这诗的气魄是雄壮的，调子也是愉快和活泼的。在前线上，"和敌人相距不到一百步远"。而且在前线上，诗人们又是和战士在一起的。

而且要拧动时代的齿轮，更是何等有魄力。事实上也是拧动了的，不是空话，在他们出发后的三个月，全国作家战地访问团便出发了。

> 我们的笔杆，
> 碰着枪杆，
> 我们的左肩

抵着战士的右肩。
大炮，
不许时间中断，
打过来，
还过去，
点亮了黑夜，
崩裂了峰峦，
…………

　　这是多么紧张的一个场面！后来便是突围，突围出来又是大胜，这中间的情节是变化万状的。时间自然也就拉长了。出发的时候，是"春风拚催桃李开花"，回来时却是"季候已从长夏，走入了秋天"。

我们就这样走着，
脚步接着脚步。
我们就这样走着，
肩靠着肩。

　　诗人在最后却还有一个嘱咐说；

不要把这三人的笔部队小看，
它在坚苦中
走完了五千里路，
它在战斗中
送走了一九三九年。

　　　　（原载1940年2月1日《自由中国》复刊号新第1卷第1期）

书评:《古树的花朵》

李辰冬

　　在这民族文学运动的声浪中，值得我们注意的有两部作品：一是臧克家先生的《古树的花朵》（一名《范筑先》）一是姚雪垠先生的《牛全德与红萝卜》。（此书另文介绍），所谓民族文学的意思，就是要以民族的立场来写作，不象以往作家那样以个人的，或以阶级的立场而创造。凡以民族的独立，民族的生存，民族的健康等的题旨而写的东西，均可称之为民族文学。这样讲来，民族文学的特点，在其意识，不在其形式或取材。意识决定后，他可取材于中国，也可取材于西洋，可取材于当今，也可取材于古代，可取材于现实的抗战故事，也可取材于幻想的神话传说。总之，凭作者所熟习的任何材料，均可作描写的对象。至于形式，可藉我国旧文艺的，也可藉西洋新文艺的，不一定要照平剧，大鼓，平话，章回说部才算民族的形式。反而言之，凡不以民族的立场，民族的利益，民族的独立，生存与发展，而以个人或阶级的立场来写作的，均不得称之为民族文学。尽管用中国的文字，中国的语言，描写中国人民的生活，表现中国社会的人物，以及用中国的旧形式来表现，然意识如果不正确，均于民族健康有碍。由此而论，《古树的花朵》与《牛全德与红萝卜》确是不可多得的佳构。当然，我国新文艺中堪称为民族文学的不止这两部，尤其抗战后，所有作家都往这方面努力，成绩斐然可观；不过今天我们且从《古树的花朵》介绍起。

　　《古树的花朵》描写抗战英雄范筑先的故事。我们看作者介绍他说；

"范筑先，是一个新的英雄。他以惊人的老龄和毅力推开过去，用战斗为国家民族和自己另辟一个崭新的生命。他认清了光明，真理及其反面的意义，他以他的血作油，去点亮理想的明灯。他是一颗老人星；他是一棵古树，在大时代的气流里开出了鲜红的花朵。"

"当敌人的马蹄以敏捷的步子冲入了山东边线的时候，'韩主席'用更快的速度把几十万大军带到了黄河南岸去，西北的半壁天地成了一个被弃的孩子。千百万的人民顿然陷入了叹息，惶恐，彷惶之中，替自己寻找着归宿。这时候，一双指路的手，对于他们，比生命本身更有意义，更重要。"

"范筑先，他就是在这茫茫夜里，耸立起来的一座灯塔，向人眼放射出光亮。他以六十岁的高龄，他以一条给内战几乎磨碎了的身子和心，他以一个专员的资格，被良心，责任，理想推到大众的脸前来了。一出场，就带着生死不移的决心，和朝气蓬勃的战斗气势。他向青年知识分子号召，他向农工号召，他向妇女儿童号召，他向一切有良心，有血性，有为民族战斗的决心的人们号召。他提出了'良心抗战'，'责任抗战'，'守土抗战'的三个口号。口号不是虚伪的宣传，不是欺骗，是一支筒，一块磁铁。如此，如响应声的，农民向他走来了，工人向他走来了，学生向他走来了，妇女，政工，文化人员，向他走来了。有的从近处，有的从千山万水以外，大家追随着他，象影子追随着形体。"

从这几段介绍里，我们认识了民族英雄范筑先，而所以称他为民族英雄的，因他为民族的生存着想，为民族的生存战斗，为民族的生存而牺牲自我；毫无个人主义的成分参杂其间，同时，民族英雄的范筑先不但表现他个人的气节与人格，而且代表了中华民族的气节与人格。所以作者这部书名小标题标为《五千行英雄史诗》。是的，象这样的英雄非有五千行的长诗，不能写得淋漓尽致。

克家先生的诗我最喜欢，他的《烙印》出版后，我曾作文赞美过。我所以喜欢他的诗的，第一，因为他的诗是诗。这话怎讲？现在一般人太把写诗看得容易了，随便把句子分开来写，就称之为诗，而忘记了诗的第一特征在其每一句的显明的意象，观念以散文来表现，而情感以意象来表现。意象，就是意想而又形象的；不过，这种形象非以肉眼是以心眼来写的。比如作者描写聊城的一段；

> "聊城，
> 在水镜里，
> 赏玩自己的影，
> 大堤，
> 加给他一条腰带，
> 紧密的防卫着，
> 水的无情。
> 鼓楼，
> 把身子探到半空，
> 苍凉的记忆，
> 苍凉的颜形，
> 听风铃在风前叮咚，
> 一声声，
> 替它敲着迟暮的丧钟。
> 东关和大街，
> 紧拉着手，
> 东城的铁门，
> 在烂泥中腐蚀它的生命。
> 西方，北方，南方，
> 三面的城门口
> 吐一条舌头——
> 桥下的人影，
> 随着桥上的行人转动。"（页五）

我们读了这一段以后，是不是聊城的地势，环境，情况，街道，城门，桥梁很清楚的显现在我们的眼帘？诗人的本领就在这里，几句话，使你没有到过的地方好象到过，已经到过的地方重现眼前，没有经验过的情绪使你经验，已经经验的情绪使你复燃。他所用的方法不是用些空洞的字句来叙述，而是用实物的形相来让你用心眼看，心灵感。古人称王维的诗画说他；"诗中有画，画中有诗"，诗画相通之点，就在都是用意象表现事物，表现情感。一般未成熟的诗人，写景时用叙述，写情时用叹词，无怪乎诗之不为诗。

我所喜欢克家先生诗的第二种原因，因他的诗不但在意象上是诗，而且形式上也是诗。我常说，现在许多新诗是散文分行写，不是诗。我常把许多新诗象散文一样连写起来，字句的构造，与语气的起承转合，与散文一点没有分别，然还不是好的散文。新诗走到了这步田地，写诗的朋友们，不得不略加反省了。然克家先生的诗则不然，他的诗，读一句有一句的分量，尽管一行是一个字，而这一个字似乎非与别的字分开不可。例如下面一段；

> "一百多只影，
> 在地上移动，
> 地，
> 叫出了声，
> 一百多张口
> 在歌唱，
> 歌，
> 给了大野一个生命。"（页一一二）

如果我们把"地"字与下一句"叫出了声"连续，或"歌"字与下一句"给了大野一个生命"连续，就减轻了重量。一定得将"地"字与"歌"字一顿，然后才感出语句的力量。象这样的分行，才是非分不可；如不分，即表现不出情感，同时，也不自然。我们不必模拟旧诗的五言六言或七言的形式，也不必仿效西洋七音节，八音节或十二音节等等，只要每一句是一种完整的意象，而这种意象非同另一种意象分开不可，那末，意象大，句子长，意象小，句子短，诗的分行自然而然就显现了。

我喜欢克家先生诗的第三种原因，因为他的诗有韵。西洋诗与我国旧诗都有韵，而且韵压得都很严，中国许多新诗不押韵，不晓得怎么起源。西洋有一种无韵诗如鲍德莱尔等所写的，然它仍是散文的形式，且没如我国新诗那样分行写。韵是情绪到某一段落时自然的结束。情绪是波动的，然是有规律的波动，因有规律，所以停止时要在同类音调。如我们上边引聊城一段中，"情"，"钟""命"，"动"，都是同类的音调。诗源于音乐，所以古诗都可唱，即唐人的新体诗亦是可唱的。后来诗与音乐分家，诗人们才从平仄，从古人诗中找韵的规律，这样一来，韵成了呆板的东西，而失其自然的生命。我们所反对的是这种呆板的平仄，是失掉生命的韵，然许多新诗人不察，连活的韵也不要了，而致诗不成其为诗。

我喜欢克家先生诗的第四种原因，就是它的朴素。意象就是反映于脑经中的事物的形相，事物的形相本来是朴素的，所以古今中外的好诗都是朴素的。然而有一般文人们不从这朴素处去显现事物的形相，反在文字上用功夫，结果，文字愈雕琢，与实际事物的形相愈远，失了诗的美。我国新诗中也有些在字句上雕琢的作家，然只感到诘屈聱牙，丝毫未见其美。文如其人，克家是北方人，他将北方人的朴素带在诗里，创造了他特有的风格。也只有这种朴素的风格，才能描绘山东产的范筑先。且听一段范筑先的言辞；

<blockquote>

"你们想：

从那里

来的军粮？

你们想：

那里来的

身上的军装？

你们不要民众，

我要民众！

没有民众

有万马千兵，

不还是独夫一名！

你们想想孙传芳，

</blockquote>

你们想想张宗昌，

离开民众的军阀

得到的是个什么下场？

要干，

就得干的有声有色，

不干，那干脆，

把'关防'交还我，

何必委曲着当这'官匪'！（页九六）

　　读了这一段，想想看，如果文字不是朴素得象语言，能不能表达出范司令讲话时的英雄气概，赤心忠肠，以及不怕死，爱民众的心况。

　　我喜欢克家先生诗的第五种原因，是他的气魄大。一般新诗人都爱写小诗，缺乏雄厚的魄力。固然，长诗不一定就好，但伟大的诗都是长诗，因为这样才能描绘伟大的场面。小诗只能写小的意象。象这伟大时代的抗战故事，一定得有大的魄力，才能驾驭住丰富的材料。克家先生也说；"写长诗特别需要气魄和组织力。"不只长诗，写一切大的作品，均需要气魄和组织力。这是伟大的抗战，就看谁有气魄有组织力，谁方能表现这伟大时代的精神。希望这部《古树的花朵》真个是作者"起点的第一个步子"。如他自己说的。

　　克家先生的诗我喜欢的部分已如上述，但我感觉他"从搜集材料到写成，差不多费了一年的功夫。"还嫌不够，内容还嫌贫乏，如果再搜集些材料，将每一个提到的人都能更活现起来，那给人的印象一定更深刻，范筑先这个典型人物将永垂不朽。现在的范筑先只有一个轮廓，还需要许许多多的血肉来充实。并且因为要拉长，有许多不必要的字句。作者对范筑先这个人物的热情倘还未冷灭的话，尚望继续来充实，来改正，来润饰，将来这部作品在中国文学史上，恐要占一地位。我这批评与希望很笼统，但读者如能将我喜欢的五点作标准，批评这部作品，恐将有所发现，我们不愿再明说了。

　　　　　　　（原载1943年2月20日《文艺先锋》第2卷第2期）

读《书评〈古树的花朵〉》后

欧阳漖

（一）

《古树的花朵》据评者的李辰冬先生说是一篇"描写抗战英雄范筑先的故事"的五千行长诗；是"这民族文学运动的声浪中值得我们注意的两部作品"之一。评者李辰冬先生在这一篇书评里直接地引用克家的原文说：

"范筑先，是一个新的英雄。他以惊人的老龄和毅力推开过去，用战斗为国家民族和自己另辟一个崭新的生命。他认清了光明，真理及其反面的意义，他以他的血作油，去点亮理想的明灯。他是一个老人星；他是一棵古树，在大时代的气流里开出了鲜红的花朵。"

又说：

"……他提出了'良心抗战'，'责任抗战'，'守土抗战'的三个口号。口号不是虚伪的宣传，不是欺骗，是一支号筒，一块磁铁。如此，如响应声的，农民向他走来了，工人向他走来了，学生向他走来了，妇女，政工，文化人员，向他走来了。有的从近处，有的从千山万水之外，大家追随着他，象影子追随着形体。"

的确，从这里我们可以看作为"一个新的英雄"的范筑先专员是怎样地以"一条给内战几乎磨碎了的身子和心"而向着"一切有良心，有血性，有为民族战斗的决心的人们号召"，所以，也就如评者所说的："从这几段介绍里，我们认识了民族英雄范筑先，而所以称他为英雄的，因他为民族的生存着想，为民族的生存战斗，为民族生存而牺牲自我，毫无个人主义的成份渗杂其间"。

所以，照一般地说：《古树的花朵》底成功应该是在于作者所把握住的主题底正确，是作者在这篇诗作里面所表现出来的社会底评价，是诗底真实。可是李先生却似乎轻视了这一点，轻视了对于《古树的花朵》所应特别强调的一面。他（评者）没有从作者底民族意识这一观点上，去掘发出在作者笔尖下所创造出来的活生生的战斗生活底演变，发展的过程。他只那么模糊地从作者底"几段"短短的介绍中，巧轻地理解着这一篇作品底整个的内容，理解着生活战斗里的二群人们底合理的关系，变化的故事。结果，竟使一些没曾看过原作品的人，把那股潜藏在作品里面的大众的力忘掉了。而怀疑着在范筑先所领导下的许许多多的人们，都是一些虚无的"影子"，如臧氏绍介中的一样的：

"大家追随着他，象影子追随着形体"。

自然，这只是一个比喻而已。而这种比喻多少亦可造成诗底更加高度的形象，如同李先生在本文中所告诉我们的，可以"用实物的形象来让你们用心眼看"，这是非常的对的。可是尽管这样说，这"比喻"仍然不是一个很好的比喻。为什么呢？因为只要是稍有自然科学经验的读者，谁都知道离开了"形体"，"影子"便成一种不可想象的存在。而事实上，在我们神圣的长期抗争的过程中，对于人力的控制也就如同对于空间的据点的控制一样的，不是在于一点一线的个别的争持，而是在于四面八方的不分上，下，朝，野，男，女，老，少的千千万万的人民大众底争取。而且，从几千年来不断的民族抗争底过程中所艰难困苦地累积起来的血底经验与教训，新的英雄正以一种如同雨后春笋底姿态般前仆后继地被创造出来，强健起来了。那么，这些新的

457

英雄底出现，谁能说是可以拿着"虚无"的"影子"去比拟着他们底存在的呢？这里就说明了我们不能从作者底几句短短的绍介的话中，理解得出整个故事底演变的情形，这是非常明显的。

也就为着这个同一的缘故——轻视了《古树的花朵》的内容的真实——李先生对于这篇文艺作品的批评的观点，便被无意地局限在它的艺术价值这一方面去，这也可以从李先生评文的结尾几句话里头看出，他说：

> "我这批评很笼统，但读者如能将我喜欢的五点作标准来批评这部作品，恐将有所发现，我们（？）不愿再明说（？）了。"

而李先生所喜欢的五点又是什么呢？评者这样说着：

> "克家的诗我最喜欢，他的《烙印》出版后，我曾作文赞美过。我所喜欢他的诗的：第一……每一句的显明的意象。……第二：'不但在意象上是诗，而且形式上也是诗。'……第三：有韵……第四：朴素……第五：气魄大……"

所以，我们——读者——如果真的照评者所提示的五个观点去"批评"着克家的这篇"五千行叙事长诗"的《古树的花朵》，自然，发现也是可以"有所发现"的。不过所发现出来的"恐怕"不是《古树的花朵》而是"克家的诗"了，所以，不管是从上述中的"克家的诗我最喜欢"，"我所喜欢他的诗的"五个原因，或者从评文中的随便那一个地方，我们都可以意味得出评者在本文中所批评的对象是克家的"诗"，多半是从克家的一般的诗作上着眼而着重于诗底形式方面的技巧的揣摩；因而冲淡了本文的最应注意的一面——忘记了本文是一篇书评，更是一篇特定的《古树的花朵》的书评了。

（二）

评者说：

"我所喜欢他的诗的……在其每一句的显明的意象，观念以散文来表现，而情感以意象来表现，意象就是意想而有形象的，不过这种形象非以肉眼而是以心眼来看的。"

诗，自然不同于"分行的散文"而应特别强调显明的意象。但说"意象就是意想而有形象的"这个定义却有些模糊，令人难解。"意象"是一个完整的词，英文为 Image，我们只能整个地去理会着它，却不是依照方块字的排法，而一字一字地把它割裂起来说明它。这正如我们不好将经济学上的"经济"一词，解释作"经国济世"——虽然也有人这样注解，但我却总觉得有些不妥当——是一样的道理。

我以为：意象应该不同于无沾无挂的被孤立起来的概念，也不是虚无缥缈的不可捉摸的存在。它应该是和大众所最熟悉的实生活紧紧地联系在一起，而能够叫绝对大多数的读者看到或者听到的时候都有一种活生生的，有血，有肉，有着生活呼息的客观存在的形象。我不知道这样阐释是不是就是评者所说的"意想而有形象"的意思，假如是的，我却以为把它作为"显明的意象"的注解倒觉得更切合——因为照前面的说法，意象本身似乎已经含有一个"显明"的属性了——否则评者所加在"意象"上面的形容词"显明"二字，多少便有一些多余了。何况平心地说来，意象自然也可以包有"显明"与"暗昧"底两面的呢？

所谓"显明的意象"既然是如上面所说的意思，那么，只要是诗，自然必要具备这个属性了。不过我又以为诗既然应该具备这个属性了。那么，就原则上说都应该看得懂而又听得来的，那就大可不必一定要如评者所说的要用什么"心眼"去看它。否则诗在朗诵出来的时候，难道也要通过什么"心眼"才可理会得来吗？

（三）

评者说："我所喜欢克家先生诗的第二种原因"，因他的诗"不但在意象上是诗，而且形式上也是诗"，这是事实。不过在这一点上，评者似应把形式底问题整个地做一个概括底说明与阐释，但评者在这里所讨

459

论到的却始终只是一个诗底分行的问题。其实，所谓形式："不单是指文体，也不单是指文字技巧，它是指整个的创作过程，是指一个作者从认识现实处理题材，以至用文字写出来这全过程的工作的成果"——借用黎夫先生的话——所以不管如何，诗底形式决不就是单纯的诗底分行的问题，也就是说：诗底形式决不单指分行而言的。

我们再看评者所介绍出来的讨论分行的实例：

"一百多只影
在地上移动，
地，
叫出了声，
一百多张口
在歌唱，
歌，
给了大野一个生命。"

在这里，评者怎样地解说着它呢？他这样地说着：

"如果我们把'地'字与下一句（？）'叫出了声'连读或'歌'字与下一句（？）'给了大野一个生命'连读就减轻了重量。……象这样的分行，才是非分不可……"

所以，他以为：

"只要每一句（？）是一种完整的意象，而这种意象非同另一意象分开不可，这样那么，意象大，句子长，意象小，句子也短，诗的分行自然而然就显现了。"

原来，评者把诗底分行问题也看得太过单纯了。他想以所谓"意象"的"大"，"小"的问题作为决定诗底"句子"（？）长短的唯一的根据，而忽略了另外的那些在诗底分行问题领域之内而同时具有决定意义的音调，节奏等等的因素。所以，我以为：所谓意象底"大"，"小"，充其量亦不过只能算是一个决定分行问题的条件——绝不是根据——而已。

再说，所谓意象底"大"，"小"，不但不该而事实上也不可以过分机械地去理解着它的。意象底"大"与意象底"小"决不是构成一个意象的字数——特别是方块字底字数多寡的问题。显明的，一个意象只是一个的词，语或句，（评者把它全部看成句子，那是错误的。）那么，字数底多寡又能够说明什么呢？谁能够说"捷克斯洛发克"的意象比"法兰西"的意象大，或者"德谟克拉西"的意象比"民主"的意象大呢？就是照评者自己所引出的实例言，我们也可以这么一问评者看：到底是"一百多只影"底意象大？还是"地"底意象大？是不是"地"底意象一定就比"一百多只影"底意象较小呢？

在这里，还有一个小小的错处，似乎应该提出的，那就是评者把每一行诗，都当做一个句子看，如果这样，那么一句一行，诗底分行问题不是无容讨论吗？

也就由于上述的错误，评者乃对分行问题下了如下的结论：

"意象大，句子长，意象小，句子短，诗的分行问题自然而然就显现了。"

于是，分行问题便可以这样解决吗？不，我想，最多只能说是"分句"的问题吧！

（四）

"我喜欢克家先生诗的第三种原因，因为他的诗有韵……韵是情绪到某一段落时自然的结束。情绪是波动的，然是有规律的波动。因有规律，所以停止时要在同类音调。"

在这里，评者举出了克家描写聊城的一段做例：

"聊城，
在水镜里
赏玩自己的影，
大堤
加给他一条腰带，
紧密的防卫着
水的无情。
鼓楼
把身子探到半空，
苍凉的记忆，
苍凉的颜色，
听风铃在风前叮咚。
一声声，
替它敲着迟暮的丧钟
东关和大街
紧拉着手，
东城的铁门，
在烂泥中腐蚀它的生命。
西方，北方，南方，
三面的城门口
吐一条舌头——
桥下的人影
随着桥上的行人移动。"

评者怎样地解说着它呢？他说：

"如我们上边引聊城一段中，'情'，'镜'，'命'，'动'都是
同类的音调"。

不管"情"，"镜"，"命"，"动，是否同类的音调，总之，彼此皆以国
音符号底"ㄥ"收音则是无可置疑的。而且他们的位置也都是在每一

句底停止号之前，这一点评者也说得十分的明白，但我以为评者所指的韵底范围似乎太狭隘一点，因为情绪尽管是有"规律的""波动"，但韵部不只有脚韵一种。而事实上，一首诗在朗诵时的韵底铿锵，单靠脚韵，似乎无法负荷得起这个重大的任务，特别是在诗句过长的时候，更非藉助于"腰韵"或"肩头韵"不可，就如评者所举的聊城一例中，第一句里便有"城"，"镜"，"影"，"紧"等同韵底存在着，不但如此，在这一句里，同时还点缀着"聊""腰"两个同韵底字眼，它们（包括"城"，"镜"，"影"，"紧"，"聊"，"腰"等）底位置尽管没有一定的形式可以范围得住它，而同时它们也都并不被押在那如同评者所指出来的，"停止的时候"底场合。但他们之所以有助于诗底音韵底铿锵，而加强了诗底听觉底美底作用，却是谁都无法否认的。

所以，我以为，押韵底第一个的最要紧的条件是：自然。它是每一个诗歌工作者向实际生活底语言训练中选择，提炼出来的。因之，它的方式是极其活泼，自由，而又多模多样的，绝对不是某些"天才"们底三言两语所可道破，所能定形得来的一宗轻易的事情。违背了这——违背押韵底自然的原则，那么也就会如评者自己对于唐代以后的诗所说的一样：

"这样一来，韵成了呆板的东西，而失其自然的生命。"

（五）

"……固然，长诗不一定就好，但伟大的诗都是长诗，因为这样才能描绘伟大的场面。小诗只能写小的意象……"

在这里，我不想谈到长诗与小诗底分界的问题，因为这是一个很难确定的悬案，记得茅盾先生曾在《诗创作》底诗论专号里面说过曾经征求一般诗作者底意见而明白了："所谓'长诗'者，原来是指那些以叙事为主的诗篇，所谓'小诗'者，原来是指那些以情为主的诗篇。"（茅盾：《诗论》管窥篇）可见诗底"长"，"小"至少不是诗底行数多寡可能单独决定的。不过这一点我不想多说，我所要说的只是对于评者底

463

"小诗只能写小的意象"这一个判断有些怀疑而已，我以为：只要不是忸忸怩怩的作品，或者什么为着"艺术而艺术"的象牙塔内的诗篇，长的固然可以"描绘伟大的场面"，而小的亦何独不然呢？我们看：

> "大江东去。浪淘尽千古风流人物。故垒西边。人道是三国周郎赤壁。乱石穿空。惊涛拍岸。卷起千堆雪。江山如画。一时多少豪杰。

> ——苏轼

再看：

> "大风起兮云飞扬。威加海内兮归故乡。安得壮士兮守四方"。

> ——刘邦

虽然只是短短的几句"小诗"而已，但谁能说都是"小"的"意象"呢？那么，作者在这里所表现出来的"气魄"自然也就不会如同评者所想象着的那么"小"了。

（原载1945年9月战地图书出版社《蚁垤集》）

诗人的偏爱

——读臧克家著《泥土的歌》

简　壤

　　诗人要生活得真，才能写出好作品来。写诗是不能做假的。因为诗正是诗人心灵的真诚表现。诗人往往对某种生活情景有着强烈的偏爱，反映在作品里便形成了艺术的偏执性。但生活的偏爱和艺术的偏执，却不能超出于对客观事物的正确认识和对现实生活的正确表现。只有当诗人的偏爱不仅不妨碍而且更强化了他对客观现实的正确把握，这种偏爱才能加强艺术的深度。否则，对于一切落后的不健康的生活事物存有偏爱，却无疑是有害处的。

　　我读臧克家的《泥土的歌》，便看出了诗人的偏爱和偏执性来，他对泥土，乡村，农民，有着深深的偏爱；他对乡村生活和自然风物的描写有着一贯的偏执性。这本诗，使我们走近了诗人的真诚的心灵，感受了他的喜爱与悲苦。但我们所接触的诗人的心，是充满孤愤的寂寞与凄凉！他热爱泥土，热爱乡村，热爱农民——

　　　　我，
　　　　在泥土里生长，
　　　　愿意，
　　　　在泥土里埋葬，
　　　　…………
　　　　…………

因为我是大地的孩子，
泥土的人。

　　　　　　　　　　　　——《地狱和天堂》

乡村
是我的海，
我不否认人家说
我对它的偏爱。
我爱那：
红的心，
黑的脸，
连他们身上的疮疤
我也喜欢。
都市的高楼
使我失眠，
在麦秸香里，
在豆秸香里，
在马粪香里，
一席光地，
我睡得又稳又甜。

　　　　　　　　　　　　　　——《海》

我不爱
刺眼的霓红灯，
我爱乡村里
柳梢上挂着的月明。

　　　　　　　　　　——《钢铁的灵魂》

在洋场里，
我是枯鱼一条；
在乡村，

你说我那一样不地道？

——《眼睛和耳朵》

这本诗，分成了三个部分："土气息"，"人型"，"大自然的风貌"。作者由泥土写到农民的面貌和他们的生活，然后又描写出在那样的土地上农民生活着的是一幅怎样恬静幽美的自然环境。

显然，作者的偏爱：是"泥土"，是"粪香"，是"柳梢上挂着的月明"，甚至他感到"连他们（农民）身上的疮疤我也喜欢。"这似乎有些溢出了真实的范围，而更多地表现了落后的思想情感，跟现实世界好象隔开了一段距离，完全陷入自我陶醉的静止的恬美回忆中，心情一步步向着冲淡走去了。作者只是感受了过去未曾遭遇剧变的现实生活情景，而新的世界，新的生活，在作者的心里却并未引起真正的激动或反应。我们的土地早已变色了，我们的生活很大地改变了，即使没有发生现在的战争，诗人所偏爱的那种恬静的幽美的封建落后的乡村，也不可能永远保持着它原来的情景。世界永远是变化的，跳动的，将来的乡村决不会拒绝科学和近代的物质文明。对于落后的东西给以赞美，对于农民的缺点表示了过度的偏爱，这岂不是不健康的表现了么？

尽管作者也写"灾难和抢劫"，也写"新的土地"，"新的人"，但却不够真实，只是观念中的东西，并没有真实地感受到新时代的脉搏。作者对新的变化，新的生活动态，固然不是完全没有看到、丝毫没有认识，但既不能放弃旧的感情和看法，由此，就引起了内心的矛盾。世界变化的程度，已经超过了他的习惯趣味和情感偏爱的程度。因而他不能不感到寂寞和悲凉！"都市的高楼使我失眠"，"我不爱刺眼的霓红灯"，"在洋场里我是枯鱼一条"，我想这完全是真的。因为生活的变化，他已经失去了内心的平静与和谐，他痛苦，他烦恼，他厌倦，不是很自然的吗？所以他一转头就走进以往的回忆中去了，他爱好的是那低矮的茅屋，"树梢上挂着"明月的乡村，有着"红的心，黑的脸"的农民。

但是我们不能不指出，他爱农村，但没有能写出真实的农村，他讨厌都市，却也没有写出真实的都市。他的偏爱与偏执，事实上是妨碍了他对这一切的深刻理解与感受。为此，我们更高的希望乃是鼓舞诗人打破旧有自我情绪的陶醉，走向更广阔的世界，深深贴进新时代的灵魂，不要把自己拘囿于狭小的囚笼中。

由于心境的静止，作者的描写，好象是一幅静物素描画，象中国古代的山水画一样，完全是种写意的笔法，每种情景只勾出了一种轮廓，但未抓住生活的灵魂，所以在这本诗里静物的写意画居多，而缺少生活动态的具体表现了。

可是，虽有这些缺点，但《泥土的歌》却还能够使人喜爱，那最大的原因乃是作者表现了真实的自我，虽有夸张，却并非矫饰的缘故。

（原载1943年12月6日重庆《新华日报》"新华副刊"）

现代田园诗

姚雪垠

克家兄：

　　三个月来，我没有一天忘下要谈一谈你的《泥土的歌》，但因为没有时间，一直耽误到今天才来动笔。我们是老朋友，相知最深，平日我最爱谈你的诗，你也最爱听一听我的意见。在很多时候你把我当做知音，我也常觉得能够同你谈心，谈得投机，十分愉快。五六年来，你每出一本诗集必先送我一本，朋友中恐怕我是最有幸福常读到你的新诗的人。不仅你把每一本新出版的诗集送给我，而且，这五六年来你大部分的诗都是在未发表前先向我朗诵，或让我自己读原稿。往往你做出了好的句子，兴奋得夜间睡不着，白天遇到我便背诵给我听，有时你大吵大叫，高兴地拍着手掌拍着桌子，夸你所锤炼的新诗句，说是即让把古人拉出来也不会想得更好。你的这种天真，这种热情，这种把艺术看得和生命同样宝贵的情形，朋友中也只有我较为熟悉。你常为推敲一个字而废寝忘餐，那样苦思情形，也只有我最为清楚。五六年来，我们常常一道在战地跑，一道在小油灯或牛油灯烛下面写东西，而去年又同靠一个窗子，同照一盏电灯，面对面相伴了半年之久。这一切都变成了美丽的回忆，假若我是你，我一定会把它表现在一首诗中。你几次预备了菜，预备了酒，叫我去，我都事前答应了而临时没去成，你很生气，我很抱歉。现在我写这封长信，终究不如面谈，但一时忙得不能下乡，有什么好法子？

　　到重庆这一年，我看到不少批评你的诗的文章，但有些是没有搔到痒处，有些是抓住一点看得较深而另一点未免太浅，不能够使你心折。没有搔到痒处的文章多是些肤浅的捧场批评，实际讲来，这样的文章不能够算是批评。至于另一种不算捧场的批评是比较有价值的，固然不能使你完全同意，但这样的文章应该是愈多愈好，可惜太少了。如今大家都不肯严严肃肃地写批评，一部分责任应该由批评家去负，一部分应该由我们作家来负。在目前，理论还落在创作后面，这恐怕是事实；即让有人想做批评家，不是限于修养，便是限于气度，不能够担当起别林斯基的任务。至于作家方面，气量之小，也往往与所谓批评家者不相上下，只愿听颂词，不高兴听良言。这样一来，大家都不敢坦白说话，都不要民主作风，都当面作乡愿而背后作山大王，唯我独尊，真正的批评也就稀少了。在中国，理论和创作的水准都还不很高，弄创作或理论都容易变成英雄，做山大王并非难事。一变成英雄，自然有群众拥护，自己也可以招兵买马，于是诚诚恳恳的批评别人或接受别人批评，就受了双重障碍：一重是自信过强的，唯我独尊的英雄主义或主观主义，一重是小圈子作风，行帮作风。主观主义和小圈子作风常常是互为因果，相生相成。理论家如果主观色彩太强，自己封锁在小圈子里，对圈外人就缺乏诚恳态度，甚而不是一笔抹杀，便是默杀。作家如果犯了这同样毛病，一方面不肯接受别人（特别是小圈子以外人）的批评，一方面常爱拉几个自家人写一点不是书评的书评，替自己捧场。一年来看了许多书评，我心中发生了深深的感慨。我们不是批评家，批评家的作风且不必管，但愿我们自己能努力克服旧的英雄主义，主观主义，养成虚心接受真正批评的好态度。所以，友情是友情，批评是批评，两件事是不应该搅在一起的。真正的书评多起来，不更容易使我们进步么？关于这一点，我想，你与我是有同感的。

我想批评你的诗，我还需要多天准备，所以这封信严格说来也不能算是批评。我自己不写诗，对于诗的理论也是外行。有时抓住一点，固然也可成为你的知音，但全盘而论，仍难免隔靴搔痒。况且，你的抗战以前的重要诗集我手头都没有，抗战以后的。也有一些不在手头，即在手头的这几本，也没有时间仔仔细细通读一遍。今天我要谈的是限于你的《泥土的歌》，只谈一谈我的读后印象和平日对你的诗的零星意见，至于严格的批评文章，如象《臧克家的诗》一类题目，还是等待没有小圈子的批评家们去写吧。为什么要以《泥土的歌》做谈论中心呢？第一，因为这本诗集最薄，半个钟头就可以读完；第二，我说句实话你可别见怪，抗战来你出版了那么多的诗集我都不十分爱读，十分爱读的只有这一本诗集。我们虽然是老朋友，好朋友，可是我平素很少对人盲目的称赞你的诗集，称赞的恐怕只有这一个小集子。别的集子，在我看来，有好诗，但不多。我这个门外汉对诗的要求相当苛，这一点你是应该承认的。我素来不昧着良心捧朋友，这一点你很清楚。我读这《泥土的歌》以后立刻告人说这是你抗战来最好的诗，朋友们也有同感，而你也首肯。所以我只打算谈谈这本诗，没有过大的企图。有些地方，可能我所做的是解释工作而不是批评工作，有些地方可能批评得过苛一点，对不对将来见面再谈。刘勰在《文心雕龙》中就慨叹着知音之难，我怎么敢自认为是你的完全知音？

关于《泥土的歌》，除掉一些搔不到痒处的，肤浅的捧场文字之外，我只看到戈茅和亚平所写的两篇批评。据说汪冰洋也写了一篇，但没有见到，也许并没有写出来。亚平和戈茅的文章，中心意见大致相同，可作为一篇文章看。我知道你对于他们的意见不能同意，我自己也不完全同意，但他们的意见确有一部分相当深刻，不能够轻轻看过。现在我要把他们的意见重新提出来，然后再谈一谈我自己的看法，把问题向深处推进一层。

戈茅和亚平认为你对于落后的农村有很大的偏执性，也就是强烈的偏爱，这偏执和偏爱就构成诗人的热情，使诗人写出来《泥土的歌》。这意见我觉得是完全对的。戈茅同时又提出一点很重要的意见，他说：

> 显然，作者的偏爱是"泥土"，是"粪香"；是"柳梢上挂着月明"，甚至他感到"连他们（农民）身上的疮疤我也喜欢"。这似乎溢出了真实的范围，而更多的表现了落后的思想情感，跟现实世界好象隔开了一段距离，完全陷入自我陶醉的静止的恬美回忆中，心情一步步向着冲淡走去了。

我认为这意见大部分都是对的。听说你近来又写了几首诗，意境很冲淡。你的心情的矛盾和寂寞，戈茅和亚平都指了出来，而我是更为了解。记得在几年之前，我说你是"田园诗人"，你很不高兴，曾当面向我提抗议。那时候还是政治上的高潮时期，你大概误会"田园诗人"是一个落伍头衔，所以不接受。那时候你确实是做着抗战诗，每一篇都歌颂抗战，而我竟敢在玩笑时硬要说你是"田园诗人"，可见我了解你的深，够得上算你的知心朋友。我觉得"田园诗人"这头衔无所谓落伍不落伍，问题是在你怎样去表现农村。中国人口有百分之八十以上是农民，不是很应该生几个优秀的"田园诗人"么？

你的思想感情，使你更接近旧时代的"田园诗人"，你的血液里带有陶潜、王维、孟郊的成份很多。生在这矛盾的时代，你本身充满矛盾，几乎成了矛盾的俘虏。本来我们这样人，谁都有许多矛盾，但你所表现的格外鲜明，格外强烈。记得去年春天，有一天午饭后，阳光极其明媚。你，我，徐迟，一道儿到嘉陵江边散步。我们散了一会儿步，坐在水边的木料堆上，谈起来各自所计划的战后生活。徐迟是全盘的都市趣味，一定要住在上海或香港，和你的恰成对照。你愿意住在乡村，种二亩菜园，开一个茶馆。徐迟要利用现代交通工具，坐飞机和汽车，而你愿意坐小木船，破牛车。徐迟要在电灯下才能写出诗来，而你爱的是小油灯，是一盏红烛。你担心着将来现代化的农村会破坏了农村的"诗意"，破坏了"美"。你认为如果将来万一没有了破牛车，小木船，低矮的茅屋，乡村的生活就变得单调无味。我说我的希望是在都市中有一座小洋房，大院落，一部汽车，而在故乡的乡村里要办一个学校，一个医院，一个农场，另外还有我自己的住宅，所有的房屋都必须是西式建筑。你不喜欢我在乡下盖西式房子，认为是不调和，破坏了乡村的美。从这些小地方可以看出来你的个性，你的灵魂。你时常慨叹着你将来所走的是叶赛宁的路。心中充满着寂寞与悲哀。戈茅和亚平是从理论上来批评你偏爱落后的乡村，而我是从你的生活上，思想上，情感上，深深地同情你，知道你必然会向着冲淡发展才能写出来"真诗"，知道为什么《泥土的歌》能够是你的好诗，更知道为什么《大自然的风貌》在《泥土的歌》中是最好的诗。

诗必须出于"真"，虚伪和勉强的情感不会产生"真诗"。你确实热爱乡村，热爱农民，这情感极其真挚。因为这情感极真挚，所以《泥土的歌》中大部分的诗篇都是相当高的艺术品，超过抗战来你所写的其他诗篇。但写诗只有主观情感的真还不够，主客观统一起来，才能够获得更高的和更完全的真。你热爱农村，你用素描的笔法去表现你的爱，你的眷恋，你的关怀，但你只表现了主观方面的"真"，而没有表现出客观方面的"真"。你所怀念的和热爱的农村是往日的平静安谧的农村，是一个梦的影子，而不是今日的"现实"。我爱你的《大自然的风貌》中的几首诗，也是用和你同样的心境去欣赏的，如同我欣赏陶潜、王维、孟郊、范成大、陆放翁他们的田园诗一样，如同我欣赏古人的水墨山水画一样。你的那些美好的诗篇带我沉入童年的回忆中，回忆得愈远，愈感到它们的美，愈能够跟你共鸣。在读你的《大自然的风貌》的时候，我决不去想想"现实"的，血淋的，残暴横行的，饿殍载道的，象地狱似的悲惨黑暗的农村，特别是你的故乡或我的故乡，那样一想，就马上破坏了心中的静境，就不能和你共鸣，就不能再欣赏你的诗了。你好象抱着一把旧三弦弹着古调，唱着你自己的微带感伤的抒情曲，这抒情曲确切是从你的灵魂的深处唱出的，所以它能是好的抒情曲。然而你的感情产生于遥远的回忆，而不是产生自目前的客观现实，分明你的生活，你的灵魂，和目前的客观现实并没有拥抱起来。因此，你只表现了主观的"真"，不曾表现了客观的"真"，不曾使主客观变为一致，这就使你的诗一方面不易为青年读者所热爱，一方面也不是我所理想的"现代田园诗"。现在二十岁左右的青年，他们没有你的生活经验，没有你的冲淡情感，当然难接受《大自然的风貌》。现在是需要热情奔放的时代，而你却把热情向内收敛；青年们要狂歌，要跳跃，而你却要把人带进往昔的平静世界。爱狂歌的也许要说你的诗中缺少热情，而你也许要觉得某一些青年的诗失之太浅吧？

我曾经问过好些二十岁左右的青年，他们都不懂中国的山水画，不懂陶潜和王维，同时这些青年也不能真理解《大自然的风貌》是好诗。他们爱你的《感情的野马》甚于爱《泥土的歌》，许多青年不爱你的诗，他们不晓得什么原因，只说是你的诗形式太拘束，不对口味。其实形式的问题是次要的，重要的还是在内容。在这里，不仅二十岁左右的青年对你的"田园诗"不能十分理解，就是几位常见面聊天的写诗朋友，也带有某种程度的误解。下面，我再谈一谈朋友们对这问

473

题的看法。

在《诗人的偏爱》那篇文章里，戈茅写道："由于心境的静止，作者的描写好象是一幅静物素描画，象中国古代的山水画一样，完全是种写意的笔法，每种情景只勾出了一个轮廓，但未抓住生活的灵魂，所以在这本诗里静物的写像画居多，而缺少生活动态的具体表现了。"我不能同意戈茅的这意见，让我对他的这几句批评来个批评，抬抬杠倒也满有趣。

拿中国古代的山水画和你的几首田园诗作比是对的，但戈茅好象不大懂中国山水画，所以也就误解了你的诗。

"写生"一词产生于六朝画家的口中，既是写生，当然要写出灵魂，写出生命，而不是写出轮廓拉倒。山水草木没有灵魂，它们的灵魂也就是画家（画家即诗人）的灵魂。画家与客观自然发生了接触之后，景生情，情造景，主客融合，产生意境，同时也产生艺术冲动。有意境，有强烈的艺术冲动，于是就产生有生命的，渗透着画家灵魂的山水画，静物画。清代大画家石涛说："山川使予代山川而言也，山川与予神遇而迹化也。"唐代大画家张璪也说："外师造化，中得心源"。可见我们决不能把中国古代的山水画看做是只有轮廓，没有生命。

中国的水墨写意画根本就轻视轮廓，重视画家的主观情思，"写意"这两个字就说明了绘画要表现意境和情思的基本观念。苏东坡说："论画以形似，见与儿童邻。"元代大画家倪云林说得更明白："仅仅写意画者，不过逸笔草草，不求形似，以自娱耳。"又说："余之作画，聊以写胸中逸气耳，宁复较其是与非，叶之繁与疏，枝之斜与直哉！"中国绘画中成就最高是写意画而非工笔画，写意画最有辉煌成就是山水画。如果我们对中国画具有相当欣赏能力，在看山水画时也很容易看出来它的动静。米芾的山水常给我们动的感觉，倪云林常给我们静的感觉。我们看山水画，有的叫我们感到欣欣春意，和平柔美，有的叫我们感到一片肃杀，寂寞荒凉，有的叫我们感到畅心怡情，有的叫我们感到风雨如晦，呼吸窒闷，这些情形受决定于画家的主观情思者十居六七。一切冲淡派的田园诗都是抒情的，和中国的山水画是一样东西，常需要我们更仔细的去品味，从静的画面上去发现诗人的跳动的心。这是静中之动，所以更不易被二十岁左右的青年所理解。

宇宙间，决对的静止是不存在的，我们所说的"静"，实际上都是"动"的某种形态。倪云林的山水画给我们的感觉常是寒林萧疏，平岗瘦石，可以认为是一种静境。静到使我们觉得画家孤独万分，寂寞万分，简直身如野鹤，心如死灰。然而这也是一种"动"，这种"动"正象是埋藏在地壳下面的火山，不爆发，不喷涌，暗暗燃烧罢了。我们平常读一首诗，感觉到的"动"或"静"是根据这样一个分别，即诗人的感情向外奔放的是"动"，向内收敛的是"静"；带着读者深入于现实之中的是"动"，带着读者离开现实向一种平和空洞的回忆中去的是"静"。你的《大自然的风貌》中所表现的就是这种"静"，所以是冲淡的诗。

我多少能欣赏一点中国古代的山水画，所以也比较能欣赏你的《大自然的风貌》中的几首诗。戈茅认为这些诗"缺少生活动态的具体表现，"我觉得他的看法是有点错了。这些诗并不是缺少生活动态的具体表现，而是所表现的生活动态不是今日农村中最典型的生活动态亦即最典型的农村现象。今日农村中最特征的，最有深刻内容的事件，最能代表它的本质的种种现象，你不曾去把握，去表现，因此你的主观的真和客观的真不能够结合渗透，变为一致。你不是真正的农民出身，许多许多年不曾和农民在一道生活，所以在无意中你是以陶潜和王维的立场来欣赏农村，表现农村。如今不是陶潜和王维的时代，所以这几首一方面是成功了（因为表现了真正的你），一方面也是失败了。

亚平和戈茅强调农村的激烈变动，不赞成你"爱乡村里柳梢上挂着的月明，"认为这样平和甜美的画景已经过去了。他们的出发点是很对的，但看法稍嫌机械。我认为你在《大自然的风貌》中所描画的农村风貌在今日依然存在，纵然在沦陷区中也不会刻刻打仗，没一点平静的时候，没一片暂时平静的地方。问题是这种平静的生活画面不是典型的现实而已。因为不是典型的现实，所以我们才认为你所描画的是往日的农村风貌，而不是今日的农村风貌。拿"柳梢上挂着的月明"这一个画面来说，它本身并无所谓美不美，美不美是诗人心中产生的感觉。在被敌人袭击的时候，我们恨不得向最黑暗的山谷逃命，不仅不感到月明美，并且非常的讨厌她。但如果换在平时，或暂时平安的地带，她就很美了。柳梢月明需要我们有闲情逸致才能欣赏，我们的闲情逸致同血淋淋的现实是多么的不调和啊。欧阳修（或传朱淑贞）写出来"月上柳梢头，人约黄昏后，"可以成为名句，但你当大家歌颂抗战，歌颂同侵略者斗争的时代写出来这同类句子，怎么会不被朋友们批评呢？

我们并不反对人们在目前画风景画，写田园诗，但要看用什么立场去画、去写。所谓立场，决不是仅指某种抽象的观念而已。你纵然在观念上同情农民，热爱农民，那是不够的，说不定你同农民在灵魂上还相隔四十八里。真正所谓诗人的立场，应该是从生活到思想感情，从里到外，完全如一的坚定态度。我们只是在观念上爱农民大众，实际上从没有想到把自己的思想感情变为农民大众的思想感情，我们同农民所呼吸的并不是同样空气。我读了《泥土的歌》，就处处觉得你站在很高的山顶上，隔着一层朦胧白云，恻然的望着下界。老哥，我这样批评你肯接受么？

对于"我不爱刺眼的霓虹灯，我爱乡村里柳梢上挂着的月明"两句诗，亚平批评说：

> 这样的诗句，有形无形中吐露了诗人的过于矫造的情感，因为，且不必说那柳梢上挂月明的乡村早已变了，农民的生活也早跨过了诗人所想象的；即退后十年二十年去说，同老百姓谈起都市的灯光景物，他们莫不眉飞色舞，心向往之，足见农民并不是甘于落后。他们保守，却也有更多更大火热的进取心的。何况，作者也置身在电灯光下写作了呢？

亚平的这批评，我不能同意。我觉得他有点公式主义，把现实的变化过程和诗人的创作过程，看得太浮面，太单纯，太抽象化了。第一，他忽略了一切的变化都是充满着矛盾的，新与旧互相交织的，变化的过程从没有中间一刀两断的情形。因为变化中充满矛盾，新与旧交织渗透，所以不能因为十年二十年以前，"同老百姓谈起都市的灯光景物，他们莫不眉飞色舞，心向往之，足见农民并不甘于落后。"这样看法，是有意的强调了一方面，无意中抹杀了另一方面。因为亚平有意无意中歪曲了现实的发展情形，所以就跟着下结论说："他们保守，却也有更多更大更火热的进取心的。"假若农民真象亚平所说的如此富于进取心，如此容易接受新的一切，那么，谁还能说在革命中农民只能作为同盟者，不能作为领导者呢？现在世界革命史的具体经验告诉我们农民意识的落后性，顽固性，非常浓厚，远不象亚平所说的情形一样。

其次，亚平没有把物质生活与精神生活分开来看，不免于无意中弄出错来。"同老百姓谈起都市中的灯光景物，他们莫不眉飞色舞，心向往之，"这不能证明他们热爱新鲜的现代生活，那种眉飞色舞可能是由于一种"惊奇"心理产生的。即让农民真是接受了某种现代的物质文明，如象火车、汽车、电线、电灯、西医之类，但意识上的落后性、顽固性，也不会马上改变。社会的物质基础变化之后，上层建筑才跟着或急或缓的发生变化，何况中国农村的物质基础还没有发生基本变化？因此，我和亚平的意见恰恰相反，我不承认你那两句诗"有形无形中吐露了诗人的过于矫造的感情"，也不承认"农民的生活也早跨过了诗人所想象的"。我在前面已经再三说过，你爱农村的感情是十分真挚的，绝没有一点矫造的地方，毛病只在于主观的"真"与客观的"真"没有统一。至于为什么二者不能统一，决不是因为农民的生活已经跨过了你所想象的，而是因为农民的生活更陷于水深火热之中，你却从平和的回忆中去描写农村，忽略了最特征的和最典型的现实画面。更进一层说，你歌颂柳梢上挂着月明，就表明了你是站在小资产阶级诗人的立场去爱农村，所以你的灵魂和农民的灵魂有很大距离，真实的农村往往要打个折扣，受个曲折，才反映到你的脑海，表现在你的笔下。

再其次，亚平把物质生活与精神生活混在一起，所以就认为你在电灯下写"不爱刺眼的霓虹灯"而"爱乡村里的柳梢上挂着的月明"为感情的虚伪（矫造）。问题不是这么简单的。物质生活与精神生活常常有矛盾，我在上面已经说过，不再重复，另外我再谈一谈梦与现实。

梦与现实有时是统一的，有时是矛盾，而矛盾的时候十常八九。在现实生活有了失望，有了不满，在梦中常常获得圆满。在现实生活十分圆满，在梦中常常会受打击，受磨折，好象是乐极生悲。人的内心的矛盾是相当复杂的。不象化学反应那样单纯。还有，过去的生活也往往会叫人起一种梦的感觉，所以回忆的断片常常是诗的源泉。现实生活决不能代替做梦，堵塞回忆。一个人于结婚之后，纵然很满意他的太太，不是仍然会时常怅然的想起来初恋的那位爱人么？

在我看来，虽然你在电灯下写你的诗篇，你的精神却是向往于"柳梢上挂的月明"；前者是你的现实生活，而后者就是你的梦。我晓得你的心中埋藏着深深的寂寞，埋藏着不大能被人理解的苦闷。我晓得你心上的矛盾比谁都多，所以，朋友中恐怕只有我了解你为什么坐在电灯下怀念着"柳梢上挂的月明。"这一点，我相信我是你的知音人！

诗往往产生于回忆，而《泥土的歌》中有许多好诗便是回忆的结晶。你常拿我的性格同你的比，大体说来，你比我格外敏感，也比我稍微的神经衰弱；我心粗，你心细；我积极，你消沉；我快活，你忧郁；我奔放，你收敛，我适宜群众场合，你适宜三两个好朋友吃茶谈心；我要大胆向前闯，你要小心翼翼的过生活；我爱幻想将来，而你爱回忆过去。我们在战地时候，特别是当救亡工作正活跃时候，你总是多多少少的显得和青年群不很谐和，在精神上你和他们的距离比较我和他们之间的稍微远。每次我们谈起来当前工作，谈起来将来生活，你总是以感慨的口气说我"年轻"，说你自己是"过来人"，同时提一提你在北伐时代也曾经积极过，后来受打击，流亡到关外。你看，回忆在你的生活上是多么的起着作用呵！二十八年的夏秋之间，咱两个一道，还有你从前的爱人郑桂文，带两个挑伕，两名勤务，旅行过淮北，走进大别山。双十节前几天，咱们从大别山中走出来，沿路上的枫叶刚刚红，红得不很浓。这一天到了潢川，你说潢川是你的旧游地，提议在旅馆中停留一两天，以便用"怀古的"怅然心情再访一访那儿的街道，小馆子，访一访从前的勤务，从前的同事。你在那儿工作过，你在那儿离过婚，恋过爱，在那儿埋葬了你一段并不平淡的生活，而生活埋下去就开出来梦的花朵。第二天早晨，你要带我和桂文到河边看一看，说是那地方保留你不少记忆，看过后你可以写出诗来。我们出了城，走了一段路，还没有达到河边，桂文觉得你所带的小路不干净，发了脾气，把你的诗兴，你的"怀古的"心情骂光了。你含着泪，甩甩手，抱怨一句，同我们一道转回旅馆。几年来我只觉得这段小故事十分有趣，相当好笑，到现在我才能同情你当时的难过心境。是的，回忆对于诗人，特别是对于你，实在是太重要了。

你是乡村的孩子，从柳梢月明你可以回忆起种种往事，唤起来美的诗情，电灯对你决不能起同样作用。我们都爱旧历年节，爱故乡，也正是这样道理。另外，你同我都深受了中国旧文学传统势力的影响，电灯只能叫你感觉到它的使用价值，倒是柳梢月明对你象老朋友似的，格外有情。亚平忽略了回忆对于诗人，特别是对于你，非常重要，所以才误解了你的感情。我了解你的性格，从你的人了解你的诗，又从你的诗了解你的人，所以你说你爱粪香，连农民身上的疮疤都爱，我完全相信。《泥土的歌》中大部份诗篇之所以好，就好在感情极真挚。

其实，《泥土的歌》的可以批评的地方应该不在于诗人爱"粪香"，爱"柳梢上挂的月明"，而在于诗人所表现的整个思想感情的不能和时代合拍。这一点大概也就是亚平和戈茅的中心意思。戈茅有两句话说得相当对：

> 但是我们不能不指出，他爱农村，但没有能写出真实的农村；他讨厌都市，却也没有写出真实的都市。他的偏爱与偏执，事实上是妨碍了他对这一切的深刻理解与感受。

这两句批评，我希望你能够大体接受。从你的《泥土的歌》里我看出来两种表现：第一种是比较带着冲淡情趣的诗，大多包含在《大自然的风貌》里边，我认为这些诗最好，因为他最能代表你。第二种是替农民说话的诗，失败和成功各居其半，失败的全是由于你要将某种观念硬放进诗里，弄出些没有生命的死句子。诗人应该有进步的观念是不消说的。问题是，这进步的观念必须化为诗人生命的一部分，成为诗人情绪的基础，并透过生活的实感，借生动的形象表现出来，才能成为好诗。你缺乏生活实感，站在高枝上俯瞰农村，同情农民，因此你的同情就显得不够味儿，也缺乏生动的形象。尤其当你有意表现"进步的"观念的时候，生活的实感更少，形象更贫弱。象《歌》，《新人》，《反抗的手》，《活路》，这些诗简直会叫我怀疑着是否是诗。有些时候你显然企图说明白某种道理，而写出来一些"说理诗"，同样的不够深刻，枯燥乏味。象《手和脑》，《粪和米》，《金钱和良心》，我读的时候一点也不能被你的诗句所感动，正象读宋人最坏的"说理诗"和寒山拾得们的肤浅的教训诗一样。这些诗和一些我所认为的好诗极不调和，正反映出你本身的极大矛盾。你爱农民，却没有和农民共同呼吸；你同情"进步"，"反抗"，然而又同这事远远离开。这就是你的矛盾，你的苦闷，你自叹着"叶赛宁路线"的最大原因。在诗歌上你颂扬革命，企望进步，在生活上你要同革命和进步远离，内心中又有点害怕，有点悲观，有点厌烦。结果，颂扬是你的义务，而后者种种才是你的真实灵魂。

你的那些带冲淡情趣的诗篇，正是产于你同现实的深刻矛盾。你的冲淡和陶潜王维的冲淡有相同处。陶潜王维的冲淡是出于真达观，真无进取的欲念，故虽有寂寞之感，却没有愤激，看不出显明苦恼。你的冲淡并非出于达观，并非出于无进取欲念，而是出于欲进不能，欲退不得，故较多悲凉寂寞之感，更多愤激，内心的苦恼显然。陶潜王维的冲淡诗是产生于现实的冲淡生活，而你的冲淡诗是产生于对早年生活的回忆。对现实所没有的生活的憧憬。因此，他们的心境的矛盾，是隐的，他们同时代的矛盾更不易看出，从你的诗中却看出来心境的剧烈矛盾，看出来你同时代的矛盾非常鲜明。他们进入达观之后，心境中矛盾较少，所以他们的诗是真冲淡，且大体可用冲淡一词概括之；你并没有进入达观，心境中矛盾极多，所以你的诗还不算真冲淡，且所占分量极少。你曾说你的诗在锤字炼句上近于孟郊，我倒看你的灵魂更近于孟郊，所不同者，孟郊后来对进取完全死心，而你将永远的矛盾下去。拿陶潜和王维同你比，你更近于陶潜。陶潜是始终带有热情的人物，且更接近农民生活。朱熹说："隐者多是带性负气之人为之，陶欲有为而不能者也。"这话极有见地。陶欲有为而不能，然后逃进冲淡生活，故虽然解脱矛盾，进于达观，仍多少流露出内心热情，生活热情。真德秀说得很是："虽其遗荣辱，一得丧，真有旷达之风，细玩其词，时亦悲凉感慨，非无意世事者。"你也是"带性负气之人"，也是"欲有为而不能"，但你所生的时代不同，环境不同，不能逃进冲淡生活，也不能解脱矛盾，所以较他们更多悲凉感慨。你更多悲凉感慨，且缺乏隐者的时代和环境，所以想冲淡也不容易。更进一步说，陶潜王维孟郊们愈趋向冲淡之景，同他们的时代愈减却矛盾，而你愈趋向冲淡之景，就同你的时代愈增深矛盾，这使你愈不甘心冲淡中更加上不敢冲淡，内心的痛苦就更深了。

听说你不久前在成都报纸上发表了一首《失眠》，充分的流露着寂寞心情，可惜这首诗我没见到。在《泥土的歌》中，我也觉得是贯穿着忧郁寂寞的情调。你用愤激的心情写出来《地狱和天堂》，《命运的钥匙》，《泪珠，汗珠，珍珠》，我从你的愤激而发现了你的眼泪，这眼泪不是为兴奋而流，是出于郁闷的怒气和寂寞感。至于你写的《穷》，《型》、《黄金》和《三代》，《笑的昙花》和《鞭子》，还有《潮》，还有《金钱和良心》，都给我深深的凄凉感觉。在《人型》那一组诗中我最爱《家书》和《他回来了》，这两首诗使我每次读的时候总要想起来杜甫的《羌村三首》。特别是《他回来了》，我认为它是那么深刻，生动，精炼，就是和《羌村三首》比起来也决无愧色。《羌村三首》充满着悲凉感慨。你的《家书》和《他回来了》，只要是细心的读者（这样的读者是少数的）也会从里边发现出淡淡的忧郁情调，象轻雾一样的流动在字里行间。从这两首诗中，我仿佛看见了那些做父母兄弟妻子的人们，他们脸上展开的凄然笑容，眼里闪动着半惊半喜半伤感的汪汪热泪，而他们的心中正百感交集，说不出什么滋味。但杜甫《羌村三首》中直写胸怀，点明主题，所以那感慨格外有力；你在这两首诗中藏起来自己，藏起来主题，没有有力的感慨，粗心人只会看见表面的冲淡情调，细心人才能看出来你不仅在同情，还在伤感，你的灵魂在为那些善良的农人们轻轻打颤。

在《大自然的风貌》中，忧郁寂寞的情调同样浓重。人们曾对十年前的"冲淡派"下过注释，说他们是"寄沉痛于幽闲"，我觉得这句话对你的一些冲淡诗也是最好不过的考语。我读了你的《沉默》，同时想起几首唐人的名诗，自然，我认为这首诗放在唐人第一流诗篇中决不逊色。这首诗受七绝的影响很大，妙处也就在它的含蓄不露。沈德潜所说的："七言绝句以语近情远，含吐不露为主；只眼前景，口头语，而有弦外香，味外味，使人神远……"就是这种妙处。这首诗所表现的是一种闲适情调，使我想起来李白的"问余何事栖碧山，笑而不答心自闲"；"相看两不厌，惟有敬亭山"；王维的"空山不见人，但闻人语响"；"行到水穷处，坐看云起时"；想起来陶潜的"采菊东篱下，悠然见南山";还想起来辛稼轩的"我见青山多妩媚，料青山见我应如是。"但因为时代不同，古人有闲适情调，我们不仅不觉得诧异，并且觉得很当然；你在民族存亡之秋，反法西斯斗争如火如荼的当儿，竟有古人的闲适情调，就使我看出你和当前伟大的革命阵营不调谐，看出你心境的孤独和寂寞。甚至我从辛稼轩的词句中感觉到天真的顽皮，闲适中带着欢快的热情；从李白的诗句中感觉到满足的微笑；从陶潜和王维的诗句中感觉到极端的宁静心情；偏偏从你的诗句中我感觉不到你在微笑，只看见山在沉默，你在沉默，时间停了脚步，流水和夕阳都默默的和你相对！

老哥，你未免太爱好夕阳了。象《影》和《遥望》，都是难得的好诗，倘若你早生一千年，生在第七世纪到第九世纪之间，王渔洋可能会把这两首诗选入他的《唐贤三昧集》。前一首写的是春天，桃花女少，多么明媚的画面，你却把时间安排在黄昏时候，让少女看西天晚霞。后一首格调更高，令我百读不厌，然而那意味却是苍凉的，这种苍凉的意境只有你才能够创造出来！你写一个老头子弓着腰向西天遥望，夕阳把残照留在一片树梢上。他，仿佛是在默想。想什么？想着当年胯下的竹马，如今变成了手杖！你用夕阳残照来配衬老头子，用竹马变手杖象征着逝水年华，用"遥望"和"默想"烘托出他的内心凄凉。这首诗创意之高，音节之美，锤字炼句之精，都达到炉火纯青之境。我细细品味之后，觉得这首诗比唐人的"人生莫遣头如雪，纵得春风亦不消"，"昔日儿童皆长大，旧时亲友半凋零"（这一句恐有记错之处），都好得多。但二十岁左右的青年怕不会懂得这首诗；就让能懂得，也决不会说它好的。其次在《坟》那首诗中，你写得连死人也极其寂寞，极其忧郁，每次我读到最后两三句：

> 黄昏拢过来，
> 他要破土而出，
> 拉住个人，
> 谈谈心。

我简直感觉得阴森森的。对于死的问题，咱两个向来的看法就不同：我不大想到它，你常常想到它；我想到它时不感到害怕，认为那是自然发展的必然规律，但你想到它就不胜感慨。你时常向我提起来这个问题，现在读着你的诗，又不由的想起来你的那种既不健康也不达观的心理了。

在《大自然的风貌》那一组中，差不多都是好诗，有些诗决不亚于唐宋诗人所作。除上边所提到的几首之外，还有《静》，《死水》，《生的图画》，我都极其赞赏。这些诗正如梅圣俞所说的："状难写之景，如在目前；含不尽之意，见于言外。"这些诗在内容上达到平淡，在形式上达到自然，可以拿李白的"清水出芙蓉，天然去雕饰"两句诗作为考语。从镂句锤字到平淡自然，而且于平淡中显出清丽，这在你的诗的发展上要算是最大成就。可惜朋友们读你这些诗的时候都常常把艺术的成就单纯化了，看见一面，忽略一面，不容易把这些好诗从各方面仔细欣赏。我一方面推崇你这些诗写得好，一方面也指出你内心的寂寞悲凉。当指出你内心的寂寞悲凉时候，我又分为两层去看：第一层是个别诗篇中指出来寂寞悲凉（除上举各诗外，如《眼睛和耳朵》，《诗叶》，《寒冷的花》，都是好例子）；第二层是认为冲淡情调，或闲适趣味，根本就和我们的时代不调谐，不调谐就证明你在这时代中感到孤独，寂寞，内心中充满矛盾，而这矛盾是那么深，几乎是永难解除。我的话也许不是批评，而是注释，特别是注释了你常常对我说你走的是叶赛宁的路。

去年春天，我读了你的长诗《古树的花朵》，说你凡憎恨黑暗的地方都极深刻，是拿全心去憎恨，但写到光明方面或新生人物，却总象隔了一层纸，不能用你的灵魂同光明拥抱起来。最近这几天我重读一遍《泥土的歌》和《国旗飘扬在雅雀尖》两本诗集，更坚信我的见解不差。去年你已经同意了我的意见，我想你今年更会同意。

你的《向祖国》和《国旗飘在雅雀尖》都是以抗战诗为主，但艺术的成就远不如你的《泥土的歌》。诗人应该写抗战，这还用说吗？但你的抗战诗读起往往都不够味儿。但这并非你缺少抗战热情，而是你在时代洪流中生活得不深，你的精神不曾溶化进这洪流中去。有些青年读你的诗感到干枯无味，我想有两个原因：第一，你的抗战诗不是从观念出发，便是感情不够澎湃，而读者的生活实感也许超过了你；

第二，你的寂寞的和冲淡的感情，青年不易了解，也不愿了解。黄山谷跋陶渊明诗卷说："血气方刚时，读此诗如嚼枯木。"可见青年人自来不爱读冲淡诗，何况在这样热情蓬勃的抗战时代？

不管时代怎样变，叫你歌颂都市，歌颂机器，大概是不可能的。你偏爱旧的农村，对某些旧的生活习惯有惊人的顽固，这从你爱吃大葱、大蒜、花生米（我们常称这是"诗人三部曲"）至死不变一点上也可以看得出来。生活上如没有彻头彻尾的，里里外外的基本变化，我不希望你勉强去变，那样可能会使你写不出诗来，尤其写不出好诗来。假若将来有那么一天，整个的社会变了，或生活变了，我又担心着你真要走叶赛宁的路。不过那条路也不是容易走的，我想你也许不至于走。如果照目前这样生活下去，你的冲淡心境可能继续发展，愈发展同时代距离愈远。自然，朋友们决不希望你向这方面发展，我更不希望。你曾经给新诗划过一个时代，这不是容易的。和你同时的诗人们有不少都"洗了手"，偃旗息鼓，而你还象当年一样努力，依然拥有很多读者，依然用诗为大众叫不平，为时代作号角，更其令人敬佩。我很少看见青年诗人能象你那样在字句上用功夫，真是"吟安一个字，拈断数茎髭。"杜甫所说的"语不惊人死不休，"你所下的功夫也恰是如此，我希望你不要使自己寂寞，再拿出为广大青年所爱读的诗歌来吧。

你同我都熟悉农村，而你比我更为熟悉。说你是对农村的变化没觉察到，没注意到，那是不对的；说你不了解今日的农民生活，还不对。你同我一样，所了解是悲惨黑暗的农村，而不是新生的农村。我觉得当你的生活还没有深深的接触到新生的农村，你不必从观念出发去歌颂新生和斗争，只要牢牢实实的去揭发黑暗，代悲苦无告的农民诉出冤抑，达到字字血泪，语语惊心，也就尽了诗人的伟大任务了。要做到这一点也不是容易的，你必须在意识上克服掉陶潜王维们的传统精神，必须把你同农民大众之间的精神距离根本除掉，或尽量减小。以后，我认为你不必大声的歌颂农民的"红的心，黑的脸，"以及"他们身上的疮疤；"也不必歌颂他们的"钢铁的脸，钢铁的话，钢铁的灵魂，钢铁的双肩。"你没有深刻的写出来他的实生活，没有写出来他的真正的悲苦与欢乐，仅仅不着实际的歌颂几句有什么用处呢？这些诗句固然表现出你对农民的真情热爱，但在表现"现实"的意义上，这些热情的诗句就叫人感觉非常空洞。老兄，我渴盼着你的笔下能产生美丽辉煌的"现代田园诗"，但这种诗是澈里澈外的不同于士大夫文人的田园诗的！

亚平在批评《泥土的歌》时指出来你用字上的一点毛病，那意见是颇值得注意的。不过大体说来，我认为《泥土的歌》在形式上较之你抗战来其他的诗都好，有些诗在形式的精炼上不亚于你抗战前那些脍炙人口的好诗。近几年来，反对你的诗形式的人很不少，原因很多，但真从艺术的立场上给以客观的研究，公允的批评的，似乎还少。当我们的大批评家还在文法不通的时候，他怎么能注意到这个问题呢？对于你的诗形式，我能够指出它的优点和缺点使你首肯，但这问题牵涉太大，留待我们见面谈，或将来得闲时写一篇专文讨论。

现在，我的话完了。最后祝你健康，并祝你诗思如泉。

一九四四年三月十日

（原载1944年6月《当代文艺》第一卷第五、六期合刊）

评臧克家的《泥土的歌》

默 涵

在中国的新诗人中间，臧克家是一位有相当历史的诗人了。从他的第一个诗集《烙印》到最近的《宝贝儿》，他已经出了将近十个诗集，但我这里却不想来综合的评论他的所有的诗，只想单就他的《泥土的歌》来说一点我的感想。

我所以选择《泥土的歌》，是因为：这是一本写农村和农民的诗，中国农民遭受着最残酷的剥削与最深重的苦难，同时又是今天革命的最主要的群众力量。他们的生活和斗争，正是今天诗歌以及一切艺术创作上的重要主题方向之一，诗人将怎样去面对这些现实，和把握这类主题，也正是今天诗歌创作上一个现实的问题，因此从这一本写农村的诗集上，来检视一下这些问题，应是不无意义的事。其次，就臧克家本人来说，《泥土的歌》也是一本比较能够代表他的作品，他在序文中就有这样的话："《泥土的歌》是从我深心里发出来的一种最真挚的声音，我昵爱、偏爱着中国的乡村，爱得心痴、心痛、爱得要死，就像拜伦爱他的祖国的大地一样。我知道，我最合适于唱这样一支歌，竟或许也只能唱这样一支歌。"在他的《我的诗生活》中，臧克家又自认他的"脉管里流入了农民的血"，自认他是一个"农民诗人"。

《泥土的歌》里包含了五十二首诗，都是一些短小的诗篇。作者通过这些诗表现了他对于中国农村和农民的看法与感情，用他自己的话说，是"偏爱"。那么，我们就首先来看看反映在他的诗中的中国农村，是有着怎样的面貌吧。在《海》那一首诗中，他说：

乡村
是我的海，
我不否认人家说
我对它的偏爱。
我爱那：
红的心，
黑的脸，
连他们身上的疮疤
我也喜欢。
都市的高楼
使我失眠，
在麦秸香里，
在豆秸香里，
在马粪香里，
一席光地
我睡得又稳又甜
奇怪吗？
我要问：
"世界上的孩子
那个不爱他的母亲？"

在《钢铁的灵魂》中，臧克家又这样的描写了他所喜爱的乡村：

我不爱
刺眼的霓虹灯，
我爱乡村里
柳梢上挂着的月明，
京剧
打不进我的耳朵，

我迷恋社戏——
那一团空气
漾溢着神秘，亲切，
生活的真味，
和海样的诗情。
·················

　　这是一个多么恬静平和的世界呵。读了这些，我们是禁不住要想起在什么地方看见过的一幅中国的淡墨古画吧。"田野的香气，柳梢的月明……"这些就是诗人笔下的乡村风貌的一部分。但是，它所带给我们的，与其是清新，倒无宁是陈腐的感觉，这是多少田园诗人千遍万次所吟唱过的呵。然而现实地存在于我们眼前的，那遍地疮痍的农村，那从呻吟和挣扎中猛然翻过身来的农村，那奔腾着地下火的农村，却在诗人的歌唱中看不到了。这使我们不能不怀疑，诗人所谓"爱得心痴、心痛、爱得要死"的农村，竟是桃花源式的太平恬静的农村，"漾溢着神秘、亲切、生活的真味"的农村，这也许是可爱的，但是可惜这样的农村，在今天的现实中却是不存在了。

　　诗人美丽的幕布遮住了血淋淋的现实，而从这样的幕布上，我们所看到的农民，又是怎样的呢？

"庄户孙"，
谢谢把这样一顶冠冕
加给农民——
你富贵人，
你聪明人，
你都市人，
庄稼汉，
在你们眼里是真是"孙"，
压死了不作声，
冤死了不伸诉，
累死了——

　　为着别人，
　　另外，你们所失掉了的宝贝
　　他们却珍重的保存：
　　勤苦，朴实，硬朗，
　　还有那一颗光亮的良心。

　　"压死了不作声，冤死了不伸诉"，这就是在臧克家眼里所看到的农民。诚然，在封建势力的统治下，中国农民遭受着长期的超经济剥削和灵魂的虐杀，他们中间确实有许多人曾经陷入于意识麻痹状态和宿命主义的观念中，他们失去了反抗力，容忍着奴隶的生活，受着奴隶主义的思想教育，他们被人们赞美为"勤苦"和"善良"，然而谁能想一想，那"勤苦"背后是含积着多少辛酸的血泪？而所谓"善良"，不正是意味着在地主皮鞭下所长期训练出来底奴隶的驯顺吗？鲁迅先生曾经以伟大的憎与爱为我们刻画出这样被损害的灵魂——闰土、单四嫂子，老栓，阿Q等等——从他们的鲜血淋漓的创痕中间，给我们显示出一幅封建势力的吃人史图，而从这深刻的憎恨中间，才产生那伟大的真实的爱。但是在《泥土的歌》中，诗人却连"压死了不做声，冤死了不伸诉"的无抵抗主义的性格也一并颂赞了。这使我们读了以后，感到一种沉重的难受，因为诗人在不自觉中间连那残酷的封建剥削的创痕也一起颂赞在内了。诗人说："连他们身上的疮疤，我也喜欢。"喜欢到农民的创痛，这感情是何等难以想像呵！

　　假如我们不是象城市的游客一样去看农村，而是真正深入到农村的生活内层去，那么，我们就将看见，在即使表面上仿佛是平和静穆的农村中，正酝酿着和进行着潜在的剧烈的斗争。在这儿，有的是地主的贪婪和专横，有的是豪绅的跋扈和狠毒，有的是和地主豪绅结合着的吃人礼教的凶残，……总之，一个数千年来高踞在农民头上的封建势力，残酷地压迫和榨取着广大农民，使他们的生活里只有贫穷和苦难，但这也就逼得他们走上反抗的道路，因为容忍只有死亡，光靠什么"光亮的良心"是活不下去的。这些斗争有大有小，有胜利，也有挫败；然而，此灭彼生，斗争的火焰是永远没有熄灭过的。这不是比什么都明显的事实吗？今天烧遍了全中国的农民斗争的燎原巨火，决不是突然而来的，它正是由那无数的星星之火汇聚而成的。

然而，奇怪的是，我们的诗人几乎完全没有感觉到这些。在《泥土的歌》中，我们几乎看不到一点农村阶级斗争的影子。假如列宁评价尼克拉索夫的伟大，是由于他"教导俄罗斯社会在地主和农奴主的伪装的有教养的外形下，去认清他们的贪婪、自私，去憎恨这类人物的虚伪和狠心……"那么，我们在《泥土的歌》中却差不多看不到地主的罪恶。我们的诗人只在一两处轻轻的咒骂了一下商人。这儿也看不到农民的仇恨和抗争，我们的诗人只是用一些表面的千篇一律的陈词滥调，什么勤苦、朴实、硬朗、良心……等等来堆砌在正在急剧地变化中的农民的头上。这不是我们周围的现实的农村和农民，这只是诗人幻想中的农村和农民，是从陈旧的书本子里抄袭过来的农村和农民。

抄袭陈腐的滥调，只是因为他实际上不懂得农村，不懂得农民。他不了解农民的生活和痛苦，更不了解那深藏在他们内心的受压抑的愤怒与仇恨的情绪。他们所看到的，只是那个人云亦云的所谓农民的形象，那一辈子只晓得忍辱含辛的灵魂。我们的诗人一点也觉察不到那从生活的底层迸发出来的火焰，那在暴烈的社会变化中开始产生和成长起来的新的性格，新的农民的形象。在他的笔下，现在的农民和几十年或几百年前的农民几乎是没有什么不同的，时间好象是永远停止着的。

假如我们拿另一个诗人李季所写的《王贵与李香香》来和《泥土的歌》对照一下，我们就会看见，在《王贵与李香香》里所写的农村与农民是多么不同呀！自然，在《王贵与李香香》后半部所写的事情，不是《泥土的歌》的作者所经历过的，我们不能要求他也来写这样的东西；但前半部所写的，和臧克家所写的一样，不也是黑暗落后的中国农村吗？而李季却和臧克家不同，他给了我们一幅多么生动火辣的农村斗争的图画……这儿有的是多么鲜明的阶级的仇恨和阶级的友爱，这儿有的是真实的生活的血肉，反抗的火花，这儿也有明丽的自然景色，但那是和他们的生活与斗争密切关连着的，而不是像舞台上的布景似的玩意儿。最重要的，是他推开了一切因袭的看法和成见，写出了那正在农民中间滋生和成长起来的觉醒的精神，战斗的勇气，要求解放的坚决的意志。这里是洋溢着何等的战斗的气氛和肯定生活的力量啊！是的，这是新的东西，也许还只露出一点极小的嫩芽，在一般人的眼里还看不见。然而，诗人的可贵，不就在于要比一般人看得更深，感觉得更灵敏，不就在于要把那新生的事物，在今天虽然还是很细微，但它是必然向前发展的事物，大声的传报给社会吗？因为只有这样的诗，才是高扬人们的精神，召号人们去斗争的。顾尔希坦说得好："一个伟大的艺术家，时常比人民的东西在人民大众意识中间成熟的时期，更早一些看到和体现出它。这样的艺术家是个公告者，是个战士，是个导师。这样的艺术家，就完成了伟大艺术的真正使命。"（戈宝权译：《论文学中的人民性》四三页）

但是《泥土的歌》中，却只有一些浮面的不真实的描绘，只有一些纸糊的景色，只有一些滥调的重唱，……从它，感不到一点新鲜的事物，感不到一点历史的足音，感不到一点生活搏斗的响动。从它，你是嗅不到一丝丝今天已经烧红了全中国的农民斗争的火焰气息的。

臧克家既然并不了解真正的农村和真正的农民，那么，他所谓"偏爱乡村"，"昵爱乡村"，也就事实上落了空，因为真正的爱是必须以深刻的了解为基础的。

那么，臧克家是从怎样的情感出发写了农村和农民的呢？

吃厌了肥腻的人，有时候会喜欢吃点粗茶淡饭。在都市里住久了的人，也会想到乡下去换换空气。显然的，臧克家之所以那样"偏爱乡村"，就因为他有点厌倦了都市的生活；那里的高楼，使他失眠了。臧克家是来自乡村的，从他的《我的诗生活》中，我们知道，他是一个已经开始破落的地主家庭的子弟，他在那个和农民似乎接近而实则隔离的环境中度过了他的平静安逸的童年。在他的脑子里，便留下了一段关于乡村的和平静穆的回忆。当他感到都市的繁嚣和压逼，使他不能安眠的时候，或者当他在都市的生活受到挫折的时候，他就不免眷念起那个残留在回忆中的乡村，而觉得那里才是一个可以"睡得又甜又稳"的所在。他的写农村和写农民，并不是因为他感受了在沉重压榨下的农民的苦难，也不是由于他深刻地认识了蕴藏在农民中间的深厚的战斗力量。他的歌唱乡村，只是因为他有点厌恶都市，厌恶都市的咄咄逼人的高楼巨厦，而想把自己的有点儿脆弱的心安置到幻想中的平和静穆的乡村里去，到那里去寻求一点自欺的慰安。

乡村的静穆呀！农人的善良呀！这些唱烂了的调子，正是那些想换换口味的都市知识分子眼中的乡村与农民。在他们看来，那歪立在山坡上的倾斜的茅屋，正增加了无限的风趣，那深刻在农民脸上的皱纹，正充满了无限的诗情。他们那里知道蜷缩在茅屋中的人们是怎样挨饥受冻？那里知道刻在农民脸上的皱纹里包含着多少辛酸痛苦？什么"麦秸香"呀，"大粪香"呀，这些都纯粹是知识分子的矫揉造作，用来表示他和农民情绪的接近，但是，今天的农民那里有闲情去欣赏那些"香"气啊！这样的感情，实际上是和农民的感情毫无关系的。我们来看看《酒》这首诗吧：

> 酒味
> 怎样刺痒着酒徒，
> 土气息
> 怎样刺痒着我的鼻子。
> 这醇酒
> 叫我沉醉得厉害，
> 就像沉醉在
> 爱人身上那种特有的香味里——
> 不愿再醒过来。

看呵，一个都市知识分子的灵魂就完全显露出来了。农民是决不会把土气息比喻为"爱人身上那种特有的香味"的。而且，农民对于土地决不是那样单纯的沉醉于它的气息，他们从心里所希望的，只是从那土地上获得丰富的收成，只希望有一天自己能够得到一块土地。

再看《黄金》这首诗吧：

> 提防着黑夜，
> 农民在亮光光的场子上
> 做他们的黄金梦，
> 梦醒了，
> 他又把粒粒黄金
> 去送给别人。

在残酷的封建剥削下，农民不得不把自己一年辛苦的收成向地主纳租的情形，诗人就这样轻松地唱过去了，仿佛说着一件很美丽的故事似的。他毫无愤懑，毫不动情，完全是一个身居局外的旁观者。

然而，臧克家是一个愿意站在革命旗帜下面的诗人，由于一种概念的认识，又使他不能不给他那苍白无力的诗，敷上一层薄薄的红粉。有时候，他也是企图唤起农民的醒悟吧，但那呼唤是多么微弱而模糊，而且他一点也看不到农民自身的觉醒，更没有把自己也置身于农民中间，因此，他就站在比农民更高的地方，用带着怜悯的口吻来教训农民了。如在《命运的钥匙》中，他说：

> 锄杆
> 把手摩成茧，
> 锄头底下
> 产生了什么？
> ——除了别人的温饱和嘲笑。
> 以沉默
> 作了五千年的回答，
> "命运的钥匙呢？"
> 今天，
> 你该问自家。

而在《反抗的手》中：

> 上帝
> 给了享受的人
> 一张口；
> 给了奴婢
> 一个软的膝头；
> 给了拿破仑
> 一口剑！

同时，

也给奴隶们

一双反抗的手。

反抗的手，是上帝给的吗？这是多么空洞、虚幻、毫无真实的生活血肉。与其说是战斗的号召，倒不如说是牧师的说教。这里，充分表现了臧克家对于农民战斗能力的无知和不相信，他根本不了解农民是能够自己起来斗争，能够自己解放自己的。他们不要任何人的怜悯，更不要甚么上帝的帮助。

上面就是我读了臧克家的《泥土的歌》之后的一点感想。我倒以为这不仅是《泥土的歌》的问题，而是今天文艺创作上一般地值得注意的一个问题。描写农村和农民的作品，最近渐渐多了起来，特别是诗歌方面，歌颂农村的作品是为我们所常见的。但是我们确实也发现了这样一种倾向，即是以知识分子自己的心境或从个人的感觉去歌颂农村。无论是出发于右的对现实的逃避，或出发于"左"的一种革命的空洞概念，结果都是使农村神秘化了。像《泥土的歌》中所描写出来的农村和农民，实际上是起了一种幕布的作用，使真正农村的风貌和读者隔离开来。这自然并不是作者的本意，然而结果却往往如此。形成这个隔离的，首先自然是个意识立场的问题，而同时也是一个生活认识与实践的问题。从《泥土的歌》中，我们可以看出，作者仅是出发于幻想的憧憬，出发于腻烦都市生活者的自慰与自欺，因此所谓爱得心痴、心痛、爱得要死的感情也就不能不使人感到是虚伪的。在这里，我们还可以窥察一下他的创作态度，作者写过一本《我的诗生活》，他说：

"我破命的写诗，追诗，我的生命就是诗。我真像东坡眼中的孟郊一样，成了天地间的一个'诗囚'了。推开了人生的庸俗，把一个理想投得很远，拒绝了世俗的快乐（其实就是无聊残忍的口腹耳目之欲），我宁愿吃苦，看破世事人情，我才更觉得事业是唯一'不空'的东西，它是一支精神的火炬，虽在千百年后，也可以发热发光。一切皆朽，唯真理与事业永存。诗，就是我以生命全力去倾注的唯一事业"。

这完全是一种非现实主义或唯心主义的创作态度。这本书给人一个印象，似乎作者的写诗，简直是由于天才的遗传。生活的意义在这里被忽视了。而在后来教他的学生做诗的时候，又常常过分的称赞了那些并无生活内容而只是词句上玩聪明的诗句，例如什么"记忆的长丝，拉活了亡人"呀，"生活的钝刀锯断了我的青春"呀，等等。而臧克家甚至还把这些他认为美妙的句子改头换面的插到自己的诗中。臧克家的这种对于诗的看法和态度，在《泥土的歌》中，也是表现得很明显的。比如《诗叶》一首：

> 白杨
> 摇摆绿的手掌，
> 灵感抖动翅膀，
> 萧萧作声浪，
> 万片诗叶
> 在半空发狂。

这样的诗有什么意思呢？这纯粹是形式主义的玩弄词句罢了。

其实，只有生活中才有诗，却没有一种与众不同的"诗生活"。所谓诗生活，应该就是实际的战斗生活。在那些为人民的英勇斗争中，在那些前仆后继的搏斗中，在一切平凡的然而具有社会意义的日常生活中，就存在着诗的因素，诗人的任务是把这些因素用精炼有力的语言凝结起来，作为鼓舞与号召的声音。因此作为一个人民诗人的创作与认识，不能不是统一在社会生活的实践中；而在今天，作为一个写农村的诗人来说，他不能不是从今天中国农民革命的实践中，去直接认识这革命的实质和意义，而通过这种认识与感受去歌唱出农民的真实的思想感情。所谓"面向农村"，并不是站在知识分子的地位，"居高临下"地去俯视一切，而是勇敢地投入到他们的生活与斗争中去。这样我们才能真正地取得了诗的真实。

（原载1948年3月1日《大众文艺丛刊》
第1辑《文艺的新方向》）

诗人的灵魂

——评《国旗飘在雅雀尖》

孟十戈

"诗人"和"先知"这两个名词，在英文辞中原是一个字，可知"诗人"必要有"先知"的慧眼，来洞察自然的社会的神秘，发掘真理来，给大家指出一条应走的路，常说的"人类灵魂的技师"，也不外是这个意思。假若"诗人"（文学艺术家都是的）"人类灵魂的技师"，没有灵魂了，"先知"而不知了，那将不知引人类到几层地狱呢？所以我说，诗人，他必须蕴藏政治家，军事家，思想家，立法家，哲学家等等不同的气质；更要紧的，是以真实的生活来武装头脑，来养健灵魂，若是诗人只懂得坐在椅子里写诗，他一定写不出伟大的有社会意义的动人的诗句来，那末"诗人"也就不成其"诗人"了，最多也不过是个"文字匠人"。

克家先生的《国旗飘在雅雀尖》，是集从战前到现在，从前线到后方，在不同的时间，不同的空间所写下的诗篇而成的。虽然每篇诗的灵感的获得不同，但他有一个共同点，就是勇于去生活，不计苦与乐，敢于正视现实，不避险与恶，将所要说的话写出来，美丽的，去赞扬，丑恶的，去咒骂，去投枪，祈望着美的更美，丑恶的变美丽。关于这点不要我特别指出，只要读《国旗飘在雅雀尖》《第一朵悲惨的花》《红星》《给坐轿子的人们》《比照》《这是他那最后的土地要求》以及《人类共同的娼妇》等篇，就可一目了然了。

他为什么敢正视现实，向现实投枪，赞扬美丽的，咒骂丑恶的呢？

我不敢饶舌，看他自己的回答吧：

> "为了生活的压榨
> 我陪同农民叹气
> 命运翻身的日子
> 我也分得一份喜欢"
>
> ——《无名的小星》

正因为自己生活的困迫，又看到农民的艰苦，苦命人见苦命人，怎能不流同情的辛酸的泪，怎能不为自己的为大众的幸福而说话呢！他的诗就是这样写出来的。但这样是不是就保证了臧先生的永远进步，不后退呢？有可能的。

在《对话》里，他说出了自己的痛苦的矛盾，"灵"与"肉"的矛盾，"在这破旧的人生的旅馆里"，在这不需要灵魂的大屋里，有灵魂的人，是不能避免悲的，一会儿打起劲来干一套，一会儿，怕磨难而退缩，想要用死去逃避，这就是矛盾的现象。尽管灵魂假肉体来表现，肉体受着灵魂来支配，然而，它们并不是和睦的平静的死的相依并存，而是变动的有强烈斗争的，相反相成的存在，它能使意志薄弱的没有政治教养的人悲欢悒郁，也能使意志坚强的有政治教养的人快乐，在苦海中挣扎，找生的真理。《对话》是这样产生的，是一首含有哲理的诗篇，从那里面，可以知道灵魂与肉体的关系，也可以知道臧先生灵魂深处是什么？

我想，在臧先生着笔写这篇东西以前，一定苦思了好几天，"灵"与"肉"在脑子里打仗闹得日夜不宁，也或许受了刺激而灰心，欲意逃下阵来，追求金粉的慰藉，或到深山里隐居，也或许真的违背理想做出一件咎心的事来，不然自己的"灵"（理论）怎会向自己的"肉"（行动）说出"对不起"的话呢！所好的"肉"还能耐着熬煎，不怕烦恼，清瘦，听到"灵"的"对不起"的话头，不知道脸红，不会说："望着磨难打缩，我就不敢来到这世界"，更可喜的是它的缺点被指出时，它能诚恳的接受，虔心的谢谢"灵"，说：

我感谢你，我借了你的眼睛
从斑驳灿烂里
辨认出真理的颜色
从纷哓喧嚣里
听出了是非的声音
你，把我放在一个位置上
教给我从那个角度上去看一切

正因为有理论的指导，所以他才不会"过一天，是一天"地糊糊
涂涂地过下去；正因为有真理的昭示，所以他才觉得没有灵魂的人是
难以生活的，他更痛骂出卖灵魂的人，说是去了毛的猪，又白又胖，
专供别人来吃肉喝血的家伙。

有灵魂有思想的人是痛苦的，时时被"夜眼"人侦察，监视，更
有些鼠胆的人，视你作怪物，野兽，炸弹，不敢和你交接，生怕吃了
他们，炸死他们，一切无耻的奴才。在这种境遇里，是最难熬得过的，
一旦"时代（革命）急流"的怒浪掀起来，那倒痛快，不变节的是英
雄，是好汉，变节的是坏蛋，无耻，不参加斗争的，会觉到孤寂的难
耐，这三条路的选择，要看其信仰真理的程度而决定，臧先生是坚决
的，不变的，我敢担保。当他的"灵"，认识及真理向他召示"苟安，
对你就是不安"，警告他不要眷恋旧的梦，不要被情感的网捉住了，同
时他又看到"一群人以百米赛跑的速度"从他身边向一个目标跑过去
了，他又听到啦啦队叫喊，拍巴掌，他不是勇敢的抛开所有的牵绊用
力吼出行动的先声吗？

姑息，就是自杀，
想到明天，忘了昨夜吧，
纪念着前路，把过去葬埋在记忆的深处吧！

灵魂，我苦难的朋友，我的灯塔，
我将顺着你的指点，跨上一大步。

诗人的行动是写诗，象工人做工，农民种田，士兵打仗一样，在大革命的时代，诗人是大众的喉咙，只要他能唱出大众的愿望与痛苦，已够人心满意足的了，何忍再进一步的向诗人要求别的，希望他瘦弱的身体，肩着机关枪去打仗。

最后，再容我加上一笔，《国旗飘在雅雀尖》及《呜咽的云烟》是值得介绍的。在《国旗飘在雅雀尖》里，能使人找到我抗战军人的灵魂（这也是诗人的灵魂），同时也告诉我们，唯有站在正义阵容里的战士，才能那样的乐于捐躯，不怕牺牲，这里臧先生写得很有技巧，他避免口号的呐喊，只果敢地悲痛地给殉国者一面国旗。

> 有阵地，有你，
> 阵地陷落，你要死！
> 锦绣的国旗一面
> 这是军人最光荣的金棺。

也只有这样有力的朴实的诗句，才能在人心里刻下不灭的痕迹。这篇诗，有正确的主题，又加上音节的简明，旋律的硬朗，铿锵，可称得起一篇艺术作品，无怪乎臧先生在《小序》里特别提出。

《呜咽的云烟》，不多三十一行，便写出了收信人及写信人的心情，更深刻的是体会到沦陷区人们写信的困难，言论的不自由，假"狂风""雪片""坚冰"来征象着敌人的疯狂，暴虐，冷酷，失掉人性，但也只简短的两句，说出"人心不死"，还有一个大的希望在向他们招手，那就是：

> ……
> 但是严冬不会长久，
> 春天就在它的后面。
> ……
> 一万句话
> 来碰你的笔尖，
> 千钧之力

压住了手腕，
几次放下笔
又拾起笔，
在纸面上
写上二字"平安"。

这"平安"二字，是信的内容吗？不是的，它包含着许许多多，酸甜苦辣的，愤恨怨哀的，也有可歌可泣的，不是简单的信哟。

（原载1944年1月28日重庆《新蜀报·蜀道》第1075期）

读《十年诗选》

吴组缃

克家兄：十年诗选我至少已读三遍，特别打动我的，我至少读了五次。当中印错的字很多，您用墨笔改正了一些，但还有遗漏的。

你容许一个完全的外行来谈论您的诗吗？我想您一定答允的。我要告诉您，我最喜爱的还是那几篇怀念农村生活的作品。如《社戏》，《场园上的夏夜》,《答客问》,《村夜》,《歇午工》,《温柔的逆旅》,《海》,《他回来了》,《村头》,《死水》,《生的图画》,《暴雨》,《坟》。您真了解农村，您的情感真正渗透了他。您写得那么深刻，浓厚与亲切。您的笔带着饱满得要滴下来的情绪，好象任便怎么落纸，都可以成为绝唱。您那种同情，哀怜与感伤的情愫，也是使我陶醉的东西。这自然因为我也是农村生长的，我们的生活背景有相同之处的缘个别人，他就未必能欣赏。但《眼睛和耳朵》一首我就不喜欢，故。换我嫌它"薄"、"轻"，不浓不厚不重。《老哥哥》我也不甚能体会，我嫌此题材过于特殊，要末就当叙事详写，如此写法我觉得"晦""怪"。

又《刑场》一首甚佳。

第二类是关于歌吟您个人生活情绪的作品。如《窗子》,《春鸟》等。我认为此亦是您第一级的诗。尤其是《窗子》，这是最能代表您的情性的诗。您必须在其中有过深而久的涵泳，体味，而后从您灵魂的底里呼喊出来。此所以可贵。《失眠》,《象粒砂》亦属此类，亦是我最喜爱的。《诗痴》亦佳。

长诗如《运河》,《第一朵悲惨的花》我亦以为是好诗，但我嫌它的铺张。《中原的胳膊》则极好，比《罪恶的黑手》深多了。

我认为不好的是"抗战诗"与"生活哲理诗"。前者没有一首是我所喜爱的，甚至《老媪与士兵》我亦觉得寡味。这也许它们本来不坏，是因为和上述各诗排在一起，相形见绌了。后者如《生活》《希望》《忧患》等，都嫌概念化，教训意味，放在您的集中尤都觉得浅、薄。

《壮士心》，《穷》，《型》，《反抗的手》，《三代》都写的抽象的意念，我不喜欢这类诗。

最坏的是《拍》，我以为当删，但我说不出所以然来。

您的初期诗，多诅咒罪恶与黑暗，歌颂新生与光明之作，虽幼稚，但极可爱。因为真挚而富有热情。如《不久有那么一天》是极好的诗。您的近作多怀旧，未免颓唐，感伤甚至悲哀，但多是成熟的好诗。此时一有昂扬发旺的情绪出现，往往不成好诗，如抗战诗，都觉得不是从您的深处呼叫出来的声音，因而显得无力。上面我说过，我很为您那感伤颓唐之情所陶醉，但我也要说明，这是我的偏好，也许别人并不喜爱，并不被打动，反而要笑嘲我们病态，没落，与有害，这就是问题之所在。真情饱和的作品，是有害的，病态的，没落的；而有益人群，健强前进的作品则又显得淡薄无力。自社会人群着眼，宁取后者；从艺术着眼，当取前者。自客观理智言，当写后一种；自我们主观情感言，宁愿多多写前一种。这是就事论事，问题是无法抹煞的。我们平常发一种感慨，只晓得思想——思想——意识——意识——于艺术却无所知。但我们并非艺术至上的信徒，我们显然坚决的主张文学须为人生服务，若然，我私心中就有一种疑惧，那就是我们创作的路通到那里去呢？我们的生活本身尤其精神内心方面正向何处发展呢？我们是不是过于沉没在过去的情怀中，不能自拔，遂致无力跃进新时代的中流，与当前的滚热的现实紧紧拥抱呢？我们是不是过于囿限在个人窄小的圈子里，而与阔大的人群生活脱了关节呢？这是我自己常常苦闷的，在您的诗作里，我发现了相同的问题。

那天在您寓所里，您把您最近的长诗的初稿念给我听，我知道您正循着已有的道路更向前更深入的发展。我当时一方面击节称赏，一方面却非常疑惧，我为您担心，也为自己担心。

以上就是整首，整个的诗说，此外佳句则首首都有，您的诗句的锤炼真有功夫，一个单纯意念的表现，尤见出您的才华与修养。"你是一条走不完的天桥，从昨天度到今天，从今天又度到明朝"（希望）多么爽朗明快！"一圈一圈黯淡的花朵，向无边的远方开"（失眠）细微极了，而暗示得又极鲜明丰富。"蛛网上斜挂着一眼热闷"（场园上的夏夜）太好了！"用拔不出来的耳朵听红毛的鬼怪"，拔不出来的，真有劲！"孩子，睡在大人的腿上，板凳，睡在大人的肩上"（社戏）这样单调的句法写出这样丰富活泼的情境，真是神来之笔。以上都是随手举出，我以为都是登峰造极的不朽名句。若问我好在何处，我只可笼统的答：因其真朴，自然，含蕴丰富，本是天生的，不过被您的诗心触着，被您的诗手捡到，决不象您的匠心刻意经营出来的。但是象"一根汗毛挑一颗轻盈的汗珠，汗珠里亮着坦荡的舒服。"（歇午工）我以为这样的句子就未免用心太过，显出斧雕痕迹。又如"这样，诗人，就同悲惨的命运永远的握手了。"（第一朵悲惨的花），就全篇看，这是画蛇添足之句，当删。"你的手可以发号施令"（同上）以手施令可讲，以手发号似不好讲。"一口小锅满身是补钉，让它常常饿着，她真也无法，现作现报，一点也不差，它也不把一个温饱给她。"（老媪与士兵）显得累赘，夹缠，既无力，亦无味。"把事实上盖上双手"，（天火）此句若未印错，则嫌毛糙，当为"把事实上盖上一只手。"或将第一个上字圈去。

在用字方面，我也可以看出您是如何考究，有时一两字，你选得真好，如："到处响着浑圆的和平"（不久有那么一天）以"浑圆"二字形容和平，亏您想得出来。"铺一面大地，盖一身太阳"，"铺""盖"二字好，非用此二字，全句即无力量无精神。"天上踏下来暴雨的脚"（暴雨）若将"踏"字换"落"字就索然之至，必须是"踏"字。我要和您讨论的是下述数种；（一）推敲太过，显出不自然，或流入纤巧者，如"去接受柳扇面来的清风"（柳荫下）"扇"字不佳，反不如"柳条""柳枝""柳叶"或"垂柳"。又如"阳光点了它一身银花"（同上）"点"字不佳，不如"洒"字自然而力大。又如"黑夜落下柳岸的寒塘"（刑场）"下"当改"在"，"在"字较稳当。又如"等这群罪人饿瞎了眼睛"（罪恶的黑手），平常只说望瞎了眼睛，眼睛为何饿瞎？"泥巴人给涂下一身黑点。"既涂不成点，"涂"当改"溅"，或存"涂"字圈去"点"字。（二）所用之词太艰涩，太冷辟，念不顺口，听来不易懂得，如"现在您只管笑我愚"（不久有那么一天），"愚"不如"傻"。或于"愚"字下添"蠢"

字。"那时火花在平原上灼"（天火）"灼"字实不佳。"我知道你什么都谙熟"（同上）"谙熟"之词太文，就全句子听不惯。"你就可以听出一个无劲的心！"（答客问），"无劲"，从无此词。何如"没劲"，"泄劲"，或"无力"？又"抓搔秃了它的头毛"（老媪与士兵），"抓搔"二字当圈去一字。又如："青苗象早熟的孩子，肌黄筋瘦挑不起腰肢。""挑"字不佳，不如"挺"字。又如"如果一注眼光是一条针尖"，（神羊台上的宣传画）"一条"当为"一个"。"战士列起战斗的姿态"，"列"字殊不妥。（三）为要趁韵致用词不顺适者。如"痛苦在我心上打个印烙"（烙印）"轻重倒颠"（第一朵悲惨的花）"只忙着去赶契约上的期间"（罪恶的黑手）"期间"二字实讲不过去。"妇女唤鸡声叫响了庄村"（暴雨）以上虽非大病，然在语体诗中则为疵疣，以其不顺口，听不惯，且极碍眼故也。（四）于词义恐有未察者："一颗彗星偶然扫过"（场园上的夏夜）彗星俗称"扫帚星"，出现之后，并不流动，怎么"偶然"扫过？此所说当为流星。"这一天的日子你得享受，谁也不许放起忧愁。"（元旦）平常说放起，即搁起之意，谓放下也，不提它想它也。此处显系误用。（五）太生僻的土语，采用了，再加注子，在读者眼中即隔了一层，实是遗憾。如《温柔的逆旅》中所用土语，又《秋》末句"'拉大笆'的客人"，无注，我即不明白是什么意思。

又我以为诗题亦是作品的一部分，当求其简赅，不可噜苏。《场园上的夏夜》，不如直用"场园"或"夏夜"二字，《歇午工》，不如简为"歇午"。又《呜咽的云烟》《神羊台上的宣传画》均嫌累赘。《国旗飘在雅雀尖》，《依旧是春天》，《不久有那么一天》则殊佳。语体诗后加一文言跋语，我以为殊不协调。我根本反对诗篇自己加注自己加跋。

我要说的大致已经说尽了。敬祝　诗安

弟　　组缃　　一月二十五日

我若选一本新体千家诗，我当选您的五首诗：《窗子》，《社戏》，《诗叶》，《静》，《死水》，你同意否？

（原载1945年5月4日《文哨》第1卷第1期）

《十年诗选》

劳　辛

　　为了想清楚地了解《十年诗选》，我想把它分为战前与战后两部分来分析。诗人在序里说："这个诗选，我是依了三条标准线的。第一那些曾经起过一些影响的。如《罪恶的黑手》，《运河》以及《烙印》集子里的一些短诗。第二虽然从技巧的观点上着眼，也许不够完整，但这些诗却是有意义的。如生活，希望。最后一个标准是：意义不一定大，但艺术水准却够，且足以代表我某一时期的心情，如失眠、像砂粒等。"以这三个标准来选他十年来的作品，虽然在他未必是以历史的发展底轨迹做中心；但时代的精神却像一根线贯串着这些诗篇。

　　在民国二十年那时候，我们广大的东三省被日寇侵占去了。而那时我们的国策是"先安内而后攘外"，正在内战最酣的时候，大幅中华民国的地图变了颜色！于是我们良善的人民不能不暗暗地惋惜这么一大块肥沃的土地落在敌人的手里。我们不只是惋惜，而且是一种抑不住的心中的悲愤。如：

　　　　我知道你的心正在悲伤
　　　　悲伤中原一身是血，
　　　　生生的割去了这一条胳膊。

　　　　　　　　　　　　　　　　　（中原的胳膊）

他眷恋那块好土地，因为那一片黄土层的风景线是这样的：

> 关东是上帝给中华民族
> 预备的宝库，
> 三分劳力
> 给你七分酬劳的东西。
> 夏天的大野是一片绿海，
> 管许你一眼望不到边际，
> 你眼里看着心下会发愁，
> 得多少人才吃完这一季粮食。

（中原的胳膀）

这是一块多肥沃的土地呀——它是我国的宝库，可惜在我们不抵抗的政策下白白送给敌人了，怎么不叫我们悲伤？怎么不叫我们愤慨呢？但是凤凰是在烈火里诞生的，敌人的刺刀和炮火将会惊觉人们的麻痹性和烧毁顽固的根性，诗人预见到这一点，便知道在忧患里，可能使我们睡觉了的民族醒过来励精图治，奋发自强；所以他在《忧患》里写着："心与心紧靠拢，组成力促生命再度的向荣。"

跟着"九·一八"和"一·二八"事件之后，我国和日本签订了不少不光荣的协定。那时，政治的气压像是暴风雨降临的前一刹那一样沉闷。沉闷，沉闷！人们都张大嘴又不知是想喊或者想哭呢！眼看日寇的欲壑难填，处心积虑的要整个吞食我们的土地，因之全国的人民都觉悟到"兄弟阋于墙，外御其侮"和"国家兴亡匹夫有责"。可是他们没有救国的自由，于是那些热情的知识分子便迷惑起来了。他们：

> 听不到罪恶的喧嚷，
> 也捉不到一点光。
> 血淋淋的我那颗心，
> 在黑暗的浓处发亮。
> 模糊的一片悲哀，
> 无声的雨点打来，

一圈一圈暗淡的花朵，
向无边的远方开。

（《失眠》）

这一首诗写在一九三二年，正是"九·一八"和"一·二八"之后，那时幌在全国人民的眼前的自然是"一圈一圈暗淡的花朵"；悲哀又像是"无声的雨点打来"。

虽然是局势这般严重，但人民却被钳住了口，无声无响地像个负重致远的老马。诗人以真挚的温情去抚慰他们，去同情他们；他的《老马》那一首诗便是他的深沉的情感底表现。

总得叫大车装个够，
它横竖不说一句话，
背上的压力往肉里扣，
它把头沉重的垂下！

这刻不知道下刻的命，
它有泪只往心里咽，
眼里飘来一道鞭影，
他抬起头望望前面。

的确，中国的老百姓都习惯在封建的统治下生活。饥饿与痛苦却像蝗灾时的蝗虫一样多。从老远的过去到战前到处都是一片荒凉，荒凉得没有一丝人生的情感与气息。我国的老百姓真像是一匹驯服的马负着这封建的重轭。他们并没有言论、集会、结社与人身的自由，相反的一种惶惑的想像完全统治了他们的精神。于是他们便成了"这刻不知道下刻的命"底负重的动物了。

诗人感受了时代的悲伤；而对于时代的信仰与希望却较他的悲伤稀薄，稀薄得像橙黄的晨曦。试读他的《不久有那么一天》便知道明天的希望与理想在诗人的头脑里只是一种朦胧的感觉而已；并没有坚强的斗争的信念。这就足以说明中国的知识分子在革命过程中的倾向——时代所给予诗人的忧郁与寂寞正可以说明那时有些知识分子底情感相当地冷凝。但我们要知道在另一些人群却英雄地创造了不少英雄的斗争事迹。这证明我们的信念已经不是一种象征，或是一个愿望，而是一种群众性的运动了。只要看一看发生在学生群中要求团结，要求抗战的"一二·九"运动，便知道这高潮的到来有着长时间的潮讯。但诗人却偏偏在这一点上停住了他的笔触。说起来，在诗人的全般思想上是一个缺陷。因为诗人像一般知识分子一样陷于忧郁与失望的泥淖里；所以曾在像"一二·九"这样一幅色彩鲜艳的时代画面前收敛了自己的情感，在缅怀过去，在自我陶醉的情形下叹息自己生命的遭劫。

战争的进行曲

在八年前的夏天，终于响动了抗战的炮声，几年来我全国人民的愿望和情感都像汇合百川的流水走到了宽阔的河床，汹涌澎湃地奔流。就是水闸，堤防和木栅都堵不住这般泱泱大水。这"救亡的情感像沸水，使大家变成了疯狂"；于是我们能听见战斗的交响曲。"这声音比敌人的炸弹更响，这声音像爆烈的火山一样"。这是人民的吼声；这是战斗的高歌。诗人唱着：

> ……他们的小嘴
> 叫开了一个个车窗，
> 歌声
> 像火把，
> 烧着
> 每个听众的胸膛，
> 一列头颅探出了窗外，
> 一千张大嘴一闭一张。

（《伟大的交响》）

像这样苦难的日子，只要他是中华民族的儿女都会被卷进抗战的漩涡里去。以前光诅咒时代而又悲观失望的知识分子也掉过头来"面对着现实"了。像《别潢川》那一首诗里他写的：

> 为了祖国，
> 把生活浸在苦辛中，
> 为了抗战，
> 甘愿把身子供作牺牲，

又写：

> 我们都还年青，
> 一齐挺起腰来，
> 去拉大时代的纤绳。

我们这一次抗战是神圣的，正义的战争。为了保卫国家，为了争取民族的生存，我们每一个国民都要负起战斗的任务。我们固然听到像《别潢川》这样慷慨赴敌的歌声；但也听得像《老媪与士兵》一类的愤语。如果说叙事诗是生活底音乐的一长串旋律，它很和谐地把抒情和叙事结合起来歌唱生活的愿望和事件的话；那么，这一首诗是典型地具有叙事诗的精神了。读起来它很感动人。虽然在它上面并没有鲜艳夺目的色彩，也没有磅礴的气势，但那末冲淡，那末朴素，已足够表现了真、善、美的境界了。而且在气派和风格上都具有歌谣的特质与精神。这正是老百姓所喜见乐闻的东西。

历史的道路往往是曲折迂回的向前流去，好像长江般穿湾出峡一样曲折。当战争到了一个较为稳定的时候。（不，局势仍是一样严重呀！）便有些好像患着歇斯的里的军事家和政客们想起搞些自私的快意的事件了。因之团结的局面又遭了浩劫。以至大多数的知识分子从爱国的热忱中沉默下来了。他们虽想歌唱斗争的生活与行径；但逆流的黑手扼住了他们的喉头，他们不得不静下来了。我们的诗人也免不了要说：

> 我也有一串生命的歌，

我想唱，像你一样，
但是我的喉头上锁着链子，
我的嗓子在痛苦地发痒。

（《春鸟》）

农村的风景画

中国是一幅古画。

它是一幅色彩惨淡，而线条又是异常苍劲，构图很称得上艺术成功的古画。它使多少人激赏，多少人恋慕，而能在欣赏者的内心里涌起人类的深情——因为一种不是幸福的气氛往往会引起深沉的情感。这幅现实的图画诗人却费了不少心思勾下了它的轮廓。因之在这一本诗选里面《泥土的歌》所占的分量相当的多。所以我特地提出来谈一谈。

在长时间的封建制度的停滞中，使得中国的农村竟像一个龙钟而又过度疲劳的老年人。土地的枷锁羁绊了他们的身体和精神，一种超经济的剥削比监牢的铐镣更为沉重；复加以都市里狡猾的商业资本和地主经济结合起来，逞威肆虐，荼毒整个农村经济；于是中国的农民便时时在这样的鞭影下喘息与死亡。因为这样社会性质的缘故，遂使贫穷，饥饿与灾荒像夏天的青蛙一样吵闹在我们的广大农村中。这些都是诗人极端熟悉的事情。如在《穷》里写的：

屋子里
找不到隔宿的粮——，
锅，
空着胃，
乱窜的老鼠，
饿得发慌；
主人不在家，
门上打把锁，
门外的西风，
赛虎狼。

又象在《寒冷的花》那一首诗所写的，虽在下雪的时候，又吹着砭肌的北风；但他们没有裤子穿，出不得门，"瑟缩在炕头上，听肚子里饥饿的小曲，听自己的上下齿作战"。因为生活的贫困便塑造成他们一副特别的人像：

　　老屋
　　秃了顶
　　再也受不住风雨的吹打，
　　看上去叫人发愁——
　　那屋顶上开着的
　　灰色植物的惨白小花。
　　屋子里的主人
　　也是一样，
　　只有冷空气他不缺乏，
　　看疾病贫困的刀锋，
　　把他刻成怎样一个人"型"。

（《型》）

像这一类型的人物，诗人以最大的温情来热爱他所熟知素稔的农村人民。他歌唱他们的生活——他们的愿望和情感。这种人类的温情充分地流泻在诗人的作品里。他曾说过："像一个人只有一颗心，一次爱一样，我把整个心，全个爱交给了乡村，农民；所以我不能再爱都市了"。(《序》)在长时间的封建制度统治下，我国农村中的农民被压榨得不仅肉体上羸弱了，就是灵魂也瘪了。所以愚笨和无知都好象是与生俱来的秉赋。但诗人并没有厌恶他们的肮脏和笨拙；反过来，他却歌颂他们的率直与纯真。他写着：

　　我爱那：
　　红的心，
　　黑的脸。
　　连他们的疮疤

我也喜欢。

（《海》）

又写着：

农民——
巨人的手，
我有一支歌
歌唱你的命运。
你的嘴，
笨拙得可怜。
说句话
比铸造还难。
你的脸上，
有泥土，
有风云，
直泅到生命的海底，
你的心！
谁说生路窄？
你有硬的手掌，
命运是铁，
身子是钢，
你的眼睛，
那一双小眼睛，
叫每个人"高贵"的人
去认识他的原形。

（《手的巨人》）

从这一首诗看，诗人给予农民以最高的评价，只要一读它的题目心里便涌起异常崇高的感觉。的确，中国的农民是我们这个几千年来半封建性质底社会的负轭者。他们都是自食其力的劳动者，不单只这样，他们又要供养那些"高贵的人"。"泪珠、汗珠、珍珠"便是道破这东方古老国家的奥秘。这种人与人间的剥削制度底存在是中国社会的劫运，但我觉到诗人在这一点上理智的认识也许不够深刻。固然在艺术的洗炼方面，情感必须要含蓄与深沉的，但情感的向外表现须要从阶级的基础上透射出去的才算得是真的情感。不过象他这样轻轻的说"那一双小眼睛，叫每个高贵的人去认识他的原形"。似乎这样的控诉有点侧近人道主义者的气质。也许在现实的"真"上来说，或者他们——中国的农民——是那么率直，纯真与无知。可是在文学的社会功能上说，我认为应该告诉给他们以生活的理想和斗争的信念。表现这种艺术上的"真"，才是现实主义的创作方法。如果从这一角度去衡量诗人的作品，他似乎是缺少响亮的歌声！

同时在抗战几年来，中国的广大农村已经变了面目与性格了。这是说有些地方更贫困，更荒凉了。同时有些地方却在抗战的高潮中站起来了。要是我们漠视这一点则无法透过中国的经济结构去理解中国的社会发展。在这一方面，《十年诗选》里的作品反映得不大够。这原因，我想也许是诗人仅以对农村的偏爱来怀念它以前的宁静。而且《泥土的歌》的诗都是完成在抗战的低潮中；因为没有民主政治作为文学创作的保证，诗人的情感像一丝丝游丝般飘忽；所以在伟大的斗争画题上便停住了他的笔触。这好像又回复到他以前《春鸟》那一首诗的控诉了。

田园诗的情调

在《十年诗选》里所选《泥土的歌》里的几首诗，无论其风格与情趣都和他以前的作品不尽相同。虽则在选词上仍不免有些旧词汇的缺陷，但从大体上说都是相当地纯熟和独特。如《静》，《遥望》和《暴雨》等篇的意境都非常明朗与宁静，几乎有点像六朝时代的诗人所摄取的一样。这会使读者陶醉在一幅恬静而可爱的农村风景画里。这么一来使我们烦扰的情愫好像在柳荫下乘一个凉。这只能使我们单去欣赏它的美，而忘记了我们的批判力量；因此在意境上与精神上和旧的田园诗好像没有多大距离；我想诗人或许在一种传统的偏见影响下以为只有这种表现的方法才算得是好的创作；殊不知这样来歌颂农村好像是给知识分子来介绍一幅幅乡村的图画；并不是给农民自己来欣赏关于他们生活情感底艺术，藉以反省他们的生活；所以无论在内容上与形式上都不是老百姓所喜见乐闻的东西；为的是它里面缺乏大众的情感，而仅仅是诗人的自我陶醉。并没有以主观的情感透过客观的对象来表现，这样便成了夸大的偏颇性。如果我们承认诗是生活的文字底纪录，那末，在生活中的主人应该是最好的诗人。每个最严肃的生活的人都具有诗的题材和诗的感觉。如《诗的导论》上写的："在我们每个人心中有着诗的胚胎"，就是这个意思。那末我们所歌颂的生活底担当应该可能直接去欣赏表现关于他们底生活的艺术；但像我所举出的那些诗，我想无论看或听，他们都不能领略其中的意义。所以我敢说臧克家先生仍未能深入到农民们的生活底深处，而农民们的生活状况仅仅像浮光掠影般内动在他的情念里；因之他的农村风景画便缺少了农民们底生活的斗争气氛。

我们可不能否认诗人正视现实，好似我在上面所说过的。他在《无名的小星》里写着："时代巍峨在我们的眼前"，他说要做一颗"无名的小星"为大众握起他的笔杆。至于诗人在理论认识的不够深刻，也许因为他对于明天的希望仅仅怀着一种朦胧的理想，像我在上面所引用他的《不久有那么一天》，就可以证明我这一个论断。所以他的诗作底战斗意义被限制了。

诗 的 道 路

现在我想略为谈一谈《十年诗选》的写作技巧。臧克家先生诗创作可说是到了炉火纯青的地步了，他的诗的素材的处理手腕都能从幅射中统一于一个焦点。如《歇午工》，《村夜》等都能够使读者从一粒砂里看到一个世界。但可惜有些小的缺陷是我们不大同意的，这是他感受旧诗词的熏陶太浓了。他的《渔翁》和《壮士心》等篇读起来并没有一种完全新鲜的感觉，似乎在旧诗词中已经古人用同一的笔触去表现过一样。不过，我得要预先声明，所有这些带着旧诗词气味的作品，都是诗人过去的创作。我们现在提出来讨论只是作为历史的回顾而已。除此之外，有很多的诗作，他很喜欢运用些旧时代又是旧意义的词汇来表现他的情感。如"创"（《壮士心》），"匕首"（《匕首颂》），"风萧萧"和"鬓影"（《兵车向前方开》）等。这或是说诗须以最一般的概念性的词汇来表现最中心的思想；但我想如果能大胆地运用新旧的最能广泛地代表一般概念的词汇来表现活生生的现实，不是更有艺术价值吗？这正是今天中国的诗人所要从事的任务。因为这些旧的词义都是代表封建性的东西，用它来表现新时代的情感与意义有点不大恰当或缺乏现实。

如果说诗的技巧是指内容与形式适应的艺术地创作；那末，我们不能单独地提出诗的美底形式来批判诗的价值。内容既居于主导地位，它便可以决定形式的了。只要我们所歌颂的对象是我们曾经以搏斗者的意志与精神去和它纠缠过，只有在不断的斗争过程中才有可能深刻地了解我们所生活这一角度的意义。在这样的生活体验下所创造出来的东西才有它的特质与生命。譬如我们歌颂农村，歌颂农民，首先自己要有斗争性地跟广大的农民生活在一起。如果抱着这样的态度去学习，去生活，则我们所苦思焦虑，日夕推敲的语汇问题便不成问题的了，便不会像有些诗人所运用的那般蹩扭了。这是说创作要与感情的生活结合，如果只是在思想上存在一点点理论的认识却很难产生出伟大的作品。

末了，我们须提到的是：臧克家先生近来的诗作有了大的转变。他的新作充满了健康的色素和战斗的情感；而且无论题材的选择与词汇的运用方面都和从前的有了显著的差别。好像最近他在报纸上所发表的《预算与决算》便是证明中国的新诗已开拓好了它的坦途。因之，我以为十年来中国新诗所走的道路便是《十年诗选》所表明的道路。

而它又是我国这十年来的政局的温度计。

卅四年一月廿六日完稿

（原载 1946 年 12 月 1 日《文艺复兴》第 2 卷第 5 期）

臧克家的《宝贝儿》

李白凤

　　作为一个诗人，从开始就走着不变的正确的路，他底步度是平稳而且健康，从不曾有什么写作的"高峰"和"低潮"，并且不采取跳跃的方式；这样平稳扎实诗人，在写作态度上是值得令人敬佩的，现在我想谈到的臧克家先生，就是这样一个人。

　　从一九二八（？）年起，他那第一本由闻一多先生设计的黑封皮红笺条的诗集《烙印》起，接着是一连串被人称颂的诗集《罪恶的黑手》、《泥土的歌》……直到这一本《宝贝儿》，我都读过。

　　他底诗用一句老话来说，正是"文如其人"的，其有北方人的真挚的爱憎和朴实，不像艾青、何其芳那样飘逸清新，不像田间那样简炼（朴实和简炼不同），他底诗，在同辈诗人中，带着最浓厚的泥土的气息。

　　他总该算是把"新月派"结束了的一个人，因为他底第一本诗集《烙印》，是大半用着"新月"的型式，而另外给它吹入新的生命的；因此，在我们读到《烙印》的时候，可以从洗炼的形式里，感觉到一种新的生命的跳跃和鼓舞。

　　为什么说是承袭着"新月"的形式呢？也许有人说，何其芳、卞之琳、李广田以及陈梦家们，已经结束了"新月派"，臧克家除了和闻一多关系较深之外，从他底气质、经历以及写作的动机上，是与"新月"诸诗人相径庭的。不错，何其芳他们是最后几个写着"新月派"诗的人，然而那种整齐的韵脚，四六行的分段方法，比喻的手法……

却还在诗坛里被人耽爱和使用着。（现代派的戴望舒的《雨巷》，以及文学研究会的老诗人王统照，都受了"新月派"很深的影响；尤其是后者，直到如今还跳不出那既成的桎梏。）直到臧克家的《烙印》出来，一方面证印着，"象征派"感情雕凿的脆弱，另一方面，结束了"新月派"的生命的延续。

例如：

　　像粒砂，
　　风吹我飞扬……

《烙印》

这里面，还歌吟着知识分子飘忽的感情，不定的心理；然而在那首铁匠未亡人的诗里（原谅我手头无原书可查，忘记了篇名。）却已经面对现实地去歌唱人民的灾难了。

当然，也许有人会说：胡适之他们不也唱过"洋车夫"之类的歌么？不错，他们确实唱过，而且还唱了不少；可惜那只是以知识分子微渺的温情主义来看人生，所以他们算不得人民的诗人。

接着《罪恶的黑手》在生活书店出版了，他又跨进了一步，这本诗，利用作者的心的感应和手的模写，告诉我们一座巍峨的教堂里充满了罪恶，而这只罪恶的黑手却扼住修筑教堂的工人，使他们生活在苦难里，加速他们的死亡。

这时，臧克家先生找到他应该毕生去走的，正确的道路了。

在战争的八年里，前半期他是在前方奔走的，因此，他底长诗《范筑先》就是那一段生活和写作的纪念碑，我是不那末喜欢这本为万人传诵的长诗的，因为我觉得有一个毛病——拖沓，纵然它底主题是那末明朗。后半期，诗人回到大后方来了，接着是假黎明的前夕和胜利的到来；他在大后方，看见官场贪污行为的普遍，政治的腐败而表示不满和愤闷，于是，由愤闷而发怒、发光，用全生命的热力来讽刺和讥咒，以代表人民的无言的愤怒。

正如作者在《宝贝儿》的序言里说的："这一年来，讽刺诗多起来了，这不是由于诗人们的忽然高兴，而是碰眼触心的'事实'太多，把诗人'刺'起来了。"真的，象他这样一个可以说是连骨头都根根朴实忠厚的诗人都吼起来了，更可以说明这时代的黑暗，是如何深而且重了。

与他同时的诗人，都写起讽刺诗来了，例如袁水拍、徐迟……他们也有各自的成就；我呢？也写了几篇讽刺诗，正因为自己写的不成器，便在他们之间，很用过一份苦工去研究，去捉摸……在我看来，以诗人的气质，接受的不同而去做比较的，当然是最笨的笨伯，所以到今天，在中国的讽刺诗里，我爱袁水拍的泼辣，臧克家的尖锐。

李广田先生表示除了喜爱《宝贝儿》之外，他觉得臧先生的性格是属于严肃敦厚一类的，你想，一个敦厚的人都怒吼了，更可以看出我们处的是怎样一个"好"时代！例如闻一多先生，他是百分之百的唯美诗人，然而时代的气压使得他走出书斋，怒吼，战斗……直到贡献出宝贵的生命。

臧先生说得很对，他说：

"在今天，不会再有诗人怕'政治'沾污了他底诗句罢。"

这是十分正确的，人是一个思想动物，在思想与政治混然不分的大时代里，诗人不但要了解政治，参加政治而且更严格地说：要左右政治。

什么是"左右政治"呢？就是人民对于政治的欲求，要由诗人集纳了广播出来，使不合人民要求的政治改体；因此，诗人所走的每一步路，都是人民正在走着的路。

我说他底诗"尖锐"，也许有人说是"清淡"，因为他底诗相等于拉斐尔的画，而袁水拍的呢？却是梵高的浓重的笔触，他底诗是轻轻地刺中要害的一击：

弹一弹帽子，
弹去了战争的尘土，
照着八年前的老样子
把它戴上去。

（《胜利风第一章》）

这说明战争虽然延续了八年，胜利了，一切还是老样子，贪污的照样贪污，裙带上的照样还挂在裙带上……

> 放下屠刀，
> 立地成官，
> 换一换帽花，
> 换一换旗子，
> 这很简单，很简单。

（同诗二章）

这一段也许说的是"一切照旧"，别看抗战的旗帜换上了"胜利"，别看"新军服"代替了旧军服，原则上只有一个，是什么？成则王侯将相，败则鼠窃狗偷。其实，在我看来，这三段应该拼做一气来读，因为它所表现的意象是一个，主题是完整的；它说明这一批"打烂仗"的朋友是怎么胜利的，然而，最后"复员"了，又都到收复区里来混水摸鱼。

至于第五章"闲敲着满肚皮的抱负"，第六章的"各取所需，皆大欢喜。"几段，以及"自由啊……"都有一点不太贴切的感觉。直到最后：

> 我生活在祖国里，
> 恐怖日夜向我追踪，
> 我生活在祖国里，
> 却像旅行在一个陌生的地方，
> 失掉了通行证。

（同诗）

这一段，使我想起艾青的《大堰河》里的一首诗来，那时艾青自述他在欧罗巴所遭过的苦难与冷漠；我又想到叶赛宁初到莫斯科的诗……当然，这是诗人对于苦难更深的体味和更大的反抗，在这种诗里，我们才能真正的接近诗人那难于捉摸的心底的奥秘。这里，他平淡地唱出祖国对于文化人的压迫，而我们呢？是多末可怕的失掉了一切自由的啊！

第二首诗，我最爱的一首，可以说是全篇完整无瑕的；那就是《人民是什么》。他开头说：

> 人民是什么？
> 人民是面旗子吗？
> 用到，把它高举着，
> 用不到了，便把它卷起来。
>
> 人民是什么？
> 人民是一顶破毡帽吗？
> 需要了，把它顶在头顶上，
> 不需要的时候，又把它踏在脚底下。

这首诗是一首非常朴实的诗，可以说是利用了人民的语言组合而成的；它说明了政府与人民之间的现存关系是什么，概括地说一句就是"利用"，用老话说就是希望招之即来，挥之即去；然而，人民真的是这样的一个木偶或招牌吗？当然不，诗人在末尾，便有最好的吟唱：

> 他们自己在用行动
> 作着回答。

是的，人民觉悟了，他们已经开始用罢工、请愿、组织工会……的直接行动来表示他们底欲求了；今后，在民主运动的觉悟里，他们将更积极地站起来，使广大的群众联合在一齐，选择他们自己所要的政府。

胜利一年来的景象是够凄惨的了，然而为什么这样凄惨呢？谁都会说：为了内战！是的，为了内战；可是主张内战的到底是什么人呢？这些人正如马叙伦先生说的，只是那一个连日本天皇十六族的家族还不及的少数人，他们是谁？就是那一些使"胜利大树"从根腐烂起的

"接收大员"；臧先生在这首《重庆人》的诗里，唱得很好，好在那里呢？简单明瞭，一针见血，真是道前人所未道，言前人所未言；他底讽刺诗，是应该用《重庆人》和《人民是什么》两首来做代表的，至少在目前为止，我都是这样看法。也从这里，我才嗅出他底讽刺诗和袁水拍的不同，袁诗是正面撞击，他是轻描淡写的讽刺，当然，这轻描淡写并不是周作人、林语堂的假冲淡，做幽默，因为"假"的都是梅兰芳，他们的尖嗓子都是为了要人家喊"好"而装出来的。这首诗是不能分开来例举的，他只是把收复区人民的愿望如何改变成愤恨的过程，用白描的手法写出来，然而，米开朗基罗的素描是不减色于他在于勒二氏陵墓的石像及神殿的壁画的，我想。

《枪筒子还在发烧》这首诗也是上骃之选，作者开始就一针见血的刺破那谎言的脸皮：

> 掩起耳朵来，
> 不听你们大睁着眼睛说的瞎话，
> 癞猫屙了泡屎，
> 总是用土盖一下。

一点也不错，中国正是一个癞猫癞狗的世界，什么都掩耳盗铃，不但不准别人提醒，甚而还要像赵高，指鹿为马也要别人承认。这首诗使我想到臧先生最近在文汇报上的那首《发热的只有枪筒子》的诗来，那首诗是说明一年的内战里，任何人的心都冷了，工厂的烟囱也不冒烟了，只有枪筒子还在发热，这两首诗的联想固然"不伦"，因为我都爱，所以一说起就都提到，尤其是后者我更喜爱，因为中国的惨状从这首诗里都看见了。

《星星》这一辑短章，我像对于《胜利风》一样的爱好，这里作者又恢复前首诗的简炼、刚劲、朴实的风格，第一章他这样唱：

> '伟大！伟大！'
> 说顺了嘴
> 再也不觉肉麻，

　　'伟大！伟大！'
　　听惯了，
　　仿佛就是你自家……

（《星星》）

　　这真是一篇新官场现形记的缩影，屁股是一层一层舔上去的，渐渐的，和"等因奉此"一样，大家由见怪不怪的心理，养成了非如此不可，更进一步便承认理所当然的了；我不可怜那些喊别人"伟大"的人，因为做"奴才"在中国，也有形形色色的不同，最应该可怜的，倒是一方面叫别人"伟大"叫溜了嘴，于是乎对于别人喊为"伟大"的，便不觉得肉麻甚而有点"阿Q式"的飘飘然了。鲁迅死了十年，"阿Q"精神仍在，我们这国家，这人民……啊，中国！你叫我还说什么呢？

　　第二章似乎是给芸芸众生心目中的英雄加上一个定义，这"一将功成万骨枯"的英雄，如果用画来表现，应该是一副什么嘴脸呢？第三章是要那些自以为"伟大"的人，叫他们用自己的"丰功伟业"去和大自然现象比一比；这是不可能的，英雄没有自居的，自以为是英雄的人，其实不过是强盗的偶然得势而已，因此，我想起罗曼罗兰英雄的定义来。

　　第六章：

　　　　你会觉得心的太阳
　　　　到处向你照耀，
　　　　当你以自己的心
　　　　去温暖别人。

　　这是诗人的自白，也是诗人最近的"自己的写照"，我这样说，谅必臧先生自己也首肯的。他，被称为人民的诗人，为什么？很简单，人民的心鼓舞了他，他底心，温暖了人民。如斯而已，如斯而已！

　　第七章，是这本诗里含意最深的一首，像艾青的《诗论》一样，对于诗曾经历尽辛酸甘苦的人，自然觉察到它的好处，初学诗的人，只朦胧的感觉到，而不能更深的体味到……这首诗，亦然。

> 你问我生命的意义，
> 我说，它的意义
> 就在于它们永远不满足。

这不徒宥因于进化论的思想，在这里，凡真正和生活搏斗过的人，都能各自以其经历的深浅，体味的也深浅不同，我，一个世故不深的人，就介绍到这里罢！
第八首：

> 渴望着家，
> 到了家
> 却永远失掉了家。

523

这是中国四万万人在内战中的悲剧，你和我都是演员，都演过这"到了家，却失了家"的角色，虽然只有三句，连标点也不够二十个字，然而够了，诗难道还要太多的解释么？还要讨厌的笺注么？如果你是这样一个演员，不用我说，你自会比我说的晓得更多，更多了。

《一个黄昏》是一首好诗，虽然作者用另外一种调子在唱，开始，他用白描方法叙述一个伤兵要求寄宿，并且说明他是如何被人拒绝，连那张证明书也不过"一纸公文"而已；这里，你若寄予伤兵一种非常深厚的同情和哀怜，甚而，他像撒洛扬（？）歌咏党证："我不是把党员证放在口袋里走路的，我是把它放在心里。"的态度去唱：

> 我用不到去看什么证明书，
> 他底声音，眼泪和血腥，
> 比什么证明都可靠，清楚。

就这样，像一切值得纪念的诗人的诗句一样，我想到杜工部的《石壕吏》、《新丰折臂翁》……白乐天的《卖炭翁》……最后，臧先生用一个对照的慰劳伤兵的消息来讽刺，讽刺这个"只重宣传"而偏偏骂别人宣传的人们。

《侧起耳朵，瞪着眼睛》这首诗，是在战争最严重的阶段写的，真正的战争，并不像报纸上宣传的那样神圣和伟大，到过内地逃过难的朋友都晓得，而且心里雪亮的，那势如破竹的敌军一直前进，我们底"常败将军"的部队在勇敢地后退，看诗人这样悲愤地唱：

> 名城，一个一个被拔掉，
> 像拔掉朽烂的牙齿……

一点儿也不错，而且当时的情形是坏到绝顶，官比兵跑得快，兵比老百姓跑得快，就是这样：

> 日月从沦亡的河山上
> 移走了光圈，
> 把人民撇在黑暗里——
> 一个地狱世界。

我们就是这样逃呀逃的，忽然"碰"到了胜利，你相信吗？泱泱大国的人民们？

末了，我要再说一说臧克家先生的写作态度，他，一个诗人，脚踏实地的诗人，是和那些双脚生翅膀的诗人不同的，他不会飞，不会跑，也不会跳，只是埋下头来，面对真理与现实，站在人民群众中，一步步在苦难的道路上走着的一个诗人，他写时认真，没有"天然金钢石"自会发光的骄傲样儿，他自己说：

"诗人如果单纯是诗人，他一定不会写出这样的诗罢？诗人关心政治，不够；诗人就是政治上斗争的一员的话，那情形就不同了。"

一点也不含糊，他想这样做，也这样做了，这本诗就是最好的证明。

今天，中国诗坛上有花朵在开，臧克家就是其中的一朵，虽然，我不愿意说明他是否属于"最好"的一朵，可是读者总会看出来的；然而，诗坛一如花坛，并不一定在花坛上都开的是花，也许由于游客的偏好，也许由于园丁的疏懒，这花坛上也种植着荆棘。

当心！朋友们，当心荆棘刺伤了你纯洁正直的心……

也许有人认为写讽刺诗的太多了，就去写感情装饰的诗，那是一条危险的路，不，死亡的路，路并不狭小，有他们走的也有我们走的份儿，你别担心写讽刺诗要凭什么天才，也许，臧克家自己就并不是天才，因为我觉得，至少他不单用手而且用了脑子去写；天才是什么呢？朝不好的方面说，应该是"文章本天成，妙手偶得之。"的，臧克家的自然不是"偶得"的，不信看他自己就是这样说：

"讽刺不是要聪明，也不是说漂亮话。看的真，感的切，恨得透，坚决，尖锐，厉害这样情形下产生的诗，才有力。"

他自己就是一个"看的真，感的切，恨得透"的人，他底诗自然有力，自然会：

"从诗人传给诗，从诗传给群众"了。

（一九四七、元旦）

（原载1947年12月1日《文萃》第二年第15、16期合刊）

评臧克家《生命的零度》

阿 虎

　　臧克家在《生命的零度》这本诗里所收集的二十九首轻浮而贫乏的诗章，简直是刺伤了我看诗的心境，从此我对于这位作者底诗觉得需要重新评价，由此我也更觉得有几位诗歌批评者对于臧克家底诗所评论的正确性以及批评态度的严肃。诗不是无病呻吟，更不是皱皱眉头可以制造的东西，它必须具有生活内在的力量，也不是诗人直觉地在生活上一点浮浅的感觉，以一些抽象的名词堆积及文字上的修饰、琢磨所能作成功的，它必须经过外界事象的感映，在新人创作上形成了事象，终于被表达出来的完整底艺术，所以有人称之为思想的结晶，感情的花朵，其理由不是没有根据的：诗——既然是感情世界底产物，而感情是外界事象底产物（即社会的产物），那末它一定是属于社会底，时代底，人民底，因此，诗人们应该具有这种正确的认识，为人民服务，为人民工作，所以今天所提倡的"街头诗"，"枪杆诗"，"朗诵诗"我们应该无条件地接受它，这是历史所指示诗歌底途径。

　　我们对于臧克家底诗，不但在形式上加以否定，而在本质上也同样的把它否定，这否定不是说他没有生活，而是指他生活圈子的狭窄，感情的贫乏、干枯，他缺乏追求生活的勇气，也就是不敢正视现实。最可怕的他还以为他的诗是进步的，诗底道路是正确的，我们的诗人这种危险的自满，赤裸裸充满在他的诗句里。请看《生命的零度》第一辑《你们》的这首诗：

> 你们宣传说，我不再写诗了，
>
> 对不起，我给你们一个大大的失望，
>
> 如果诗就等于风花雪月，
>
> 不劳你们提示，我早就搁下笔了；
>
> 如果诗就是无病呻吟，
>
> 连我自己早就感到羞愧了。
>
> 不是的，不是的，不是的呀！

　　这种不自觉的认识，把他带上了毁灭底途径上去，这种革命的自满限止了他的前途。一个诗人应当拿出勇气来承认自己的错误，应当随时改造自己，武装自己，而他却是口口声声地说，自己不是无病呻吟呀，自己不是皱着眉头，伏在桌子上琢磨着一些冷冰冰的诗句，事实上我们已经看到了他皱着眉头，伏在桌子上琢磨一些冷冰冰的诗句。还有在他自己的诗句上又否定他自满的观点，来承认他的诗底没落，本书第一辑《竖立了起来》这首诗里如此地说：

> 一百一十年的时间
>
> 校正了一点：
>
> 当年，当俄罗斯，是诗人领导着人民向
>
> 前走，
>
> 在中国，今天，人民却走在了诗人的前头。

　　这，诗人内在矛盾的心理，足以说明了象臧克家之类的诗人，已经走在人民的后头了，很明显地臧克家自己也承认诗人和人民是离开了，然而诗人也就是人民，诗人不是主观的吟唱，更不是人民以外独立存在的东西，既是人民，当然他应该写人民自己迫切需要的作品，应该写下人民在这不公平的社会制度之下的愤怒，苦难，迫害和战斗。

　　主观吟唱的时代过去了，臧克家的诗底生命正降到了"生命的零度"，所以阿垅先生如此说："他是白蛋，"理由非常充分的，决不是谩骂，诗人应该提高警觉性，因为认识上的不正确，影响了思想上的错误，由于思想上的错误，诗人臧克家走上了毁灭的道路。

第二三辑除掉《星星》,《眼泪》和其他二三首诗外,其余的诗简直不知他在写些什么,但是在《星星》的那首诗内,还含着高度底封建"皇族"底传统思想:

> 夜空是另一个世界,
> 星星是他的子民,
> 谁也不排挤谁,
> 彼此密密的挨近。

很显然的,这里面的"子民"两个字,就是作者在无意中落笔的,而这也足可证明作者的封建残余思想还没有肃清——又谁知他是否有肃清的意志呢?最奇怪的是在诗创造第四期(或是第三期)有人在大加赞美《生命的零度》,我们真不知道这集子里的作品好处在哪里,他所表现的主题是什么,是美利坚的国旗?是美国的民主政治吗?又在这个冷清清的夜空,诗人拿夜空里的"星星"来象征光明似乎缺乏力量,也许这位批评者和他同样带有这种落伍的思想吧。

我们决不是恶意地攻击诗人臧克家,而是要纠正这种写诗底坏倾向。读了《生命的零度》,所以我们才表示了如上的意见。

于北平城 1948 年 6 月

(原载 1948 年 7 月《新诗潮》第 3 期)

评《挂红》

碧　野

能够读到臧克家先生的第一本小说，心里涌起了欣喜。

《挂红》一共收集了十个短篇。据作者自己的意见，他是比较爱前三个，就是《挂红》，《重庆热》和《小马灯》。

现在，我就以这三个短篇来发抒点意见；在没有说出我的意见之前，我想先略为谈谈作者在这些作品上所表现出来的一些零碎问题：

第一，作者的写作态度是严谨的，这当然是通过了他的思想和为人态度。不论他对人物的刻画，故事的结构，用字用句，都经过一番严密的推敲，但也因为这样，有很多地方显得平板而拘谨，象堤防内的无风的河面，平静地流，没有冲激的热情。

第二，正因为作者的作风太拘谨，所以往往失之平庸。技巧上诚然有他成功之处，但作品的情感不能锐敏，灵魂不够坚实。爱与憎相当模糊，不够分明。

第三，凡是优秀的文艺作品都有它的诗的境界，但却不能说凡是文艺作品都是诗。诗是有它独特的形式的。正因为作者写诗的日子较长，所以在小说里也往往无形中运用了诗的字句。例如："一年四季脸上刮着的笑风，息了"。"笑容一把可以抓下来"，"青山和白云便来亲近人"，"把他埋藏在心里的一个记忆碰亮了"等等，在诗里这些也许是好诗句，但在小说里却有些不自然了。这虽然是文字的羁束，但也同样羁束了作者的感情与魄力的。

我之所以要提出以上的一些零碎问题，原因是要藉此更进一步的理解臧克家先生的作品的作风与内容。

以下，我想开始逐篇来探讨《挂红》，《重庆热》和《小马灯》。

《挂红》是作者最满意的一篇，这说明作者对农村的事物有着特殊的偏爱。

论结构，当作者动笔在写这个短篇的时候，一定经过很严密的构思的，字句也特别工整，没有废字废句，相当做到了简洁的好处。这是对技巧而言。但这篇东西所显示给我们的是什么呢？

一、主题：我们很难在这个短篇中看出鲜明的主题。是写新姑娘的不幸吗？但似乎很模糊；是写丁家的纠纷么？又欠明朗。依我的看法，也许作者企图写封建势力下农村少妇的被迫害。如果是这样，那么这主题是嫌陈旧了些。如果这篇文章是产生在1927年大革命以前，可能是了不起的作品，而产生在变相的法西斯暴力下的今天，却显得过分无力了。这就是说，今天不仅仅是反封建就能获得解放的。我觉得今天农村须要挖掘的东西正多，农民的悲惨十倍甚至百倍于作者所写的一面。新姑娘为什么会遭到这样的迫害？就单这一点，作者也没有作明确与深入的解答。因此，我们可以看出，作者没有写出现制度下的农村。这篇作品缺少社会的根源，换一句话说，就是缺乏时代感。

二、人物：这个短篇里出场的人物相当多，除刚死了丈夫的新姑娘之外，有丈夫的母亲老太婆，丈夫的父亲老头子，同院住的王老太婆，媒人赵么嫂，赵么嫂的丈夫赵大发，小姑丁树芬、丁树芳，小叔丁树发，大叔丁树基，丁大嫂，丁二嫂等等。当然这里边的主角是新姑娘，但赵么嫂、老太婆和王老太婆似乎也站在相等的地位上。作者究竟是在写谁呢？新姑娘吗？老太婆吗？赵么嫂吗？作者的笔以同等的力量去刻画了她们。从这里，作者是同样喜爱她们的，新姑娘是不幸者，老太婆是好人，赵么嫂也不坏，总之，作者都寄予同情。这是有问题的，一切人物都被饶恕了，不仅失却了批判性，甚至是冲淡了现实的罪恶。凡是一篇优秀的文艺作品，不是写正面人物，就是写反面人物，再不就是写正面和反面人物之间的搏斗。假如作品中的人物似正面，又似反面，混杂不清，怎样去指示读者认识是非？认识血淋淋的现实？

附带要说出两点的，就是作者写到改嫁的新姑娘临出门之前，小姑丁树芳看见她"站在桌子上够着去抓神前香炉里的香灰"。这在迷信的旧家庭里认为是一种不可饶恕的害人的心术，正如丁大嫂"唧唧咕咕着"的"想叫我们通通死完吗？"于是"老太婆做了结论：'马上放她滚，'红'是不能'挂'的了。'""挂红"而不能"挂"，这是全篇中的一个枢纽。但作者没有说明新姑娘为什么要"抓香灰"。说是新姑娘恨这个家？但这个家在作者笔下是被饶恕了的。她为什么要起这害人的心术呢？很难解。再一点，就是我觉得新姑娘刚死掉同居了十一个月的丈夫，她悲伤；虽然"家"压迫了她，但一经赵么嫂的媒介，得以改嫁一个城市的丈夫，就突然变得如此快乐吗？这突变不是不可能，而是没有写出她的心理过程。因此，作者同情她，而读者可能厌憎她。

读完《重庆热》，令我很自然地想起了沙汀的《老烟的故事》。《重庆热》里的主人公樊天翔跟老烟是同一类型的人物，这一类型的人物，在这阴风惨雨的时代低气压下，随处都是。因胆小而疑神疑鬼，因过敏而神经质。老烟的变态，是由于蓬勃的抗战前一阶段，而落入阴晦的后一阶段之间的恐怖；樊天翔的神经失常，是由于抗战"胜利"后国内陷入混乱的恐惧。当然，这都是不健全的人，作者都同样写到他们"病"了，给予了否定的批判。

在两位作者对这一类型的人物下否定的批判之间，有着一个距离：沙汀无情地批判了老烟，而臧克家是同情地批判了樊天翔。

不管怎样，我愿意坦然地说，《重庆热》比《挂红》贴近了时代，也可以说作者的战斗意识迈进了一步。

作者对樊天翔的刻画相当仔细，但全篇读来却很散乱。人物很多，如同事木腿老张，大商人姑父刘福成，神秘者"黄衣贾克"，大学生王铁，绰号"天下第一乐事"的刘先生，医师丁主任，老姑母，心理卫生学家王瓒等等。作者舍不得放松其中的每一个人物，这是好，也是坏。坏处就是作者对每个人物都费力地刻画，分散了作者对主要人物的专注，因而使读者也不能把注意力集中。恍恍惚惚的，这毛病正如《挂红》。

如前面说的，作者同情地否定了樊天翔的，那么相反的对照，作者礼赞地肯定了王铁。但在作者的笔下，王铁只是一个跳跳蹦蹦，身体很结实，情感冲动的青年，这样缺乏深思的青年，是比较靠不住的。

作者写到他要"找个地方去呼吸一点自由的空气"。我觉得作者刻画这个人物的成长与突进，不够深，仅仅是一个浮掠的影子。

樊天翔诚然软弱，而王铁的坚强却有点架空。因此这两个人物对照得没力量，划分得不够鲜明。

如果把《挂红》，《重庆热》和《小马灯》平铺在我们面前的话，我宁可弃置前两者，而取后者的。

作者在《小马灯》里绘出了很高的意境，可以说是带着悲壮情操的一首战斗诗。这里，从时代阴郁的云层中，我们看见了一抹圣洁的天光。男主角王初林，和女主角丁莹，是一对战斗道路上的好伴侣，从重重苦难和迫害中，他们站立了起来，携手挺进了。

这正是我们这个时代所需要的作品。光与热，从坚贞的心灵中，从勇敢的行动上，发射出来。王初林和丁莹正是这时代所需要的青年。我们可以看出作者是以怎样热爱的心情去歌颂了他们的。

作者写《小马灯》的触笔是明快的，正如山野之夜小马灯吐放的光辉。透过那两颗战斗的心灵，我们看出那人性的美——丁莹之为 Miss 周分担亡友的悲哀，王初林临远行前之赠送小马灯，这是多么撼动人的心灵。

《小马灯》整篇情调都是美好的。我之喜爱它，有如获得一颗明珠。

而引为缺陷的，就是当作者以回叙的笔法写到了丁莹和王初林七年前所遭受到的虐害的时候，不够沉痛。从那些"殉道者"的血迹上，我们感受不到作者的仇恨。这仇恨是应该强烈地燃烧在作者的心中，因而也强烈地燃烧在众多读者的心中的。

因而，我觉得我获得的这颗心爱的明珠，尚有瑕疵。

以上对臧克家先生三个短篇的批评，只是我个人的管见，容或有不恰当处。但我私心上对臧克家先生小说的创作，有着很大的期许和愿望。在中国今天贫弱的文坛上，我们需要这么一个律己律人的文艺战友。他的严肃的创作态度，有许多地方还值得我们作为借镜的。

一九四七·七·廿二·沪东照楼。

（原载1947年10月15日《文讯》月刊第7卷第4期）

著作目录、研究资料目录

臧克家著作书目

冯光廉　刘增人

烙印（诗集）

1933 年自印初版，署名臧克家；
闻一多《序》，1933 年 7 月作。

目次：

1. 难民
2. 忧患
3. 希望
4. 生活
5. 烙印
6. 天火
7. 失眠
8. 象粒砂
9. 变
10. 不久有那么一天
11. 万国公墓
12. 都市的夜
13. 老马
14. 老头儿
15. 老哥哥
16. 炭鬼
17. 神女
18. 当炉女
19. 洋车夫
20. 贩鱼郎
21. 渔翁
22. 歇午工

1934 年 3 月开明书店再版，署名臧克
家；书后增加《再版后志》，克家志，
1933 年 11 月于青岛；

再版本除初版本所收 22 篇外，增
加 4 篇：

1. 到都市去
2. 号声
3. 逃荒
4. 都市的夜（二）

1963 年 9 月人民文学出版社编印《烙
印》新版本，将开明书店 1947 年 4 月
三版《烙印》与上海星群出版公司 1947
年 6 月版《罪恶的黑手》合为一集，
除作者在个别地方略加改动外，基本

上保持了原来的面目。新版本收有作者所写的《新序》，1963 年 4 月 13 日作于北京。

罪恶的黑手（诗集）

1934 年 10 月生活书店初版，署名臧克家；为创作文库（十四）；臧克家《序》，作于 1934 年 6 月 22 日离青岛前。

1947 年 6 月星群出版公司初版，书后有《今之视昔》，克家跋于 1947 年 5 月 21 日南京学生大游行发生惨剧后一日晨于沪。

目次：

1. 盘

2. 小婢女

3. 罪恶的黑手

4. 亮的影子

5. 壮士心

6. 自白

7. 吊

8. 元宵

9. 村夜

10. 无窗室

11. 答客问

12. 民谣

13. 生命的叫喊

14. 新年

15. 都市的春天

16. 场园上的夏夜

自己的写照（长诗）

1935 年 11 月 16 日写起，12 月 10 日写成，1936 年 1 月 19 日修补；

1936 年 7 月文学出版社初版，生活书店经售，署名臧克家；

《自序》，1936 年 1 月 3 日灯下于临清。

运河（诗集）

1936 年 10 月文化生活出版社初版，署名臧克家；

文学丛刊第三集；

《自序》，克家，1936 年 4 月 14 日作。

目次：

1. 月

2. 闲

3. 秋

4. 大寺

5. 冰花

6. 运河

7. 元旦

8. 我们是青年

9. 古城的春天

10. 黄风

11. 春旱

12. 吊八百死者

13. 要活

14. 螺旋

15. 旱海

16. 拉锯

17. 二十四年的秋天

18. 野孩子

19. 水灾

20. 疯婆

21. 破题儿的失望——为一个可爱的孩子作

22. 依旧是春天

23. 跳龙门——为会考的孩子们作

24. 心的连环——学生即将毕业散去，余拟先行，赋此志别

津浦北线血战记（通讯报告集）

1938年4月15日写起，4月21日完成于津浦北段；

1938年5月汉口生活书店初版，署名臧克家；

《序言》，1938年4月17日作。

目次：

1. 津浦北线会战的意义

2. 徐州现况

3. 李白两将军亲赴前方

4. 吊台儿庄

5. 徒步拜佛走访池师长

6. 屈处长谈台儿庄血战经过

7. 民族解放的先锋队——卅一师战地服务团

8. 小灯照人作夜谭

9. 再吊台儿庄

10. 隆隆炮声中走马访孙司令黄张两师长

11. 何参谋按地图纵谈全盘战局

12. 夕阳马上听士兵抗战闲话

13. 三吊台儿庄

14. 告别司令长官

15. 诗之尾声

附：1. 五十九军官长谈临沂歼敌

2. 追述临沂大血战

从军行（诗集）

1938年6月汉口生活书店初版，署名臧克家；

《自序》，1938年4月7日灯下，时津浦北线正展开空前的血战，书前有《题辞》四句。

目次：

1. 我们要抗战

2. 从军行——送珙弟入游击队

3. 从军去——别长安

4. 伟大的交响

5. 换上了戎装

6. 抗战到底

7. 保卫大徐州

8. 通红的火把——为反侵略运动大会火炬游行作

9. 血的春天

10. 伟大的空军

11. 别潢川——赠青年战友们

12. 武汉，我重见到你

13. 过武胜关

14. 兵车向前方开

538

乱蓬集（散文集）

1939年5月10日良友复兴图书印刷公司初版，署名臧克家；现代散文新集。

目次：

1. 文明的皮鞭
2. 没出息
3. 下乡
4. 悼
5. 病菌针
6. 花虫子
7. 寂寞的伴侣
8. 猴子拴
9. 老哥哥
10. 六机匠
11. 武训
12. 野店
13. 舟子
14. 开花的古树
15. 嫁女会
16. 年前年后的忌讳
17. 教书乐
18. 可喜的孩子们
19. 一个从滨江来的人
20. 黄风
21. 四月会
22. 斗花
23. 中秋忆关东

泥淖集（诗集）

1939年3月生活书店初版，署名臧克家。

目次：

1. 敌人陷在泥淖里
2. 送战士
3. 为斗争我们分手——送匡君入鲁
4. "九一八"在冷雨中
5. 大别山
6. 轰炸后
7. 匕首颂——赠鲁夫
8. 除夕吟
9. 均县——你这水光里的山城
10. "晴天里一个霹雳"——寄一多先生
11. 大刀的故事
12. 一百一十四个——送军校毕业的山东老同学回乡游击

随枣行（散文集）

1939年10月31日前线出版社初版，署名臧克家。

目次：

1. 在第一线上
2. 随枣行
3. 十六岁的游击队员
4. 在随县前方
5. 山村之夜
6. 从敌人的后方来
7. 郑州在轰炸中

淮上吟（报告长诗）

1940年5月上海杂志公司初版,署名臧克家;

每月文库二辑之二;

《前记》,1940年3月11日臧克家志于老河口。

目次：

1. 走向火线
2. 淮上吟

呜咽的云烟（诗集）

1940年7月桂林创作出版社初版,署名臧克家;

创作小丛书第一辑。

目次：

1. 呜咽的云烟
2. 祖国叫我们这样
3. 过涡阳
4. 国旗飘在雅雀尖
5. 我们走完了一九三九年

向祖国（诗集）

1942年4月桂林三户图书社初版,署名臧克家。

目次：

1. 向祖国
2. 从冬到春
3. 敲
4. 爱华神甫
5. "为抗战而死,真光荣!"
6. 他打仗去了

古树的花朵（长诗）

1941年春作;

1942年12月成都东方书社初版,署名臧克家;

《序》,1942年9月7日于渝。

我的诗生活（散文）

1942年9月28日灯下于渝作;

1943年1月重庆读书生活社初版,署名臧克家;

《卷首题词》,无写作时间,无标题。

目次：

1. 诗的根芽
2. 新诗的领路人
3. 感情的野马
4. 生活就是一篇伟大的诗
5. 我找到了自己的诗
6. 我向一群孩子学习
7. 我在民族革命的战场上歌唱

泥土的歌（诗集）

1943年6月桂林今日文艺社初版,署名臧克家,1946年2月上海星群出版公司沪初版,署名同。

目次：

1. 序句
2. 当中隔一段战争,1945年9月21日克家志于重庆歌乐山大天池,为沪版新加。

539

第一辑　土气息

1. 地狱和天堂
2. 泪珠·汗珠·珍珠
3. 手的巨人
4. 命运的钥匙
5. 庄户孙
6. 海
7. 酒
8. 反抗的手
9. 财产
10. 墙
11. 钢铁的灵魂
12. 手和脑
13. 裸
14. 手
15. 生活的图式
16. 歌
17. 英雄
18. 新人

第二辑　人型

1. 失了时效的合同
2. 穷
3. 黄金
4. 复活
5. "型"
6. 三代
7. 见习
8. 笑的昙花
9. 鞭子

10. 粪和米
11. 潮
12. 金钱和良心
13. 送军麦
14. 小兵队
15. 家书
16. 他回来了

第三辑　大自然的风貌

1. 眼睛和耳朵
2. 沉默
3. 诗叶
4. 静
5. 生的画图
6. 遥望
7. 珍珠
8. 死水
9. 村头
10. 暴雨
11. 夏夜
12. 影
13. 秋
14. 寒冷的花
15. 春鸟
16. 坟
17. 社戏
18. 收成

国旗飘在雅雀尖（诗集）

1943年11月成都中西书局初版，署名臧克家；

文协成都分会创作丛书；

《小序》，克家1943年6月9日于渝文协
西窗下。

目次：

1. 国旗飘在雅雀尖（附记一则）
2. 呜咽的云烟
3. 家，精神的尾闾
4. 柳荫下
5. 黎明鸟
6. 临明黑一阵
7. 第一朵悲惨的花——吊屈原
8. 最后的讽刺——感洪深先生
   自杀
9. 对话
10. 无名的小星
11. 中原的胳膊
12. 喇叭的喉咙——吊鲁迅先生
13. 木刻家
14. 老媪与士兵
15. 月亮在头上
16. 给
17. 型
18. 给坐轿子的人们
19. 标准线
20. 十二月的风
21. 神羊台上的宣传画
22. 比照
23. 红星
24. 窗子
25. 拍
26. 运输大队

27. 人类共同的娼妇
28. 输血——苏联战士争为荣
    誉战士输血
29. 从梦到现实——赠之琳
30. 这是他最后的土地要求
31. 太阳胜利了

感情的野马（长诗）

1943 年 5 月 17 日完成，24 节，
1943 年 11 月重庆当今出版社
初版，署名臧克家；《小序》，克家7月
于渝。

十年诗选（诗集）

1944 年 12 月重庆现代出版社初版，署
名臧克家；

现代文艺丛书之二；

《序》，1944 年 6 月 30 日克家记于歌乐
山中。

目次：

1. 难民
2. 忧患
3. 希望
4. 生活
5. 烙印
6. 天火
7. 失眠
8. 象粒砂
9. 不久有那么一天
10. 老马
11. 老哥哥

70. 拍（以上选自《国旗飘在雅雀尖》）

生命的秋天（诗集）

1945年5月重庆建国书店初版，署名臧克家。

目次：

1. 生命的秋天
2. 六机匠
3. 口哨
4. 才一年——抵渝周年纪念
5. 山村冬夜
6. 生活的型
7. 你不是孤独的——给一个青年朋友
8. 两盏小灯笼
9. 马耳山

民主的海洋（诗集）

1945年6月重庆世界编译所出渝一版，署名臧克家；

书前有焦菊隐作《青鸟文学创作丛书序》及臧克家《小序》，《小序》作于1945年3月5日歌乐山中。

目次：

1. 擂鼓的诗人
2. 心是近的
3. 废园
4. 当记忆在他头上飞翔
5. 阳光
6. 霹雳颂

7. 祷
8. 朋友和信
9. 心和手
10. 失眠
11. 爱与死
12. 和驮马一起上前线

宝贝儿（诗集）

1946年5月10日重庆万叶书店初版，署名臧克家；

万叶文艺新辑之一；

书前有《编者献辞》及代序《刺向黑暗的"黑心"》。

目次：

1. 胜利风
2. 人民是什么
3. "重庆人"
4. 消息
5. 问答
6. 冬
7. 胜利把他们留住了
8. 一天的见闻
9. 枪筒子还在发烧
10. 星星
11. 裁员
12. 一个大污池——感高秉坊判死刑
13. 宝贝儿
14. 朋友和信
15. 一个黄昏
16. 侧起耳朵，瞪着眼睛

543

17. 破草棚

生命的零度（诗集）
1947年4月上海新群出版社沪初版，署名臧克家；

新群诗丛之三；

臧克家《序》，1947年元月16日雨中炉边于沪。

目次：

第一辑

1. 谢谢了"国大代表"们！
2. "警员"向老百姓说
3. 飞
4. 发热的只有枪筒子
5. 竖立了起来
6. 你们
7. "徐州大会战"
8. 内战英雄颂
9. 我们
10. 生命的零度——前日一天风雪，昨夜八百童尸

第二辑

1. 星星
2. 邻居——给墙上燕
3. 庄严
4. 给一个农家的孩子
5. 口哨
6. 捉
7. 叮咛

8. 雪景
9. 失眠
10. 祷
11. 照片——给绾城
12. 消息
13. 奇怪
14. 眼泪
15. 快活歌
16. 船
17. 歌乐山

第三辑

1. 六机匠
2. 老李

挂红（小说集）
1947年6月上海读书出版社初版，署名臧克家；

目次：

1. 挂红
2. 重庆热
3. 小马灯
4. 梦幻者
5. 小兄弟
6. "凤毛麟角"
7. 小虫
8. 他俩拥抱在一起了
9. 牢骚客
10. 严正清

磨不掉的影象（散文集）

1947年10月上海益智出版社初版，署名臧克家；

一知文艺丛书第一辑。

目次：

1. 我的先生闻一多
2. 李大娘
3. 欧国钧
4. 山窝里的晚会
5. 沉重的担负
6. 人怪
7. "民主老头"
8. 奔

拥抱（小说集）

1947年12月上海寰星图书杂志社初版，署名臧克家；

寰星文学丛书第一集；

臧克家《序句》，1947年7月27日挥汗草草；

目次：

1. "妈妈"哭了
2. 文艺工作者
3. 荣报
4. 睡在棺材里的人
5. 噩梦

冬天（诗集）

1948年上海耕耘出版社初版，署名臧克家。

目次：

1. 冬天

2. 做不完的好生意
3. 表现——有感于台湾事变
4. 肉搏
5. 照亮——闻一多先生周年忌
6. 出轨
7. 交通
8. 你去了
9. "夜吗!"
10. 过夜——给无名死者
11. 生死的站口
12. 尸
13. 一片绿色的玻璃
14. 失望
15. 乡音——给行乞的难民
16. 强烈的光——给德昭
17. 叫醒——给南国的一个陌生的农家的女孩子
18. 渴望
19. 荠菜

臧克家诗选

1954年1月作家出版社北京第一版；

臧克家《后记》，1953年9月写于北京；

目次：

1. 难民
2. 天火
3. 不久有那么一天
4. 老马
5. 老哥哥
6. 当炉女
7. 洋车夫

8. 渔翁

9. 神女

10. 歇午工

11. 罪恶的黑手

12. 村夜

13. 答客问

14. 生命的叫喊

15. 运河

16. 刑场

17. 年关雪

18. 兵车向前方开

19. 鞭子

20. 三代

21. 黄金

22. 他回来了

23. 家书

24. 春鸟

25. 第一朵悲惨的花

26. 无名的小星

27. 六机匠

28. 给一个农家的孩子

29. 捉

30. 邻居

31. 星星

32. 竖立了起来

33. 生命的零度

34. 有的人

35. 胜利的箭头，射出去

36. 和平是不需要入境证的

37. 高贵的头颅，昂仰着

1956年11月人民文学出版社北京第一版；

《序》，作者1956年4月11日写于北京；

全书共四辑：

第一辑除1954年版1—17外，补选下列篇目：

1. 忧患

2. 贩鱼郎

3. 炭鬼

4. 希望

5. 小婢女

6. 自白

7. 民谣

8. 场园上的夏晚

9. 月

10. 冰花

11. 我们是青年

12. 古城的春天

13. 中原的胳膊

14. 依旧是春天

第二辑除1954年版18—29外，补选下列篇目：

1. 从军行

2. 别长安

3. 血的春天

4. 别潢川

5. 武汉，我重见到你

6. 伟大的交响

7. 匕首颂

8. 大别山

9. 老媪与士兵

10. 送军麦

11. 生的画图

12. 穷

13. 社戏

14. 寒冷的花

15. 反抗的手

16. 红星

17. 窗子

18. 马耳山

19. 裁员

20. 破草棚

21. 侧起耳朵，瞪着眼睛

22. 宝贝儿

第三辑除1954年版中30—34外，补选下列篇目：

1. 胜利风

2. "重庆人"

3. 星点

4. 枪筒子还在发烧

5. 飞

6. 叮咛

7. 人民是什么？

8. "警员"向老百姓说

9. 发热的只有枪筒子

10. 谢谢了，"国大代表"们！

11. 表现

12. 冬天

第四辑除1954年版中34—37外，补选下列篇目：

1. 我们一步一步往上升

2. 我们终于得到了它

3. 我用小声念着你的名字

4. 青春的颂歌

5. 这光亮不是来自天上

6. 给傅广恒老汉

7. 给饲养员陈玉

1978年11月人民文学出版社出北京第二版；

《序》，1978年4月11日北京；

全书共五辑：

第一辑，增加《烙印》，其余同一版。

第二辑起，篇目、编排均有较大变化，目次如下：

第二辑

1. 从军行

2. 别长安

3. 血的春天

4. 别潢川

5. 兵车向前方开

6. 武汉，我重见到你

7. 伟大的交响

8. 匕首颂

9. 大别山

10. 老媪与士兵

11. 春鸟

12. 第一朵悲惨的花

13. 无名的小星

14. 三代

15. 黄金

16. 他回来了

17. 家书

18. 送军麦

19. 鞭子

20. 穷

21. 社戏

22. 寒冷的花

23. 反抗的手

24. 红星

25. 窗子

26. 马耳山

27. 六机匠

28. 捉

29. 给一个农家的孩子

30. 邻居

31. 叮咛

32. 星星

第三辑

1. 裁员

2. 破草棚

3. 侧起耳朵，瞪着眼睛

4. 宝贝儿

5. 胜利风

6. "重庆人"

7. 星点

8. 枪筒子还在发烧

9. 飞

10. 人民是什么

11. "警员"向老百姓说

12. 发热的只有枪筒子

13. 谢谢了，"国大代表"们

14. 生命的零度

15. 表现

16. 冬天

第四辑

1. 毛泽东，你是一颗大星

2. 在毛主席那里作客

3. 毛主席戴上了红领巾

4. 毛主席画像

5. 丰碑心头立

6. 瞻仰遗容

7. 仰望

8. 泪

9. 生·死

第五辑

1. 有的人

2. 胜利的箭头，射出去

3. 我们终于得到了它

4. 海滨杂诗（组诗）

5. 你看你这个小姑娘

6. 照片上的婴孩

7. "十一"抒情

8. 望中原

9. 《凯旋》序句

10. 凯旋（组诗）

11. 四亿年前"海百合"

12. 向阳湖呵，我深深怀念你

13. 迎春辞

14. 快快跨上大庆的骏马

15. 胜利的狂飙

16. 历史无私最公允

17. 忆向阳（组诗、旧体）

1986 年 2 月人民文学出版社出北京

第3版（版权页误为第2版）；

《五十五年一卷诗——〈诗选〉增订本小序》，藏克家1985年1月5日于北京；

目次：

序

五十五年一卷诗

——《诗选》增订本小序

第一辑

1. 默静在晚林中
2. 捡煤球的姑娘
3. 农家的夏晚
4. 不久有那么一天
5. 难民
6. 战场夜
7. 忧患
8. 老哥哥
9. 象粒砂
10. 老马
11. 贩鱼郎
12. 炭鬼
13. 失眠
14. 补破烂的女人
15. 当炉女
16. 希望
17. 烙印
18. 天火
19. 洋车夫
20. 拾落叶的姑娘
21. 秋雨
22. 两个小车夫
23. 神女
24. 生活
25. 死水中的枯树
26. 她送我走
27. 歇午工
28. 渔翁
29. 小婢女
30. 罪恶的黑手
31. 盘
32. 壮士心
33. 自白
34. 元宵
35. 村夜
36. 答客问
37. 无窗室
38. 民谣
39. 生命的叫喊
40. 都市的春天
41. 青岛的夏天
42. 场园上的夏晚
43. 月
44. 拾花女
45. 卖孩子
46. 冰花
47. 运河
48. 我们是青年
49. 古城的春天
50. 吊八百死者
51. 拉锯
52. 水灾
53. 中原的胳膊

在文艺学习的道路上（论文集）

1955年12月新文艺出版社第一版，署名臧克家；

目次：

4. 苏尔科夫的《诗选》

5. 李季的《生活之歌》

6. 马凡陀的山歌

7. 谈一个青年工人的诗

8. 撒尼族人民的叙事长诗——
《阿诗玛》

9. 对《献给志愿军》的意见

10. 读《屈原集》

四

1. 和工人同志谈谈新诗的形式

2. 诗的朗诵

3. 谈赶任务

4. 谈新事物

5. 学诗过程中的点滴经验

1962年9月上海文艺出版社新1版,署
名臧克家;

《新版前记》,臧克家,1962年5月27日
北京;

本版从1955年12月新文艺版中删去
第一辑,第二辑的1,

第三辑的9、10,第四辑的3、4。新增
篇目:

1. 鲁迅对诗歌的贡献

2. 闻一多先生的诗

3. 王统照先生的诗

4.《大江东去》序

5. 一个农民诗人的诗

6. 在一九五六年诗歌战线上

7. 一九五七年诗歌创作的轮廓

8. 关于短诗《有的人》

毛主席诗词讲解

1957年10月中国青年出版社出北京
第1版,臧克家讲解,周振甫注释,书
名为《毛主席十八首诗词讲解》;

《后记》,克家1957年4月30日写于北
京;收入臧克家写讲解文章5篇:

1. 雪天读毛主席的咏雪词

2. 毛主席的两首词——"长沙"
"游泳"

3. 读毛主席的四首词——"黄
鹤楼""六盘山""昆仑""北
戴河"

4. 毛主席关于革命战争题材的
六首诗词——"井冈山""元
旦""会昌""大柏地""娄山
关""长征"

5. 读"十六字令三首"和赠和
柳亚子先生的诗词

1958年7月中国青年出版社出北京
第2版,改书名为《毛主席诗词》,补
入臧克家新作讲解文章一篇:《喜读毛
主席新词"蝶恋花"》及新附附记一则,
克家1958年1月12日。

杂花集(论文杂文集)

1958年3月北京出版社初版,署名臧
克家;

《后记》,臧克家,1957年12月10日写
于北京。

目次:

1. 鲁迅对诗歌的贡献

一颗新星（诗集）

1958年4月作家出版社一版，署名臧克家；

臧克家《后记》，1958年1月21日作。

目次：

第一辑

节念诗友

5. 绿色的海洋

6. 红领巾和树苗的对话

7. 一样柳条儿青青

8. 建国门外人工湖

9. 你看你这个小姑娘

10. 歌儿唱不完

11. 事隔半年另眼看

12. 和工人同志们在一起
——到国棉一厂卖《诗刊》，
和工人同志座谈诗歌记感

13. 儿歌

14. 小学生站街头

15. 十八勇士突击队

16. 在飞机场上

17. 庆丰收

18. 红色喜报

19. 一步跨过几千年

20. 短歌迎新年——祝贺河北
省赛诗大会

21. 共青团员陈灿芝

22. 马小翠

23. 毛主席来到十三陵

24. 领袖和群众心连着心——
读《毛主席在群众中》及
其续集

25. 一朵欢腾的浪花——祝贺
十月革命四十一周年

26. 千万人拍手把你们欢迎——欢
迎志愿军从朝鲜归国

27. 亲人到了北京城

28. 人人向你招手,欢呼——送
第三颗人造大卫星上天

29. 苏联的卫星大又壮

30. 苏联的奇花开上九重天

31. 今年今天想去年

32. 壮行色

33. 我是红色火箭

34. 放他回来——看了刘连仁
遭遇的消息以后

35. 罗伯逊在美国

36. 正义的旗帜高张

37. 敲响了自由的金钟

38. 我的心再也不能平静

39. 欢呼集

40. 两个巨大的声音

41. 庄严的声明——听了周总
理的声明以后

42. 我们高唱起反侵略的歌

43. 如雷贯耳——读了陈毅外
长严正警告杜勒斯的声明
以后

44. 胜利呼声一齐传

李大钊（长诗）

1958年12月10号写起，1959年1月
25号完成；

1959年6月作家出版社北京第一版，署
名臧克家；

诗刊丛书；

《后记》，臧克家写于1959年4月。

557

欢呼集（诗集）

1959年8月人民文学出版社第一版，署名臧克家；

书前有张光年《序》，书后有臧克家《后记》，1959年1月28日写于北京。

目次：

第一辑

1. 毛主席来到十三陵
2. 在毛主席那里作客
3. 领袖和群众心连着心
　　——读《毛主席在群众中》及其续集
4. 我们终于得到了它
　　——《中华人民共和国宪法草案》公布了
5. 这光亮不是来自天上
　　——为"全国青年社会主义建设积极分子大会"歌唱
6. 标杆——向先进生产者致敬
7. 一步跨过几千年
8. 歌儿唱不完
9. 马小翠
10. 和平是不需要入境证的
11. 没有什么声音比你更响亮
　　——莫斯科革命宣言颂歌
12. 有的人——纪念鲁迅有感
13. 高贵的头颅，昂扬着——悼和平战士卢森堡夫妇
14. 照片上的婴孩及附记
15. 罗伯逊在美国
16. 放他回来——看了刘连仁遭遇的消息以后
17. 海滨杂诗（共十七首）
18. 向日葵
19. 绿色的海洋
20. 你看你这个小姑娘
21. 红领巾和树苗的对话
22. 巧云
23. 给傅广恒老汉
24. 给饲养员陈玉
25. "喔喔——啼！"
26. 春天的诗（四题）

第二辑

1. 欢呼集（十一首）
2. 胜利的箭头，射出去
3. 如雷贯耳
　　——读了陈毅外长严正警告杜勒斯的声明以后
4. 短歌颂苏联——纪念十月革命四十周年（十八首）
5. 一颗新星（二首）
6. 科学，神话，诗——为第一颗人造卫星的飞行而歌唱
7. 第二颗星
8. 呵，又飞起了一颗
9. 第一颗卫星的话
10. 苏联的卫星大又壮
11. 苏联的奇花开上九重天
12. 壮行色
13. 我是红色火箭

凯旋（诗集）

1962年7月作家出版社第一版，署名臧
克家；

臧克家《序句》，1961年11月10日作
于北京。

目次：

学诗断想（论文集）

1962年10月北京出版社第1版，署名
臧克家；

《后记》，臧克家1962年5月26日，
北京。

目次：

1979年8月四川人民出版社出增订本第1版，署名臧克家；

《几句说明》，臧克家1978年10月14日于北京；

本版内容有较大改动，保留1962年版中1—5、10、12—16、18、19、21—23、25、26；《独辟蹊径》列入《学诗断想》题下，该题补入四则:《品"诗味"》《"政治抒情诗"小议》《诗的"长"与"短"》《新诗形式管见》；新增篇目：

忆向阳（诗集）

1978年3月北京人民出版社第1版，署名臧克家；

书前有臧克家《高歌忆向阳（序）》，1977年10月15日作；书后有张光年《采芝行——喜读向阳诗，戏作赠克家》及冯至《读〈忆向阳〉二首》。

目次：

今昔吟（诗集）

1979年4月山东人民出版社第1版，署
名藏克家；

《序》,藏克家1978年10月31日于北京。

目次：

第一辑　抚今集

9. 无窗室

10. 都市的春天

11. 闲

12. 秋

13. 元旦

14. 我们是青年

15. 吊八百死者

16. 拉锯

17. 歌乐山

18. 水灾

19. 刑场

20. 我们要抗战

21. 晴天里一个霹雳

22. 呜咽的云烟

23. 两盏小灯笼

24. 当记忆在它头上飞翔

25. 心和手

26. 擂鼓的诗人

27. 心是近的

28. 给它一个活栩栩的生命

29. 地狱和天堂

30. 手的巨人

31. 墙

32. 钢铁的灵魂

33. 裸

34. 手

35. 新人

36. 穷

37. 笑的昙花

38. 粪和米

39. 潮

40. 眼睛和耳朵

41. 沉默

42. 诗叶

43. 静

44. 死水

45. 寒冷的花

46. 社戏

47. 竖立了起来

48. 你们

49. 肉搏

50. 尸

51. 一片绿色的玻璃

52. 照亮

53. 你去了

54. 冬天

怀人集（散文集）

1980年8月上海文艺出版社第1版，署名臧克家；

《前言》，臧克家作于1978年10月3日。

目次：

1. 伟大的教导 深沉的怀念

2. 论诗遗典在
      ——学习《毛主席给陈毅同志谈诗的一封信》

3. 毛主席的诗教
      ——捧读毛主席诗词三首

4. 会面无多忆念多
      ——追念周总理

5. 怀念逐日深

6. 陈毅同志与诗

友声集（三人旧体诗词合集）
1980年11月云南人民出版社出版，署
程光锐、刘征、臧克家著；
《前言五百字》，臧克家 1980 年 3 月 30
日于北京。
其第三辑为臧克家诗辑，目次：

34. 病中

35. 灯花

36. 七十述怀

37. 自寿答友人

38. 纪感

39. 迎春思亲

40. 有感

41. 于田歌舞——国庆三十周年配黄胄同志画

42. 诗一首

43. 读僻典古诗

44. 七绝二首

45. 参拜鉴真大师

诗与生活（散文集）

1981年10月四川人民出版社第1版，署名臧克家；

臧克家序《〈诗与生活〉话短长》，1981年1月5日。

目次：

《诗与生活》话短长

1. 皓首忆稚年
——童年、少年生活掠影

2. 新潮澎湃正青年

3. 奔向武汉——光明的结穴处

4. 悲愤满怀苦吟诗

5. 高唱战歌赴疆场

6. 少见太阳多见雾

7. 长夜漫漫终有明

甘苦寸心知（散文集）

1982年2月四川人民出版社第1版，署名臧克家；

臧克家序《说在前头》，1980年10月29日。

目次：

说在前头

1. 关于《忧患》

2. 关于《失眠》、《象粒砂》、《万国公墓》

3. 关于《老马》

4. 关于《老哥哥》

5. 关于《神女》

6. 关于《当炉女》

7. 关于《洋车夫》、《贩鱼郎》

8. 关于《罪恶的黑手》

9. 关于《村夜》

10. 关于《兵车向前方开》、《壮士心》、《匕首颂》

11. 关于《运河》

12. 关于《我们是青年》、《炉边》、《从军行》

13. 关于《胜利风》、《星点》、《民谣》

14. 关于《中原的胳膊》

15. 关于《依旧是春天》

16. 关于《老媪与士兵》

17. 关于《三代》

18. 关于《消息》

19. 关于《才一年》

20. 关于《两盏小灯笼》、《照片上的婴儿》

臧克家长诗选

1982年5月山东人民出版社第1版；

《写在卷头》，臧克家，1980 年 10 月

11日北京。

目次：

写在卷头

臧克家散文小说集（上、下）

1982年12月长江文艺出版社第1版；

《序》，1981年5月26日北京。

上集目次：

序

第一辑　学诗断想与文艺随笔

青柯小朵集（散文集）
1984年2月花城出版社第1版，署名臧
克家；

《小序》，1983年1月8日，北京。

目次：

小序

571

臧克家集外诗集（冯光廉　刘增人编）
1984年4月陕西人民出版社第1版；
《昨日黄花到眼前——写在〈集外诗集〉
前》，臧克家，1982年9月15日北京。

目次：

575

臧克家文集（第1卷）

1985年2月山东文艺出版社第1版；

《总结不是终结——〈文集〉小序》，克家，1985年1月于北京；

目次。

1929—1931 年

1. 默静在晚林中
2. 两个黑洞
3. 捡煤球的姑娘
4. 祖父死去的周年
5. 农家的夏晚
6. 吊志摩先生

1932 年

7. 难民
8. 变
9. 战场夜
10. 别
11. 忧患
12. 象粒砂
13. 老哥哥
14. 故乡
15. 老马
16. 贩鱼郎
17. 炭鬼
18. 补破烂的女人
19. 失眠
20. 当炉女
21. 希望
22. 烙印

23. 天火
24. 不久有那么一天
25. 万国公墓
26. 老头儿
27. 洋车夫
28. 拾落叶的姑娘
29. 愁苦和欢喜
30. 五月的乡村
31. 秋雨
32. 两个小车夫

1933 年

33. 神女
34. 都市的夜（一）
35. 生活
36. 春在天涯
37. 哭和笑
38. 死水中的枯树
39. 她送我走
40. 到都市去
41. 花的主人
42. 歇午工
43. 渔翁
44. 小婢女
45. 默默的歌
　　——送革命战士深林兄去德
46. 退了色的记忆
47. 罪恶的黑手
48. 号声
49. 逃荒
50. 都市的夜（二）

51. 桃源
52. 盘
53. 亮的影子

1934 年

54. 问
55. 壮士心
56. 自白
57. 吊
58. 元宵
59. 村夜
60. 答客问
61. 无窗室
62. 民谣
63. 生命的叫喊
64. 新年
65. 都市的春天
66. 青岛的夏天
67. 场园上的夏晚
68. 月
69. 闲
70. 秋
71. 拾花女
72. 大寺
73. 卖孩子
74. 冰花

1935 年

75. 年关
76. 运河
77. 元旦

78. 我们是青年
79. 古城的春天
80. 黄风
81. 春旱
82. 吊八百死者
83. 要活
84. 螺旋
85. 旱海
86. 拉锯
87. 野孩子
88. 古城月
89. 投生
90. 水灾
91. 一九三五年的秋天
92. 中原的胳膊
93. 哀鸿
94. 疯婆

1936 年

95. 破题儿的失望
　　——为一个可爱的孩子作
96. 依旧是春天
　　——感时
97. 跳龙门
　　——为会考的孩子们作
98. 心的连环
99. 生命的光圈
100. 雾警
101. 吊诗人
102. 要国旗插上东北的土地
　　——闻全国童子军受检阅

192. 歌

193. 英雄

194. 新人

195. 失了时效的合同

196. 饥馑

197. 穷

198. 黄金

199. 复活

200. "型"

201. 三代

202. 见习

203. 笑的昙花

204. 鞭子

205. 粪和米

206. 潮

207. 金钱和良心

208. 送军麦

209. 小兵队

210. 家书

211. 他回来了

212. 活路

213. 眼睛和耳朵

214. 沉默

215. 诗叶

216. 静

217. 生的画图

218. 遥望

219. 珍珠

220. 死水

221. 村头

222. 暴雨

223. 夏夜

224. 影

225. 秋

226. 寒冷的花

227. 春鸟

228. 坟

229. 社戏

230. 收成

231. 崎岖的道路

232. 跋涉劳吟

233. 对话

234. 窗子

235. 给坐轿子的人们

236. 型

237. 标准线

238. 人类共同的娼妇

239. 输血

　　　——苏联民众争为荣誉

战士输血

240. 希望——生活小辑之一

241. 爱情——生活小辑之二

242. 情书——生活小辑之三

243. 友谊——生活小辑之四

244. 热情——生活小辑之五

1943 年

245. 笑——生活小辑之六

246. 快乐——生活小辑之七

247. 泪——生活小辑之八

248. 梦——生活小辑之九

249. 思想——生活小辑之十

臧克家文集（第2卷）

1985年4月山东文艺出版社第1版。

目次：

1944 年

583

克家论诗（评论集）

1985 年 5 月文化艺术出版社第 1 版，吴嘉编；

"五十年间学论文——代序》，臧克家，1983 年 11 月 10 日；

《编后》，吴嘉，1983 年 12 月 4 日。

目次：

五十年间学论文
  ——代序

1. 新诗答问
2. 论新诗

589

1985年10月山东大学出版社第1版，署名臧克家；

《序》，臧克家，1985年3月10日于北京；

目次：

　序

第一辑　风风雨雨苦中吟

591

6. 大地之子

　　—— 记广田

7. 五十二年友情长

　　—— 追念伯箫同志

8. 朴素衣裳常在眼

　　—— 记羡林

9. 春色满西郊, 提笔问忙闲?

　　—— 忆广铭

第四辑　追忆往事感触深

1. 皓首忆稚年

　　—— 童年、少年生活掠影

2. 新潮澎湃正青年

3. 悲愤满怀苦吟诗

臧克家文集（第3卷）

1985 年 11 月山东文艺出版社第 1 版。

目次：

长　诗

1935 年—1959 年

1. 自己的写照

2. 走向火线

3. 淮上吟

4. 敲

5. 他打仗去了

6. "为抗战而死, 真光荣!"

7. 古树的花朵

8. 诗颂张自忠

9. 六机匠

10. 老李

11. 李大钊

旧体诗词

1973 年

1. 寄端木蕻良同志并励之

2. 再调端木

3. 寄姚雪垠同志（六首）

4. 给王子野同志

5. 抒怀寄故人

6. 送方殷同志

7. 寄碧野同志（二首）

8. 赠王亚平同志

1974 年

9. 自度曲·题菊畔小照

10. 赠唐弢同志

11. 寄徐迟同志（三首）

12. 答友人问病并预邀赏菊

13. 为葛一虹同志书条幅题句

14. 寄陶钝同志

15. 答友人问

16. 秋日赏菊（二首）

17. 为晏明同志书条幅

18. 抒怀

19. 书怀

1975 年

20. 寄钱君匋同志

21. 七十述怀

22. 寄邓广铭同志

23. 莹莹双石子

595

臧克家抒情散文选
1988年4月湖南文艺出版社第1版；
《多写散文少写诗》（代序），1988年7
月16日作。

臧克家旧体诗稿（诗集）

1988年7月武汉出版社第1版。

目次：

自道甘苦学旧诗（自序）

1973 年

1974 年

1975 年

臧克家著作系年

冯光廉　刘增人

1925 年

别十与天罡（通讯）

1925 年 8 月 30 日于济南作；

载 1925 年 9 月 21 日《语丝》周刊
第 45 期，署名少全；

初收 1982 年 12 月长江文艺出版社版
《臧克家散文小说集》。

1929 年

默静在晚林中（诗）

1929 年 11 月 16 日于青岛大学作；

载 1929 年 12 月 1 日青岛《民国日报·恒
河》第 19 期，署名克家；

初收 1984 年 4 月陕西人民出版社版
《臧克家集外诗集》。

1930 年

祖父死去的周年（诗）

1930 年 12 月 26 日作；

载 1931 年 2 月 4 日青岛《民国日报·青
岛》第 387 号，后附同名散文，1931 年 1
月 12 日脱稿，第 388、389 号续载。

初收 1984 年 4 月陕西人民出版社版
《臧克家集外诗集》。

1931 年

农家的夏晚（诗）

1931 年 8 月 7 日作；

载 1933 年 5 月 1 日《新时代月刊》
第 4 卷第 4、5 期合刊"诗"栏内；

初收 1984 年 4 月陕西人民出版社版
《臧克家集外诗集》。

吊志摩先生（诗）

载 1931 年 12 月 26 日青岛《民国日
报·副刊》第 47 期；

初收 1984 年 4 月陕西人民出版社版
《臧克家集外诗集》。

不久有那么一天（诗）

1931年冬作；

初收1933年7月自印版《烙印》。

1932年

难民（诗）

1932年元旦于古琅玡作（收入《烙印》时注为2月作）；

载1933年6月1日《新月》月刊第4卷第7期；

初收1933年7月自印版《烙印》。

战场夜（诗）

1932年2月作；

载1932年3月31日《文艺月刊》第3卷第3期"诗五首"栏内；

初收1984年4月陕西人民出版社版《臧克家集外诗集》。

变（诗）

1932年2月作；

载1933年5月1日《创化月刊》第1卷第1号；

初收1933年7月自印版《烙印》。

别（诗）

1932年2月作；

载1933年5月1日《创化月刊》第1卷第1号；

初收1984年4月陕西人民出版社版《臧克家集外诗集》。

故乡（诗）

1932年3月于青岛作；

载1933年3月1日《创化季刊》第1卷第1期"文学专号"；

初收1984年4月陕西人民出版社版《臧克家集外诗集》。

象粒砂（诗）

1932年3月作（此系收入《烙印》时补注）；

载1932年11月1日《新月》月刊第4卷第5期；

初收1933年7月自印版《烙印》。

老哥哥（诗）

1932年4月作（收入《烙印》时注为3月作）；

载1932年3月31日《文艺月刊》第3卷第3期"诗五首"栏内；

初收1933年7月自印版《烙印》。

忧患（诗）

1932年3月作；

载1932年3月31日《文艺月刊》第3卷第3期"诗五首"栏内；

初收1933年7月自印版《烙印》。

贩鱼郎（诗）

1932年于青岛作（收入《烙印》时注"1932年4月作"）；

载1933年10月1日《文学》月刊第1卷

第4号；

初收1933年7月自印版《烙印》。

老马（诗）

1932年4月作；

初收1933年7月自印版《烙印》。

炭鬼（诗）

1932年5月作(此系收入《烙印》时补注)；

载1933年3月1日《文艺月刊》第3卷第9期"诗三篇"题下；

初收1933年7月自印版《烙印》。

补破烂的女人（诗）

1932年6月在青岛作；

载1933年10月1日《文学》月刊第1卷第4号；

初收1984年4月陕西人民出版社版《臧克家集外诗集》。

失眠（诗）

1932年6月作（此系收入《烙印》时补注）；

载1932年11月1日《新月》月刊第4卷第5期；

初收1933年7月自印版《烙印》。

希望（诗）

1932年7月作于相州（收入《烙印》时改注为10月作）；

载1932年6月30日《文艺月刊》第3卷

第5、6期合刊"诗三篇"栏内；

初收1933年7月自印版《烙印》。

当炉女（诗）

1932年8月作（此系收入《烙印》时补注）；

载1932年12月1日《现代》月刊第2卷第2期"诗三首"题下；

初收1933年7月自印版《烙印》。

拾落叶的姑娘（诗）

载1932年12月1日《现代》月刊第2卷第2期"诗三首"题下；

初收1984年4月陕西人民出版社版《臧克家集外诗集》。

愁苦和欢喜（诗）

载1932年12月1日《现代》月刊第2卷第2期"诗三首"题下；

初收1984年4月陕西人民出版社版《臧克家集外诗集》。

洋车夫（诗）

1932年在青岛作；

载1933年10月1日《文学》月刊第1卷第4号；

初收1933年7月自印版《烙印》。

万国公墓（诗）

1932年12月5日于青岛万国公墓之侧作（收入《烙印》时改注为1932年5月作）；

载 1933 年 3 月 1 日《创化季刊》第 1 卷
第 1 期"文学专号"；
初收 1933 年 7 月自印版《烙印》。

老头儿（诗）
1932 年 12 月作；
初收 1933 年 7 月自印版《烙印》。

天火（诗）
1932 年作；
初收 1933 年 7 月自印版《烙印》。

烙印（诗）
1932 年作；
初收 1933 年 7 月自印版《烙印》。

1933 年

神女（诗）
1933 年元旦作；
载 1933 年 6 月 1 日《文艺月刊》第 3 卷
第 12 期"诗六首"题下；
初收 1933 年 7 月自印版《烙印》。

都市的夜（诗）
1933 年 2 月作；
初收 1933 年 7 月自印版《烙印》。

秋雨（诗）
载 1933 年 3 月 1 日《文艺月刊》第 3 卷
第 9 期"诗三篇"题下；
初收 1984 年 4 月陕西人民出版社版

《臧克家集外诗集》。

五月的乡村（诗）
载 1933 年 3 月 1 日《新时代月刊》
第 4 卷第 2 期"诗选"栏内；
初收 1984 年 4 月陕西人民出版社版
《臧克家集外诗集》。

两个小车夫（诗）
载 1933 年 4 月 1 日《文艺月刊》第 3 卷
第 10 期；
初收 1984 年 4 月陕西人民出版社版
《臧克家集外诗集》。

两个黑洞（诗）
1933 年 4 月作；
载 1933 年 7 月 1 日《文学》月刊第 1 卷
第 1 号"诗选"栏内；
初收 1984 年 4 月陕西人民出版社版
《臧克家集外诗集》。

生活（诗）
1933 年 4 月作（此系收入《烙印》时
补注）；
载 1933 年 7 月 1 日《文艺月刊》第 4 卷
第 1 期"诗选"栏内；
初收 1933 年 7 月自印版《烙印》。

春在天涯（诗）
1933 年春天在青岛作；
载 1934 年 1 月 1 日《文学季刊》创刊号；

初收 1984 年 4 月陕西人民出版社版
《臧克家集外诗集》。

哭和笑（诗）

载 1933 年 5 月 1 日《西湖文苑》创刊号
"诗"栏内；

初收 1984 年 4 月陕西人民出版社版
《臧克家集外诗集》。

到都市去（诗）

1933 年 5 月作；

载 1933 年 10 月 1 日《东方杂志》半月
刊第 30 卷第 19 号"文艺栏"；

初收 1934 年 7 月开明书店再版《烙印》。

捡煤球的姑娘（诗）

1933 年 5 月作；

载 1933 年 7 月 1 日《文学》月刊第 1 卷
第 1 号"诗选"栏内；

初收 1984 年 4 月陕西人民出版社版
《臧克家集外诗集》。

死水中的枯树（诗）

载 1933 年 6 月 1 日《文艺月刊》第 3 卷
第 12 期"诗六首"题下；

初收 1984 年 4 月陕西人民出版社版
《臧克家集外诗集》。

小婵女（诗）

1933 年夏作（此系收入《罪恶的黑手》
时补注）；

载 1934 年 7 月 1 日《文学》月刊第 3 卷

第 1 号；

初收 1934 年 10 月生活书店版《罪恶的
黑手》。

褪了色的记忆（诗）

1933 年 6 月 30 日在青岛作；

载 1933 年 8 月 16 日《东方杂志》半月
刊第 30 卷第 16 号"文艺栏"；

初收 1984 年 4 月陕西人民出版社版
《臧克家集外诗集》。

她送我走（诗）

载 1933 年 7 月 1 日《新时代月刊》
第 5 卷第 1 期；

初收 1984 年 4 月陕西人民出版社版
《臧克家集外诗集》。

如此生活（散文）

1933 年 6 月在青岛作；

载 1933 年 8 月 1 日《文艺座谈》半月刊
第 1 卷第 3 期。

歇午工（诗）

1933 年 6 月作（此系收入《烙印》时
补注）；

载 1933 年 8 月 1 日《文艺月刊》第 4 卷
第 2 期"诗选"栏内；

初收 1933 年 7 月自印版《烙印》。

默默的歌——送革命战士深林兄去德
（诗）

1933 年 6 月在青岛作；

载 1933 年 8 月 16 日《东方杂志》半月刊第 30 卷第 16 号"文艺栏"；

初收 1984 年 4 月陕西人民出版社版《臧克家集外诗集》。

渔翁（诗）

1933 年 6 月作；

初收 1933 年 7 月自印版《烙印》。

猴子拴（散文）

1933 年 7 月 17 日脱稿（收入《乱蓬集》时改为"1934 年作"）；

载 1933 年 10 月 1 日《文学》月刊第 1 卷第 4 号；

初收 1939 年 5 月良友复兴图书印刷公司版《乱蓬集》。

罪恶的黑手（诗）

9 月 5 日全夜写强半，6 日完成。1933 年于青岛作；

载 1934 年 1 月 1 日《文学》月刊第 2 卷第 1 号"诗"栏内；

初收 1934 年 10 月生活书店版《罪恶的黑手》。

文明的皮鞭（散文）

1933 年 9 月末一天于青岛作；

载 1934 年 1 月 1 日《东方杂志》半月刊第 31 卷第 1 号"文艺栏"；

初收 1939 年 5 月良友复兴图书印刷公司版《乱蓬集》。

桃源（诗）

载 1933 年 10 月 1 日《新时代月刊》第 5 卷第 4 期；

初收 1984 年 4 月陕西人民出版社版《臧克家集外诗集》。

号声（诗）

1933 年 11 月 1 日作；

初收 1934 年 3 月开明书店再版《烙印》。

逃荒（报载：二百万难民忍痛出关，感成此篇）（诗）

1933 年 11 月 3 日作（此系收入再版《烙印》时补注）；

载 1934 年 7 月 1 日《文学》月刊第 3 卷第 1 号；

初收 1934 年 3 月开明书店再版《烙印》。

都市的夜（诗）

1933 年 11 月作；

载 1934 年 5 月 4 日《申报·自由谈》；

初收 1934 年 3 月开明书店再版《烙印》。

《烙印》再版后志

1933 年 11 月于青岛作；

初收 1934 年 3 月开明书店再版《烙印》。

盘（诗）

1933 年作（此系收入《罪恶的黑手》时补注）；

载 1934 年 4 月 1 日《文学季刊》第 2 期；

初收 1934 年 10 月生活书店版《罪恶的黑手》。

亮的影子（诗）
1933 年岁暮作；
载 1935 年 4 月 10 日《新文学》月刊创刊号；
初收 1934 年 10 月生活书店版《罪恶的黑手》。

1934 年

花的主人（诗）
载 1934 年 1 月 1 日《文艺月刊》第 5 卷第 1 期"诗选"栏内；
初收 1984 年 4 月陕西人民出版社版《臧克家集外诗集》。

问（诗）
1926 年作，1934 年 1 月 9 日改定并作跋；
载 1934 年 10 月《文学评论》第 1 卷第 2 期；
初收 1979 年 4 月山东人民出版社版《今昔吟》，添《附记》一则，1978 年 10 月 27 日作。

壮士心（诗）
1934 年 1 月 11 日于青岛（此系收入《罪恶的黑手》时补注）；
载 1934 年 10 月 10 日《水星》月刊第 1 卷第 1 期；
初收 1934 年 10 月生活书店版《罪恶的

黑手》。

自白（诗）
1934 年 1 月 14 日作（此系收入《罪恶的黑手》时补注）；
载 1934 年 11 月 20 日《人间世》半月刊第 16 期"诗"栏内；
初收 1934 年 10 月生活书店版《罪恶的黑手》。

吊（诗）
1934 年旧历元旦（按即 2 月 14 日）于故乡作（此系收入《罪恶的黑手》时所注）；
载 1934 年 11 月 22 日《申报·自由谈》；
初收 1934 年 10 月生活书店版《罪恶的黑手》。

元宵（诗）
1934 年元宵（按即 2 月 28 日）后数日于青岛作（此系收入《罪恶的黑手》时补注）；
载 1934 年 7 月《学文月刊》第 1 卷第 3 期；
初收 1934 年 10 月生活书店版《罪恶的黑手》。

幽迁（散文）
载 1934 年 3 月 22 日《申报·自由谈》；
初收 1982 年 12 月长江文艺出版社版《臧克家散文小说集》。

答客问（诗）

1934年3月22日于相州作（此系收入《罪恶的黑手》时补注）；

载1934年3月29日《申报·自由谈》；

初收1934年10月生活书店版《罪恶的黑手》。

无窗室（诗）

1934年3月22日于相州作（此系收入《罪恶的黑手》时补注）；

载1934年4月11日《申报·自由谈》；

初收1934年10月生活书店版《罪恶的黑手》。

村夜（诗）

1934年3月22日于相州作（此系收入《罪恶的黑手》时补注）；

载1934年4月15日《文史》两月刊创刊号；

初收1934年10月生活书店版《罪恶的黑手》。

民谣（诗）

1934年3月24日于相州作；

载1934年3月31日《申报·自由谈》；

初收1934年10月生活书店版《罪恶的黑手》。

论新诗（论文）

1934年3月27日草于相州；

载1934年7月1日《文学》月刊第3卷

第1号；

初收1982年12月长江文艺出版社版《臧克家散文小说集》。

回家——无窗室随笔之二（散文）

载1934年4月3日《申报·自由谈》；

初收1982年12月长江文艺出版社版《臧克家散文小说集》。

深宵的叫卖（诗）

1934年4月5日于相州作（此系收入《罪恶的黑手》时补注）；

载1934年4月14日《申报·自由谈》；

初收1934年10月生活书店版《罪恶的黑手》，改题为《生命的叫喊》。

不知道——无窗室随笔之三（散文）

载1934年4月7日《申报·自由谈》；

初收1982年12月长江文艺出版社版《臧克家散文小说集》。

新年（诗）

1934年4月10日于相州作；

初收1934年10月生活书店版《罪恶的黑手》。

一代比一代好——无窗室随笔之四（散文）

载1934年4月12日《申报·自由谈》；

初收1982年12月长江文艺出版社版《臧克家散文小说集》。

607

迷（散文）

载1934年4月16日《申报·自由谈》；

初收1982年12月长江文艺出版社版《臧克家散文小说集》。

社戏（散文）

载1934年4月17日《申报·自由谈》；

初收1982年12月长江文艺出版社版《臧克家散文小说集》。

村警（散文）

载1934年4月25日《申报·自由谈》；

初收1982年12月长江文艺出版社版《臧克家散文小说集》。

都市的春天（诗）

1934年4月28日作（此系收入《罪恶的黑手》时补注。本诗1934年6月又发表于《励学》第1卷第2期，注明1934年春作）；

载1934年6月1日《文艺月刊》第5卷第6期"诗选"栏内；

初收1934年10月生活书店版《罪恶的黑手》。

青岛樱花会（散文）

载1934年5月8日《申报·自由谈》；

初收1985年10月山东大学出版社版《乡土情深》。

《罪恶的黑手》序

1934年6月底，去青前作（收入《罪恶

的黑手》时注明1934年6月22日离青岛前作）；

载1934年10月10日《水星》月刊第1卷第1期；

初收1934年10月生活书店版《罪恶的黑手》。

场园上的夏夜（诗）

1934年7月5日村夜不敢睡对闷热的灯光成此；

载1934年7月14日《申报·自由谈》；

初收1934年10月生活书店版《罪恶的黑手》，改题为《场园上的夏晚》。

青岛的夏天（诗）

1934年夏离青前作；

载1934年9月15日《社会月报》第1卷第4期；

初收1984年4月陕西人民出版社版《臧克家集外诗集》。

逃难记（散文）

载1934年8月22日、23日《申报·自由谈》；

初收1982年12月长江文艺出版社版《臧克家散文小说集》。

教书乐（散文）

1934年9月13夜于临清中学作；

载1934年11月20日《太白》半月刊第1卷第5期"漫谈"栏内；

初收 1939 年 5 月良友复兴图书印刷公司版《乱蓬集》。

中秋（诗）

中秋（本年中秋为 9 月 15 日）后一日，于卫上作；

载 1934 年 11 月 10 日《水星》月刊第 1 卷第 2 期，又刊于 11 月 15 日《申报·自由谈》，改题为《月》；

初收 1936 年 10 月文化生活出版社《运河》，标题为《月》。

闲（诗）

1934 年 9 月 30 日作；

载 1934 年 11 月 5 日《人间世》半月刊第 15 期"诗专辑"内；

初收 1936 年 10 月文化生活出版社版《运河》。

秋（诗）

1934 年 10 月 2 日作；

载 1934 年 11 月 5 日《人间世》半月刊第 15 期"诗专辑"内；

初收 1936 年 10 月文化生活出版社版《运河》。

拾花女（散文）

1934 年 10 月 9 日灯下于临清作；

载 1934 年 12 月 4 日上海《大晚报·火炬》。

舟子（散文）

1934 年 10 月 19 日夜作；

载 1935 年 7 月 20 日《人间世》半月刊第 32 期"随笔"栏内；

初收 1939 年 5 月良友复兴图书印刷公司版《乱蓬集》。

大寺（诗）

1934 年 11 月 3 日作（此系收入《运河》时补注）；

载 1934 年 12 月 16 日《文学季刊》第 4 期"创作"栏内；

初收 1936 年 10 月文化生活出版社版《运河》。

拾花女（诗）

1934 年 11 月于临清中学作；

载 1934 年 12 月 8 日《青岛时报·明天》第 5 期，后在 1935 年 7 月 15 日《创作》月刊创刊号"诗选"栏内刊出时改题为《暮归》；

初收 1984 年 4 月陕西人民出版社版《臧克家集外诗集》。

卖孩子（诗）

1934 年 12 月 1 日作；

载 1935 年 5 月 20 日《人间世》半月刊第 24 期"诗"栏内；

初收 1984 年 4 月陕西人民出版社版《臧克家集外诗集》。

冰花（诗）

1934年12月5日作（此系收入《运河》时补注）；

载1935年1月5日《人间世》半月刊第19期"诗"栏内；

初收1936年10月文化生活出版社版《运河》。

一根刺（散文）

1934年12月14日作；

载1935年1月20日《太白》半月刊第1卷第9期"漫谈"栏内；

初收1982年12月长江文艺出版社版《臧克家散文小说集》。

老哥哥（散文）

1934年冬作（此系收入《乱蓬集》时补注）；

载1935年1月5日《人间世》半月刊第19期"专篇"栏内；

初收1939年5月良友复兴图书印刷公司版《乱蓬集》。

按：文后有作者附志一则，1935年1月16日作；似为收入《乱蓬集》时补入。

1935年

新年（散文）

载1935年1月1日《申报·自由谈》。

年关（诗）

1935年1月20日于临清作；

载1935年2月7日《申报·自由谈》；

初收1984年4月陕西人民出版社版

《臧克家集外诗集》。

没出息（散文）

1935年1月22日于临清作；

载1935年2月20日《太白》半月刊第1卷第11期"速写"栏内；

初收1939年5月良友复兴图书印刷公司版《乱蓬集》。

《张宁宇国画集》读后感

1935年1月于临清中学作；

载1935年青岛胶东书社版《张宁宇国画集》。

运河（诗）

1935年2月1日作（此系收入《运河》时补注）；

载1935年3月1日《文学》月刊第4卷第3号；

初收1936年10月文化生活出版社版《运河》。

元旦（诗）

1935年夜作（此系发表时所注，收入《运河》时注为"二四年旧元旦"，即1935年2月4日；《今昔吟》中注为"1935年元旦"）；

载1935年3月10日《水星》月刊第1卷第6期；

初收1936年10月文化生活出版社版《运河》。

年前年后的忌讳（散文）

正月初二（按即2月5日）早作；

载1935年3月5日《太白》半月刊

第1卷第12期"漫谈"栏内；

初收1939年5月良友复兴图书印刷公

司版《乱莠集》。

愁来碰人——旧年夜（散文）

载1935年2月12日《申报·自由谈》。

新诗答问（论文）

1935年2月13日作；

载1935年3月20日《太白》半月刊

第2卷第1期"漫谈"栏内；

初收1982年12月长江文艺出版社版

《臧克家散文小说集》。

我们是青年（诗）

1935年2月作(此系收入《运河》时补注)；

载1935年6月1日《文学》月刊第4卷

第6号"诗三首"题下；

初收1936年10月文化生活出版社版

《运河》。

乐以忘忧（散文）

1935年3月2日作（疑有误）；

载1935年3月2日《申报·自由谈》；

初收1982年12月长江文艺出版社版

《臧克家散文小说集》。

嫁女会（散文）

1935年3月21日作；

载1935年4月20日《太白》半月刊

第2卷第3期"速写"栏内；

初收1939年5月良友复兴图书印刷公

司版《乱莠集》。

下乡（散文）

1935年3月21日夜作；

载1935年5月1日《文学》月刊第4卷

第5号"随笔"栏内；

初收1939年5月良友复兴图书印刷公

司版《乱莠集》。

古城的春天（诗）

1935年3月26日作；

载1935年6月1日《文学》月刊第4卷

第6号"诗三首"题下；

初收1936年10月文化生活出版社版

《运河》。

黄风（诗）

1935年4月6日作；

载1935年6月1日《文学》月刊第4卷

第6号"诗三首"题下；

初收1936年10月文化生活出版社版

《运河》。

春旱（诗）

1935年4月24日作；

载1935年8月1日《文学》月刊第5卷

第2号；

初收 1936 年 10 月文化生活出版社版
《运河》。

吊八百死者（诗）

1935 年 5 月 19 日作（此系收入《运河》
时补注）；

载 1935 年 11 月 20 日《人间世》半月刊
第 40 期"诗"栏内；

初收 1936 年 10 月文化生活出版社版
《运河》。

可喜的孩子们（散文）

载 1935 年 5 月 20 日《太白》半月刊
第 2 卷第 5 期"漫谈"栏内；

初收 1939 年 5 月良友复兴图书印刷公
司版《乱蓬集》。

佃农（散文）

1935 年 6 月 10 日夜 2 时作；

载 1935 年 8 月 20 日《人间世》半月刊
第 34 期"特写"栏内。

要活（诗）

1935 年 6 月 26 日作；

载 1935 年 7 月 14 日青岛《民报》附刊
《避暑录话》周刊创刊号；

初收 1936 年 10 月文化生活出版社版
《运河》。

写给孩子们（散文）

载 1935 年 7 月 3 日《申报·自由谈》；

初收 1982 年 12 月长江文艺出版社版
《臧克家散文小说集》。

野店（散文）

1935 年 7 月 6 日于潍县一小旅舍中作；

载 1935 年 10 月 5 日《人间世》半月刊
第 37 期"随笔"栏内；

初收 1939 年 5 月良友复兴图书印刷公
司版《乱蓬集》。

螺旋（诗）

1935 年 7 月 18 日作（此系收入《运河》
时补注）；

载 1935 年 11 月 4 日《国闻周报》
第 12 卷第 43 期；

初收 1936 年 10 月文化生活出版社版
《运河》。

义务打杂（小说）

1935 年 7 月 20 日于相州作；

载 1936 年 2 月 10 日《文学时代》月刊
第 1 卷第 4 期；

初收 1982 年 12 月长江文艺出版社版
《臧克家散文小说集》。

债权人（小说）

1935 年 7 月 23 日于相州作；

载 1935 年 9 月 15 日《创作》月刊第 1 卷
第 3 期；

初收 1982 年 12 月长江文艺出版社版
《臧克家散文小说集》。

拉锯（诗）

1935年7月24日作（此系收入《运河》时补注）；

载1936年4月15日《文学丛报》月刊创刊号；

初收1936年10月文化生活出版社版《运河》。

旱海（诗）

1935年7月作，时鲁西大旱；

载1935年11月20日《人间世》半月刊第40期"诗"栏内；

初收1936年10月文化生活出版社版《运河》。

说大蒜（散文）

载1935年8月4日青岛《民报》附刊《避暑录话》周刊第4期。

野孩子（诗）

1935年8月11日作；

载1936年4月15日《前奏》月刊第1期；

初收1936年10月文化生活出版社版《运河》。

买卖婚姻（散文）

1935年8月15日于相州作；

载1935年11月20日《人间世》半月刊第40期"随笔"栏内。

按：本文标题正文前作"卖买婚姻"。

古城月（诗）

载1935年8月18日青岛《民报》附刊《避暑录话》周刊第6期；

初收1984年4月陕西人民出版社版《臧克家集外诗集》。

武训（散文）

1935年9月10日灯下于临清作；

载1939年12月1日《中学生》月刊第60号；

初收1935年5月良友复兴图书印刷公司版《乱莠集》。

梦（小说）

载1935年9月12日、13日、16日《申报·自由谈》。

水灾（诗）

1935年9月作（收入《运河》时改注为1935年9月19日作）；

载1936年10月1日《文学时代》月刊第1卷第3期；

初收1936年10月文化生活出版社版《运河》。

一个从滨江来的人（散文）

1935年作（此系收入《乱莠集》时补注）；

载1935年10月1日《中学生》月刊第58号"随笔"栏内；

初收1939年5月良友复兴图书印刷公司版《乱莠集》。

中原的胳膊（诗）
1935年10月6日作；
载1937年1月1日《文学》月刊第8卷
第1号；
初收1943年11月中西书局版《国旗飘
在雅雀尖》。

二十四年的秋天（诗）
1935年秋作；
收入1936年10月文化生活出版社版
《运河》，后改题为《一九三五年的秋
天》；
初收1984年4月陕西人民出版社版
《臧克家集外诗集》。

哀鸿（诗）
1935年10月8日灯下作；
载1936年3月1日《天地人》半月刊创
刊号；
初收1984年4月陕西人民出版社《臧
克家集外诗集》。

疯婆（诗）
1935年10月25日作（此系收入《运河》
时补注）；
载1936年7月20日《今代文艺》月刊
创刊号；
初收1936年10月文化生活出版社版
《运河》。

孩子的心（散文）

载1935年12月6日《申报·文艺周刊》
第6期。

投生（诗）
载1935年12月10日《青年文化》
第3卷第1期；
初收1984年4月陕西人民出版社版
《臧克家集外诗集》。

六机匠（散文）
1935年作（此系收入《乱莠集》时补
注）；
载1935年12月16日《文学季刊》
第2卷第4期"散文随笔"栏内；
初收1939年5月良友复兴图书印刷公
司版《乱莠集》。

开花的古树（散文）
1935年作（此系收入《乱莠集》时补注）；
载1936年12月30日《中流》半月刊
第1卷第8期；
初收1939年5月良友复兴图书印刷公
司版《乱莠集》。

我的胃口（散文）
载1935年生活书店版《小品文与漫画》。

1936年

《自己的写照》自序
1936年1月3日灯下于临清作；
初收1936年7月文学出版社版《自己
的写照》。

感情的圈子（杂文）

载1936年1月《青年界》月刊第9卷
第1号"我的职业生活特辑"。

破题儿的失望——为一个可爱的孩子
作（诗）

1936年3月20日作；

载1936年5月1日《文学》月刊第6卷
第5号；

初收1936年10月文化生活出版社版
《运河》。

黄风（散文）

载1936年4月3日《申报·文艺周刊》
第21期；

初收1939年5月良友复兴图书印刷公
司版《乱蓬集》。

《运河》自序

1936年4月14日作；

初收1936年10月文化生活出版社版
《运河》。

第一次的失望泪（散文）

载1936年4月17日《申报·文艺周
刊》第23期。

依旧是春天（诗）

1936年春作（收入《运河》时改注
为4月20日作）；

载1936年7月1日《文学》月刊第7卷

第1号"诗选"栏内；

初收1936年10月文化生活出版社版
《运河》。

跳龙门——为会考的孩子们作（诗）

1936年春末作；

载1936年7月1日《文学》月刊第7卷
第1号"诗选"栏内；

初收1936年10月文化生活出版社版
《运河》。

悼（散文）

1936年5月7日作（此系收入《乱蓬集》
时补注）；

载1936年8月21日《申报·文艺周刊》
第41期；

初收1939年5月良友复兴图书印刷公
司版《乱蓬集》。

心的连环——学生即将毕业散去，余
拟先行，赋此志别（诗）

1936年5月22日作（收入《运河》时
改注为5月末日记于临清）；

载1936年8月1日《文学》月刊第7卷
第2号；

初收1936年10月文化生活出版社版
《运河》。

四月会（散文）

1936年5月于临清作；

载1936年11月1日《文学》月刊第7卷

第5号"杂文"栏内；

初收 1939 年 5 月良友复兴图书印刷公司版《乱蓬集》。

避暑录话的一伙（散文）

载 1936 年 6 月《青年界》月刊第 10 卷第 1 号"暑期生活特辑"。

生命的光圈（诗）

1936 年 7 月 10 日作；

载 1936 年 8 月 10 日《光明》半月刊第 1 卷第 5 号"诗歌散文"栏内；

初收 1984 年 4 月陕西人民出版社版《臧克家集外诗集》。

雾警（诗）

1936 年 7 月 11 日作；

载 1936 年 7 月 25 日《光明》半月刊第 1 卷第 4 号"诗与散文"栏内；

初收 1984 年 4 月陕西人民出版社版《臧克家集外诗集》。

哄花（散文）

1936 年秋作（此系收入《乱蓬集》时补注）；

载 1936 年 11 月 20 日《中流》半月刊第 1 卷第 6 期；

初收 1936 年 5 月良友复兴图书印刷公司版《乱蓬集》。

病菌针（散文）

1936 年 8 月 20 日作；

载 1936 年 9 月 10 日《光明》半月刊第 1 卷第 7 号"创作三篇"栏内；

初收 1939 年 5 月良友复兴图书印刷公司版《乱蓬集》。

花虫子（散文）

1936 年 9 月 23 日作（此系收入《乱蓬集》时补注）；

载 1937 年 2 月 10 日《光明》半月刊第 2 卷第 5 号"创作三篇"栏内；

初收 1939 年 5 月良友复兴图书印刷公司版《乱蓬集》。

中秋忆关东（散文）

中秋前二日（按即 9 月 28 日）作；

载 1936 年 10 月 10 日《光明》半月刊第 1 卷第 9 号；

初收 1939 年 5 月良友复兴图书印刷公司版《乱蓬集》。

寂寞的伴侣（散文）

1936 年 10 月 7 日作；

载 1937 年 3 月 20 日《中流》半月刊第 2 卷第 1 期；

初收 1939 年 5 月良友复兴图书印刷公司版《乱蓬集》。

吊诗人（诗）

1936 年 10 月 24 日作；

载 1936 年 12 月 10 日《光明》半月刊

第2卷第1号"诗歌"栏内；

初收1984年4月陕西人民出版社版《臧克家集外诗集》。

要把国旗插上东北的土地——闻全国童子军受检阅情况有感作（诗）

1936年10月25日灯下作；

载1936年11月10日《光明》半月刊第1卷第11号"诗与散文"栏内；

初收1984年4月陕西人民出版社版《臧克家集外诗集》。

人与禽兽之间——我家的二把头（诗）

载1936年10月30日《时代青年》月刊第1卷第6期"文艺"栏内。

光明的见证（诗）

1936年10月作；

载1937年2月1日《文学》月刊第8卷第2号"诗选"栏内。

初收1984年4月陕西人民出版社版《臧克家集外诗集》。

喇叭的喉咙——吊鲁迅先生（诗）

1936年11月4日灯下作；

载1936年11月15日《作家》月刊第2卷第2号；

初收1943年11月中西书局版《国旗飘在雅雀尖》。

肉的长城（诗）

1936年11月18日作；

载1936年11月25日《光明》半月刊第1卷第12号"诗歌"栏内；

初收1984年4月陕西人民出版社版《臧克家集外诗集》。

谁在叫你（诗）

1936年12月1号灯下作；

载1937年1月1日《文艺工作者》月刊准备号第1期；

初收1984年4月陕西人民出版社版《臧克家集外诗集》。

褪色的金枝（诗）

1936年12月4日灯下作；

载1937年4月1日《文学》月刊第8卷第4号；

初收1984年4月陕西人民出版社版《臧克家集外诗集》。

温柔的逆旅（诗）

1936年末或1937年初作（此系收入《十年诗选》时补注）；

载1936年10月1日《文学》月刊第7卷第4号"诗选"栏内；

初收1944年12月现代出版社版《十年诗选》。

1937年

新诗呓语（论文）

载1937年1月10日《海风》月刊第4期"诗歌小品"栏内。

刑场（诗）

1937年1月15日于山东临清作；

载1937年8月1日《文学》月刊第9卷第2号；

初收1944年12月现代出版社版《十年诗选》。

年关雪（诗）

1937年1月27日作（收入《十年诗选》时加注"于山东临清"）；

载1937年8月1日《文学》月刊第9卷第2号；

初收1944年12月现代出版社版《十年诗选》。

头痛的"理论文章"（杂文）

载1937年1月《青年界》月刊第11卷第1号"青年作文指导特辑"。

炉边（诗）

1937年1月作；

载1937年3月25日《光明》半月刊第2卷第8号"诗选"栏内；

初收1984年4月陕西人民出版社版《臧克家集外诗集》。

明天（诗）

载1937年3月10日《好文章》月刊第6期"诗选"栏内；

初收1984年4月陕西人民出版社版《臧克家集外诗集》。

生命的抓手（诗）

1937年3月12日作；

载1937年6月1日《文学》月刊第8卷第6号；

初收1984年4月陕西人民出版社版《臧克家集外诗集》。

爱（诗）

1937年3月20日作；

载1937年5月10日《诗歌杂志》第3期"创作"栏内；

初收1984年4月陕西人民出版社版《臧克家集外诗集》。

苦中乐（杂文）

1937年3月23日作；

载1937年4月21日《教育短波》1937年卷4月下册第96期。

烦恼的日子（日记）

1937年4月17日灯下作；

载1937年6月《青年界》月刊第12卷第1号"日记特辑"。

苏生的风——答泮庆（诗）

1937年4月21日灯下作；

载1937年7月1日《文学》月刊第9卷第1号；

初收1984年4月陕西人民出版社版《臧克家集外诗集》。

蛙声——从军琐忆之一（散文）

1937年4月30日最苦痛中作；

载1937年6月10日《光明》半月刊
第3卷第1号"散文"栏内；

初收1982年12月长江文艺出版社版
《臧克家散文小说集》。

新诗片语（论文）

1937年5月10日夜12时作；

载1937年8月1日《文学》月刊第9卷
第2号；

初收1982年12月长江文艺出版社版
《臧克家散文小说集》。

空响雷（诗）

载1937年5月20日《中流》半月刊
第2卷第5期；

初收1984年4月陕西人民出版社版
《臧克家集外诗集》。

流亡在关东——沈阳的一段（散文）

1937年7月1日灯下12时作；

载1938年5月1日《宇宙风》半月刊
第67期。

一年（诗）

载1937年7月10日《好文章》月刊
第10期"诗选"栏内；

初收1984年4月陕西人民出版社版
《臧克家集外诗集》。

我们要抗战（诗）

1937年7月29日午作；

初收1938年6月生活书店版《从军行》。

流亡曲（诗）

1937年11月10日灯下作；

载1937年12月11日《宇宙风》半月刊
第54期；

初收1984年4月陕西人民出版社版
《臧克家集外诗集》。

1938年

济南三日记（散文）

载1938年1月1日《宇宙风》半月刊
第56期；

初收1982年12月长江文艺出版社版
《臧克家散文小说集》。

从军去——别长安（诗）

1938年元旦次日于去徐车中作；

载1938年1月20日汉口《大公报·战
线》第101号；

初收1938年6月生活书店版《从军行》。

换上了戎装（诗）

1938年1月16日作；

初收1938年6月生活书店版《从军行》。

孩子们举起了火炬（散文）

1938年1月16日作于潢川军团；

载1938年2月22日重庆《新华日

报·团结》第29、30期。

伟大的交响（诗）
1938年1月22日于信阳军次作；
载1938年2月1日、2日汉口《大公
报·战线》第108、109号；
初收1938年6月生活书店版《从军行》。

抗战到底（诗）
1938年1月作；
初收1938年6月生活书店版《从军行》。

血的春天（诗）
1938年2月2日作；
载1938年3月18日重庆《新华日
报·团结》第49期；
初收1938年6月生活书店版《从军行》。

雪中聆训记（散文）
载1938年2月15日、22日《大时代》
周刊第6、7期合刊。

通红的火把——为反侵略运动大会火
炬游行作（诗）
1938年2月22日作；
初收1938年6月生活书店版《从军行》。

保卫大徐州（诗）
载1938年2月23日汉口《大公报》；
初收1938年6月生活书店版《从军行》。

伟大的空军（诗）
3月2日作(此系收入《从军行》时补注)；
载1938年4月16日《文艺月刊·战时
特刊》第10期；1941年12月15日《战
时文艺》第1卷第2期，重刊时改题为
《吼狂》；
初收1938年6月生活书店版《从军行》。

我所见的李宗仁将军（散文）
载1938年3月22日《大时代》周刊第9号。

别潢川——赠青年战友们（诗）
1938年3月底于潢川作；
载1938年4月27日汉口《大公报·战
线》第140号；
初收1938年6月生活书店版《从军行》。

武汉，我重见到你（诗）
1938年4月1日作(此系收入《从军行》
时补注)；
载1938年5月20日《战地》半月刊
第1卷第5期；
初收1938年6月生活书店版《从军行》。

好男儿（诗）
1938年4月3日赴前方车中作；
载1938年4月15日《抗战画刊》"胜利
特辑"。

过武胜关（诗）
1938年4月3日去前方车中作；

载 1938 年 5 月 10 日《自由中国》月刊
第 1 卷第 2 号；

初收 1938 年 6 月生活书店版《从军行》。

《从军行》自序

1938 年 4 月 7 日灯下，时津浦北线正展
开空前的血战；

初收 1938 年 6 月生活书店版《从军行》。

《津浦北线血战记》序言

1938 年 4 月 17 日作；

初收 1938 年 5 月生活书店版《津浦北
线血战记》。

兵车向前方开（诗）

1938 年 4 月 23 日赴汉车中作；

载 1938 年 5 月 15 日《文艺》第 5 卷
第 4 期（复刊号）；

初收 1938 年 6 月生活书店版《从军行》。

铁的一团（诗）

载 1938 年 4 月 21 日《新语》半月刊创
刊号。

送战士（诗）

1938 年 4 月于武昌作（此系收入《泥淖
集》时补注）；

载 1938 年 6 月 11 日《抗战文艺》第 1 卷
第 8 期；

初收 1939 年 3 月生活书店版《泥淖集》。

前线与后方（杂文）

载 1938 年 5 月 12 日广州《救亡日报》。

郑州在轰炸中（报告）

1938 年 5 月 24 日灯下作；

载 1938 年 6 月 20 日《自由中国》月刊
第 1 卷第 3 号"报告特辑"；

初收 1939 年 10 月前线出版社版《随
枣行》。

从敌人的后方来（散文）

载 1938 年 6 月 19 日《抗战》三日刊
第 82 号；

初收 1939 年 10 月前线出版社版《随
枣行》。

突出徐州后的李将军（散文）

载 1938 年 6 月 23 日《抗战》三日刊
第 83 号；

敌人陷在泥淖里（诗）

1938 年 6 月于潢川作；

载 1938 年 7 月 8 日汉口《大公报·战
线》第 168 号；

初收 1939 年 3 月生活书店版《泥淖集》。

为斗争我们分手——送匡君入鲁（诗）

1938 年 6 月于潢川作；

载 1938 年 8 月 22 日汉口《大公报·战
线》第 173 号；

初收 1939 年 3 月生活书店版《泥淖集》。

潢川的女兵（报告）

载 1938 年 7 月 25 日《文艺》第 1 卷
第 3 期；

初收 1982 年 12 月长江文艺出版社版
《臧克家散文小说集》。

抗战的火苗（诗）

1938 年 8 月 16 日作；

载 1938 年《光明》半月刊战时号外
第 3 号；

初收 1984 年 4 月陕西人民出版社版
《臧克家集外诗集》。

我们这十四个（诗）

1938 年 8 月 27 日于商城，时六安战事
正急，耳边机枪成串，我军正演习也；

载 1938 年 10 月 16 日《文艺阵地》半月
刊第 2 卷第 1 期"鲁迅先生逝世两周年
纪念特辑"；

初收 1984 年 4 月陕西人民出版社版
《臧克家集外诗集》。

诗歌朗诵运动展开在前方（通讯）

载 1938 年 8 月 30 日重庆《新华日报》。

匕首颂——赠友（诗）

1938 年 8 月于商城作（此系收入《泥淖
集》时补注）；

载 1939 年 9 月 1 日重庆《大公报·战
线》第 355 号；

初收 1939 年 3 月生活书店版《泥淖集》，

收集后改题为《匕首颂——赠鲁夫》。

大别山（诗）

1938 年 8 月至 1939 年 4 月作（此系收
入《泥淖集》时补注）；

载 1940 年 1 月 15 日《笔部队》创刊特
大号"诗"栏内；

初收 1939 年 3 月生活书店版《泥淖集》。

"九一八"在冷雨中（诗）

九一八于前方黄昏冷雨中；

载 1938 年 9 月 30 日汉口《大公报·战
线》第 197 号；

初收 1939 年 3 月生活书店版《泥淖集》。

山村之夜（散文）

1938 年 9 月 20 日灯下于前方作；

载 1938 年 9 月 29 日汉口《大公报·战
线》第 196 号；

初收 1939 年 10 月前线出版社版《随
枣行》。

战争在等候着你——献给病中的故人
王莼（诗）

载 1938 年 10 月 13 日汉口《大公报·战
线》第 206 号；

初收 1984 年 4 月陕西人民出版社版
《臧克家集外诗集》。

除夕吟（诗）

1938 年除夕作；

初收1939年3月生活书店版《泥淖集》。

1939年

轰炸后（诗）

1939年元月15日于南阳惨炸后作（此系收入《泥淖集》时补注）；

载 1939 年 8 月 26 日桂林《广西日报·笔部队》第 3 期；

初收1939年3月生活书店版《泥淖集》。

均县——你这水光里的山城（诗）

1939年元月28日于樊城作；

载1939年2月16日重庆《大公报·战线》第279号；

初收1939年3月生活书店版《泥淖集》。

祖国叫我们这样——为河南"战教团"同志们作（诗）

1939年3月10日作；

载1939年4月25日《抗战文艺》半月刊第4卷第2期；

初收1940年7月创作出版社版《呜咽的云烟》。

"晴天里的一个霹雳"——寄一多先生（诗）

1939年3月于樊城作；

载 1939 年 8 月 12 日桂林《广西日报·笔部队》第 1 期；

初收1939年3月生活书店版《泥淖集》。

十六岁的游击队员（散文）

1939年4月15日写于随县净明铺；

载1939年11月1日《文艺阵地》半月刊第4卷第1期；

初收 1939 年 10 月前线出版社版《随枣行》。

在随县前方（通讯）

载1939年5月20日《全民抗战》周刊第71号；

初收 1939 年 10 月前线出版社版《随枣行》。

随枣行（通讯）

载1939年5月21日重庆《群众》周刊第3卷第1期；

初收 1939 年 10 月前线出版社版《随枣行》。

按：本文包括5篇：《离开襄樊》、《齐集的伤兵收容所》、《黄昏冷雨过枣阳》、《两位将军的谈话》、《幽静的净明铺》。其中《黄昏冷雨过枣阳》曾在 1939 年 5 月 27 日上海《大美晚报·文化界》第 3 期单独发表。

一百一十四个——送军校毕业的山东老同学回乡游击（诗）

1939年5月25日作（收入《泥淖集》时加注"于均州"）；

载1939年8月1日《文艺阵地》半月刊第3卷第8期；

初收1939年3月生活书店版《泥淖集》。

走向火线（诗）

1939年5月29日默成于均县（此系收入《淮上吟》时所注）；

载1940年5月15日《抗战文艺》第6卷第2期；

初收1940年5月上海杂志公司版《淮上吟》。

按：本诗第一稿在战地遗失，此系后来据回忆写成的第二稿。

大刀的故事（诗）

1939年5月作（此系收入《泥淖集》时补注）；

载1939年12月16日重庆北碚《国民公报·文群》第89期；

初收1939年3月生活书店版《泥淖集》。

一寸长的棺木（通讯）

载1939年6月16日《文艺月刊·战时特刊》第3卷第5、6期合刊。

在第一线上（散文）

1939年7月12日于河口作；

载1939年10月1日《文艺阵地》半月刊第3卷第12期；

初收1939年10月前线出版社版《随枣行》。

我们在这里握手——给日本反战的同志们（诗）

1939年7月29日去敌人后方的前夜作；

载1939年8月20日重庆《大公报·战线》第344号；

初收1984年4月陕西人民出版社版《臧克家集外诗集》。

"花园"之夜（通讯）

写于河口；

载1939年8月16日《文艺月刊·战时特刊》第3卷第8、9期合刊。

跨过平汉路（诗）

1939年8月19日于漯河作；

载1939年9月30日重庆《大公报·战线》第380号；

初收1984年4月陕西人民出版社版《臧克家集外诗集》。

淮上吟（诗）

1939年10月6日完成；

载1939年12月6日、7日、8日重庆《大公报·战线》第434—436号；

初收1940年5月上海杂志公司渝版《淮上吟》。

安徽的新姿态（敌后通讯）

1939年10月22日于河口作；

载1939年11月14日至16日重庆《新华日报》。

回来吧，我的弟兄——召伪军（诗）

载1939年11月19日重庆《新华日报》；

初收 1984 年 4 月陕西人民出版社版
《臧克家集外诗集》。

我们的笔部队——为欢迎作家访问团
诸朋友作（诗）
1939 年 11 月 28 日，于河口作；
载 1940 年 1 月 16 日重庆《新华日
报·新华副刊》。

一个忠烈的故事（散文）
载 1939 年 11 月 30 日重庆《大公
报·战线》第 428 号。

呜咽的云烟（诗）
1939 年 11 月作（此系收入《呜咽的云
烟》时补注）；
载 1940 年 3 月 1 日《抗战文艺》（桂刊）
第 1 卷第 1 期；
初收 1940 年 7 月创作出版社版《呜咽
的云烟》。

海叉（小说）
载 1939 年 12 月 5 日《中学生》战时半
月刊第 13 期。

枷锁与自由——为×战区妇女杂志作
（诗）
1939 年 12 月 13 日去前线途中作；
载 1940 年 1 月 29 日重庆《新华日报》；
初收 1984 年 4 月陕西人民出版社版
《臧克家集外诗集》。

淮上三千里（小说）
载 1939 年 12 月 9 日、16 日、23 日、
30 日，1940 年 1 月 6 日、13 日、20 日
《全民抗战》周刊第 100 —106 号。

淮上归来（书信二则）
28 日、14 日作；
载 1940 年 1 月 15 日《笔部队》创刊特
大号"作家消息"栏内。

1940 年

我们走完了"一九三九"年——给孙
陵雪垠（诗）
载 1940 年 1 月 11 日重庆《大公报·战
线》第 459 号；
初收 1940 年 7 月创作出版社版《呜咽
的云烟》。

信阳前线的伤兵（通讯）
载 1940 年 2 月 5 日重庆《新华日报》。

国旗飘在雅雀尖（诗）
1940 年 2 月 18 日于桑园前线作；
载 1940 年 4 月 5 日重庆《大公报·战
线》第 518 号；
初收 1940 年 7 月创作出版社版《呜咽
的云烟》。

七个伪军（通讯）
载 1940 年 3 月 4 日桂林《救亡日报》。

《淮上吟》前记
1940 年 3 月 11 日志于河口；

初收 1940 年 5 月上海杂志公司版《淮
上吟》。

烈士墓旁（诗）

1940 年 3 月 13 日于河口作；

载 1940 年 3 月 16 日《文艺阵地》半月
刊第 4 卷第 10 期；

初收 1984 年 4 月陕西人民出版社版
《臧克家集外诗集》。

平昌关之雄姿（通讯）

1940 年 3 月 29 日前线归来于河口作；

载 1940 年 4 月 15 日重庆《大公报》。

韩团长的腿（诗）

1940 年 3 月前线归来于老河口作；

载 1940 年 5 月 20 日《中学生》战时半
月刊第 23 期；

初收 1984 年 4 月陕西人民出版社版
《臧克家集外诗集》。

新生代的孩子群——为叶县"难童教
养院"的孩子们作（诗）

1940 年 3 月于河口作；

载 1940 年 8 月 5 日《中学生》战时半月
刊第 28 期；

初收 1984 年 4 月陕西人民出版社版
《臧克家集外诗集》。

桐柏山在迎望着（诗）

载 1940 年 5 月 23 日重庆《大公报·战

线》第 555 号；

初收 1984 年 4 月陕西人民出版社版
《臧克家集外诗集》。

宣传画（诗）

1940 年 5 月作（此系收入《国旗飘在雅
雀尖》时补注）；

载 1943 年 7 月 20 日《文艺先锋》半月
刊第 3 卷第 1 期；

初收 1943 年 11 月中西书局版《国旗飘
在雅雀尖》，收集后改题为《神羊台上
的宣传画》。

从冬到春——尖山之战的故事（诗）

1940 年 7 月 19 日完成于老河口；

载 1941 年 2 月 20 日《中学生》战时半
月刊第 40 期，第 41 期续完；

初收 1942 年 4 月桂林三户图书社版
《向祖国》。

黎明鸟（诗）

1940 年 7 月作（此系收入《国旗飘在雅
雀尖》时补注）；

载 1940 年 8 月 31 日重庆《大公报·战
线》第 621 号；

初收 1943 年 11 月中西书局版《国旗飘
在雅雀尖》。

柳荫下（诗）

1940 年 7 月作（此系收入《国旗飘在雅
雀尖》时补注）；

载 1940 年 9 月 5 日重庆《大公报·战线》第 626 号；

初收 1943 年 11 月中西书局版《国旗飘在雅雀尖》。

过涡阳（诗）

初收 1940 年 7 月创作出版社版《呜咽的云烟》。

谈比喻（文艺杂谈）

1940 年 8 月于老河口作；

载 1940 年 11 月 20 日《中学生》战时半月刊第 35 期；

初收 1982 年 12 月长江文艺出版社版《臧克家散文小说集》。

木刻家——给寄舟（诗）

1940 年 8 月作；

载 1941 年 11 月 10 日桂林《大公报·文艺》第 99 期；

初收 1943 年 11 月中西书局版《国旗飘在雅雀尖》，收集时改题为《木刻家》。

我怎样学习写新诗（论文）

载 1940 年 10 月 10 日《学习生活》半月刊第 1 卷第 6 期。

立煌小景（散文）

载 1940 年 10 月 20 日《中学生》战时半月刊第 33 期；

初收 1982 年 12 月长江文艺出版社版

《臧克家散文小说集》。

月亮在头上（诗）

1940 年 10 月 31 日作（此系收入《国旗飘在雅雀尖》时补注）；

载 1943 年 5 月 20 日《文艺杂志》月刊第 2 卷第 4 期；

初收 1943 年 11 月中西书局版《国旗飘在雅雀尖》。

十二月的风（诗）

1940 年冬作（此系收入《国旗飘在雅雀尖》时补注）；

载 1940 年 10 月 25 日《现代文艺》月刊第 2 卷第 1 期"诗选"栏内；

初收 1943 年 11 月中西书局版《国旗飘在雅雀尖》。

无名的小星（诗）

1940 年作（此系收入《国旗飘在雅雀尖》时补注）；

载 1940 年 11 月 1 日《自由中国》月刊（桂刊）新 1 卷第 1 期；

初收 1943 年 11 月中西书局版《国旗飘在雅雀尖》。

石滚河（诗）

载 1940 年 11 月 25 日《现代文艺》月刊第 2 卷第 2 期"诗选"栏内；

初收 1984 年 4 月陕西人民出版社版《臧克家集外诗集》。

临明黑一阵（诗）

1940年12月作（此系收入《国旗飘在雅雀尖》时补注）；

载1941年7月20日重庆《大公报·战线》第797号；

初收1943年11月中西书局版《国旗飘在雅雀尖》。

1941年

天下第一乐事（小说）

1941年3月22日作；

载1941年5月30日《奔流文艺丛刊》之五《沸》。

最后的讽刺——感洪深先生自杀（诗）

1941年8月16日作；

载1942年11月《改造》第5卷第9期；

初收1943年11月中西书局版《国旗飘在雅雀尖》。

这是他最后的土地要求（诗）

1941年8月作；

初收1943年11月中西书局版《国旗飘在雅雀尖》。

太阳胜利了（诗）

1941年9月28日作（此系收入《国旗飘在雅雀尖》时补注）；

载1942年4月15日《创作月刊》第2号；

初收1943年11月中西书局版《国旗飘

在雅雀尖》。

宣传战（论文）

载1941年10月16日《长城》半月刊第1卷第2期；

初收1982年12月长江文艺出版社版《臧克家散文小说集》。

敲（诗）

载1941年11月1日《时代文学》月刊第5、6号合刊"鲁迅逝世五周年纪念"。

春风白发（诗）

载1941年11月16日《长城》半月刊第1卷第3、4期合刊，

又载1942年1月21日《新蜀报·蜀道》第566期，改题为《老媪与士兵》；

初收1941年11月中西书局版《国旗飘在雅雀尖》。

他打仗去了（诗）

1941年11月28日于临泉作；

载1942年5月1日《大地文丛》创刊号；

初收1942年4月桂林三户图书社版《向祖国》。

家，精神的尾闾（诗）

1941年12月14日作；

载1942年5月15日《文艺生活》月刊第2卷第3期"诗选"栏内；

初收1943年11月中西书局版《国旗飘

在雅雀尖》。

1942 年

范筑先（诗）

1942 年 2 月 8 日完成于叶县寺庄；

载 1942 年 7 月 25 日、8 月 25 日、9 月 25 日《诗创作》第 12、13、14 期；

初收 1942 年 12 月东方书社版《古树的花朵》。

小简（书信）

1942 年 2 月 5 日作；

载 1942 年 3 月 5 日重庆《大公报·战线》第 897 号"书信二则"题下，署名克家、碧野。

小启（启事）

1942 年 2 月 5 日作；

载 1942 年 3 月 5 日重庆《大公报·战线》第 897 号"书信二则"题下，署名克家，碧野同启。

请后方作家快快寄稿！（前方需要文艺）（杂文）

载 1942 年 3 月 20 日《文坛》创刊号，署臧克家、碧野、田涛等。

笔部队在随枣前线（散文）

载 1942 年 3 月 27 日《抗战文艺》"文协成立五周年纪念特刊"。

爱华神父（诗）

载 1942 年 4 月 10 日《学习生活》半月刊第 3 卷第 1 期；

初收 1942 年 4 月桂林三户图书社版《向祖国》。

第一朵悲惨的花——吊屈原（诗）

1942 年 4 月作；

载 1943 年 7 月 1 日《天下文章》月刊第 1 卷第 4 期"诗人节特辑"；

初收 1943 年 11 月中西书局版《国旗飘在雅雀尖》。

向祖国（诗）

初收 1942 年 4 月三户图书社版《向祖国》。

春鸟（诗）

1942 年 5 月 20 日晨万鸟声中作；

载 1942 年 7 月 1 日《文风》月刊第 1 年第 3 期"小诗"栏内；

初收 1943 年 6 月桂林今日文艺社版《泥土的歌》。

锄头与枪杆（诗）

1942 年 5 月 20 日早于叶县寺庄作；

载 1942 年 11 月 15 日《创作月刊》第 1 卷第 6 期"诗选"栏内；

初收 1943 年 6 月桂林今日文艺社版《泥土的歌》，改题为《收成》。

谈灵感（论文）

1942年5月29日于叶县作；

载1942年10月5日《文艺杂志》月刊第1卷第6期；

初收1982年12月长江文艺出版社版《臧克家散文小说集》。

闯将（杂文）

载1942年6月1日《文风》月第1年第2期；

初收1982年12月长江文艺出版社版《臧克家散文小说集》。

走（诗）

载1942年6月20日《文学报》周刊第1号"诗"栏内，1943年4月11日《华西晚报·文艺》重刊时改题为《生活——生活小辑之十五》。

谈痛苦（杂文）

载1942年8月1日《文风》月刊第1年第4期；

初收1982年12月长江文艺出版社版《臧克家散文小说集》。

墙（杂文）

载1944年8月25日重庆《新华日报》。

拍（诗）

1942年8月作（本诗为到重庆后作；《国旗飘在雅雀尖》注为本年1月作，有误）；

载1943年3月14日重庆《大公报·战线》第963号；

初收1943年11月中西书局版《国旗飘在雅雀尖》。

对话——灵与肉（诗）

1942年8月26日作；

载1942年10月20日《学习生活》半月刊第3卷第5期文艺版第2号；

初收1943年11月中西书局版《国旗飘在雅雀尖》，收集时删去副题。

崎岖的道路（诗）

载1942年9月6日重庆《大公报·战线》第938号；

初收1984年4月陕西人民出版社版《臧克家集外诗集》。

古树的花朵（序五千行英雄史诗《范筑先》）

1942年9月7日于渝作（此系收入《古树的花朵》时补注）；

载1942年10月18日《文坛》第8期；

初收1942年12月东方书社版《古树的花朵》。

"为抗战而死，真光荣！"（诗）

1942年9月18日灯下作；

载1942年11月15日《抗战文艺》第8卷第1、2期合刊；

初收1942年4月桂林三户图书社版

《向祖国》。

我的诗生活（散文）

1942年9月28日灯下于渝作；

载1942年10月20日、11月20日、1943年1月1日《学习生活》半月刊第3卷第5期、第6期、第4卷第1期；

初收1943年1月重庆读书生活社版《我的诗生活》。

从学习到创作（论文）

载1942年10月5日重庆《新华日报·新华副刊》。

"双十精神"（杂文）

载1942年10月10日《新蜀报·蜀道》第811期"纪念第卅一个双十节"栏内。

给坐轿子的人们（诗）

1942年作（此系收入《国旗飘在雅雀尖》时补注）；

载1942年10月15日《文学创作》月刊第1卷第2期"诗三章"题下；

初收1943年11月中西书局版《国旗飘在雅雀尖》。

型（诗）

1942年作（此系收入《国旗飘在雅雀尖》时补注）；

载1942年10月15日《文学创作》月刊第1卷第2期"诗三章"题下；

初收1943年11月中西书局版《国旗飘在雅雀尖》。

标准线（诗）

1942年作（此系收入《国旗飘在雅雀尖》时补注）；

载1942年10月15日《文学创作》月刊第1卷第2期"诗三章"题下；

初收1943年11月中西书局版《国旗飘在雅雀尖》。

《泥土的歌》小序

载1942年10月31日《文艺阵地》半月刊第7卷第3期"泥土的歌"题下；

初收1943年6月桂林今日文艺社版《泥土的歌》，改题为《序句》。

地狱和天堂（诗）

载1942年10月31日《文艺阵地》半月刊第7卷第3期"泥土的歌"题下；

初收1943年6月桂林今日文艺社版《泥土的歌》。

手的巨人（诗）

载1942年10月31日《文艺阵地》半月刊第7卷第3期"泥土的歌"题下；

初收1943年6月桂林今日文艺社《泥土的歌》。

汗珠·泪珠·珍珠（诗）

载1942年10月31日《文艺阵地》半月

刊第7卷第3期"泥土的歌"题下；
初收 1943 年 6 月桂林今日文艺社版
《泥土的歌》。

命运的钥匙（诗）
载 1942 年 10 月 31 日《文艺阵地》半月
刊第7卷第3期"泥土的歌"题下；
初收 1943 年 6 月桂林今日文艺社版
《泥土的歌》。

酒（诗）
载 1942 年 10 月 31 日《文艺阵地》半月
刊第7卷第3期"泥土的歌"题下；
初收 1943 年 6 月桂林今日文艺社版
《泥土的歌》。

海（诗）
载 1942 年 10 月 31 日《文艺阵地》半月
刊第7卷第3期"泥土的歌"题下；
初收 1943 年 6 月桂林今日文艺社版
《泥土的歌》。

财产（诗）
载 1942 年 10 月 31 日《文艺阵地》半月
刊第7卷第3期"泥土的歌"题下；
初收 1943 年 6 月桂林今日文艺社版
《泥土的歌》。

墙（诗）
载 1942 年 10 月 31 日《文艺阵地》半月
刊第7卷第3期"泥土的歌"题下；

初收 1943 年 6 月桂林今日文艺社版
《泥土的歌》。

手和脑（诗）
载 1942 年 10 月 31 日《文艺阵地》半月
刊第7卷第3期"泥土的歌"题下；
初收 1943 年 6 月桂林今日文艺社版
《泥土的歌》。

裸（诗）
载 1942 年 10 月 31 日《文艺阵地》半月
刊第7卷第3期"泥土的歌"题下；
初收 1943 年 6 月桂林今日文艺社版
《泥土的歌》。

手（诗）
载 1942 年 10 月 31 日《文艺阵地》半月
刊第7卷第3期"泥土的歌"题下；
初收 1943 年 6 月桂林今日文艺社版
《泥土的歌》。

窗子（诗）
1942 年 10 月作（此系收入《国旗飘在
雅雀尖》时补注）；
载 1942 年 10 月 31 日《文艺阵地》半月
刊第7卷第3期"泥土的歌"题下；
初收 1943 年 11 月中西书局版《国旗飘
在雅雀尖》。

生活的图式（诗）
载 1942 年 10 月 31 日《文艺阵地》半月

刊第 7 卷第 3 期"泥土的歌"题下；
初收 1943 年 6 月桂林今日文艺社版
《泥土的歌》。

歌（诗）
载 1942 年 10 月 31 日《文艺阵地》半月
刊第 7 卷第 3 期"泥土的歌"题下；
初收 1943 年 6 月桂林今日文艺社版
《泥土的歌》。

英雄（诗）
载 1942 年 10 月 31 日《文艺阵地》半月
刊第 7 卷第 3 期"泥土的歌"题下；
初收 1943 年 6 月桂林今日文艺社版
《泥土的歌》。

过了时效的合同（诗）
载 1942 年 10 月 31 日《文艺阵地》半月
刊第 7 卷第 3 期"人型"题下；
初收 1943 年 6 月桂林今日文艺社版
《泥土的歌》，收集时改题为《失了时
效的合同》。

穷（诗）
载 1942 年 10 月 31 日《文艺阵地》半月
刊第 7 卷第 3 期"人型"题下；
初收 1943 年 6 月桂林今日文艺社版
《泥土的歌》。

黄金（诗）
载 1942 年 10 月 31 日《文艺阵地》半月

刊第 7 卷第 3 期"人型"题下；
初收 1943 年 6 月桂林今日文艺社版
《泥土的歌》。

复活（诗）
载 1942 年 10 月 31 日《文艺阵地》半月
刊第 7 卷第 3 期"人型"题下；
初收 1943 年 6 月桂林今日文艺社版
《泥土的歌》。

"型"（诗）
载 1942 年 10 月 31 日《文艺阵地》半月
刊第 7 卷第 3 期"人型"题下；
初收 1943 年 6 月桂林今日文艺社版
《泥土的歌》。

三代（诗）
载 1942 年 10 月 31 日《文艺阵地》半月
刊第 7 卷第 3 期"人型"题下；
初收 1943 年 6 月桂林今日文艺社版
《泥土的歌》。

见习（诗）
载 1942 年 10 月 31 日《文艺阵地》半月
刊第 7 卷第 3 期"人型"题下；
初收 1943 年 6 月桂林今日文艺社版
《泥土的歌》。

笑的昙花（诗）
载 1942 年 10 月 31 日《文艺阵地》半月
刊第 7 卷第 3 期"人型"题下；

初收 1943 年 6 月桂林今日文艺社版
《泥土的歌》。

鞭子（诗）

载 1942 年 10 月 31 日《文艺阵地》半月
刊第 7 卷第 3 期"人型"题下；

初收 1943 年 6 月桂林今日文艺社版
《泥土的歌》。

粪和米（诗）

载 1942 年 10 月 31 日《文艺阵地》半月
刊第 7 卷第 3 期"人型"题下；

初收 1943 年 6 月桂林今日文艺社版
《泥土的歌》。

潮（诗）

载 1942 年 10 月 31 日《文艺阵地》半月
刊第 7 卷第 3 期"人型"题下；

初收 1943 年 6 月桂林今日文艺社版
《泥土的歌》。

金钱和良心（诗）

载 1942 年 10 月 31 日《文艺阵地》半月
刊第 7 卷第 3 期"人型"题下；

初收 1943 年 6 月桂林今日文艺社版
《泥土的歌》。

送军麦（诗）

载 1942 年 10 月 31 日《文艺阵地》半月
刊第 7 卷第 3 期"人型"题下；

初收 1943 年 6 月桂林今日文艺社版

《泥土的歌》。

他回来了（诗）

载 1942 年 10 月 31 日《文艺阵地》半月
刊第 7 卷第 3 期"人型"题下；

初收 1943 年 6 月桂林今日文艺社版
《泥土的歌》。

活路（诗）

载 1942 年 10 月 31 日《文艺阵地》半月
刊第 7 卷第 3 期"人型"题下。

输血——苏联民众争为荣誉战士输血
（诗）

1942 年作（此系收入《国旗飘在雅雀
尖》时补注）；

载 1942 年 11 月 2 日重庆《新华日
报·新华副刊》；

初收 1943 年 11 月中西书局版《国旗飘
在雅雀尖》。

更有力的纪念（杂文）

载 1942 年 11 月 7 日《新蜀报·蜀道》
第 830 期。

运输大队（诗）

1942 年作（此系收入《国旗飘在雅雀
尖》时补注）；

载 1942 年 11 月 10 日《文化杂志》月刊
第 3 卷第 1 号；

初收 1943 年 11 月中西书局版《国旗飘

在雅雀尖》。

金钱（诗）

1942年作（此系收入《国旗飘在雅雀尖》时补注）；

载1942年11月10日（文化杂志）月刊第3卷第1号；

初收1943年11月中西书局版《国旗飘在雅雀尖》，改题为《人类共同的娼妇》。

耳朵和眼睛（诗）

载1942年11月20日《文艺阵地》半月刊第7卷第4期"乡村风景"题下；

初收1943年6月桂林今日文艺社版《泥土的歌》，收集时改题为《眼睛和耳朵》。

默契（诗）

载1942年11月20日《文艺阵地》半月刊第7卷第4期"乡村风景"题下；

初收1943年6月桂林今日文艺社版《泥土的歌》，收集时改题为《沉默》。

诗叶（诗）

载1942年11月20日《文艺阵地》半月刊第7卷第4期"乡村风景"题下；

初收1943年6月桂林今日文艺社版《泥土的歌》。

人·牛·鸟（诗）

载1942年11月20日《文艺阵地》半月

刊第7卷第4期"乡村风景"题下；

初收1943年6月桂林今日文艺社版《泥土的歌》，收集时改题为《生的画图》。

白鸽和苍蝇（诗）

载1942年11月20日《文艺阵地》半月刊第7卷第4期"乡村风景"题下；

初收1943年6月桂林今日文艺社版《泥土的歌》，收集时改题为《静》。

竹马变成了手杖（诗）

载1942年11月20日《文艺阵地》半月刊第7卷第4期"乡村风景"题下；

初收1943年6月桂林今日文艺社版《泥土的歌》，收集时改题为《遥望》。

死水（诗）

载1942年11月20日《文艺阵地》半月刊第7卷第4期"乡村风景"题下；

初收1943年6月桂林今日文艺社版《泥土的歌》。

雷雨来了（诗）

载1942年11月20日《文艺阵地》半月刊第7卷第4期"乡村风景"题下；

初收1943年6月桂林今日文艺社版《泥土的歌》，收集时改题为《暴雨》。

珍珠（诗）

载1942年11月20日《文艺阵地》半月刊第7卷第4期"乡村风景"题下；

初收 1943 年 6 月桂林今日文艺社版
《泥土的歌》。

夏夜（诗）

载 1942 年 11 月 20 日《文艺阵地》半月
刊第 7 卷第 4 期"乡村风景"题下；

初收 1943 年 6 月桂林今日文艺社版
《泥土的歌》。

村景（诗）

载 1942 年 11 月 20 日《文艺阵地》半月
刊第 7 卷第 4 期"乡村风景"题下；

初收 1943 年 6 月桂林今日文艺社版
《泥土的歌》，收集时改题为《村头》。

希望——生活小辑之一（诗）

载 1942 年 12 月 17 日成都《华西晚
报·文艺》第 17 号；

初收 1984 年 4 月陕西人民出版社版
《臧克家集外诗集》。

爱情——生活小辑之二（诗）

载 1942 年 12 月 19 日成都《华西晚
报·文艺》第 19 号；

初收 1984 年 4 月陕西人民出版社版
《臧克家集外诗集》。

情书——生活小辑之三（诗）

载 1942 年 12 月 20 日成都《华西晚
报·文艺》第 20 号；

初收 1984 年 4 月陕西人民出版社版

《臧克家集外诗集》。

友谊——生活小辑之四（诗）

载 1942 年 12 月 21 日成都《华西晚
报·文艺》第 21 号；

初收 1984 年 4 月陕西人民出版社版
《臧克家集外诗集》。

热情——生活小辑之五（诗）

载 1942 年 12 月 24 日成都《华西晚
报·文艺》第 24 号；

初收 1984 年 4 月陕西人民出版社版
《臧克家集外诗集》。

给（诗）

1942 年作；

初收 1943 年 11 月中西书局版《国旗飘
在雅雀尖》。

人怪（散文）

1942 年于渝作（此系收入《磨不掉的
影象》时补注）；

载 1943 年 10 月 4 日至 9 日成都《华西
晚报·文艺》；

初收 1947 年 10 月益智出版社版《磨不
掉的影象》。

1943 年

诗与生活（论文）

载 1943 年 1 月 1 日重庆《新华日
报·新华副刊》。

笑——生活小辑之六（诗）

载 1943 年 1 月 3 日成都《华西晚报·文艺》第 34 号"诗专页"；

初收 1984 年 4 月陕西人民出版社版《臧克家集外诗集》。

诗的情与景（论文）

载 1943 年 1 月 10 日《青年文艺》月刊第 1 卷第 3 期。

快乐——生活小辑之七（诗）

载 1943 年 1 月 13 日成都《华西晚报·文艺》第 44 号；

初收 1984 年 4 月陕西人民出版社版《臧克家集外诗集》。

泪——生活小辑之八（诗）

载 1943 年 1 月 15 日成都《华西晚报·文艺》第 46 号；

初收 1984 年 4 月陕西人民出版社版《臧克家集外诗集》。

钢铁的灵魂（诗）

载 1943 年 1 月 15 日《抗战文艺》第 8 卷第 3 期"土的气息"题下；

初收 1943 年 6 月桂林今日文艺社版《泥土的歌》。

庄户孙（诗）

载 1943 年 1 月 15 日《抗战文艺》第 8 卷第 3 期"土的气息"题下；

初收 1943 年 6 月桂林今日文艺社版《泥土的歌》。

饥馑（诗）

载 1943 年 1 月 15 日《抗战文艺》第 8 卷第 3 期"土的气息"题下；

初收 1943 年 6 月桂林今日文艺社版《泥土的歌》。

坟（诗）

载 1943 年 1 月 15 日《抗战文艺》第 8 卷第 3 期"土的气息"题下；

初收 1943 年 6 月桂林今日文艺社版《泥土的歌》。

637

手（诗）

载 1943 年 1 月 15 日《抗战文艺》第 8 卷第 3 期"土的气息"题下；

初收 1943 年 6 月桂林今日文艺社版《泥土的歌》，收集时改题为《反抗的手》。

新人（诗）

载 1943 年 1 月 15 日《抗战文艺》第 8 卷第 3 期"土的气息"题下；

初收 1943 年 6 月桂林今日文艺社版《泥土的歌》。

小兵队（诗）

载 1943 年 1 月 15 日《抗战文艺》第 8 卷第 3 期"土的气息"题下；

初收 1943 年 6 月桂林今日文艺社版

《泥土的歌》。

影（诗）

载1943年1月15日《抗战文艺》第8卷
第3期"土的气息"题下；

初收1943年6月桂林今日文艺社版
《泥土的歌》。

社戏（诗）

载1943年1月15日《抗战文艺》第8卷
第3期"土的气息"题下；

初收1943年6月桂林今日文艺社版
《泥土的歌》。

家书（诗）

载1943年1月15日《抗战文艺》第8卷
第3期"土的气息"题下；

初收1943年6月桂林今日文艺社版
《泥土的歌》。

秋（诗）

载1943年1月15日《抗战文艺》第8卷
第3期"土的气息"题下；

初收1943年6月桂林今日文艺社版
《泥土的歌》。

寒冷的花（诗）

载1943年1月15日《抗战文艺》第8卷
第3期"土的气息"题下；

初收1943年6月桂林今日文艺社版
《泥土的歌》。

祝《新华日报》创刊五周年（题词）

载1943年1月15日重庆《新华日报·新
华副刊》，原无标题。

战地上的风沙（诗）

载1943年1月15日《文学创作》月刊
第1卷第4期；

初收1943年11月成都中西书局版《国
旗飘在雅雀尖》，改题为《十一月的风》。

梦——生活小辑之九（诗）

载1943年1月16日成都《华西晚报·文
艺》第47号；

初收1984年4月陕西人民出版社版
《臧克家集外诗集》。

思想——生活小辑之十（诗）

载1943年1月27日成都《华西晚报·文
艺》第58号；

初收1984年4月陕西人民出版社版
《臧克家集外诗集》。

回忆——生活小辑之十一（诗）

载1943年2月2日成都《华西晚报·文
艺》第67期；

初收1984年4月陕西人民出版社版
《臧克家集外诗集》。

比照（诗）

1943年2月9日作；

初收1943年11月中西书局版《国旗飘

在雅雀尖》。

红星（诗）

1943年2月11日作；

初收1943年11月中西书局版《国旗飘在雅雀尖》。

世故——生活小辑之十二（诗）

载1943年2月12日成都《华西晚报·文艺》第69号；

初收1984年4月陕西人民出版社版《臧克家集外诗集》。

死——生活小辑之十三（诗）

载1943年3月2日成都《华西晚报·文艺》第87号；

初收1984年4月陕西人民出版社版《臧克家集外诗集》。

英雄——生活小辑之十四（诗）

载1943年3月7日成都《华西晚报·文艺》第92号；

初收1984年4月陕西人民出版社版《臧克家集外诗集》。

悲哀的人物（小说）

载1943年3月15日《时与潮文艺》双月刊创刊号。

活着，才能写（杂文）

载1943年3月27日重庆《大公报·战

线》第966号；

初收1982年12月长江文艺出版社版《臧克家散文小说集》。

从梦到现实——赠之琳（诗）

载1943年4月26日重庆《新华日报·新华副刊》；

初收1943年11月中西书局版《国旗飘在雅雀尖》。

一个作品的诞生——秋天谈诗之一（论文）

载1943年4月30日《文坛》第2卷第1期"创作经验"栏内。

感情的野马（诗）

1943年5月17日完成；

载1943年9月15日、10月15日、11月15日《时与潮文艺》双月刊第2卷第1期、第2期、第3期；

单行本1943年11月由当今出版社出版。

《国旗飘在雅雀尖》小序

1943年6月9日于渝文协西窗下作；

载1943年11月4日成都《华西晚报·文艺》；

初收1943年11月中西书局版《国旗飘在雅雀尖》。

笑（诗）

载1943年6月10日《诗月报》创刊号。

假诗（论文）

载1943年6月26日《新蜀报·蜀道》第951期。

生活底型（诗）

1943年7月6日作（此系收入《生命的秋天》时补注）；

载1944年11月重庆《文学》月刊第2卷第4期"诗辑"栏内；

初收1945年5月重庆建国书店版《生命的秋天》。

冶炼（散文诗）

载1943年7月6日重庆《时事新报·青光》。

路——为纪念"七七"六周年作（杂文）

载1943年7月7日《新蜀报·蜀道》第959期。

《向日葵》读后小记（评论）

载1943年7月11日《新蜀报·蜀道》第961期。

电线杆（诗）

载1943年7月20日《诗月报》第1卷第2期；

初收1984年4月陕西人民出版社版《臧克家集外诗集》。

《感情的野马》小序

1943年7月于渝作（此系收入《感情的野马》时补注）；

载1943年7月24日重庆《时事新报·青光》；

初收1943年11月当今出版社版《感情的野马》。

新诗，它在开花、结实——给关怀它的三种人（论文）

载1943年7月25日重庆《大公报·战线》第984号；

初收1982年12月长江文艺出版社版《臧克家散文小说集》。

"此路不通"——墨索里尼的牛皮吹破了（诗）

载1943年8月1日重庆《新华日报》；

初收1984年4月陕西人民出版社版《臧克家集外诗集》。

才一年——抵渝周年纪念（诗）

1943年8月14日作；

载1944年11月《天下文章》月刊第2卷第4期；

初收1945年5月重庆建国书店版《生命的秋天》。

把笔论英雄（杂文）

1943年8月梢于歌乐山中作；

载1943年9月3日《新蜀报·蜀道》第998期。

恐怖之夜——战地生活片段（散文）
1943年9月4日于歌乐山中作；
载1944年2月20日成都《华西日报·每周文艺》第12期；
初收1982年12月长江文艺出版社版《臧克家散文小说集》。

《古树的花朵》的写作（散文）
载1943年9月13日《新蜀报·蜀道》第1003期。

跋涉劳吟——《山野之歌》的一部分（诗）
载1943年9月《诗家丛刊》第2集《诗人》"诗创作"栏内；
初收1984年4月陕西人民出版社版《臧克家集外诗集》。

卖狗头罐子的——民间故事（诗）
1943年9月梢于歌乐山作；
载1943年11月1日《文学创作》月刊第2卷第5期；
初收1984年4月陕西人民出版社版《臧克家集外诗集》。

他的每一个血轮都是逆转的——秋风海上欲黄昏，独向遗编吊拜伦（论文）
1943年10月28日读罢《拜仑传》后作；
载1943年12月12日成都《华西日报·每周文艺》第2期；
初收1982年12月长江文艺出版社版

《臧克家散文小说集》。

牛郎和织女（诗）
1943年11月12日于渝歌乐山作；
载1944年1月1日《当代文艺》月刊第1卷第1期"诗"栏内；
初收1984年4月陕西人民出版社版《臧克家集外诗集》。

生活——诗的土壤（论文）
载1943年11月28日重庆《大公报·文艺周刊》第4号；
初收1982年12月长江文艺出版社版《臧克家散文小说集》。

生活自述（散文）
1943年11月梢于渝歌乐山作；
载1944年4月1日《当代文艺》月刊第1卷第4期"作家生活自述特辑"，原无标题。

这也算冬天（诗）
1943年12月1日歌乐山中作（此系1944年3月1日又刊于《文风杂志》月刊第1卷第3期"隆冬诗辑"栏内时所注）；
载1944年1月22日成都《华西晚报》；
初收1984年4月陕西人民出版社版《臧克家集外诗集》。

伐木（诗）
1943年12月1日歌乐山中作；

载 1944 年 3 月 1 日《文风杂志》月刊
第 1 卷第 3 期 "隆冬诗辑" 栏内；
初收 1984 年 4 月陕西人民出版社版
《臧克家集外诗集》。

人和牛（诗）
1943 年 12 月 1 日歌乐山中作（此系载
于 1944 年 3 月 1 日《文风杂志》月刊
第 1 卷第 3 期 "隆冬诗辑" 栏内时所注）；
载 1944 年 2 月 10 日成都《华西晚报·艺
坛》；
初收 1984 年 4 月陕西人民出版社版
《臧克家集外诗集》。

霹雳篇（诗）
载 1943 年 12 月 4 日成都《华西晚报·艺
坛》；
初收 1945 年 6 月世界编译所版《民主
的海洋》。

口哨（诗）
1943 年 12 月 9 日于渝歌乐山大天池作；
载 1944 年 1 月 15 日《时与潮文艺》双
月刊第 2 卷第 5 期；
初收 1945 年 5 月重庆建国书店版《生
命的秋天》。

失眠（诗）
1943 年 12 月于渝歌乐山大天池作（此
系收入《民主的海洋》时补注）；
载 1944 年 1 月 11 日成都《华西晚报·艺

坛》；
初收 1945 年 6 月世界编译所版《民主
的海洋》。

山村冬夜（诗）
1943 年 12 月 29 日早于渝歌乐山中作
（此系收入《生命的秋天》时补注）；
载 1944 年 1 月 29 日成都《华西晚报》；
初收 1945 年 5 月重庆建国书店版《生
命的秋天》。

一个黄昏（诗）
1943 年作（此系收入《宝贝儿》时补注）；
载 1945 年 5 月《诗文学》丛刊第 2 辑《为
了面包与自由》"诗四首" 题下；
初收 1946 年 5 月万叶书店版《宝贝儿》。

1944 年

新生代的歌颂（评论）
载 1944 年 1 月 30 日重庆《大公报·文
艺周刊》第 13 号。

雪景（诗）
1944 年 3 月 5 日于渝歌乐山大天池作；
载 1948 年 1 月《生活的狂想》"诗创作"
栏内；
初收 1947 年 4 月新群出版社沪版《生
命的零度》。

马耳山（诗）
1944 年 3 月 17 日于渝歌乐山中作；

载1944年5月15日《时于潮文艺》双月刊第3卷第3期；

初收1945年5月重庆建国书店版《生命的秋天》。

两盏小灯笼（诗）

1944年3月20日于渝作（此系收入《生命的秋天》时补注）；

载1944年4月12日成都《华西晚报·艺坛》；

初收1945年5月重庆建国书店版《生命的秋天》。

裁员（诗）

1944年3月作；

载1945年5月《诗文学》丛刊第2辑《为了面包与自由》"诗四首"题下；

初收1946年5月万叶书店版《宝贝儿》。

大雪后（诗）

载1944年3月27日《贵州日报·新垒》第7期。

生活的尖兵（诗）

载1944年4月1日《青年文艺》月刊新1卷第1期；

初收1984年4月陕西人民出版社版《臧克家集外诗集》。

给他们一条自由的路（诗）

载1944年4月1日《当代文艺》月刊

第1卷第4期"诗歌"栏内；

初收1984年4月陕西人民出版社版《臧克家集外诗集》。

你不是孤独的——给一个青年朋友（诗）

1944年4月8日于渝歌乐山中作（此系收入《生命的秋天》时补注）；

载1944年8月《微波》第1卷第1期；

初收1945年5月重庆建国书店版《生命的秋天》。

裤（诗）

1944年4月11日于渝歌乐山大天池作（此系收入《民主的海洋》时补注）；

载1945年6月15日《文艺月报》特刊号"短章"题下；

初收1945年6月世界编译所版《民主的海洋》。

当记忆在他们头上飞翔——赠雪垠（诗）

1944年4月14日早于渝歌乐山中作（此系收入《民主的海洋》时补注）；

载1944年6月15日《时与潮文艺》双月刊第3卷第4期《废园》"外一章"题下；

初收1945年6月世界编译所版《民主的海洋》。

甘苦回味二十年（题词）

载1944年4月17日重庆《新蜀道·蜀

通》第1120期"老舍先生创作生活二十年纪念专叶"。

介绍一个诗刊（评论）

载1944年5月4日成都《华西晚报·艺坛》。

朋友和信（诗）

1944年5月6日作；

载1944年8月15日《时与潮文艺》双月刊第3卷第6期，为《心是近的》的"外一章"；

初收1945年6月世界编译所版《民主的海洋》。

和驮马一起上前线（诗）

1944年5月20日写起21日下午完成于渝歌乐山中（此系收入《民主的海洋》时补注）；

载1944年7月7日重庆《时事新报·文林》第2期；

初收1945年6月世界编译所版《民主的海洋》。

颂脑手同盟《诗》

1944年5月27日于渝歌乐山中（此系收入《民主的海洋》时补注，载1944年8月3日重庆《新蜀报·蜀道》新1号时注为"五月于歌乐山"）；

载1944年8月3日重庆《新蜀报·蜀道》新1号，又载1944年8月13日成都《华

西日报·每周文艺》第37号"近作三首"题下，改题为《心和手》；

初收1945年6月世界编译所版《民主的海洋》，标题为《心和手》。

废园（诗）

载1944年6月15日《时与潮文艺》双月刊第3卷第4期；

初收1945年6月世界编译所版《民主的海洋》。

诗人节寄希望（散文）

载1944年6月25日昆明《扫荡报·扫荡副刊》第131号。

吊古，自吊（散文）

载1944年6月26日重庆《新华日报·新华副刊》。

太阳（诗）

载1944年6月28日昆明《扫荡报·扫荡副刊》第133号。

回首十年——序《十年诗选》

1944年6月30日于渝歌乐山中作；

载1944年7月8日成都《华西日报·每周文艺》第32期，又载1944年7月11日至13日昆明《扫荡报·扫荡副刊》第138、139、140号，标题为《序〈十年诗选〉》，又载1944年9月15日《时与潮文艺》双月刊第4卷第1期，标题

为《回头看自己的诗——序〈十年诗选〉》；

初收 1944 年 12 月现代出版社版《十年诗选》。

省诗（论文）

载 1944 年 7 月 12 日重庆《时事新报·青光》。

穷身子·硬骨头（散文）

1944 年 8 月 12 日作；

载 1944 年 9 月 3 日重庆《新华日报·新华副刊》。

泪（诗）

载 1944 年 8 月 13 日成都《华西日报·每周文艺》第 37 号"近作三首"题下；

初收 1984 年 4 月陕西人民出版社版《臧克家集外诗集》。

变（诗）

载 1944 年 8 月 13 日成都《华西日报·每周文艺》第 37 号"近作三首"题下；

初收 1984 年 4 月陕西人民出版社版《臧克家集外诗集》。

生命的秋天（诗）

1944 年 8 月 14 日渝歌乐山中作（此系收入《生命的秋天》时补注）；

载 1944 年 10 月 10 日《青年文艺》月刊新 1 卷第 3 期；

初收 1945 年 5 月重庆建国书店版《生命的秋天》。

爱的熏香（诗）

载 1944 年 8 月 15 日《时代文艺》创刊号。

《静默的雪山》（评论）

载 1944 年 8 月 15 日《时与潮文艺》双月刊第 3 卷第 6 期；《静默的雪山》，臧云远著。

擂鼓的诗人——寄一多先生（诗）

1944 年 8 月 24 日早于渝歌乐山中作（此系收入《民主的海洋》时补注）；

载 1944 年 8 月 31 日昆明《扫荡报·扫荡副刊》第 167 号"七月诗叶"第 4 号，又载 1944 年 9 月 10 日成都《华西日报·每周文艺》第 42 号，改题为《擂鼓的诗人——寄闻一多先生》；

初收 1945 年 6 月世界编译所版《民主的海洋》。

诗的血脉——情感（论文）

载 1944 年 9 月 4 日重庆《大公晚报·小公园》。

后卫的前奏——彭桂萼作诗集《后方的岗卫》序

1944 年于渝歌乐山中作；

载 1944 年 9 月 23 日昆明《扫荡报·扫

荡副刊》第182号；

初收1982年12月长江文艺出版社版《臧克家散文小说集》。

实际主义（杂文）

载1944年9月26日重庆《新蜀报·蜀道》新18号。

心是近的（诗）

1944年9月30日于渝歌乐山中作（此系收入《民主的海洋》时补注）；

载1944年8月15日《时与潮文艺》双月刊第3卷第6期；

初收1945年6月世界编译所版《民主的海洋》。

为什么？（诗）

载1944年10月10日重庆《时事新报·青光》"双十特辑"；

初收1984年4月陕西人民出版社版《臧克家集外诗集》。

爱与死（诗）

1944年10月13日作（此系收入《民主的海洋》时补注）；

载1945年1月7日成都《华西日报·每周文艺》第58号；

初收1945年6月世界编译所版《民主的海洋》。

回首四十年（散文）

1944年10日16日于渝歌乐山中作；

载1945年2月《微波》第1卷第2期。

诗颂张自忠（诗）

载1944年10月26日、27日昆明《扫荡报·扫荡副刊》第200、201号；

初收1984年4月陕西人民出版社版《臧克家集外诗集》。

人，鬼（杂文）

载1944年11月15日昆明《扫荡报·扫荡副刊》第232号。

怎样写诗？（论文）

载1944年11月20日《春秋》月刊第2年第1期。

爱与憎（杂文）

载1944年11月28日重庆《新蜀报·蜀道》新35号。

寿伯奇先生（散文）

载1944年12月1日《高原》月刊第2期"郑伯奇先生文坛生活二十周年纪念特辑"。

六机匠（诗）

1944年12月16日于渝歌乐山大天池作；

载1945年2月15日《青年文艺》月刊新1卷第6期；

初收1945年5月重庆建国书店版《生

命的秋天》。

一歌十五典（杂文）
载 1944 年 12 月 20 日《文学新报》半月
刊第 1 卷第 1 期；
初收 1982 年 12 月长江文艺出版社版
《臧克家散文小说集》。

侧起耳朵，瞪起眼睛（诗）
1944 年 12 月作；
载 1944 年 12 月 24 日重庆《新华日
报·新华副刊》；
初收 1946 年 5 月万叶书店版《宝贝
儿》，收集时改题为《侧起耳朵，瞪着
眼睛》。

决算，预算（诗）
载 1944 年 12 月 31 日重庆《新华日
报·新华副刊》；
初收 1984 年 4 月陕西人民出版社版
《臧克家集外诗集》。

《海河的子孙》缀语（评论）
1944 年冬季于歌乐山作；
载 1945 年 5 月《诗丛》第 2 卷第 1 期"译
诗、诗评介"栏内；《海河的子孙》，
李岳南著。

1945 年

宝贝儿（诗）
1945 年 2 月作（此系收入《宝贝儿》时

补注）；
载 1945 年 5 月《诗文学》丛刊第 2 辑《为
了面包与自由》"诗四首"题下；
初收 1946 年 5 月万叶书店版《宝贝儿》。

《民主的海洋》小序
1945 年 3 月 5 日歌乐山中作；
初收 1945 年 6 月世界编译所版《民主
的海洋》。

老李（诗）
1945 年 3 月 8 日于渝歌乐山作；
载 1945 年 10 月 1 日《文哨》月刊第 1 卷
第 3 期"诗辑"栏内；
初收 1947 年 4 月新群出版社版《生命
的零度》。

星星（诗）
1945 年 3 月作（此系收入《宝贝儿》时
补注）；
载 1945 年 6 月 15 日《时与潮文艺》
第 5 卷第 2 期；
初收 1946 年 5 月万叶书店版《宝贝儿》。

捉（诗）
1945 年 4 月于渝歌乐山作（收入《生命
的零度》时补注为 1945 年 4 月 21 日于
渝歌乐山大天池作）；
载 1946 年 5 月 20 日重庆《民主文艺》
第 1 期；
初收 1947 年 4 月新群出版社版《生命

的零度》。

精神的囚犯（杂文）

载1945年5月4日《抗战文艺》"文协
成立七周年并庆祝第一届文艺节纪念
特刊"；

初收1982年12月长江文艺出版社版
《臧克家散文小说集》。

向黑暗的"黑心"刺去——谈政治讽
刺诗（论文）

载1945年6月14日重庆《新华日报·新
华副刊》（《今昔吟》中注为"1946年
作"，恐误）；

初收1946年5月万叶书店版《宝贝
儿》，收集时改题为《刺向黑暗的"黑
心"——代序》。

把火一般的诗句投向黑暗（论文）

载1945年6月15日昆明《扫荡报·扫荡
副刊》第384号"诗人节特刊（二）"。

阳光（诗）

初收1945年6月世界编译所版《民主
的海洋》。

星群（散文）

载1945年6月重庆联营书店版《星群》
（王亚平等编著，春草诗辑第一种）。

谈诗的技巧（论文）

载1945年7月2日《贵州日报·新垒》
第41期。

霍乱菌手制的标本（诗）

载1945年7月5日重庆《新华日报·新
华副刊》；

初收1984年4月陕西人民出版社版
《臧克家集外诗集》。

一个大污池——感高秉坊判死刑（诗）

载1945年7月11日重庆《新华日报》；

初收1946年5月万叶书店版《宝贝
儿》，1979年收入《今昔吟》时加了《附
记》，1978年10月25日作，并将副题
改为《有感于高秉坊判死刑》。

伟大·崇高（诗）

载1945年7月12日昆明《扫荡报·扫
荡副刊》第403号。

伟大与渺小（杂文）

载1945年7月15日重庆《新华日报》；

初收1982年12月长江文艺出艺社版
《臧克家散文小说集》。

朋友（诗）

载1945年8月17日成都《华西晚报》
副页。

毛泽东——你是一颗大星（诗）

载1945年9月9日重庆《新华日报》；

初收 1978 年 11 月人民文学出版社《臧克家诗选》北京第 2 版。

当中隔一段战争（散文）

1945 年 9 月 21 日志于重庆歌乐山大天池；

初收 1946 年 2 月上海群星出版公司沪版《泥土的歌》。

胜利风（诗）

1945 年 9 月于重庆作；

初收 1946 年 5 月 10 日万叶书店版《宝贝儿》。

挂彩的人（诗）

1945 年 10 月 3 日《七天》周刊第 1 期。

青春就是诗的（杂文）

载 1945 年 10 月《青年知识》月刊第 1 卷第 3 期《青年与文艺》笔谈栏内。

人民是什么（诗）

1945 年作（此系收入《今昔吟》时补注）；

载 1945 年 12 月 16 日重庆《大公报·文艺》第 89 号；

初收 1946 年 5 月万叶书店版《宝贝儿》。

一天的见闻（诗）

载 1945 年 12 月 23 日重庆《大公报·文艺》第 90 号；

初收 1946 年 5 月万叶书店版《宝贝儿》。

庄严（诗）

1945 年 12 月 30 日于渝歌乐山大天池作（此系收入《生命的零度》时补注）；

载 1946 年 1 月 29 日上海《大公报（沪新）文艺》第 25 期《诗特辑·农村诗二题》题下；

初收 1947 年 4 月新群出版社版《生命的零度》。

给一个农家的孩子（诗）

1945 年 12 月于渝歌乐山大天池作（此系收入《生命的零度》时补注）；

载 1946 年 1 月 29 日上海《大公报（沪新）文艺》第 25 期《诗特辑·农村诗二题》题下；

初收 1947 年 4 月新群出版社版《生命的零度》。

破草棚（诗）

1945 年 12 月作；

初收 1946 年 5 月 10 日万叶书店版《宝贝儿》。

1946 年

大年初一的小愿望（杂文）

载 1946 年 1 月 1 日上海《文汇报·世纪风》。

冬（诗）

载 1946 年 1 月 4 日成都《华西晚报》"诗

二首"题下；

初收1946年5月万叶书店版《宝贝儿》。

消息（诗）

载1946年1月4日成都《华西晚报》"诗
二首"题下；

初收1946年5月万叶书店版《宝贝儿》。

胜利把他们留住了（诗）

载1946年1月7日上海《文汇报·世纪
风》"冬及其他"题下；

初收1946年5月万叶书店版《宝贝儿》。

问答（诗）

载1946年1月12日成都《华西晚报》；

初收1946年5月万叶书店版《宝贝儿》。

奔（散文）

1946年1月16日于渝歌乐山作；

载1946年4月1日、3日、5日、8日、
10日、12日、15日，17日、19日、22日、
24日、26日、29日上海《文汇报·世
纪风》；

初收1947年10月益智出版社版《磨不
掉的影象》。

"重庆人"（诗）

载1946年1月20日《文联》半月刊
第1卷第2期；

初收1946年5月万叶书店版《宝贝儿》。

书简（致×兄）

1946年1月25日作；

载1946年4月7日《消息半周刊》
第1期。

希望（诗）

载1946年2月3日《文萃》周刊（平津
航空版）第13期；

初收1984年4月陕西人民出版社版
《臧克家集外诗集》。

小虫（小说）

1946年2月10日于渝歌乐山中作；

载1946年7月1日《文艺复兴》月刊
第1卷第6期；

初收1947年6月读书出版社版《挂红》。

梦幻者（小说）

1946年2月13日于渝作；

载1946年8月1日《文艺复兴》月刊
第2卷第1期；

初收1947年6月读书出版社版《挂红》。

挂红（小说）

1946年2月27日于渝歌乐山中作；

载1946年5月1日《文艺复兴》月刊
第1卷第4期；

初收1947年6月读书出版社版《挂红》。

"人民世纪"耳闻目睹之怪现状（杂文）

载1946年3月16日《人民世纪》周刊

第3期。

神话的制造者（诗）
载1946年3月25日《中苏文化》月刊
沪版第2期"苏联红军节第28 周年纪
念特刊"；
初收1984年4月陕西人民出版社版
《臧克家集外诗集》。

官（杂文）
载1946年4月6日《人民世纪》周刊
第6期；
初收1982年12月长江文艺出版社版
《臧克家散文小说集》。

沉重的担负——悼一石——我的叔
叔，我的朋友，我新诗的领路人，一
个怪人，一个穷人，一个诗人（散文）
1946年4月17日于渝歌乐山大天池作；
载1946年7月1日《文潮月刊》第1卷
第3期；
初收1947年10月益智出版社版《磨不
掉的影象》。

假若——悼王、秦、叶、黄诸先生（诗）
1946年作；
载1946年4月18日重庆《新华日报》；
初收1984年4月陕西人民出版社版
《臧克家集外诗集》。

消息（诗）

1946年春于渝歌乐山大天池作（此系
收入《生命的零度》时补注）；
载1946年6月1日《文萃》创刊号；
初收1947年4月新群出版社版《生命
的零度》。

奇怪（诗）
1946年春于渝歌乐山大天池作（此系
收入《生命的零度》时补注）；
载1946年6月1日《文萃》创刊号；
初收1947年4月新群出版社版《生命
的零度》。

飞（诗）
1946年4月30日于渝歌乐山大天池作
（此系收入《生命的零度》时补注）；
载1946年5月16日《民主世界》半月
刊第3卷第2期；
初收1947年4月新群出版社版《生命
的零度》。

邻居——给墙上燕（诗）
1946年春于渝歌乐山大天池作；
载1946年8月21日上海《文汇报·笔
会》第33期；
初收1947年4月新群出版社版《生命
的零度》。

斗争，前进（杂文）
载1946年5月4日《抗战文艺》第10卷
第6期；

初收 1982 年 12 月长江文艺出版社版
《臧克家散文小说集》。

星星与伟人（杂文）
载 1946 年 5 月 20 日《人民世纪》周刊
第 11 期。

"警员"向老百姓说（诗）
1946 年 5 月 22 日于渝歌乐山大天池作
（此系收入《生命的零度》时补注）；
载 1946 年 6 月 8 日上海《民主》周刊
第 34 期；
初收 1947 年 4 月新群出版社版《生命
的零度》。

叮咛（诗）
1946 年 5 月于渝歌乐山大天池作；
初收 1947 年 4 月新群出版社版《生命
的零度》。

关于《挂红》（杂文）
载 1946 年 6 月 1 日《文艺复兴》月刊
第 1 卷第 5 期。

照片——给绾城（诗）
1946 年于渝歌乐山大天池作（本诗发
表时无副题，无写作时间，副题及写
作时间系收入《生命的零度》时补入）；
载 1946 年 6 月 1 日《文莾》创刊号；
初收 1947 年 4 月新群出版社版《生命
的零度》。

"关于抗战八年文艺检讨"的发言
载 1946 年 6 月 1 日《文艺复兴》月刊
第 1 卷第 5 期，原无标题。

家书（散文）
载 1946 年 6 月 1 日《文潮月刊》第 1 卷
第 2 期；
初收 1982 年 12 月长江文艺出版社版
《臧克家散文小说集》。

来个催生大合唱！（论文）
载 1946 年 6 月 4 日重庆《新华日报·新
华副刊》。

加上八年看（散文）
载 1946 年 6 月 20 日《笔》月刊第 1 期；
初收 1982 年 12 月长江文艺出版社版
《臧克家散文小说集》。

那多数的人呢（杂文）
载 1946 年 6 月《青年知识》月刊第 2 卷
第 2 期。

栏头棒（诗）
载 1946 年 7 月 10 日《月刊》第 2 卷
第 1 期 6、7 月合刊；
初收 1946 年 5 月万叶书店版《宝贝
儿》，改题为《枪筒子还在发烧》。

作主（杂文）
载 1946 年 7 月 11 日上海《文汇报·世

纪风》。

自由（诗）

载1946年7月22日上海《侨声报·文
学周刊》第4期；

初收1984年4月陕西人民出版社版
《臧克家集外诗集》。

我的先生闻一多（散文）

载1946年7月28日、8月1日上海《文
汇报·世纪风》；

初收1947年10月益智出版社版《磨不
掉的影象》。

快活歌（诗）

1946年夏于渝歌乐山大天池作；

载1946年10月28日上海《文汇报·笔
会》第81期；

初收1947年4月新群出版社版《生命
的零度》。

歌乐山（诗）

1946年8月3日于沪作；

载1946年8月20日上海《大公报（沪
新）文艺》第49期；

初收1947年4月新群出版社版《生命
的零度》。

星星（诗）

1946年8月4日午于沪作（此系收入
《生命的零度》时补注）；

转1946年8月19日上海《侨声报·星
河》；

初收1947年4月新群出版社版《生命
的零度》。

船（诗）

1946年8月5日早于沪作；

载1947年3月20日《人世间》月刊复
刊第1期；

初收1947年4月新群出版社版《生命
的零度》。

"毙十与天罡"——琐谈周作人（杂文）

载1946年8月10日上海《文汇报·笔
会》第25期。

还给我（杂文）

载1946年8月27日上海《侨声报·南
风》。

我在"胜利号"拖轮上（日记）

载1946年9月1日《文潮月刊》第1卷
第5期，第6期，第2卷第1期，第2期，
第3期；

初收1982年12月长江文艺出版社版
《臧克家散文小说集》。

闻一多精神（散文）

载1946年9月1日《中学生》月刊9月
号"悼念陶、闻、李三先生"栏内。

他擦了擦眼睛（散文）

载1946年10月15日《文艺春秋》月刊第3卷第4期"纪念鲁迅先生逝世十周年特辑"要是鲁迅先生还活着……"题下。

邻（小说）

载1946年10月15日《清明》月刊第4号。

小弟兄（小说）

1946年10月22日于沪作；

载1946年12月1日《文艺复兴》月刊第2卷第5期；

初收1947年6月读书出版社版《挂红》，收集时改题为《小兄弟》。

重庆热（小说）

1946年11月10日于沪作；

载1946年12月15日《文艺春秋》月刊第3卷第6期；

初收1947年6月读书出版社版《挂红》。

距离（诗）

载1946年11月15日《文艺春秋》月刊第3卷第5期"诗四首"题下；

初收1984年4月陕西人民出版社版《臧克家集外诗集》。

小马灯（小说）

1946年11月23日于沪作；

载1947年6月15日《文讯月刊》第7卷第1期；

初收1947年6月读书出版社版《挂红》。

"凤毛麟角"（小说）

1946年12月12日晚完成；

载1947年4月1日《文艺复兴》月刊第3卷第2期；

初收1947年6月读书出版社版《挂红》。

竖立了起来——竖立起来的不是铜象而是普希金他本人（诗）

1946年12月20日于沪作（此系收入《生命的零度》时补注）；

载1947年2月7日上海《大公报（沪新）文艺》第109期；

初收1947年4月新群出版社版《生命的零度》。

发热的只有枪筒子（诗）

1946年12月21日于沪作（收入《生命的零度》时改注为1946年冬于沪）；

载1946年12月25日上海《文汇报·笔会》第129期；

初收1947年4月新群出版社版《生命的零度》。

小小的人儿（诗）

载1946年12月25日《现代文丛副刊·文艺丛刊》创刊号。

套进希望的大圈子里去（杂文）

1946年12月25日作；

载1947年1月1日上海《大公报（沪新）文艺》第99期。

你们（诗）

1946年12月28日灯下作；

载1947年1月5日上海《文汇报·笔会》第136期；

初收1947年4月新群出版社版《生命的零度》。

眼泪（诗）

1946年12月28日灯下作（收入《生命的零度》时补注"于沪"）；

载1947年1月8日上海《文汇报·笔会》第139期；

初收1947年4月新群出版社版《生命的零度》。

1947年

一个理想的实验——四个半月副刊编辑的回味（散文）

载1947年1月1日《申报·春秋》；

初收1982年12月长江文艺出版社版《臧克家散文小说集》。

诗的血脉（论文）

载1947年1月1日《青年界》月刊新2卷第4号。

笔和剑（杂文）

载1947年1月1日《文萃》周刊第2年第12、13期合刊；

初收1982年12月长江文艺出版社版《臧克家散文小说集》。

谢谢你们了国大代表！（诗）

1947年1月2日作；

载1947年1月25日上海《文汇报·笔会》第149期；

初收1947年4月新群出版社版《生命的零度》，收集时改题为《谢谢了"国大代表"们！》。

地狱，人间——读健吾先生《和平颂》后的一点小小感想（杂文）

1947年元月3日作；

载1947年1月11日上海《大公报·游艺》。

"民主老头"——磨不掉的影象之二（散文）

1947年1月6日雨声中作；

载1947年2月15日《文艺春秋》月刊第4卷第2期；

初收1947年10月益智出版社版《磨不掉的影象》。

星星主义（散文）

1947年1月13日作；

载1947年3月1日《水准》周刊第1号；

初收 1982 年 12 月长江文艺出版社版《臧克家散文小说集》。

打开了仇恨的结子（诗）

载 1947 年 1 月 15 日《作家杂志》双月刊创刊号"诗八家"题下；

初收 1984 年 4 月陕西人民出版社版《臧克家集外诗集》。

乡音——给行乞的难民（诗）

1947 年 1 月 15 日于沪作（此系收入《冬天》时补注）；

载 1948 年 1 月 25 日天津《大公报·星期文艺》第 65 期；

初收 1948 年耕耘出版社版《冬天》。

按：本诗又载 1948 年 2 月《诗创造》月刊第 8 辑《祝寿歌》，标题为《乡音——给行乞的老太婆》。

《生命的零度》序

1947 年元月 16 日雨中炉边于沪作；

初收 1947 年 4 月新群出版社版《生命的零度》。

闻一多先生的几封信（散文）

1947 年元月 19 日于沪作；

载 1947 年 2 月 13 日《文萃》周刊第 2 年第 19 期；

初收 1982 年 12 月长江文艺出版社版《臧克家散文小说集》。

严正清（小说）

1947 年元月 21 日于沪作；

载 1947 年 4 月 1 日《中学生》月刊 4 月号；

初收 1947 年 6 月读书出版社版《挂红》。

给新诗的旧观念者们（论文）

载 1947 年 1 月 22 日《文萃》周刊第 2 年第 15、16 期合刊；

初收 1982 年 12 月长江文艺出版社版《臧克家散文小说集》。

歌唱起来！（论文）

1947 年 1 月 27 日于沪作；

载 1947 年 3 月 14 日《时与文》周刊创刊号；

初收 1982 年 12 月长江文艺出版社版《臧克家散文小说集》。

内战英雄赞（诗）

1947 年元月 30 日早作；

载 1947 年 2 月 2 日上海《文汇报·笔会》第 156 期《内战篇（一）》题下；

初收 1947 年 4 月新群出版社版《生命的零度》，收集时改题为《内战英雄颂》。

按：本诗又载 1947 年 2 月 17 日香港《华商报·热风》第 297 号，题为《内战英雄颂》。

"徐州大会战"（诗）

1947 年元月 30 日早于沪作；

载 1947 年 2 月 2 日上海《文汇报·笔会》第 156 期《内战篇（一）》题下；
初收 1947 年 4 月新群出版社版《生命的零度》。

诗（论文）
载 1947 年 2 月 1 日《中学生》月刊 2 月号；
初收 1982 年 12 月长江文艺出版社版《臧克家散文小说集》。

假若普希金生在今日的中国（诗）
1947 年 2 月 4 日早作；
载 1947 年 2 月 10 日上海《文汇报·笔会》第 164 期"普希金逝世百十年纪念特辑"；
初收 1984 年 4 月陕西人民出版社版《臧克家集外诗集》。

我们（诗）
1947 年 2 月 4 日作；
载 1947 年 2 月 17 日上海《文汇报·笔会》第 170 期；
初收 1947 年 4 月新群出版社版《生命的零度》。

荠菜（诗）
1947 年 2 月 6 日于沪作；
初收 1948 年上海耕耘出版社版《冬天》。

生命的零度（诗）

载 1947 年 2 月 9 日上海《文汇报·笔会》第 163 期；
初收 1947 年 4 月新群出版社版《生命的零度》。

牢骚客（小说）
1947 年 2 月 11 日完成于沪；
载 1947 年 6 月 15 日《文艺春秋》月刊第 4 卷第 6 期；
初收 1947 年 6 月读书出版社版《挂红》。

自焚——日前《大公报》"南汇通讯"：一农家青年因抽丁中签，堆柴自焚死（诗）
1947 年 2 月 13 日下午作；
载 1947 年 3 月 3 日上海《文汇报·新文艺》第 1 期；
初收 1984 年 4 月陕西人民出版社版《臧克家集外诗集》。

不得了（诗）
1947 年 2 月 13 日灯下作；
载 1947 年 2 月 20 日《文萃》周刊第 2 年第 20 期；
初收 1984 年 4 月陕西人民出版社版《臧克家集外诗集》。

"互殴"（诗）
1947 年 2 月 13 日灯下作；
载 1947 年 2 月 20 日《文萃》周刊第 2 年第 20 期《不得了》"外二章"题下；

初收 1984 年 4 月陕西人民出版社版《臧克家集外诗集》。

佩着"勋章"求乞（诗）
1947 年 2 月 15 日灯下作；
载 1947 年 2 月 20 日《文萃》周刊第 2 年第 20 期《不得了》"外二章"题下；
初收 1984 年 4 月陕西人民出版社版《臧克家集外诗集》。

又要实行战时管制了（杂文）
载 1947 年 2 月 18 日上海《大公报（沪新）文艺》第 113 期；
初收 1982 年 12 月长江文艺出版社版《臧克家散文小说集》。

读了广田的公开信（杂文）
载 1947 年 2 月 20 日上海《文汇报·笔会》第 173 期。

她们拥抱在一起了（小说）
1947 年 2 月 22 日于沪作；
载 1947 年 4 月 20 日《人世间》月刊复刊第 2 期；
初收 1947 年 6 月读书出版社版《挂红》。

从银幕上看到了我自己——看《八千里路云和月》抒感（散文）
1947 年 2 月末尾作；
载 1947 年 3 月 4 日上海《文汇报·笔会》第 185 期；

初收 1982 年 12 月长江文艺出版社版《臧克家散文小说集》。

小诗（诗）
1947 年 3 月 8 日作；
载 1947 年 3 月 10 日上海《新民报晚刊·夜光杯》；
初收 1984 年 4 月陕西人民出版社版《臧克家集外诗集》。

表现——感台湾事件（诗）
1947 年 3 月 8 日于沪作（此系收入《冬天》时补注）；
载 1947 年 4 月 15 日《新诗歌》月刊第 3 号；
初收 1947 年耕耘出版社版《冬天》，收集时改题为《表现——有感于台湾事变》。

春天（诗）
1947 年 3 月 8 日作；
载 1947 年 5 月 17 日《民主论坛》周刊第 1 卷第 1 期"文艺"栏内；
初收 1984 年 4 月陕西人民出版社版《臧克家集外诗集》。

民歌的"刺"（论文）
1947 年 3 月 9 日作；
载 1947 年 3 月 21 日《时与文》周刊第 2 期；
初收 1982 年 12 月长江文艺出版社版

《臧克家散文小说集》。

免除恐惧的自由（杂文）
载 1947 年 3 月 11 日上海《华商报·热
风》第 133 号。

三百里的行列（诗）
1947 年 3 月 11 日作；
载 1947 年 5 月 1 日《远风》半月刊
第 2 号。

"大赦"（诗）
1947 年 3 月 15 日灯下作（发表时注，
疑有误）；
载 1947 年 3 月 3 日上海《文汇报·新文
艺》第 1 期；
初收 1984 年 4 月陕西人民出版社版
《臧克家集外诗集》。

田寿昌先生五秩颂诗（诗）
载 1947 年 3 月 15 日上海《新民报晚
刊·夜光杯》，署名臧克家等共十五人；
初收 1984 年 4 月陕西人民出版社版
《臧克家集外诗集》。

"妈妈"哭了（小说）
1947 年 3 月 18 日于沪作；
载 1947 年 4 月 15 日《文艺春秋》月刊
第 4 卷第 4 期；
初收 1947 年 12 月寰星图书杂志社版
《拥抱》。

上"天堂"——苏州行小记（散文）
1947 年 3 月 22 日作；
载 1947 年 5 月 1 日《文潮月刊》第 3 卷
第 1 期；
初收 1982 年 12 月长江文艺出版社版
《臧克家散文小说集》。

李大娘——磨不掉的影象之一（散文）
1947 年 3 月于沪作（此系收入《磨不掉
的影象》时补注，疑有误）；
载 1946 年 12 月 31 日上海《大公报（沪
新）文艺》第 98 期；
初收 1947 年 10 月益智出版社版《磨不
掉的影象》。

不一定正确的答案（论文）
载 1947 年 4 月 1 日《中学生》月刊 4 月
号"中学生与文艺"笔谈会栏内；
初收 1982 年 12 月长江文艺出版社版
《臧克家散文小说集》。

被遗弃的角落（诗）
1947 年 4 月 2 日作；
载 1947 年 4 月 11 日上海《文汇报·笔
会》第 130 期；
初收 1984 年 4 月陕西人民出版社版
《臧克家集外诗集》。

渴望（诗）
1947 年 4 月 2 日于沪作（此系收入《冬
天》时补注）；

载 1947 年 4 月 16 日《学风》半月刊
第 2 期；
初收 1948 年耕耘出版社版《冬天》。

迷失（诗）
1947 年 4 月 2 日于沪作；
载 1947 年 5 月 1 日《学风》半月刊
第 3 期；
初收 1984 年 4 月陕西人民出版社版
《臧克家集外诗集》。

蝴蝶（散文）
载 1947 年 4 月 25 日上海《大公报（沪
新）文艺》第 132 期；
初收 1988 年 4 月湖南文艺出版社版
《臧克家抒情散文选》。

试论英雄（杂文）
载 1947 年 4 月 25 日《时与文》周刊
第 7 期；
初收 1982 年 12 月长江文艺出版社版
《臧克家散文小说集》。

在"五四"文艺座谈会上的发言
1947 年 4 月 25 日作；
载 1947 年 5 月 15 日《文艺春秋》月刊
第 4 卷第 5 期，原无标题。

文艺工作者（小说）
1947 年 4 月 25 日完成；
载 1947 年 7 月 15 日《文艺春秋》月刊

第 5 卷第 1 期；
初收 1947 年 12 月寰星图书杂志社版
《拥抱》。

叫醒——给南国的一个陌生的农家的
女孩子（诗）
1947 年 4 月作（收入《冬天》时补注：
"于沪"）；
载 1947 年 6 月 20 日《人世间》月刊复
刊第 4 期；
初收 1948 年耕耘出版社版《冬天》。

交通（诗）
1947 年 5 月 2 日灯下于沪作；
载 1947 年 5 月 5 日上海《文汇报·新文
艺》第 10 期；
初收 1948 年耕耘出版社版《冬天》。

欧国钧——磨不掉的影象之二（散文）
1947 年 5 月于沪作（此系收入《磨不掉
的影象》时补注，疑有误）；
载 1947 年 1 月 21 日上海《大公报（沪
新）文艺》第 105 期；
初收 1947 年 10 月益智出版社版《磨不
掉的影象》。

山窝里的晚会——纪念"儿童节"，并
祝福《小兄弟》里的小主人们（散文）
1947 年 5 月于沪作（此系收入《磨不掉
的影象》时补注，疑有误）；
载 1947 年 4 月 4 日上海《大公报（沪新）

文艺》第126期；

初收1947年10月益智出版社版《磨不掉的影象》。

台上台下——"五一"纪实（诗）

载1947年5月5日上海《文汇报·新文艺》第10期；

初收1984年4月陕西人民出版社版《臧克家集外诗集》。

它的名字就叫做生活（诗）

1947年5月11日作；

载1947年6月1日《创世纪》月刊创刊号；

初收1984年4月陕西人民出版社版《臧克家集外诗集》。

给桂蕊（诗）

载1947年5月15日《诗音讯》第1卷第2期；

初收1984年4月陕西人民出版社版《臧克家集外诗集》。

答编者问——一个文艺学徒的"自道"（散文）

载1947年5月15日《文艺知识连丛》第1辑之2。

肉搏（诗）

1947年5月18日于沪作（此系收入《冬天》时补注）；

载1947年6月1日《文艺复兴》月刊第3卷第4期；

初收1948年耕耘出版社版《冬天》。

今之视昔（杂文）

跋于1947年5月21日南京学生大游行发生惨剧后一日晨于沪；

初收1947年6月星群出版公司版《罪恶的黑手》。

致敬——给一个将军（诗）

载1947年6月1日《文艺复兴》月刊第3卷第4期《肉搏》"外一章"题下。

新诗（论文）

载1947年6月1日《中学生》月刊第6号；

初收1982年12月长江文艺出版社版《臧克家散文小说集》。

海——一多先生回忆录（散文）

1947年"六二"于沪作；

载1947年7月1日《文艺复兴》月刊第3卷第5期；

初收1980年8月上海文艺出版社版《怀人集》，收集时改题为《海——回忆一多先生》。

尸（诗）

1947年6月13日于沪作；

载1947年7月《诗创造》月刊第1辑《带

枪的人》；

初收1948年耕耘出版社版《冬天》。

失望（诗）

1947年6月13日于沪作（此系刊于1947年8月20日《文艺》月刊7、8月合号时所注）；

载1947年8月11日上海《新民报晚刊·夜光杯》；

初收1948年耕耘出版社版《冬天》。

沉默——纪念诗人节（诗）

载1947年6月24日上海《大公报（沪新）文艺》第148期"纪念诗人节"栏内；

初收1984年4月陕西人民出版社版《藏克家集外诗集》。

一片绿色的玻璃（诗）

1947年7月3日于沪作；

载1947年9月7日上海《大公报·星期文艺》第48期；

初收1948年耕耘出版社版《冬天》。

荣报（小说）

1947年7月15日于沪作；

载1947年8月15日《文艺春秋》月刊第5卷第2期；

初收1947年12月寰星图书杂志社版《拥抱》。

《拥抱》序句

1947年7月27日挥汗草草；

初收1947年12月寰星图书杂志社版《拥抱》。

照亮——闻一多先生周年忌（诗）

1947年7月作（收入《冬天》时补注"于沪"）；

载1947年8月《诗创造》月刊第2辑《丑角的世界》；

初收1948年耕耘出版社版《冬天》。

诗人（论文）

载1947年8月1日《中学生》月刊8月号；

初收1982年12月长江文艺出版社版《藏克家散文小说集》。

强烈的光——给德昭（诗）

1947年8月8日灯下于沪作；

初收1948年耕耘出版社版《冬天》。

睡在棺材里的人（小说）

1947年8月12日于沪作；

载1947年10月15日《文艺春秋》月刊第5卷第4期；

初收1947年12月寰星图书杂志社版《拥抱》。

生活和诗的历程——续《我的诗生活》（散文）

1947年8月17日于沪滨作；

载 1947 年 12 月 16 日《新中华》半月刊
复刊第 5 卷第 24 期。

做不完的好生意（诗）

1947 年 8 月 23 日于沪作；

载 1947 年 10 月 1 日《人世间》月刊复
刊第 7 期；

初收 1947 年耕耘出版社版《冬天》。

过夜——给无名死者（诗）

1947 年 9 月 6 日午于沪作；

载 1947 年 10 月《诗创造》月刊第 4 辑
《饥饿的银河》；

初收 1947 年耕耘出版社版《冬天》。

论十二位诗人的诗（论文）

1947 年 9 月 12 日在上海作；

载 1947 年 9 月 26 日上海《大公报《沪
新》文艺》第 173 期。

按：本文系为星群出版公司《创造诗
丛》所写序言。

出轨（诗）

1947 年 9 月 24 日早于沪作（此系收入
《冬天》时补注）；

载 1947 年 11 月《诗创造》月刊第 5 辑
《箭在弦上》；

初收 1948 年耕耘出版社版《冬天》。

骗子（小说）

1947 年 9 月 25 日作；

载 1947 年 10 月 30 日《今文学》丛刊
第 1 本《跨着东海》；

初收 1982 年 12 月长江文艺出版社版
《臧克家散文小说集》。

新诗常谈（论文）

载 1947 年 10 月 1 日《文潮月刊》第 3 卷
第 6 期；

初收 1982 年 12 月长江文艺出版社版
《臧克家散文小说集》。

怀骆宾基（散文）

载 1947 年 10 月《文艺丛刊》第 1 集《脚
印》；

初收 1982 年 12 月长江文艺出版社版
《臧克家散文小说集》。

生死的站口（诗）

1947 年 11 月 13 日早作《收入《冬天》
时补注"于沪"）；

载 1947 年 12 月《诗创造》月刊第 6 辑
《岁暮的祝福》；

初收 1948 年耕耘出版社版《冬天》。

"夜吗！"（诗）

1947 年 11 月 28 日早于沪作（此系收入
《冬天》时补注）；

载 1948 年 1 月《诗创造》月刊第 7 辑《黎
明的企望》；

初收 1948 年耕耘出版社版《冬天》。

你去了（诗）

1947年11月于沪作（此系收入《冬天》时补注）；

载1948年1月1日《文潮月刊》第4卷第3期（发表时题为《你来了》）；

初收1948年耕耘出版社版《冬天》。

冬天（诗）

1947年12月23日于沪作；

载1948年2月15日《文讯月刊》第8卷第2期文艺专号；

初收1948年耕耘出版社版《冬天》。

噩梦（小说）

初收1947年12月寰星图书杂志社版《拥抱》。

1948年

如此新年（诗）

载1948年1月1日上海《新民报晚刊·夜光杯》"新年特辑"；

初收1984年4月陕西人民出版社版《臧克家集外诗集》。

客人（诗）

载1948年1月1日《文潮月刊》第4卷第3期；

初收1984年4月陕西人民出版社版《臧克家集外诗集》。

时间的火——普希金的铜象在沪揭幕

（散文）

载1948年2月《文艺》丛刊第4集《雪花》；

初收1982年12月长江文艺出版社版《臧克家散文小说集》。

追过了千山万水（散文）

载1948年5月2日上海《新民报晚刊·夜光杯》。

我们所争的（诗）

载1948年5月4日上海《新民报晚刊·夜光杯》；

初收1984年4月陕西人民出版社版《臧克家集外诗集》。

我们的话

载1948年5月4日《五四谈文艺——文协十周年暨文艺节纪念特刊》，此系郑振铎、景宋、臧克家等45人的发言，总题为《我们的话》。

征服（诗）

载1948年5月20日《文艺工作》月刊第1号；

初收1984年4月陕西人民出版社版《臧克家集外诗集》。

"少像点诗！"（论文）

载1948年6月11日上海《新民报晚刊·夜光杯》"献给诗人节"（一）栏内。

在《万家灯火》座谈会上的发言
载 1948 年 7 月 21 日上海《大公报·戏剧与电影》第 91 期，原无标题。

人，是向上的（诗）
载 1948 年 7 月《诗创造》月刊第 2 年第 1 辑《第一声雷》；
初收 1984 年 4 月陕西人民出版社版《献克家集外诗集》。

朱自清先生死了！（散文诗）
1948 年 8 月 15 日早作；
载 1948 年 8 月 20 日上海《新民报晚刊·夜光杯》；
初收 1984 年 4 月陕西人民出版社版《臧克家集外诗集》。

无穷哀思悼学人（诗）
载 1948 年 8 月 31 日上海《新民晚报》"追悼朱自清先生特辑"。

一个三岁的小老人（散文）
载 1948 年 9 月《青年界》月刊新 6 卷第 1 号。

关于《泥土的歌》的自白（散文）
1948 年 12 月 20 日作；
载 1949 年 2 月 15 日《文艺生活》月刊海外版第 10、11 期合刊。

给广田（诗）

1948 年 12 月 22 日早作；
载 1948 年 12 月 27 日香港《大公报·文艺》第 42 期，总题为《寄"清华园·照澜院"》；
初收 1984 年 4 月陕西人民出版社版《臧克家集外诗集》。

自由·快乐（诗）
1948 年 12 月 22 日作；
载 1948 年 12 月 27 日香港《大公报·文艺》第 42 期，总题为《寄"清华园·照澜院"》；
初收 1984 年 4 月陕西人民出版社版《臧克家集外诗集》。

劳动者（诗）
1948 年 12 月 29 日灯下作；
载 1949 年 1 月 10 日香港《大会报·文艺》第 44 期"诗二首"题下；
初收 1984 年 4 月陕西人民出版社版《臧克家集外诗集》。

信——从香港寄上海（诗）
1948 年除夕于荔枝角作；
载 1949 年 1 月 10 日香港《大公报·文艺》第 44 期"诗二首"题下；
初收 1984 年 4 月陕西人民出版社版《臧克家集外诗集》。

一个壮烈的死——悼丁行（诗）
1948 年 12 月 30 日下午作；

665

载 1949 年 1 月 17 日香港《大公报·文艺》第 45 期；

初收 1985 年 4 月山东文艺出版社版《臧克家文集》第 2 卷。

1949 年

新年谈愿望（散文）

载 1949 年 1 月 1 日香港《文汇报》。

新年释"新"（杂文）

载 1949 年 1 月 1 日香港《大公报》。

朱自清先生的新诗观（论文）

1949 年 1 月 13 日荔枝角作；

载 1949 年 1 月 27 日香港《大公报·大公园》。

"和平"的身价（诗）

载 1949 年 1 月 24 日香港《大公报·文艺》第 47 期"政治讽刺诗专号（一）"；

初收 1984 年 4 月陕西人民出版社版《臧克家集外诗集》。

故乡新"正"的赌风（散文）

载 1949 年 1 月 28 日香港《文汇报》。

英雄泪（杂文）

载 1949 年 2 月 1 日香港《大公报》"新春纵笔"栏内。

讽刺与歌颂（论文）

载 1949 年 2 月 3 日香港《文汇报》。

故乡啊，我要回去！（诗）

载 1949 年 2 月 8 日香港《文汇报》；

初收 1984 年 4 月陕西人民出版社版《臧克家集外诗集》。

"看上去"与"表现出来"（杂文）

载 1949 年 2 月 8 日香港《大公报》"新春纵笔"栏内。

"人民"——从名到实（杂文）

1949 年 2 月 10 日荔枝角作；

载 1949 年 2 月 15 日、16 日香港《大公报·大公园》"新春纵笔"栏内。

知识与知识分子（论文）

载 1949 年 2 月 13 日香港《大公报》"星期论文"栏内。

不露齿的狗（杂文）

1949 年 2 月 18 日荔枝角作；

载 1949 年 2 月 22 日香港《大公报·大公园》"新春纵笔"栏内。

贺心清出狱（二章）（诗）

1949 年 2 月作；

载 1949 年 5 月香港《中国诗坛丛刊》《生产四季花》；

初收 1984 年 4 月陕西人民出版社版《臧克家集外诗集》。

结"新生"缘（杂文）

载1949年3月1日香港《大公报·大公园》"新春纵笔"栏内。

永玉的人和他的木刻（杂文）

载1949年3月9日香港《大公报·大公园》"新春纵笔"栏内。

谈发展（杂文）

载1949年3月16日香港《大公报》。

"我"与"我们"（杂文）

载1949年3月29日、30日香港《大公报》。

我想写篇诗（诗）

载1949年5月8日《人民日报》《看到的，听到的，想到的》题下；

初收1984年4月陕西人民出版社版《臧克家集外诗集》。

干部（诗）

载1949年5月8日《人民日报》《看到的，听到的，想到的》题下；

初收1984年4月陕西人民出版社版《臧克家集外诗集》。

我们的报纸（诗）

载1949年5月8日《人民日报》《看到的，听到的，想到的》题下；

初收1984年4月陕西人民出版社版

《臧克家集外诗集》。

爆炸女英雄（诗）

载1949年5月8日《人民日报》《看到的，听到的，想到的》题下；

初收1984年4月陕西人民出版社版《臧克家集外诗集》。

听英雄们报告（诗）

载1949年5月8日《人民日报》《看到的，听到的，想到的》题下；

初收1984年4月陕西人民出版社版《臧克家集外诗集》。

电影（诗）

载1949年5月8日《人民日报》《看到的，听到的，想到的》题下；

初收1984年4月陕西人民出版社版《臧克家集外诗集》。

为你空出一把椅子——一多先生遇难三周年（诗）

载1949年7月18日上海《文汇报》；

初收1984年4月陕西人民出版社版《臧克家集外诗集》。

听典型报告（诗）

载1949年9月1日《诗号角》第7期。

有的人——纪念鲁迅有感（诗）

1949年11月1日于北京作（此系收集时补注）；

载 1949 年 11 月 1 日北京《新民报》日
刊"萌芽"第 16 号；
初收 1954 年 1 月作家出版社版《臧克
家诗选》。

考验——看《青年近卫军》（诗）
载 1949 年 11 月 4 日北京《新民报》日
刊"萌芽"第 19 号。

今天（诗）
载 1949 年 11 月 7 日北京《新民报》日
刊"萌芽"第 22 号。

他们朝着一个方向（诗）
1949 年 12 月 11 日作；
载 1950 年 1 月 1 日《大众诗歌》第 1 卷
第 1 期"创作"栏内。

1950 年

第一个太阳——迎一九五〇年（诗）
载 1950 年 1 月 1 日北京《新民报》日刊
"萌芽"第 77 号。

诗的词汇（论文）
1950 年 1 月 10 日于北京作；
载 1950 年 1 月 29 日《人民日报》"人民
文艺"第 34 期。

吸引——看稿生感（诗）
载 1950 年 1 月 25 日北京《新民报》日
刊"萌芽"第 88 号。

我们把荣誉给了孙明奇（诗）
载 1950 年 3 月 1 日《大众诗歌》第 1 卷
第 3 期。

文化界新闻界代表臧克家的发言
载 1950 年 3 月 17 日《青岛日报》。

老牛校长——王祝晨（散文）
载 1950 年 4 月 21 日北京《新民报》日
刊"萌芽"第 222 号。

为什么"开端就是顶点"（论文）
1950 年 7 月 10 日作；
载 1950 年 9 月 1 日《人民文学》第 2 卷
第 5 期；
初收 1958 年 3 月北京出版社版《杂花集》。

"很好"的开始（诗）
1950 年 7 月 15 日作；
载 1950 年 7 月 25 日《文艺报》第 2 卷
第 9 期"反对美国侵略台湾朝鲜"特辑。

关于瞿秋白同志的"死"（杂文）
载 1950 年 7 月 18 日《人民日报》。

胜利的箭头，射出去（诗）
1950 年 7 月 25 日作；
载 1950 年 8 月 1 日《大众诗歌》第 2 卷
第 2 期"反对美帝侵略台湾朝鲜"特辑。
初收 1954 年 1 月作家出版社北京
第 1 版《臧克家诗选》。

战斗英雄的形象（论文）

1950年9月16日写9月25日改写；

载1950年10月1日《人民日报》"人民文艺"第68期庆祝国庆诗刊（一）。

批评家要懂得生活，联系群众（论文）

1950年10月10日作；

载1950年11月1日《人民文学》第3卷第1期"短论"栏内；

初收1958年3月北京出版社版《杂花集》。

《嘎达梅林》和《阿那尔汉的歌声》（评论）

1950年10月15日作；

载1950年11月1日《新建设》第3卷第2期。

和平是不需要入境证的（诗）

1950年11月15日作；

载1950年11月20日《人民日报》"保卫和平专刊"第33期；

初收1954年11月作家出版社北京第1版《臧克家诗选》。

我们迫切的需要杂文（论文）

1950年作（此系收入《杂花集》时补注）；

载1950年12月1日《人民文学》第3卷第2期"短论"栏内；

初收1958年3月北京出版社版《杂花集》。

1951 年

鲁迅先生与编辑出版工作（论文）

1951年9月15日作；

载1951年10月《新华月报》10月号（本文在《新建设》第5卷第1期发表，有些许错误，今经作者改正，作为定稿）；

初收1955年12月新文艺出版社第1版《在文艺学习的道路上》。

庄严美丽的诗篇——读《聂鲁达诗文集》（评论）

1951年10月作（此系收入《在文艺学习的道路上》时补注）；

载1951年10月10日《人民日报》；

初收1955年12月新文艺出版社第1版《在文艺学习的道路上》。

1952 年

可喜的收获——《蟾江冰波》、《科尔沁草原的人们》读后（评论）

载1952年2月16日《新观察》第4期。

"虎"比虎（杂文）

1952年2月作《此系收入《杂花集》时补注》；

载1952年2月26日《人民日报》《打"虎"随笔五题》题下；

初收1958年3月北京出版社版《杂花集》。

"风"从虎（杂文）

1952年2月作（此系收入《杂花集》时补注）；

载 1952 年 2 月 26 日《人民日报》《打
"虎"随笔五题》题下；

初收 1958 年 3 月北京出版社版《杂
花集》。

"不至于吧？"（杂文）

1952 年 2 月作（此系收入《杂花集》时
补注）；

载 1952 年 2 月 26 日《人民日报》《打
"虎"随笔五题》题下；

初收 1958 年 3 月北京出版社版《杂
花集》。

金钱的硬度（杂文）

1952 年 2 月作（此系收入《杂花集》时
补注）；

载 1952 年 2 月 26 日《人民日报》《打
"虎"随笔五题》题下；

初收 1958 年 3 月北京出版社版《杂
花集》。

面子问题（杂文）

1952 年 2 月作（此系收入《杂花集》时
补注）；

载 1952 年 2 月 26 日《人民日报》《打
"虎"随笔五题》题下；

初收 1958 年 3 月北京出版社版《杂
花集》。

"温暖"的水（杂文）

1952 年 3 月 13 日作；

载 1952 年 4 月 1 日《人民文学》3、4 月
号合刊《"三反"随笔三章》题下；

初收 1958 年 3 月北京出版社版《杂花
集》，改题为《"温暖"的水及其他（三
题)》。

"一身而二任焉"（杂文）

1952 年 3 月 13 日作；

载 1952 年 4 月 1 日《人民文学》3、4 月
号合刊《"三反"随笔三章》题下；

初收 1958 年 3 月北京出版社版《杂花
集》；改题为《"温暖"的水及其他（三
题)》。

自由与不自由（杂文）

1952 年 3 月 13 日作；

载 1952 年 4 月 1 日《人民文学》3、4 月
号合刊《"三反"随笔三章》题下；

初收 1958 年 3 月北京出版社版《杂花
集》，改题为《"温暖"的水及其他（三
题)》。

朋友和敌人（杂文）

载 1952 年 3 月 16 日《新观察》第 5 期。

人和兽（杂文）

载 1952 年 3 月 16 日《新观察》第 5 期。

谈"新事物"（论文）

载 1952 年 4 月 20 日《语文学习》
第 7 期 4 月号；

初收1955年12月新文艺出版社第1版《在文艺学习的道路上》。

国际主义的精神与"世界主义"的"杰作"（杂文）

载1952年5月1日《新观察》第7期。

谈"赶任务"（论文）

1952年7月作（此系收入《在文艺学习的道路上》时补注）；

载1952年7月20日《语文学习》7月号；

初收1955年12月新文艺出版社第1版《在文艺学习的道路上》。

充满热情的诗篇——读诗集《光荣归于你们》（评论）

载1952年7月21日《人民日报》。

最好的纪念——纪念伏契克死难九周年的一点感想（散文）

载1952年9月8日《光明日报》。

1953年

关于白居易的《观刈麦》的解释（评论）

1953年2月12日病中作；

载1953年5月2日《人民文学》5月号。

郭沫若的《地球，我的母亲！》（评论）

1953年2月18日作；

载1954年4月27日《文艺学习》创刊号；

初收1955年12月新文艺出版社第1版《在文艺学习的道路上》。

高贵的头颅，昂仰着——悼和平战士罗森堡夫妇（诗）

1953年6月22日作；

载1953年7月1日《新观察》第13期；

初收1954年1月作家出版社北京第1版《臧克家诗选》。

把爱憎提到了最高峰——为罗森堡夫妇遇害作（诗）

1953年6月26日完成；

载1953年8月7日《人民文学》7、8月号合刊；

初收1958年4月作家出版社版《一颗新星》。

塞死战争的胡同（诗）

载1953年8月10日《人民日报》。

读《屈原集》（评论）

1953年8月25日作；

载1953年9月22日《人民日报》；

初收1955年12月新文艺出版社第1版《在文艺学习的道路上》。

对长诗《菊花石》的意见

载1953年9月3日《作家通讯》第5辑"关于长诗《菊花石》的讨论"栏内，标题原为《臧克家的发言》。

《臧克家诗选》（作家出版社版）后记

1953年9月写于北京；

671

初收 1954 年 1 月作家出版社北京第 1 版《臧克家诗选》。

我们珍贵这些时间——欢迎金日成元帅和他率领的代表团（诗）
载 1953 年 11 月 17 日《北京日报》；
初收 1958 年 4 月作家出版社版《一颗新星》。

反抗的、自由的、创造的《女神》（论文）
1953 年 11 月 28 日作；
载 1953 年 12 月 15 日《文艺报》第 23 号；
初收 1955 年 12 月新文艺出版社第 1 版《在文艺学习的道路上》。

我们一步一步往上升（诗）
1953 年 12 月作（此系收入《臧克家诗选》时补注）；
载 1953 年 12 月 31 日《北京日报》；
初收 1956 年 11 月人民文学出版社北京第 1 版《臧克家诗选》。

1954 年

诗的朗诵（论文）
1954 年 1 月作（此系收入《在文艺学习的道路上》时补注）；
载 1954 年 1 月 21 日《语文学习》1 月号；
初收 1955 年 12 月新文艺出版社第 1 版《在文艺学习的道路上》。

人民的使者出发了——送全国人民慰

问人民解放军代表团（诗）
载 1954 年 2 月 21 日《人民日报》；
初收 1958 年 4 月作家出版社版《一颗新星》。

一个伟大声音的回响——读《抗美援朝诗选》（评论）
载 1954 年 2 月 23 日《北京日报》。

在"诗的形式问题"讨论会上的发言
载 1954 年 2 月 28 日《作家通讯》第 9 期，原标题为《臧克家的发言》。

对《献给志愿军》的意见（评论）
载 1954 年 6 月 5 日《光明日报》"文艺生活"第 10 期；
初收 1955 年 12 月新文艺出版社第 1 版《在文艺学习的道路上》。

我们终于得到了它——《中华人民共和国宪法草案》公布了（诗）
1954 年 6 月作（此系收入《欢呼集》时补注）；
载 1954 年 6 月 17 日《北京日报》；
初收 1956 年 11 月人民文学出版社北京第 1 版《臧克家诗选》。

胜利的宣言——庆祝《中华人民共和国宪法草案》公布（诗）
载 1954 年 7 月 7 日《人民文学》7 月号"拥护中华人民共和国宪法草案"栏内。

我用小声念着你的名子——纪念巴勃罗·聂鲁达五十寿辰（诗）
1954年7月12日作；
初收1956年11月人民文学出版社北京第1版《臧克家诗选》。

撒尼族人民的叙事长诗——《阿诗玛》（评论）
1954年7月作（此系收入《在文艺学习的道路上》时补注）；
载1954年7月27日《文艺学习》第4期；
初收1955年12月新文艺出版社第1版《在文艺学习的道路上》。

我爱新北京（诗）
载1954年9月28日《北京日报》（《今昔吟》中注为"1958年作"，有误）；
初收1958年4月作家出版社版《一颗新星》。

祖国在前进！——庆祝中华人民共和国成立五周年（诗）
1954年9月作；
初收1958年4月作家出版社版《一颗新星》。

我们已经走得很远——庆祝中华人民共和国成立五周年（诗）
载1954年10月7日《人民文学》10月号。

青春的颂歌——看苏联国立民间舞蹈团表演的《俄罗斯组舞》（诗）
1954年作（此系收入《臧克家诗选》时补注）；
载1954年10月17日《北京日报》；
初收1956年11月人民文学出版社北京第1版《臧克家诗选》。

"五四"以来新诗发展的一个轮廓（论文）
1954年11月14日写成；
载1955年2月8日、3月8日《文艺学习》第2期、第3期；
初收1955年12月新文艺出版社第1版《在文艺学习的道路上》。

对《文艺报》的批评
载1954年11月30日《文艺报》第22号"对《文艺报》的批评——在中国文学艺术界联合会主席团和中国作家协会主席团联席（扩大）会议上的发言"栏内，原无标题。

闻一多先生传略
1954年12月作；
初收1955年12月新文艺出版社第1版《在文艺学习的道路上》。

1955年

侵略的矛头（诗）
载1955年1月1日《新观察》第1期。

胡风的宗派情绪（评论）

1955年2月1日作；

载1955年2月28日《文艺报》第4号；

初收1955年12月新文艺出版社第1版《在文艺学习的道路上》，1962 年9月上海文艺出版社新1版删去。

读一个农民的诗——读《王老九诗选》（评论）

载1952年2月10日《光明日报》"图书评论"第49期；

初收1962 年9月上海文艺出版社新1版《在文艺学习的道路上》，改题为《一个农民的诗》。

李季的《生活之歌》（评论）

1955年5月8日作（此系收入《在文艺学习的道路上》时补注）；

载1955年5月8日《文艺学习》第5期；

初收1955年12月新文艺出版社第1版《在文艺学习的道路上》。

谈谈一位青年工人的诗（评论）

1955年5月12日作；

载1955年6月20日《北京文艺》6月号"评论·杂文"栏内；

初收1955年12月新文艺出版社第1版《在文艺学习的道路上》，改题为《谈一个青年工人的诗》。

胡风的反动罪行必须清算（评论）

载1955年5月21日《北京日报》。

胡风的原形（评论）

载1955年6月8日《人民文学》6月号"提高警惕，揭露胡风"栏内。

出了黑脓（诗）

载1955年6月25日《光明日报》"文艺生活"第61期。

不是歌颂，是歪曲和侮辱——胡风《为了朝鲜，为了人类》一"诗"的实质（评论）

1955年7月作（此系收入《在文艺学习的道路上》时补注）；

载1955年7月9日《光明日报》"文艺生活"第63期；

初收1955年12月新文艺出版社第1版《在文艺学习的道路上》，1962 年9月上海文艺出版社新1版中删去。

胡风反革命集团底"诗"的实质（评论）

1955年7月10日作（收入《在文艺学习的道路上》时改注为7月14日作）；

载1955年8月8日《人民文学》8月号；

初收1955年12月新文艺出版社第1版《在文艺学习的道路上》，1962 年9月上海文艺出版社新1版删去。

胡风反革命集团是怎样向党领导的文艺阵线进攻的（论文）

1955年7月作；

初收1955年12月新文艺出版社第1版《在文艺学习的道路上》，1962年9月上海文艺出版社新1版删去。

仇恨为什么不挺起身（诗）

载1955年8月5日《人民日报》。

学诗过程中的点滴经验（论文）

1955年8月11日作；

载1955年12月中国青年出版社版《作家谈创作》；

初收1955年12月新文艺出版社第1版《在文艺学习的道路上》。

一首有力的讽刺诗——写李万铭反革命政治流氓事件（诗）

1955年8月16日作；

载1955年9月8日《文艺学习》第9期。

夜半钟声——记一个明天就要做小学生的孩子的心情（诗）

1955年8月作；

初收1958年4月作家出版社版《一颗新星》。

新的开始——在这新的学年开始的时候，广大的青年同学们，努力学习吧！（诗）

1955年8月27日作；

初收1958年4月作家出版社版《一颗新星》。

不死的伟大战士——悼日共领袖德田球一同志（诗）

载1955年9月8日《人民文学》9月号。

全国人民的眼睛望着北京城（诗）

载1955年9月17日《光明日报》"文艺生活"第72期。

这光亮不是来自天上——为"全国青年社会主义建设积极分子大会"歌唱（诗）

1955年9月23日于北京作；

载1955年10月20日《北京文艺》10月号；

初收1956年11月人民文学出版社北京第1版《臧克家诗选》。

听黄金洪谈"女子测量队"（散文）

1955年9月作；

初收1958年3月北京出版社版《杂花集》。

骆琴明，优秀的女列车员（散文）

1955年9月作；

初收1958年3月北京出版社版《杂花集》。

毛主席向着黄河笑（散文）

1955年作（此系收入《杂花集》时补注）；

载1955年10月8日《人民文学》10月号；

初收1958年3月北京出版社版《杂花集》。

《马凡陀的山歌》（评论）

载1955年10月24日《读书月报》第4期；

初收 1955 年 12 月新文艺出版社第 1 版
《在文艺学习的道路上》。

一颗树上四朵花——访一个多民族农
业社社长戴占元（特写）
1955 年 11 月 13 日作；
载 1955 年 12 月 8 日《人民文学》12 月
号 "特写、散文" 栏内。

红色工程师——赵长海（散文）
载 1955 年 11 月 16 日《新观察》
第 22 期。

给傅广恒老汉（诗）
1955 年 12 月 11 日作；
载 1956 年 1 月 8 日《人民文学》1 月号
"诗三首" 题下；
初收 1956 年 11 月人民文学出版社北
京第 1 版《臧克家诗选》。

给饲养员陈玉（诗）
1955 年 12 月 11 日作；
载 1956 年 1 月 8 日《人民文学》1 月号
"诗三首" 题下；
初收 1956 年 11 月人民文学出版社北
京第 1 版《臧克家诗选》。

给某画家（诗）
1955 年 12 月 11 日作；
载 1956 年 1 月 8 日《人民文学》1 月号
"诗三首" 题下。

苏尔科夫的《诗选》（论文）
初收 1955 年 12 月新文艺出版社第 1 版
《在文艺学习的道路上》。

和工人同志谈谈新诗的形式（论文）
初收 1955 年 12 月新文艺出版社第 1 版
《在文艺学习的道路上》。

1956 年

社会主义的花朵（组诗）
载 1956 年 1 月 21 日《光明日报》"文艺
生活" 第 90 期；
初收 1958 年 4 月作家出版社版《一颗
新星》。
按：这组诗发表时包括四首：《最早开
放的一枝》、《站在天安门楼上远望》、
《"北京的神话" ——回答来自资本主
义国家的叫喊》、《三朵欢腾的浪花》。
《一颗新星》只收第一、三两首，另外
加入《千条万条红色的翅膀》、《北京
变得更美丽》、《清点》三首，总题仍
为《社会主义的花朵》。

内蒙古草原上的说唱诗人毛依罕（散文）
1956 年作（此系收入《杂花集》时补注）；
载 1956 年 2 月 1 日《新观察》第 3 期；
初收 1958 年 3 月北京出版社版《杂花集》，
改题为《内蒙古草原上的说唱诗人》。

春节短歌（诗）
载 1956 年 2 月 12 日《工人日报》。

给全国工商界青年积极分子大会献诗
（三章）
1956年2月25日完成；
初收1958年4月作家出版社版《一颗
新星》。

和生活一起前进（杂文）
载1956年3月10日《光明日报》"文艺
生活"第97期。

为了一个更美好的明天（诗）
载1956年3月12日《中国工人》
第5期。

在中国作家协会第二次理事会会议
（扩大）上的发言
载1956年3月25日《文艺报》第5、6号
合刊。

《臧克家诗选》（人民文学出版社北京
第1版）序
1956年4月11日写于北京；
初收1956年11月人民文学出版社北
京第1版《臧克家诗选》。

标杆——向先进生产者致敬（诗）
1956年5月4日作（收入《一颗新星》
时注为"1955年5月4日"误）；
载1956年5月6日《北京日报》；
初收1958年4月作家出版社版《一颗
新星》。

我们在红军走过的道路上——林业部
森林调查队小队长
郑文魁的自述（散文）
1956年5月作（此系收入《杂花集》时
补注）；
载1956年5月27日《中国工人》
第10期；
初收1958年3月北京出版社版《杂
花集》。

一个老工程师的道路（散文）
1956年5月作；
初收1958年3月北京出版社版《杂花集》。

年轻的挡车女工杜富经（散文）
1956年5月作；
初收1958年3月北京出版社版《杂花集》。

闻一多的诗——谨以此文纪念一多先
生遇难十周年（论文）
1956年6月6日完成；
载1956年7月8日《人民文学》7月号；
初收1958年3月北京出版社版《杂花集》。

闻一多的爱国主义诗篇（论文）
1956年6月18日作；
载1956年7月8日《文艺学习》第7期。

模范党员于得泉（散文）
载1956年6月27日《中国工人》
第12期。

以耳代目之类（杂文）

1957年7月13日作（此系收入《杂花集》时补注）；

载1956年7月13日《人民日报》；

初收1958年3月北京出版社版《杂花集》。

听争鸣念一多先生（杂文）

1956年7月作（此系收入《杂花集》时补注）；

载1956年7月15日《北京日报》；

初收1958年3月北京出版社版《杂花集》。

校对能手白以坦（散文）

载1956年7月16日《光明日报》。

套子（杂文）

1957年7月作（此系收入《杂花集》时补注）；

载1956年7月30日《人民日报》；

初收1958年3月北京出版社版《杂花集》。

海滨杂诗（组诗）

1956年7月24日于青岛湛山路作（此系收入《一颗新星》时补注）；

载1956年8月8日《人民日报》；

初收1958年4月作家出版社版《一颗新星》。

按：这一组共八首，题目分别为《海》、《会合》、《归来》、《送宝》、《大海的使者》、《亲近》、《青岛的颜色》、《旧游地》。

海滨杂诗（组诗）

1956年8月于青岛作（此系收入《一颗新星》时补注）；

载1956年9月2日《人民日报》；

初收1958年4月作家出版社版《一颗新星》。

按：这一组共九首，题目分别为《海军》、《儿子和大海》、《一瞥》、《她和他》、《引诱》、《脱下了》、《湛山》、《海水浴罢》、《"再见，大海"》。

八达岭（组诗）

1956年9月2日作；

载1956年10月4日《北京日报》；

初收1958年4月作家出版社版《一颗新星》。

按：这一组诗共四首，题目分别为《在归途上》、《灯下》、《登上顶峰》、《扯不断的线》。

他做了现代化车间的主人（散文）

载1956年9月15日《新港》9月号。

鲁迅对诗歌的贡献（论文）

1956年9月17日写成（此系收入《杂花集》时补注）；

载1956年11月12日《解放军文艺》11月号；

初收1958年3月北京出版社版《杂花集》。

鲁迅写的纪念文章（散文）

1956年9月23日写完；

载1956年10月13日《人民日报》；

初收1958年3月北京出版社版《杂花集》。

"鲁迅六周年祭"在重庆（散文）

1956年9月24日作；

载1956年10月15日《文艺报》第19号"轶闻集锦"栏内。

在反动统治下鲁迅年祭的遭遇（散文）

1956年9月24日作；

载1956年10月15日《文艺报》第19号"轶闻集锦"栏内。

鲁迅的遗嘱（杂文）

1956年9月25日作；

载1956年10月11日《工人日报》；

初收1958年3月北京出版社版《杂花集》。

作者与编者之间（杂文）

载1956年10月11日《人民日报》。

鲁迅是怎样从事编辑工作的（论文）

载1956年10月16日《新观察》第20期。

从纪念鲁迅想起的（杂文）

载1956年10月22日《文汇报·笔会》。

雪天读毛主席的咏雪词（评论）

1956年11月17日作；

载1956年11月23日《中国青年报》；

初收1957年10月中国青年出版社北京第1版《毛主席十八首诗词讲解》。

工人生活的新歌手——读丹心同志的诗（评论）

1956年12月14日作；

载1957年2月8日《文艺学习》第2期。

更重要的是学习古典诗人如何表现生活（论文）

载1956年12月22日《光明日报·文艺生活》第138期。

1957年

诗人美好的念头（散文）

载1957年1月1日《光明日报》"我在1957年的工作和愿望"栏内。

在毛主席那里作客（诗）

1957年1月21日于北京作；

载1957年2月25日《诗刊》2月号；

初收1958年4月作家出版社版《一颗新星》。

毛主席的两首词《长沙》《游泳》（评论）

1957年1月27日作；

载1957年2月16日《中国青年》第4期；

初收 1957 年 10 月中国青年出版社北京第 1 版《毛主席十八首诗词讲解》。

读毛主席的四首词（《黄鹤楼》《六盘山》《昆仑》《北戴河》）（评论）
1957 年 2 月 8 日作；
载 1957 年 3 月 8 日《文艺学习》第 3 期；
初收 1957 年 10 月中国青年出版社北京第 1 版《毛主席十八首诗词讲解》。

在 1956 年诗歌战线上——序 1956 年《诗选》（论文）
1957 年 2 月 22 日于北京作；
载 1957 年 3 月 25 日《诗刊》3 月号；
初收 1958 年 3 月北京出版社版《杂花集》。

照片上的婴孩（附记一则）（诗）
1957 年 4 月 10 日作；
初收 1958 年 4 月作家出版社版《一颗新星》。

亲密的友情（诗）
1957 年 4 月 11 日作；
初收 1958 年 4 月作家出版社版《一颗新星》。

闻一多的《发现》和《一句话》（评论）
载 1957 年 4 月 19 日《语文学习》4 月号"作品介绍和分析"栏内。

比酒浓，比花香——在欢迎伏罗希洛夫同志的宴会上（诗）
1957 年 4 月作；
初收 1958 年 4 月作家出版社版《一颗新星》。

迎接"五一"（诗）
1957 年 4 月作（此系收入《一颗新星》时补注）；
载 1957 年 4 月 28 日《文艺报》第 4 号；
初收 1958 年 4 月作家出版社版《一颗新星》。

《毛主席诗词讲解》后记
1957 年 4 月 30 日写于北京；
初收 1957 年 10 月中国青年出版社北京第 1 版《毛主席十八首诗词讲解》。

"六亲不认"（杂文）
载 1957 年 5 日 3 日《人民日报》。

升学与就业（杂文）
载 1957 年 5 月 12 日《文艺报》第 6 号。

我们需要讽刺诗——毛主席："讽刺是永远需要的"（杂文）
1957 年 5 月作（此系收入《杂花集》时补注）；
载 1957 年 5 月 21 日《人民日报》；
初收 1958 年 3 月北京出版社版《杂花集》。

个人的感受（杂文）

载1957年5月26日《文艺报》第8号"正确对待文艺界内部矛盾"栏内。

杂感（四则）

1957年6月24日作；

初收1958年3月北京出版社版《杂花集》，四则的题目分别为《两种声音》、《两种积极分子》、《左派与右派》、《改造》。

想入非非（杂文）

载1957年7月1日《新观察》第13期。

"喔喔——啼！"（诗）

1957年7月10日作；

初收1958年4月作家出版社版《一颗新星》。

过社会主义这一关（杂文）

1957年7月13日作；

初收1958年3月北京出版社版《杂花集》。

翻案（杂文）

1957年7月16日作；

载1957年8月8日《人民文学》8月号；

初收1958年3月北京出版社版《杂花集》。

从一篇文章看萧乾的反动思想立场——《放心·容忍·人事工作》批判（评论）

1957年7月17日完成；

载1957年7月28日《文艺报》第17号。

让我们用火辣辣的诗句来发言吧（杂文）

1957年7月作（此系收入《杂花集》时补注）；

载1957年7月20日《人民日报》；

初收1958年3月北京出版社版《杂花集》。

面子、眼泪及其他（组诗）

1957年7月作（此系收入《一颗新星》时补注）；

载1957年8月16日《新观察》第16期；

初收1958年四月作家出版社版《一颗新星》，本题下原有四首诗：《面子》、《眼泪》、《排排队》、《曾彦修写照》，收入《一颗新星》时删去末首。

"灵魂工程师"的丑恶灵魂——斥责丁玲、陈企霞反党集团（杂文）

1957年7月作（此系收入《杂花集》时补注）；

载1957年8月18日《光明日报》；

初收1958年3月北京出版社版《杂花集》。

照片（诗）

1957年9月9日作；

初收1958年4月作家出版社版《一颗新星》。

艾青的近作表现了些什么？（杂文）

1957年9月14日作；

载1957年10月8日《文艺学习》

第10期；

初收1958年3月北京出版社版《杂

花集》。

"一本书主义"与"韧"的创作精神

（杂文）

1957年9月25日作；

载1957年10月18日《文汇报·笔会》；

初收1958年3月北京出版社《杂花集》。

"遵命文学"与"奉命文学"——鲁迅

先生逝世纪念有感（杂文）

1957年9月作（此系收入《杂花集》时

补注）；

载1957年10月19日《人民日报》；

初收1958年3月北京出版社版《杂花集》。

"自愧"与永不满足（杂文）

载1957年9月28日《大公报》；

初收1958年3月北京出版社版《杂花集》。

歌唱祖国丰富的收获（诗）

载1957年10月1日《教师报》。

方便与不方便（杂文）

1957年10月作；

载1957年10月10日《文汇报》；

初收1958年3月北京出版社版《杂花集》。

假如鲁迅先生还活着——纪念鲁迅先

生逝世二十一周年（杂文）

1957年10月13日作；

载1957年10月19日《光明日报》；

初收1958年3月北京出版社版《杂花集》。

短歌颂苏联——纪念十月革命四十周

年（诗十八首）

1957年10月作；

载1957年10月16日《人民日报》；

初收1958年4月作家出版社版《一颗

新星》。

向苏联诗人学习（杂文）

1957年10月17日北京作；

载1957年11月10日《文艺报》

第31号；

初收1958年3月北京出版社版《杂

花集》。

科学·神话·诗——为第一颗人造卫

星的飞行而歌唱（诗）

载1957年10月25日《诗刊》10月号；

初收1958年4月作家出版社版《一颗

新星》。

讲故事（诗）

1957年10月作；

初收1958年4月作家出版社版《一颗

新星》。

"友谊树"（诗）

1957年10月作；

初收1958年4月作家出版社版《一颗新星》。

第二颗星（诗）

1957年11月14日作（此系收入《一颗新星》时补注）；

载1957年11月6日《人民日报》；

初收1958年4月作家出版社版《一颗新星》。

第一颗卫星的话（诗）

1957年11月14日作（此系收入《一颗新星》时补注）；

载1957年11月6日《人民日报》，为《第二颗星》之"外一章"；

初收1958年4月作家出版社版《一颗新星》。

呵，又飞起了一颗（诗）

1957年11月14日作；

初收1958年4月作家出版社版《一颗新星》。

我愿意（诗）

1957年11月14日作；

初收1958年4月作家出版社版《一颗新星》。

悼——王统照先生11月29日晨5时在

济南逝世。悲痛之余，吟此悼念（诗）

1957年11月29日作；

载1957年12月2日《人民日报》；

初收1958年4月北京出版社版《一颗新星》，改题编为《情感的彩绳》第2首。

噩耗传来——悼念王统照先生（散文）

载1957年12月8日《文艺报》第35号；

初收1958年3月北京出版社版《杂花集》，改题为《悼念王统照先生》。

情感的彩绳——悼念剑三叔（诗）

1957年12月9日于北京作；

载1958年1月10日《前哨》第1期；

初收1958年4月作家出版社版《一颗新星》，编为《情感的彩绳》第1首。

《杂花集》后记

1957年12月10日写于北京；

初收1958年3月北京出版社版《杂花集》。

粉尸碎骨（诗）

1957年作（此系收入《一颗新星》时补注）；

载1957年12月13日《人民日报》；

初收1958年4月作家出版社版《一颗新星》。

我的心严肃又激动（诗）

1957年末作（此系收入《一颗新星》

时补注）；

载1957年12月27日《人民日报》《岁末小诗》题下；

初收1958年4月作家出版社版《一颗新星》。

巧云（诗）

1957年末作（此系收入《一颗新星》时补注）；

载1957年12月27日《人民日报》《岁末小诗》题下；

初收1958年4月作家出版社版《一颗新星》。

没有什么声音比你更响亮——莫斯科革命宣言颂歌（诗）

1957年12月29日作；

载1958年1月25日《诗刊》1月号"献给和平的诗"栏内；

初收1958年4月作家出版社版《一颗新星》。

送诗友下厂下乡（散文）

载1957年12月31日《人民日报》。

1958年

一个更伟大的起点（诗）

载1958年1月1日《光明日报》。

喜读毛主席的诗词《蝶恋花》（评论）

1958年1月8日作；

载1958年1月10日《北京日报》；

初收1958年7月中国青年出版社北京第2版《毛主席诗词讲解》，改题为《喜读毛主席新词〈蝶恋花〉》，系4月15日修改稿。

《毛主席诗词讲解》附记

1958年1月12日作；

初收1958年7月中国青年出版社北京第2版《毛主席诗词讲解》。

红军弟兄呵，我向你们致敬！（诗）

1958年1月12日作；

载1958年2月12日《解放军文艺》2月号；

初收1958年4月作家出版社版《一颗新星》。

《一颗新星》后记

1958年1月21日作；

初收1958年4月作家出版社版《一颗新星》。

再批判的重大意义（论文）

1958年1月30日作；

载1958年2月2日《光明日报》。

郭小川同志的两篇长诗（评论）

1958年2月3日作；

载1958年3月8日《人民文学》3月号"作品评介"栏内；

初收 1962 年 10 月北京出版社第 1 版
《学诗断想》。

《大跃进的号角》小序
1958 年 2 月 8 日北京作；
载 1958 年 2 月 16 日《中国青年》
第 4 期，原无标题。

春风吹（诗）
1958 年 2 月 9 日作；
载 1958 年 2 月 25 日《诗刊》2 月号"迎
春特辑"栏内；
初收 1959 年 3 月作家出版社版《春
风集》。

王统照先生的诗——序《王统照诗选》
（论文）
1958 年 2 月 15 日作；
载 1958 年 3 月 25 日《诗刊》3 月号；
初收 1962 年 9 月上海文艺出版社新一
版《在文艺学习的道路上》。
按：本文是为人民文学出版社《王统
照诗选》所写序言。

你听（诗）
载 1958 年 2 月 18 日《人民日报》《春天
的歌（三首）》题下；
初收 1959 年 3 月作家出版社版《春
风集》。

社会主义时代的新"国风"——读了

《人民日报》上所发表的"最好的诗"
以后（诗）
载 1958 年 2 月 18 日《人民日报》《春天
的歌（三首）》题下；
初收 1959 年 3 月作家出版社版《春
风集》。

我们的心一样的激动——春节念诗友
（诗）
载 1958 年 2 月 18 日《人民日报》《春天
的歌（三首）》题下；
初收 1959 年 3 月作家出版社版《春
风集》。

在文风座谈会上的发言
1958 年 2 月 25 日；
载 1958 年 2 月 26 日《文艺报》第 4 期
"反对八股腔，文风要解放！"栏内，
原无标题。

臧克家小传
载 1958 年 3 月 12 日《读书月报》
第 3 期。

你看你这个小姑娘（诗）
1958 年 3 月 13 日作（此系收入《春风
集》时补注）；
载 1958 年 3 月 22 日《人民日报》《给新
建的高楼当明镜》题下；
初收 1959 年 3 月作家出版社版《春
风集》。

亲人回到了我们眼前——欢迎志愿军
归国（诗）
1958年3月17日作；
载1958年3月18日《人民日报》。

建国门外人工湖（诗）
载1958年3月22日《人民日报》《给新
建的高楼当明镜》题下；
初收1959年3月作家出版社版《春
风集》。

亲亲热热为挖湖忙（诗）
载1958年3月22日《人民日报》《给新
建的高楼当明镜》题下。

和工人同志们在一起——到国棉一厂
卖《诗刊》和工人同志座谈诗歌记感
（诗）
1958年3月22日作；
初收1959年3月作家出版社版《春
风集》。

绿色的海洋（诗）
1958年3月23日作；
载1958年3月28日《人民日报》《绿化
篇》题下；
初收1959年3月作家出版社版《春
风集》。

红领巾和树苗的对话（诗）
1958年3月23日作；

载1958年3月28日《人民日报》《绿化
篇》题下；
初收1959年3月作家出版社版《春
风集》。

放他回来——看了刘连仁遭遇的消息
以后（诗）
1958年3月26日作；
初收1959年3月作家出版社版《春
风集》。

1957年诗歌创作的轮廓——《1957年
诗选》序言
1958年3月28日作；
载1958年4月25日《诗刊》4月号；
初收1962年9月上海文艺出版社
新1版《在文艺学习的道路上》。

罗伯逊在美国（诗）
1958年4月5日作；
载1958年4月9日《光明日报》；
初收1959年3月作家出版社版《春
风集》。

歌唱"三十二"条（诗）
载1958年4月8日《人民文学》4月号
"希望有更多好作品问世"栏内。
向日葵（诗）
初收1958年4月作家出版社版《一颗
新星》。

一颗新星（诗）
初收1958年4月作家出版社版《一颗新星》。

关于《蝶恋花》词的解释（评论）
1958年4月15日作，
1958年6月11日《文艺报》第11期"向毛主席的诗词学习"栏内。

诗上街头（评论）
载1958年4月18日《人民日报》。

跳进民歌的海洋里去吧（评论）
载1958年4月29日《中国青年报》。

刮去铜绿（杂文）
载1958年5月8日《人民日报》。

理想·热情·诗意（论文）
载1958年5月11日《文艺报》第9期"诗人们笔谈革命的现实主义和革命的浪漫主义相结合"栏内。

从交心谈起（杂文）
载1958年5月15日《人民日报》。

苏联的奇花开上九重天（诗）
1958年5月16日早作；
初收1959年3月作家出版社版《春风集》。

苏联的卫星大又壮（诗）
1958年5月16日早作；
初收1959年3月作家出版社版《春风集》。

人人向你招手，欢呼——送第三颗大卫星上天（诗）
1958年5月16日早作；
载1958年5月17日《人民日报》；
初收1959年3月作家出版社版《春风集》。

毛主席来到十三陵（诗）
载1958年5月27日《人民日报》；
初收1959年3月作家出版社版《春风集》。

多给孩子们写些好诗——序《为孩子们写的诗》
载1958年5月28日《人民日报》；
初收1982年12月长江文艺出版社版《臧克家散文小说集》。

小学生站街头（诗）
1958年5月作；
初收1959年3月作家出版社版《春风集》。

读《叶圣陶童话选》（评论）
载1958年6月8日《人民文学》6月号。

十八勇士突击队（诗）

载 1958 年 6 月 9 日《人民日报》；

初收 1959 年 3 月作家出版社版《春风集》。

共青团员陈灿芝（诗）

1958 年 6 月 9 日写；

载 1958 年 6 月 27 日《中国工人》第 12 期；

初收 1959 年 3 月作家出版社版《春风集》。

论文 · 小说 · 新诗（论文）

载 1958 年 6 月 19 日《语文学习》6 月号。

骑上千里马（诗）

载 1958 年 6 月 28 日《人民日报》。

歌儿唱不完（组诗）

载 1958 年 6 月 28 日《人民日报》《骑上千里马》"外一首"题下，共三首；

初收 1959 年 3 月作家出版社版《春风集》。

斥南斯拉夫《战斗报》记者的谣言（杂文）

1958 年 7 月 14 日于青岛作；

载 1958 年 8 月 26 日《文艺报》第 16 期。

我的心再也不能平静（诗）

1958 年 7 月 27 日于青岛作（收入《春风集》时补注"海滨"）；

载 1958 年 8 月 11 日《文艺报》第 15 期；

初收 1959 年 3 月作家出版社版《春风集》。

敲响了自由的金钟（诗）

载 1958 年 8 月 2 日《人民日报》；

初收 1959 年 3 月作家出版社版《春风集》。

欢呼集（诗）

1958 年 8 月 4 日于青岛作；

载 1958 年 8 月 9 日《人民日报》；

初收 1959 年 3 月作家出版社版《春风集》。

再欢呼——为"毛泽东赫鲁晓夫公报"再欢呼（诗）

1958 年 8 月 9 日于青岛海滨；

载 1958 年 8 月 25 日《诗刊》8 月号。

庄严的声明——听了周总理的声明以后（诗）

1958 年 9 月 6 日灯下作；

初收 1959 年 3 月作家出版社版《春风集》。

我们高唱起反侵略的歌（诗）

1958 年 9 月 7 日作；

载 1958 年 9 月 9 日《人民日报》；

初收 1959 年 3 月作家出版社版《春风集》。

老牌的帝国主义（诗）

1958年9月7日作；

载1958年9月11日《文艺报》第17期。

两个巨大的声音（诗）

1958年9月9日作；

载1958年9月25日《诗刊》9月号"坚决反对美帝国主义的军事挑衅和战争威胁"栏内；

初收1959年3月作家出版社版《春风集》。

领袖和群众心连着心——读《毛主席在群众中》（诗）

1958年9月13日作；

载1958年10月8日《人民文学》10月号；

初收1959年3月作家出版社版《春风集》，副题补写为《读〈毛主席在群众中〉及其续集》。

如雷贯耳——读了陈毅外长严正警告杜勒斯的声明以后（诗）

1958年9月21日午作；

载1958年9月22日《人民日报》；

初收1959年3月作家出版社版《春风集》。

马小翠（诗）

1958年9月25日作；

载1958年11月24日《收获》第6期；

初收1959年3月作家出版社版《春风集》。

关于《清平乐——会昌》一词的解释（评论）

载1958年10月1日《星星》10月号。

试译毛主席《送瘟神》

1958年10月4日作；

载1958年10月7日《中国青年报》。

呼唤长诗（论文）

载1958年10月25日《诗刊》10月号。

读毛主席的《送瘟神二首》（评论）

载1958年10月25日《诗刊》10月号。

在飞机场上（诗）

1958年11月2日作；

初收1959年3月作家出版社版《春风集》。

一朵欢腾的浪花——祝贺十月革命四十一周年（诗）

载1958年11月8日《人民文学》11月号"诗画专页"；

初收1959年3月作家出版社版《春风集》。

英明的鉴定（杂文）

1958年11月20日作；

载1958年12月1日《新观察》第23期。

欢迎英雄志愿军（诗）

载1958年11月22日《旅行家》11月号。

新的形势，新的口号（论文）

载1958年11月26日《文艺报》第22期
"试论革命的现实主义和革命的浪漫
主义相结合"栏内。

痈疽·宝贝——诺贝尔奖金为什么要
给帕斯捷尔纳克？（杂文）

1958年11月26日作；

载1959年1月1日《世界文学》1月号。

我的近况（书信）

载1958年12月12日《作家通讯》
第11期。

红色喜报（诗）

载1958年12月22日《人民日报》；
初收1959年3月作家出版社版《春
风集》。

《春风集》后记

1958年12月26日灯下写；
初收1959年3月作家出版社版《春
风集》。

短歌迎新年——祝贺河北省赛诗大会
（诗）

1958年12月作；

初收1959年3月作家出版社版《春

风集》。

1959年

壮行色（诗）

载1959年1月4日《人民日报》；
初收1959年3月作家出版社版《春
风集》。

民歌与新诗（论文）

1959年1月8日作；

载1959年1月13日《人民日报》。

胜利呼声一齐传（诗）

1959年1月24日作；

载1959年1月26日《人民日报》；
初收1959年3月作家出版社版《春
风集》。

李大钊（诗）

1958年12月10日写起，1959年1月
25日完成；

载1959年3月25日《诗刊》3月号；
1959年6月作家出版社出版，编入"诗
刊丛书"，后收1982年5月山东人民出
版社版《臧克家长诗选》。

《欢呼集》后记

1959年1月28日写于北京；
初收1959年8月人民文学出版社版
《欢呼集》。

《李大钊》后记
1959年3月作(作家出版社版《李大钊》
注为1959年4月作)；
载1959年3月25日《诗刊》3月号；
初收1959年6月作家出版社北京
第1版《李大钊》。

今天赛诗人成群（诗）
载1959年3月1日《草原》3月号"献
诗"栏内。

正义的旗帜高张（诗）
初收1959年3月作家出版社版《春
风集》。

我是红色火箭（诗）
初收1959年3月作家出版社版《春
风集》。

今年今天想去年（诗）
初收1959年3月作家出版社版《春
风集》。

亲人到了北京城（诗）
初收1959年3月作家出版社版《春
风集》。

千万人拍手把你们欢迎——欢迎志愿
军从朝鲜归国（诗）
初收1959年3月作家出版社版《春
风集》。

一步跨过几千年（诗）
初收1959年3月作家出版社版《春
风集》。

庆丰收（诗）
初收1959年3月作家出版社版《春
风集》。

儿歌
初收1959年3月作家出版社版《春
风集》。

事隔半年另眼看（诗）
初收1959年3月作家出版社版《春
风集》。

一样柳条儿青青（诗）
初收1959年3月作家出版社版《春
风集》。

"五四"，新诗伟大的起点（论文）
1959年4月1日作；
载1959年4月25日《诗刊》4月号。

"青春"万岁！——读李大钊同志的《青
春》（评论）
1959年4月3日作；
载1959年5月5日《中国青年报》。

柯岩的儿童诗（评论）
1959年4月11日作；

载1959年6月8日《人民文学》6月号；
初收1962年10月北京出版社第1版
《学诗断想》，改题为《柯岩同志的儿童诗》。

春天的诗（组诗）
1959年4月作（此系收入《欢呼集》时补注）；
载1959年4月14日《人民日报》；
初收1959年8月人民文学出版社版
《欢呼集》，共有四题：《在一个工地上》、《赶天桥》、《她们手忙心里欢畅》、
《小小庭院生意满》。

在小组会上——讨论周总理的报告
（诗）
1959年4月20日下午作；
载1959年4月23日《光明日报》。

从《新编唐诗三百首》说起（评论）
1959年4月30日作；
载1959年5月11日《文艺报》第9期；
初收1962年10月北京出版社第1版
《学诗断想》。

山后的雪（诗，外一章）
载1959年5月9日《人民日报》；
初收1985年4月山东文艺出版社版
《臧克家文集》第2卷。

跨出第一步（诗）

载1959年5月19日《语文学习》5月
号。

人人望着中南海——为纪录片《全国
人民代表大会二届首次会议》上演而
作（诗）
载1959年5月26日《大众电影》
第10期。

小舢板儿（诗）
1958年夏于青岛，1959年5月在北京
定稿；
载1959年6月25日《诗刊》6月号；
初收1985年4月山东文艺出版社版
《臧克家文集》第2卷。

在"创作座谈会"的发言
载1959年6月10日《作家通讯》
第4期，原无标题。

1961年

《凯旋（组诗）》小序
1961年2月24日作；
载1961年3月12日《人民文学》3月
号，原无标题；
初收1962年7月作家出版社版《凯
旋》。

望中原——读友人来信（诗）
1961年2月26日作；
载1961年3月10日《诗刊》第2期；

初收1962年7月作家出版社版《凯旋》。

果园集（诗）
1961年2月作；
初收1962年7月作家出版社版《凯旋》。

凯旋《组诗》
载1961年3月12日《人民文学》3月号；
初收1962年7月作家出版社版《凯旋》，共十七首，题目分别为《联系》、《朋友》、《探听》、《护士》、《黄鹂》、《傍晚》、《她和她的病人》、《送友人出院》、《早晨》、《羡》、《国庆十周年之夜》、《送大夫去西山植树》、《关心》、《忆》、《探望》、《院长》、《凯旋》。

交浅情深（诗）
载1961年3月28日《光明日报》"东风"栏内"诗二首"题下。

一面大旗——卢蒙巴之死（诗）
载1961年3月28日《光明日报》"东风"栏内"诗二首"题下。

春风吹得朋友来——电视机前看乒乓（诗）
1961年4月6日作；
载1961年4月8日《北京晚报》。

向地球告别（诗）
1961年4月12日作；

载1961年4月13日《人民日报》；
初收1962年7月作家出版社版《凯旋》。

联络员（诗）
1961年4月12日作；
载1961年4月13日《人民日报》；
初收1962年7月作家出版社版《凯旋》。

第一人（诗）
1961年4月15日作；
载1961年5月12日《人民文学》5月号；
初收1962年7月作家出版社版《凯旋》。

海滨看跳伞（诗）
1961年4月15日作；
载1961年5月12日《人民文学》5月号《第一人》"外二首"题下；
初收1962年7月作家出版社版《凯旋》。

探望（诗）
1961年4月15日作；
载1961年5月12日《人民文学》5月号《第一人》"外二首"题下。

双庆功——贺中国乒乓球选手获得团体世界冠军及男女单打世界冠军（诗）
载1961年4月16日《北京晚报》。

给吴伯箫同志（书信）
1961年4月17日作；
载1961年6月26日《文艺报》第6期

"新收获"栏内；

初收 1962 年 10 月北京出版社第 1 版《学诗断想》。

把敌人消灭在革命的大门前——向古巴致敬（诗）

1961 年 4 月 19 日早作；

载 1961 年 4 月 20 日《人民日报》；

初收 1962 年 7 月作家出版社版《凯旋》。

四气歌——庆祝古巴大胜利（诗）

1961 年 4 月 21 日作；

载 1961 年 4 月 22 日《光明日报》。

女瓦工（诗）

载 1961 年 4 月 23 日《人民日报》；

初收 1962 年 7 月作家出版社版《凯旋》。

独辟蹊径（论文）

1961 年 4 月作（此系收入《学诗断想》时补注）；

载 1961 年 4 月 26 日《文艺报》第 4 期"新收获"栏内；

初收 1962 年 10 月北京出版社版《学诗断想》。

梦——丁行同志，地下党员。一九四八年在南京壮烈牺牲。墓在雨花台。（诗）

1961 年 5 月 14 日作；

载 1961 年 7 月 20 日《人民文学》7、8 月

号合刊《忠烈篇》（诗二首）题下；

初收 1962 年 7 月作家出版社版《凯旋》，编在《忠烈篇》题下，为第二首。

毛主席戴上了红领巾（诗）

1961 年 5 月 18 日作；

载 1961 年 5 月 28 日《人民日报》；

初收 1962 年 7 月作家出版社版《凯旋》。

毛主席飞到了重庆（诗）

1961 年 5 月 25 日作；

载 1961 年 6 月 30 日《人民日报》；

初收 1962 年 7 月作家出版社版《凯旋》。

看榜——1950 年"出版总署"党公开有感（诗）

1961 年 5 月 27 日作；

载 1961 年 7 月 1 日《光明日报》《围绕》"外一首"题下；

初收 1962 年 7 月作家出版社版《凯旋》。

节日的礼物（诗）

载 1961 年 5 月 31 日《北京晚报》。

为了纪念儿童节（诗）

载 1961 年 6 月 3 日《北京晚报》；

初收 1962 年 7 月作家出版社版《凯旋》。

小球迷（诗）

载 1961 年 6 月 3 日《北京晚报》。

木本水源想从前——追忆恽代英同志（诗）

1961年6月7日作；

载1961年7月20日《人民文学》7、8月号合刊《忠烈篇》（诗二首）题下；

初收1962年7月作家出版社版《凯旋》，编入《忠烈篇》题下，为第1首。

围绕（诗）

1961年6月19日作；

载1961年7月1日《光明日报》；

初收1962年7月作家出版社版《凯旋》。

爝火息了出太阳（诗）

1961年"七一"前夕作；

载1961年8月4日《北京文艺》8月号《爝火息了出太阳——参观"中国革命博物馆"纪感》（诗六首）题下；

初收1962年7月作家出版社版《凯旋》，编为组诗《回声——参观中国革命博物馆纪感》第1首。

李大钊等同志就义绞架（诗）

1961年"七一"前夕作；

载1961年8月4日《北京文艺》8月号《爝火息了出太阳》——参观"中国革命博物馆"纪感》（诗六首）题下；

初收1962年7月作家出版社版《凯旋》，编为组诗《回声——参观中国革命博物馆纪感》第15首。

这位将军叫杨靖宇（诗）

1961年"七一"前夕作；

载1961年8月4日《北京文艺》8月号《爝火息了出太阳——参观"中国革命博物馆"纪感》（诗六首）题下；

初收1962年7月作家出版社版《凯旋》，编为组诗《回声——参观中国革命博物馆纪感》第16首。

红领巾站在刘胡兰像前（诗）

1961年"七一"前夕作；

载1961年8月4日《北京文艺》8月号《爝火息了出太阳——参观"中国革命博物馆"纪感》（诗六首）题下；

初收1962年7月作家出版社版《凯旋》，编为组诗《回声——参观中国革命博物馆纪感》第17首。

老人（诗）

1961年"七一"前夕作；

载1961年8月4日《北京文艺》8月号《爝火息了出太阳——参观"中国革命博物馆"纪感》（诗六首）题下；

初收1962年7月作家出版社版《凯旋》，编为组诗《回声——参观中国革命博物馆纪感》第18首。

你心里感想如何？（诗）

1961年"七一"前夕作；

载1961年8月4日《北京文艺》8月号《爝火息了出太阳——参观"中国革命

695

博物馆"纪感》（诗六首）题下；
初收 1962 年 7 月作家出版社版《凯
旋》，编为组诗《回声——参观中国革
命博物馆纪感》第 19 首。

国宝——咏毛主席一九二九年十月在
闽西用的公文箱（诗）
1961 年"七一"前夕作；
初收 1962 年 7 月作家出版社版《凯
旋》，编为组诗《回声——参观中国革
命博物馆纪感》第 5 首。

铜匠担——咏吉福庚同志一九二四至
一九四八年秘密为新四军修造枪弹的
铜匠担（诗）
1961 年"七一"前夕作；
初收 1962 年 7 月作家出版社版《凯
旋》，编为组诗《回声——参观中国革
命博物馆纪感》第 8 首。

精炼·大体整齐·押韵——学诗断想
（论文）
1961 年 6 月作；
载 1961 年 11 月 10 日《红旗》第 21、
22 期合刊；
初收 1962 年 10 月北京出版社第 1 版
《学诗断想》，收入后删去副题。

诗人之赋——重读《阿房宫赋》（评论）
1961 年 7 月 16 日作；
载 1961 年 8 月 8 日《人民日报》；

初收 1962 年 10 月北京出版社第 1 版
《学诗断想》，收入后目录中删去副题。

回声——在革命博物馆里（诗）
1961 年 7 月 17 日作（收入《凯旋》时
注为 1961 年"七一"前夕作）；
载 1961 年 7 月 31 日《人民日报》；
初收 1962 年 7 月作家出版社版《凯
旋》，编入组诗《回声——参观中国革
命博物馆纪感》，在组诗中，《回声》
编为第 2 首，《一只木船》编为第 3 首，
《毛主席在延安讲演》编为第 4 首，《延
安》编为第 6 首，《脚踏铅印机》编为
第 7 首，《虎门英雄炮》编为第 9 首，《三
元里》编为第 10 首，《太平天国》编为
第 11 首，《致远号》编为第 12 首，《义
和团》编为第 13 首，《袁世凯》编为
第 14 首。

古典诗歌中的自然景物描写（论文）
1961 年 7 月 30 日作；
载 1961 年 8 月 21 日《文艺报》第 8 期；
初收 1962 年 10 月北京出版社第 1 版
《学诗断想》。

对话——拟苏联"东方二号"宇宙飞
行员季托夫和美国"水星号"谢泼德
的对话（诗）
1961 年 8 月 8 日于西山八大处作；
载 1961 年 8 月 18 日《人民日报》；
初收 1962 年 7 月作家出版社版《凯旋》。

翠微山歌（诗）

1961年8月于翠微山中作；

载1961年11月12日《人民文学》11月号；

初收1962年7月作家出版社版《凯旋》。

生活的大树（论文）

1961—1962年作（此系收入《学诗断想》时所注）；

载1961年9月6日《人民日报》《学诗断想》（三则）题下；

初收1962年10月北京出版社第1版《学诗断想》，编为《学诗断想》第1篇。

推敲（论文）

1961—1962年作（此系收入《学诗断想》时所注）；

载1961年9月6日《人民日报》《学诗断想》（三则）题下；

初收1962年10月北京出版社第1版《学诗断想》，编为《学诗断想》第2篇。

诗贵精（论文）

1961—1962年作（此系收入《学诗断想》时所注）；

载1961年9月6日《人民日报》《学诗断想》（三则）题下；

初收1962年10月北京出版社第1版《学诗断想》，编为《学诗断想》第3篇。

西山小诗（诗）

载1961年9月15日《文汇报》。

《大江东去》序

1961年9月28日北京作；

初收1962年9月上海文艺出版社新1版《在文艺学习的道路上》。

"十一"抒情（诗）

1961年国庆前夕作；

载1961年10月4日《人民日报》；

初收1962年7月作家出版社版《凯旋》。

毛主席亲题鲁迅诗（评论）

1961年10月10日作；

初收1962年10月北京出版社第1版《学诗断想》。

鲜果色初露——读诗散记（论文）

1961年10月14日作；

载1961年11月10日《诗刊》第6期；

初收1962年10月北京出版社第1版《学诗断想》，收入后删去副题。

《凯旋》（诗集）序句

1961年11月10日作于北京；

载1962年1月10日《山东文学》1月号；

初收1962年7月作家出版社版《凯旋》。

再谈毛主席亲题鲁迅的诗（评论）

1961年11月11日作（此系收入《学诗断想》时补注）；

载1961年11月9日《人民日报》；

初收1962年10月北京出版社第1版

《学诗断想》。

佳作不厌百回读——重读《前赤壁赋》
（评论）

1961年11月18日作；

载1962年1月1日《解放军文艺》1月号；

初收1962年10月北京出版社第1版《学诗断想》。

按：本文曾在中央人民广播电台"阅读与欣赏"节目中播放，1962年10月以《苏轼〈前赤壁赋〉讲解》为题收入北京出版社版《阅读与欣赏》第1集（古典文学部分）。

谈贺敬之同志的几首诗（评论）

1961年作（此系收入《学诗断想》补注）；

载1962年1月10日《诗刊》第1期《学诗断想》题下；

初收1962年10月北京出版社第1版《学诗断想》。

一首短诗的构思经过（散文）

1961年11月29日作；

载1962年1月10日《诗刊》第1期《学诗断想》题下；

初收1962年10月北京出版社第1版《学诗断想》，编为《学诗断想》的第7篇。

《阿房宫赋》介绍（评论）

载1961年11月《人民教育》11月号；

按：本文系为中央人民广播电台"阅读与欣赏"节目写的广播稿，收入1962年10月北京出版社第1版《阅读与欣赏》第1集（古典文学部分）。

新年谈对联（杂文）

1961年12月30日作；

载1961年12月31日《北京晚报》；

初收1962年10月北京出版社第1版《学诗断想》。

寄（诗）

1961年尾作；

载1962年1月10日《山东文学》1月号；

初收1962年7月作家出版社版《凯旋》，后收入《今昔吟》改题为《寄徐迟》。

小谈"评论"（评论）

1961年作；

初收1962年10月北京出版社第1版《学诗断想》。

韩愈的《师说》（评论）

1961年作；

初收1962年10月北京出版社第1版《学诗断想》。

寓言诗杂谈——读刘征寓言诗纪感
（评论）

1961年作（此系收入《学诗断想》时补注）；

载1963年10月10日《诗刊》10月号；

初收 1979 年 8 月四川人民出版社增订第 1 版《学诗断想》。

1962 年

眼遇佳句分外明——读白羽、老舍同志的旧体诗（评论）

1962 年 1 月作（此系收入《学诗断想》时补注）；

载 1962 年 1 月 4 日《光明日报》；

初收 1962 年 10 月北京出版社第 1 版《学诗断想》。

文不在长（论文）

1962 年 1 月 20 日作；

初收 1962 年 10 月北京出版社第 1 版《学诗断想》。

陈毅同志的诗词（评论）

1962 年 2 月 11 日作；

载 1962 年 3 月 11 日《文艺报》第 3 期；

初收 1962 年 10 月北京出版社第 1 版《学诗断想》。

青年与诗（论文）

载 1962 年 2 月 24 日《中国青年报》"作家与读者"栏内；

初收 1962 年 10 月北京出版社第 1 版《学诗断想》，编为《学诗断想》第 8 篇。

毛主席画像（诗）

1962 年 2 月作；

初收 1962 年 7 月作家出版社版《凯旋》。

读"书"（论文）

1962 年 3 月作；

初收 1962 年 10 月北京出版社第 1 版《学诗断想》。

新诗旧诗我都爱——新诗，照着毛主席指示的方向前进！（论文）

1962 年 4 月 5 日作；

载 1962 年 5 月 23 日《文艺报》第 5、6 期合刊；

初收 1962 年 10 月北京出版社第 1 版《学诗断想》。

读毛主席《词六首》（评论）

1962 年 4 月 30 日作；

载 1962 年 5 月 10 日《诗刊》第 3 期；

初收 1962 年 10 月北京出版社第 1 版《学诗断想》。

景行行止（杂文）

1962 年 5 月 4 日北京作；

载 1962 年 5 月 16 日《人民日报》；

初收 1962 年 10 月北京出版社第 1 版《学诗断想》。

心里怀念着一个人——在一个座谈会上的朗诵诗（诗）

1962 年 5 月 20 日作；

载 1962 年 5 月 22 日《光明日报》。

《学诗断想》后记

1962年5月26日作；

初收1962年10月北京出版社第1版《学诗断想》。

不同的理解（论文）

1962年6月4日作（此系收入《学诗断想》时补注）；

载1962年7月27日《人民日报》；

初收1962年10月北京出版社第1版《学诗断想》。

《官》前记

载1962年7月7日《中国青年报》《官》之前。

雨中登战舰（诗）

载1962年7月23日《人民日报》《海防线上》（诗二首）题下；

初收1985年4月山东文艺出版社版《臧克家文集》第2卷。

访炮垒（诗）

载1962年7月23日《人民日报》《海防线上》（诗二首）题下；

初收1985年4月山东文艺出版社版《臧克家文集》第2卷。

信（诗）

1962年作；

初收1962年7月作家出版社版《凯旋》。

春回大地（诗四题）

初收1962年7月作家出版社版《凯旋》，四首的题目分别为《金喇叭》《彩色的线——春节有怀》、《送旧台历》、《眼前春光无限好——读儿子探解放前沪上故居来信有感》。

镜泊湖（散文）

1962年9月3日北京作；

载1962年10月7日《人民日报》；

初收1982年12月长江文艺出版社版《臧克家散文小说集》。

传喜报（诗）

1962年9月13日作；

载1962年9月14日《人民日报》。

当你……（诗）

1962年国庆前夕作；

载1962年10月1日《光明日报》。

他在我们队伍中间（诗）

载1962年10月1日《中国青年报》。

迎"十一"（诗）

载1962年10月1日《文汇报》。

一个舞步一朵花——赞越南歌舞（诗）

载1962年10月14日《北京晚报》。

古巴挺得高（诗）

载 1962 年 10 月 30 日《人民日报》《锁不住，封不了！》题下。

凭你肯尼迪（诗）

载 1962 年 10 月 30 日《人民日报》《锁不住，封不了！》题下。

说服力与说服方式——重读《触龙说赵太后》（评论）

1962 年作；

初收 1962 年 10 月北京出版社第 1 版《学诗断想》。

欣赏与评价（论文）

初收 1962 年 10 月北京出版社第 1 版《学诗断想》，编为《学诗断想》题下第 4 篇。

"斗争的火花"（论文）

初收 1962 年 10 月北京出版社第 1 版《学诗断想》，编为《学诗断想》题下第 5 篇。

关于叙事诗（论文）

初收 1962 年 10 月北京出版社第 1 版《学诗断想》，编为《学诗断想》题下第 6 篇。

中国人民的吼声（诗）

载 1962 年 11 月 10 日《诗刊》第 6 期。

听歌（诗）

1962 年 11 月 17 日北京作；

载 1962 年 12 月 12 日《人民文学》12 月号《松花江上》（十三首）题下；

初收 1985 年 4 月山东文艺出版社版《臧克家文集》第 2 卷。

东北烈士纪念馆（诗）

1962 年 11 月 17 日北京作；

载 1962 年 12 月 12 日《人民文学》12 月号《松花江上》（十三首）题下；

初收 1985 年 4 月山东文艺出版社版《臧克家文集》第 2 卷。

丰碑（诗）

1962 年 11 月 17 日北京作；

载 1962 年 12 月 12 日《人民文学》12 月号《松花江上》（十三首）题下；

初收 1985 年 4 月山东文艺出版社版《臧克家文集》第 2 卷。

死在光明（诗）

1962 年 11 月 17 日北京作；

载 1962 年 12 月 12 日《人民文学》12 月号《松花江上》（十三首）题下；

初收 1985 年 4 月山东文艺出版社版《臧克家文集》第 2 卷。

梁士英（诗）

1962 年 11 月 17 日北京作；

载 1962 年 12 月 12 日《人民文学》12 月

702

号《松花江上》（十三首）题下；

初收 1985 年 4 月山东文艺出版社版《臧克家文集》第 2 卷。

何畏（诗）

1962 年 11 月 17 日北京作；

载 1962 年 12 月 12 日《人民文学》12 月号《松花江上》（十三首）题下；

初收 1985 年 4 月山东文艺出版社版《臧克家文集》第 2 卷。

太阳岛（诗）

1962 年 11 月 17 日北京作；

载 1962 年 12 月 12 日《人民文学》12 月号《松花江上》（十三首）题下；

初收 1985 年 4 月山东文艺出版社版《臧克家文集》第 2 卷。

过牡丹江（诗）

1962 年 11 月 17 日北京作；

载 1962 年 12 月 12 日《人民文学》12 月号《松花江上》（十三首）题下；

初收 1985 年 4 月山东文艺出版社版《臧克家文集》第 2 卷。

井（诗）

1962 年 11 月 17 日作；

载 1962 年 12 月 12 日《人民文学》12 月号《松花江上》（十三首）题下；

初收 1985 年 4 月山东文艺出版社版《臧克家文集》第 2 卷。

汽车城（诗）

1962 年 11 月 17 日北京作；

载 1962 年 12 月 12 日《人民文学》12 月号《松花江上》（十三首）题下；

初收 1985 年 4 月山东文艺出版社版《臧克家文集》第 2 卷。

地下银行（诗）

1962 年 11 月 17 日北京作；

载 1962 年 12 月 12 日《人民文学》12 月号《松花江上》（十三首）题下；

初收 1985 年 4 月山东文艺出版社版《臧克家文集》第 2 卷。

过沈阳（诗）

1962 年 11 月 17 日北京作；

载 1962 年 12 月 12 日《人民文学》12 月号《松花江上》（十三首）题下；

初收 1985 年 4 月山东文艺出版社版《臧克家文集》第 2 卷。

车过山海关（诗）

1962 年 11 月 17 日北京作；

载 1962 年 12 月 12 日《人民文学》12 月号《松花江上》（十三首）题下；

初收 1985 年 4 月山东文艺出版社版《臧克家文集》第 2 卷。

战斗的最强音——为纪念伟大歌手鲍狄埃·狄盖特作（诗）

1962 年 11 月 26 日作；

载 1962 年 11 月 29 日《人民日报》；
初收 1985 年 4 月山东文艺出版社版
《臧克家文集》第 2 卷。

"无使为积威之所劫"——重读苏洵
《六国》有感（杂文）
载 1962 年 12 月 15 日《人民日报》；
初收 1979 年 8 月四川人民出版社增订
第 1 版《学诗断想》。

胜利红旗飘飘举——祝古巴革命胜利
四周年（诗）
载 1962 年 12 月 29 日《人民日报》。

1963 年

莺迁乔木报佳音（散文）
1963 年 1 月 5 日作；
载 1963 年 1 月 17 日《北京晚报》。

迎春——迎春诗歌朗诵大会开场诗
（诗）
载 1963 年 1 月 22 日《北京日报》。

以诗颂春（散文）
载 1963 年 1 月 24 日《大公报》。

大地回春转眼间（诗）
1963 年春节前夕于北京作；
载 1963 年 1 月 25 日《羊城晚报》。

严阵的诗——《琴泉》小序（评论）

载 1963 年 2 月 11 日《文艺报》第 2 期；
初收 1985 年 5 月文化艺术出版社版吴
嘉编《克家论诗》。

想一想生命的意义（诗）
载 1963 年 2 月 23 日《中国青年报》；
初收 1985 年 4 月山东文艺出版社版
《臧克家文集》第 2 卷。

和他比一比——向雷锋同志学习（诗）
1963 年 3 月 3 日北京作；
载 1963 年 3 月 5 日《光明日报》。

诗在发言（诗）
1963 年 3 月 9 日作于北京；
载 1963 年 4 月 4 日《北京文艺》4 月号。

听诗纪感（杂文）
载 1963 年 3 月 10 日《诗刊》第 3 期"诗
朗诵笔谈"栏内。

诗，站起来了（诗）
1963 年 3 月 27 日作于北京；
载 1963 年 6 月 5 日《北方文学》6 月号。

《烙印》新记
1963 年 4 月 13 日作于北京（此系收入
新版《烙印》时所注）；
载 1963 年 10 月 22 日《光明日报·东风》；
初收 1963 年 9 月人民文学出版社新版
《烙印》，收入后改题为《〈烙印〉新序》。

借社会主义的东风——歌颂"南京路
上好八连"（诗）
1963年5月9日作；
载1963年6月1日《解放军文艺》6
月号；
初收1985年4月山东文艺出版社版
《臧克家文集》第2卷。

蒲风的诗——《蒲风诗选》序言
1963年5月30日作；
载1963年8月14日《文学评论》
第4期；
初收1984年2月花城出版社版《青柯
小朵集》。

毛主席诗词欣赏——读《沁园春·雪》
《长征》（评论）
载1963年5月北京出版社《阅读和欣
赏》第2集（现代文学部分）；1980年
1月北京出版社再版《阅读与欣赏》（现
代文学部分）（一）中收入本文，改题
为《毛泽东同志诗词欣赏——读〈沁园
春·雪〉〈长征〉》。

为无产阶级革命事业而战斗的伟大歌
手——纪念马雅可夫斯基诞生七十周
年（评论）
1963年6月12日作；
载1963年7月10日《诗刊》7月号。

开卷（诗）

载1963年7月20日《人民文学》7、8月
号合刊《铁的洪流——读〈长征画集〉》
（诗八首）题下。
自本诗起，以下《渡湘江》、《胜利》、
《跨越》、《翻雪山》、《老林之夜》、《烧
饼》、《铁的洪流》诸诗，皆初
收1985年4月山东文艺出版社版《臧
克家文集》第2卷。

渡湘江（诗）
载1963年7月20日《人民文学》7、8月
号合刊《铁的洪流——读〈长征画集〉》
（诗八首）题下。

胜利（诗）
载1963年7月20日《人民文学》7、8月
号合刊《铁的洪流——读〈长征画集〉》
（诗八首）题下。

跨越（诗）
载1963年7月20日《人民文学》7、8月
号合刊《铁的洪流——读〈长征画集〉》
（诗八首）题下。

翻雪山（诗）
载1963年7月20日《人民文学》7、8月
号合刊《铁的洪流——读〈长征画集〉》
（诗八首）题下。

老林之夜（诗）
载1963年7月20日《人民文学》7、8月

号合刊《铁的洪流——读《〈长征画集〉》（诗八首）题下。

烧饼（诗）
载 1963 年 7 月 20 日《人民文学》7、8 月号合刊《铁的洪流——读〈长征画集〉》（诗八首）题下。

铁的洪流（诗）
载 1963 年 7 月 20 日《人民文学》7、8 月号合刊《铁的洪流——读〈长征画集〉》（诗八首）题下；
初收 1985 年 4 月山东文艺出版社版《臧克家文集》第 2 卷。

回忆——"八一"纪感（诗）
载 1963 年 8 月 1 日《人民日报》。

争自由的风暴——看《支持美国黑人斗争》影片有感（诗）
载 1963 年 9 月 21 日《文艺报》第 9 期。

迎望（诗）
1963 年国庆前夕于北京作；
载 1963 年 10 月 5 日《人民日报》；
初收 1985 年 4 月山东文艺出版社版《臧克家文集》第 2 卷。

月儿圆圆照九洲（散文）
载 1963 年 10 月 1 日《光明日报》。

给 U-2 写讣文（诗）
1963 年 11 月 2 日作；
载 1963 年 11 月 3 日《人民日报》。

人民伸出巨手——欢呼 U-2 被打掉（诗）
载 1963 年 11 月 12 日《文汇报》。

时代风雷起新篇——读毛主席诗词十首（评论）
1963 年 12 月 14 日作；
载 1964 年 1 月 9 日《光明日报》。

1964 年

龙马颂（诗）
载 1964 年 1 月 14 日《光明日报》。

永远吹动的风（评论）
载 1964 年 2 月 11 日《文艺报》第 2 期"文艺论坛"栏内。

春风吹到了丁香国——致桑给巴尔（诗）
1964 年 4 月 8 日作于北京；
载 1964 年 4 月 15 日《人民日报》；
初收 1985 年 4 月山东文艺出版社版《臧克家文集》第 2 卷。

非洲口号（诗）
载 1964 年 4 月 15 日《光明日报》；
初收 1985 年 4 月山东文艺出版社版《臧克家文集》第 2 卷。

望明天（诗）

1964年5月29日作；

载1964年6月12日《人民文学》6月

号《南越英雄赞——读〈南方来信〉》

（诗九首）题下。

老大娘（诗）

1964年5月29日作；

载1964年6月12日《人民文学》6月

号《南越英雄赞——读〈南方来信〉》

（诗九首）题下。

三斧（诗）

1964年5月29日作；

载1964年6月12日《人民文学》6月

号《南越英雄赞——读〈南方来信〉》

（诗九首）题下。

小八（诗）

1964年5月29日作；

载1964年6月12日《人民文学》6月

号《南越英雄赞——读〈南方来信〉》

（诗九首）题下。

阿合（诗）

1964年5月29日作；

载1964年6月12日《人民文学》6月

号《南越英雄赞——读〈南方来信〉》

（诗九首）题下。

母与子（诗）

1964年5月29日作；

载1964年6月12日《人民文学》6月

号《南越英雄赞——读〈南方来信〉》

（诗九首）题下。

受难母子（诗）

1964年5月29日作；

载1964年6月12日《人民文学》6月

号《南越英雄赞——读〈南方来信〉》

（诗九首）题下。

铁的脊背（诗）

1964年5月29日作；

载1964年6月12日《人民文学》6月

号《南越英雄赞——读〈南方来信〉》

（诗九首）题下。

战斗永不休（诗）

1964年5月29日作；

载1964年6月12日《人民文学》6月

号《南越英雄赞——读〈南方来信〉》

（诗九首）题下。

胜利的保证书（评论）

载1964年6月11日《文艺报》第6期

"向读者推荐《南方来信》"栏内。

略谈晓凡的诗（评论）

1964年10月作于北京；

载1964年12月1日《诗刊》11、12月

号合刊。

1965年

阿尔巴尼亚四诗人（评论）

1965年4月22日作；

载1965年7月16日《文学评论》第3期。

越南，呵，英雄的越南（诗）

载1965年5月12日《人民文学》5月号。

心向往之（散文）

1965年7月2日作于北京；

载1965年7月9日《羊城晚报》。

1973年

寄端木蕻良同志并励之（诗）

1973年作；

初收1980年11月云南人民出版社版《友声集》。

再调端木（诗）

1973年2月21日作；

初收1980年11月云南人民出版社版《友声集》。

送方殷同志（诗）

1973年5月30日作；

初收1980年11月云南人民出版社版《友声集》。

寄碧野（诗）

1973年6月28日作；

载1978年11月1日《长江文艺》11月号《有怀之什——怀汉皋三友》题下；

初收1980年11月云南人民出版社版《友声集》，改题《寄碧野同志》，编为该题下第1首。

赠王亚平同志（诗）

1973年7月10日作；

初收1980年11月云南人民出版社版《友声集》。

寄雪垠（诗三首）

1973年夏作（此系收入《友声集》时所注，发表时注为1975年7月6日作）；

载1978年11月1日《长江文艺》11月号《有怀之什——怀汉皋三友》题下；

初收1980年11月云南人民出版社版《友声集》，改题《寄姚雪垠同志》，编为该题下第1、2、3首。

抒怀寄故人（诗）

1973年夏作；

初收1980年11月云南人民出版社版《友声集》。

给王子野同志（诗）

1973年夏作；

初收1980年11月云南人民出版社版《友声集》。

1974年

赠唐弢同志（诗）

1974年8月30日作；

初收1980年11月云南人民出版社版
《友声集》。

寄徐迟（诗）

1974年8月30日作；

载1978年11月1日《长江文艺》11月
号《有怀之什——怀汉皋三友》题下；

初收1980年11月云南人民出版社版
《友声集》，改题《寄徐迟同志》，编为
该题下第1、2首。

答友人问病并预邀赏菊（诗）

1974年8月31日作；

初收1980年11月云南人民出版社版
《友声集》。

寄徐迟（诗）

1974年10月15日作；

载1978年11月1日《长江文艺》11月
号《有怀之什——怀汉皋三友》题下。

为葛一虹同志书条幅题句（诗）

1974年10月作；

初收1980年11月云南人民出版社版
《友声集》。

寄陶钝（诗）

1974年11月12日作；

载1978年12月3日《文汇报》《黄花吟》
题下；

初收1980年11月云南人民出版社版
《友声集》，改题《寄陶钝同志》。

答客问（诗）

1974年11月23日作（此系收入《友声
集》时补注）；

载1978年9月17日《解放日报》；

初收1980年11月云南人民出版社版
《友声集》，改题为《答友人问》。

秋菊（诗）

1974年11月25日作；

载1978年12月3日《文汇报》《黄花吟》
题下；

初收1980年11月云南人民出版社版
《友声集》，改题《秋日赏菊》之二。

为晏明同志书条幅（诗）

1974年12月2日作；

初收1980年11月云南人民出版社版
《友声集》。

述怀（诗）

1974年12月13日作（此系收入《友声
集》时补注）；

载1978年9月17日《解放日报》；

初收1980年11月云南人民出版社版
《友声集》，改题为《抒怀》。

书怀（诗）

1974年12月17日作；

初收1980年11月云南人民出版社版《友声集》。

五七战士赋归来（诗）

1974年12月25日作（此系收入《忆向阳》时补注）；

载1977年6月13日《光明日报·光明》第88期《忆向阳——五七干校赞歌》题下；

初收1978年3月北京人民出版社版《忆向阳》。

夜闻雨声，忆江南（诗）

1974年12月25日作（此系收入《忆向阳》时补注）；

载1977年6月13日《光明日报·光明》第88期《忆向阳——五七干校赞歌》题下；

初收1978年3月北京人民出版社版《忆向阳》。

赠干校返京战友（诗）

1974年12月26日作（此系收入《忆向阳》时补注）；

载1977年6月18日《文汇报》《忆向阳（干校组诗）》题下；

初收1978年3月北京人民出版社版《忆向阳》。

防汛，大堤夜值班（诗）

1974年12月26日作；

载1977年10月26日《上海文艺》第1期《忆向阳——歌颂五七干校生活组诗》题下；

初收1978年3月北京人民出版社版《忆向阳》。

劳动大军早发（诗）

1974年12月26日作（此系收入《忆向阳》时补注）；

载1977年6月13日《光明日报·光明》第88期《忆向阳——五七干校赞歌》题下；

初收1978年3月北京人民出版社版《忆向阳》。

菊畔香——自度曲，题菊畔小照（诗）

1974年末作（此为发表时所注，收入《友声集》时注为1974年元旦作）；

载1978年12月3日《文汇报》《黄花吟》题下；

初收1980年11月云南人民出版社版《友声集》，改题为《自度曲·题菊畔小照》。

1975年

向阳湖（诗）

1975年1月7日作（此系收入《忆向阳》时补注）；

载1976年3月20日《人民文学》第2期

《忆向阳——五七干校赞歌三首》题下；

初收 1978 年 3 月北京人民出版社版《忆向阳》。

一声号令下——喜奔五七干校（诗）

1975 年 1 月 7 日作（此系收入《忆向阳》时补注）；

载 1977 年 4 月 10 日《诗刊》4 月号《忆向阳——歌颂五七干校战斗生活组诗的一部分》（七首）题下；

初收 1978 年 3 月北京人民出版社版《忆向阳》。

微雨插秧（诗）

1975 年 1 月 8 日作（此系收入《忆向阳》时补注）；

载 1977 年 6 月 13 日《光明日报·光明》第 88 期《忆向阳——五七干校赞歌》题下；

初收 1978 年 3 月北京人民出版社版《忆向阳》。

早出工（诗）

1975 年 1 月 9 日作（此系收入《今昔吟》时所注）；

载 1977 年 10 月 8 日《天津文艺》第 10 期《向阳湖畔春常在——干校短诗》（诗六首）题下；

初收 1979 年 4 月山东人民出版社版《今昔吟》，编于《向阳湖畔春常在》题下。

下田去（诗）

1975 年 1 月 9 日作（此系收入《今昔吟》时补注）；

载 1977 年 10 日 8 日《天津文艺》第 10 期《向阳湖畔春常在——干校短诗》（诗六首）题下；

初收 1979 年 4 月山东人民出版社版《今昔吟》，编于《向阳湖畔春常在》题下。

割稻（诗）

1975 年 1 月 9 日作（此系收入《今昔吟》时补注）；

载 1977 年 10 月 8 日《天津文艺》第 10 期《向阳湖畔春常在——干校短诗》（诗六首）题下；

初收 1979 年 4 月山东人民出版社版《今昔吟》，编于《向阳湖畔春常在》题下。

月夜拖拉机翻地（诗）

1975 年 1 月 9 日作（此系收入《今昔吟》时补注）；

载 1977 年 10 月 8 日《天津文艺》第 10 期《向阳湖畔春常在——干校短诗》（诗六首）题下；

初收 1979 年 4 月山东人民出版社版《今昔吟》，编于《向阳湖畔春常在》题下。

变（诗）

1975 年 1 月 9 日作（此系收入《今昔吟》

时补注）；

载 1977 年 10 月 8 日《天津文艺》第 10 期《向阳湖畔春常在——干校短诗》（诗六首）题下；

初收 1979 年 4 月山东人民出版社版《今昔吟》，编于《向阳湖畔春常在》题下。

先归，寄干校战友（诗）

1975 年 1 月 9 日作（此系收入《今昔吟》时补注）；

载 1977 年 10 月 8 日《天津文艺》第 10 期《向阳湖畔春常在——干校短诗》（诗六首）题下；

初收 1979 年 4 月山东人民出版社版《今昔吟》，编于《向阳湖畔春常在》题下，改题为《先归，寄战友》。

收获（诗）

1975 年 1 月 9 日作（此系收入《忆向阳》时补注）；

载 1977 年 6 月 13 日《光明日报·光明》第 88 期《忆向阳——五七干校赞歌》题下；

初收 1978 年 3 月北京人民出版社版《忆向阳》。

板车拉粮（诗）

1975 年 1 月 9 日作（此系收入《今昔吟》时所注，发表时注为 1975 年 3 月 24 日作）；

载 1977 年 10 月 20 日《上海文艺》第 1 期《忆向阳——歌颂五七干校生活组诗》题下；

初收 1979 年 4 月山东人民出版社版《今昔吟》，编于《向阳湖畔春常在》题下。

"黑金"（诗）

1975 年 1 月 9 日作；

初收 1979 年 4 月山东人民出版社版《今昔吟》，编于《向阳湖畔春常在》题下。

早出工（诗）

1975 年 1 月 10 日作（此系收入《忆向阳》时补注）；

载 1977 年 4 月 10 日《诗刊》4 月号《忆向阳——歌颂五七干校战斗生活组诗的一部分》（七首）题下；

初收 1978 年 3 月北京人民出版社版《忆向阳》。

微雨插秧（诗）

1975 年 1 月 10 日作（此系收入《忆向阳》时补注）；

载 1977 年 6 月 13 日《光明日报·光明》第 88 期《忆向阳——五七干校赞歌》题下；

初收 1978 年 3 月北京人民出版社版《忆向阳》。

大风雪，收工暮归（诗）

1975年1月13日作（此系收入《忆向阳》时补注）；

载1976年12月《广东文艺》第12期"旧体诗词"栏内《忆"向阳"——干校诗抄五首》题下；

初收1978年3月北京人民出版社版《忆向阳》。

雪夜值班（诗）

1975年1月20日作（此系收入《忆向阳》时补注）；

载1977年6月13日《光明日报·光明》第88期《忆向阳——五七干校赞歌》题下；

初收1978年3月北京人民出版社版《忆向阳》。

喜逢干校战友（诗）

1975年1月23日作（此系收入《忆向阳》时补注）；

载1977年4月10日《诗刊》4月号《忆向阳——歌颂五七干校战斗生活组诗的一部分》（七首）题下；

初收1978年3月北京人民出版社版《忆向阳》。

工地午休（诗）

1975年1月25日作（此系收入《忆向阳》时补注）；

载1977年6月13日《光明日报·光明》

第88期《忆向阳——五七干校赞歌》题下；

初收1978年3月北京人民出版社版《忆向阳》。

场地午餐（诗）

1975年1月25日作（此系收入《忆向阳》时补注）；

载1977年6月18日《文汇报》《忆向阳（干校组诗）》题下；

初收1978年3月北京人民出版社版《忆向阳》。

老黄牛（诗）

1975年1月28日作（此系收入《忆向阳》时补注）；

载1977年6月13日《光明日报·光明》第88期《忆向阳——五七干校赞歌》题下；

初收1978年3月北京人民出版社版《忆向阳》。

寄钱君匋同志（诗）

1975年2月9日作；

初收1980年11月云南人民出版社版《友声集》。

七十述怀（诗）

1975年2月12日作；

载1979年5月1日《鸭绿江》5月号《述怀二首》题下；

初收 1980 年 11 月云南人民出版社版
《友声集》。

给贫下中农送春联（诗）
1975 年 3 月 4 日作；
载 1977 年 10 月 20 日《上海文艺》
第 1 期《忆向阳——歌颂五七干校生活
组诗》题下；
初收 1978 年 3 月北京人民出版社版
《忆向阳》，改题为《给贫下中农送大
红春联》。

秋收大忙，中午小休（诗）
1975 年 3 月 4 日作；
载 1977 年 10 日 20 日《上海文艺》
第 1 期《忆向阳——歌颂五七干校生活
组诗》题下。

月夜营地乘凉（诗）
1975 年 3 月 5 日作（此系收入《忆向阳》
时补注）；
载 1977 年 4 月 10 日《诗刊》4 月号《忆
向阳——歌颂五七干校战斗生活组诗
的一部分》（七首）题下；
初收 1978 年 3 月北京人民出版社版
《忆向阳》。

秋收大会战（诗）
1975 年 3 月 8 日作（此系收入《忆向阳》
时补注）；
载 1977 年 4 月 10 日《诗刊》4 月号《忆

向阳——歌颂五七干校战斗生活组诗
的一部分》（七首）题下；
初收 1978 年 3 月北京人民出版社版
《忆向阳》。

挑粪灌园（诗）
1975 年 3 月 9 日作（此系收入《忆向阳》
时补注）；
载 1976 年 12 月《广东文艺》第 12 期
"旧体诗词"栏内《忆"向阳"——干
校诗抄五首》题下；
初收 1978 年 3 月北京人民出版社版
《忆向阳》。

创业（诗）
1975 年 3 月 9 日作（此系收入《忆向阳》
时补注）；
载 1977 年 6 月 13 日《光明日报·光明》
第 88 期《忆向阳——五七干校赞歌》
题下；
初收 1978 年 3 月北京人民出版社版
《忆向阳》。

有怀贫农社员同志（诗）
1975 年 3 月 11 日作（此系收入《忆向
阳》时补注）；
载 1976 年 3 月 20 日《人民文学》
第 2 期《忆向阳——五七干校赞歌三
首》题下；
初收 1978 年 3 月北京人民出版社版
《忆向阳》。

夏日早起学《毛选》（诗）

1975年3月11日作（此系收入《忆向阳》时补注）；

载1976年12月《广东文艺》第12期"旧体诗词"栏内《忆"向阳"——干校诗抄五首》题下；

初收1978年3月北京人民出版社版《忆向阳》。

假日（诗）

1975年3月11日作（此系收入《忆向阳》时补注）；

载1977年4月10日《诗刊》4月号《忆向阳——歌颂五七干校战斗生活组诗的一部分》（七首）题下；

初收1978年3月北京人民出版社版《忆向阳》。

晚收工（诗）

1975年3月11日作（此系收入《忆向阳》时补注）；

载1977年6月13日《光明日报·光明》第88期《忆向阳——五七干校赞歌》题下；

初收1978年3月北京人民出版社版《忆向阳》。

收工晚归望落日（诗）

1975年3月11日作（此系收入《忆向阳》时补注）；

载1977年6月18日《文汇报》《忆向阳

（干校组诗）》题下；

初收1978年3月北京人民出版社版《忆向阳》。

秋收夜战打谷场（诗）

1975年3月13日作（此系收入《忆向阳》时补注）；

载1977年6月13日《光明日报·光明》第88期《忆向阳——五七干校赞歌》题下；

初收1978年3月北京人民出版社版《忆向阳》。

划船过河下田去（诗）

1975年3月14日作（此系收入《忆向阳》时补注）

载1977年4月10日《诗刊》4月号《忆向阳——歌颂五七干校战斗生活组诗的一部分》（七首）题下；

初收1978年3月北京人民出版社版《忆向阳》。

赞连队女赤脚医生（诗）

1975年3月15日作（此系收入《忆向阳》时补注）；

载1977年6月13日《光明日报·光明》第88期《忆向阳——五七干校赞歌》题下；

初收1978年3月北京人民出版社版《忆向阳》。

国庆抒情（诗）

1975年3月17日作（此系收入《忆向阳》时补注）；

载1977年6月18日《文汇报》《忆向阳（干校组诗）》题下；

初收1978年3月北京人民出版社版《忆向阳》，编为《国庆抒情》（二首）的第2首。

国庆抒情（诗）

1975年3月18日作（此系收入《忆向阳》时补注）；

载1977年6月13日《光明日报·光明》第88期《忆向阳——五七干校赞歌》题下；

初收1978年3月北京人民出版社版《忆向阳》，编为《国庆抒情》（二首）的第1首。

菜班（诗）

1975年3月21日作（此系收入《忆向阳》时补注）；

载1977年6月13日《光明日报·光明》第88期《忆向阳——五七干校赞歌》题下；

初收1978年3月北京人民出版社版《忆向阳》。

干校桥头喜遇女医师（诗）

1975年3月22日作（此系收入《忆向阳》时补注）；

载1976年12月《广东文艺》第12期"旧体诗词"栏内《忆"向阳"——干校诗抄五首》题下；

初收1978年3月北京人民出版社版《忆向阳》。

小船送得午餐来（诗）

1975年3月23日作；

初收1978年3月北京人民出版社版《忆向阳》。

饲养班（诗）

1975年3月23日作；

初收1978年3月北京人民出版社版《忆向阳》。

劳动衣（诗）

1975年3月24日作（此系收入《忆向阳》时补注）；

载1977年6月18日《文汇报》《忆向阳（干校组诗）》题下；

初收1978年3月北京人民出版社版《忆向阳》。

炊事班（诗）

1975年3月24日作；

载1977年10月20日《上海文艺》第1期《忆向阳——歌颂五七干校生活组诗》题下；

初收1978年3月北京人民出版社版《忆向阳》。

工休小演唱（诗）

1975年3月25日作（此系收入《忆向阳》时补注）；

载1977年6月13日《光明日报·光明》第88期《忆向阳——五七干校赞歌》题下；

初收1978年3月北京人民出版社版《忆向阳》。

寄邓广铭同志（诗）

1975年3月25日作；

初收1980年11月云南人民出版社版《友声集》。

展看干校照片三十幅（诗）

1975年3月27日作（此系收入《忆向阳》时补注）；

载1977年6月18日《文汇报》《忆向阳（干校组诗）》题下；

初收1978年3月北京人民出版社版《忆向阳》。

夜值班归来（诗）

1975年3月27日作；

载1977年6月18日《文汇报》《忆向阳（干校组诗）》题下；

初收1978年3月北京人民出版社版《忆向阳》，改题为《夜值班，电影散场，战友归营》。

向阳桥（诗）

1975年3月27日作；

载1977年10月20日《上海文艺》第1期《忆向阳——歌颂五七干校生活组诗》题下；

初收1978年3月北京人民出版社版《忆向阳》。

丰收，送粮入仓（诗）

1975年4月1日作（此系收入《忆向阳》时补注）；

载1976年3月20日《人民文学》第2期《忆向阳——五七干校赞歌三首》题下；

初收1978年3月北京人民出版社版《忆向阳》。

牛班（诗）

1975年4月2日作（此系收入《忆向阳》时补注）；

载1977年6月18日《文汇报》《忆向阳（干校组诗）》题下；

初收1978年3月北京人民出版社版《忆向阳》。

离别干校（诗）

1975年4月4日作（此系收入《忆向阳》时补注）；

载1976年12月《广东文艺》第12期"旧体诗词"栏内《忆"向阳"——干校诗抄五首》题下；

初收1978年3月北京人民出版社版

《忆向阳》。

连队图书室（诗）
1975年4月8日作（此系收入《忆向阳》时补注）
载1977年6月13日《光明日报·光明》第88期《忆向阳——五七干校赞歌》题下；
初收1978年3月北京人民出版社版《忆向阳》。

莹莹双石子（诗）
1975年4月9日作；
初收1980年11月云南人民出版社版《友声集》。

寄雪垠（诗）
1975年7月6日作；
载1978年11月1日《长江文艺》11月号《有怀之什——怀汉皋三友》题下；
初收1980年11月云南人民出版社版《友声集》，改题为《寄姚雪垠同志》，编为该题下第4首。

贺子野同志新居（诗）
1975年8月中旬；
初收1980年11月云南人民出版社版《友声集》。

寄徐迟（诗）
1975年9月10日作；

载1978年11月1日《长江文艺》11月号《有怀之什——怀汉皋三友》题下；
初收1980年11月云南人民出版社《友声集》，改题《寄徐迟同志》，编为该题下第3首。

祝茅盾同志八十大寿（诗）
1975年9月11日作；
初收1980年11月云南人民出版社版《友声集》。

四亿年前"海百合"（诗）
1975年9月作；
载1976年7月10日《北京文艺》第7期《诗二首》题下；
初收1978年11月人民文学出版社北京第2版《臧克家诗选》。

赠冯至同志（诗）
1975年10月14日早，小病于床上作；
初收1980年11月云南人民出版社版《友声集》。

《理想之歌》赞歌（诗）
1975年12月12日作；
载1975年12月26日《光明日报》。

寄刘白羽同志（诗）
1975年12月26日作；
初收1980年11月云南人民出版社版《友声集》。

寄雪垠（诗）

1975年12月28日作；

载1978年11月1日《长江文艺》11月号《有怀之什——怀汉皋三友》题下。

赠张光年同志（诗）

1975年作；

初收1980年11月云南人民出版社版《友声集》。

寄胡绳同志（诗）

1975年作；

初收1980年11月云南人民出版社版《友声集》。

灯花（诗）

1975年作；

初收1980年11月云南人民出版社版《友声集》。

病中（诗）

1975年作；

初收1980年11月云南人民出版社版《友声集》。

1976年

毛主席巨手指道路（诗）

载1976年1月1日《诗刊》1月号"一九七六年迎新诗会"栏内，原无标题。

光焰万丈照世界（诗）

载1976年1月4日《人民日报》。

泪——悼念敬爱的周总理（诗）

1976年1月13日作；

初收1978年11月人民文学出版社北京第2版《臧克家诗选》。

走在光辉的五·七大道上——五·七干校赞歌（诗）

1976年5月3日作；

载1976年7月10日《北京文艺》第7期《诗二首》题下。

八亿人民齐怒吼（诗）

载1976年5月10日《诗刊》5月号。

向阳湖呵，我深深怀念你（诗）

1976年作（此系收入《臧克家诗选》时补注）；

载1976年5月12日《人民日报》；

初收1978年11月人民文学出版社北京第2版《臧克家诗选》。

冰心同志为我书条幅草此致谢（诗）

1976年6月20日作；

初收1980年11月云南人民出版社版《友声集》。

寿靖华同志八十诞辰（诗）

1976年7月9日作；

初收1980年11月云南人民出版社版

《友声集》。

瞻仰遗容（诗）
1976年9月13日作；
载1977年5月15日《浙江文艺》
第3期；
初收1978年11月人民文学出版社北
京第2版《臧克家诗选》。

丰碑心头立——沉痛悼念伟大领袖和
导师毛主席（诗）
1976年9月作（此系收入《臧克家诗选》
时补注）；
载1976年9月《诗刊》9月号增刊；
初收1978年11月人民文学出版社北
京第2版《臧克家诗选》。

寄雪垠（诗）
1976年10月1日作；
载1978年11月1日《长江文艺》11月
号《有怀之什——怀汉皋三友》题下；
初收1980年11月云南人民出版社版
《友声集》，改题为《寄姚雪根同志》，
编为该题下第5首。

自寿答友人（诗）
1976年10月8日作；
载1979年5月1日《鸭绿江》5月号《述
怀二首》题下；
初收1980年11月云南人民出版社版
《友声集》。

伟大预言已经实现——纪念鲁迅逝世
四十周年（诗）
1976年10月作（此系收入《今昔吟》
时补注）；
载1976年10月17日《光明日报·光明》
第55期；
初收1979年4月山东人民出版社版
《今昔吟》。

欢呼，再欢呼（诗）
1976年10月21日作；
载1976年11月10日《诗刊》11月号。

在《诗刊》编辑部座谈会上的发言
1976年12月6日；
载1977年1月10日《诗刊》1月号，
原无标题。

迎春辞（诗）
1976年12月26日作；
载1977年3月《诗刊》3月号；
初收1978年11月人民文学出版社北
京第2版《臧克家诗选》。

1977年

寄雪垠（诗）
1977年2月2日作；
载1978年11月1日《长江文艺》11月
号《有怀之什——怀汉皋三友》题下；
初收1980年11月云南人民出版社版
《友声集》，改题为《寄姚雪垠同志》，

编为该题下第6首。

爆破——给一位不识面的共青团员（诗）
1977年2月7日作；
载1978年4月25日《山东文艺》
第4期；
初收1979年4月山东人民出版社版
《今昔吟》。

品"诗味"——学诗断想（论文）
1977年3月作（此系收入《学诗断想》
时补注）；
载1977年4月2日《光明日报·文学》
第66期；
初收1979年8月四川人民出版社增订
第1版《学诗断想》，删去副题后，编
为《学诗断想》题下第10篇。

无限崇敬和怀念——欢呼《毛泽东选
集》第五卷出版（诗）
1977年4月8日作（此系收入《今昔吟》
时补注）；
载1977年5月15日《山东文艺》
第4期；
初收1979年4月山东人民出版社版
《今昔吟》。

快快跨上大庆的骏马（诗）
1977年5月作（此系收入《臧克家诗选》
时补注）；
载1977年5月10日《文汇报·风雷激》；

初收1978年11月人民文学出版社北
京第2版《臧克家诗选》。

短歌唱给延安听（诗）
1977年5月28日作；
初收1979年4月山东人民出版社版
《今昔吟》。

怀念逐日深（散文）
1977年6月16日作；
载1977年8月20日《人民文学》
第8期；
初收1980年8月上海文艺出版社版
《怀人集》。

读《陈毅同志诗词选注》后的一点感
想（论文）
1977年6月25日作；
载1978年1月《辽宁第一师院学报》
第1期；
初收1982年12月长江文艺出版社版
《臧克家散文小说集》。

"政治抒情诗"小议——学诗断想（论文）
1977年6月作（此系收入《学诗断想》
时补注）；
载1977年6月4日《光明日报·文学》
第71期；
初收1979年8月四川人民出版社增订
第1版《学诗断想》，删去副题后编为
《学诗断想》题下第11篇。

仰望——毛主席纪念堂落成（诗）

1977年7月17日作于北京；

载1977年9月《广州文艺》第5期；

初收1978年11月人民文学出版社北京第2版《臧克家诗选》。

《哀范君诗》第三章"小"字试解（杂文）

1977年7月20日作；

初收1982年12月长江文艺出版社版《臧克家散文小说集》。

胜利的狂飙——热烈欢呼十届三中全会胜利召开（诗）

1977年7月22日作；

载1977年8月10日《诗刊》8月号"热烈欢呼党的十届三中全会胜利召开"栏内；

初收1978年11月人民文学出版社北京第2版《臧克家诗选》。

赞干校中小学教员（诗）

1977年7月24日作；

载1977年10月20日《上海文艺》第1期《忆向阳——歌颂五七干校生活组诗》题下；

初收1978年3月北京人民出版社版《忆向阳》。

历史无私最公允——欢呼十届三中全会胜利召开（诗）

1977年7月24日作（此系收入《臧克家诗选》时补注）；

载1977年7月24日《光明日报·光明》第93期；

初收1978年11月人民文学出版社北京第2版《臧克家诗选》。

真理掌握在党的手中——热烈欢呼党的第十一次代表大会胜利召开（诗）

载1977年8月29日《文汇报·风雷激》。

伟大深厚的遗爱（诗）

1977年9月作（此系收入《今昔吟》时补注）；

载1977年9月4日《光明日报·光明》第99期；

初收1979年4月山东人民出版社版《今昔吟》。

伟大的教导，深深的怀念（散文）

1977年9月9日作；

载1977年9月17日《光明日报·文学》第82期；

初收1980年8月上海文艺出版社版《怀人集》。

关于学习毛主席诗词的一封信

1977年9月13日作；

载1978年1月上海文艺出版社《文艺论丛》第2辑。

寄碧野（诗）

1977年10月6日作；

载 1978 年 11 月 1 日《长江文艺》11 月
号《有怀之什——怀汉皋三友》题下；
初收 1980 年 11 月云南人民出版社版
《友声集》，改题为《寄碧野同志》，编
为第 2 首。

安息——纪念毛主席逝世一周年（诗）
1977 年 10 月 8 日作（此系收入《今昔
吟》时补注）；
载 1977 年 10 月 8 日《北京日报》；
初收 1979 年 4 月山东人民出版社版
《今昔吟》。

高歌忆向阳——诗集《忆向阳》序
1977 年 10 月 15 日作；
载 1978 年 8 月《十月》文艺丛刊第 1 辑；
初收 1978 年 3 月北京人民出版社版
《忆向阳》，改题为《高歌忆向阳（序）》。

诗的"长"与"短"——学诗断想（论文）
1977 年 10 月作（此系收入《学诗断想》
时补注）；
载 1977 年 10 月 15 日《光明日报·文学》
第 85 期；
初收 1979 年 8 月四川人民出版社增订
第 1 版《学诗断想》，删去副题后编为
《学诗断想》题下第 12 篇。

突然——赠友（诗）
1977 年 10 月 21 日作；
载 1977 年 10 月 30 日《解放日报》；

初收 1979 年 4 月山东人民出版社版
《今昔吟》。

成绩灿然，岂容抹煞（杂文）
载 1977 年 12 月 10 日《诗刊》10 月号
"狠批文艺黑线专政论"栏内。

新诗形式管见——学诗断想（论文）
1977 年 12 月作（此系收入《学诗断想》
时补注）；
载 1977 年 12 月 24 日《光明日报·文学》
第 95 期；
初收 1979 年 8 月四川人民出版社增订
第 1 版《学诗断想》，删去副题后编为
《学诗断想》题下第 13 篇。

陈毅同志与诗（散文）
1977 年 12 月 27 日完成；
载 1978 年 1 月 20 日《人民文学》1 月号；
初收 1980 年 8 月上海文艺出版社版
《怀人集》。

论诗遗典在（散文）
载 1977 年 12 月 31 日《人民日报》；
初收 1980 年 8 月上海文艺出版社版
《怀人集》。

《有的人》的遭遇（散文）
1977 年作（此系收入《学诗断想》时
补注）；
载 1978 年 4 月 20 日《上海文艺》4 月号；

初收 1979 年 8 月四川人民出版社增订第 1 版《学诗断想》。

1978 年

赠巴金同志（诗）

1978 年 1 月 11 日凌晨灯下作（此系收入《友声集》时补注）；

载 1978 年 9 月 17 日《解放日报》《述怀（外二首）》题下；

初收 1980 年 11 月云南人民出版社版《友声集》。

华主席题词到会场（诗）

1978 年 1 月 22 日作（此系收入《今昔吟》时补注，误）；

载 1978 年 1 月 20 日《人民日报》；

初收 1979 年 4 月山东人民出版社版《今昔吟》。

关于《突然》的一封信

1978 年 1 月 29 日作；

载 1978 年 3 月 19 日《解放日报》。

迎接大好春光（诗）

1978 年 1 月 31 日作；

载 1978 年 3 月 10 日《北京文艺》第 3 期"迎春诗会作品选"栏内；

初收 1979 年 4 月山东人民出版社版《今昔吟》。

春节抒情（散文）

载 1978 年 2 月 7 日《光明日报·光明》第 121 期。

生·死——纪念敬爱的周总理八十诞辰（诗）

1978 年 2 月 18 日作；

载 1978 年 3 月 10 日《诗刊》3 月号；

初收 1978 年 11 月人民文学出版社北京第 2 版《臧克家诗选》。

我们大有希望——欢呼五届人大·五届政协的召开（诗）

1978 年 3 月 12 日作（此系收入《今昔吟》时补注）；

载 1978 年 3 月 12 日《光明日报》；

初收 1979 年 4 月山东人民出版社版《今昔吟》。

学诗纪程（散文）

1978 年 3 月 18 日作于北京；

初收 1979 年 8 月四川人民出版社增订第 1 版《学诗断想》。

我的诗献给科学家（诗）

1978 年 3 月 19 日作；

载 1978 年 3 月 19 日《人民日报》；

初收 1979 年 4 月山东人民出版社版《今昔吟》。

给高士其同志（诗）

1978 年 3 月 25 日下午作于北京；

载 1978 年 4 月 23 日《山西日报·交城

山》第 14 期；

初收 1979 年 4 月山东人民出版社版《今昔吟》。

喜相逢（诗）

1978 年 3 月作；

载 1978 年 8 月《战地增刊》第 1 期；

初收 1979 年 4 月山东人民出版社版《今昔吟》。

生活与诗——《诗选》序言

1978 年 4 月 11 日北京作；

载 1979 年 4 月 26 日《天津日报·文艺周刊》第 803 期；

初收 1978 年 11 月人民文学出版社北京第 2 版《臧克家诗选》，改题为《序》。

亮光——对下乡知识青年们谈诗（诗）

1978 年春作；

载 1978 年 8 月《战地增刊》第 1 期；

初收 1979 年 4 月山东人民出版社版《今昔吟》。

"五四"的火炬——致天津纪念"五四"谈话会的青年同志们（诗）

载 1978 年 5 月 4 日《天津日报》；

初收 1978 年 4 月山东人民出版社版《今昔吟》。

纪感（诗）

1978 年 5 月 10 日作；

初收 1980 年 11 月云南人民出版社版《友声集》。

哭郭老（诗）

1978 年 6 月 13 日凌晨作；

载 1978 年 7 月 10 日《诗刊》7 月号；

初收 1979 年 4 月山东人民出版社版《今昔吟》。

在民歌、古典诗歌基础上发展新诗——在中国文联第三届全委会第三次扩大会议上的发言（论文）

1978 年 6 月作（此系收入《学诗断想》时补注）；

载 1978 年 7 月 10 日《诗刊》7 月号；

初收 1979 年 8 月四川人民出版社增订第 1 版《学诗断想》，删去副题。

《南国行》序

1978 年 7 月 6 日作；

载 1978 年 11 月 5 日《河北文艺》第 11 期。

《长征画集》赞（诗）

1978 年 7 月 9 日作（此系收入《今昔吟》时补注）；

载 1978 年 7 月 9 日《文汇报》；

初收 1979 年 4 月山东人民出版社版《今昔吟》。

祝愿——悼念郭老（诗）

1978年7月15日于北京作；

载1978年9月《北方文学》第9期；

初收1979年4月山东人民出版社版
《今昔吟》。

苏东坡的"超然台"（散文）

1978年7月16日作；

载1978年10月《文物》第10期；

初收1979年8月四川人民出版社增订
第1版《学诗断想》。

以文艺为帜志者——学习郭老条幅题
句（散文）

1978年7月22日作；

载1979年11月上海文艺出版社《中国
现代文艺资料丛刊》第4辑。

闻一多先生的艺术创作（散文）

1978年作(此系收入《怀人集》时补注)；

载1978年7月25日《美术》第4期；

初收1980年8月上海文艺出版社版
《怀人集》。

忆山城（诗）

1978年8月1日作于北京；

载1978年8月6日《重庆日报》；

初收1979年4月山东人民出版社版
《今昔吟》。

得识郭老五十年——怀念郭沫若同志

（散文）

1978年8月30日完成；

初收1980年8月上海文艺出版社版
《怀人集》。

踏燕追风铜奔马（散文）

1978年8月作（此系收入《学诗断想》
时补注）；

载1978年9月3日《文汇报》；

初收1979年8月四川人民出版社增订
第1版《学诗断想》。

老舍永在（散文）

1978年8月7日北京作；

载1978年9月20日《人民文学》9月
号；

初收1980年8月上海文艺出版社版
《怀人集》。

捧读诗词动哀思——纪念毛主席逝世
两周年（散文）

载1978年9月10日《文汇报》。

毛主席的诗教——捧读毛主席诗词三
首（散文）

载1978年9月11日《人民日报》；

初收1980年8月上海文艺出版社版
《怀人集》。

会面无多忆念多——追忆周总理（散文）

1978年9月21日完成（此系收入《怀

人集》时补注）；

载 1979 年 1 月 15 日《新港》第 1 期；

初收 1980 年 8 月上海文艺出版社版
《怀人集》。

剑三今何在（散文）

1978 年 9 月 25 日作（此系收入《怀人
集》时补注）；

载 1979 年 6 月 20 日《人民文学》6 月号；

初收 1980 年 8 月上海文艺出版社版
《怀人集》。

《怀人集》前言

1978 年 10 月 3 日作；

初收 1980 年 8 月上海文艺出版社版
《怀人集》。

《学诗断想》几句说明

1978 年 10 月 14 日作于北京；

初收 1979 年 8 月四川人民出版社增订
第 1 版《学诗断想》。

唐人二绝句（评论）

1978 年 10 月 22 日作（此系收入《学诗
断想》时补注）；

载 1979 年 1 月 11 日《北京日报》；

初收 1979 年 8 月四川人民出版社增订
第 1 版《学诗断想》。

《今昔吟》序

1978 年 10 月 31 日作于北京；

载 1979 年 10 月 18 日《天津日报》；

初收 1979 年 4 月山东人民出版社版
《今昔吟》。

读郭沫若同志"祝中日恢复邦交"的
词——"沁园春"（评论）

1978 年 11 月 1 日写；

载 1979 年 1 月《星火》第 1 期；

初收 1982 年 12 月长江文艺出版社版
《臧克家散文小说集》。

《黄花吟》小序

1978 年 11 月 4 日作；

载 1978 年 12 月 3 日《文汇报》《黄花吟》
题下。

《天安门诗抄》捧在手（诗）

1978 年 11 月 29 日作；

初收 1979 年 4 月山东人民出版社版
《今昔吟》。

抬头看手迹，低头思故人——追忆何
其芳同志（散文）

1978 年 12 月 11 日作；

载 1979 年 11 月上海文艺出版社《往事
与哀思》；

初收 1980 年 8 月上海文艺出版社版
《怀人集》。

诗一首（墨迹）

1978 年旧作（收入《友声集》时改注

为 1979 年春节作）；

载 1981 年 1 月《河北文学》第 1 期；

初收 1980 年 11 月云南人民出版社版《友声集》，题为《迎春思亲》。

1979年

我的祝愿——和"时光老人"的对话（诗）

1979 年 1 月 4 日作；

载 1979 年 2 月 8 日《天津日报·文艺周刊》第 792 期；

初收 1985 年 4 月山东文艺出版社版《臧克家文集》第 2 卷。

谈李松涛的诗（评论）

1979 年 2 月 4 日作于北京；

载 1979 年 8 月 12 日《文艺报》8 月号；

初收 1982 年 12 月长江文艺出版社版《臧克家散文小说集》。

闻一多先生诗创作的艺术特色（论文）

1979 年 2 月 8 日作；

载 1979 年 4 月 10 日《诗刊》第 4 期；

初收 1982 年 12 月长江文艺出版社版《臧克家散文小说集》。

悼芦芒同志（诗）

1979 年 2 月 26 日作；

载 1979 年 3 月 4 日《人民日报·战地》。

周总理和运动员在一起（诗）

载 1979 年 3 月 5 日《体育报》；

初收 1984 年 4 月花城出版社版《落照红》。

新的长征路万千，诗人兴会更无前（在全国诗歌座谈会上的发言）

载 1979 年 3 月 10 日《北京文艺》第 3 期；

初收 1982 年 12 月长江文艺出版社版《臧克家散文小说集》。

大跃进的歌声——读新版本《红旗歌谣》有感（评论）

载 1979 年 3 月 20 日《民间文学》3 月号。

植树和育人——为北京崇文区"三好学生代表大会"作（诗）

1979 年 3 月 29 日作；

载 1979 年 4 月 14 日《中国少年报》第 1098 期。

陶诗·石画·王书（评论）

1979 年作；

载 1979 年《故宫博物院院刊》第 3 期；

初收 1982 年 12 月长江文艺出版社版《臧克家散文小说集》。

吴梦窗的《风入松》（评论）

载 1979 年 4 月 5 日《北京日报·广场》；

初收 1982 年 12 月长江文艺出版社版《臧克家散文小说集》。

缅怀革命先烈李大钊同志（散文）

载1979年5月3日《北京日报·广场》；

初收1982年12月长江文艺出版社版
《臧克家散文小说集》。

听乔木同志谈诗有感一千字（杂文）

1979年5月12日作；

载1979年9月《花城》文艺丛刊第2集
"诗人，你在想什么？"栏内；

初收1982年12月长江文艺出版社版
《臧克家散文小说集》。

皓首忆稚年——童年、少年生活掠影
（散文）

1979年5月28日完成；

载1979年11月《新文学史料》第5辑；

初收1981年10月四川人民出版社版
《诗与生活》。

临清，你这运河岸上的古城——为《鲁
西北革命回忆录》作（诗）

1979年6月9日作于北京；

载1979年11月《北方文学》11月号；

初收1985年4月山东文艺出版社版
《臧克家文集》第2卷。

为蒲松龄故居赋诗（诗）

1979年6月作；

载1979年7月15日《大众日报》；

初收1985年10月山东大学出版社版
《乡土情深》。

有感（诗）

1979年6月（此系收入《友声集》时
补注）；

载1980年9月《青海湖》第9期《近作
二绝句》题下；

初收1980年11月云南人民出版社版
《友声集》。

臧克家同志的来信

1979年7月15日作；

载1979年8月《夏令营小报》第1期；

初收1985年10月山东大学出版社版
《乡土情深》，改题《殷切的期望》。

重新学习毛主席《长征》诗（评论）

载1979年7月29日《北京日报》、《学
诗断想》题下；

初收1982年12月长江文艺出版社版
《臧克家散文小说集》。

律诗小识（论文）

载1979年7月29日《北京日报》、《学
诗断想》题下；

初收1982年12月长江文艺出版社版
《臧克家散文小说集》。

字如其人——王统照先生的书法（评论）

载1979年7月《书法》第4期。

《避暑录话》与《星河》（散文）

载1979年7月《战地》增刊第4辑；

初收 1982 年 12 月长江文艺出版社版《臧克家散文小说集》。

祝《星星》重光（诗）
1979 年 7 月作于北京；
载 1979 年 10 月《星星》复刊号；
初收 1984 年 4 月花城出版社版《落照红》。

为山东大学手册题句（诗）
1979 年 8 月 2 日作；
载山东大学校庆纪念手册，原无标题。

臧克家来信
1979 年 8 月 9 日作；
载 1979 年 12 月《随笔》丛刊第 4 集。

京华练笔三十年（散文）
1979 年 8 月 12 日作；
载 1980 年 1 月《花城》文艺丛刊第 3 集；
初收 1982 年 12 月长江文艺出版社版《臧克家散文小说集》。

国庆三十周年配黄胄同志画赋诗（诗）
载 1979 年 10 月 1 日《文汇报》；
初收 1980 年 11 月云南人民出版社版《友声集》，改题为《于田歌舞——国庆三十周年配黄胄同志画》。

新潮澎湃正青年（散文）
1979 年 10 月 20 日作；

载 1980 年 2 月 22 日《新文学史料》第 1 辑；
初收 1981 年 10 月四川人民出版社版《诗与生活》。

从咏"息夫人庙"诗想起的（杂文）
载 1979 年 11 月 9 日《北京日报》；
初收 1982 年 12 月长江文艺出版社版《臧克家散文小说集》。

且说自己的一首诗——答问：谈《罪恶的黑手》（散文）
1979 年 11 月 23 日作；
载 1980 年 1 月 10 日《诗刊》1 月号；
初收 1982 年 2 月四川人民出版社版《甘苦寸心知》。

甘苦寸心知（之一）——谈自己的诗（散文）
1979 年 12 月 8 日作；
载 1980 年 1 月 15 日《山东文学》1 月号；
初收 1982 年 2 月四川人民出版社版《甘苦寸心知》。

甘苦寸心知（之二）——谈自己的诗（散文）
1979 年 12 月 10 日作；
载 1980 年《四川文学》第 2 期；
初收 1982 年 2 月四川人民出版社版《甘苦寸心知》。

从宋徽宗的《燕山亭》词想到的（评论）

1979年12月13日作；

载1980年《随笔》第8期；

初收1982年12月长江文艺出版社版《臧克家散文小说集》。

关于《有的人》（散文）

1979年12月15日作；

载1980年3月20日《中学语文教学》第3期；

初收1982年12月长江文艺出版社版《臧克家散文小说集》。

散步好处多（杂文）

载1979年12月17日《体育报》。

甘苦寸心知（之四）——谈自己的诗（散文）

1979年12月20日作；

载1980年3月《红岩》文艺季刊第1期；

初收1982年2月四川人民出版社版《甘苦寸心知》。

甘苦寸心知——谈自己的诗（散文）

1979年12月29日作；

载1979年10月《绿原》文艺丛刊第1辑；

初收1982年2月四川人民出版社版《甘苦寸心知》。

读僻典古诗（诗）

1979年冬日作；

初收1980年11月云南人民出版社版《友声集》。

给《北京晚报》的信

1979年岁尾作；

载1980年2月《新闻战线》第2期。

《青海湖》索稿草成一绝奉正（诗）

1979年12月作；

载1980年1月《青海湖》1月号。

青岛解放我重来（散文）

1979年12月作；

初收1982年12月长江文艺出版社版《臧克家散文小说集》。

1980年

甘苦寸心知（之六）——谈自己的诗（散文）

1980年1月2日作；

载1980年4月《江城》文艺丛刊第4期"创作论坛"栏内；

初收1982年2月四川人民出版社版《甘苦寸心知》。

问我今年意如何？（杂文）

1980年1月5日于北京作；

载1980年3月16日《书讯》第6号。

奔向武汉——光明的结穴处（散文）

1980年1月16日作；

载 1980 年 5 月 22 日《新文学史料》
第 2 期；
初收 1981 年 10 月四川人民出版社版
《诗与生活》。

甘苦寸心知（之九）——谈自己的诗
（散文）
1980 年 1 月 21 日作；
载 1980 年 4 月《星星》第 4 期"诗人与
生活"栏内；
初收 1982 年 2 月四川人民出版社版
《甘苦寸心知》。

甘苦寸心知（之九）——谈自己的诗
（散文）
1980 年 1 月 25 日作；
载 1980 年 4 月 25 日《文艺研究》
第 2 期；
初收 1982 年 2 月四川人民出版社版
《甘苦寸心知》。

甘苦寸心知（之九）——谈自己的诗
（散文）
1980 年 1 月 28 日早作；
载 1980 年 5 月 12 日《文艺报》第 5 期；
初收 1982 年 2 月四川人民出版社版
《甘苦寸心知》。

甘苦寸心知（之十）——谈自己的诗
（散文）
1980 年 1 月 30 日作；

载 1980 年 4 月 15 日《新港》4 月号；
初收 1982 年 2 月四川人民出版社版
《甘苦寸心知》。

甘苦寸心知（之十一）——谈自己的
诗（散文）
1980 年 2 月 2 日灯下作；
载 1980 年 6 月《柳泉》文艺丛刊创刊号；
初收 1982 年 2 月四川人民出版社版
《甘苦寸心知》。

甘苦寸心知（之十二）——谈自己的
诗（散文）
1980 年 2 月 3 日灯下作；
载 1980 年 5 月 20 日《诗刊》5 月号；
初收 1982 年 2 月四川人民出版社版
《甘苦寸心知》。

说与作——记闻一多先生言行片断
（散文）
载 1980 年 2 月 12 日《人民日报》；
初收 1982 年 12 月长江文艺出版社版
《臧克家散文小说集》。

甘苦寸心知（之十三）——谈自己的诗
（散文）
1980 年 2 月 21 日作于北京；
载 1980 年 6 月 15 日《青春》6 月号"作
家谈创作"栏内；
初收 1982 年 2 月四川人民出版社版
《甘苦寸心知》。

向古典诗歌学习——甘苦寸心知（之十四）（散文）
1980年2月24日作；
载1980年6月《文艺理论研究》第1期；
初收1982年2月四川人民出版社版《甘苦寸心知》。

杜诗异想录（杂文）
1980年春作；
载1980年2月25日《散文》第2期；
初收1982年12月长江文艺出版社版《臧克家散文小说集》。

一语动人心（杂文）
载1980年2月26日《北京晚报》；
初收1982年12月长江文艺出版社版《臧克家散文小说集》。

佳节报佳音——喜闻"为刘少奇同志平反昭雪"抒怀（诗）
1980年元宵之夜即兴走笔感概系之；
载1980年4月10日《诗刊》4月号。

大红轻气球（杂文）
载1980年3月6日《北京晚报》；
初收1982年12月长江文艺出版社版《臧克家散文小说集》。

书的故事（散文）
1980年3月7日作；
载1980年5月20日《人民文学》5月号；

初收1982年12月长江文艺出版社版《臧克家散文小说集》。

短句纪念大词人（散文）
1980年3月9日作于北京；
载1980年4月21日《人民日报》。

悲愤满怀苦吟诗（散文）
1980年3月13日作；
载1980年8月22日《新文学史料》第3期；
初收1981年10月四川人民出版社版《诗与生活》。

给当代诗歌讨论会的信
1980年3月19日作于北京；
载1981年1月广西人民出版社《新诗的现状与展望》。

《友声集》前言
1980年3月30日作；
载1980年12月14日《文汇报》；
初收1980年11月云南人民出版社版《友声集》，改题《前言五百字》。

七绝二首——故宫博物院《紫禁城》杂志约稿，因赋二绝句（诗）
1980年3月作；
初收1980年11月云南人民出版社版《友声集》。

落照红（散文）

1980年4月6日作；

载1981年3月《榕树》文学丛刊散文专辑第2辑；

初收1982年12月长江文艺出版社版《臧克家散文小说集》。

甘苦寸心知——谈自己的诗《老哥哥》（散文）

1980年4月18日作；

载1980年9月10日《诗刊》9月号；

初收1982年2月四川人民出版社版《甘苦寸心知》。

致军工众歌手（诗）

载1980年4月26日《战旗报》。

从一位少年书法家来访想起的（杂文）

1980年4月作；

载1980年5月4日《青少年之友》"月季"栏内；

初收1982年12月长江文艺出版社版《臧克家散文小说集》。

参拜鉴真大师（诗）

1980年4月作（此系发表时所注，收入《友声集》时改注为1980年5月作）；

载1980年5月23日《北京晚报》；

初收1980年11月云南人民出版社版《友声集》。

为我们的节日写首诗吧——写给北京化工学院的同学们（诗）

1980年5月作；

载1980年5月8日《北京日报·广场》；

初收1984年4月花城出版社版《落照红》。

甘苦寸心知——谈自己的诗（散文）

1980年5月14日作；

载1980年12月《花城》文艺丛刊第7辑，"花城论坛"栏内；

初收1982年2月四川人民出版社版《甘苦寸心知》。

慎独与思想改造（杂文）

载1980年5月14日《人民日报》；

初收1982年12月长江文艺出版社版《臧克家散文小说集》。

纳谏与止谤——重读《邹忌讽齐王纳谏》有感（杂文）

1980年5月17日作；

载1980年6月8日《光明日报》；

初收1982年12月长江文艺出版社版《臧克家散文小说集》。

甘苦寸心知——谈《依旧是春天》（散文）

1980年5月22日作；

载1980年10月20日《人民文学》10月号；

初收1982年2月四川人民出版社版《甘苦寸心知》。

寄王瑶同志（诗）

1980年初夏作于北京（此系发表时所注，收入《友声集》时注为1980年初）；

载1980年9月《青海湖》第9期《近作二绝句》题下；

初收1980年11月云南人民出版社版《友声集》。

甘苦寸心知（散文）

1980年6月1日作；

载1981年3月《星火》第3期，第4期续完；

初收1982年2月四川人民出版社版《甘苦寸心知》。

甘苦寸心知——谈《中原的胳膊》（散文）

1980年6月5日作；

载1980年9月《芒种》第9期；

初收1982年2月四川人民出版社版《甘苦寸心知》。

字字求安（杂文）

载1980年6月5日《北京晚报》"学点文学"栏内。

说流派（杂文）

载1980年6月20日《人民日报》；

初收1982年12月长江文艺出版社版《臧克家散文小说集》。

高唱战歌赴疆场（散文）

1980年7月1日作；

初收1981年10月四川人民出版社版《诗与生活》。

韩愈登门访李贺（散文）

1980年7月5日《中国青年报》；

初收1982年10月长江文艺出版社版《臧克家散文小说集》。

后生可畏（杂文）

1980年7月8日作；

载1980年9月4日《人民日报》；

初收1982年12月长江文艺出版社版《臧克家散文小说集》。

联欢会上献支歌——给全国少数民族文学创作会议（诗）

1980年7月9日作于民族文化宫；

载1980年8月15日《民族团结》第8期；

初收1984年4月花城出版社版《落照红》。

忆念王莹同志（散文）

载1980年7月25日《散文》7月号。

写给黑龙江青年同志们（诗）

1980年7月作；

载1980年11月15日《黑龙江青年》第11期。

题李清照纪念堂（楹联）

1980年8月1日作；

初收1985年11月山东文艺出版社版《臧克家文集》第3卷。

炎夏说瓜（杂文）

载1980年8月3日《北京晚报》；

初收1982年12月长江文艺出版社版《臧克家散文小说集》。

葬议（杂文）

1980年8月8日作；

载1980年8月24日《光明日报》；

初收1982年12月长江文艺出版社版《臧克家散文小说集》。

题辛稼轩纪念馆（楹联）

1980年8月11日作；

初收1985年11月山东文艺出版社版《臧克家文集》第3卷。

赠摄影师同志（诗）

1980年夏作；

初收1985年4月山东文艺出版社版《臧克家文集》第2卷。

青年（诗）

1980年作；

初收1985年4月山东文艺出版社版《臧克家文集》第2卷。

踢球去——赠摄影名家姚经才同志（诗）

载1980年8月18日《北京晚报》。

要作钢铁，不作柳絮——读工人同志的诗（评论）

载1980年8月25日《工人日报》；

初收1982年12月长江文艺出版社版《臧克家散文小说集》。

古为今用——读郑板桥的一副楹联（杂文）

1980年8月29日作；

载1980年9月7日《光明日报·东风》；

初收1982年12月长江文艺出版社版《臧克家散文小说集》。

赠季羡林同志（诗）

1980年9月3日作；

初收1980年11月云南人民出版社版《友声集》。

甘苦寸心知——谈《老妪与士兵》（散文）

1980年9月4日作；

载1980年《钟山》第1期；

初收1982年2月四川人民出版社版《甘苦寸心知》。

致姚素英同志（书信）

1980年9月4日作；

载1980年12月25日《四平师院学报》第4期。

致姚素英同志（书信）

1980年9月6日作；

载1980年12月25日《四平师院学报》第4期。

甘苦寸心知（散文）

载1980年9月7日《文汇报·笔会》"我和上海"栏内；

初收1982年2月四川人民出版社版《甘苦寸心知》。

甘苦寸心知——谈早期创作的几首诗（散文）

1980年9月9日作；

载1981年4月《文艺报》第4期；

初收1982年2月四川人民出版社版《甘苦寸心知》。

甘苦寸心知——谈《你们》这首诗（散文）

1980年9月17日作；

载1980年12月《湘江文艺》第12期；

初收1982年2月四川人民出版社版《甘苦寸心知》。

甘苦寸心知——谈《一片绿色的玻璃》（散文）

1980年9月19日作；

载1981年4月《柳泉》文艺丛刊第1期；

初收1982年2月四川人民出版社版《甘苦寸心知》。

致李少先同志（书信）

1980年9月21日作；

载1980年12月25日《四平师院学报》第4期。

被遗忘了的一首诗——甘苦寸心知（散文）

载1980年9月《红岩》文学季刊第3期"评论"栏内；

初收1982年2月四川人民出版社版《甘苦寸心知》。

致《光明日报》编者（书信）

1980年10月4日作；

载1980年10月12日《光明日报》"读者·作者·编者"栏内。

写在卷头（序言）

1980年10月11日作；

初收1982年5月山东人民出版社版《臧克家长诗选》。

少见太阳多见雾（散文）

1980年10月15日作；

初收1981年10月四川人民出版社版《诗与生活》。

甘苦寸心知——谈《六机匠》这篇长诗（散文）

载1980年10月25日《散文》第10期；

初收1982年2月四川人民出版社版

《甘苦寸心知》。

《甘苦寸心知》题记
1980年10月29日作；
载1980年11月23日《解放日报》；
初收1982年2月四川人民出版社版
《甘苦寸心知》，改题为《说在前头》。

听课精神（杂文）
载1980年11月1日《人民日报》"群言
录"栏内；
初收1982年12月长江文艺出版社版
《臧克家散文小说集》。

苏东坡《沁园春》（散文）
1980年11月9日作；
载1981年4月20日《文汇月刊》
第4期；
初收1982年12月长江文艺出版社版
《臧克家散文小说集》。

诗要三顺（杂文）
1980年11月27日作；
载1981年2月10日《诗刊》2月号；
初收1982年12月长江文艺出版社版
《臧克家散文小说集》。

一点体会（散文）
1980年12月8日于北京；
载1981年3月10日《书讯》第29号。

三谈《有的人》（散文）
1980年12月9日作；
载1981年2月《语文学习》第2期；
初收1982年12月长江文艺出版社版
《臧克家散文小说集》。

长夜漫漫终有明（散文）
1980年12月20日作；
载1981年5月《新文学史料》第2期；
初收1981年10月四川人民出版社版
《诗与生活》。

1981年

十六小时以内（散文）
1981年1月2日作；
载1981年4月《八小时以外》第2期；
初收1982年12月长江文艺出版社版
《臧克家散文小说集》。

诗与生活话短长——序回忆录《诗与
生活》
1981年1月5日作；
载1981年2月16日《人民日报》；
初收1981年10月四川人民出版社版
《诗与生活》。

知也无涯（杂文）
1981年1月5日作；
载1981年4月《知识与生活》第2期；
初收1982年12月长江文艺出版社版
《臧克家散文小说集》。

关于《避暑录话》和《现代》（散文）

1981年1月5日作；

载1981年11月《新文学史料》第3期。

高士其的诗和他的人（散文）

1981年1月9日作；

载1982年12月河北人民出版社《高士其及其作品选介》；

初收1984年2月花城出版社版《青柯小朵集》。

怎样评价人物——学习鲁迅的科学态度（杂文）

1981年1月作；

载1981年1月21日《光明日报》。

初收1982年12月长江文艺出版社版《臧克家散文小说集》。

关于朦胧诗（论文）

1981年1月作；

载1981年《河北师院学报》（哲社版）第1期。

也谈朦胧诗（论文）

1981年2月10日作；

载1981年4月9日《文学报》；

初收1982年12月长江文艺出版社版《臧克家散文小说集》。

和青年同志们谈心（散文）

1981年3月作；

载1981年3月17日《中国青年报》；

初收1982年12月长江文艺出版社版《臧克家散文小说集》。

我的祝辞——庆祝母校建校五十五周年（散文）

1981年3月5日作；

载1981年6月《散文》6月号，改题《遥向母校祝贺》；

初收1982年12月长江文艺出版社版《臧克家散文小说集》。

您象……（诗）

1981年3月20日作；

载1981年5月4日《人民日报》；

初收1984年4月花城出版社版《落照红》。

雄风（散文）

1981年3月作；

载1981年3月24日《北京日报》；

初收1982年12月长江文艺出版社版《臧克家散文小说集》。

看球记（散文）

载1981年3月24日《北京晚报》；

初收1982年12月长江文艺出版社版《臧克家散文小说集》。

建个文学馆，好！（散文）

1981年3月作；

载1981年3月26日《人民日报》；
初收1984年2月花城出版社版《青柯
小朵集》。

赋诗迎健儿——欢迎中国男女排球队
胜利归来（诗）
1981年3月26日作；
载1981年3月29日《中国青年报》。

信——痛悼茅盾先生（诗）
1981年3月28日作；
载1981年4月6日《人民日报》；
初收1984年4月花城出版社版《落
照红》。

泪眼看遗墨（散文）
1981年3月29日作；
载1981年5月《诗刊》5月号；
初收1982年12月长江文艺出版社版
《臧克家散文小说集》。

哭茅盾先生（诗）
1981年3月30日作；
载1981年4月5日《光明日报》。

关于《长诗选》（散文）
1981年3月作；
载1981年4月5日《文汇报》。

悼茅盾先生（诗）
1981年4月2日作；

载1981年4月7日《解放军报》；
初收1985年11月山东文艺出版社版
《臧克家文集》第3卷。

展读遗墨泪水多（散文）
1981年4月7日作；
载1981年4月12日《解放日报》。

往事忆来多（散文）
1981年4月8日作；
载1981年12月《十月》第4期；
初收1982年12月长江文艺出版社《臧
克家散文小说集》。

三十正壮年——祝人民文学出版社成
立三十周年（诗）
1981年4月9日作；
载1981年5月12日《文学书窗》总
第14期。

春到庭院（诗）
1981年4月10日作；
载1981年8月《上海文学》8月号；
初收1984年4月花城出版社版《落照红》。

挥泪告别（诗）
1981年4月10日作；
载1981年4月12日《文汇报》。

泪点差似墨点多（散文）
1981年4月13日作；

载1981年5月《大地》第3期；
初收1984年2月花城出版社版《青柯小朵集》。

《有的人》的产生过程（散文）
1981年4月13日作；
载1981年8月《中学语文教学》8月号。

书到眼前——悼念茅盾先生（诗）
1981年4月17日作；
载1981年5月《人民文学》5月号；
初收1984年4月花城出版社版《落照红》。

重读茅盾先生的来信（散文）
1981年4月24日作；
载1981年6月《文艺研究》第3期。

学习茅盾先生的谦逊（散文）
1981年4月24日作；
初收1984年2月花城出版社版《青柯小朵集》。

让铺（相声）
1981年4月作；
载1981年4月29日《北京晚报》；
初收1984年2月花城出版社版《青柯小朵集》。

赋凯旋——欢呼乒乓健儿为国争光（诗）
1981年4月28日作；

载1981年5月3日《光明日报》；
初收1985年11月山东文艺出版社版《臧克家文集》第3卷。

读《石舫》千字（散文）
1981年5月2日作；
载1981年6月《北京文学》6月号；
初收1984年2月花城出版社版《青柯小朵集》。

《散文小说集》序（散文）
1981年5月26日作；
载1981年9月《大地》第5期；
初收1982年12月长江文艺出版社版《臧克家散文小说集》。

向茅盾先生学习（散文）
1981年6月1日作；
载1981年8月《红岩》第3期；
初收1984年2月花城出版社版《青柯小朵集》。

遗爱永留人间——瞻仰宋庆龄同志遗容（诗）
1981年6月1日作；
载1981年7月《解放军文艺》7月号；
初收1984年4月花城出版社版《落照红》。

巍巍慈祥的形象——沉痛悼念宋庆龄同志（诗）
1981年6月1日作；

载1981年6月2日《工人日报》。

黎先耀和他的散文（散文）
1981年6月5日作；
载1981年10月《散文》10月号；
初收1984年2月花城出版社版《青柯小朵集》。

要记住三亿少年儿童（散文）
1981年6月作；
载1981年6月8日《北京晚报》；
初收1982年12月长江文艺出版社版《臧克家散文小说集》。

风花雪月与诗词歌赋（散文）
载1981年6月8日《大自然》第2期；
初收1982年12月长江文艺出版社版《臧克家散文小说集》。

青岛，我怀念你（诗）
1981年6月8日作；
载1981年8月《海鸥》8月号；
初收1984年4月花城出版社版《落照红》。

伟大的形象（诗）
1981年6月19日作；
载1981年6月30日《文汇报》；
初收1984年4月花城出版社版《落照红》。

少年，伟大的党的后备军——献给党诞生六十周年（诗）

1981年7月1日作；
初收1984年4月花城出版社版《落照红》。

累累的果实（诗）
1981年7月1日作；
载1982年1月3日《光明日报》；
初收1984年4月花城出版社版《落照红》。

这部影片——看《先驱者之歌》有感（诗）
1981年7月5日作；
载1981年8月《剧本园地》第4期；
初收1984年4月花城出版社版《落照红》。

从华应申同志遗嘱想到的（杂文）
1981年7月作；
载1981年7月28日《人民日报》；
初收1982年12月长江文艺出版社版《臧克家散文小说集》。

松花江上（诗四首）
1981年7月27日作；
载1981年10月《北方文学》10月号；
初收1984年4月花城出版社版《落照红》。

球儿虽小有分量（诗）
1981年8月作；
载1981年8月7日《体育报》。

胼胝的手掌——赠郎平同志（诗）
1981年8月9日作；

载1981年8月21日《人民日报》；
初收1984年4月花城出版社版《落照红》。

于细微处见精神——读《书叶集》（散文）
1981年8月13日作；
载1981年9月7日《文艺报》第17期；
初收1984年2月花城出版社版《青柯
小朵集》。

我亡书，我得之——喜《死水》、《烙
印》联翩归来（散文）
1981年8月20日作；
载1982年1月《八小时以外》1月号；
初收1984年2月花城出版社版《青柯
小朵集》。

周嘉堤同志和他的诗（散文）
1981年8月22日作；
载1981年11月《诗刊》11月号；
初收1984年2月花城出版社版《青柯
小朵集》。

《绝句一百首》小序（散文）
1981年8月29日作；
载1982年7月23日《人民日报》；
初收1984年2月花城出版社版《青柯
小朵集》。

有的人死了，他还活着——纪念鲁迅先
生诞生一百周年（散文）
1981年8月作；

载1981年9月《人民文学》9月号；
初收1984年2月花城出版社版《青柯
小朵集》。

百年怀人——鲁迅先生诞辰一百周年纪
感（诗）
1981年9月3日作；
载1981年9月20日《光明日报》；
初收1985年11月山东文艺出版社版
《臧克家文集》第3卷。

念巨人——纪念鲁迅先生诞生一百周
年（诗）
1981年9月3日作；
载1981年9月24日《北京日报》。

我的诗的第一产《烙印》的出世（散文）
1981年10月14日作；
载1982年2月25日《书讯报》；
初收1984年2月花城出版社版《青柯
小朵集》。

秋思怀叶老（诗）
1981年10月15日作；
载1982年1月《诗刊》1月号；
初收1985年11月山东文艺出版社版
《臧克家文集》第3卷，改题为《秋思
寄叶老》。

欣赏一首短诗（散文）
1981年10月19日作；

载1982年1月《萌芽》1月号；
初收1984年2月花城出版社版《青柯小朵集》。

对写作的要求（散文）
1981年10月20日作；
载1983年《写作》第1期；
初收1984年2月花城出版社版《青柯小朵集》。

说短道长（杂文）
1981年10月21日作；
载1981年11月2日《人民日报》；
初收1984年2月花城出版社版《青柯小朵集》。

戏为六绝句（诗）
1981年10月21日作；
其中《生活》、《读书》、《评论》、《传统》四首载1981年12月11日《人民日报》，《新月》、《现代》二首载1984年3月《诗刊》3月号；
初收1985年11月山东文艺出版社版《臧克家文集》第3卷，改题为《给张惠仁同志》。

有赠（诗）
1981年10月26日作；
载1982年1月《诗刊》1月号；
初收1985年11月山东文艺出版社版《臧克家文集》第3卷。

召唤（诗）
1981年10月26日作；
载1981年11月1日《光明日报》；
初收1984年4月花城出版社版《落照红》。

赠涂光群同志（诗）
1981年10月30日作；
载1982年1月《诗刊》1月号。

一代风骚，万丈光焰——读六老诗词纪感（散文）
1981年11月2日作；
载1982年8月《人民文学》8月号；
初收1984年2月花城出版社版《青柯小朵集》。

记与陈望道先生的一次会晤（散文）
1981年11月6日作；
载1981年11月15日《解放日报》；
初收1984年2月花城出版社版《青柯小朵集》。

诗简——致孙静轩同志（诗）
1981年11月15日作；
载1982年《绿原》第2期。

迎女排（诗）
1981年11月16日作；
载1981年11月17日《光明日报》；
初收1985年11月山东文艺出版社版《臧克家文集》第3卷。

东风传捷报——中国女排获冠军，喜
而赋此以赠（诗）

1981年11月17日作；

载1981年11月20日《体育报》；

初收1984年4月花城出版社版《落照红》。

记高士其同志雪中来访（散文）

1981年11月17日作；

载1981年11月29日《解放日报》；

初收1984年2月花城出版社版《青柯
小朵集》。

拥抱——欢迎女排健儿（诗）

1981年11月20日作；

载1981年11月23日《北京晚报》；

初收1984年4月花城出版社版《落照红》。

忆念郑振铎先生（散文）

1981年11月25日作；

载1981年12月9日《解放日报》；

初收1984年2月花城出版社版《青柯
小朵集》。

怀念老友靖华同志（散文）

1981年11月29日作；

载1981年12月20日《解放日报》；

初收1984年2月花城出版社版《青柯
小朵集》。

冰心同志，祝你健康（散文）

1981年12月2日作；

载1982年1月13日《解放日报》；

初收1984年2月花城出版社版《青柯
小朵集》。

关于顾颉刚先生一二事（散文）

1981年12月6日作；

载1982年2月3日《解放日报》；

初收1984年2月花城出版社版《青柯
小朵集》。

读书学习的零星感想（散文）

1981年12月6日作；

载1984年2月花城出版社版《青柯小
朵集》。

关于我的诗创作答问（散文）

1981年12月8日作；

载1984年2月花城出版社版《青柯小
朵集》。

朴素衣裳常在眼——记美林（散文）

1981年12月13日作；

载1982年2月28日《解放日报》；

初收1984年2月花城出版社版《青柯
小朵集》。

苦尽甜来人倍忙——雪天忆寿彝（散文）

1981年12月17日作；

载1983年3月17日《解放日报》；

初收1984年2月花城出版社版《青柯
小朵集》。

美丽的诗的品种——《中国新时期儿童诗选》序（散文）

1981年12月27日作；

载1982年6月《新港》6月号；

初收1984年2月花城出版社版《青柯小朵集》。

春色满西郊，提笔问忙闲？——记广铭（散文）

1981年12月29日作；

载1982年9月23日《解放日报》；

初收1984年2月花城出版社版《青柯小朵集》。

答问——关于我自己（散文）

1981年作；

载1982年1月《人才》1月号；

初收1984年2月花城出版社版《青柯小朵集》。

青年（诗）

1981年作；

载1981年12月31日《中国青年报》；

初收1985年4月山东文艺出版社版《臧克家文集》第2卷，误为1980年作。

为三苏纪念馆题联（楹联）

1981年作；

初收1985年11月山东文艺出版社版《臧克家文集》第3卷。

1982年

独树参天（诗）

1982年作；

载1984年4月花城出版社版《落照红》。

重读《岳阳楼记》（散文）

1982年作；

载1982年1月《文史知识》第1期；

初收1984年2月花城出版社版《青柯小朵集》。

我对散文的一些看法和作法（散文）

1982年作；

载1982年1月7日《文艺报》第1期；

初收1984年2月花城出版社版《青柯小朵集》。

春风吹得蓓蕾红——为《绿叶上的小诗》作序

1982年1月9日作；

载1982年6月3日《文学报》；

初收1984年2月花城出版社版《青柯小朵集》。

扎根于生活的诗——《李学鳌诗选》读后（论文）

1982年2月2日作；

载1982年2月《诗刊》2月号；

初收1984年2月花城出版社版《青柯小朵集》。

关于岳飞《满江红》词的通信

1982年2月5日、6日作；

载1982年4月《文史哲》第2期；

初收1984年2月花城出版社版《青柯小朵集》。

回顾新诗六十年——序《中国现代诗歌史》

1982年作；

载1982年2月22日《光明日报》；

初收1984年2月花城出版社版《青柯小朵集》。

苏东坡少作《黠鼠赋》（散文）

1982年2月14日作；

载1982年3月3日《光明日报》；

初收1984年2月花城出版社版《青柯小朵集》，改题为《苏东坡的〈黠鼠赋〉》。

初学新诗忆当年（散文）

1982年2月28日作；

载1984年1月《书林》第1期；

初收1984年2月花城出版社版《青柯小朵集》。

江山信美真吾土（散文）

1982年3月2日作；

载1982年7月《旅伴》第9期；

初收1984年2月花城出版社版《青柯小朵集》。

茅盾"给克家的信"附记（散文）

1982年3月4日作；

载1982年3月24日《文汇报》。

"茅盾给臧克家的十封信"后记（散文）

1982年3月15日作；

载1982年4月1日《文学报》。

纪念"讲话"发表四十周年（发言纪要）

1982年3月15日作；

载1982年6月《诗刊》6月号。

向老舍先生学习（散文）

1982年3月17日作；

载1982年7月《柳泉》第2期；

初收1984年2月花城出版社版《青柯小朵集》。

昆仑飞雪到眉梢（散文）

1982年3月29日作；

载1982年5月19日《文汇报》；

初收1984年2月花城出版社版《青柯小朵集》。

《诗刊》诞生三件事（散文）

1982年3月作；

载1982年4月《诗刊》4月号；

初收1984年2月花城出版社版《青柯小朵集》。题改为《诗刊诞生二三事》

读田汉同志诗词（诗）

1982年4月作；

载1983年5月9日《深圳特区报》；
初收1985年11月山东文艺出版社版
《臧克家文集》第3卷。

异国风光入眼来——序《西亚风情》
1982年4月12日作；
载1983年2月6日香港《文汇报》；
初收1984年2月花城出版社版《青柯
小朵集》。

一个倔强的人——记宾基（散文）
1982年4月29日作；
载1982年7月《芳草》7月号；
初收1984年2月花城出版社版《青柯
小朵集》。

蝴蝶（诗）
1982年4月29日作；
载1982年5月28日《人民日报》；
初收1984年4月花城出版社版《落
照红》。

瑟瑟金风天外至——重读《秋声赋》
纪感（散文）
1982年5月10日作；
载1983年10月北京出版社版《阅读与
欣赏》（古典文学部分）（六）；
初收1984 年2月花城出版社版《青柯
小朵集》。

登高（诗）

1982年5月19日作；
载1984年4月花城出版社版《落照红》。

凌霄羽毛——为羽毛球健儿夺得冠军而
欢呼（诗）
1982年5月22日作；
载1982年5月23日《光明日报》；
初收1985年4月山东文艺出版社版
《臧克家文集》第2卷。

大地之子——记广田（散文）
1982年夏初作；
载1982年7月《散文》7月号；
初收1984年2月花城出版社版《青柯
小朵集》。

文人相重，以古为鉴（杂文）
1982年6月作；
载1982年7月22日《文学报》；
初收1984年2月花城出版社版《青柯
小朵集》。

精神文明的火炬——爱国主义（杂文）
1982年7月5日作；
载1983年12月安徽人民出版社版《作
家谈精神文明》。

寻寻觅觅（组诗）
1982年7月作；
载1982年9月《海鸥》第9期；
初收1984年4月花城出版社版《落照红》。

海滨觅小诗（组诗）

1982年7月作；

载1983年《柳泉》第1期；

初收1984年4月花城出版社版《落照红》。

墨迹岂能掩血迹（杂文）

1982年8月作；

载1982年8月12日《光明日报》；

初收1984年2月花城出版社版《青柯小朵集》。

老舍的新诗——序《老舍新诗选》

1982年8月15日作；

载1983年3月《散文》3月号；

初收1984年2月花城出版社版《青柯小朵集》。

笔锋常带感情，要富于文彩（散文）

1982年作；

载1982年8月28日湖北《书讯报》。

短句话短诗——《中国当代短诗萃》小序

1982年8月16日作；

载1982年11月《散文》11月号；

初收1984年2月花城出版社版《青柯小朵集》。

悼伯箫同志（诗）

1982年8月27日作；

载1985年11月山东文艺出版社版《臧克家文集》第3卷。

李白的人品与诗品（散文）

1982年8月29日作；

载1982年10月《诗刊》10月号；

初收1984年2月花城出版社版《青柯小朵集》。

要和运动员交朋友（散文）

1982年作；

载1982年8月30日《体育报》。

伤逝——悼刘子衡（诗）

1982年初秋作；

载1985年11月山东文艺出版社版《臧克家文集》第3卷，删副题。

五十二年友情长——追念伯箫同志（散文）

1982年9月2日作；

载1982年10月《人民文学》10月号；

初收1984年2月花城出版社版《青柯小朵集》。

参天大树（诗）

1982年9月作；

载1982年9月9日《北京晚报》；

初收1984年4月花城出版社版《落照红》。

您是——欢呼党的十二大（诗）

1982年9月9日作；

载1982年9月16日《人民日报》；

初收1984年4月花城出版社版《落照红》。

昨日黄花到眼前——写在《臧克家集外诗集》前（序言）

1982年9月15日作；

载1984年2月花城出版社版《青柯小朵集》；

初收1984年4月陕西人民出版社版《臧克家集外诗集》。

海阔天空任翱翔——有怀碧野（散文）

1982年作；

载1982年9月27日《解放日报》"市郊版"；

初收1984年2月花城出版社版《青柯小朵集》。

人好月婵娟（散文）

1982年9月23日作；

载1982年10月1日《北京晚报》；

初收1984年2月花城出版社版《青柯小朵集》。

中国雄风——欢呼中国女排夺魁（诗）

1982年9月26日作；

载1982年9月27日《体育报》。

办好《中国诗人》的一些想法（散文）

1982年9月30日作；

载1983年《创作》第4期。

夺得锦标归——欢迎女排健儿胜利归来（诗）

1982年10月1日作；

载1982年10月3日《光明日报》。

欢情——女排凯旋归（诗）

1982年10月7日作；

载1982年10月《新体育》10月号。

战斗的集体（散文）

1982年10月作；

载1984年6月三联书店版《生活·读书·新知革命出版工作五十年纪念集》。

我的喜爱（散文）

1982年10月30日作；

载1983年8月《绿原》第8辑；

初收1985年5月文化艺术出版社版《克家论诗》。

风风雨雨见精神——喜读敏歧同志的《风雨集》（散文）

1982年11月5日作；

载1984年2月花城出版社版《青柯小朵集》。

岁寒三友话"三联"（散文）

1982年作；

载1982年11月8日香港《文汇报》；

初收1984年2月花城出版社版《青柯小朵集》，误为1981年作。

写作，可贵而难能（杂文）

1982年11月22日作；

载1983年8月8日《人民日报》；

初收1984年2月花城出版社版《青柯小朵集》。

"不用扬鞭自奋蹄"（杂文）

1982年11月作；

载1982年12月2日《人民日报》。

一个勤奋乐观的人——悼念健吾同志（散文）

1982年12月3日作；

载1983年2月《散文》2月号；

初收1984年2月花城出版社版《青柯小朵集》。

赠于黑丁同志（诗）

1982年12月11日作；

载1985年11月山东文艺出版社版《臧克家文集》第3卷。

《山海楼诗词》序（散文）

1982年12月23日作；

载1984年2月花城出版社版《青柯小朵集》。

有感——《访古学诗万里行》读后（诗）

1982年12月作；

载1985年11月山东文艺出版社版《臧克家文集》第3卷，改题为《读〈访古学诗万里行〉》。

题汤阴岳飞纪念馆（楹联）

1982年12月27日作；

初收1985年11月山东文艺出版社版《臧克家文集》第3卷。

《王统照旧体诗词》序（散文）

1982年12月29日作；

载1984年2月花城出版社版《青柯小朵集》。

重与轻（诗）

1982年作；

后两句作为对联载1985年11月山东文艺出版社版《臧克家文集》第3卷，全诗载1988年7月武汉出版社版《臧克家旧体诗稿》。

1983年

华君武的漫画（散文）

1983年1月7日作；

载1984年2月花城出版社版《青柯小朵集》。

《青柯小朵集》小序（散文）

1983年1月8日作；

载1984年2月花城出版社版《青柯小朵集》。

《电大优秀作文讲评选集》序言
1983年1月12日作；
载1983年2月天津电大版《电大优秀作文讲评选集》。

共一呼——为诗刊社召集诗人联欢会作（诗）
1983年1月18日作；
载1983年3月《诗刊》3月号；
初收1985年11月山东文艺出版社版《臧克家文集》第3卷。

为《中州今古》题句（诗）
1983年1月作；
载1983年3月《中州今古》第2期；
初收1985年11月山东文艺出版社版《臧克家文集》第3卷。

春满乾坤福满门（散文）
1983年1月19日作；
载1983年2月12日《北京日报》；
初收1984年2月花城出版社版《青柯小朵集》。

忆闻一多先生（散文）
1983年1月22日作；
载1983年4月《教学通讯》（文科版）4月号；

初收1984年2月花城出版社版《青柯小朵集》。

你去得太突然——悼念老友方殷同志（诗）
1983年1月25日作；
载1983年3月7日《人民日报》；
初收1984年4月花城出版社版《落照红》。

《诗苑趣话》缀语（散文）
1983年1月31日作；
载1983年3月9日《文汇报》；
初收1984年4月花城出版社版《青柯小朵集》。

我的健康观（散文）
1983年春作；
载1983年2月《健康之友》2月号。

关于《春鸟》的一封信（散文）
1983年2月21日作；
载1983年5月20日《中学语文》第5期。

悼念萧三同志（诗）
1983年2月22日作；
载1983年4月《解放军文艺》4月号；
初收1984年4月花城出版社版《落照红》。

悼萧三同志（诗）

1983年2月作；

载1983年2月26日《北京日报》。

从心里感到欢娱——作协首届新诗评

奖投票归来后作（诗）

1983年2月28日作；

载1983年4月《诗刊》4月号；

初收1984年4月花城出版社版《落

照红》。

诗词欣赏情趣多（散文）

1983年3月16日作；

载1983年12月11日《湖南日报》。

新诗旧诗，互相学习（论文）

1983年3月17日作；

载1983年陕西人民出版社版《唐代文

学研究年鉴》。

学习茅盾先生的评论风格——在全国

茅盾研究学术讨论会开幕式上的发言

（论文）

1983年3月27日作；

载1984年文化艺术出版社版《茅盾研

究》第1辑。

无边的思念——哭亚平老友（诗）

1983年4月7日作；

载1983年4月18日《人民日报》；

初收1984年4月花城出版社版《落

照红》。

思念情深（诗）

1983年4月11日作；

载1983年5月7日《光明日报》；

初收1984年4月花城出版社版《落

照红》。

撤火（诗）

1983年4月作；

载1983年9月5日《人民日报》，总题

为《近作二首》；

初收1984年4月花城出版社版《落照红》。

关于《春鸟》（书信）

1983年4月30日作；

载1983年7月《中学语文教学》7月号。

野芳发而幽香（散文）

1983年5月7日作；

载1983年6月17日《南方日报》。

《山的女儿》小序（散文）

1983年5月7日作；

载1983年9月《鸭绿江》9月号。

短歌抒我情——有感于张海迪同志的

事迹（组诗十四首）

1983年5月23日作；

载1983年7月《诗刊》7月号；

初收1984年4月花城出版社版《落照红》。

登临（诗）

1983年5月26日作；

载1985年11月山东文艺出版社版《臧克家文集》第3卷。

在《我爱祖国山河美》游记文学征文茶会上的发言

1983年5月27日作；

载1983年7月《旅行家》第4期。

陈情"序"（杂文）

1983年5月作；

载1983年5月30日《人民日报》。

过路的客人（诗）

1983年6月5日作；

载1983年9月5日《人民日报》，总题为《近作二首》；

初收1984年4月花城出版社版《落照红》。

端午，诗人的节日（散文）

1983年6月作；

载1983年6月15日《文汇报》。

诗笺（诗）

1983年6月13日作；

载1984年4月花城出版社版《落照红》。

慷慨高歌的革命诗人——纪念柳亚子先生逝世二十五周年（散文）

1983年6月作；

载1983年6月20日《人民日报》。

题《落照红》（散文）

1983年6月14日作；

载1984年4月花城出版社版《落照红》。

多写多读好的短文（杂文）

1983年作；

载1983年7月4日《语文报》。

前言千字（《中国现代作家选集·臧克家》序）

1983年7月9日作；

初收1987年6月三联书店香港分店人民文学出版社版《中国现代作家选集·臧克家》。

诗的银河——《四十年代诗选》小序

1983年7月13日作；

载1984年8月《红岩》第3期。

和青年同学谈作文——《作家谈作文》序言

1983年7月24日作；

载1985年4月《学作文报》第3期。

喜闻乐见解（杂文）

1983年7月25日作；

载1983年9月《文艺报》第9期。

要真实、全面地评介历史人物（杂文）

1983年8月23日作；

载1983年9月《新观察》第17期。

为《老人天地》赋一绝（诗）

1983年8月25日作；

载1983年《老人天地》第1期；

初收1985年11月山东文艺出版社版
《臧克家文集》第3卷。

济南漫忆（散文）

1983年8月29日作；

载1984年2月《山东画报》第2期。

发扬民族自豪感（杂文）

1983年9月2日作；

载1983年10月《诗刊》10月号；

初收1985年5月文化艺术出版社版
《克家论诗》。

题阳谷水浒纪念馆（诗）

1983年9月4日作；

载1985年11月山东文艺出版社版《臧
克家文集》第3卷。

为荆州《中秋诗会》作（诗）

1983年9月7日作；

载1983年9月25日《湖北日报》；

初收1985年11月山东文艺出版社版
《臧克家文集》第3卷。

我心里的话——写在闻一多学术讨论
会举行之日（散文）

1983年9月17日作；

载1983年10月10日《人民日报》。

流派和宗派（杂文）

1983年9月21日作；

载1984年1月《文艺研究》第1期。

一人双手编《文讯》（散文）

1983年9月25日作；

载1983年12月《读书》12月号。

贺曹靖华同志从事文化教育工作六十周
年（诗）

1983年10月9日作；

载1985年11月山东文艺出版社版《臧
克家文集》第3卷。

两头热（杂文）

1983年作；

载1983年10月31日《人民日报》；

初收1985年5月文化艺术出版社版
《克家论诗》。

捏着一把火——序《王亚平诗选》

1983年10月31日作；

载1984年7月《诗刊》7月号。

甘国老与秦知了（杂文）

1983年11月1日作；

载1983年12月《人民文学》12月号。

五十年间学论文——代序《克家论诗》
1983年11月10日作；
载1984年7月5日《太原日报》；
初收1985年5月文化艺术出版社版
《克家论诗》。

溪流淙淙动我听——序纪鹏同志《溪流集》
1983年作；
载1983年12月《散文》12月号。

闻徐诗品比并看（论文）
1983年作；
载1983年12月《文艺报》第12期；
初收1985年5月文化艺术出版社版
《克家论诗》。

珍贵的"孤纸"（散文）
1983年12月23日作；
载1983年12月26日《人民日报》。

毛泽东同志与诗（散文）
1983年12月30日作；
载1984年1月《红旗》第2期。

1984年

我与"新月派"（散文）
1984年1月作；
载1984年10月《人民文学》10月号。

峥嵘岁月，激烈情怀（散文）
1984年1月3日作；
载1984年3月17日《长江日报》；
初收1988年4月湖南文艺出版社版
《臧克家抒情散文选》。

给路易·艾黎同志——祝您健康，长寿（诗）
1984年1月4日作；
载1984年7月12日《太原日报》；
初收1985年4月山东文艺出版社版
《臧克家文集》第2卷。

往事纷纷到目前（散文）
1984年作；
载1984年2月14日《人民日报》。

祝贺——给全国十名最佳运动员同志（诗）
1984年2月18日作；
载1984年2月19日《体育报》。

关于诗歌的一封信（散文）
1984年3月6日作；
载1984年3月16日《北京晚报》。

闻一多先生纪念碑碑文
1984年3月作；
未发表；
该纪念碑落成于山东省青岛市山东海洋学院（现青岛海洋大学）内"一多楼"前。

755

贺闻一多先生雕像落成（书信）
1984年3月23日作；
载1984年4月7日《山东海洋学院》报。

推荐《访古学诗万里行》（散文）
1984年作；
载1984年3月《书林》第2期。

写作是一门必须予以振兴的学科（论文）
1984年3月30日作；
载1984年9月《写作》第5期。

寄语青年——为《寄语青年丛书》题句
（诗）
1984年4月作；
载1985年5月4日《北京晚报》。

贺友人去职（杂文）
1984年4月5日作；
载1984年5月3日《人民日报》。

溯往事，六十年——追忆杨晦先生
（散文）
1984年4月14日作；
载1984年8月《散文》8月号。

蜜蜂（诗）
1984年4月27日作；
载1984年6月4日《人民日报》，题为
《近作二首》；
初收1986年2月人民文学出版社北京

第3版《臧克家诗选》。

蜻蜓（诗）
1984年4月27日作；
载1984年6月4日《人民日报》，题为
《近作二首》；
初收1986年2月人民文学出版社北京
第3版《臧克家诗选》。

总结不是终结——《臧克家文集》小序
1984年5月作；
载1985年2月山东文艺出版社版《臧
克家文集》第1卷，写作时间误为
1985年1月。

带着油墨香味飞来（散文）
1984年5月24日作；
载1984年7月5日《今晚报》。

我和孩子（散文）
1984年6月作；
载1984年6月8日《北京晚报》；
初收1988年4月湖南文艺出版社版
《臧克家抒情散文选》。

谈人体特异功能（杂文）
1984年6月19日作；
载1984年12月《人体特异功能研究》
第2卷第4期。

长城（诗二首）
1984年6月作；

载 1984 年 7 月 24 日《人民日报》。

男儿国是家（散文）
1984 年 6 月 22 日作；
载 1984 年 7 月 4 日《天津日报》。

题蒲松龄故居
1984 年 6 月 25 日作；
刊于山东省淄川蒲松龄故居纪念馆。

气昂昂奔向洛杉矶去（诗）
1984 年 6 月 26 日作；
载 1984 年 7 月 14 日《体育报》。

苏轼：《江城子（乙卯正月二十日夜记梦）》析赏（散文）
1984 年 7 月 1 日作；
载 1988 年 4 月上海辞书出版社版《唐词鉴赏词典》。

黑水白山寄深情——为祝贺《黑龙江日报》改刊三十五周年作（诗）
1984 年 7 月 10 日作；
载 1984 年 7 月 31 日《黑龙江日报》。

诗意似春水——读晏明同志近作二册（散文）
1984 年 7 月 26 日作；
载 1984 年 12 月 3 日《人民日报》。

第一枝——为我国神枪手许海峰获第

一块金牌作（诗）
1984 年 7 月 30 日作；
载 1984 年 7 月 31 日《北京日报》；
初收 1988 年 7 月武汉出版社版《臧克家旧体诗稿》。

洛杉矶侨胞（诗）
1984 年 7 月 31 日作；
载 1985 年 10 月 26 日《诗歌报》；
初收 1988 年 7 月武汉出版社版《臧克家旧体诗稿》。

深情动人心（诗）
1984 年 8 月 2 日作；
载 1984 年 8 月 8 日《人民日报》；
初收 1986 年 2 月人民文学出版社北京第 3 版《臧克家诗选》。

我爱雨天（散文）
1984 年 8 月 5 日作；
载 1984 年 8 月 31 日《北京晚报》；
初收 1988 年 4 月湖南文艺出版社版《臧克家抒情散文选》。

关于苏东坡的《水调歌头·明月几时有？》（散文）
1984 年 8 月 10 日作；
发表处未详。

把她们举起来——欢迎女排凯归（诗）
1984 年 8 月 13 日作；

载 1984 年 9 月 25 日《诗歌报》。

京郊农民驾机飞上天（诗）
1984 年 8 月 29 日作；
载 1984 年 9 月 13 日《北京日报》。

给《乡土文学》的一封信
1984 年 9 月 25 日作；
载 1984 年《乡土文学》第 2 期。

家乡菜味香（散文）
1984 年作；
载 1984 年 9 月《中国烹饪》9 月号。

为《中国烹饪》鲁菜专号题诗（诗）
1984 年 10 月作；
载 1985 年 3 月《中国烹饪》5 月号。

忆旧游——为"襄阳孟浩然诗会"作
（诗）
1984 年 10 月 14 日作；
载 1984 年 10 月 24 日《人民日报》；
初收 1988 年 7 月武汉出版社版《臧克
家旧体诗稿》。

行知歌——为"上海陶行知纪念馆"
作（诗）
1984 年 10 月 19 日作；
载 1985 年 3 月 6 日《人民日报》，总题
"近作三首"；
初收 1988 年 7 月武汉出版社版《臧克

家旧体诗稿》。

题《武松景阳冈打虎图》（诗）
1984 年 10 月 21 日作；
载 1985 年 6 月《诗刊》6 月号，总题《五
月诗抄·新旧各二首》；
初收 1988 年 7 月武汉出版社版《臧克
家旧体诗稿》。

在闻一多先生的教导下（散文）
1984 年作；
载 1984 年 10 月中国少年儿童出版社
版《我爱老师》。

称名忆旧容——记笔管胡同七号旧居
（散文）
1984 年 10 月 23 日初稿，1984 年 12 月
13 日改定；
载 1985 年 4 月《人民文学》4 月号；
初收 1988 年 4 月湖南文艺出版社版
《臧克家抒情散文选》。

泪滴诗篇爱国情（散文）
1984 年 11 月 10 日作；
载 1985 年 2 月 9 日《羊城晚报》。

忠魂——纪念范筑先将军殉国四十六
周年（诗）
1984 年 11 月 10 日作；
载 1984 年 11 月 17 日《光明日报》；
初收 1988 年 7 月武汉出版社版《臧克

家旧体诗稿》。

赠黄药眠老友（诗）

1984年11月14日作；

载1985年3月6日《人民日报》，总题
《近作三首》；

初收1988年7月武汉出版社版《臧克
家旧体诗稿》。

沈醉同志索句感赋一绝奉正（诗）

1984年11月16日作；

载1985年2月《啄木鸟》第1期；

初收1988年7月武汉出版社版《臧克
家旧体诗稿》。

**我应该送你一首诗——赠高士其同志
（诗）**

1984年11月22日作；

载1985年4月《中国作家》第2期；

初收1986年2月人民文学出版社北京
第3版《臧克家诗选》。

炉火（散文）

1984年11月24作；

载1985年2月《散文》2月号；

初收1988年4月湖南文艺出版社版
《臧克家抒情散文选》。

**在庆祝《中学生》创刊五十五周年座
谈会上的发言**

1984年12月1日作；

载1985年3月《中学生》3月号。

题《中国旅游报》（诗）

1984年12月21日作；

载1985年1月1日《中国旅游报》；

初收1988年7月武汉出版社版《臧克
家旧体诗稿》。

贺巴金八十大寿（诗）

1984年作；

载1985年3月6日《人民日报》，总题
《近作三首》；

初收1988年7月武汉出版社版《臧克
家旧体诗稿》。

**老朋友，请接受我的祝贺——开明书
店创立六十周年纪念（散文）**

1984年12月26日作；

载1985年8月中国青年出版社版《我
与开明》。

1985年

学习写作六十年（散文）

1985年1月作；

载1985年5月《五月》创刊号，第2期
续载。

**五十五年一卷诗——《臧克家诗选》增
订本小序**

1985年1月5日作；

载1986年2月人民文学出版社北京

第3版《臧克家诗选》。

答问十二题（散文）
1985年1月16日作；
载1985年3月《未名诗人》3月号。

题《农民日报·文化园》（诗）
1985年1月26日作；
载1985年2月22日《农民日报》；
初收1988年7月武汉出版社版《臧克家旧体诗稿》。

别长安（诗）
1985年2月4日作；
载1985年6月《诗刊》6月号，总题《五月诗抄·新旧各二首》；
初收1988年7月武汉出版社版《臧克家旧体诗稿》。

咏曹子建墓（诗）
1985年2月23日作；
载1985年9月《诗刊》9月号；
初收1988年7月武汉出版社版《臧克家旧体诗稿》。

乡土情深——《乡土情深》序
1985年3月10日作；
载1985年10月《文史哲》第5期；
初收1985年10月山东大学出版社版《乡土情深》。

小手笔，好文章（散文）
1985年3月20日作；
载1985年3月30日《北京晚报》，次日续载。

为《普通话》题句（题词）
1985年春作；
载香港《普通话》丛刊第2集。

诗苑争鸣五十家（论文）
1985年4月1日作；
载1985年6月27日《文学报》。

序《小孩子和大世界》
载1985年4月4日《河南日报》。

球迷（散文）
1985年4月12日作；
载1985年4月15日《北京晚报》。

真相与真魂（散文）
1985年4月12日作；
载1985年7月《文史知识》第7期。

《中国新诗集序跋选》小序
1985年4月19日作；
载1985年12月30日《羊城晚报》。

回忆少年时（散文）
1985年4月29日作；
载1985年6月20日《读书报》。

有约（诗）
1985年4月30日作；
载1985年6月《诗刊》6月号，总题《五月诗抄·新旧各二首》。

春寻（诗）
1985年5月3日作；
载1985年6月《诗刊》6月号，总题《五月诗抄·新旧各二首》。

三绝——为纪念屈原诞生2325年举办的"第二届江渎书画展览"题句
1985年5月5日作；
初收1988年7月武汉出版社版《臧克家旧体诗稿》。

姜白石的《齐天乐》（散文）
1985年5月9日作；
载1985年12月《文史知识》第12期。

诗界"三希"（论文）
1985年5月19日作；
载1985年《中外诗坛报》第1期。

回来吧，快回来吧——为失足青少年朗诵会而作（诗）
1985年5月30日作；
载1985年6月7日《北京晚报》。

热线——抗战胜利四十周年，重庆生活琐记（诗）

1985年6月1日作；
载1985年9月《红岩》第5期。

我爱《春天的笑声》（散文）
1985年6月23日作；
载1985年7月26日《小学生报》。

题外的话（散文）
1985年6月30日作；
载1985年10月《诗选刊》10月号。

花——《南国花讯》序句（诗）
1985年7月3日作；
载1986年2月24日《广州日报》。

《北京日报》老朋友（诗）
1985年7月12日作；
载1985年《北京日报创刊35周年纪念特刊》。

我为什么写作（散文）
1985年7月14日作；
载1985年8月3日《文艺报》。

也谈杂文（杂文）
1985年7月21日作；
载1985年8月22日《人民日报》。

印花——为世界少年足球柯达杯赛题句（诗）
1985年7月25日作；
载1985年7月27日《体育报》。

贺《文史知识》创刊五周年（诗）

1985年8月1日作；

载1985年10月《文史知识》第10期；

初收1988年7月武汉出版社版《臧克家旧体诗稿》。

题烟台《仙阁集锦》（词）

1985年8月5日作；

载1985年11月7日《人民日报》；

初收1988年7月武汉出版社版《臧克家旧体诗稿》。

歌乐山·大天池（散文）

1985年8月8日作；

载1985年9月5日《重庆晚报》，次日续载；

初收1988年4月湖南文艺出版社版《臧克家抒情散文选》。

激昂悲愤的高歌——《春鸟》的创作经过（散文）

1985年8月27日作；

载1985年10月《大学文科园地》第5期。

诗句鼓点一声声——悼田间同志（诗）

1985年9月2日作；

载1985年9月11日《人民日报》。

为诗你呕心五十年——悼老友田间同志（诗）

1985年9月2日作；

载1985年10月《诗刊》10月号。

留得铿然诗万行——悼念田间同志（诗）

1985年9月4日作；

载1985年10月《人民文学》10月号。

为盐城新四军纪念馆题句（诗）

1985年9月7日作；

载1985年11月7日《人民日报》；

初收1988年7月武汉出版社版《臧克家旧体诗稿》。

请接受一个老朋友的祝贺（散文）

1985年9月17日作；

载《新观察创刊三十五周年纪念册》。

赠白寿彝同志（诗）

1985年9月18日作；

载1985年11月7日《人民日报》；

初收1988年7月武汉出版社版《臧克家旧体诗稿》。

出国（杂文）

1985年9月21日作；

载1985年12月《群言》第9期。

旅美归来感慨多（杂文）

1985年9月26日作；

载1986年1月16日《人民日报》。

儿童诗的丰硕成果——《樊发稼儿童诗
选》序
1985年10月30日作；
载1985年12月16日《黄河诗报》。

为《潍坊日报》创刊志贺（诗）
1985年11月作；
载1985年12月5日《潍坊日报》。

为《鄢阳画苑》题句（诗）
1985年11月23日作；
载1986年9月《诗刊》9月号；
初收1988年7月武汉出版社版《臧克
家旧体诗稿》。

生命试卷的鉴定——向抗越前线战士
们致敬!（诗）
1985年12月5日作；
载1986年1月1日《人民日报》。

"阅微草堂"即兴（诗）
1985年12月11日作；
载1986年9月《诗刊》9月号；
初收1988年7月武汉出版社版《臧克
家旧体诗稿》。

新诗应该走什么样的道路——重读《胡
桃坡》有感（论文）
1985年12月14日作；
载1986年3月10日《人民日报》。

十亿人民的保护伞（诗）
1985年12月20日作；
载1986年2月22日《北京法制报》。

红花绿叶——为《人民教育》题画（诗）
1985年12月27日作；
载1986年3月《人民教育》第3期。

1986年

艺术新花朵——祝北京朗诵艺术团成
立五周年（诗）
1986年2月18日作；
载1986年3月4日《北京日报》。

访端木蕻良新居（诗）
1986年2月23日作；
初收1988年7月武汉出版社版《臧克
家旧体诗稿》。

悲惨阴暗的战争画卷——重读《吊古
战场文》（散文）
1986年3月5日作；
载1986年7月《文史知识》第7期。

大学生，小诗人（散文）
1986年3月11日作；
载1986年11月《人民文学》11月号。

为"黄河游览区题咏会"题句（诗）
1986年3月21日作；
载1986年4月19日《郑州晚报》。

遥远而亲切的回忆（散文）

1986年3月22日作；

载1986年《小学时代》第8期。

武训（诗）

1986年3月27日作；

载1986年9月《诗刊》9月号；

初收1988年7月武汉出版社版《臧克家旧体诗稿》。

胜利全从拼搏来（散文）

1986年3月30日作；

载1986年7月14日《人民日报》，发表时写作时间注为6月30日。

来自南疆的老山兰（散文）

1986年4月1日作；

载1986年8月《天津文学》8月号。

感谢·感动·感言——在"臧克家学术讨论会"上的发言

1986年4月22日作；

载1986年4月27日《济南日报》。

为山大85周年校庆题句（诗）

1986年5月5日作；

载1986年5月7日《山东大学报》。

祝贺雪垠、徐迟、碧野三老友创作五十周年（书信）

1986年5月9日作；

载1986年湖北省文联《文艺之窗》第1、2期合刊。

患难之交难忘怀——贺《文汇报·笔会》创刊四十周年（散文）

1986年5月20日作；

载1986年7月15日《文汇报》。

寿廖沫沙同志（诗）

1986年6月16日作；

载1988年7月武汉出版社版《臧克家旧体诗稿》。

诗的幼林——读《中学生诗歌选评》（散文）

1986年6月28日作；

载1987年3月《散文世界》3月号。

多写散文少写诗（散文）

1986年7月17日作；

载1987年10月《华人世界》第5期；

初收1988年4月湖南文艺出版社版《臧克家抒情散文选》。

为"小老虎"儿歌征稿活动题句（诗）

1986年8月作；

载1986年10月《小伙伴》10月号。

文学评奖管见（杂文）

1986年8月12日作；

载1986年9月1日《人民日报》。

喜闻乐见与诘屈聱牙（杂文）

1986年9月8日作；

载1986年11月6日《人民日报》。

闻一多先生的革新精神（散文）

1986年9月26日作；

载1986年10月12日《光明日报》。

诗神问答（诗）

1986年10月3日作；

载1987年1月《诗神》第1期。

地上的星星——祝《星星》创刊三十

周年（诗）

1986年10月8日作；

载1987年1月《星星》1月号。

诗人的自白（散文）

1986年作；

载1986年《华夏诗报》第10期。

诗友们，我们应该谈谈……（书信）

1986年10月作；

载1986年10月20日《西南师范大学》

校刊。

尊敬·怀念·喜欢——纪念萧三同志

九十诞辰有感（诗）

1986年10月9日作；

载1986年12月《诗刊》12月号。

诗碑（诗）

1986年10月14日作；

载1987年1月《诗刊》1月号。

泰山脚下诗碑林（散文）

1986年10月22日作；

载1987年2月15日《人民日报》；

初收1988年4月湖南文艺出版社版

《臧克家抒情散文选》。

夸《杂文报》（杂文）

1986年10月29日作；

载1986年12月16日《杂文报》。

郎平、白帆同志结婚赋绝句以贺

（诗）

1986年10月30日作；

载1986年10月31日《北京晚报》；

初收1988年7月武汉出版社版《臧克

家旧体诗稿》。

带刺的红花——序《玫瑰诗丛》

1986年11月4日作；

载1987年3月《诗刊》3月号。

新旧体诗关系问题（论文）

1986年11月12日作；

载1987年1月20日《人民日报》。

题"北京十六景"（诗）

1986年11月16日作；

载1988年7月武汉出版社版《臧克家旧体诗稿》。

关于"狂"的通信（书信）
1986年11月24日作；
载1987年1月8日《人民日报》。

整容（诗）
1986年11月30日作；
载1987年4月《人民文学》4月号（题为《堕泪诗二首》）。

孔庙·孔府·孔林——曲阜三日游感印（散文）
1986年11月30日作；
载1987年2月《散文》2月号；
初收1988年4月湖南文艺出版社版《臧克家抒情散文选》。

戏为六绝句（诗）
1986年12月10日作；
载1987年2月《诗刊》2月号；
初收1988年7月武汉出版社版《臧克家旧体诗稿》。

写给谁看？（杂文）
1986年12月14日作；
载1987年1月11日《光明日报》。

对《大学语文》教材教法的一些意见（评论）
1986年12月17日作；

载1987年4月《中文自学指导》4月号。

也谈周作人（杂文）
1986年12月19日作；
载1987年2月6日《光明日报》。

金钥匙（诗）
1986年12月22日作；
载1987年4月《人民文学》4月号（题为《堕泪诗二首》）。

讽刺诗这朵花（评论）
1986年12月30日作；
载1987年3月26日《文学报》。

1987年

"过时"论（杂文）
1987年1月9日作；
载1987年1月19日《文汇报》。

我希望，我期待（诗）
1987年1月6日作；
载1987年1月20日《北京日报》。

诗花盛开三十载——祝《诗刊》创刊三十周年（散文诗）
1987年1月14日作；
载1987年1月24日《文艺报》。

风筝的天空（诗）
1987年1月15日作；
载1987年2月6日《人民日报》。

道德文章是我师——《茅盾书信集》序
1987年2月12日作；
载1987年5月12日《人民日报》。

民族自豪与崇洋媚外（杂文）
1987年2月14日作；
载1987年2月21日《光明日报》。

读报有感（杂文）
1987年3月12日作；
载1987年4月5日《文汇报》。

我看诺贝尔文学奖（杂文）
1987年3月21日作；
载1987年3月29日《光明日报》。

朱自清先生的《背影》（散文）
1987年4月22日作；
载1987年6月14日《光明日报》；
初收1988年4月湖南文艺出版社版
《臧克家抒情散文选》。

我认识的王统照先生（散文）
1987年4月28日作；
载1987年11月《文史哲》第6期。

致当代诗词研讨会的信
1987年4月30日作；
载1987年7月《诗刊》7月号。

治诗病，有良方——纪念《在延安文
艺座谈会上的讲话》有感（散文）

1987年5月4日作；
载1987年6月《诗刊》6月号。

在杨晦先生《文学论集》座谈会上的
书面发言
1987年5月12日作；
未发表。

生趣盎然过晚年（散文）
1987年7月25日作；
载1987年9月《老同志之友》9月号。

心清，在我心中（散文）
1987年8月22日作；
载1988年2月《散文世界》第2期。

情深泪自多——哭靖华同志（散文）
1987年9月12日作；
载1987年9月18日《北京晚报》。

壮怀激烈的战歌（散文）
1987年9月16日作；
载1987年9月30日《北京晚报》。

今之视昔（书面发言）
1987年9月26日作；
载1988年2月《新文学史料》第1期。

一声叶老觉温馨——国庆前夕拜望圣
陶先生（散文）
1987年10月7日作；
载1987年10月18日《光明日报》。

致梁实秋先生（散文）

1987年11月3日作；

载1987年11月16日《人民日报·海外版》。

自道甘苦学旧诗——《臧克家旧体诗稿》自序

1987年12月29日作；

载1988年7月武汉出版社版《臧克家旧体诗稿》。

摩挲应有泪，一片爱国心——读徐锡麟《在东京博物馆见我国故钟》有感（散文）

1987年12月4日作；

载1988年3月13日《光明日报》（发表时无副题）。

烟的功能（散文）

1987年12月22日作；

载1988年1月5日《北京晚报》。

我的"南书房"（散文）

1987年12月26日作；

载1988年1月9日《光明日报》。

1988年

关于《泥土的歌》（散文）

1988年1月24日作；

载1988年5月《新文学史料》第2期。

名句别解（之一）——晏小山《鹧鸪天》"彩袖殷勤捧玉钟"（散文）

1988年1月29日作；

载1988年5月《文史知识》第5期。

诗的深浅不能只看外表（杂文）

1988年3月16日作；

载1988年4月20日《解放军报》。

一字之奇，千古瞩目（评论）

1988年2月4日作；

载1988年《文史知识》第9期。

知名度小议（杂文）

1988年2月27日作；

载1988年3月20日《北京晚报》。

诗的深浅不能只看外表（评论）

1988年3月16日作；

载1988年4月20日《解放军报》。

从《望庐山瀑布》看李白的诗风（评论）

1988年3月20日作；

载余冠英主编江苏古籍出版社1989年版《中国历代山水诗鉴赏辞典》。

为《中国儿歌一千首》题诗

1988年3月20日作；

载尹世霖编明天出版社1989年版《中国儿歌一千首》。

初放的花朵——《全国中学生获奖文学作品选粹》序
1988年4月14日作；
载《全国中学生获奖文学作品选粹》（即出）。

博士之家（散文）
1988年4月16日作；
载1988年5月15日《光明日报》。

致千家驹同志（散文）
1988年4月21日作；
载1988年7月《群言》7月号。

祝中国新诗研究所创建两周年（随笔）
1988年5月13日作；
载1988年6月3日《重庆日报》。

读《关心教师歌》有感（杂文）
1988年5月22日作；
载1988年9月11日《光明日报》。

独特的风格——记萧军同志几件事（散文）
1988年6月28日作；
载《散文》1988年9月号。

仁者寿——祝冰心大姐"创作七十周年"（散文诗）
1988年7月11日作；

载1988年7月12日《北京晚报》。

一文三洒痛哭泪（散文）
1988年8月28日作；
载林从龙等编四川教育出版社《作家谈初中语文课本》（即出）。

伟大的时代　宏亮的诗声——《中国抗日战争时期大后方文学书系·诗歌编》序言
1988年9月2日作；
载1989年3月《诗刊》第3期；
收重庆出版社1989年版《中国抗日战争时期大后方文学书系·诗歌编》。

仰刘海粟先生（诗）
1988年9月7日作；
载1988年9月19日《北京晚报》。

夜读记快（散文）
1988年9月23日作；
载1988年12月6日《新民晚报》。

欣闻东岳诗成丛（散文）
1988年10月6日作；
载1988年10月26日《文汇报》。

嘉宾晚间到——记郎平、白帆同志来访（散文）
1988年10月16日作；
载1988年11月8日、9日《北京晚报》。

臧克家研究评论资料目录索引

冯光廉　刘增人

一、总论

新诗的进步（佩弦（朱自清））
1936 年作
载 1937 年 1 月 1 日《文学》第 8 卷第 1 号
"新诗专号"

臧克家的路（胡洛）
载 1937 年 3 月 1 日《文摘》第 1 卷第 3 期

略谈当前的诗（黄照）
载 1940 年 9 月 24 日、26 日北碚《国民
公报·文群》第 216、217 期

论鲁学（李济生）
载 1941 年 7 月 1 日《责善半月刊》
第 2 卷第 8 期

论臧克家的诗（茅锦泉）
载 1934 年 12 月 1 日《中学生》第 50 期

臧克家论（孔休（曹辛之））
载 1944 年 3 月 15 日《时与潮文艺》
第 3 卷第 1 期

四十年（臧云远）
载 1949 年 10 月 21 日《新蜀报·蜀道》
新 24 号 "臧克家先生创作十五周年纪
念特刊"

生命的秋天——祝克家兄四十寿辰（王
亚平）
载 1944 年 10 月 21 日《新蜀报·蜀道》
新 24 号 "臧克家先生创作十五周年纪
念特刊"

我的祝辞（任钧）
载 1944 年 10 月 21 日《新蜀报·蜀道》
新 24 号 "臧克家先生创作十五周年纪
念特刊"

论诗（蒋天佐）
载1946年1月8日《新文学》第2号

勇于面对现实（许洁泯）
载1947年8月《诗创造》第2辑"丑角的世界"

臧克家的诗（谢冰莹）
载1948年6月1日《黄河》复刊第4期

臧克家（（日本）仓田贞美）
载1953年大修馆书店《诸桥博士古稀纪念论文集》（日文）

《臧克家诗选》（新书刊）（培）
载1954年2月28日《文艺报》第4号

介绍《臧克家诗选》（凌子）
载1954年3月22日上海《新民报晚刊》

臧克家的诗选集（曹子西）
载1954年11月20日《光明日报》

臧克家的诗（（香港）林蒂）
载1957年香港世界知识出版社《中国新文学二十年》（原无标题）

试论臧克家和他的诗（王彤）
载1958年9月新文艺出版社《跃进文学研究丛刊》第2辑

暴风雨的前奏（四）（谢冕等）
载1959年10月25日《诗刊》10月号

臧克家论（（日本）秋吉久纪夫）
载1959年12月《中国文艺座谈会》（日文）

臧克家和他的诗（中文系编写组）
载1960年《山东师范学院学报（中国语言文学版）》第1期

从诗的欣赏和评价说开去——致臧克家同志（何家槐）
载1962年2月5日《上海文艺》2月号

三十年——臧克家的诗歌（徐迟）
载1962年8月25日《文汇报》

臧克家评诗（谦益）
载1963年1月17日《羊城晚报》

歌唱生活 追求光明——略论诗人臧克家（封敏）
1978年11月5日作
载1982年邵阳师专《教与学》第1、2期

臧克家早期诗歌创作简论（鲁非）
1979年12月作
载1980年内蒙乌兰察布盟师专《文科教学》第1期

臧克家解放后抒情短诗散记（张惠仁）
1962年8月草稿，1980年9月修改
载1981年《绿原》第2辑

试论臧克家解放前的诗歌创作（祝一寰）
载1980年《四平师院学报》第3期

臧克家诗（晦庵（唐弢））
载1980年三联书店版《晦庵书话》

中国新诗六十年（艾青）
载1980年10月25日《文艺研究》
第5期

臧克家解放后抒情短诗散论（张惠仁）
载1981年《绿原》第2辑

《中国新文学大系（续集）诗集·导言》
（香港文学研究室）
（原书无出版时间）

诚挚的情感，亲切的怀念（祝一寰）
载1981年《绥化师专学报》第2期

试论臧克家建国后的诗歌创作（祝一寰）
载1981年《齐齐哈尔师院学报》第4期

自沐朝晖意蓊茏——诗人臧克家片断（涂光群）
1981年4月作；

载1981年《柳泉》第3期

克家，其人，其诗（田仲济）
1981年10月25日作
载1982年《柳泉》第1期

心灵的烙印，历史的回声（张惠仁）
载1982年《柳泉》第1期

意象美与凝炼美——论臧克家早期诗作的艺术（李元洛）
1981年10月作
载1982年《柳泉》第1期

臧克家诗歌创作漫谈（李庆立）
载1982年《聊城师院学报》第2期

臧克家当代诗作片谈（杨树茂）
载1982年《文艺评论通讯》第2期

"通向诗国的堂奥"之路——谈臧克家的艺术探索（李庆立）
载1982年《诗探索》第3期

田野葵花 淳朴挺拔——论臧克家诗的艺术风格（任愫）
载1982年《唐山师专学报》第3期

臧克家作品诗意美浅谈（王大江）
载1982年《文史哲》第5期

欢愉之辞——谈臧克家的近期诗作（张惠仁）

载1983年《江城》第6期

臧克家初期诗作的艺术特色（张惠仁）

1983年7月24日作

载1984年《诗探索》总11期

臧克家对新诗发展道路的探索（常文昌）

载1984年甘肃《社会科学》第2期

语象美——绘画美——流动美——臧克家抒情诗的形象构成（吕家乡）

载1984年《中国现代文学研究丛刊》第4期

臧克家诗歌语言和体式的演变（吕家乡）

载1984年《东岳论丛》第5期

论臧克家的诗歌创作（吴奔星）

载1985年《枣庄师专学报》第1期

从"幻光"到《烙印》——论臧克家艺术个性的形成（章亚昕）

载1985年山东大学《稚虬》第1期

臧克家早期诗论的唯物因素——为克家同志创作55周年而作（宋垒）

1985年7月作

载1985年《红岩》第6期

论臧克家的诗美（金乐敏）

载1985年《诗刊》11月号

臧克家简论（刘增人　冯光廉）

载1985年《聊城师院学报》第3期

臧克家诗歌创作的意境美（李继曾）

载1985年《聊城师院学报》第3期

臧克家早期诗作的多方位思考（王邵军）

载1985年《聊城师院学报》第4期

诗和生命——鲁戈邓林寸草之二（端木蕻良）

载1985年《五月》第7期

探索和战斗的历程——谈臧克家解放前的散文创作（祝一宴）

载1985年《齐齐哈尔师院学报》第3期

厚积薄发　水到渠成——谈臧克家的后期诗歌创作（吴欢章）

载1985年12月5日《文学报》

昨日黄花分外香——读《臧克家集外诗集》（文大家）

载1985年11月6日《新书报》

谈臧克家诗歌艺术的含蓄（陈湘庸）

载1986年《湘西自治州教师进修学院院刊》第1期

臧克家与卞之琳创作最初十年之比较
（李复兴）
载1986年《吉林省教育学院院报》
第1期

生活·风格·技巧——臧克家诗歌学
习杂谈（白婉清）
载1986年《张家口师专学报》第2期

论臧克家的纪实与抒情艺术（尹在勤）
载1986年《徐州师院学报》第2期

从暗夜中发现真理——臧克家批判现
实主义创作方法论（章亚昕）
载1986年《文汇月刊》第2期

失望中的自勉，奋斗里的自警——臧
克家的自我意识（章亚昕）
载1986年《临沂师专学报》第3期

臧克家的抒情主人公形象（章亚昕）
载1986年《齐鲁学刊》第3期

论臧克家的叙事诗艺术技巧（章亚昕）
载1986年《山东师大学报》第3期

臧克家佚诗四首（潘颂德）
载1986年《山东师大学报》第3期

冲淡与朴素——论臧克家四十年代的
风格演变（章亚昕）

载1986年《东岳论丛》第3期

为新诗开一条生路——臧克家与三十
年代的诗歌流派（蔡清富）
载1986年《中国现代文学研究丛刊》
第4期

臧克家诗歌在国外（高志茹）
载1986年《沈阳师院学报》第4期

民族诗人臧克家（从药汀）
载1986年《河北师院学报》第4期

试论臧克家的诗歌技法（张厚明）
载1986年《写作》第7期

略谈闻一多对臧克家诗歌创作的影响
（蔡清富）
载1986年《写作》第7期

古老中国的心声——读《臧克家文集》
第1卷（孙昌熙　高旭东）
载1986年《山东文学》7月号

论臧克家的诗歌艺术观（章亚昕）
载1987年《文艺研究》第2期

臧克家——"心在泥土里"的诗人（施
建伟）
载1987年《中文自修》第5期

774

锤打出的短小精美——臧克家诗歌艺
术谈（苗得雨）

载1987年《写作》第12期

论臧克家的小说（韩之友）

载1985年《山东师大学报》第5期

旧中国黑暗社会的剪影——略谈臧克
家的小说创作（瞿　耀）

载1985年《山东师大学报》第5期

谈臧克家的小说创作（李春林）

1985年8月作

载1987年《阜新师专学报》第1期

评臧克家的小说（祝一宸）

载1985年《山西师大学报》第2期

臧克家小说艺术特色谈片（李春林）

载1986年怀化师专《教与学》第2期

论臧克家小说的现实主义（涂光群）

1986年2月作

载1987年《山西师大学报》第4期

情真意挚的散文——《怀人集》读后（王
昌定）

载1981年11月19日《文学报》

人间重晚晴——读克家同志的散文（许
敏歧）

载1982年《柳泉》第1期

略论臧克家建国后的散文创作（祝一宸）

载1982年《牡丹江师院学报》第3期

诗人之文——读臧克家的抒情散文（吴
欢章）

载1984年《当代文坛》第5期

论臧克家的散文创作（敏歧）

载1986年《张家口师专学报》第2期

臧克家散文创作的艺术个性（姜振昌）

载1986年《写作》第7期

臧克家同志的诗歌评论（宋垒）

1981年10月作

载1982年《柳泉》第1期

臧克家诗论述评（陈志明　常文昌）

载1988年《浙江大学学报》第2期

听凭岁月随流水　依旧豪情似大河——
论臧克家的旧体诗词（祝一宸）

载1982年《大庆师专学报》第3期

臧克家学术讨论会综述（冰迪）

载1986年《东岳论丛》第4期

臧克家学术讨论会综述（章亚昕）

载1986年《文史哲》第5期

《中国新文学史稿》（王瑶）

上册第2编第7章、下册第3编

第12章、第4编第17章

1951年9月开明书店版

《中国现代文学史略》（丁易）

第9章第3节

1955年7月作家出版社版

《中国新文学史初稿》（刘绶松）

上卷第3编第6章、下卷第4编第4章、

第5编第3章

1956年4月作家出版社版（1979年11

月修订本章节未变）

《中国现代文学史》（复旦大学中文系）

第2编第7章第6节

1959年7月上海文艺出版社版

《中国现代文学史》（吉林大学中文系）

下册第11章第2节、第18章第1节

1962年8月吉林人民出版社版

《现代中国诗选》（1917—1949）（张曼

仪等）

1974年香港大学出版社、香港中文大

学出版部第2册

《中国现代文学史》（田仲济　孙昌熙

主编）

第6章第2节、第9章第3节、第13章

第3节

1979年8月山东人民出版社版

《中国现代文学史》（北京大学等九

院校）

第9章第3节、第16章第4节

1979年8月江苏人民出版社版

《中国现代文学史》（林志浩主编）

下册第11章第5节、第14章第2节、

第20章第3节

1979年9月中国人民大学出版社版

《中国现代文学史》（中南七院校）

上册第2编第3章第1节、下册第3编

第2章第6节、第4编第7章第3节

1979年10月长江文艺出版社版

《中国现代文学史》（唐　弢　严家炎

主编）

第2册第11章第3节、第3册第13章

第1节、第20章第3节

1979年11月、1980年12月人民文学出

版社版

《中国现代文学史》（七省（区）十七

院校）

第2编第6章第3节、第4编第8章

第3节

1980年7月内蒙古教育出版社版

《中国当代文学史稿》（华中师院中文系）

第3编第4章第1节

1962年6月科学出版社版

《当代文学概观》（张钟等）

第1编

1980年7月北京大学出版社版

《中国当代文学史初稿》（北师大等院校）

上册第7章第5节

1980年12月人民文学出版社版

《中国新文学史》（（台湾）周锦）

第4章、第5章

1977年1月台北长歌出版社再版

《中国现代文学史教程》（冯光廉等）

下册第14章第1节

1984年5月山东教育出版社版

《中国现代文学简史》（黄修己）

第3编第14章

1984年6月中国青年出版社版

二、传记、访问记

臧克家先生访问记（邢立斌）

载1937年4月30日济南《时代青年》第2卷第6期

臧克家从前线归来（秀）

载1938年5月10日《自由中国》第1卷第2号

臧克家（（日本）桥川时雄）

载1940年10月25日北京中华法令编印馆《中国文化界人物总鉴》（日文）

臧克家瘦吟小天池

载1945年6月15日重庆《大公报·小公园》

诗人臧克家（作家访问记之四）（刘岚山）

载1948年6月14日上海《新民报晚刊·夜光杯》

活象菜馆伙计的臧克家（任白涛）

载1948年10月《青年界》新6卷第2期

青岛文人过鸿录（忆子）

载1949年1月23日香港《大公报·大公园》

作家小辞典：臧克家

载1958年3月12日《读书月报》第3期

在臧克家的案头上（徐琮）

载1961年9月28日《光明日报》

臧克家高歌叙旧（（香港）赵浩生）

载1979年11月香港《七十年代》杂志

社版《从三十年代到新的长征》

臧克家（北京语言学院）

载 1979 年 12 月四川人民出版社《中国文学家辞典》现代第 1 分册

京华访臧老（永夏）

载 1980 年 10 月《柳泉》文艺丛刊第 2 期

访老诗人臧克家（黄健民）

载 1980 年 11 月 15 日《黑龙江青年》第 11 期

臧克家评传（刘增人）

载 1986 年山东教育出版社版《中国现代作家评传》第 3 卷

臧克家评传（张惠仁）

1987 年 8 月能源出版社出版

三、作品评论

《烙印》序（闻一多）

载 1933 年 7 月自印版《烙印》

《烙印》（实秋）

载 1933 年 9 月 2 日天津《益世报·文学周刊》第 39 期

《烙印》（美林）

载 1933 年 9 月 4 日天津《大公报·文学副刊》第 296 期

一个青年诗人的《烙印》（茅盾）

载 1933 年 11 月 1 日《文学》第 1 卷第 5 号

臧克家的《烙印》（老舍）

载 1933 年 11 月 1 日《文学》第 1 卷第 5 号

《烙印》（李长之）

载 1933 年 12 月 1 日《文艺月刊》第 4 卷第 6 期

文坛上的新人——臧克家（侍桁）

载 1934 年 2 月 1 日《现代》第 4 卷第 4 期

关于《烙印》（穆木天）

载 1934 年 3 月 14 日、15 日《申报·自由谈》

由《烙印》说到现实主义（柳风）

载 1934 年 5 月 15 日《新垒》第 3 卷第 5 期

关于《烙印》（沙楮）

载 1934 年 5 月 26 日北平《中和报·和声》第 229 号

关于《烙印》（繁浩）

载 1934 年 7 月 13 日北平《中和报·中学生》第 19 期

青年诗人的《烙印》（吴梵）
载1934年7月15日《诗与散文》第1卷
第2号

臧克家深刻到家（大马）
载1934年7月15日《新垒》第4卷
第1期

《烙印》（李辰冬）
载1934年11月23日《晨报·学园》
第745号

由中国的诗坛谈到《烙印》（齐东野）
载1935年5月15日北平《众志月刊》
第3卷第2期

《烙印》之争的启示（李广德）
载1982年《东海》第3期

臧克家的第一部诗集《烙印》（潘颂德）
载1983年《文艺评论通讯》第3期

臧克家诗歌艺术管窥——谈《烙印》
与《罪恶的黑手》（张厚明）
载1983年《写作》第3期

《烙印》的双层审美心理结构（章亚昕）
载1988年《东岳论丛》第1期

臧克家的《老马》和《春鸟》（沈仁康）
载1956年12月《语文学习》12月号

艾青的《黎明的通知》和臧克家的《老
马》和《春鸟》（许士仁）
载1956年12月《语文学习》12月号

臧克家的诗二首（《老马》、《春鸟》）（张
毕来等）
载1956年人民教育出版社《初级中学
课本文学第3册教学参考书》

谈臧克家诗二首的教学（《老马》、《春
鸟》）（刘溶）
载1956年河南师院《语文教学通讯》
第6期

臧克家诗二首（《老马》、《春鸟》）（郭
兆儒）
载1956年河南师院《语文教学通讯》
第8期

臧克家诗二首（《老马》、《春鸟》）（上
海市教育局教研室）
载1957年上海新知识出版社《初级
中学课本文学第3册第2分册课堂参
考书》

读臧克家的《老马》（史秀章）
载1983年《名作欣赏》第3期

历史的足迹——重读臧克家的《老马》
（张同吾）
载1985年6月16日《工人日报》

读臧克家的《老马》(祝一寰)
载1986年《中文自修》总20期

旧中国农村社会的真实写照——臧克
家《老马》简析(严宗蕃)
载1987年《中学时代》第1期

现代诗歌的精品——臧克家《老马》
赏析(宋连痒)
载1987年《中文自修》第5期

诗贵凝炼——《当炉女》小谈(公兰谷)
载1964年1月16日《光明日报》

一支沉着而有锋棱的歌——读臧克家
的《生活》(雷业洪)
载1982年广东《海韵》第2期

关于《罪恶的黑手》(穆木天)
载1934年3月18日、19日《申报·自
由淡》

《罪恶的黑手》(李可宗)
载1935年5月15日《清华周刊》
第43卷第1期

《罪恶的黑手》(吴青)
载1936年6月仿古书店《现代诗歌论
文选》

《罪恶的黑手》(张文麟)

载1936年6月仿古书店《现代诗歌论
文选》

《罪恶的黑手》(振伯先)
载1947年10月6日上海《新民报晚
刊·夜光杯》

《罪恶的黑手》试析(祝一寰)
载1979年12月《牡丹江师院学报》
第2期

《罪恶的黑手》在臧克家创作中的独特
地位(董健华)
载1981年《黄石师院学报》第9期

激情腾涌　情真意深——臧克家《罪
恶的黑手》赏析(贾柄棣)
载1982年《文艺评论通讯》第3期

心永远在泥土里开花(林爱莲)——
浅评臧克家的诗集《烙印》、《罪恶的
黑手》
载1986年《齐鲁学刊》第5期

《逃荒》讲解((香港)李国强)
载1979年1月香港华风书局《预科国
文精要》

《壮士心》分析((香港)李炎群　汪
烔华)
载1977年9月香港时代图书有限公司

《优秀作品选读（一）》

臧克家的《答客问》（彭骏）
载1984年漓江出版社《古今名作艺术美丛谈》

叙事诗的前途（茅盾）
载1937年2月1日《文学》第8卷第2期

这是时代的写照（沈东）
载1938年3月1日《战时艺术》半月刊第1期

革命历史的生动描绘——读臧克家《自己的写照》（祝一寰）
载1980年11月25日《牡丹江师院学报》第4期

《运河》序（王统照）
载1936年4月13日《国闻周报》第13卷第14期

爱国青年的赞歌——《我们是青年》读后（毛国强）
载1982年6月22日《解放军报》

新史诗的雏形——臧克家的《淮上吟》（堵述初）
载1941年2月16日《宇宙风乙刊》第39期

雄伟浩瀚　气象万千——读《淮上吟》（祝一寰）
载1983年《牡丹江师院学报》第3期

《呜咽的云烟》（柳叶长青）
载1940年11月1日《自由中国》新1卷第1期

《古树的花朵》（孙次舟）
载1943年2月10日成都《中央日报·中央副刊》第983号

评《古树的花朵》——新作印象之一（柯瑛）
载1943年2月13日成都《华西晚报·文艺》第70号

书评：《古树的花朵》（李辰冬）
载1943年2月20日《文艺先锋》第2卷第2期

《古树的花朵》评介（李岳南）
载1943年6月10日《诗月报》创刊号

读《古树的花朵》（秋杨）
载1943年9月25日重庆《新蜀报·蜀道》第1009号

读《书评：〈古树的花朵〉》后（欧阳潋）
载1945年9月战地图书出版社《蚁垤集》

《古树的花朵》（子辰）

载 1947 年 4 月 8 日上海《新民报晚刊·夜光杯》"书报评介"

《我的诗生活》（（香港）黄俊东）

载 1979 年 12 月香港明窗出版社《猎书小记》

一卷短诗（臧云远）

载 1943 年 12 月 2 日重庆《新蜀报·七天文艺》第 1010 期

诗人的偏爱——读臧克家著《泥土的歌》（简壤）

载 1943 年 12 月 6 日重庆《新华日报》

淡墨一笔写乡村——臧克家作《泥土的歌》（水拍）

载 1943 年 12 月 6 日重庆《新蜀报·蜀道》第 1030 期

中国农民的画像——评《泥土的歌》（绿杨）

载 1943 年 12 月 20 日重庆《新蜀报·蜀道》第 1040 期

《泥土的歌》（李长之）

载 1944 年 6 月 15 日《时与潮文艺》第 3 卷第 4 期

现代田园诗（姚雪垠）

载 1944 年 6 月《当代文艺》第 1 卷第 5、6 期合刊

两本田园诗（史宁如）

载 1946 年 3 月 6 日、7 日上海《大公报（沪新）文艺》第 40 号、41 号"诗评"

臧克家的《泥土的歌》（张守常）

载 1946 年 10 月 5 日《文艺大众》新生号

臧克家和《泥土的歌》（黄耘）

载 1947 年 5 月 10 日上海《文汇报》

《泥土的歌》（山风）

载 1947 年 6 月 22 日上海《新民报晚刊·夜光杯》"书报评介"

评臧克家的《泥土的歌》（默涵）

载 1948 年 3 月 1 日《大众文艺丛刊》第 1 辑《文艺的新方向》

臧克家的《泥土的歌》（（香港）司马长风）

载 1978 年 12 月香港昭明出版社《中国新文学史》

《泥土的歌》（（香港）黄俊东）

载 1979 年 12 月香港明窗出版社《猎书小记》

《泥土的歌》的再评价（吕进）

载 1986 年《西南师大学报》第 2 期

渴望光明和自由的歌——读《春鸟》
（周庆基）
载 1980 年 5 月 18 日《语文教学通讯》
第 5 期

含蓄蕴借　余味不尽——浅谈《春鸟》
（崔新民）
载 1980 年 10 月 10 日山东师院聊城分
院中文系《语文教学研究》第 3、4 期
合刊

赏《春鸟》（刘国正）
载 1982 年中央电大《文科园地》第
1 期

万鸟声中人欲歌——谈《春鸟》（孙
民立）
载 1983 年山东大学《稚虹》第 2 期

关于《春鸟》的通信（张厚感　陆军）
载 1983 年江西师院《语文教学》第
9 期

春鸟歌声耳边鸣——读臧克家的《春
鸟》（蔡清富）
载 1983 年《中学语文教学》第 7 期

鸟鸣声声无限情（陈志明　常文昌）
载 1983 年《教学通讯》第 8 期

《鞭子》赏析（尹在勤）

载 1982 年 6 月 10 日《中国青年报》

犹矿出金　万取一收——臧克家《三
代》赏析（张惠仁）
载 1987 年《写作》第 10 期

诗人的灵魂（评《国旗飘在雅雀尖》）
（孟十戈）
载 1944 年 1 月 28 日重庆《新蜀报·蜀
道》第 1075 号

臧克家的《国旗飘在雅雀尖》——新
诗晶之一（杨块）
载 1944 年 8 月 18 日重庆《时事新报·饮
河集》迁字第 5 期

读《十年诗选》（吴组缃）
载 1945 年 5 月 4 日《文哨》第 1 卷第 1 期

两本十年诗集——读书札记之一（蒲柳）
载 1945 年 7 月 18 日成都《华西日报·华
西副刊》第 12 号

《十年诗选》（书评）（劳辛）
载 1946 年 12 月 1 日《文艺复兴》第 2 卷
第 5 期

臧克家的《十年诗选》（李致远）
载 1948 年 5 月 15 日《世纪评论》第 3 卷
第 20 期

两篇诗·两条路（评《感情的野马》
——编者）（吴刃）
载 1948 年 5 月《新生》创刊号

《马凡陀的山歌》和臧克家的《宝贝儿》
（劳辛）
载 1946 年 6 月 1 日《文艺复兴》第 3 卷
第 4 期

臧克家的《宝贝儿》（李白凤）
载 1947 年 1 月 22 日《文萃》第 2 年
第 15、16 期合刊

《宝贝儿》（书评）（李广田）
载 1947 年 2 月 13 日上海《大公报（沪
新）文艺》第 111 期

现实的诗（评《宝贝儿》）（吕剑）
载 1947 年 3 月 16 日《青年知识》
第 20 期

评臧克家《生命的零度》（阿虎）
载 1948 年 7 月《新诗潮》第 3 辑"新诗
底方向问题"

《生命的零度》（岚山）
载 1947 年 12 月 7 日《东南日报》

《挂红》（李励）
卷 1947 年 8 月 2 日上海《新民报晚
刊·夜光杯》"书报评介"

臧克家的《挂红》（许杰）
载 1947 年 8 月 5 日、12 日天津《大公
报·文艺》

评《挂红》（碧野）
载 1947 年 10 月 15 日《文讯》月刊
第 7 卷第 4 期

《抹不掉的影象》（陈新（刘岚山））
载 1947 年 10 月 14 日上海《新民报晚
刊·夜光杯》"书报评介"

读诗随笔二则（其一为臧克家的《过
夜》）（何晔成）
载 1948 年 5 月《诗创造》第 11 辑"灯市"

《有的人——纪念鲁迅有感》（王碧岑
马春亭）
载 1955 年河南人民出版社《初中语文
教材研究》

深刻的哲理　鲜明的对比（北京师大中
文系）——臧克家短诗《有的人》讲解
载 1977 年 11 月北京师大中文系《语文
函授》第 18 期

重读臧克家短诗《有的人》（张光昌）
载 1978 年上海《语文学习丛刊》第 5 期

美与丑的画像——读《有的人》（刘溶）
载 1979 年 6 月 15 日开封师院函授部

《语文通讯》语文版第3期

鲜明·深刻·隽永——《有的人》简析
（王盛）
载1979年11月15日镇江师专《教学与
进修》第4期

臧克家和《有的人》（子仲）
载1979年12月武汉师院《中学语文》
第6期

臧克家的诗《有的人》（望江月）
载1979年辽宁第一师院锦州分院《语
文教学》第2期

《有的人》分析（陈其光）
载1980年8月广西人民出版社《中国
当代文学作品选讲》

耿耿丹心　昭昭诗文（李继曾）——介
绍臧克家和他的短诗《有的人》
载1980年10月10日山东师院聊城分
院中文系《语文教学研究》第3、4期
合刊

丰富·深刻·精蕴——读《有的人》
（雪瑞）
载1981年《山西教育》第3期

臧老谈《有的人》——访诗人臧克家
（何宝民）

载1981年《河南教育》第3期

读《有的人》（朱先树）
载1983年《青年文摘》第3期

给探索着诗的道路的青年们（苗子）
——介绍臧克家的《在文艺学习的道路
上》
载1956年3月3日上海《新民报晚刊》

六万万人民笑了（刘献彪）——读臧
克家《毛主席向着黄河笑》
载1958年10月《语文教学》10月号

《毛主席向着黄河笑》（福建教育学院）
载1959年福建人民教育出版社《高级
中学课本语文第一册教学参考书》

读《毛主席向着黄河笑》（景白）
载1959年《语文》第9期

试谈臧克家的诗集《春风集》（雷霆）
载1960年7月12日《读书》第13期

读长诗《李大钊》（丁力）
载1959年4月10日《中国青年报》

李大钊同志的光辉形象——读长诗《李
大钊》（宛青）
载1959年5月《文艺红旗》5月号

初读长诗《李大钊》（徐迟）
载1959年6月《新港》6月号

革命先烈的颂歌——长诗《李大钊》读后（秦仲权）
载1959年7月1日《云南日报》

坚定的信念　崇高的理想——重读长诗《李大钊》（祝一寰）
载1983年《呼兰师专学报》第2期

时代的旗帜　历史的丰碑——读长诗《李大钊》（祝一寰）
载1984年《佳木斯师专学报》第3期

谈臧克家的近作短诗——序《欢呼集》（张光年）
载1959年7月11日《文艺报》第13期

祝《凯旋》（康文）
载1961年5月26日《文艺报》第5期"新收获"

生活的颂歌——读臧克家的诗集《凯旋》（张又君）
载1962年11月22日《文汇报》

读《凯旋》随感（卜林扉）
载1963年1月16日天津《大公报》

关于《凯旋》（马识途）

载1980年《边疆文艺》第1期

一首朴实的好诗（《毛主席画像》）（谢其规）
载1962年3月20日《文汇报》

从"诗的欣赏与评价"说开去——致臧克家同志（何家槐）
载1962年《上海文学》第2期

《学诗断想》（宋垒）
载1963年5月11日《文艺报》第5期

《学诗断想》（鲁扬）
载1981年2月《诗刊》第2期

可贵的探索——《学诗断想》学习札记（祝一寰）
载1982年《牡丹江师院学报》第1期

执友论文——读臧克家《给吴伯箫同志》（叔岳）
载1961年7月30日《辽宁日报》

《忆向阳》（丁国成）
载1978年10月15日《文艺报》第4期"新收获"

真实的心声——读臧克家的诗集《忆向阳》（张章）
载1978年11月5日《北京日报》

说"传神"——《忆向阳》读后（刘征）
载 1978 年 11 月 10 日《诗刊》11 月号

关于《忆向阳》诗集的意见——给臧克家同志的一封信（姚雪垠）
载 1979 年 1 月 20 日《上海文艺》第 1 期

有话直说——读《关于〈忆向阳〉诗集的意见》（王仲豪）
载 1979 年 2 月 15 日《解放日报》

我们不愿听这样的鼓声（李怀发）
载 1979 年 2 月 25 日《奔流》第 2 期

压迫不是批评——姚雪垠先生两封公开信读后感（王昌定）
载 1979 年 10 月《北方文学》10 月号

文艺民主与粗暴批评——给姚雪垠同志的一封信（正一）
载 1979 年 10 月《青海湖》10 月特大号

无止境斋书简抄（论诗谈心——致臧克家同志；《忆向阳》诸诗初议——致臧克家同志）（姚雪垠）
载 1980 年 4 月 30 日《社会科学战线》第 2 辑

扎根在生活的土壤里——读臧克家诗集《今昔吟》（李继曾）

载 1980 年 5 月 15 日《山东文学》第 5 期

年景虽云暮 霞光犹灿然——评臧克家的《今昔吟》（祝一襄）
载 1981 年《牡丹江师院学报》第 3 期

天涯行遍春心在 热气升腾创史诗——读《友声集》（祝一襄）
载 1981 年《通化师院学报》第 2 期

"农民诗人"的"自白"——读臧克家的《诗与生活》（融民）
载 1982 年 5 月 24 日香港《文汇报》

读《诗与生活》（祝一襄）
载 1982 年黑龙江《社会科学动态》第 13 期

"为创作写生活"——读臧克家《诗与生活》（尹在勤）
载 1982 年四川《书友》第 11 期

"为创作写生活"——读《诗与生活》随笔（王昌定）
载 1983 年《芳草》第 6 期

"为创作写生活"——读臧克家的《诗与生活》（尹在勤）
载 1983 年 2 月 8 日《文汇报》

坠地金石自有声——读臧克家的新著《诗与生活》（祝一寰）

载1983年《吉林师院学报》第1期

诗海一勺（孙昌熙）——读臧克家先生《诗与生活》及《学诗断想》札记

载1985年《文史哲》第5期

严肃的课题　独到的见解——读《甘苦寸心知》（祝一寰）

载1984年《绿野》第2期

文章千古事（王昌定）

载1985年《五月》第6期

一个诗人的足迹——《臧克家长诗选》评述（李继曾）

载1983年《山东师大学报》第6期

别具一格的闻一多颂（胡中柱　陆占山）——《闻一多先生的说与作》简析

载1983年湖北《中学语文》第2期

伟大人格的颂歌——读《闻一多先生的说与作》（崔新民）

载1984年《少年之友》第6期

贮满诗情的散文——读臧克家的《炉火》（陈大庆）

载1985年江西《读写月报》第12期

于细微处见精神——《昆仑飞雪到眉梢》简析（陈钟梁）

载1983年上海《语文学习》第11期

看是平易　其实精纯——读臧克家同志的《亮光》（胡偕华）

载1984年3月22日《济南日报》

把祖国荣誉放在心上的人——读《祝贺》一诗随想（祝一寰）

载1984年《牡丹江师院》第41期

人不老　诗常新——读臧克家组诗《短歌抒我情》（张厚明）

载1984年《芳草》第12期

关于"草上飞"——与臧克家同志商榷（李壮鹰）

载1979年2月《雨花》2月号

诗人的感慨（从坡）

载1980年9月5日《雨花》第9期

臧克家作品欣赏（刘增人　冯光廉）

1988年3月广西教育出版社出版

四、编辑工作

《文讯》七卷五号"文艺专号"（臧克家编）（陈新（刘岚山））

载1947年11月19日上海《新民报晚刊·夜光杯》"书报评介"

《文讯》八卷二号"文艺专号"（臧克家编）（陈新（刘岚山））
载1948年2月19日上海《新民报晚刊·夜光杯》

读《文讯》"文艺专号"第八卷第五期（陆路）
载1948年5月25日上海《新民报晚刊·夜光杯》

评《文讯》文艺专号（臧克家主编　文通书局发行　三十六年十一月十五日出版）（司空谷）

载1948年12月10日天津《大公报·文艺》第99期

十二个人的诗（臧克家主编创造诗丛）（陈新（刘岚山））
载1947年10月28日、30日上海《新民报晚刊·夜光杯》"书报评介"

"创造诗丛"读后（朱樱）
载1948年12月10日天津《大公报·文艺》第99期

臧克家作品在国外及港、台

郑 曼

自 1936 年至 1987 年，臧克家的诗、散文、小说、诗论，陆续为日本、苏联、罗马尼亚、波兰、南斯拉夫、联邦德国、法国、英国、荷兰、意大利、美国、新西兰、马来西亚及港、台地区所译介，现按体裁及诗文写作日期列下：

一、诗　歌

《不久有那么一天》
《中国现代诗》南斯拉夫 1985 年版

《难民》
《面包》日本 1936 年版
《中国现代诗集》日本 1962 年版
《中国现代文学选集》第 19 卷日本 1962 年版
《中国的革命和文学》第 12 卷日本 1972 年版

《象粒砂》

《中国诗歌》苏联 1982 年版

《老马》
《现代中国诗》日本 1957 年版
《中国现代诗集》日本 1962 年版
《人和书》第 110 期意大利 1986 年版
《大路上的光和影——中国现代诗选》
（路易·艾黎编译）新西兰 1984 年版

《失眠》
《中国现代抒情诗》（1919—1984）联邦德国 1985 年版

《烙印》
《中国诗歌》苏联 1982 年版
《中国现代抒情诗》（1919—1984）联邦德国 1985 年版

《天火》
《中国诗歌》苏联 1982 年版

《万国公墓》
《中国诗歌》苏联1982年版

《洋车夫》
《中国现代诗集》日本1962年版
《中国现代文学选集》第19卷日本1962年版
《中国的革命和文学》第12卷日本1972年版
《中国新诗选》马来西亚1975年版

《罪恶的黑手》
《中国新诗歌》苏联1959年版

《元宵》
《潮流诗派》第107号日本1981年版

《村夜》
《中国现代诗集》日本1962年版
《中国现代诗》南斯拉夫1985年版

《答客问》
《中国语文课本》第8册香港昭明出版社版
《中国文学作品选》（1919—1949）香港中国世界语出版社1986年版

《生命的叫喊》
《中国现代文学选集》第19卷日本1962年版
《中国现代抒情诗》（1919—1984）联

邦德国1985年版
《金星》文学周报（罗马尼亚作协）1979年9月29日

《场园上的夜晚》
《中国现代文学选集》第19卷日本1962年版
《中国的革命和文学》第12卷日本1972年版

《月》
《罗马尼亚文学报》1978年8月18日

《秋》
《中国现代抒情诗》（1919—1984）联邦德国1985年版

《冰花》
《中国现代抒情诗》（1919—1984）联邦德国1985年版

《运河》
台湾《春风》诗丛刊第一期1984年4月版评论推荐

《黄风》
《中国现代诗人》日本1955年版

《螺旋》
《中国现代抒情诗》（1919—1984）联邦德国1985年版

《旱海》
《中国现代诗人》日本 1955 年版

《从军行》
《文学报》苏联 1945 年 8 月 18 日

《别长安》
《新中国诗人集》苏联 1953 年版
《中国诗选》第 4 卷苏联 1958 年版
《中国新诗歌》苏联 1959 年版

《血的春天》
《中国现代诗》南斯拉夫 1985 年版

《兵车向前方开》
《中国现代诗集》日本 1962 年版
《新中国诗人集》苏联 1953 年版
《中国诗选》第 4 卷苏联 1958 年版
《中国新诗歌》苏联 1959 年版

《匕首颂》
《中国现代文学选集》第 19 卷日本 1962 年版
《中国的革命和文学》第 12 卷日本 1972 年版
《中国新诗歌四十首》日本 1983 年版

《无名的小星》
《中国诗歌》苏联 1982 年版

《泪珠·汗珠·珍珠》

《中国新诗选》马来西亚 1975 年版

《手的巨人》
《中国新文学史》香港昭明出版社 1980 年 3 版予以好评

《反抗的手》
《罗马尼亚文学报》1978 年 8 月 18 日

《穷》
《中国新诗选》马来西亚 1975 年版

《黄金》、《三代》
《中国新诗选》马来西亚 1975 年版
《罗马尼亚文学报》1978 年 8 月 18 日

《见习》
《潮流诗派》第 107 号日本 1981 年版

《鞭子》
《中国现代诗集》日本 1962 年版
《中国现代文学选集》第 19 卷日本 1962 年版
《中国的革命和文学》第 12 卷日本 1972 年版
《中国诗歌》苏联 1982 年版

《他回来了》
《新中国诗人集》苏联 1953 年版
《中国诗选》第 4 卷苏联 1958 年版
《中国新诗歌》苏联 1959 年版

《沉默》、《诗叶》、《静》、《生的画图》、
《死水》、《暴雨》
《中国新诗选》马来西亚1975年版

《春鸟》
《中国现代诗》南斯拉夫1985年版

《泥土的歌》
《战争年代的中国诗歌》（契卡尔斯基
著）苏联1980年版给予好评
《中国新文学史》香港昭明出版
社1980年版认为：最精纯

《人民是什么》
《中国现代诗集》日本1962年版
《中国现代文学选集》第19卷日
本1962年版
《中国的革命和文学》第10卷日
本1972年版

《星星》
《中国新诗选》马来西亚1975年版
《罗马尼亚文学报》1978年8月18日

《竖立了起来》
《新中国诗人集》苏联1953年版

《生命的零度》
《中国现代诗集》日本1962年版
《中国现代文学选集》第19卷日
本1962年版

《中国的革命和文学》第12卷日
本1972年版

《表现》
《东方红》苏联1981年版
《新中国诗人集》苏联1953年版

《有的人》
《中国和朝鲜当代诗人》苏联1952年版
《新中国诗人集》苏联1953年版
《在亚洲的星空下》苏联1955年版
《中朝诗选》苏联1958年版
《中国诗选》第4卷苏联1958年版
《中国新诗歌》苏联1959年版
《人和书》第110期意大利1986年版
《中国新诗选》马来西亚1975年版
《大路上的光和影——中国现代诗选》
（路易·艾黎编译）新西兰1984年版

《胜利的箭头，射出去》
《东方红》苏联1951年版

《和平是不需要入境证的》
《中国和朝鲜当代诗人》苏联1952年版
《新中国诗人集》苏联1953年版
《中朝诗选》苏联1958年版

《我们终于得到了它》
《中国现代抒情诗》日本1966年版
《中国近代诗论考》日本1976年版
《中国新诗歌》苏联1959年版

《我们已经走得很远》
《中国诗选》第4卷苏联1958年版
《中国新诗歌》苏联1989年版

《致画家》
《蜀道难——五十年代和八十年代中国诗选》苏联1983年版

《海》
《中国现代诗集》日本1962年版
《中国现代文学选集》第19卷日本1962年版
《中国的革命和文学》第12卷日本1972年版
《中国新诗歌》苏联1959年版
《金星》文学周报（罗马尼亚作协）1979年9月29日
《大路上的光和影——中国现代诗选》（路易·艾黎编译）新西兰1984年版

《她和他》
《中国现代诗集》日本1962年版
《中国现代文学选集》第19卷日本1962年版
《中国的革命和文学》第12卷日本1972年版
《中国新诗歌》苏联1959年版

《送宝》、《旧游地》、《海军》、《再见，大海！》
《中国新诗歌》苏联1959年版

《照片上的婴孩》
《中国当代文学史稿（1949—1965大陆部分）》（法国林曼叔等）给予好评

《一颗新星》
《中国新诗歌》苏联1959年版
《蜀道难——五十年代和八十年代中国诗选》苏联1983年版

《春风吹》
《中国新诗歌》苏联1959年版
《你听》
《中国现代诗集》日本1962年版

《李大钊·到莫斯科去》
《蜀道难——五十年代和八十年代中国诗选》苏联1983年版

《探望》
《中国当代文学史稿（1949—1965大陆部分）》（法国林曼叔等）给予好评

《向阳湖》
《金星》文学周报（罗马尼亚作协）1979年9月29日

《喜相逢》、《青岛，我怀念你》、《从心里感到欢娱》、《过路的客人》、《镜子》
《当代中国诗歌》（1976—1986）意大利1987年版；后三首尚译载《人和书》第110期意大利1986年版

此外,尚有以下国家译载过臧克家诗作:

波兰《世界文学》月刊

英国《中国现代诗》（海罗鲁德·艾克顿编）《当代中国诗》

荷兰《中国五诗人集》（1919—1949）（哈夫特编译）

美国《当代中国诗歌》（别因）

《白色的矮马》（别因）

《二十世纪中国诗歌》（许芥昱）

《中华人民共和国文学》（许纵策）

二、散文

《老舍永在》

《远东问题》苏联 1986 年版

《书的故事》

《众人的墓碑铭》日本 1983 年版

三、小说

《猴子栓》

《雕刻刀》苏联 1936 年第 1 期

四、评论

《五四以来新诗发展的一个轮廓》

《中国近代诗论考》日本 1976 年版

五、选集

《生命的叫喊》香港上海书局 1967 年版

《臧克家选集》（中国现代文选丛书）香港文学研究社版

《臧克家诗选》香港港青出版社 1978 年版

编 后 记

一、本书所收资料的写作时间，到1988年12月止。

二、臧克家自述和他人评论、研究诗人的资料，各分为总论和具体作品评论两部分。归入总论的材料，均按发表、出版的时间先后排列。对具体作品的评论材料，按其发表、出版的先后列入该作品项下（单篇作品的材料附于有关集子之后），然后按所评论的各作品集的出版先后排列。

三、作者撰写的《甘苦寸心知》，共30篇。本书从中选录10篇。这些文章在报刊发表时，标题的格式不尽相同，有的还标有序号。编入本书时，为翻检便利，统一了标题格式，去掉序号，按有关诗篇发表、出版先后分别编入。

四、港台及国外评论资料及目录，数量不多，一律按发表、出版的先后混合编入，仅在作者名前注明国别或港、台字样。

五、本书编写中对有关史实作了尽可能翔实的调查考订，成果均反映在臧克家传略、年表和著作系年中。臧克家自述文章及他人评论研究文章中偶有不合史实之处，没有一一注明、更正。

六、本书编写过程中，得到了马良春、徐乃翔、沈承宽、张大明、杨占升、王德宽、袁良骏、刘泰隆、陈漱渝、荣太之、陈子善、徐恭时、查国华、张惠仁、吕家香、刘瑞轩等同志和北京图书馆、中国科学院图书馆、南开大学图书馆和中文系资料室、北京鲁迅博物馆、山东省图书馆、青岛市图书馆和档案馆、上海图书馆、广东中山图书馆、四川大学图书馆、四川省图书馆、重庆图书馆、重庆北碚图书馆、广西第一图书馆、云南省图书馆等单位的大力支持和热情帮助，特别是臧克家和夫人郑曼同志在百忙中十分热情地为我们提供资料，解答问题，借此机会，一并表示谢忱。

七、限于水平和时间，本书一定有许多缺失，希望专家，读者给以批评指正。

编 者

1981年10月初稿

1988年6月修订于青岛大学

《中国文学史资料全编·现代卷》总目